DE LAATSTE TREIN UIT LIGURIË

Christine Dwyer Hickey

De laatste trein uit Ligurië

Vertaald uit het Engels door
Paul Bruijn en Jetty Huisman

uitgeverij marmer

Voor Jessica

with love

Ontoegankelijk is het verleden –
Dat mij trouwens niets te bieden heeft.
Waar een weg, een deur was, vind ik heden
Muren of een zerk waar bloed aan kleeft,
Of de echo, die maar niet wil zwijgen,
Ook al wordt dat diep door mij betreurd.
Wat er voorviel met wat in mijn eigen
Hart woont, is die echo ook gebeurd.

ANNA ACHMATOVA, 'Echo'

[Uit: *Maar mijn liefde voor jou maakt me machteloos*, Anna Achmatova
Gekozen en vertaald door Hans Boland; 1999,
Uitg. Bert Bakker, Amsterdam]

Inhoud

Deel één 9

Edward

Dublin, 1924 *Augustus* 11

Bella

Genua, 1933 *Juni* 21

Sicilië, 1933 47

Edward

Bordighera, 1933 *Juni* 73

Deel twee 83

Anna

Dublin, 1995 *Juli* 85

Deel drie 105

Bella

Bordighera, 1933 *Juli* 107

Deel vier 151

Anna

Dublin, 1995 *Mei* 153

Deel vijf 169

Bella

Bordighera, 1936 *Mei-oktober* 171

Deel zes 237

Anna

Dublin, 1995 *Juni* 239

Deel zeven 261

Bella

Bordighera, 1938 *September* 263

Londen 353

Dublin, 1940 *Juni* 379

Edwards brief

Villa Lami, Bordighera 381

Deel acht 385

Anna

1995 *Augustus* 387

Deel één

Edward

Dublin, 1924

Augustus

Zelfs voor ik weer bij bewustzijn kwam, wist ik al dat mijn zuster dood was. Daar binnen, gezicht in het zaagsel, achter de toog in de achterkamer. En ik lag hier onderaan de trap, uitgeteld op een schurftig tapijt. Het huis van onze vader. In elk geval wist ik dit keer waar ik was.

Het tapijt – pis, vet en verschaald bier – had me met zijn stank naar huis gelokt en na een tijdje dwong ik mezelf om mijn ogen open te doen. In het donker. Terwijl ergens vaag een klok tikte, lukte het me om overeind te komen. Opmerkelijk stabiel. Dat viel me meteen op, hoe vast ik op mijn benen stond. En geen kater. Waar was mijn kater?

Ik probeerde me iets te herinneren. Lange tijd kwam er niets. Toen zweefde het geluid van een caféjongen mijn geheugen binnen. Hij bonsde op de deur van een kamer waar ik in was geweest. Misschien riep hij 'hoogste tijd', of gaf hij een boodschap door, zóng hij hem door eigenlijk. Het lied van de caféjongen klonk heel duidelijk in mijn hoofd, nasaal en melodieus, onschuldig en sinister, alles tegelijk. Ik zag flarden van Harrisons café voor me, daarna van Slattery's gelagkamer, en al die andere kroegen en pensions waar ik de laatste twee dagen of nog langer geleden was geweest. Marmer en hout; voetenstangen en slijmerige kwispedoren; ruisend licht; een lamme hand; het gewauwel van monden in een goudgerande spiegel. Waar ik ook was geweest, nu was ik weer hier en liep door de gang naar de deur van de *public lounge*. Verfrommeld licht op het glas. Ik stond even te luisteren naar de stilte, duwde daarna voorzichtig met mijn voet de deur open. Het huis was leeg, de luiken naar beneden, de nachtlampen aan, de oudeheer boven slapend in bed. Ik kon hem door de plafonds en vloeren heen horen, zijn zagende gesnurk.

Ik liep naar de achterkamer, knipte de zijlampen aan en stapte achter de toog. En daar lag ze. Dood als een pier.

Voor alle zekerheid riep ik haar naam: 'Louise?'

De aanblik van haar bloed. Dat er zo veel in een lichaam zat. Een waanzinnige hoeveelheid, zelfs voor zo'n groot lijf als dat van Louise. Lange kledders tegen de toog, spetters op de spiegels aan de achterwand. Een fluweelachtige plas lag aan mijn voeten en vanuit een richelhoek een dun streepje bloed, kringelend in en uit de schaduw. Ik keek naar mijn handen en wist dat ik het had gedaan.

Hoelang ik daar bleef of wat er intussen door me heen ging, kan ik niet zeggen, maar het volgende wat ik me herinner is dat ik overeind schoot en naar het andere einde van het café rende. Daar dook ik onder de gootsteen om een sleutelbos van de haak te pakken, kraste en poerde in sloten en grendels tot ik in het kantoor van de oudeheer bij zijn geldkist stond, met de laatste lange sleutel in mijn hand.

Mijn hoofd blokkeerde. Tot drie bonzen van boven de boel weer in gang zetten; twee kort, een lang. Een plens water en het geluid van doortrekken: de oudeheer. Ik kende zijn ritme: een paar uur slapen, dan pissen als een rund en weer een paar uur slapen. Ten slotte werd hij het zat om zich steeds weer in en uit bed te hijsen en begon hij aan zijn nachtelijke omzwervingen. Ik kon nog maar één ding doen en dat was maken dat ik wegkwam. Dat zei ik tegen mezelf toen ik de geldkist openmaakte en een grote manilla envelop vol papiergeld voor in mijn broek propte. *Wegwezen*. Dat bleef ik zeggen terwijl ik half struikelend weer door het café liep. Ik zei het nog steeds toen ik de deur van de bijkeuken ontgrendelde, door de achtertuin rende, zigzaggend tussen de vaten en de kratten, gebukt onder de waslijn door, en ik in mijn gezicht een koude, natte lik van een caféhanddoek kreeg. *Wegwezen, wegwezen, doorlopen*. Toen klauterde ik de achtermuur op; ik steunde en kreunde als een gewond varken, stootte met mijn knieën en ellebogen stenen los, en spartelend, zwoegend en ploeterend zocht ik mijn weg omhoog. Ten slotte was ik boven.

Ik wachtte even en ik sprong. Een salvo van hete naalden schoot van mijn voetzolen naar mijn hoofd en ik kreeg een waas voor mijn ogen. Ik keek naar de achterkant van het huis en wachtte tot alles weer rustig was. Ik zag nu de verschillende contouren van de ramen, de scheve pijpen en goten, het dakspant dat los begon te raken aan het einde van de geveltop. Plotseling scheen er een zwak licht uit het raam van de oudeheer.

Achter me hoorde ik een geluid. Ik draaide me om en daar zag ik Mackey. Als een cobra steeg hij op uit zijn bundel van afgeworpen jassen, ontdeed zich van een das die stijf stond van het vuil, en stak een lange glinsterende tong naar me uit die dik was van de slaap. Ik schrok me dood toen ik hem zag. Hij stapte uit zijn smerige nest dat in een nis van Quinlans oude koetshuis lag. Daarna hief hij zijn stormlamp en zette me in het licht.

'Zet dat neer', zei ik.

Kort namen we elkaar op in het pisgele licht. Zijn ogen glansden me tegemoet en zijn hoofd, omkranst door lange klitkrullen, leek ondanks zijn grote lijf nog steeds overdreven groot.

'Mackey, zet die lamp neer.'

'Asjeblie-ief?' zei hij meisjesachtig.

'Alsjeblieft.'

'Van wie is dat bloed op je?' vroeg hij toen.

Ik dacht even na voor ik antwoord gaf. 'Dat is geen bloed, dat is verf. Zet nu die lamp neer.'

'Wavoorverfhoezoverf?'

'De kelder. Ik was de kelder aan het schilderen. Dan blijven de ratten weg, dat weet jij ook.'

Mackey kneep zijn ogen dicht en lachte zijn stille lach. Hij liet de lamp zakken. Inmiddels brandde het licht in de slaapkamer van de oudeheer een gat in de achterkant van mijn hoofd.

'Hé, Mack', zei ik. 'Mag ik even een van die oude jassen van je lenen?'

'Nee!'

'Ah, toe nou, heel even maar. Het is verrekte koud.'

'Nee! Nee nee nee nee nee', zei hij, en zijn reusachtige krullen schudden met zijn hoofd mee heen en weer.

Ik wist dat ik hem te snel af zou zijn. Ik was al bij de jassen en had er een uit de stinkende hoop getrokken voor Mackey er erg in had. Ik riep achterom: 'Tot ziens, Mack', terwijl ik naar het begin van de steeg rende.

'Klootzak!' riep hij toen ik al halverwege was.

Ik rende Church Street in en de dageraad grijnsde me tegemoet. Die danste over de bakstenen muren van het weeshuis en liet de ruggen van zeemeeuwen oplichten die onderweg waren naar de rivier. Ik dook een sjofel portiek in om te bedenken wat ik moest doen. Ik had eigenlijk maar één keus: de trein naar de postboot. Op de een of andere manier moest ik ongezien bij het station zien te komen, me als een rat reppend van schaduw naar schaduw.

De stad schoof langzaam naar de zondag; kerkklokken deden hun trapezewerk hoog in de lucht. Al snel zouden de eerste kerkgangers uit hun holen kruipen. Maar waar zat ik met mijn gedachten, om hier te blijven rondhangen, met bloed aan mijn handen en vlekken op mijn shirt, en de Bridewell-gevangenis niet veel verderop in de straat? In een woning boven me blafte een kind als een jonge hond. Een vrouwenstem riep: 'Aaah ssst, slapieslapie.' Vlakbij denderde een melkkar de straat in. De zeemeeuwen vlogen sneller en laag bij de grond. Ik keek naar het brede, oplopende einde van Church Street waar een man op een fiets opdoemde. Iemand uit de ploegendienst misschien of de lantaarnopsteker die het licht in de stad uit ging doen. Terwijl de fiets mijn kant op gleed, trok ik me terug in het portiek en wachtte tot hij voorbij was. Toen dat niet gebeurde, keek ik weer de straat in. Daar stond de fiets een paar meter verderop koket te leunen tegen een muur.

Het kind blafte weer. Dit keer gaf een man een enorme brul. De melkkar was nu zo dichtbij, ik kon ieder piepje horen. Ik stapte het portiek uit en liep met een paar grote passen naar de fiets. Terwijl ik zo rustig en soepel mogelijk bleef bewegen, legde ik mijn hand op het zadel en zette het rijwiel op de straat. Ik sloeg mijn been eroverheen en reed de helling af, dwars door het gekrijs van de meeuwen, het agressieve gebeier en de stemmen die ik in of buiten mijn hoofd hoorde.

Ik bleef redelijk rustig, tot ik bij het treinstation kwam. Toen ik daar voor een zware bruine deur stond, leek alles weg te vallen; ik had geen idee wie ik was of waar ik was of wat ik daar eigenlijk deed. Ik zag mezelf samengebald in het koperbeslag op de deur, en in de deurknop loerde een miniatuur van mijn gezicht naar me. Maar al sloeg je me dood, ik wist geen naam bij dat gezicht. Op de dorpel boven de deur was het woord WASRUIMTE geschilderd, en boven de muntautomaat hing een bordje waarop VRIJ stond.

Er klonk gerikketik. Het geluid was zo indringend en aanhoudend dat het dwars door mijn schedel heen leek te hakken en ik wilde dat het ophield, al was het maar voor even, gewoon ophield. Ik had het gevoel dat ik een oude man was, misschien verward, en snel geïrriteerd. Ik zei tegen mezelf: 'Ontspan, oude man, wacht maar even, dan schiet alles je wel weer te binnen.' Maar mijn rechterhand zag er jong uit. Mijn andere hand was erger gaan beven, schokte zonder dat ik daar verder iets aan kon doen. Ik zag dat er een muntje tussen mijn vingers stak. Beide handen zaten onder de vlekken en de diepe sneeën, wat in elk geval de verklaring was waarom ik voor een wasruimte stond. Het drong tot me door dat het gerikketik kwam door het muntje dat tegen de deur tikte terwijl ik probeerde het in de koperen gleuf te stoppen.

Achter me klonken voetstappen, steeds sneller, en ranke schaduwen schoten als vissen heen en weer. Dat is het natuurlijk, dacht ik, ik ben onder water. Ik hoorde een fluit snerpen, nog een, en nog een. Een langzame, nasale stem begon om te roepen. Nummers hoorde ik het eerst. Daarna namen. Plaatsnamen. Bestemmingen. Een station. Ja, ja, Amiens Street. De trein naar de postboot. De postboot.

Iemand trok aan de zoom van mijn jas en ik verstijfde helemaal, alleen mijn linkerhand bleef tegen de deur tikken. Ik keek naar beneden en zag het lelijkste kind dat ik ooit had gezien.

'Wat moet je?' bitste ik. 'Smeer 'm, vooruit. Schiet op.'

'Ik ben 't maar, m'neer. Ik. U ken me toch?' zei hij met een vet Dublins accent.

'Waarvan?'

'Van zonet.'

Ik keek naar zijn blote voeten en toen herinnerde ik me hem weer als de krantenjongen met zijn korstige tenen. Toen wist ik weer dat ik de fiets voor het station had neergekwakt en me een weg had gebaand tussen de gebruikelijke venters en hoeren, dat ik dat joch met een tikje op zijn schouder uit dat groepje had opgepikt. Ik was de straat overgestoken en Portland Lane in geglipt en als een mak schaap was hij me achternagelopen. Toen we aan het einde van de steeg waren, zei ik dat hij iets voor me moest doen. Hij knikte. Ik maakte de bovenste knoop van mijn gulp open en ik zag een soort gelaten angst in zijn ogen verschijnen. Toch was hij nog steeds niet weggerend, dat lelijke joch, zo mager dat hij alleen door zijn huid bij elkaar gehouden werd. 'Allemachtig, het is niet wat je denkt', had ik gesnauwd, terwijl ik de envelop tevoorschijn trok.

Ja, dat was het. Dat joch had een kaartje voor me gekocht en had een muntje voor de wasruimte voor me bemachtigd. Ik had hem daar schandelijk veel voor betaald. Maar wie was ik om daarover te kibbelen of te oordelen?

De krantenjongen pakte mijn pols, hield hem stevig vast en kreeg hem onder controle. Toen pakte hij het muntje tussen mijn vingers vandaan.

'Waarom ben je hier nog?' vroeg ik. 'Ik dacht dat ik had gezegd dat je naar huis moest gaan.'

Hij stopte het muntje in de gleuf en met z'n tweeën hoorden we het naar beneden glijden en klikken. De jongen hield de deur open met zijn voet. 'Kaartje in die zak', zei hij met dat accent van hem, en hij priemde er met zijn vinger in om te laten zien waar. 'Nievergeten. Perron één. Vijf minuten.' Ik knikte en hij pakte me bij mijn elleboog. 'Hou u gedeis', fluisterde hij. 'Gedeis.' Toen gaf hij me een krant. 'Voor u, om uw gezich te verstoppen.'

Ik was binnen. Witte tegels en een wasbak met roeststrepen. De echo van een langzaam druppende kraan. Ik zag een stuk zeep, een dunne, harde handdoek en scheerspullen, maar die kon ik beter laten liggen, vond ik. Er lagen een klerenborstel en een nagelborsteltje die ik goed kon gebruiken. En er was nog iets in de spiegel, maar daar durfde ik niet naar te kijken.

Voor ik het wist zat ik in de trein naar Kingstown en op de boot die me naar Holyhead zou brengen. Met veel moeite had ik in de wasruimte de bloedvlekken van mijn shirt weten te spoelen en ik had het gevoel alsof er een koude tweede huid om mijn borst zat. Ik proefde nog steeds het stof dat ik van Mackeys jas had geborsteld.

Zodra ik me in de coupé had genesteld, besloot de vermiste kater terug te keren en hij haalde vol overgave de verloren tijd weer in. Ik werd bij mijn nekvel gegrepen en door vuur en ijs getrokken, door vuur en ijs. Iedere druppel speeksel werd uit mijn mond weggezogen en daarna de botjes uit mijn vingers. Ik voelde hem op mijn borst drukken en knagen in mijn maag, hij raasde door ieder hoekje en gaatje in mijn lijf. Zelfs mijn oorlellen voelden warm aan en deden zeer. En ik had geen druppel whiskey bij me. Waarom was ik vergeten dat aan de krantenjongen te vragen? Anders is whiskey altijd het eerste wat in me opkomt. Nu moest ik wachten tot God weet wanneer en in welke staat ik tegen die tijd zou zijn.

Het begon tot me door te dringen, en dat was een behoorlijke schok, dat ik vanaf nu de whiskey wel kon vergeten. Wilde ik ook maar enige kans hebben om dit alles te overleven, dan moest ik de rest van mijn leven nuchter en alert blijven.

De deur van de coupé klikte open en een blinde vrouw werd naar binnen geleid door een kruier. Er kon bij haar nauwelijks een goedemorgen af toen hij haar tegenover me liet zitten, en ik gaf nauwelijks antwoord. Uit de stand van haar hoofd maakte ik op dat ze beslist geen zin had in een gesprek. Dat vond ik best. Ik had de coupé liever voor mij alleen gehad, maar dit was gezien de omstandigheden ook niet slecht. Bovendien leek de blinde vrouw andere passagiers wel af te schrikken. Als er voor het raampje van de coupé een gezicht verscheen, klaarde het op als het de lege plaatsen zag, maar zodra het een blik op de dame tegenover me had geworpen, dook het snel weer het gangpad in. En ze kon mij tenminste niet zien. Toch werd ik wat onrustig van die marmeren ogen. Haar rechte, dunne lichaam. Die lange handen, die geduldig en stil op haar schoot lagen.

Ik keek uit het raam. Het skelet van een paraplu, klem tussen twee spijlen, flapperde dapper met een vleugel van zwarte stof. Ik bleef ernaar kijken tot de trein begon te puffen en zijn eigen rookpluimen binnendrong.

Ik leunde tegen het raam, duwde de trein voort met de zijkant van mijn hoofd, het station uit, tussen de daken door, over de brug en weg van de stad waarvan ik nu wist dat ik er nooit kon terugkeren, tenzij naar de strop van de beul. Telkens als ik weer de coupé in keek stonden de marmeren ogen op mij gericht. Alsof ze iedere smet en gedachte in mijn hoofd kon zien.

Ik was vierentwintig; een dwaas, een dief, een dronkaard, een achterlijk varken zoals mijn oudeheer zo vaak had gezegd. 'Een achterlijk varken, dat bij zijn geboorte afgemaakt had moeten worden.' Nu kon hij 'moordenaar' aan mijn omschrijving toevoegen. Mijn oog viel opeens op mijn spiegelbeeld in het raam: ik beet op mijn knokkels, keek verwilderd uit mijn ogen. Ik voelde me net zo gestoord als ik eruitzag. Iedereen die toevallig naar de passerende trein keek zou dat niet kunnen ontgaan. Ik ging rechtop zitten.

Holyhead, en dan? Waar kon ik heen? Voor mijn opleiding had ik vijf lange jaren in Engeland gewoond en hoewel ik het daar kende en had geleerd om me daar aan hun gewoonten aan te passen, had ik ook geleerd om dat land te haten en te wantrouwen. Bovendien zou ik daar net zo gemakkelijk opgepakt kunnen worden als hier. Ik moest verder weg gaan. Toen schoot me Barzonni te binnen. Omdat hij de enige bekende was die in het buitenland woonde, maar ook omdat hij de enige was die ik kon dwingen mij te helpen. Mijn oude muziekleraar. Ik wist dat hij na een schandaal uit Dublin was vertrokken en naar Italië terug was gegaan om opnieuw te beginnen. Ik wist niet precies waar, maar een beetje operahuis zou me vast wel op weg kunnen helpen. Als ik hem nu eens kon overhalen (en met wat ik wist zou hij weinig keus hebben) me referenties te geven, en me bij een paar mensen te introduceren, voor een of ander baantje. Ik had trouwens Italië altijd al een keer willen bezoeken. Dus ergens tussen Ballsbridge en Booterstown had ik besloten waar mijn toekomst lag. In Italië.

Terwijl de trein langzaam langs de stationsmuur reed, viel mijn blik op een aanplakbiljet. Edward VII die een sigaar pafte. King Edward-sigaren. Ik draaide het om. Edward King. Ik had mijn nieuwe naam. Het was een begin.

Toen was ik moe, zo moe. Mijn zintuigen, die de afgelopen paar minuten te veel op scherp hadden gestaan, waren al snel niet meer van elkaar te onderscheiden, werden dof en tuimelden over elkaar heen. Dus ook al stonden mijn ogen open, ik kon niets zien. Helemaal niets. Maar ik kon de kleur van bloed horen en voelen.

BELLA

GENUA, 1933

Juni

Ze beseft pas dat ze een lastige naam heeft als het schip de haven van Genua uit vaart en Italianen aan dek hun lofprijzingen aanheffen. De *bella* stad achter hen, de *bella vista* van de zee, de *bellezza* van Sicilië die aan het einde van deze lange reis op hen ligt te wachten. Dat *bella* meisje in haar *bella* jurkje. Enzovoort.

Bella. Ze hoort het steeds weer in en uit iedere zin fladderen, zodat het een paar verbijsterende momenten lang net is alsof ze het onderwerp van alle gesprekken is. Maar ze lijken alles te bewonderen, die Italianen. Daarna bewonderen ze elkaar. Dat vindt ze leuk aan hen, hun kinderlijke vermogen om voortdurend verrukt over iets te zijn. Anders dan de Engelsen, die zo vaak overtuigd moeten worden.

Bella sluit haar ogen. Ze hoort de roffelende voetstappen op de bovendekken, het krijsende meeuwencarrousel, de vele uitbundige stemmen. Af en toe probeert ze een gesprek te ontrafelen; sinds ze gisteren bij Ventimiglia de grens is overgestoken, maakt ze zich daar steeds meer zorgen over. De keukengesprekken als kind met de oude Italiaanse peettante van haar vader; vergeelde studieboeken uit tweedehands kraampjes langs de Embankment; grammaticalessen in de *Scuola di Sorrento* aan Brompton Road; zelfs de avonden die ze onlangs in de eetkamer doorbracht met het vertalen van lange, saaie passages; niets, maar dan ook niets zou haar hebben kunnen voorbereiden op deze *extravaganza*.

Het idee dat ze straks op Sicilië is! Niet begrepen te worden, zelf ook anderen niet kunnen begrijpen; het kind waarvoor ze moet zorgen; de rest van het huishouden; en dan nog het beruchte dialect? Dat zou kunnen betekenen dat ze signora Lami voortdurend tot last was, omdat ze haar steeds moest vragen iets te vertalen. En de brief van de Signora had niet de indruk gewekt van een gemakkelijk te benaderen vrouw, laat staan van iemand die aangenaam verrast zou zijn door een cv dat op zijn best overdreven bleek, op zijn slechtst een regelrechte leugen. ('Tot mijn genoegen kan ik u melden dat ik vloeiend Italiaans spreek en zowel met het geschreven als met het gesproken woord geen problemen heb.') Waar had ze het lef vandaan gehaald om zoiets te beweren? Ze zou het dialect de schuld geven, dat zou ze doen. Totdat haar oor gewend was aan de nieuwe omgeving. Ze zou zeggen *Mi dispiace, ma il... il dialecto...* Nee, *il dialetto...*

Achter haar begon een oude man te praten; een hese stem, een trage spreektrant, en tot haar vreugde kan ze zijn verhaal betrekkelijk gemakkelijk volgen. Hij vertelt een medepassagier over de trouwerij die hij net heeft bijgewoond. De trouwerij van zijn neef, aan de andere kant van Ligurië, in een bergstadje Dolceacqua geheten. Misschien kent hij het?

Nee, de metgezel kent het niet, maar heeft wel gehoord dat het een prachtige plaats is. *Cert è bello.* Prachtig, net als de trouwerij, het eten, het weer, de olijven, de kerk. En dan de wijn uit die streek! O, en de bloemen. Alles. Alles. Behalve, helaas, de bruid. Als hij dat heeft gezegd, zwijgt hij even, een zucht van de spreker, een zacht meelevend gemompel van zijn metgezel. Toch zegt hij niet dat de bruid lelijk is, merkt Bella op, alleen dat ze niet mooi is. *Non è bella.* Maar ze heeft zo'n goed hart, besluit de oude man emotioneel. Ze is zo aardig. Daar schittert haar werkelijke schoonheid, in haar hart. Ze zullen gelukkig worden, dat weet hij zeker.

Natuurlijk, stemt zijn metgezel in. Waarom niet? Jong, verliefd, ze wonen in Dolceacqua, prachtig.

Dat vindt ze ook mooi, dat ze erkennen dat het niet de schuld van de bruid is dat ze geen schoonheid is, dat ze suggereren dat er niettemin van haar gehouden moet worden en dat ze gelukkig gemaakt moet worden.

De gezichten op de kade verdwijnen langzaam in de verte. Er wordt steeds minder met zakdoekjes gezwaaid en de brassband die een uur geleden de passagiers met gejank aan boord had verwelkomd, speelt nu minder en zachter. Even is ze gelukkig. Dan verdwijnt dat gevoel en wordt het verdreven en vervangen door iets anders: dit keer een gevoel van angst. Ze valt veel te veel op, is veel te alleen, hier tussen die kletsende vreemdelingen. Ze moet uitkijken met haar rug, die speelt al behoorlijk op na dagenlang stilzitten op keiharde treinstoelen en nachtenlang liggen op ondeugdelijke matrassen.

Het wordt drukker. Op het dek is er onverwachts een oploopje en als ze opzijkijkt, ziet ze een dikke jongen zich een weg naar voren banen. Aan zijn hoofd met zwarte krullen dat af en toe opduikt, ziet ze hoe ver hij al gevorderd is, terwijl zijn schelle stem voortdurend roept: '*Voglio vedere!*' Ik wil kijken, ik wil kijken.

Mensen stappen voor hem opzij, geven hem klopjes op zijn hoofd, knijpen in zijn wang, helpen hem bij zijn worsteling om vooruit te komen. De dikke jongen heeft nu de menigte in zijn macht. Als hij duwt, wijken zij uiteen. Als hij aan een jas trekt of iemand bij zijn achterwerk grijpt, wordt er vergoelijkend gelachen. Uiteindelijk ziet ze dat hij op nog geen meter van haar vandaan bij de reling is aangekomen. Hij begint kwaad te schreeuwen naar de zee en lijkt denkbeeldige stenen overboord te smijten alsof hij er iemand mee wil verwonden. Maar al snel raakt hij verveeld. Dan begint hij om zijn moeder te brullen. '*Mamma! Mamma!*' en een liefdevol '*Aaahhh...*' stijgt rondom hem op. Bella vindt hem maar een vreselijke blaag. God, zeg dat die jongen van Lami anders is.

'*Permesso! Permesso!*' De jongen duwt zich van de reling af en wringt zich weer de menigte in. Door deze plotselinge beweging wordt de oude man achter haar naar voren geduwd. Ze spant haar rugspieren. Een pijnscheut loopt via haar ruggengraat naar haar heup. '*Scusi*', zegt de man; zijn warme stem blijft even in haar oor hangen.

Ze besluit terug te gaan naar haar hut, draait zich om en merkt na een paar mislukte pogingen dat ze er alleen doorheen komt door haar stem te verheffen en net als de dikke jongen te roepen: '*Permesso! Permesso!*'

Ten slotte horen de oude man en zijn metgezel haar; ze stappen opzij, en creëren met hun ouderwetse wandelstokken en hun als geglazuurde taartjes opgepoetste schoenen een soort erewacht. Ze leiden haar erdoorheen. Ze hoeft hen niet aan te kijken om te weten dat ze naar haar gezicht kijken. Ze loopt hen voorbij, luistert even of ze commentaar hoort, gezucht of gemompel. Maar niets van dat al.

De hut stinkt! Een bedwelmende walm komt haar tegemoet zodra ze naar binnen stapt. Bella blijft even staan en bekijkt de hutten ernaast, waarvan de deur wordt opengehouden door een koffer of een krukje om zoveel mogelijk in te ademen van wat er aan zeelucht hier nog binnenkomt. Maar als ze de deur openlaat, zet ze zich te kijk; nachtpon op het bed, haarplukken in de borstel, haar moeders oude reistas van krokodillenleer. Dan moet ze ook glimlachen en de begroetingen van voorbijgangers beantwoorden die, zoals ze tot haar verbijstering heeft ontdekt, het heel gewoon vinden om te blijven staan en met een hartelijk '*Buongiorno!*' uitgebreid bij een openstaande hut naar binnen te kijken. Ze sluit de deur en doet hem op slot. Nu heeft ze er spijt van dat ze het eersteklaskaartje van signora Lami heeft ingewisseld voor een hut als deze, met zijn groezelige kom en gebarsten lampetkan. Die vlek in de vorm van een monnik op de muur. Het versleten beddenlaken en de vettige hoofdafdruk op het kussen – pommade, vermoedt ze.

Bella voelt zich wat trillerig, misschien van de honger, maar ze is veel te zenuwachtig om op zoek te gaan naar iets te eten (in de eerste klas had ze tenminste kunnen bellen om iets in haar hut te laten bezorgen). Misschien komt het door de pijn? Ze wrijft over haar onderrug, overweegt om een van de zakjes poeder in te nemen die haar vader had voorgeschreven. Maar ze kent de verschillende gedaanten van pijn, zijn heimelijke streken, en weet dat dit nog niets is vergeleken bij wat haar nog voor het einde van de reis te wachten staat. Nog uren voor de boeg. Om te beginnen de rest van deze zeereis; een tussenstop in Napels om passagiers af te zetten en op te pikken, en dan verder naar Sicilië en de stad Palermo; vervolgens nog twee, misschien drie uur over land voordat ze bij de villa van de Lami's is. Ze kan nog dagenlang vergaan van de pijn. Ze telt de zakjes: zes maar.

Nu pakt ze uit het binnenvak van de reistas een etui, waarin een pakje zit, iets langwerpigs, gewikkeld in kant en aan beide uiteinden vastgedraaid. Ze noemt het haar geldrol. Bella rolt hem open en spreidt het kant uit, waardoor de inhoud tevoorschijn komt die bestaat uit opgevouwen bankbiljetten en strak om munten gevouwen biljetten. Met haar vingers streelt ze de gekleurde voorkant van de verschillende munteenheden en ze pakt haar portemonnee uit haar zak om het bedrag eruit te halen dat ze tot nu toe vandaag heeft bespaard. Dat legt ze bij de stapel. Ze rolt de rol weer terug in model, draait de uiteinden vast, plet hem even tussen haar handen en stopt hem terug in het etui, en ten slotte in het binnenvak van de reistas. Uit de andere kant van de tas pakt ze een flesje water met twee *biscotti* en een appel die ze heeft bewaard van het ontbijt. Dit legt ze op het huttafeltje naast een Amerikaans tijdschrift dat iemand in de trein heeft laten liggen, waarin een artikel staat van G.B. Shaw en een onthulling over het privéleven van Clark Gable; in de pagina gaapt een gat waar een fan zijn gezicht uit heeft geknipt. Ontspannener nu pakt Bella de portefeuille met reisdocumenten, bladert die door tot ze haar geboortebewijs vindt tussen de vele pagina's met signora Lami's aanwijzingen. Anabelle Mary Stuart, sinds haar jeugd al afgekort tot Bella.

In een kom halfgevuld met water gaan een scheut reukwater en twee trage druppels lavendelolie. Jasje en blouse trekt ze uit, haar polsen laat ze afkoelen in het water en ze kijkt in de spiegel om haar gezicht te bestuderen. Profiel, driekwart profiel, vooraanzicht. Anabelle Mary Stuart. Mary Stuart misschien? Of is dat misschien iets te veel van het goede? Anna dan. Anna Stuart. Of Anne? Die 'e' eraf, en, beter nog, ook de 'n'.

An. Dat is wel heel weinig.

Signora Lami's instructies waren uiterst gedetailleerd.

Bella ontving ze ruim een maand geleden in een minutieus dichtgebonden pakket dat zelfs een hoedendoos blijkt te zijn. Ze begreep er niets van toen ze de verpakking opensneed en de begeleidende brief zag op postpapier van het Savoy Hotel, samen met de lijst instructies, dienstregelingen van de trein, de reisbeschrijving en een bundel genummerde enveloppen; bovendien, als de Signora in het Savoy verbleef, waarom dan al deze moeite, waarom regelde ze dan niet een gesprek om de instructies persoonlijk over te kunnen brengen? Het is ook niet zo dat het Savoy nu heel ver van Chelsea ligt. Dan zou ook meteen het ijs gebroken zijn. Tenslotte zouden ze binnen een maand onder één dak wonen en de Signora was vast wel nieuwsgierig naar de toekomstige gouvernante van haar zoon. Of kindermeisje, of onderwijzeres, of gezelschapsdame of wie ze binnenkort ook verwacht werd te zijn?

De jonge bezorger, opgedoft als een pop in Savoy-livrei, had op de drempel heen en weer geschuifeld terwijl hij stond te wachten tot ze het ontvangstbewijs had getekend. Ongetwijfeld koortsachtig op zoek naar iets dat hij kon zeggen om hen beiden naar, en veilig langs, het moment te loodsen waarop over de hoogte van de fooi werd besloten. Bella had iets over het weer verwacht, het verkeer, een schandaal in de krant waar hij half over gelezen of gehoord had. Uiteindelijk verraste hij haar door eruit te flappen: 'Ze maakte zoveel fouten!'

'Wie?'

'Eh...' Hij knikte naar het pakje dat Bella vasthield. 'Prullenmand vol tot...' De jongen hield zijn hand bij zijn voorhoofd alsof hij de prullenmand in kwestie was. 'Twee keer liet ze nieuw papier halen, ik bedoel briefpapier. Twee keer. Maar toen ik terugkwam na volgens haar een uur, was alles klaar om mee te nemen.'

'Nou ja, misschien is haar Engels niet zo goed?'

'Het is gewoon een pietlut.'

Bella zocht wat munten in haar portemonnee. 'Hoelang is signora Lami al in het Savoy?'

'Veertien dagen, juffrouw.'

'Zo lang?'

'Ze vertrekt morgen, juffrouw.'

'Morgen, weet je dat zeker?'

'O ja, juffrouw. Naar Sicilië.'

Ze kon zien dat de jongen gek was op het woord Sicilië, want hij liet het door zijn mond rollen, speelde ermee tussen zijn kleine grijze tanden.

'Waarheen, zei je?'

'Siesielieje.'

'Dan geef ik je meteen een antwoord mee.'

'Nee! Dat wil ze niet. Dat staat er ook. Kijk maar.' Hij wees naar de bovenkant van het ontvangstbewijs. 'Antwoord. Niet. Nodig.'

Ze was even bij de deur blijven staan om de poppenjongen naar het hekje te zien lopen, waar hij zijn beentje over zijn fiets zwaaide. Binnen enkele tellen was hij aan het einde van de straat en schoot de fiets de hoofdweg op naast een dubbeldekker. Ze had meer gebruik van hem moeten maken. Een sixpence extra zou nog wat verfstreekjes aan Signora's schets hebben toegevoegd. Voor een shilling een volledig ingelijst portret. Hoe oud was de Signora bijvoorbeeld? Hoe vloeiend was haar Engels? Was ze kalm, zenuwachtig, knap, gewoontjes? Had ze een kind bij zich? Een echtgenoot? Had ze bezoek gehad? Had ze in het hotel of ergens anders gedineerd? En was het een suite of een kamer waar ze haar prullenmand tot de rand had gevuld met fouten?

Later had Bella in haar slaapkamer de documenten uitgespreid op haar bed. Uit een eerste blik bleek al dat ze geen enkele afwijking zou tolereren, en ieder eigenzinnig initiatief, nou, dat kon ze wel uit haar hoofd zetten. Dit waren geen instructies, dit waren bevelen, en ze waren zelfs genoteerd op papier dat veel weg had van juridisch perkament. Ze las ze nog een keer door: 'Ga in de trein niet bij het raam zitten. Blijf op het schip in je hut. Drink niets wat je niet rechtstreeks van de kelner hebt gekregen. Doe je deur na het avondeten op slot. Kijk of spreek in Genua niemand aan op straat, zelfs geen priester.'

Nou zeg! Alsof ze een kind of een imbeciel was. Niets was toegestaan zonder de toestemming van signora Lami: van waar, wanneer en wat ze moest eten tot hoeveel fooi iedere kruier moest krijgen (dat wil zeggen: hoe verder ze van Engeland kwam, hoe kleiner die werd). Eigenlijk ontbrak er alleen een rooster voor het toiletbezoek.

Bella had de bundel enveloppen gepakt. Allemaal apart genummerd, gedateerd en van een etiket voorzien met een verkorte versie van de instructies op het perkamentpapier. In iedere envelop zat voldoende geld om alle kosten te dekken, van hotelovernachtingen tot taxiritten. Op één envelop stond het stempel van het logo van Thomas Cook. Bella had hem opengesneden en erin gekeken. Allemaal eersteklastickets. Vader had wat dat betreft helemaal gelijk gehad: Bella hoefde nog geen cent uit eigen zak te betalen.

Ze had het perkamentpapier opgerold, de brief teruggevouwen (waarin geen enkele hartelijkheid of een woord van welkom te vinden was), de enveloppen op chronologische volgorde gelegd en alles samengebonden met een touwtje. Bella had dat pakketje toen in een portefeuille gestopt en achter in haar klerenkast gelegd, waar het minder ruimte innam en voor minder ophef leek te zorgen dan in die hoedendoos.

Haar vader had die positie voor haar geregeld, nadat hij in het begin van het voorjaar dat plan al had geopperd. 'Volgens mij zou het je heel goed doen', werd een terugkerende opmerking van hem, alsof hij het had over een dagje naar het strand of een levertraankuur. In het begin had ze er niet veel aandacht aan geschonken; waarschijnlijk was het gewoon een van zijn 'ideetjes', zoals haar overleden moeder het genoemd zou hebben. 'Gewoon negeren, des te eerder waait het over.' Toen hij erop terug bleef komen, begon Bella te vermoeden dat de arme man een beetje gerustgesteld wilde worden, zodat de vader en de dochter zonder gezichtsverlies bij elkaar konden blijven wonen. Voor haar hield dat in dat zij helemaal begreep dat het haar vrijstond om te gaan als ze dat wilde. Voor hem hield dat in dat hij begreep dat ze veel, veel liever zou blijven.

En daarom had ze hem een tijdje gepaaid met geruststellende glimlachjes en kleine plagerijtjes. 'Ja vader, Sicilië is vast heel mooi, maar ik blijf graag waar ik ben, dank u wel. En ja, het moet heerlijk zijn om iedere dag wakker te worden in de zon, zij het een beetje saai.' Ook sprak ze hem af en toe bestraffend toe. 'Vader, toe nou. Hou op! Anders ga ik weg, hoor. En hoe moet het dan met u?'

Maar wat was begonnen als een ideetje was op de een of andere manier uitgekristalliseerd in een definitief plan en op een ochtend vlak voor Pasen wapperde haar vader bij het ontbijt met een brief boven zijn gekookte eitje en zijn toast. 'Geweldig nieuws, geweldig, geweldig. Gefeliciteerd, Bella.'

'Ik? Waarom? Heb ik iets gewonnen?'

'Wat een avontuur! Twee jaar in een ander land. Misschien wel langer, ze zegt helaas niet hoelang je nodig zult zijn. Ook geeft ze geen specificatie van je taken. Maakt niet uit, dat kan allemaal opgelost worden als je signora Lami ontmoet.'

'Wie?'

'Signora Lami. Weet je nog? Bernstein van Verloskunde had jou aanbevolen.'

'Bernstein?'

'Hij is bevriend met de Lami's. Ik geloof dat hij zelfs familie van haar is. Even nadenken, ik weet niet meer...'

'Vader!'

'Zo'n kans komt niet elke dag met de post, dat kan ik je wel vertellen. En je spreekt de taal. Nou ja, zo goed als. Ik wist wel dat die gekke oude peettante van me uiteindelijk van pas zou komen! Ook al zou het goed zijn als je je Italiaans nog wat ophaalt voor je vertrek. Ergens in de eerste helft van mei, zegt ze. Maar je moet niet ongeduldig zijn, schat, tegen de tijd dat alles geregeld is, gaat het allemaal vanzelf. Welnu, wat betreft de Lami's: ze zwemmen in het geld, dus je zult niets tekortkomen. Ze hebben een villa op Sicilië en een zomerverblijf aan de Italiaanse Rivièra – het kan niet op – en God weet wat nog meer. Er is ook nog een connectie met Duitsland, dus waarschijnlijk wip je nog weleens over naar Berlijn of zo.

Je gaat daar om met de crème de la crème. Dus dof je een beetje op. Zorg dat je er goed uitziet, daar gaat het tegenwoordig toch allemaal om? Dat heb ik tenminste een van mijn verpleegsters horen zeggen. Die jongen lijkt me een eitje. Zes jaar, enig kind, zo mak als een lammetje. Hij heeft al een kinderjuffrouw, een onderwijzer en een muziekleraar, lieve help! Dus er valt voor jou niet zoveel te doen. De Signora spreekt natuurlijk voortreffelijk Engels en ze is jong, denk ik, veel jonger dan haar man, dat is waarschijnlijk wel een verhaal apart. Eenzaam, vermoed ik, is blij met een maatje zoals jij. Ze wil dat je een aanvaardingsbrief schrijft, iets over jezelf vertelt, een cv bijsluit, maar dat kun je beter nog een beetje optuigen. En moet je horen, Bella: ze zegt dat de reis dan lang en vaak saai mag zijn, maar dat ze er alles aan zal doen om de tocht zo comfortabel mogelijk te maken. Eerste klas van begin tot eind. Waar ik uit opmaak dat er niet op geld wordt gekeken. Ze zwemmen erin. En wat betreft Italië: een land in opkomst nu die Mussolini-kerel ze allemaal een trap onder hun achterwerk heeft gegeven. Zo iemand zouden we hier ook goed kunnen gebruiken, die zou het land weer aan het werk zetten. Niet dat jij je daar druk om moet maken. Al die kunst en al die zon, ik zou er heel wat voor overhebben om weer jong te zijn! Neem maar van mij aan, Bella, jij bent een meisje dat het geluk weet af te dwingen, dat is een ding dat zeker is.'

Bella kon het nauwelijks geloven. 'Zegt u nu dat alles al geregeld is? Dat u dit allemaal achter mijn rug om hebt georganiseerd?'

'Maar schat, het is toch niet zo dat we het er nooit over hebben gehad?'

'Maar ik dacht dat u een grapje maakte.'

'Een grapje maakte? Waarom zou ik dat in hemelsnaam doen?'

'Ik besefte niet dat u het echt wilde doorzetten en...'

'Nou, je hebt me wel in die waan gelaten...'

'Maar ik wil u helemaal niet alleen laten', zei ze. 'Nee. Geen sprake van, punt uit.'

'Maak je over mij geen zorgen. Ik heb mijn werk en dat is meer dan genoeg. Trouwens, mevrouw Carter is hier ook iedere dag.'

'Maar dat is niet hetzelfde, vader. Mevrouw Carter is geen familie. Dan bent u helemaal alleen. Komt u iedere avond thuis in een leeg huis. Niemand hier. Altijd alleen. Dat wil ik niet.'

Zijn hand leek op een krab toen hij signora Lami's brief hard op tafel drukte, zijn hoofd een beetje schuin hield, haar aankeek, en toen weer opzij. 'O, Bella. Ik ben tussen het ziekenhuis en mijn andere verplichtingen door zo weinig thuis. Laten we er niet omheen draaien, schat, je bedoelt jezelf. Jij bent degene die altijd alleen is.'

Bella wist precies wat ze nu moest doen. Als ze het van haar vader wilde winnen, zou ze bij haar overleden moeder te rade moeten gaan. Wat zou haar moeder haar hebben geadviseerd?

Ze leunde met haar voorhoofd tegen de deur die haar vader net achter zich had dichtgedaan, en sprak zichzelf streng toe: laat hem maar even met rust. Trek je terug, hou je stil. Laat hem zelf weer op het onderwerp terugkomen. Laat hem er maar over praten totdat hij zichzelf het idee uit het hoofd heeft gepraat. Er schuilt kracht in zwijgen, zou moeder hebben gezegd. Geen effectievere manier om een man van zijn stuk te brengen.

Goed. Ze zou beginnen door deze deur voorzichtig open te doen, zachtjes de gang in te lopen, langzaam naar de trap, langs zijn werkkamer zonder iets te zeggen of te kijken, en daarna naar boven naar haar kamer. Waar ze zou blijven tot hij bij zinnen kwam en haar gelijk gaf. Ja.

Maar hoe langer ze erover nadacht...! Zoals hij het zonder haar had besloten, zoals hij iedere poging om de zaak verder te bespreken had afgewimpeld, zoals hij voortdurend die afschuwelijke grapjes en lollige gebaren was blijven maken. En dan nog die kille, wrede manier waarop hij had gezegd dat ze altijd alleen was. Haar zo de rug had toegekeerd, de kamer uit was gelopen en de deur achter zich had dichtgetrokken.

Ze greep de deurknop vast, draaide hem om en liep woedend de trap op. Toen ze bij zijn werkkamer kwam, stond de deur op een kier; ze gooide hem open. 'Hoe hebt u dat kunnen doen?' riep ze. 'Vader, hoe hebt u dat kunnen doen?'

Hij bewoog zich op de hem kenmerkende manier langzaam en efficiënt door de kamer; trok wat uit de kast, pakte wat uit laden tot er een stapel op zijn bureau lag: medische documenten, monsterflesjes, zakhorloge, stethoscoop, een dun zaklampje dat hij bij zijn gezicht hield, aandeed en even bekeek voordat hij het weer uitdeed.

Toen de stapel compleet was, begon hij die weer af te breken door er steeds iets af te pakken en dat in zijn grote tas van zacht leer te stoppen.

Dat waren zijn rekwisieten voor de buitenwereld. Dat was de tas waarin hij ze meenam. Bella kende deze routinehandeling van hem en wist dat niets hem daarbij kon storen. Er was een tijd geweest, lang geleden, dat ze er deel van uit had gemaakt. Een huis in Dublin toen, een ander bureau. Als kind hield ze de tas voor hem open, lispelde van ieder voorwerp de naam en waarvoor het diende. Ze zou later dokter worden, daar hadden ze beiden zo zeker van geleken. Waarom was dat nooit gebeurd?

Ze wachtte, terwijl hij zijn overjas van de kapstok pakte, hem zorgvuldig om de schouders deed, de plooien uit zijn handschoenen sloeg, zijn paraplu uit de standaard viste, en hij had haar nog steeds niet aangekeken. Toen hij tegen haar sprak, deed hij dat via de spiegel terwijl hij zijn boord en bovenste knoopje goed deed. 'Luister, Bella. We zijn naar Londen verhuisd om een beter leven te krijgen, een nieuwe start te maken, ter wille van jou als ik het me goed herinner. We zijn hier nu al langer dan zeventien jaar en, nou ja, je leven is nu niet bepaald...'

'Niet bepaald wat?'

'Nou, niet wat we ervan hadden gehoopt. Je bent bijna tweeëndertig en nu je moeder is overleden en de problemen met je rug zijn opgelost en je andere probleempjes ook onder controle zijn...'

'Vader, alstublieft!'

'Goed, het heeft geen zin om dat allemaal weer op te rakelen, lijkt me. Wat ik wil zeggen is dat er geen enkele reden voor jou is om hier dag in, dag uit te blijven. Je bent nu helemaal gezond en nog betrekkelijk jong.'

'Ik begrijp het gewoon niet, vader.'

'Ach kom, Bella, je wilt toch niet met een ouwe sok opgescheept blijven zitten?'

'Maar vader, u bent geen ouwe sok.'

'Nou en of ik een ouwe sok ben. Alsjeblieft, schat, het is voor je eigen bestwil.'

'Ik dacht dat we gelukkig waren', zei ze en ze begon te huilen.

'Kom, hou daarmee op', zei hij, en hij draaide zich eindelijk naar haar om.

Ze zag de achterkant van zijn hoofd in de spiegel, de rand van zijn boordje, de huidplooi erboven, het silhouet van zijn schouders, de contouren van zijn jas. Het was alsof er iemand anders bij hen in de kamer was. Iemand die per vergissing naar binnen was gelopen, van een vol perron of een andere drukke, anonieme plek. Een vreemde, die verbijsterd en gegeneerd ziet waar hij terecht is gekomen. Hij leek op een man die net deed alsof hij er niet was.

'Ik hoor bij u te zijn, vader. Bij u, hier. Ik wil niet op Sicilië wonen, in een vreemd...'

'Nu is het genoeg, Bella.'

'Alstublieft, dwing me niet om weg te gaan. Alstublieft. Alstublieft. Alstublíéft.'

'Bella, hou daarmee op, zei ik. Nu.'

Pas toen hij zijn stem verhief, besefte ze wat ze had gedaan, dat ze aan zijn revers had getrokken, had gesnikt en geschreeuwd, hem nat had gehuild. Hij had zijn handen op die van haar gelegd, toen had hij die in één krachtige beweging, als een roeier, opgetild, weggeduwd en van zich af geworpen.

'Beheers je, Bella!'

Ze liet zich naar zijn stoel brengen, pakte de zakdoek aan die hij met gestrekte arm aanbood, niet een van hemzelf maar een uit de doos die hij klaar had staan voor hysterische patiëntes. Vervolgens hield ze een glas vast, nipte aan een brouwsel van hem dat hij had verdund met water.

'Bella', zei hij na een tijdje. 'Ben je nu gekalmeerd?'

'Ja, vader.'

'Weet je het zeker?'

'Ja.'

'Hoe voel je je?'

'Dwaas.'

'Terecht.'

'Het spijt me. Ik ben gewoon een beetje van slag, dat is alles.'

'We moeten het maar snel vergeten. Maar ik moet je wel iets belangrijks vertellen, Bella, en ik wil dat je goed naar me luistert.' Hij boog zich een klein beetje haar kant op.

'Ja, vader?'

'Je bent niet mijn vrouw, Bella. Je bent mijn dochter.'

Uiteindelijk had Bella besloten haar vader te geloven; dat het voor haar eigen bestwil was, een offer dat in haar belang werd gebracht. Een offer dat ze moest respecteren. Hij was een vader die probeerde zijn enige kind op de toekomst voor te bereiden, zo eenvoudig was het. Op een dag zou ze helemaal alleen komen te staan; niemand om naar om te kijken, niemand om voor te zorgen. De paar familieleden die ze hadden achtergelaten in Ierland, zouden niets met haar van doen willen hebben en zij zou ook niet proberen contact te zoeken. Dat wist haar vader, net zo goed als hij wist dat hij haar niet moest beledigen met de valse voorwendselen van een mogelijk huwelijk.

Ze zou net zo worden als die arme mejuffrouw Vaughan, die vroeger aan de overkant van de straat woonde. Een wees van middelbare leeftijd. Wat was er dan mis mee als ze voor het zover was een jaar of twee een eigen weg insloeg, als ze toch zo zou eindigen? Alleen in dit huis. Maar het zou in ieder geval háár huis zijn; hoe weinig geld er ook overbleef, ze kon het naar eigen believen uitgeven. Niet dat ze afhankelijk zou zijn van wat haar vader zou nalaten. Ze kon in haar eigen onderhoud voorzien. Kamers verhuren misschien of vloeiend genoeg worden in Italiaans om beroepsmatig te gaan vertalen. Of misschien Italiaanse les geven, waarom niet? De werkkamer van haar vader kon worden omgebouwd tot klaslokaal, een schoolbord achter zijn bureau, leerlingen achter tafeltjes rondom zijn zijden kasjmiertapijt. Als dat niet geschikt was, kon ze altijd nog gaan lesgeven op een echte talenschool, waar ze mensen kon ontmoeten, vrienden maken, op bezoek gaan en bezoek krijgen. Op een dag zou ze alleen in dit huis kunnen wonen, zonder angst voor de kamers naast de kamer die zij gebruikte. Of angst voor de straat, omdat naar buiten gaan betekende dat ze daarna terugkwam in een huis dat haar vijand was geworden. Ze zou meer zijn dan een naam, gemompeld door buren die uit beleefdheid niet aan durfden kloppen. Meer dan een toevallige schaduw op de vitrage van een raam boven of twee handen die elke week een doosje boodschappen aanpakten. Ze zou niet dagenlang dood liggen op de tegels van de keukenvloer. Ook zou ze niet onder een ruwe politiedeken over het tuinpad worden gedragen, terwijl de boodschappenjongen van Gilby's jankend tegen een agent zou zeggen: 'Ik wist het toen ze niet meteen opendeed toen ik had aangebeld! Ze doet altijd meteen open, dat mens. Ze staat aan de andere kant van de deur te wachten, begrijpt u? Altijd.'

Ze zou geen, géén arme mejuffrouw Vaughan worden.

Om haar heen kwam het huis tot leven en ze leek het niet alleen te kunnen laten, dolend van kamer naar kamer, langs de schaduwen van haar toekomst: vriendinnen die ze nog moest ontmoeten; gesprekken waar ze nog aan deel moest nemen; gelach. Alles werd belangrijk. Het mirabellenpatroon van het behang in de eetkamer; de stof van een bank, een kussen, een gordijn. Zelfs ornamenten die ze tot dan toe had verfoeid of gewoon over het hoofd had gezien, werden in haar geheugen geprent. Ze zou dit hele bedompte huis moderniseren, uit elkaar halen, onherkenbaar veranderen, efficiënter inrichten. Dagenlang voelde Bella zich opgetogen en verlangde ze ernaar dat haar nieuwe leven op Sicilië achter de rug was, zodat ze terug kon komen om haar oude leven te verbeteren en weer verder kon leven als een andere, onafhankelijke vrouw.

Dat gevoel van opgetogenheid was snel voorbij. Toen ze op een avond net de haard in de werkkamer had aangestoken en het aroma van de maaltijd die mevrouw Carter in de oven had achtergelaten zich begon te verspreiden, kwam er een bericht van het ziekenhuis.

Haar vader moest plotseling overwerken, alweer. Bella ging naar beneden, naar de keuken, waar ze het maal van mevrouw Carter voorzichtig uit de oven haalde. Ze haalde het deksel eraf – een stoofschotel barstensvol uien en gerookte kabeljauw – en nam de pan mee naar buiten. Ze droeg hem over het tuinpad. Moten vis en half rauwe aardappelen tuimelden uit de pan en haar polsen verkrampten bij iedere spat hete peterseliesaus. Toen ze bij de achtermuur was aangekomen, kieperde ze wat er nog in de pan zat in een blik dat ze daar voor de kat van de buren hadden klaarstaan.

Toen ze weer in de werkkamer van haar vader was, ging ze voor de apothekerskast staan die bijna een hele muur besloeg. De kast had veel lades van allerlei formaten maar ook verscheidene nisjes en compartimenten, en kwam bij de weduwe van een van zijn patiënten vandaan, een apotheker uit Aldgate. Het meubelstuk had Bella altijd aan een flatgebouw doen denken, met een verborgen leven in ieder segment, telkens weer een ander leven.

Afwezig trok ze lades open en deed ze weer dicht. Ze maakten een klikgeluid als ze werden opengeschoven en een droog, licht zuchtend geluid als ze werden dichtgeduwd. Een tijdje bleef ze dat doen: open en dicht, klik en zucht, en hoe sneller ze dat deed, hoe enthousiaster ze werd, tot ze een beetje de controle verloor. Ze stond op een stoel te reiken naar de bovenste lades: klik, zucht, klik, zucht. Steeds sneller, en maar door. Klik, zucht, klik. Pas toen ze bijna omviel, stopte ze er eindelijk mee.

Ze had het koud toen ze weer van de stoel af stapte. De haard was uitgegaan en het was donker geworden in de kamer, op een beetje licht van een straatlantaarn na dat door het raam naar binnen viel. Nu zag ze haar vaders behandeldivan, met een opgevouwen foxford-deken op het hoofdeind. De stevige divan gevuld met paardenhaar en strak bekleed met leer zou haar rug goeddoen. Ze ging erop liggen, trok de foxford op tot haar kin en ontspande. Bella keek naar het raam. Ze kon zich herinneren dat haar moeder daar zachtjes stond te huilen, de avond nadat het lichaam van mejuffrouw Vaughan was gevonden, terwijl ze naar buiten keek en probeerde een reden voor dit alles te vinden.

'Het zijn de Engelsen, begrijp je', had ze gezegd. 'Ze geven je het gevoel dat je arrogant bent als je alleen maar probeert vriendelijk te zijn. Ze bezorgen je een gevoel van schaamte.'

'Het zijn deze straten', had ze enkele minuten later besloten. 'Iedereen probeert op zichzelf te blijven terwijl we allemaal boven op elkaar zitten, bij elkaar naar binnen kijken, en net doen alsof we niets zien.'

'Het zijn deze huizen', had ze ten slotte gezegd. 'Die vreselijke Chelsea-huizen.'

Bella lag te luisteren naar de geluiden in de aangrenzende kamers: het gemelijke slaan van een klok, het gesnik en gezucht van een waterleiding, het geweeklaag van een deur boven, die mevrouw Carter vergeten was op slot te doen. Ze hoorde geen gelach, geen gesprek uit de toekomst. Alleen de geluiden van een melancholiek huis. Als ze eerlijk was tegen zichzelf, was het een huis dat heel goed bij haar paste.

Dagen gingen voorbij en ze kon het gevoel niet van zich afzetten dat als ze naar Sicilië ging, ze haar vader nooit meer zou zien. Bella hield zichzelf voor dat hij geen oude man was, hoewel ze niet wist hoe oud hij precies was. Er had altijd iets ongemakkelijks om dat onderwerp heen gehangen, waarschijnlijk omdat hij enkele jaren jonger was dan zijn overleden vrouw. Misschien wel tien jaar. Naar de datum op zijn eed van Hippocrates te oordelen die ingelijst aan de muur hing naast een foto die op die dag was genomen, moest hij ongeveer vierentwintig zijn geweest toen hij afstudeerde aan het Royal College of Surgeons in Dublin. Dan zou hij nu zestig of eenenzestig moeten zijn. Dat was nog niet zo oud, maar ook niet meer zo piep. In elk geval zou hij wel ouder worden. Op een dag zou hij overlijden. Misschien werd hij eerst ziek, bedlegerig zelfs. Ze was aan het dagdromen over hoe het zou zijn als ze hem moest verzorgen, dat ze zich na een telegram vanuit Sicilië naar zijn ziekbed moest reppen. In haar dagdromen verslechterde zijn toestand nooit en werd hij ook niet ouder. Hij bleef hetzelfde, ziek genoeg om verzwakt te zijn, maar goed genoeg om niet te veel te lijden. Dat zou jaren voortduren; zij verzorgt, hij wordt verzorgd. Zij leest, hij luistert. Of ze schikt de deken om zijn knieën en brengt hem zijn heilzame soepje; installeert hem op warme dagen bij het raam, vrolijkt hem op regenachtige dagen op als hij zich een beetje neerslachtig voelt. Als er een arts bij kwam, zou hij zich tot Bella richten, zou hij haar in een fluisterend gesprek betrekken, zo ver mogelijk bij de deur vandaan.

De dagdromen gingen voorbij, werden weggespat door de regen tegen het raam, of weggebrand door het vuur in de haard, en dan kwam het voorgevoel weer terug. Ze zou hem nooit meer zien. Hij zou al dood zijn voordat ze terug was. Ze zou het pas dagen later te weten komen in een vreemd landschap omringd door mensen die ze niet kende. Zijn gewoonten en stemmingen zou ze vergeten, net zoals die van haar moeder. Hij zou een reeks vage, onsamenhangende indrukken worden, die ze zich onmogelijk kon herinneren en waarover ze ook onmogelijk kon treuren. In plaats van het huis en de inboedel begon ze haar vader in kaart te brengen. Ze merkte dat ze als een kind voortdurend probeerde hem op te houden met oninteressante opmerkingen en onzinnige vragen waar hij duidelijk geen zin in had. Zijn werk in het ziekenhuis had ervoor gezorgd dat hij de laatste tijd zo vaak het avondeten had gemist dat ze de gewoonte had aangenomen om vroeg op te staan, soms al bij zonsopgang, zodat ze samen met hem kon ontbijten. Alleen om in zijn gezelschap te kunnen zijn, naar zijn gezicht te kijken, zijn stem te horen. Om zich die te herinneren. Ze deed haar uiterste best om goed te ontbijten, alleen om hem een plezier te doen. Maar haar inspanningen bleven onopgemerkt en haar aanwezigheid aan tafel leek hem te irriteren. Na een aantal pijnlijke pogingen liet ze hem verder met rust, zodat hij zijn aantekeningen kon doornemen of de eerste post kon lezen. Ze hield zichzelf voor dat hij 's morgens toch al niet op zijn best was – een man met zoveel aan zijn hoofd.

Ze besloot weer een poging te wagen het graf van haar moeder te bezoeken en bestelde zelfs een grafkrans, waarbij ze de bloemist zeer uitgebreid raadpleegde over de kleur en de vorm van iedere bloem en een aantal herinneringen opdiste aan haar overleden moeder, die geen van alle echt overeenkwamen met de werkelijkheid. Maar toen de krans arriveerde, kon Bella de aanblik ervan niet verdragen en gooide ze hem weg. Om hem aan de adelaarsblik van mevrouw Carter te onttrekken en hem in de vuilnisbak te laten passen, moest ze eerst de bloemen kapotmaken, daarna in het steekschuim hakken dat alles bij elkaar hield, tot het verkruimelde. Hoe had ze ooit kunnen bedenken om met dat belachelijke ding in haar armen over het Bromptonkerkhof te lopen, langs eindeloze rijen grafstenen en graven die met liefde en verdriet werden verzorgd, terwijl ze net deed alsof ze wist of zich zelfs maar vaag herinnerde waar haar moeder begraven lag? Alsof je zonder adres zocht naar een huis. En zelfs als het haar wel lukte om het graf te vinden, hoe had ze zich dan voorgesteld dat ze deze belediging in het midden legde van wat nu wel een schandelijk vertoon van verwaarlozing, gebrek aan respect en woekerend onkruid moest zijn?

Bella besloot dan maar een foto mee te nemen, een portret dat ze niet echt in het gezicht kon kijken. Er schoof een herinnering voor aan de paarsrode jas, de lus van crèmekleurig chiffon over een schouder. Ze pakte dezelfde sjaal uit haar moeders ladekast, stond een tijdje met de openhangende la in haar handen te kijken naar de intieme spullen van een leven dat eens aan haar moeder had toebehoord. Zijden doeken, een dichtbundel van Tennyson. Kousen, een korset. Het begin van een boodschappenlijst voor Kerstmis en een paar gele handschoenen die de vorm van handen hadden aangenomen en nu begonnen te verteren.

Ze beefde toen ze de foto in de chiffon sjaal wikkelde en hem in haar moeders krokodillentas legde. Dat was het eerste wat ze inpakte voor Sicilië. De eerste fysieke erkenning dat ze echt zou vertrekken.

Haar bagage voor Sicilië stond voorzien van labels te wachten in de gang; kleren van eerdere winters, in de hoop op nieuwe, met mottenballen opgeborgen in dozen, klaar voor de zolder. Nog een paar dagen. Bella besloot een laatste bezoek af te leggen aan de oude peettante van haar vader, die in een verzorgingshuis in Piccadilly woonde. Inmiddels tandeloos en lichtelijk in de war geloofde de vrouw dat ze in een stadje in de heuvels van de Abruzzen was, en ze keek de hele dag uit het raam of ze mensen zag die allang dood waren, of ze zwaaide naar onbekenden die ze plotseling meende te herkennen. Niet alleen was ze haar geografische positie kwijt, maar ook haar beheersing van het Engels, dat woord voor woord uit haar hoofd leek te zijn weggevallen.

Bella wist, of dacht te weten, dat de oude vrouw weleens op Sicilië was geweest.

'*Madrina?*' vroeg ze. '*Com' è in Sicilia?*'

'*Com' è? Perché chiedi?*'

'*Perché io vado in Sicilia.*'

'*Tu vai in Sicilia?*'

'*Sì.*'

'*Tu?*'

'*Sì. Com' è?*'

'*È come Africa.*'

Toen begon de oude vrouw te lachen, een afstandelijke, hatelijke lach die Bella nogal zorgwekkend vond.

Onderweg naar huis kreeg ze een idee. Ze zou haar vader ophalen van het ziekenhuis. De hele dag had ze aan hem gedacht en aan hoe leuk het zou zijn om een tijdje naast hem te lopen, met hem in het openbaar te zijn, weg uit de beslotenheid van het huis, als een gelijke. Ergens wilde ze hem ook laten weten dat ze haar nieuwe leven helemaal had aanvaard en zich er zelfs op verheugde. Haar nieuwe leven zonder hem.

Dit was het tijdstip waarop hij gewoonlijk een wandeling maakte over het ziekenhuisterrein om zijn hoofd leeg te maken, een sigaar te roken en even te ontspannen voordat hij of terugging naar zijn patiënten of, als zijn werk er voor die dag op zat, naar huis. In beide gevallen zou ze hem vergezellen en hij zou blij zijn om haar te zien, daar was ze van overtuigd. Misschien zou hij haar uitnodigen om ergens te gaan eten. Niks chics, daar was ze tenslotte niet op gekleed, maar iets gezelligs waar ze konden kletsen. Er was dichtbij vast wel iets waar artsen vaak kwamen. Hij zou haar daar mee naartoe kunnen nemen, haar introduceren bij zijn collega's, trots, zoals hij vroeger deed, toen ze nog een kind was en ze samen uitstapjes maakten. Hij zou zeggen: 'Dit is mijn dochter, die over een paar dagen naar Sicilië vertrekt, wat zeg je daarvan?' Ja, dat zou hij geweldig vinden.

Maar zodra Bella uit de bus stapte en tussen de bomen door omhoogkeek naar de lange ramen van het ziekenhuis, zonk de moed haar in de schoenen. Stel dat ze in zou storten als ze hem zag, weer begon te huilen? Wist ze zeker dat ze geen scène zou maken? Ze besloot dat het beter was als ze eerst alleen naar hem zou kijken, zich even de tijd zou gunnen om te kijken hoe ze reageerde, of, als dat nodig was, zich in elk geval te vermannen.

Ze herkende zijn silhouet aan de andere kant van de grote glazen deur ongeveer op hetzelfde moment dat ze mevrouw Jenkins aan de overkant van de weg op een bankje zag zitten. Sterker nog, ze liep bijna in de richting van mevrouw Jenkins, de weduwe van een arts, die in de buurt woonde en die had geholpen bij de verzorging van haar op sterven liggende moeder. Bella had soms het gevoel gehad dat haar moeder deze lieve, knappe vrouw niet altijd dankbaar was geweest. Misschien had ze haar af en toe zelfs een beetje onheus behandeld.

Ze zag haar vader met zijn schouder tegen de glazen deur duwen en de portier een knikje geven, die toesnelde om de deur voor hem open te houden. Hij had zijn tas bij zich, wat betekende dat hij klaar was voor vanavond, al droeg hij tegen zijn gebruikelijke pietluttigheid in geen overjas, geen hoed, had hij geen paraplu bij zich, ondanks het wisselvallige weer. Bovenaan de trappen bleef hij even staan, keek naar de lucht, liep toen naar beneden en sloeg linksaf, het voetpad op langs Fulham Road. Buitenshuis leek hij kleiner, leek zijn chirurgenkostuum eerder ouderwets dan statig, leken zijn benen korter, de panden van zijn jasje een beetje te lang. Hij liep in de richting van hun huis, maar Bella wist zelfs voor hij het pad verliet, de weg overstak en terugliep onder bomen, al waar hij heen ging.

Hij hield de panden van zijn jasje opzij om naast mevrouw Jenkins te gaan zitten. Ze raakten elkaar niet aan. Er vond eigenlijk helemaal geen begroeting plaats. Ze zagen er schuldig noch onschuldig uit. En hij zag er zeker niet uit als een ouwe sok. Hij zag er knap uit, in de kracht van zijn leven, sterker nog, hij zag eruit als een minnaar.

Een leven vol gefluister kwam bij haar boven, ingehouden gefluister achter muren dat vanuit hun oude huis in Dublin met hen mee was gereisd. Natuurlijk. Er was altijd een mevrouw Jenkins geweest. Ze was er geweest toen haar moeder op sterven lag. In Dublin was er iemand anders geweest. Er zou altijd een mevrouw Jenkins zijn. Dat was altijd het punt geweest. Een volwassen dochter paste niet bij zo'n type man. Ze had gewoon in de weg gelopen.

Die avond ontstond het idee van de geldrol. Zodra Bella thuiskwam haalde ze de enveloppen van de Signora uit de portefeuille, maakte de enveloppen open, spreidde het geld netjes uit op bed en begon te rekenen. Eerst de tickets. Waarom moest ze eerste klas reizen, zou tweede niet net zo goed kunnen? Als ze morgenochtend nu eens naar Thomas Cook ging en vroeg of ze die tickets kon inwisselen en geld terug kon krijgen? Ze zou een verhaal kunnen ophangen over geldzorgen en een ziek familielid. Een beetje minder comfort, misschien zelfs veel minder voor zover ze wist, maar de beloning zat hem in het geld terug. Waarom niet?

Daarna bekeek ze de verschillende uitgaven, trok wat ze dacht nodig te hebben af van het bedrag dat de Signora daarvoor had vrijgemaakt. Als tijdens de reis de noodzaak daartoe zich aandiende, konden altijd nog aanpassingen worden gedaan, maar ze vond het al een heel bemoedigend begin van haar plan. Ze voelde zich steeds beter.

Nu kwam ze op dreef en met een hoofd vol bezuinigingsplannen liep ze naar de kamer van haar moeder. Dit keer ging ze er zonder emoties heen, doorzocht elke lade, handwerkdoos of geborduurde tas die haar moeder in haar leven bij elkaar had vergaard.

Eerst pakte ze alleen die snuisterijen en juwelen die haar vader waarschijnlijk niet zou missen, maar bij nader inzien besloot Bella de dingen in te pikken waar ze het meeste geld voor zou krijgen. Wat zou hij tenslotte gaan doen? Haar helemaal achternareizen naar Sicilië? Scotland Yard inschakelen?

Toen ze al wat slaperig in bed lag, deed Bella haar ogen dicht en probeerde ze in de toekomst te kijken. Haar blik reikte tot Sicilië, stil en verschroeid als Afrika. Daarachter een ander landschap en daarachter een pulserende donkere röntgenfoto. Hoe verder ze keek, hoe donkerder het werd. Toch kon ze niet zeggen dat het ooit volstrekt duister was. Ze kon alleen zien dat er geen horizon was, dat de landschappen gewoon doorgingen, het ene achter het andere: daar kwam nooit een einde aan.

Haar vader zei dat hij het station zou overslaan. Op zijn leeftijd vond hij een afscheid eigenlijk te zwaar. 'Ik zal er nog één ding over zeggen, als je dat goedvindt?'

'Ja?'

'Onthou goed: je bent geen bediende. Knoop je dat in je oren, Bella?'

'Ja.'

'Je bent de dochter van een chirurg. Vergeet dat niet. En schrijf, natuurlijk. Laat me weten hoe het met je gaat. Maak mijn saaie leventje een beetje spannender.'

'Natuurlijk.'

'Beloof me dat je goed eet. Niet geïrriteerd kijken, het moet gezegd worden, je weet hoe je bent als... Nou ja, als je zegt dat je eet, eet je. Daar laten we het bij. Hoe gaat het trouwens met die rug van je?'

'Prima.'

'Mooi, mooi. Ga maar staan, dan zullen we even kijken.'

Hij drukte met zijn vingers langs haar ruggengraat, soms stopte hij even om te vragen. 'Hoe voelt dit? En dit?' Daarna gingen zijn vragen over in wat gebrom. Ten slotte klopte hij haar op de schouder.

'Blijf die oefeningen doen, de kromming moet intact blijven, dat is de truc. Als je opstaat, maak dan deze draaibeweging.' Hij legde zijn handen op zijn heupen en duwde zich naar voren, zoals hij altijd deed als hij die demonstratie gaf. 'Snap je?'

Ze knikte en keek weg.

'En nu wegwezen. Ik zal je missen. Maar dat hoef ik jou niet te vertellen. Veel geluk, Bella. Goeie reis.'

Ze dacht dat er nog iets zou komen, dat hij haar zou omhelzen, nog iets zou zeggen... iets om haar moed in te spreken. Wat dan ook. Maar hij liep de trap alweer af.

Bella wachtte tot hij weer in de gang was. 'Vader?'

'Ja, schat?'

Ze kwam een paar treden naar beneden en met zijn jas over zijn arm draaide hij zich naar haar om.

'Zou ik nog wat geld mogen, alstublieft?' vroeg ze.

'Geld?'

'Ja, als u het niet erg vindt.'

Hij liet zijn armen zakken. 'Tja, natuurlijk. Ik bedoel, ik dacht dat ik je al iets had gegeven?'

'Ik zou er graag nog iets bij willen hebben. Voor alle zekerheid. Als u dat goedvindt.'

'Ik heb misschien nog veertig pond in de kluis. Ik kan ook een cheque uitschrijven.'

'Veertig is genoeg, dank u wel. Zoals gezegd, het is alleen voor het geval dat. Wilt u het op uw bureau leggen voor u weggaat? Tot ziens, vader, zorg goed voor uzelf en werk niet te hard.' Ze knikte, draaide zich om en liep de trap weer op.

Bella wachtte in haar slaapkamer op de taxi. Door het achterraam zag ze dat het in de tuin krioelde van de katten en mevrouw Carter keek er met een bezem in haar hand verbijsterd naar, alsof ze erachter probeerde te komen waardoor ze werden aangetrokken.

Bella liep naar het voorraam. Beneden op straat was de zomer duidelijk vroeg begonnen: er waren meer mensen dan gebruikelijk, ze liepen er ontspannener bij, in lichtere kleren, gemaakt van dunnere stof. Mousseline voor de ramen in plaats van zware gordijnen; een donkerrode mat die uit een raam verderop hing te luchten als de tong van een hond. Aan de overkant stopte een meid met het schrobben van het stoepje en keerde haar gezicht naar de zon. Bella liet het schuifraam zakken en leunde naar buiten om de geur van verse verf op te snuiven en te luisteren naar het geknars van de schaar van een tuinman.

En het enige waar ze deze straat, deze wijk, dit seizoen altijd mee zou associëren: de neerhangende lichtblauwe en zachtpaarse trossen van de Chinese blauweregen. Tegen puien en over gevelspitsen heen, langs balustrades en boven deuren van al die huizen in Chelsea.

Sicilië, 1933

Vanaf het scheepsdek ziet ze signor Pino al staan. Hij is de enige die kalm is daar beneden op de kade, de enige die niet naar een noodgeval lijkt te rennen of ervandaan. Behalve de emigranten die wachten om aan boord te gaan van het schip naar Amerika. Ze staan wat opzij als donker, zwijgend kreupelhout, tassen als honden aan hun voeten, kleren die zwaar en formeel zijn; op hun begrafenisbest, vermoedt ze.

Pino draagt een rijbroek en hoge laarzen, als iemand die staat te wachten tot zijn paard wordt gebracht. Naast hem houdt een jongetje met gemillimeterd haar een schoollei boven zijn hoofd. Zodra de rij zich met een aarzelende schok in beweging zet, baant het jongetje zich een weg naar de loopplank, toont zijn leibordje aan degenen die al naar beneden gaan en loopt met ze mee als ze de vaste wal op stappen, houdt hun het bordje voor, wijst op de tekst, tot hij zeker weet dat die door iedereen gelezen en begrepen is. Daarna worstelt hij zich tussen vergelijkbare jongetjes met vergelijkbare bordjes door terug naar de loopplank en de volgende groep passagiers, om het hele ritueel opnieuw te beginnen.

Het duurt even voordat ze de naam die op zijn leitje is gekrijt herkent: Signora Stvart, de 'u' op z'n Grieks als een 'v' geschreven. Ze had zich helemaal geen zorgen hoeven maken dat ze Bella heet. Hier zal ze, zoals iedere andere volwassen vrouw, gewoon signora heten.

De jongen onder het bordje lijkt over z'n toeren, bang dat hij haar nooit vindt en dan ook geen geld krijgt, vermoedt ze. Ze probeert zijn aandacht te trekken, maar haar gebaren zijn te bedeesd en zijn blik gaat te snel heen en weer om het te zien.

Bella loopt de plank op en opeens is de hitte er, ze voelt zich bijna gekastijd: de slagkracht ervan, de hevigheid waarmee haar gezicht en haar hals worden belaagd. Een paar keer doet ze een stap terug, tot ze ten slotte accepteert dat vanaf nu de hitte haar in haar greep zal hebben.

Dus schuift ze langzaam de ochtend van de haven van Palermo in, en ze kijkt naar de rij voor haar, zoals die aan land komt en zich opsplitst over andere rijen. Sommige zijn alfabetisch gerangschikt om het ophalen van de bagage of de afhandeling door de douane te versoepelen, andere blijken een officieel, zij het ietwat onduidelijk, doel te hebben. Op verschillende punten duikt een agent op, zwart uniform en op zeemeeuwen lijkende handschoenen, die gracieus zwaaiend met een knuppel mensen uit de groep in een rij dirigeert; tot aan de hal is het zover het oog reikt een keurig opgestelde verzameling schuifelende wachtrijen.

Ze loopt de loopplank af, stapt uit de rij en wacht op Pino. Bella ziet dat hij haar al heeft ontdekt en zich door de menigte heen manoeuvreert, heup naar voren en zo behendig als een kelner. In zijn hand heeft hij een ouderwetse hoed met voile en hij draagt een zonnebril. Als hij bij haar is, maakt hij een kleine buiging en zakt zijn bril naar beneden, en ze kijkt glimlachend in een paar grote insectenogen. Hij staat weer rechtop en ze probeert iets te zeggen, iets onnodigs, zoals dat ze hem wil vertellen dat zij signora Stuart is en hij signor Pino moet zijn. Maar de herrie op de kade is immens, het is onmogelijk om je ervoor af te sluiten en ze kan zelfs haar eigen stem niet horen. Desalniettemin valt het haar op dat Pino haar lippen probeert te lezen. Ze houdt op met praten. De effecten van beweging en geluid manifesteren zich direct en heftig: wielen, fluitjes, armen, benen, gierende machines, ruziënde stemmen. In de verte een gevaarlijk zwaaiende vracht, waarvan ze met haar door vermoeidheid vertekenende blik denkt dat die op de zijkant van Pino's hoofd afstevent. Ze weerstaat de aandrang om hem in veiligheid te duwen en kijkt de andere kant op.

Honderden kinderen; ze heeft er nog nooit zo veel gezien. Hele zwermen, blootsvoets en bakkeleiend om aandacht. Bella probeert vooral kalm te blijven, terwijl de een na de ander naar haar toe komt. Iedereen heeft iets te verkopen: lavendelmandjes, rozenkranskralen, zakjes met kersen of suikersnoepjes, alles wordt haar onder de neus geduwd. Anderen lijken alleen in beloften te handelen: een radslag, of ze alleen even opzij wil gaan. Een liedje, of ze alleen even wil luisteren. Een novene voor de volgende negen vrijdagen gewijd aan Sant'Agata met de afgesneden borsten.

Ze overweegt Pino een hand te geven, maar zijn handen zijn plotseling bezet en niet langer beschikbaar: een keer knippen met zijn vingers en de kinderen laten zich net zo gemakkelijk verjagen als vliegen. Hij geeft haar de hoed; pakt het bagagereçu uit haar hand, klapt drie keer met zijn handen in de lucht om een kruier, stuurt het jongetje weg terwijl hij hem een muntstuk toewerpt, geeft het reçu aan de kruier die zich heeft gemeld, trekt de krokodillentas uit haar handen, ook al stribbelt ze tegen, en hij wenkt haar ten slotte mee op het meanderende maar doelgerichte pad dat hij al door de menigte heen aan het snijden is.

Ze lopen naar de uitgang, langs douane- en immigratiebeambten, politieagenten en mannen in Hollywoodpakken. Pino begroet sommigen met een knikje of geeft ze een hand, omhelst ze soms, doet dat alles zonder echt stil te blijven staan. Ze voelt de blikken van haar medepassagiers zich losmaken van hun respectievelijke wachtrij om te zien hoe zij bevrijd van haar bagage en verdere rompslomp langsloopt.

Ze lopen daarna door een arcade tussen de schreeuwende mannen achter hun stalletjes, het tijdelijke comfort van de schaduw. Pino neemt haar mee bij de elleboog tot ze in de brandende zon lopen en hij leidt haar naar een leren achterbank. Ze zit nu in een auto, een open zwarte auto, waarvan het dak naar achteren is gevouwen als bij een kinderwagen, en ze kijkt om zich heen als een baby. Achter haar scheldt Pino iemand de huid vol en zijn stem verrast haar, eerst door het volume, daarna door de boosheid ervan, en niet in de laatste plaats door het feit dat ze überhaupt weet dat het zijn stem is. Ze draait zich om en ja, het is Pino. Hij probeert heftig gesticulerend iets duidelijk te maken aan de kruier aan wie eerder haar bagage was toevertrouwd. Ze voelt medelijden met de arme man, wiens lichaam wordt gemangeld en gemarteld door bagage die niet van haar is. Langzaam kijkt ze de andere kant op.

Nu ziet ze vlakbij een stalletje, een berg ijs uitgestort op een tafel. Een jongetje, bruin en mager, knijpt erboven een stuk citroen fijn en met zijn hoofd schuin controleert hij of het sap op het ijs druppelt. Met zijn andere hand mept hij de vliegen weg of plukt hij ze van het ijs. Een hond ligt gelijnd aan een poot van de kraam, een schurftig mormel, met ribben die uit zijn vel lijken te knappen en een droge gelige tong. Nu en dan aait de jongen de hond met zijn blote voet. Of hij onderbreekt even het werk om zijn hand naar beneden te houden zodat de hond die even een lik kan geven.

Ze voelt zich eigenaardig. Alles om haar heen wordt vergroot: de vergrote tong van de hond, de verlengde voet van de jongen, zelfs de vliegen op het ijs lijken herkenbare gezichten te hebben gekregen, met vliegenogen die haar aanstaren. Ze merkt dat Pino ziet hoe zij naar dat jongetje kijkt en voordat ze het misverstand kan voorkomen, heeft hij zich over het portier gebogen met een stuk ijs in zijn hand, gewikkeld in een hoorntje van bruin papier. Hij reikt het haar aan en wijst naar de hoed. Ze denkt dat hij bedoelt dat de zon heel krachtig is. Hij zegt dat de kap van de auto stuk is en dat ze daarom een hoed moet opzetten. Dat herhaalt hij, langzaam, woord voor woord, eerst tegen Bella, daarna tegen de omstanders in een snellere, bijna verontschuldigende versie. Waarom begrijpt de Engelse signora het niet? Ze moet die hoed opzetten! *'Deve mettersi il capello!'*

Het hoorntje ijs begint al te smelten in zijn hand. Hij kijkt ernaar en smijt het dan op de grond.

Een vrouw stapt naar voren, zegt tegen Bella dat ze moet doen wat haar wordt gezegd, om *brava* te zijn, in godsnaam die hoed op te zetten voordat ze levend wordt gegrild. Bella probeert het wel, maar het lukt haar niet om haar hand te laten gehoorzamen... Ze ziet dat Pino bang is dat ze misschien flauw gaat vallen. Iemand heeft het ook gezegd: *svenire*, flauwvallen. '*La signora sta per svenire.*' Ze wil hem vertellen dat hij niet bang hoeft te zijn, dat ze zich heel stevig voelt, steviger dan ooit, hier op deze achterbank, alsof ze erop vastgenageld zit. Het is haar geest die te licht is, die probeert weg te zweven als een ballon aan een touwtje die ze steeds naar beneden moet trekken. Ze vraagt zich af hoe je in het Italiaans zegt: 'Mijn geest is een ballon, die wegzweeft aan een touwtje.'

Pino stapt in de auto, zijn ogen zijn opeens blauw. Bijna meteen wordt hij vrijpostig.

'Zeg...' begint ze te protesteren.

Haar handschoenen zijn voor hem geen probleem, die zijn haar handen meteen ontrouw. Naakte handen. Nu pakt hij er een en geeft tikjes op haar pols. De stemmen van het groepje mensen sluiten haar in.

'*Mi scusi*', zegt Pino en hij stopt zijn vinger onder het kraagje van haar blouse.

'Alstublieft', zegt ze. 'Nee. Dat mag niet. Niet doen. Nee, zei ik!' Het bovenste knoopje springt los. 'Ik maak hier melding van. Echt waar. Ik ga gillen.'

'Signora? Signora?'

Het woord signora komt en gaat soepel uit zijn mond en het blauw is uit zijn ogen gelekt en over zijn gezicht. Ze doet haar ogen dicht. Ze voelt dat hij haar kin pakt en die heen en weer schudt. Haar hoofd vult zich met zwarte vlekken en draden elektrisch licht. Een man wil weten of ze heeft gegeten. Een ander vindt dat ze de dokter moeten bellen; die Engelse vrouwen met hun dunne botten en waterige bloed, daar kan tenslotte van alles mee gebeuren! Er ontspint zich een discussie, het woord *medico* valt, ene *Dottore Amalfi* wordt voorgesteld.

'Precies,' zegt ze, 'dat is volkomen juist.'

'Signora?'

'Ik ben geen bediende. Ik ben de dochter van een chirurg.'

Pino zucht, houdt van alles onder haar neus: tabak, reukwater en iets scherpers, knoflook misschien. Hij pakt haar kin steviger beet. '*Uno, due, tre*', hoort ze hem zeggen, en dan stuwt er een golf ammonia haar neus in en breekt haar brein open. Haar oogleden knappen open, ze hoort zichzelf naar adem happen, en even denkt ze dat ze misschien wel aan het verdrinken was en nu uit het water getrokken wordt.

De hoed wordt van haar schoot af gehaald en op haar hoofd gezet. Schimmen in de mist. De voile wordt teruggerold en nu kan ze het publiek zien: bruin, verweerd, hoeden en sjaals. En Pino, met zijn gezicht veel te dicht bij dat van haar, en zijn hand op haar schouder. Een suikertaartje arriveert, een kop koffie, een glas water. Een vrouw met een dienblad, een lang wit schort onder de vlekken. Bella wordt aangemoedigd iets te eten. U moet iets eten, zegt de vrouw. '*Deve mangiare.*' Iedereen lijkt het erover eens te zijn dat al haar problemen voorbij zullen zijn zodra ze iets eet. Zelfs de kinderen doen mee, joelend en klappend: '*Mangi, mangi, mangi.*'

Bella gehoorzaamt. Het taartje is zoet, room en jam gutsen eruit. De koffie is drabbig, zwart en bitter. Het water smerig. Pino wappert een zakdoek tevoorschijn, veegt haar mond en kin af. Ze voelt zijn vingertoppen door de stof heen; haar lippen geven mee met de beweging van zijn vingers. Hij gaat met de zakdoek naar haar jurk, waar hij hem even laat zweven voordat hij hem aan de vrouw geeft die het karwei veel ruwer afmaakt. Iemand biedt haar een nieuw stuk ijs aan. Ze neemt het aan.

'*Sta bene, Signora?*' vraagt Pino.

Ze knikt en dan is hij weg.

Ze ziet hem weer als hij bij de standplaats van de muildieren staat, met een hand op de schouder van de kleine kruier; beide mannen glimlachen, praten, roken, eten onderwijl een taartje, steken hun tong uit om de room op te vangen, reiken naar kleine koffiekopjes op een dienblad dat wordt vastgehouden door de vrouw met het vuile schort. Bella knippert met haar ogen en ze zijn verdwenen.

Bella schuift een kussen in haar rug en nestelt zich. Ze leunt met haar schouder tegen de opgevouwen kap, zuigt op een stuk scherp smakend citroenijs. Achter haar hoort ze dat de bagage op het rek wordt geladen en vastgebonden, en even maakt ze zich weer ongerust over haar krokodillentas, het etui met geld, de juwelen van haar moeder die ze nog niet heeft verkocht. Dan vallen haar ogen dicht.

Ze ziet een rij muildieren met blauwe ogen. Een vrouw met een schort en één afgesneden borst. Een hond met een schurftige rug. De hond tilt zijn poot op en plast een geel straaltje over een hoopje ijs. De vrouw loopt naar haar toe.

Ze mist de trage schommeling van de zee, die vreemde spierkracht, die alles voortstuwt en de indruk wekt altijd de leiding te hebben. Net als de grote zwarte auto, die resoluut zijn eigen neus achternarijdt van Palermo naar hier, blaft en briest naar alles wat in de weg dreigt te gaan staan, niets van haar vraagt, niets van haar verwacht, alleen dat ze blijft pendelen tussen slapen en waken.

Nu ze zelf verantwoordelijk is voor haar mobiliteit, merkt Bella dat ze zich niet graag verplaatst. Niet dat ze enthousiast wordt van waar ze is, in deze kolossale schemerige kamer, met weinig meubels.

Verderop verheft zich een bed als een tombe, met vleugels van mousseline en een matras rijk gevuld met wat ganzendons zal zijn. Zelfs van hier kan ze zien dat die haar rug niet veel steun zal bieden. Aan deze kant van de kamer staan een verfijnde stoel en een laag laktafeltje; de zitting op de stoel is een roze ruit waar ze niet op durft te gaan zitten. Een reusachtige spiegel tegen de achterwand, waarbinnen haar spiegelbeeld zich verstopt als een geestelijk gestoorde buurvrouw bij het raam. En de vloer: een marmeren piazza. Een groot lichtgeel tapijt in het midden. En dat is het eigenlijk, geen ladekast, geen kaptafel, niet eens een haakje om een jasje op te hangen, nergens een plek om haar persoonlijke spullen uit te stallen, en ook niet om ze ergens weg te bergen.

'Als ik u was, zou ik pas uitpakken als de Signora u gesproken heeft', had de huishoudster gezegd toen ze de trap op liep; Bella schrok van het schrille Londense accent dat tot honing versmolt zodra ze hangend over de leuning Italiaans sprak tegen de zwoegende bedienden die de bagage uit de gang omhoogsjouwden. Een Engelse huishoudster. Bella had zich toen minder alleen gevoeld, omdat ze dacht dat er nu in ieder geval één iemand was met wie ze kon kletsen. Maar uit de houding en de ontwijkende blik van de huishoudster bleek al snel dat ze niet het type was om lekker mee te kletsen.

'Het diner is om zeven uur. De Signora zal van tevoren met u spreken. Maria komt u dan halen. Ik zal het meisje naar boven sturen met water om u op te frissen.'

Door een paar hoge deuren trok de huishoudster zich met haar rijtje bedienden terug, waarbij de laatste, een oudere man met lichtroze handschoenen, met veel kabaal de kamer verliet. Bella had niet kunnen besluiten of ze zich nu opgesloten voelde in haar kamer of buitengesloten van de andere bewoners.

Drie uur tijd te doden. Bella kijkt naar de ramen met de gesloten luiken. Streepjes licht piepen tussen de latten door. Een warme kooi over haar gezicht en handen. Een oneindige stilte buiten. Ze blijft een tijdje staan luisteren of iets die stilte verbreekt. Uiteindelijk doet ze dat zelf door de ijzeren klinken te lichten en daarna tegen de luiken te duwen tot na veel geknars licht naar binnen golft. Ze loopt naar buiten, knippert met haar ogen tegen een dansend mozaïek van geel en goud.

Nu staat ze op het terras. Ze heeft geen idee hoe ver ze van de rest van de wereld is. Ver buiten het terrein van deze villa ligt een pokdalige berg, met een roodbruin stadje dat als een opgedroogde wond op de helling ligt. Dat zou tien kilometer ver kunnen zijn, maar ook honderd. Er zijn nog andere bergen, overal verspreid in het landschap, andere dorpjes en stadjes. Maar niets wat met het blote oog zichtbaar is, herinnert haar aan de rit die ze net nog met Pino heeft gemaakt. Ze moet het grootste deel van de tocht hebben geslapen; alleen het laatste kwartier of zo, toen ze wakker was geworden en het gevoel had dat ze er bijna was, had ze alert rechtop gezeten.

Waar is het allemaal gebleven? De laatste kilometers, de hoge hekken waar ze ten slotte doorheen moesten. De honden die tot stilte werden gemaand door een man met een kromme rug. De portiersloge waar Pino even naar binnen was gegaan om een bovenmaatse sleutel aan te pakken van een kind met een bovenmaats hoofd. De escorte van cipressen langs de laan; bloemen die eruit hadden gezien alsof ze op hun stelen waren geschilderd. En Pino, zijn auto. Waar is dat allemaal gebleven? Bella kijkt naar beneden.

Een tuin met aflopende terrassen, balustrades en marmeren vazen. In de verte standbeelden op een laag muurtje. Een fontein met een cherubijntje schrijlings op een soort vis. Dichter bij het huis een strak perk, heggen gesnoeid en gebogen naar iemands geometrische wil. Aan haar linkerhand een oprijlaan naar de villa. Dit kan natuurlijk alleen de voorkant van het huis zijn. Die kan toch niet voor leveranciers bedoeld zijn? En toch. De ingang die Pino en zij hadden genomen had toch ook op de hoofdingang geleken. Ze had een loggia gezien; een breed stenen bordes naar een grote hal, donker en barmhartig koel. Trappen en bedienden. De Engelse huishoudster. Kroonluchters. Maar een andere oprijlaan. Een rij libanonceders aan een kant. Een vijver. De vijver werd beheerd door een grote gietijzeren kikker op één poot. Nog een perk, bloembedden in plaats van buxushagen, smeedijzeren sierwerk aan de rand. Een gazon met drie bankjes. Het had haar doen denken aan een Engels stadspark, ze had half verwacht dat er mannen kranten zaten te lezen, vrouwen op kinderen aan het letten waren, vliegers.

Bella loopt naar het einde van het terras, tuurt opzij over de balustrade; citroengeur en een boomgaard. Ze kijkt naar voren en weer ziet ze niets bekends in het landschap, zelfs niet de contouren van een weg waar een auto zou kunnen hebben gereden. Alleen hier en daar wat veldjes en de wirwar van wilde bloemen, droge bruine bergen en jichtige bomen.

Nu herinnert ze zich haar vertrek uit Palermo en hoe haar geest op een zwaaiende stormlamp had geleken, in en uit het duister. De verflaag die van de gevels bladderde. Roze koepels op de kerken. Daarna niets, totdat... Struikgewas en de geur van amandelen. Geritsel van zilverkleurige blaadjes. In paniek wakker wordend op een weg die zo steil was dat ze dacht dat ze uit de auto zou tuimelen. Daarna viel ze ondanks de paniek bijna meteen weer in slaap. Platte daken, bros en gebarsten in de zon. Als ze haar arm uit de auto had gestoken, had ze die kunnen aanraken; ze zouden in haar hand verkruimelen als verdroogde botten.

Een groot vierkant gazon. Pino was gestopt en bracht haar een tinnen beker met koel water. Oude gebruinde gezichten met petten, die aan houten tafels een of ander spel speelden. De schaduwkoepel van een boom hield hen gevangen. Citroenen vielen uit bomen. Limoenen. Weer wakker worden doordat kinderen op de treeplank van de wagen sprongen. Pino boog opzij om een zweep te pakken waarmee hij uithaalde, of dreigde uit te halen, naar de kinderen. Ze had geprobeerd te zeggen dat hij moest stoppen. De kinderen sprongen er een voor een af, gillend en joelend in een wolk van stof. Twee van hen blond, een rossig, tot haar verrassing.

Weer donker. Oranje flarden. Op de achterbank opzijgegooid worden, dan weer naar voren, dan weer naar achteren. Pino die met zijn arm op de rugleuning vroeg of alles goed was. Ze reden onder een boog door, lepreuze muren die de auto omsingelden, vrouwen die boven haar uit het raam hingen, naar elkaar schreeuwden. Het geluid was oorverdovend, verstikkend, totdat ze gelukkig weer door de slaap werd overmand.

De hele autorit door kwamen de geluiden van de haven af en toe bij haar terug: in een plotse jodelroep uit de motor, in opspattende steentjes vanonder de wielen, in de vittende stemmen van geitenhoeders die ze onderweg waren gepasseerd. Zelfs de kerkklokken die in een of ander stil en muf stadje zachtjes om haar heen begonnen te beieren, werden begeleid door de geluiden van de haven. Vlak voordat ze definitief wakker werd, was de weg stoffiger geworden en had de auto een lichte zwenking gemaakt, was plotseling gestopt. Door haar voile was het achterhoofd van Pino opgedoemd, terwijl een grote groep schapen om de auto heen hobbelde. Pino had een sigaret opgestoken en had rustig doorgerookt zelfs nog nadat de kudde was vertrokken, de stilte en verstilling in.

Stilte en verstilling. Geen gevoel van plaats. Geen gevoel van wat dan ook.

Bella schrikt op als haar aandacht weer naar het terras wordt getrokken. Een rebbelend geknerp in de tuin beneden; mechanisch, een beetje muzikaal zelfs. Natuurlijk, krekels! Bijna tegelijkertijd ziet ze diagonaal iets over de muur van de boomgaard flitsen. Een hagedis! Ze heeft die tot nu toe alleen in een kooitje of een prentenboek gezien, en ook heeft ze nog nooit het geluid van zoveel krekels tegelijk gehoord. Een kinderlijk plezier maakt zich van haar meester. Ze beseft nu de reikwijdte van haar reis, hoe ver ze van huis is.

Terwijl de hagedis de citroengaard in glipt, ziet ze iemand tussen de bomen door lopen. Een langzame gestalte, hoofd bedekt en gebogen, de jurk zwart en lang. De gestalte loopt dieper de boomgaard in; het gebladerte dat zich om de gedaante heen vouwt, onttrekt hem aan Bella's blik. Plukjes groen en speldenpuntjes licht. De gestalte duikt weer even op en Bella ziet nu dat het een non is.

Ze loopt weer de kamer in die baadt in het zonlicht en waar het tapijt nu een gouden zijdeglans heeft. Nachtegalen langs de randen. Er loopt een glinstering door. Als ze haar hoofd beweegt of een stap opzij doet, beweegt de glinstering met haar mee. Ze bukt en streelt de zijde. Warm en zacht, de stof lijkt te reageren op haar hand. Ze trekt haar schoenen en kousen uit, schuift het tapijt in de baan zonlicht, gaat langzaam languit liggen. Ze geeft met haar voeten en haar handen klopjes op het tapijt, strekt haar tenen, en Bella voelt haar ruggengraat zich voegen naar het tapijt, met de zonneschijn op haar gezicht.

Hoog in een hoek van de kamer zit een onverlicht votief, erboven een kroonlijst. Ver boven haar dansen cherubijnen op het plafond.

Maria heeft een misvormde onderlip. Sponsachtig en paars hangt hij naar beneden. Kortgeknipt haar op een groot hoofd, een gezicht van strak gesneden cederhout. Ze heeft enorme handen, gespierde onderarmen en een paar ongelukkige benen, krom als een hoepel.

Als ze geen jurk met roze stippels aanhad, zou Bella haar voor een man hebben gehouden, misschien een gepensioneerde jockey. Nu Bella met Maria meeloopt naar signora Lami, had ze zich geen lievere, sympathiekere gids kunnen wensen. Bijna onmogelijk voor te stellen dat dit dezelfde Maria is van nog zo kortgeleden.

Bella denkt aan het jonge meisje dat eerder bij haar was gekomen met een kom water, handdoeken en een pot koud geworden citroenthee. Het meisje had Bella aangetroffen toen ze nog maar net op was van haar dutje op het tapijt, nog steeds met blote voeten. Knap meisje, haar naar achteren gebonden met een geruite sjaal, een kind eigenlijk, een jaar of negen, tien. Ze was helemaal verbijsterd door de aanblik van Bella's voeten. 'Net marmer!' had ze uitgeroepen. '*Come marmo!*'

Terwijl Bella zich had voorbereid op haar gesprek met signora Lami, was het kind bij haar gebleven, huppelend door de kamer, kleine klusjes verzinnend die haar nog wat zouden ophouden. Ze wilde de kam van de signora voor haar vasthouden. Ze wilde de nachtpon van de signora klaarleggen op bed. Ze wilde het stof van de reis van het jasje van de signora borstelen.

Lena, had ze gezegd dat ze heette; niet negen of tien, maar dertien was ze. Veel te klein voor haar leeftijd.

Ze had met een doek over Bella's schoenen gewreven, met haar hoofd schuin hing ze een buitenissig verhaal op over een nicht en haar minnaar waarvan Bella vermoedde, hoewel ze er maar stukjes van begreep, dat het vol verlekkerde leugens zat. Toen was Maria naar binnen komen stormen en was vreselijk tekeergegaan. Iets over Lena die nog steeds hier was in plaats van beneden in de keuken. Hoe verder Maria de kamer in kwam, hoe woedender ze leek te worden. Na een tijdje begon Bella te begrijpen dat het kwam doordat het zijden tapijt in de zon was blijven liggen. Hiervoor had het kind de volle laag en alle schuld gekregen; zo respectloos om een kostbaar tapijt zo bloot te stellen, nu was het alleen nog maar geschikt voor honden om erop te liggen. Dit zou worden gemeld aan de Signora. Lena zou ontslagen worden, zou in Palermo op straat moeten leven als de *puttanella* die ze kennelijk was. Terwijl Maria het kleedje in veiligheid trok, had Bella haar uiterste best voor kleine Lena gedaan door uit te leggen dat het haar fout was geweest en niet die van Lena. Maar Maria leek het niet te horen. Het was alsof ze zelfs niet zag dat Bella in de kamer was. Met een onderlip die opgewonden op en neer danste was Maria driftig op Lena afgestapt, had haar hand achter de geruite sjaal gestoken en een pluk haar vastgepakt. Het hoofd van het kind schoot naar achteren, haar ogen vol tranen.

'O!' hoorde Bella zichzelf zeggen. 'Toe nou. Alsjeblieft!'

Eindelijk zag Maria haar en wierp haar een blik toe die leek te zeggen dat als Bella niet uitkeek, zij weleens de volgende kon zijn.

Nu ze door de wirwar aan gangen van de villa lopen, lijkt Maria het incident helemaal vergeten te zijn. Bella begint zich af te vragen of Maria wel helemaal goed bij haar hoofd is.

Als ze even stilstaan bij de geopende deur van wat een kapel blijkt te zijn, ziet ze de non weer, biddend weer. Bella overweegt Maria naar de non te vragen, wie ze is en waarom ze hier is. Ongetwijfeld zal Maria haar van dienst willen zijn. Sinds ze de kamer en het huilende kind achter zich hebben gelaten, strooit ze achter elkaar met de schitterendste roddelparels. Bella heeft het meest kunnen opmaken uit de uitdrukking in Maria's ogen, de druk gesticulerende handen, het zachter praten telkens als ze langs een bepaalde kamer of bediende komen, en ze heeft in feite weinig of niets begrepen van wat er werd gezegd. Misschien heeft Maria haar al het hele verhaal van de non verteld.

In de kapel knielt de non in het midden van de communiebank. Aan beide kanten staan twee grote, fel brandende kaarsen, die haar vleugels van flakkerend licht verschaffen. Haar rechte, donkere rug straalt zoveel rust uit. Bella wacht terwijl Maria haar grote hand in het wijwaterbakje voor de kapeldeur petst en een kniebuiging maakt. Ze slaat een kruisje, begint luid een gepassioneerd gebed te fluisteren en wankelt uiteindelijk weer overeind op haar beentjes en kletst weer verder; dat tempo houdt ze vast tot ze een hoek omslaan en aan het einde van de gang de Engelse huishoudster bij de trap zien staan. Dan valt Maria midden in een zin stil.

De Engelse huishoudster daarentegen heeft niets te zeggen. Als Maria de voogdij overdraagt (zo voelt het tenminste), krijgt Bella niet meer dan een knikje. Een tijdje en veel trappen later: 'Wacht hier, alstublieft, de Signora komt zo.'

Weer een kolossale kamer. Haar moeder zou hem hebben omschreven als 'elegant ingericht'. Voor een huis aan Kensington Square misschien of een artikel in *Household Miscellany*. Hier past het meubilair niet, het is te subtiel en staat er verloren bij, omgeven door zoveel hoogte en ruimte. Een toneel opgebouwd in een leeg theater.

Bella vraagt zich af hoe de Signora haar het beste kan aantreffen: zittend, staand, rondlopend? Dan ziet ze de foto's die in secties zijn gerangschikt aan een muur en in groepjes op losse tafels, zijtafeltjes en boven op een vleugel helemaal aan de andere kant van de kamer (waar een hele regatta van zilveren lijstjes een zacht glanzend zwart meer lijkt over te steken). Dat is misschien de beste optie, om aangetroffen te worden bij de foto's. Waarom staan die er anders, om bewonderd te worden toch?

Na een tijdje beseft Bella dat er iets vreemds aan deze kleine galerij is. De foto's, genomen op verschillende locaties en chronologisch gerangschikt over verscheidene jaren, blijken maar één onderwerp te hebben: de Lami-jongen. Hier als baby'tje op een bed van kant; een dekentje op het gras; in de armen van een vrouw. Ze volgt zijn ontwikkeling en ziet hem nu als grotere baby, zonder zo'n dikke luier nu met zijn eigen modelletje: zittend in bad petsend op zeepbellen; gevangen als een rechtop gezette schildpad in een hoge stoel zwaaiend met een lepel; liggend op de sofa terwijl hij één teen vasthoudt. Een knappe baby, lachend en mollig, altijd mooi in beeld zonder dat hij zich daar bewust van is.

Al wat ouder staat hij nu op dikke, onzekere beentjes. Lijstje voor lijstje worden de benen rechter en steviger. Ze beginnen te veranderen, worden langer, een beetje dunner, terwijl de foto's een andere sfeer uitstralen. Nu poseert hij, ernstig en bedachtzaam. En ze moet weer aan het theater denken; het soort publiciteitsfoto's dat aan de muur hangt in de foyer of omhoog langs de trappen in de Grand

Circle. De kleine boogschutter; de jonge ruiter; de aspirant-jager bijna bezwijkend onder het gewicht van een geweer. De jongen bij zijn eerste heilige communie, handen gevouwen in gebed, rozenblaadjes bij zijn voeten. Aan de piano met vlinderdas en in mini-rokkostuum, de jongen als muzikaal wonderkind. Op de laatste foto staat hij opvallend gekleed: een Indiase prins, gezicht bruingesmeerd, compleet met snor en tulband. Een foto die ze niet meer of minder onnatuurlijk vindt dan een van de andere, alsof het gewoon de zoveelste rol is die hij heeft leren spelen.

Die verkleedfoto was de meest recente, gedateerd 1 april 1932, *pesce d'aprile*. Meer dan een jaar geleden nu. Meer dan zes jaar na de eerste foto.

Afgezien van een hond hier, een pony daar, een indrukwekkende verzameling witte pauwen ergens anders, staat hij altijd alleen afgebeeld. Toch kan hij niet altijd alleen zijn geweest. Op de foto met de piano valt de schaduw van een man over hem heen en de hand van de man – manchetknopen in de vorm van zeepaardjes piepen onder de mouwen van zijn jasje vandaan – hangt in de lucht om de pagina van de bladmuziek om te slaan. Verder is er ook nog de foto van de baby in de armen van een vrouw. Maar de schaduw bij de piano is toevallig en de vrouw die de baby vasthoudt wordt bewust buiten beeld gehouden. Alsof de camera alleen de jongen wilde.

Opeens beseft ze dat ze eigenlijk niet weet hoe hij heet. Hoe is dat nu mogelijk? Ze speurt naarstig haar geheugen af, maar daar is niets te vinden. Daar vindt ze alleen 'mijn zoon' in signora Lami's brief, en 'uw zoon' in haar eigen antwoord. Toch moet ze die naam ergens hebben gehoord.

Bella loopt naar de op een kier staande balkondeuren aan de andere kant van de kamer. Ze ziet een reepje terras en voelt een licht briesje door de opening. Ze vraagt zich af of daar de ontbrekende tuin is. Als ze naar buiten zou gaan, naar beneden zou kijken, zou ze hem dan vinden? Ze ziet zichzelf even voor zich, hoe ze als een koekoek snel tussen de deuren door schiet, haar ogen gespitst op een glimpje van de gietijzeren kikker of het drietal parkbankjes. Ze strekt haar nek, doet haar uiterste best om door de zijspleet van de deur te kijken. Er liggen tegels op het terras en iets cirkelvormigs, een wiel. Een briesje zorgt er opeens voor dat de vitrage haar uitzicht belemmert. Ze wacht tot het gordijn weer beweegt om het te kunnen zien. Het wiel van een kinderdriewieler? Misschien is de jongen ook daar buiten en probeert hij verlegen en stiekem alvast iets van haar te zien. (Zijn naam. Ze moet zich zijn naam zien te herinneren.)

Er beweegt iets, een bonk. Het wiel schuift een paar centimeter opzij, stopt. Dat wordt gevolgd door een ander geluid, een vreemd, zwak kuchje, een beleefdheidskuchje, alsof iemand daar buiten wil dat ze zich van elkaars aanwezigheid bewust zijn. Welke kant zal ze op gaan, als ze al iets wil doen? Voordat ze kan besluiten wordt er nog meer gekucht, niets beleefds of zwaks dit keer. Een mannenhoest. Rauw en intens. Een reeks bozige uithalen.

Bella draait zich om en loopt snel van de balkondeuren naar de plek in de kamer waar ze van de huishoudster moest wachten. Met haar rug naar het terras en haar gezicht naar de deur waardoor ze eerder naar binnen was gekomen, zit ze op het puntje van de minst comfortabel uitziende stoel.

Toevallig komt de Signora op dat moment achter haar binnen, bij het terras; kwieke tred, precies in de maat met het kloppen van Bella's hart. Ze staat meteen op van haar stoel.

'Alstublieft', klinkt de stem van de Signora. 'Blijft u toch zitten. Doe geen moeite.' Ze komt voor Bella staan. 'Ik ben signora Lami. Hoe maakt u het? Alstublieft, vergeeft u mij dat ik zo laat ben, het is hier de laatste dagen, laten we zeggen, nogal hectisch geweest. Ik neem aan dat uw reis niet al te zwaar is geweest?'

'Helemaal niet', mompelt Bella, en ze doet een stap naar voren, maar doet ook meteen een stap terug als ze ziet dat signora Lami kennelijk geen hand wil geven.

'Prachtig.'

Het is moeilijk te zeggen wat haar meer verrast: het formele, bijna komisch koninklijke gebruik van de Engelse taal door de Signora of haar uiterlijk. Om te beginnen is ze heel jong. Behoorlijk wat jonger dan Bella, die zich tot nu toe een oudere signora Lami had voorgesteld. Ook is ze heel knap. Maar wel vreemd gekleed. Haar haar

– blond, zo te zien – is opgestoken en gaat van achteren schuil in iets wat niet echt een nonnenkap is maar meer dan een klein kapje. Ze draagt een lange, marineblauwe rok en een gesteven wit schort. In haar ene hand houdt ze een grote glazen bol vast, die Bella al snel herkent als onderdeel van een ademhalingsapparaat, het type dat ze soms in haar vaders werkkamer had gezien. Dan begint het haar te dagen. De Signora is gekleed als verpleegster. Natuurlijk.

'Ik heb de foto's bewonderd', zegt Bella, omdat ze het gevoel heeft dat ze nu ook iets hoort te zeggen.

'Ah, ja.' De blik van de Signora glijdt langs de muur. 'Mijn mans passie.' Dan loopt ze naar een bureau, gaat erachter staan, terwijl ze de glazen bol met één hand omhooghoudt en met haar andere een la openschuift. Die zakt naar beneden en ze houdt hem tegen met haar dij.

'Ik vind wel dat uw zoontje heel fotogeniek is', zegt Bella in de hoop dat ze nu in ruil voor het compliment zijn naam te horen krijgt.

'Ja. Het is een heel knappe jongen', zegt de Signora en ze begint in de la te rommelen. 'Helaas is hij niet hier. Drie dagen geleden heb ik hem naar ons zomerverblijf gestuurd. In Bordighera, aan de Rivièra, u moet er onderweg langs gekomen zijn. Het is redelijk koel vandaag, de hemel zij dank, maar tot nu toe is het weer – hoe zullen we het zeggen? – nogal absurd. Niet erg prettig voor hem, begrijpt u?' De Signora duwt haar heup naar voren en tilt de la weer omhoog met haar dij, en doet hem dicht. 'Het zal u daar bevallen, juffrouw Stuart', zegt ze. 'Daar ben ik van overtuigd. We zijn een klein maar vriendelijk huishouden. En Bordighera is heel beschaafd. Veel Engelsen wonen daar permanent en andere brengen daar 's zomers hun vakantie door. Er is daar zelfs zoiets als een seizoen, bijna zoals in Londen, van november tot mei. Mijn zoon is daar nu samen met zijn muziekleraar.'

'Is hij gek op muziek?' vraagt Bella.

'Nogal.'

De Signora kijkt bedenkelijk en gaat naar de volgende la. 'Ook zijn twee nichten logeren daar enkele weken. Heel aangenaam, neem ik aan.'

'Wat leuk voor uw zoon, iemand om mee te spelen, bedoel ik', zegt Bella weer hoopvol.

'Niet echt, juffrouw Stuart. Ze zijn ouder dan ik, de connectie loopt via mijn man. Zijn eerste vrouw. Ja, Amerikanen. De afgelopen maanden hebben ze Europa 'gedaan', zoals zij zouden zeggen. U weet hoe Amerikanen zijn. Ze werken graag een lijst af. Ze wilden ook naar Sicilië komen, maar daar kon geen sprake van zijn nu mijn man ziek is.'

'Wat naar voor u.'

'Dank u, heel vriendelijk van u. Daarom blijven ze in Bordighera. Een van hen, ik ben vergeten wie, heeft iets gebroken, haar sleutelbeen misschien, dus ze hebben hun reis een tijdje moeten opschorten. Ze tennissen, geloof ik. We hebben een fantastische tennisclub in Bordighera. De allereerste in heel Italië. Tennist u, juffrouw Stuart?'

'Niet zo goed, ben ik bang.'

'Wat jammer. Mijn zoon speelt iedere dag.'

'O, werkelijk?' Bella begint zich af te vragen of de Signora wel weet hoe haar zoon heet.

De Signora vervolgt: 'Maar goed, ik heb het volgende geregeld. U kunt even uitrusten tot morgen en dan neemt u morgenavond de nachtboot naar Napels.'

'Naar Napels?'

'Inderdaad. Helaas vaart er pas volgende week een boot naar Genua. Dus u zult vanuit Napels de trein moeten nemen. Als u daar bent, wil ik graag dat u, als u het niet erg vindt, een brief voor me bestelt. Het is nogal dringend. Helaas heb ik op dit moment geen ander betrouwbaar iemand beschikbaar.' De Signora zwijgt en kijkt Bella ernstig aan. 'Het is alleen een kwestie van een taxi nemen in de haven en weer terug naar het treinstation, juffrouw Stuart. Dat kost u hooguit een half uur.' Ze zegt het streng, alsof Bella de opdracht heeft geweigerd.

'O, natuurlijk, signora Lami', zegt Bella. 'Dat doe ik graag.'

'Mooi.' De Signora glimlacht bijna. 'Dat is dan afgesproken. Denkt u dat u een kamenierster nodig hebt?'

'Nou, ik bedoel, ik had eigenlijk niet...'

'Dat zal geen probleem zijn, in de keuken wemelt het van de meisjes; zoek er maar een uit als u dat wilt, hoewel u haar nog helemaal zult moeten opleiden. Sommigen zijn vreselijk primitief. Maar goed, kies er een uit en bespreek het verder met mevrouw Harding. Ze komt zo bij u om u naar het diner te begeleiden.'

De Signora haalt nu een grote envelop uit de la. Bella deinst enigszins terug voor wat vast weer een gecompliceerd stel instructies zal zijn.

'Alles wat u nodig hebt, zit hierin. Als u me nu wilt excuseren, juffrouw Stuart, ik moet weer terug. U mag wel in de tuin wandelen voor u naar bed gaat, maar blijft u alstublieft in de tuin aan uw kant van het huis. Die zult u toch wel hebben gezien vanaf het terras?'

'Ah, dus er is meer dan één tuin? Ik dacht dat...'

'Ja, mijn eigen tuin is hier buiten. Die heb ik zelf ontworpen. In Engelse stijl. Maar omdat onze kamers ook aan deze kant van het huis liggen, wil ik niet dat mijn echtgenoot gestoord wordt. Een andere keer misschien.'

'Natuurlijk.'

'Mocht u nog iets nodig hebben, dan kunt u dat aan mevrouw Harding vragen. Natuurlijk is zuster Ursula er ook nog. Haar Engels is heel redelijk. U vindt haar wel ergens. Tot ziens, juffrouw Stuart. Het was me een genoegen. Ongetwijfeld zullen we elkaar binnenkort weer zien, in Bordighera.' Dit keer geeft ze Bella wel een hand.

'Ik hoop dat uw man zich snel weer beter voelt', zegt ze.

De Signora kijkt haar recht aan. 'Dank u wel, juffrouw Stuart, maar mijn man gaat dood.'

Als de huishoudster komt om haar naar de eetkamer te brengen, is Bella nog steeds lichtelijk verbouwereerd. Signor Lami gaat dood. De jongen zonder naam is drie dagen geleden weggestuurd. Hij moet uit Palermo zijn vertrokken precies op het moment dat zij uit Nice vertrok, hun wegen hebben elkaar onderweg gekruist. Waarom was er geen telegram gestuurd om haar te onderscheppen? Het was niet zo dat ze niet wisten waar ze onderweg verbleef. Een merkwaardige omissie van zo'n precieze vrouw als signora Lami, die, naar haar eindeloze hoeveelheid instructies te oordelen, een meer dan gemiddeld oog voor details heeft. Een vrouw die zich nota bene verkleedt als verpleegster om haar stervende echtgenoot te verzorgen, zou toch wel weten hoe ze een telegram moest verzenden. Het was alsof Bella's ongemak voor de Signora niet telde. Nu ze helemaal hierheen gekomen is, moet ze weer terug, bijna tot Frankrijk. Alleen is er dit keer een boodschap in Napels ingelast, gewoon om alles nog wat ingewikkelder te maken.

De Engelse huishoudster zegt, alsof ze Bella's gedachten heeft gelezen: 'We hebben echt een telegram gestuurd. Om precies te zijn twee. Beide teruggestuurd.'

'Echt waar?'

'Ja, echt waar. Een naar het treinstation in Nice. Het andere naar het station in Genua. Maar in de eersteklascoupés van geen van beide treinen scheen een juffrouw Stuart gevonden te kunnen worden.'

'O?' Bella probeert verrast te klinken.

'Misschien hebt u uw naam niet horen omroepen?'

'Ja, dat zal het waarschijnlijk zijn geweest.'

'Ze zullen het verkeerd uitgesproken hebben. Doen ze vaak.'

'Ja.'

Ze komen in een gang en mevrouw Harding pakt een bruin pakje van een stoel. Ze zegt: 'Wilt u dit aan Alessandro geven, alstublieft? Hij heeft het laten liggen en kan niet zonder.'

Bella neemt het pakje aan. Nu weet ze tenminste hoe die jongen heet. Alessandro.

'Nou, daar is de eetkamer. Geniet van uw maaltijd.'

'Dank u wel. O, mevrouw Harding?'

'Ja, juffrouw Stuart.'

Signora Lami suggereerde, nou ja, ze zei eigenlijk dat als ik een kamenierster nodig had, een van de keukenmeisjes, en ik dacht...'

'En hebt u een kamenierster nodig?'

'Tja, ik denk...'

'Laat ik het zo zeggen, juffrouw Stuart: bent u eraan gewend een kamenierster te hebben?'

‘Nee. Maar als de Signora... Ik bedoel, ik dacht misschien Lena...’

‘Lena?’

‘Ja, ze had water naar mijn kamer gebracht...’

‘Dat weet ik, ja. Maar helaas kan daar geen sprake van zijn.’

‘Maar de Signora zei...’

‘Maria zou dat nooit goedvinden.’

‘Bepaalt Maria dat? Want eerlijk gezegd vind ik haar nauwelijks...’

‘Maria is haar moeder.’

‘O. Dat wist ik niet. Sorry... En haar vader?’

De Engelse huishoudster negeert de vraag. Het blijft even stil. Dan zegt ze: ‘Hebt u iemand anders in gedachte?’

‘Nee. Nee, mevrouw Harding, het is goed zo. Ik red me vast wel.’

‘Prima, het is aan u. Goede reis, juffrouw Stuart. Doe Alessandro de groeten van me en zeg dat ik hem een brief zal sturen.’ Dan verdwijnt de Engelse huishoudster.

Als Bella eindelijk de tuin in kan, is de hitte al gezakt naar een wat aangenamere temperatuur. Al het andere van de avond is intenser geworden: geuren, kleuren en bovenal het licht, hoewel het even duurt voor het haar opvalt dat ze door vloeibaar goud loopt.

Haar hoofd is nog vol van het dinertrauma. Hoe kan men van één iemand verwachten dat hij zoveel eten in zoveel gangen opeet. En de bedienden waren voortdurend nadrukkelijk aanwezig, alsof ze opdracht hadden om elke hap van haar te rapporteren. Het had haar doen denken aan de zomer met de Johnsons in Margate, toen haar vader die brief had geschreven. Dikke vette Betty Johnson las hem voor het avondmaal hardop voor: ‘Bella eet slecht en ze eet nog slechter als ze gespannen is. Ze moet, ik zal niet zeggen in de gaten gehouden, maar wel aangemoedigd worden.’

In Margate was het eten tenminste herkenbaar geweest. Maar hier? Een hapje of twee stevig brood. Een flintertje van een plakje vlees dat ze een tijdje over haar bord had rondgeschoven. Het vlees leek op plakjes rauw bacon die ze vergeten waren uit te bakken. Daarna een zenuwentoestand met een kluwen spaghetti en kleine slakachtige diertjes die aan de slierten vastgekleefd zaten, een vleugje urine en zee. Dat was de laatste druppel geweest. Ze had haar servet neergegooid, was opgestaan en had vastbesloten haar hand geheven. '*Basta*. Nee, bedankt. *Grazie*. Genoeg.' Uiteindelijk was het enige wat ze had doorgeslikt een beetje te veel wijn geweest.

Nu ze in de tuin staat te staren naar wat grijze stenen, voelt Bella de zwaarte van de wijn. Ze schudt zichzelf wakker. Er loopt een pad aan de andere kant van het perk schuin naar beneden naar een overwelfd rozenlaantje. Ze gaat erheen.

Vreemd om te lopen door wat tot nu toe een ver uitzicht was geweest. Alsof je in de illustratie van een boek stapt of op de eerste rij in het theater zit; potloodstrepen en speekselspatten. Eerder had de tuin een prachtige verbondenheid uitgestraald, alles smolt samen en vloeide in elkaar over. Nu ze dichterbij gekomen is in de beginnende schemer, is het net alsof het verband tussen alles een beetje wegvalt. Het water uit de fontein lijkt op aparte reepjes glas; het jongetje op zijn dolfijn staat er heel eenzaam bij. De dolfijn is een aparte entiteit en heeft geen weet van het bestaan van het jongetje. Elke citroen, elk blad en elke grasspriet dringt zichzelf op alsof dat het enige is dat ertoe doet. Zelfs de krekels klinken anders, schriller en enigszins neurotisch, en ze is niet meer zo gecharmeerd van een hagedis die een of andere muur op glipt, en schrikt er ook niet langer van. Toch weet Bella dat ze nog nooit een plek fysiek zo intens heeft ervaren en ze zou er alles voor overhebben om morgen niet te hoeven vertrekken.

Ze draait zich om en kijkt naar de villa, vindt haar kamer bij de gevelpunt van het huis, het enige raam waar geen groene luiken tegen de muur zitten geklemd. En daar, op dat balkon, had ze even geleden precies naar deze plek staan kijken, en naar het hoekterras waar ze de non had zien bidden in de citroengaard. Ze draait zich weer om en loopt verder, langs een lang laag muurtje waar terracotta urnen en marmeren vazen op staan, in een atmosfeer zwaar van de geur van citroenen en rozen.

Het laantje is een pergola, langer dan verwacht en veel lager, zodat ze gebukt door een muf ruikende tunnel moet om aan de andere kant te komen. Daar heft ze haar gezicht op zoek naar licht en frisse lucht, maar tot haar verrassing vindt ze die geen van beide. De lucht blijft bedompt, het licht mat. Haar ogen passen zich aan. Bella slaakt bijna een gil. Maar even later stoot ze alleen een kort, nerveus lachje uit. Ze bevindt zich in een beeldengroep. Even heeft ze het onzinnige gevoel dat die figuren echte mannen zijn, die elkaar in een kring staan aan te kijken. Ze voelt zich een indringer die per ongeluk ergens in een deuropening is gaan staan en een gesprek doet verstommen dat niet voor vreemde oren bestemd was. Enkele van die figuren zien er zo echt uit. Naakte of bijna naakte mannen. Het toppunt van mannelijkheid eigenlijk. Robuuste benen en lange, strakke torso's. Bij een van hen is een schouderblad licht gedraaid, alsof hij een discus wil gaan werpen. Er zitten spierbundels gemodelleerd op zijn lange rug; kracht en gratie spreken uit elke draaiing van zijn lichaam. Vitaliteit. Het valt moeilijk te geloven dat als ze haar hand op zijn rug zou leggen, ze alleen koude steen zou voelen.

Ze steekt haar hand naar hem uit, en trekt hem weer terug. Dat doet ze een paar keer en dan laat ze haar hand over zijn lijf glijden, te beginnen bij zijn schouder, langzaam over zijn ruggengraat naar beneden, over zijn romp, over de rondingen van zijn benen. Bella stapt de kring in. Nu staat ze als een kind midden in een spel dat ze niet helemaal begrijpt. Ze wil er meteen weer uit stappen, maar ziet geen uitgang. Er zijn alleen de kloeke ronde dij, de gretige hand, de vastberaden voet. Nu ziet ze dat er ook een paar pogingen tot zedigheid zijn gedaan: een vijgenblad of een omgeslagen lendendoek. Eén figuur bedekt zichzelf met zijn hand, een gebaar dat eerder obsceen dan zedig lijkt. Ze houdt zichzelf voor dat het beelden zijn en dat ze dergelijke beelden eerder al in kunstgalerijen of boeken heeft gezien. Het zijn geen echte mannen, met hun haarloze lichamen en lieflijke trosjes onschuldig fruit. Ze zijn ongevaarlijk.

Terwijl het licht verzwakt, kijkt ze omhoog naar hun gezichten. Ze ziet ogen die uitdrukkingsloos en blind zijn, verminkte profielen, neuzen afgebrokkeld tot stompjes op gezichten aangetast door kanker. Amputaties. Ze weet zeker dat als ze hier blijft, de beelden haar zullen insluiten. Haar benen voelen wiebelig, haar hoofd is verhit en week. Als ze een ruimte ziet tussen twee figuren, doet Bella haar ogen dicht en rent ze erdoorheen.

Nu loopt ze in een gang gevormd door muren van hoge heggen, langs Romeinse centurions, Griekse maagden, een privéfeestje van nimfen. Voor haar ligt een monumentale trap onder een stenen boog. De boog is versierd met een groteske van gezichten. Zo is ze er niet binnengekomen, maar ze ziet geen andere uitgang.

Bijna donker. In wat een vergeten boomgaard lijkt, graaien takken naar elkaar, woekert onkruid in dikke lagen over de grond. Een stank, met een vleug van gist, als uit het straatrooster van een café. Onder haar voeten plet en barst valfruit open, soms piepend. Bella probeert het beeld te verdringen dat ze op muizen trapt. Ze loopt naar de muur, blijft daar tot in het licht dat uit het huis wordt gemorst, een ijzeren hek zichtbaar wordt. Ze loopt erdoorheen en is terug in de beschaafde wereld.

In het donker staat het huis er stoer bij. Alleen de ramen boven de loggia staan open en zijn verlicht. Vandaar waaiert licht uit over de balustrade op het perk. Ze staat in de verkeerde tuin, dat ziet ze meteen; het gazon, de bankjes, de gietijzeren kikker, dreigend nu onder een boord van licht.

Bella glipt naar de bomen aan de zijkant, sluipt over een pad dat ertussendoor kronkelt en hoopt dat ze daar verborgen blijft tot ze terug is aan de andere kant van het huis. Dan valt haar oog op iets, een beweging op het terras. Het duurt even voordat het tot haar doordringt dat de vrouw daar weleens signora Lami zou kunnen zijn. Lang, loshangend haar, een omgeslagen laken, blote armen en schouders die suggereren dat ze verder naakt is. Maar het is de Signora. Dat ziet Bella, nu de Signora naar een hoek van het terras loopt waar een oude man in een rolstoel zit. Bella wil niet kijken, maar haar ogen dwalen steeds af naar het terras. Ze durft niet weg te lopen of kan het niet.

De Signora trekt de rolstoel achteruit naar de openslaande deuren en blijft op de drempel staan, waar het licht uit de kamer over hen heen valt. Signora Lami loopt dan de kamer in om meteen weer terug te komen met een kussen en nog iets wat ze aan de man geeft. Ze laat het kussen vallen en knielt naast de rolstoel. De oude man begint haar haar te borstelen. Bella wil zijn gezicht zien. Maar hij zit gebogen over zijn taak en vanwege de balustrade ziet ze alleen de hand de borstel over het haar bewegen en het haar reageren in filigreinfijn verstoven licht. Zelfs daarvandaan kan ze zien dat het oude handen zijn, alsof ze gedroogd en gezouten zijn. Toch schuilt er niets zwaks in de bewegingen; één hand hanteert stevig de borstel, de andere vlijt sussend het haar weer op zijn plek.

Na verloop van tijd buigt de oude man zich naar de Signora toe en zegt iets. Ze komt half overeind, heft haar armen omhoog en het laken glijdt een stukje naar beneden. Nu liggen haar armen om zijn nek en zijn oude handen gespreid op haar naakte rug. Ze omhelzen elkaar een tijdje en praten met elkaar; er wordt zachtjes gesproken en hoewel Bella niet kan verstaan wat ze zeggen, voelt ze dat de toon liefdevol en troostend is.

De Signora staat op, trekt het laken op, wikkelt het om haar heen en stopt het vast. Ze gaat achter de rolstoel staan, draait hem een stukje zodat ze nu recht de tuin in kunnen kijken. De stoel helt een beetje naar achteren en dan gaan ze achteruit de kamer in, waardoor even een blik wordt gegund op signor Lami, zijn dikke zilvergrijze haar, zijn magere, fijnbesneden gezicht. Een gezicht dat er klaar voor is om te sterven.

Edward

Bordighera, 1933

Juni

Het donker blijft vreemd. Aan al het andere ben ik gewend geraakt: het eten, de geuren, de geluiden, de stemmen, zelfs de hitte. Ik word 's nachts wakker en nog steeds moet ik nadenken: is dit Frankrijk of Italië? (Een keer was het Baden-Baden.) Maar wel wist ik altijd meteen: dit is niet Dublin, dit is ergens anders.

Eén keer heb ik me maar vergist, jaren geleden nu. Een week of zes nadat ik was weggegaan. In een laag, diep café, vanbinnen somberder dan vanbuiten, waar ik was gaan schuilen voor de regen. Het was er stampvol maar er klonken geen gesprekken. Wel klonk er het oorverdovende gekletter van servies en bestek; het gesmak en geslurp van kaak en tong; een brul naar een langslopende ober. Ik bekeek de ruimte: vettige snorren en vuile handen die stukken brood vasthielden alsof het wapens waren. En de wijn. Overal karaffen op tafel. Nog meer stonden er in een rij vlakbij op een bar, waarlangs een jongen alert heen en weer liep. Als een karaf leeg was, werd ermee op de tafel gebonkt, en schoot de jongen erop af om hem te vervangen.

Met enige moeite stapte ik naar binnen. Ik was nat tot op het bot en ik had honger genoeg om de drekkige derrie te lusten die een kroezig behaard wijf tafel na tafel uit een emmer liet klotsen die ze tegen haar heup hield. De regen snotterde de ramen onder. Ik zat er even naar te staren en overwoog het niet te doen. Wat moest ik dan in een tent als deze, tussen zulke mannen? Vragen om een glas melk?

Ik rook het al op een afstand. Robuust, rood, bijna zwart. Mijn hand beefde begerig, ik pakte het.

Toen ik een tijd later wakker werd, lag er een warm blok beton op mijn kop. Mijn hoofd barstte bijna uit elkaar en mijn maag draaide weer als vanouds. Ik stapte uit bed en liep naar een deur die volgens mij uitkwam op de overloop en de zijtrap naar de buiten-wc van het café, waar ik kon kotsen zonder dat iemand het hoorde. Deze route zat stapje voor stapje in mijn hoofd: langs de kamer van mijn pa, de kamer van mijn zus, de kamers die eens van mijn moeder waren geweest. Ik stond te rommelen met de deurknop, vroeg me af wat ermee was, waarom die opeens gekrompen was, toen een stem uit het bed vroeg wat ik aan het doen was. Frans klonk het, en ik kon alleen maar hopen dat het niet dat kroezig behaarde wijf was.

'Zeiken', mompelde ik.

'Jacques? Qui? Qui est Jacques?'

Ik deed de deur open en stak mijn hoofd naar binnen. De lucht van lavendel en schimmel. Een vage zoete zweetgeur. Schoenleer en naftaleen. Ik stond in een klerenkast, naar adem snakkend in de bedompte lucht. Nu was er geen houden meer aan. Warm braaksel spoot uit mijn mond, over jasmouwen en jurken, kletterend op een rij schoenen, die het meteen weer uitspuugden.

'Schoft!' zei de stem. 'Gore vuilak.' Nu was het in het Engels.

Dat was in Lyon, geloof ik. Lyon of misschien Valence, een van die onbeduidende Franse steden in ieder geval. Ze waren toen allemaal op elkaar gaan lijken. Meisjes met dikke enkels, een kathedraal van veel te veel bakstenen, mannen met zwaar vermoeide ogen. Alles kroop vooruit: voeten, wielen. De tijd. En nog geen spoor van Barzonni.

Een verhaal van lang geleden. Daar houd ik van. Dat hoop ik altijd te vinden als ik midden in de nacht wakker word, als alleen een verhaal me weer in slaap kan sussen. Het is altijd rond de klok van vier; nog een lange ruk tot het dag wordt. Vroeger vond ik het vreselijk als er op dat tijdstip geen drank was. Vroeger dacht ik: Hoe overleef ik de rest van de nacht, minuut voor minuut? De rest van dit kloterige leven? Maar je raakt gewend aan alles waar je aan gewend moet raken.

Niet dat ik van tijd tot tijd geen uitglijer maak.

De drank. Het gaat erom dat je niet je eigen nest bevuilt. Begin een gevecht, maar als je dreigt te verliezen, reis dan verder. Zoals die getrouwde mannen met een zwak voor jongens. Stap op een trein en ga verder. Dat probeer ik tenminste te doen. Zoek dan een logement. Een logement waar niemand het iets kan schelen; een kroeg, en als het echt moet, een knokpartij die er niet toe doet. Bevredig die behoefte, overvoer die behoefte, put haar uit tot ze verzwakt en jankend weer haar hoekje in kruipt. Maar onthou wel dat die drang nooit helemaal doodgaat, daar ben ik door schade en schande achter gekomen.

Mijn geest. Een rondschuimend en roofzuchtig iets, dat maden uit het donker grist. Hij pikt en rukt, maar komt nooit tot rust. Hij springt van hot naar her. Hij glijdt onderuit. Hou op, zeg ik, hou op, godverkut, word nou toch eens rustig. Vertel me eens een lekker langzaam verhaal.

Dit is er een dat ik graag hoor: het verhaal over Barzonni. Napels, eind van de zomer, 1925. Hij liep van me weg, op de Strada di Santa Lucia, waar ik, na langer dan een jaar zoeken, zonder bekend te maken dat ik aan zoeken was, hem eindelijk had getraceerd. Een jaar van rondhangen bij artiesteningangen in de hoop een glimp op te vangen; drankjes aanbieden aan toneelknechten en timmerlui in de hoop een tip te krijgen; in iedere halfbakken muziekschool van Turijn tot hier de advertenties voor privé-muzieklessen uitpluizen. En daar was die schoft, hij sprong op een tram, ging op in de menigte en verdween de hoek om.

De adem werd me ontnomen en ik zakte min of meer in elkaar met mijn kont op de grond. In de haven bleef ik met mijn rug tegen een laag muurtje zitten, met mijn hoofd in mijn handen, tot het lichte gevoel verdween en ik weer rechtop kon staan. Ik zette mijn voet op het muurtje en rookte een sigaret. Verderop liep het muurtje een meter of vijf naar beneden, naar de kade. Daar lag een sloppenwijk langs de muur, bouwsels van ijzeren platen of oud zeildoek op lange palen. Vissers brulden naar elkaar in een ondoorgrondelijk dialect. Een klein meisje liep doelloos rond, bromvliegen gonsden zenuwachtig om haar hoofd. Recht onder me was een vrouw in een pan een smerig ruikend iets aan het koken. Een andere vrouw rukte lompen van een waslijn. Op de trappen kraakte een prachtige, smoezelige jonge vrouw slakken tussen haar tanden en liet ze vallen in een kom die als in een hangmat in haar rok lag. Een peuter in zijn blote kont zat in een hoekje te poepen. Vlakbij zat een hond in elkaar gedoken zijn kans af te wachten. De peuter schreeuwde naar de hond: '*Via! Via!*' De stank van armoede buiten op straat. Van poep en houtrook en visingewanden. Op de achtergrond schitterde de prachtige baai. En ik dacht bij mezelf: tjezus, dit is Napels.

Hier boven, op straatniveau, jaagden de *scugnizzi* op toeristen en andere sukkels. Achter de rug van twee kuierende priesters lonkten zeelieden en prostituees naar elkaar. Ongelukkig liep ik terug naar mijn kamertje bij de Via Toledo, in een hoog, smal huis, onderverdeeld in een onbestemde hoeveelheid cellen, met muren die wegrotten en waar zelfs de huisbaas in de prostitutie bleek te zitten.

Ik vond hem weer. Napels bleek niet echt groot te zijn, vooral compact. Een paar dagen later zat hij in de Galleria aan het tafeltje naast dat van mij, op het terras. Ik kon het nauwelijks geloven. Hij zat zo dichtbij. Ik kon elke beweging van hem horen, het zachte gekraak van zijn gesteven frontje als hij zijn hand ophief om een bekende te groeten, het geïrriteerde schrapen van zijn koffielepeltje in zijn kopje, het aftikken op het schoteltje. Ik kon die klootzak zelfs horen ademen.

Ik hield mijn gezicht achter de krant, nu en dan keek ik op alsof ik even wilde zien wie er allemaal langsliepen. Telkens viel mijn oog op iets anders: de diamanten ring om zijn pink, een varkensleren portefeuille op tafel, de manchetknopen in de vorm van een zeepaardje. Ik keek omhoog naar de grote glazen koepel van de Galleria en kreeg het benauwd. Ik wist zeker dat het zwarte ijzeren frame een kooi was die ieder moment over me heen kon vallen. Voetstappen en stemmen dreunden in mijn hoofd. Ik stond op, gooide het bedrag voor de koffie op het tafeltje en liep weg over de marmeren tegels. Even later vermande ik me en bleef ik onder het afdakje van een *tabaccheria* staan. Ik had te lang gewacht om er nu nog tussenuit te knijpen.

Ik bleef met mijn gezicht naar het raam staan, alsof ik de uitgestalde geschenken aan het bewonderen was, tot ik in het glas zijn spiegelbeeld over dat van mij zag glijden.

Twee dagen en een nacht volgde ik hem op de voet. Als hij een bloemenzaak in ging om een corsage te kopen, stond ik buiten aan de lavendeldoosjes te ruiken. Als hij bij de kapper naar binnen ging, zat ik aan de overkant op een bankje te doezelen in de zon. Ik plaste zelfs als hij plaste, en ging dan aan het andere eind van het urinoir staan op de Piazza del Pebliscito.

Toen hij de avond erna na de voorstelling wegglipte uit het publiek, volgde ik hem. We sloegen straatjes in die steeds smaller werden naarmate ze verder omhooggingen, verlaten op een enkele wegschietende kat na. Langs trapstraatjes en zijsteegjes en de raamloze *bassi*, waar mensen als muilezels woonden achter staldeuren en waar ik hem op de donkere heuvel makkelijk kwijt had kunnen raken, als zijn absurde schoenen niet zo hard op de straat hadden getikt.

Ik zou hem graag op heterdaad hebben betrapt met een jongetje of iets dergelijks, zoals ik hem jaren daarvoor in Dublin had betrapt. Alleen zou ik me dit keer niet het zwijgen laten opleggen. Net zoals ik hem eerder in die openbare latrines al graag met zijn gezicht tegen de tegels had gekwakt. Maar ik moest aan mijn toekomst denken. Als ik iets aan hem wilde hebben, moest hij nog wel heel zijn, betrouwbaar en respectabel; een man met aanzien, niet een man in diskrediet.

Ik zie nog steeds voor me hoe hij in Napels die deur in gaat, ik achter hem opduik en hem op zijn schouder tik. Hoe hij zich in het halfdonker omdraait en me afkeurend aankijkt. Even later zie ik dat hij langzaam beseft dat ik het zou kunnen zijn, maar...? Hij aarzelt vanwege mijn baard en de rest van mijn uiterlijk. Ik ben lang niet meer die jongen met dat frisse gezicht die hij het laatst in Dublin heeft gezien en het jaar dat ik nu op de vlucht ben heeft mijn uiterlijk ook geen goed gedaan.

Ten slotte moest ik hem een handje helpen door hem mijn stem te laten horen. Ik zei zoiets als: 'Wat is er, maestro Barzonni? Herkent u uw vroegere leerling niet meer?'

'Jij?' Hij klonk hees, hij keek verschrikt en ik vroeg me af of het nieuws uit Dublin hier al was doorgedrongen dat mijn zuster was vermoord en ik vroeg me af of hij dacht dat ik helemaal hierheen was gekomen om hem ook te vermoorden. 'Hoe kan dat?'

Ik haalde luchthartig mijn schouders op en glimlachte. Hij keek even van me weg om over mijn schouder naar de straat buiten te kijken en daarna achterom naar de deur bovenaan de trap waar een lamp brandde en waaruit gesmoord het geluid van dansmuziek op de radio klonk. Toen keek hij mij weer aan.

'U ziet er goed uit', zei ik. 'Welvarend in elk geval. Ik zie dat u nog de zeepaardjes-manchetknopen draagt die mijn moeder voor u heeft gekocht.'

'Wat doe jij hier?' fluisterde hij.

'Leven als een rat', grauwde ik.

Dat was 1925. Nu ben ik acht jaar verder. En hoe ver ben ik niet gekomen? Van Napels naar Sicilië naar Bordighera. Het ging veel sneller weer omhoog, moet ik zeggen, dan het helemaal naar beneden was gegaan.

Ik lig op mijn rug in het vreemde donker en kan me die scènes zo levendig herinneren dat ik ze gewoon voor me zie. Ik zie ook andere dingen, andere mensen, van langer geleden. Moeder op de sofa, klaar voor gesprekken met een onbekende. Pa die met een lapje de toog opwrijft, zijn dikke blozende gezicht zachtjes trillend van de inspanning. Klanten komen en gaan, dag en nacht, maar het lapje bestrijkt, net als zijn gesprekken, steeds hetzelfde kleine gebied. En ik zie Louise. Haar gezicht is een jongere uitvoering van dat van pa. Misschien iets minder rood, minder dik, maar ze heeft zijn gezicht. Ik zie haar voor me zoals ze als kind was, hoe ze me met haar omvangrijke heup tegen de muur dreunde, haar gezicht een en al haat. Wij met z'n tweeën vechtend door het hele huis. Zelfs als we duetten instudeerden aan de piano gingen we daarmee door: knijpen, bijten, stompen, trekken, en we verborgen onze kreten van pijn door harder te spelen. Zij was altijd de sterkste, de behendigste vechtersbaas van ons twee. Het is moeilijk te geloven dat ik het uiteindelijk van haar heb gewonnen. Louise zo levendig. Zo meedogenloos levendig. En zo wil ik haar niet zien.

Eergisteren. 's Morgens naar buiten, een wandeling in m'n eentje, langs een fluisterende zee. De lucht was op dat moment koel en ik moet lang hebben gelopen, want toen ik terugliep door Bordighera hadden de marktkooplui al plaatsgemaakt voor oude mannen en huisvrouwen. Een paar kantoortypes liepen naar het station en kinderen in fascistische uniformen stonden te kletsen bij een krantenkiosk.

Ik ging het café van Tonino binnen, terwijl ik nog nadacht over die huisvrouwen, met hun mooie dikke achterwerken en hun donkere, vochtige ogen, hun vermoeide vroege-ochtendzuchtjes. Een mij onbekende man stond aan de toog te praten met Tonino. Uit Albenga, hoorde ik hem zeggen. Ik ging in mijn gebruikelijke hoekje zitten, sloeg mijn krant open en voelde de koffie de eerste dreun in mijn borst uitdelen. Tonino werd aan de telefoon geroepen en de onbekende begon tegen mij te praten. We hadden een aangenaam onpersoonlijk gesprek, vooral over de krantenkoppen: Hitler, Spanje, Roosevelt, mensen die op elkaar schieten in de straten van Amerika. De wereld is een afschuwelijk oord, zei hij, geen gerechtigheid, geen respect. God zij dank hebben wij Italianen il Duce om ons te beschermen!

Hij had me voor een mede-Liguriër gehouden en ik besefte dat het al heel lang geleden was dat iemand aan mij had gevraagd waar ik vandaan kwam. Toen begon ik bang te worden. Waarvoor? Geen idee.

Verder was er niets bijzonders die ochtend, maar iedere kleine gebeurtenis leek op de een of andere manier heel belangrijk. Ik liep op de schuin oplopende Corso d'Italia, beantwoordde knikjes en goedemorgen-glimlachjes, kocht een paar sinaasappels bij Marco. Daarnaast zwaaide de kapper met zijn scheermes naar me door het raam en wees bij wijze van grap dreigend naar mijn bakkebaarden. Ik liep naar zijn deur, duwde het kralengordijn opzij en gooide een sinaasappel naar binnen. Hij ving hem behendig op en lachte als een kind. Bovenaan de Corso zat een ouder echtpaar op een bankje. De man vroeg me hoe laat het was en toen ik bleef staan om op mijn horloge te kijken, verhaalden ze me om het hardst over hun persoonlijke kwaaltjes. De oude man had snoepjes in zijn zak zitten, ingepakt in doorzichtige papiertjes. Terwijl hij sprak, haalde hij er een uit het papiertje en gaf het snoepje aan mij alsof ik een kind was.

Ik kwam terug in het huis en stond een tijdje bij het raam te kijken naar de tuin. Ik deed het raam open en stapte naar buiten het balkonnetje op. Vogels floten en vlinders fladderden, niets bijzonders. De hond verderop in de straat met zijn baritonblaf was druk in de weer. Uit de keuken klonken al de eerste voorbereidingen voor de lunch. Ik had een hele vrije ochtend voor me liggen.

Ik bleef in de villa, lezen, luisteren naar de radio, voor me uit staren. Toen ging ik naar beneden en pakte het dienblad met mijn lunch op dat Elida op het tafeltje in de gang voor mij had neergezet. Ik liep door de tuin naar mijn woonruimte boven de garage, at mijn lunch, lag op bed, doezelde misschien zelfs even weg. Toen ik opstond, ging ik aan de piano zitten.

Mijn vingers bewogen foutloos – er valt wel iets te zeggen voor dit nuchtere bestaan – en al het andere verdween naar de achtergrond. Ik bleef daar tot Elida bij het raam mijn naam riep en met hese stem zei dat het tijd was om Alessandro van tennis af te halen.

Dit zit in mijn hoofd: kon ik mijn zuster maar zien, haar nog één keer zien, dan zou ik rust vinden. Misschien zelfs een hele nacht slapen. Of de ochtend accepteren als de vorige zonder bang te zijn dat die onder mijn voeten vandaan getrokken wordt. Maar dan zou ik haar moeten kunnen zien precies zoals ik haar voor het laatst heb gezien: dood en badend in het bloed. Eigenlijk slaat dat intense verlangen naar een bebloede zustergeest nergens op. Maar dat zit in mijn hoofd.

Deel twee

Anna

Dublin, 1995

April

Vandaag vertel ik haar dat Ginger Rogers is overleden. 'Herinner je je Ginger nog, die arme ziel?' vraag ik, alsof ze een oudje is dat vroeger bij ons in de straat woonde. 'Vannacht gestorven, hartverlamming, staat hier. Geboren in 1911, dus een paar jaar jonger dan jij. En jij weet niet van ophouden.'

Die eenrichtingsgesprekken. Ik was vergeten hoe doodmoe je daarvan werd. Niet dat je in dit soort ziekenhuizen ook andere gesprekken hebt, of dat er ook maar iemand ooit sjoege geeft. Maar het is goed als ze mijn stem hoort, hebben ze me verteld, dus leuk of niet, ik doe mijn best. De stem vinden ze hier heel belangrijk. Daar komen ze telkens op terug. Ik denk weleens dat dat alles is wat ze hebben.

Ze is hard achteruitgegaan sinds ik hier voor het laatst was, zes weken geleden, best een lange tijd als je erover nadenkt. Toen had ze haar ogen tenminste nog vaak open, en als ze een goede dag had was er zelfs contact. Nu en dan wat gebrom of een hoofdknikje als reactie op iets wat ik had gezegd, zodat ik mijzelf soms wijs kon maken dat ze echt naar me had geluisterd. Nu lijkt ze de hele tijd alleen maar te slapen.

Het is zo makkelijk om weer terug te vallen op mijn routine en voor ik het besef begin ik tegen haar over het weer (gisteravond regen, vandaag doet de zon zijn best tevoorschijn te komen) en speur ik de zaal af naar iets waarover ik een opmerking kan maken. De kleinste verandering zou al volstaan: een vaas die van hier naar daar is verplaatst bijvoorbeeld, of een nieuw paar pantoffels onder een bed. Maar de tijd lijkt hier de afgelopen zes weken te hebben stilgestaan en ik zie niets opvallends of nieuws. Behalve dat het bed van mevrouw Clarke leeg is, en ik kijk wel uit voor ik daar iets over ga zeggen.

Maar de krant, die vind ik prima; ik lees een stukje voor, gooi er een paar opmerkingen tussendoor, lees nog een stukje. De buitenwereld met zijn vertrouwde vreemden: ergens haalt dat de focus op ons tweeën wat weg. En zo blijft ze een beetje betrokken. Tenminste, dat zegt die kleine blonde verpleegster voortdurend tegen me. 'Je weet nooit wat er in ze omgaat', voegt ze er vaak aan toe met een veelbetekenende verpleegstersknipoog.

Ik sla de pagina's om, beslis meteen dat ik haar niet hoef lastig te vallen met Rwanda, Bosnië of het proces tegen O.J. Ik blader weer terug naar Ginger en lees het hele overlijdensbericht hardop voor.

Dit moment van de dag heb ik altijd wel prettig gevonden, dit tussenuurtje in de dagelijkse gang van zaken op de afdeling: de voedertijd achter de rug, de middagmedicatie die net begint te werken. Straks wippen de verpleegsters er even tussenuit voor een stiekeme sigaret of een kop thee. En dan lijkt het alsof ik helemaal niet weg ben geweest.

'Gaan jullie maar', zal ik tegen hen zeggen. 'Ik geef wel een gil als er iets opwindends gebeurt. Als er iemand overeind springt en een jig gaat dansen of zo.'

Om eerlijk te zijn: de verpleegsters hebben me nooit gevraagd om een oogje in het zeil te houden, dat laten ze wel uit hun hoofd. Het is gewoon zo gegroeid. Op een dag heb ik het aangeboden, en de volgende dag weer. Ik moet het altijd aanbieden. Behalve als de hoofdverpleegkundige dienst heeft, dan hou ik mijn mond.

Drie verpleegsters. Achter de tralies voor een hoog raam zie ik hun kapjes in beeld verschijnen, daarna wiegen en deinen. Rookpluimen stijgen op en verwaaien. Alleen de nek van de langste is zichtbaar, en haar haar dat is opgestoken in een dof-oranje knot.

Hier binnen verspreidt zich ondertussen een loomte over de bedden als fijn stof dat je bijna kunt zien, en al die kleine verborgenheden die een uur geleden over het hoofd werden gezien, springen weer in het oog. De pantoffels schuifelen af en aan (dat is meneer Carroll die altijd maar rondloopt). Mevrouw Lyons speelt met haar rozenkrans en mompelt schunnige woordjes alsof het gebeden zijn. Er wordt zwierig en reutelend gesnurkt en gekreund. Onder de dekens worden oude geheimen gefluisterd. Een eind verderop snort een scheet langdurig. En daartussendoor hoor ik mijn eigen stem over de zaal dwalen, alsof hij de weg kwijt is.

'Virginia Katherine', zeg ik. 'Zo heette ze in het echt. Wist je dat? Virginia Katherine McMath; tenminste, ik denk dat je het zo uitspreekt. Vijf keer getrouwd geweest. Stel je voor: víjf mannen gehad. Eentje is al erg genoeg', zeg ik.

Alsof wij tweeën dat echt konden weten.

De cirkel is weer rond. Ik laat de krant even zakken en die gedachte komt bij me op. De cirkel is rond. We beginnen in een kinderkamer en daar komen we uiteindelijk ook weer terecht. We worden weer een baby. Ik ook, als ik het lang genoeg uithoud. En alles daartussen, wat doet dat er uiteindelijk toe? Wat ik tot dusver van mijn leven heb gemaakt, hoe ik me nu voel, over de vrouw in dit bed, de man die net bij me weg is, de afspraak die ik over een paar minuten heb met de geneesheer-directeur van dit psychiatrische ziekenhuis en wat hij me ook te vertellen heeft. Een groot, dik, lelijk, rimpelig kind, dat zal er van mij worden. Ik open mijn tandeloze mond als ik gevoerd wil worden of wat te bazelen heb. Ik poep in mijn luier wanneer ik daar de aandrang toe voel, want een andere aandrang heb ik dan niet meer. Ik slijt mijn laatste dagen in een oord als dit. Geslachtsloos en dus vrij. Ergens waar het niet uitmaakt of mannen en vrouwen op de zaal gemengd zijn of, goedbeschouwd, vermengd zelfs (vrouwen met haar op hun gezicht, mannen die best een bh konden gebruiken).

Wanneer de piemel van de rondschuifelende man af en toe uit de gulp van zijn pyjama plopt, de ex-eerwaarde moeder naar de wc gaat terwijl een bolle tiet als een geplukte kip boven haar nachtpon uit piept en de keurige mevrouw Lyons haar schunnigheden wil mompelen: wie kan het iets schelen of kijkt er zelfs maar van op?

'Drieëntachtig jaar', zeg ik. 'Kun je het je voorstellen? Tot het einde toe trots op haar stelten. Je zou geen cent voor d'r geven, echt niet. Niet voor haar leeftijd of voor haar benen. Je duwt haar zo omver.' Zo ga ik nog even door en strek de benen van die arme Ginger alle kanten op tot het onderwerp uitgeput is. Nou ja, je moet toch iets zeggen.

Ja. De tijd in een ziekenhuis verstrijkt zo traag dat een eenvoudige handeling extra gewicht krijgt. Een kan water bijvullen bijvoorbeeld, of een vaas zoeken voor de lelijke bos bloemen die ik heb meegenomen van de benzinepomp verderop in de straat. De krant dichtvouwen en hem naar de tafel in het midden van de zaal brengen voor het geval een van de verpleegsters hem later wil inkijken. Door de zaal lopen naar de bezoekers-wc, een onderneming op zich. Als dat allemaal achter de rug is, weet je het meestal even niet meer.

Ik bekijk de tafel die midden in de zaal staat. Het is een keukentafel van rood formica, met barstjes langs de randen; geschonken, zoals alle meubels hier, door een gulle gever, of zoals ik in een cynischer bui geneigd ben te denken, door iemand die te krenterig is om een afvalcontainer te betalen.

Ik loop weer naar het bed toe en dwing mezelf om naar mijn oma's gezicht te kijken. Dat ziet er anders uit dan toen ik hier een paar weken geleden was, niet langer volgekrabbeld met rimpels en lijntjes. Voller sinds de beroerte, bijna dik zou je kunnen zeggen, en roze. Onbegrijpelijk. Ik zou bijna in lachen kunnen uitbarsten, tegen haar zeggen: 'Kijk jou nou toch eens, met je bolle, roze toet, Nonna!'

Ze ziet er zó gezond uit, nu ze niet langer kan slikken en de sonde bepaalt wat ze binnenkrijgt en niet zijzelf. En nog iets: nu ze de spieren in haar keel niet kan gebruiken, kan ze niet meer huilen. Gelukkig is dát allemaal voorbij, dat voortdurende gehuil. Dat verschrikkelijke aanhoudende huilen zonder tranen. Mijn God! In ieder geval hoef ik dat nooit meer aan te horen.

Uiteindelijk heeft die beroerte, hoe absurd het ook klinkt, haar ergens goedgedaan.

Tussen dat roze, dat bolle en die vredige uitstraling zijn er nog wel sporen zichtbaar van wat 'het incident' is gaan heten. Tenminste, zo zeiden ze het over de telefoon toen ze me eindelijk in Londen hadden opgespoord: 'Ik vrees dat er een incident heeft plaatsgevonden.' En zo wordt het sindsdien steeds genoemd. 'De beroerte is hoogstwaarschijnlijk veroorzaakt door het incident.' 'Er moesten wat onderzoeken worden gedaan vanwege het incident.' Iets dergelijks krijg ik telkens te horen. Wat ik niet te horen heb gekregen, zijn de verdere details: waarom, hoezo en bovenal: hoe het in godsnaam mogelijk is dat zoiets überhaupt heeft kunnen gebeuren.

Wat het incident betreft, weet ik in ieder geval dit: het heeft haar blauwe plekken in haar gezicht en een gebroken arm opgeleverd. Haar benen zitten onder de lange schrammen en sneden, en haar knieën ook. Haar nieuwe heup is naar de kloten. Maar ondanks al deze verwondingen moet wel worden toegegeven: voor het incident was ze een tijdlang volkomen onhandelbaar. En sindsdien, begrijp ik, is ze een 'snoezepoes'.

Ik buig me naar mijn oma toe. 'Nonna,' zeg ik, 'ik hou je een paar weekjes niet in de gaten en kijk eens wat een toestand allemaal. Wat moeten we toch met je?'

Ik ga weer rechtop zitten en probeer me die andere Nonna te herinneren, zoals ze was voor al dit gedoe. Maar ik kan me haar jongere gezicht amper meer voor de geest halen, dat gezicht dat er ironisch genoeg ouder uitzag dan dat van nu. Ik kan blijkbaar niet verder terugdenken dan het verpleeghuis waar ze ongeveer een jaar heeft gewoond voordat ze hiernaartoe gestuurd werd. Waarvan we allebei dachten dat ze daar haar laatste jaren zou doorbrengen. Wel heel wat anders dan dit krot, dat moet gezegd.

Ze had het zelf uitgekozen, nadat ze eerst God weet hoeveel andere verpleeghuizen had bekeken. 'Dit is het,' had ze gezegd, 'dit hier is perféct.' En vervolgens had ze zelf alles geregeld, ook de financiering. Ik kon het niet geloven dat ze er zoveel geld voor neer wilde tellen, en ook niet dat ze zoveel geld had om neer te tellen. Niet dat ik ooit wat tekort was gekomen, maar het was altijd knibbelen en schrapen geweest bij Nonna, en ik had vaak het gevoel gehad dat ze buikpijn kreeg van geld uitgeven. Maar nu dus niet. Nu wist ze niet hoe snel ze haar beurs moest trekken.

Het leek of ze daar bijna gelukkig was geweest, in haar perfecte verpleeghuis. 's Zomers zat ze op de veranda als een *memsahib* in haar bamboestoel, waar ze af en toe met een knikje zat te glimlachen om de gesprekken van anderen. Het gazon om op uit te kijken, de bomen om over te mijmeren, het geluid van water. Soms was er een feestje in de gemeenschappelijke woonkamer, dan kwam er een of andere idioot met een vlinderdasje belegen grappen vertellen en op een keyboard beuken. Maar toch. Een lichte slaapkamer voor zichzelf, een eigen radio, al gaf ze er de voorkeur aan in stilte te zitten. Het personeel verwende haar en ik geloof dat ze er bijna geliefd was. Ze waardeerden haar keurige verschijning, haar zachte groene ogen en wat ze voor haar inschikkelijke aard hielden. Uiteraard was dat snel genoeg voorbij.

Dat is wat ze je aanraden, in tijdschriften en in voorlichtingsbrochures van zorginstellingen: ze zeggen dat je moet terugdenken aan je dierbare in betere, gelukkigere tijden. Bedenk elke dag een of twee dingen die je dierbare graag deed. Wat ik interessant vind, is dat ze het altijd over je 'dierbare' hebben, een term van begrafenisondernemers, alsof ze daarmee erkennen dat hij of zij al dood is.

De zoemer bij de deur naar de afdeling klinkt, en ik hoor Thelma uit het kantoor komen om open te doen. Thelma, een soort verpleeghulp, is wat aan de simpele kant. Ze kon weleens een voormalig patiënte zijn, lang geleden hier beland, waarschijnlijk zonder echte aanleiding. De deur klikt van het slot en vanwaar ik zit kan ik Thelma luid en opgewonden horen fluisteren. Een stem die ik herken – die van de tonnetjeronde hoofdverpleegkundige – wordt binnengelaten. Vervolgens wordt de deur weer met net iets meer plichtplegingen dan gebruikelijk gesloten en ik vermoed bijna dat dat is omdat ik hier ben.

Ik sta op, strek mijn arm uit en tik op het raam. De kaarsrechte lijn van gesteven kapjes begint te golven en valt uiteen. Een verschrikt oog kijkt om naar mij, als het oog van een schichtig paard. Ik doe het knikje dat betekent: *de dragonder is er, meiden, jullie kunnen maar beter snel naar binnen komen.*

De stem van Tonnetje komt de afdeling op. 'O!' klinkt het als ze mij ziet (alsof Thelma niet heeft gezegd dat ik er ben). 'O, dat is lang geleden, zeg.' Ze stuift langs me en het kan een sneer of een lach geweest zijn om haar mond, maar ik bespeur sowieso afkeuring. Als ze terugkomt heeft ze een stapel dossiermappen in haar armen. 'Kijk eens aan,' zegt ze met een blik naar de koffer die naast me op de grond staat, 'trek je bij ons in?'

'Ik ben in Londen geweest,' zeg ik, 'ik kom rechtstreeks van het vliegveld.'

'Londen!' reageert ze, alsof ik 'van de maan' had gezegd. 'Toe maar! Voor zaken of plezier?'

'Geen van beide', zeg ik en om de een of andere reden ga ik staan.

Ze stuift weg, de zaal op en ik merk dat ik laaiend word. Ik zou haar wel achterna willen schreeuwen, iets als: 'Hé, zeg, ik heb mijn eigen zorgen, hoor. Ik heb ook een leven. En wat dacht je van al die andere weken, dagen, uren dat ik de enige bezoeker in deze bouwval was? Toen hield je je vragen wel voor je, hè?'

Ik stel me zo voor dat ze opeens stilstaat, zich omdraait om me aan te kijken, haar dikke, kleine mondje openzakt en een blos langzaam noordwaarts van haar borst naar haar hals stijgt. En net als ze weer door wil lopen, hoor ik mijzelf verder praten: 'En nog iets: ík was het niet die de deur open heeft laten staan. Ik was het niet die haar heeft laten weglopen. Trouwens, ik heb straks een gesprek met de geneesheer-directeur en ik ben zeer benieuwd wat hij hierover te zeggen heeft!'

In mijn dagdroom slaat Tonnetje haar ogen neer, en haar gezicht dat al felrood is, verkleurt tot een schuldbewust paars. In werkelijkheid kan het haar natuurlijk geen donder schelen, terwijl ik daar sullig toe sta te kijken hoe ze van het ene naar het andere bed loopt, regelend en redderend, statussen controlerend, kletsend tegen de patiënten, ze gaat gewoon haar gang. Zelfs degenen die slapen of tot wie sowieso niets meer doordringt, spreekt ze even aan; kordaat, luid, met een vleugje verdraagzaamheid die, toegegeven, grenst aan oprechte vriendelijkheid. Zo doet ze het altijd aan het begin van haar dienst en nog eens als die erop zit, zoals een basisschooljuf die al haar leerlingen aan het begin en het eind van de dag een paar woordjes toevoegt.

Het was nooit mijn bedoeling geweest haar hiernaartoe te brengen. Dat hou ik mijzelf voor wanneer ik weer ga zitten, zoals ik dat tijdens het eerste jaar hier ook telkens deed. Dit was niet mijn bedoeling. Het komt doordat dat andere huis van haar af wilde. Dat zogenaamde 'perfecte verpleeghuis'. Een paar weken, hadden ze me geruststellend gezegd, een paar onderzoeken, even tot rust komen. Zo hebben ze me om weten te praten.

De waarheid was dat ze haar gewoon niet meer konden verdragen. Ze konden het niet meer toestaan dat ze de sfeer op hun veranda verpestte met haar eindeloze gejammer en gejank. Ze konden het niet meer toestaan dat ze liep te ijsberen in de gangen en op trapportalen, waar dat ene zinnetje dat ze maar bleef herhalen weergalmde: 'Ik kan het niet, ik kan het niet. Het gaat niet, het gaat niet.' Almaar door, ze hield maar niet op. Totdat ze het haar uiteindelijk ook niet meer vroegen: 'Wát kan je niet, lieverd? Wát gaat er niet?' Maar bovenal konden ze het niet hebben dat zij de bemiddelde familieleden die ervan uitgingen dat hun geld goed besteed was, uit de droom hielp. Ze was gewoon slechte reclame geworden, denk ik.

Achter me klinkt het piepen van schoenen en als ik me omdraai staat Tonnetje er. 'Je hebt een afspraak met de geneesheer-directeur, toch?' Ze oogt geamuseerd. Nee, meer dan dat: ze ziet eruit of ze zich moet inhouden om me niet hard in het gezicht uit te lachen. Dat ik, een nederig schepsel, de gore moed heb om de leiding van het ziekenhuis om rekenschap te vragen. Dat vindt Tonnetje duidelijk om te gillen.

'Dat klopt', zeg ik.

'Dan heb je een gesprek met meneer Brook. Ken je meneer Brook?'

'Nee.'

'O, een schat van een man! Dat zul je wel merken. Hij is degene die je oma heeft behandeld toen ze hier aankwam. Dus je weet waar je moet zijn?'

Ik sta op, knik en loop weg. Thelma staat te wachten om me uit te laten. 'Jammer joh,' zegt ze, 'je hebt het gemist! Al die heisa waar je oma voor heeft gezorgd. Met de politie en zo. Je had moeten zien in wat voor toestand ze d'r hier weer terugbrachten. Heb je allemaal gemist.'

Telkens als ik aan het begin van deze gang sta, moet ik terugdenken aan de eerste keer dat ik hier stond. Altijd wanneer ik in die kille verte kijk, voel ik me weer zoals toen. Er was een arts bij me – trouwens de laatste keer dat ik hier een arts heb gesproken. Hij liep een eindje met me mee, dokter Ian Coyle heette hij; niet eens zo'n ongebruikelijke naam en toch ontglipte die me telkens en ik moest steeds op zijn badge spieken. Hij zei dat ze hadden besloten haar hier te houden.

'U bedoelt voor nog meer onderzoeken?' had ik gevraagd.

'Nee. Ik bedoel voorgoed.'

'Maar ik had begrepen, ik bedoel, ik had aangenomen dat ze, nou ja, zeg maar, ik was ervan uitgegaan... gaat ze dan niet meer terug naar het verpleeghuis?'

'Ik vrees van niet.'

'Maar dat hadden ze gezegd.'

'Ze kunnen haar daar gewoon niet meer aan.'

'Maar ik kan haar hier niet laten. Er moet een andere plek zijn. Ik bedoel, niet híér, niet in dit vreselijke hol...' Ik huilde er een beetje bij, en hij zei dat hij met me meeleefde. We kwamen bij twee bruine plastic stoelen die tegen de muur stonden en gingen zitten. Ik herinner me dat me toen opviel hoe jong hij was en dat hij me deed denken aan een van de tekenleerlingen in mijn honoursprogramma. Ernstig en kordaat, een beetje een studiebol. Hij schoof zijn stoel dichter naar de mijne; geen aftershave maar twee soorten zeep. De ene fris geurend, waarschijnlijk uit zijn moeders badkamer. De andere van dat roze desinfecterende spul in de vierkante fles bij de wasbak op de afdeling.

Ik mocht roken van hem, hij ging zelfs zover dat hij een asbakje voor me fabriekte uit een kaartje dat hij in zijn zak had. Hij was heel vriendelijk. 'Ouderdomsdementie', zei hij. 'Je oma heeft ouderdomsdementie.'

Ik zei niets en na een ogenblik vertelde hij me een verhaal. Het was een verhaal uit de derde hand, dat hij van de verpleeghuisarts had gehoord, die het weer van de directrice had. Een ingekorte versie van wat er nu in haar dossier stond. Hij kon het goed vertellen, langzaam en met zachte stem zodat zijn woorden beelden vormden zodra ze uit zijn mond kwamen. Het voelde alsof ik erbij was, of ik mijn oma in de eetkamer van het verpleeghuis zag zitten: in die 'smaakvol ingerichte eetzaal met ruim uitzicht over de gazons', in de bewoordingen van de brochure. Ik zag haar voor me, hoe ze plotseling opstaat en haar bord van tafel pakt. Het bord met al haar eten er nog op, waarmee ze langzaam door de kamer loopt, naar de balkondeuren. Door de deuren naar buiten en schuin de paar treetjes af. Hoe ze haar hand in het eten steekt, er met haar vingers in graait en het van haar bord schuift. Ik zie het vallen, zwaar en donker, dikke klodders op het fluwelen gazon. En dat ze vervolgens weer de eetzaal binnengaat, haar mouwen onder de jus, haar jurk van voren onder de spetters, en het bord met spatten jus weer op tafel zet. Er wordt niet veel aandacht aan besteed, tot ze opeens uithaalt naar de borden van de andere bewoners. Een hels tumult. De oude, gulzige ogen vol paniek, jichtige handen die klauwen naar de rand van hun bord, bibberige stemmetjes die 'Help! Help!' roepen. Van alle kanten aansnellende medewerkers, mijn oma die woest wordt, een verpleegster in de hand bijt.

'Dus vandaar...' besloot hij.

'Ja, dank u dokter, ik begrijp het.'

We kwamen weer op de afdeling, waar ik het opnameformulier voor het St. Ita's-ziekenhuis in Portrane ondertekende en nog één keer naar mijn zwaar gesedeerde Nonna keek. Dokter Ian Coyle was nog steeds zachtjes aan het keuvelen, al luisterde ik niet meer. Ik moest voortdurend denken aan die gebeurtenis in het verpleeghuis, ik kon er niet bij dat Nonna eten zou verspillen, überhaupt iets verspilde. Nonna, die een jampotje nog binnenstebuiten keerde om het laatste restje eruit te krijgen.

'Weet u het zeker, dokter? Is er echt geen andere oplossing te bedenken?' had ik ten slotte gevraagd.

'Weet je, Anna, soms is die er gewoon niet.'

Die eerste dag. Tweeënhalf jaar geleden, langer misschien. Nadat ik eindelijk de weg terug had gevonden naar de receptie bleef ik een poosje buiten voor de hoofdingang staan met een sigaret om tot mezelf te komen voordat ik me aan de lange autorit naar huis waagde. Een paar meter bij me vandaan stonden twee jonge mannen. De lange droeg een pak dat te klein was en de kleine een pak dat te groot was. De gedachte was bij me opgekomen dat ze misschien beter konden ruilen. Na wat geschuifel en gesnuif kwam de lange op me af. 'Héhejjewatterokenmeschien?' rochelde er uit zijn keel. Het viel me op dat hij prachtige tanden had.

Ik gaf hem een sigaret en hij sloop weg. Daarna besloot de kleine de gok te wagen. Hij kwam voorzichtig op me af, zijn open hand uitgestoken alsof ik een paard in de wei was dat hij probeerde te vangen, tegen beter weten in. Ik legde een sigaret in zijn hand en hij ging terug naar zijn vriend.

Ik had de krankzinnige kreten gehoord uit de gesloten afdelingen die aan de gangen lagen waar ik naar mijn oma had lopen zoeken. En ik kon niet zeggen dat haar afdeling, toen ik die eindelijk had gevonden, de mooiste was. Toch deden die twee jongens me meer dan alles wat er verder die dag gebeurd was. Het lag niet zozeer aan iets specifieks, afgezien van die stomme pakken of het feit dat ze zo jong waren. Juist het gegeven dat ze bíjna normaal leken, dat raakte me zo. Alles aan hen, van hun wenkbrauwen tot aan hun voeten, leek slechts een klein stukje uit het lood te staan, maar dat was genoeg om het beeld totaal te verstoren. Als een kamer waarin de schilderijen scheef hingen. Misschien besefte ik daardoor pas goed wat dit voor instelling was. Een plek waar we allemaal terecht konden komen. Deze plek waar mijn oma zou moeten sterven.

En nu, tweeënhalf jaar later, op weg naar de geneesheer-directeur, sta ik hier voor de zoveelste keer en moet ik nog steeds nadenken welke kant ik op moet. Als ik de eerste lange gang in kijk die in de verte verdwijnt als een schemerige landweg ergens in een uithoek van het land, probeer ik te begrijpen hoe ze het voor elkaar heeft gekregen. Met een beetje moeite kan ik nog wel geloven dat ze zelf door de deur de afdeling is afgegaan – als de sleutels ergens hadden rondgeslingerd of iemand zo slordig was geweest de deur niet op slot te doen. Wat ik me dan weer op geen enkele manier kan voorstellen is hoe ze midden in de nacht niet alleen uit het gebouw, maar zelfs van het ziekenhuisterrein af wist te komen.

Ik ben verbijsterd en geschokt. Ik ben kwaad. Ik ben behoorlijk onder de indruk.

Op weg naar het kantoor van de geneesheer-directeur. Een stilte waar je doorheen kunt waden. Het valt me bovendien op, en niet voor het eerst, dat er in deze gangen geen geuren blijven hangen, zoals in andere ziekenhuizen, en ik besef dat die worden weggezogen doordat het hier overal tocht. Zo verrekte koud. Een scheut klimop die door een gat in de ruit is gekropen, slingert nu over de vloer. Dat kan ik me niet herinneren van zes weken geleden. De mierzoete prenten aan de muur staan bol van het vocht en onder het plafond waar het heeft gelekt, staat nog steeds een emmer met regenwater. Ik kom af en toe langs een radiator die zinloos staat te loeien. Mijn voetstappen, aanvankelijk traag en beheerst uit ongemak, versnellen zich omdat ik dit zo gauw mogelijk achter de rug wil hebben; ze worden steeds beslister, roffelen een Gestaporitme, tot ik ten slotte bijna ren.

Zodra ik meneer Brook zie, is mijn bravoure weg. Ik zie mijn brief uitgevouwen op zijn bureau liggen, de opmerkingen en vragen netjes genummerd. Het handschrift is dikker dan normaal en de regels golven, ondanks herhaalde pogingen om het goed te krijgen, en ik kan me de vragen niet eens meer herinneren. Het was de bedoeling geweest om een beheerste brief te schrijven. Zodat de mensen hier zouden beseffen niet zomaar met een dwaas van doen te hebben die je makkelijk met een paar slappe smoesjes kon afschepen. Ook geen brief van een onverschillig familielid dat het in feite geen donder kon schelen, als puntje bij paaltje kwam. Ik had mezelf gevleid met de gedachte dat dit een brief van een intelligente vrouw was, een vrouw die zich geen verwijten hoefde te maken, zich nergens voor hoefde te schamen. Een middelbareschoollerares van in de dertig die godbetert wel wist hoe ze met lastige gasten moest omgaan.

En nu zit ik hier te janken als een kind en zeg dat het me zo spijt, nog voordat Brook zijn mond ook maar open kan doen.

Hij loodst me naar een stoel en ik ga zitten, daarna neemt hij zelf plaats op een hoekje van het bureau vlak voor me. Hij geeft me een dot tissues uit een doos en ik zie dat zijn hand lichtjes trilt. Hij wacht tot ik mezelf weer onder controle heb. De wat oudere man, knap en klein, slaat zijn armen over elkaar voor zijn gebreide trui. Zijn broek is schoon en met vouw, maar er zitten schimmen van oude vlekken in die er niet helemaal uit zijn gegaan. Hij draagt canvas schoenen en het lijkt of hij is vergeten zich te scheren. Zijn stem klinkt vermoeid en hij komt wat onzeker over. Hij pakt mijn hand en praat tegen me alsof ik een kind ben. Ik schik me meteen door me ook zo te gaan gedragen, snotterend en beleefd knikkend, en het scheelt niet veel of ik strek mijn armen nog naar hem uit en zeg papa.

Hij begint over Nonna en hoe ze haar hebben gevonden. 's Ochtends vroeg op het station van Donabate, een dorp in de buurt. Daar liep ze het perron op en neer met een oude, natte kartonnen doos tegen zich aan geklemd die ze ergens vandaan had, waarschijnlijk uit een vuilnisbak. Tegen de tijd dat de politie was gewaarschuwd was ze al gewond, ze zat onder het bloed, al was het achteraf minder ernstig dan het leek. Een gebroken arm natuurlijk, haar heup min of meer geruïneerd, haar benen helemaal onder het bloed. Maar ze weigerde die doos af te geven.

Hij laat mijn hand los, wipt van het bureau af en loopt eromheen. 'Anna,' zegt hij, 'ik lees in je brief dat je wat bezorgd bent, klopt dat?' Hij pakt de brief niet op maar buigt zich erover en ik zie dat hij hem herleest, alsof hij zijn geheugen op moet frissen.

'O, alstublieft,' begin ik, 'dat geeft nu niets meer. Echt niet. Ik had hem niet moeten schrijven, sorry.'

'Lieve kind, je had alle recht. En voordat we verdergaan moet je weten dat zoiets hier nooit meer zal voorkomen. Nooit meer.'

Hij begint over een nieuw elektronisch beveiligingssysteem dat binnenkort wordt geïnstalleerd, met geheime codes en een toetsenpaneel. Tijdens het praten bewegen zijn vingers alsof hij het paneel al bedient, met een enigszins verbijsterde blik, alsof hij zich afvraagt hoe zoiets mogelijk is.

'Tja. Als je je code vergeet is het denk ik... vette pech. Want je moet wel naar huis. Nou ja, in ieder geval kan de deur dan alleen door een medewerker worden geopend.' Hij schudt zijn hoofd en lacht dan even om dat onderwerp af te ronden. Vervolgens vouwt hij de brief en stopt hem weer terug in het dossier van mijn oma.

Ik werp een blik op het dossier. Niet al te dik, alles bij elkaar. Een heel leven samengevat in slechts een paar bladzijden: wat beschamende voorvallen op schrift gezet. Ik zou het heel graag even in willen zien, maar durf het niet te vragen.

'Anna?'

'Ja, meneer Brook?'

'We moeten het maar eens over die onderzoeken gaan hebben, en ja lieve kind, je had volkomen gelijk: die zijn zonder je toestemming gebeurd. Ik zal je uitleggen waarom. Haar verwondingen waren van dien aard dat we... tja. We waren bang dat er sprake was van seksueel geweld. Dat zoiets kan voorkomen, is een verschrikkelijke gedachte, maar feit is dat niet lang geleden en niet ver hiervandaan een oudere dame is aangerand. Misschien zelfs wel door een patiënt uit dit ziekenhuis. De dader is nooit gevonden, helaas. Gelukkig kan ik je vertellen dat er geen sprake was van seksueel geweld. Maar we hebben je gewoon niet kunnen bereiken, en daarom is ze onder mijn bescherming gesteld; dat is gebruikelijk wanneer er geen familielid van een patiënt beschikbaar is. Je moet begrijpen dat het cruciaal is om direct te handelen als er sprake is van seksueel...'

'Alstublieft, meneer Brook', zeg ik. 'Wilt u dat alstublieft niet meer zeggen? Ik bedoel... zelfs als er niets is gebeurd, wilt u het toch niet telkens zeggen?'

'Wat, lieve kind? O, ja, natuurlijk, Anna. Het spijt me. Wat denk je van een kopje thee?'

Ik verwacht dat hij iemand zal bellen, of naar de deur loopt en een secretaresse roept, maar in plaats daarvan gaat hij naar een hoek in het kantoor en pakt een elektrische waterkoker van een dienblad. Hij haalt eerst een dode plant uit de wasbak voordat hij de waterkoker vult.

'Je bent opgevoed door je oma, toch?'

'In ieder geval vanaf dat ik acht was. Nadat mijn moeder was omgekomen bij een auto-ongeluk.'

'Ai, wat een tegenvaller voor jou', zegt hij hoofdschuddend, alsof dat het gevolg was van nonchalance of zo. 'En was je moeder enig kind?'

'Ja.'

Hij loopt naar de muur en doet de stekker van de waterkoker in het stopcontact. Dan draait hij zich om, glimlacht en knikt alsof hij me nu pas ziet. 'En je vader?'

'Hij was meestal van huis voor zijn werk, dus Nonna, mijn oma, zorgde voor me. Hij is vorig jaar overleden. Kanker.'

'Ach, dat is triest. En wat doe je zelf, Anna? Heb je werk?'

'Ik geef beeldende vorming op een middelbare school.'

'Heel goed. Zeg eens, is er verder iemand in je leven? Een man? Een vriend?'

'Mijn partner en ik zijn net uit elkaar, vandaar dat ik in Londen was.'

'Werkt hij in Londen?'

'Hij is kunstenaar. Hij kan overal werken waar hij wil, maar inderdaad, dat is tegenwoordig in Londen. Ik was daar omdat ik probeerde... Nou ja, ik weet niet precies wat ik probeerde te doen.' Ik begin weer te snotteren.

'Tja, die artistieke types, hè?' verzucht hij, waarna hij zich weer omdraait naar het dienblad. 'Maar zo'n mooie meid als jij zal wel snel een nieuwe vinden.'

Ik luister naar het rinkelen van de kopjes.

'En je grootvader? Is hij al lang dood?'

'Die heb ik nooit gekend. Hij is tijdens de oorlog gestorven, in Italië. Daar hebben ze elkaar ontmoet.'

'O, was hij Italiaans? Dat zou de verklaring kunnen zijn.'

'Hè?'

'Ze sprak Italiaans, vandaar dat de agenten eerst dachten dat ze buitenlandse was. Toen ze hier net was sprak ze het ook af en toe, en *nonna* is uiteraard Italiaans voor "grootmoeder", dat klopt toch?'

'Ja. Maar nee. Hij was geen Italiaan, mijn grootvader, maar Engels. Engels. Ik heb haar altijd Nonna genoemd, geen idee waarom, eerlijk gezegd.'

'O, ik begrijp het.' Als hij zich omkeert heeft hij een pak melk in zijn hand. 'Zijn ze lang getrouwd geweest, Anna?'

Hij houdt het pak onder zijn neus en ruikt eraan.

'Nee. Maar heel even, geloof ik.'

'O, vandaar. En was je moeder geadopteerd, is je dat bekend, Anna?'

Ik voel dat mijn hart zich samenbalt als een vuist. 'Bent u daarachter gekomen, dat mijn moeder geadopteerd moet zijn?'

'Heb je nooit iets in die geest gehoord, Anna?'

'Nee.'

Achter zijn hoofd wolkt stoom uit de waterkoker op en ik wacht op wat er komen gaat. Hij draait me weer de rug toe, zet thee en schenkt die in. 'Zelf nooit aan zoiets gedacht, Anna?'

'Nee. Eerlijk gezegd is Nonna... was Nonna altijd erg gesloten. Maar ik denk dat mijn moeder het me had verteld als ze dat had geweten. Mijn vader had zeker iets gezegd.'

'En dat is niet gebeurd?'

'Nee.'

'Tja, vroeger hielden de mensen dat soort zaken vaak voor zich. Gebruik je suiker, Anna?'

'Nee.'

'O, mooi', glimlacht hij en hij draait zich weer om. 'Want zal ik je wat vertellen? Ik denk niet dat er nog is.'

Ik wil geen glimlach of verontschuldigingen over dat er geen suiker is, ik wil dat hij voor de dag komt met wat hij wil zeggen.

'Meneer Brook, bedoelt u nu dat het onderzoek van mijn oma heeft uitgewezen dat ze nooit een kind heeft gekregen... is dat het?'

'Eh, ja, maar...' Een ogenblik ben ik net zo confuus als hij eruitziet. Hij reikt me een kop thee aan, wacht tot ik die heb aangepakt en een slokje heb genomen. Daarna ademt hij kort in. 'Het zit zo: je grootmoeder heeft niet alleen nooit een kind gekregen, ze is ook niet seksueel actief geweest. Ik bedoel: nooit. Voor zover ik kan beoordelen.'

'Ze was toch getrouwd?'

'Zeker.'

'Ik begrijp het niet.'

Hij haalt zijn schouders op en dan, als een pastoor, heft hij zijn handen, laat ze weer zakken en vouwt ze. 'Het huwelijk is nooit geconsummeerd.'

Het volgende moment staat hij op en ik begrijp dat het tijd is dat ik vertrek. 'Nou ja, Anna, ik vond dat je dat moest weten. Mijn excuses voor alle commotie, maar nu is ze in ieder geval veilig, die arme oude Nonna van je. In ieder geval is ze nu niet meer overstuur.'

'Nee.'

Hij pakt zijn jas van zijn stoelleuning en loodst me in de richting van de deur. 'Nogmaals mijn verontschuldigingen.'

En weer zeg ik dat het niet erg is. Ook al weet ik nog steeds niet helemaal zeker waar we het in godsnaam over hebben.

Als ik buiten het kantoor sta zie ik meneer Brook naar de receptie lopen, waar een taxichauffeur een krant onder zijn arm steekt en op hem afstapt. De twee mannen lijken elkaar te kennen, en ik krijg de indruk dat de chauffeur heeft staan wachten nadat hij meneer Brook had afgezet. Ik kan me voorstellen dat meneer Brook tegen hem heeft gezegd: 'Wacht je anders hier even? Het zal vast niet lang duren.' Ik bekijk de deur van zijn kantoor: stevig, gevernist eiken, met het opschrift GENEESHEER-DIRECTEUR in zwarte verf op het bovenste paneel. Niet eens een eigennaam, alsof het een functie is die wisselend kan worden ingevuld door artsen die van de golfbaan worden geplukt, of door pensioengerechtigden die worden teruggehaald als dat nodig is zonder zich zelfs maar te hoeven scheren. En ik kan me niet aan de indruk onttrekken dat ik erin geluisd ben.

Ik ga terug naar de afdeling om mijn koffer op te halen. Ik sta bij het bed van mijn oma en krijg een onbedwingbare neiging om haar aan te raken, eerder uit nieuwsgierigheid dan uit genegenheid. Het zou logisch zijn om haar hand te pakken. Maar haar rechterhand, samen met haar hele rechterzij, wordt bewaakt door slangetjes, en de wirwar van draden is ondoordringbaar. Haar linkerarm zit vanaf de elleboog tot halverwege de hand in het gips, dat haar vuist zo samendrukt dat haar ranke vingertopjes gebundeld zijn als een verfijnd boeketje in een vaas. Het gips ziet er prachtig uit, als het werk van een banketbakker, glad en wit en sierlijk. Ik krijg de puberachtige neiging om er met een viltstift op te schrijven. Een ogenblik zie ik voor me hoe de zwarte, glanzende letters uit de punt vloeien: drie woorden en een vraagteken. Ik bedenk hoe ik ze zou indelen, die puberachtige woorden die bij me op zijn gekomen: als een armband om haar pols of in een kolommetje onder elkaar geplaatst. Hoe dan ook is mijn vraag dezelfde: *Wie ben je?*

Als ik thuiskom begint net het tv-nieuws van negen uur. Ik sta in de deuropening en zie het beeldscherm in het donker flitsen, en de stem van een nieuwslezer begint tegen me te praten. Ongelooflijk dat de tv de hele tijd heeft aangestaan terwijl ik in Londen was. Aan de andere kant: ik denk niet dat het toestel ooit uit is geweest sinds de dag dat Hugh weg is gegaan. Ik had zelfs een nestje gemaakt op de bank ervoor, omdat het minder pijnlijk was om daar te slapen dan in het bed dat we tot dan toe hadden gedeeld. Het was het laatste wat ik 's avonds zag en het stond elke morgen op me te wachten zodra ik mijn ogen opendeed. Zelfs wanneer ik sliep was hij op de achtergrond bezig om stiekem zijn beelden in mijn gedachten te planten. Hoe waren die daar anders terechtgekomen: de professor met het nietszeggende gezicht en zijn kwantumfysica, de Mexicaan met de zwarte sjaal die kogels ontweek op de flank van een berg? En nu had hij tijdens mijn afwezigheid voortdurend staan schetteren in de lege kamers van mijn appartement. Opeens heb ik een bloedhekel aan het toestel, ik zou het wel omver willen schoppen, met mijn hak door het glas willen trappen, tot in z'n binnenste. Ik pak de afstandsbediening en doe de stilte aan. Daarna ga ik naar boven, naar het atelier. Het atelier van Hugh, dat aanvankelijk dat van mij had moeten worden. De mooiste kamer van het appartement uiteraard, een verbouwde zolder waar je met een vlizotrap kon komen. Ik ben hier niet meer geweest sinds zijn vertrek, sterker nog: een hele tijd daarvoor al niet meer.

Ik was vergeten hoe heerlijk het hier boven was; deze ruimte had de doorslag gegeven om dit appartement te kiezen. Het waren vooral de dakramen, waardoor 's morgens het licht over de lange, kale vloer werd uitgestort. En zelfs op dit tijdstip, als je er de avondlucht door kunt zien. De geur van hout en verf en terpentine: dat alles was ik vergeten.

Ik overweeg om de lange stok te pakken en een van de ramen open te doen. Ik stel me voor hoe het kraakt en kiert en meegeeft. Buiten zal een glimp van een zwarte georgiaanse dakenrij zichtbaar zijn. De lucht zal door de stadsverlichting tot zachtpaars zijn verbleekt en het verkeer, gedempt door de afstand, zal klinken als de zee. Maar dan bedenk ik dat ik de stok onderaan de vlizotrap heb laten staan; te veel moeite om er weer helemaal voor naar beneden te gaan.

Het vertrek is stoffig, maar niet rommelig; daarvoor heeft hij te weinig van zijn spullen laten staan. Wat hij niet heeft meegenomen, heeft hij in dozen gedaan en in de hoek onder het schuine dak geschoven. 'Ik kom later terug voor de rest', was het laatste wat hij tegen me zei. 'Doe vooral geen moeite, stomme klootzak', had ik waardig geantwoord.

En dat was het dus, na al die jaren samen, hier hield het op. Ik wist wel dat hij niet terug zou komen. Alles wat hij wilde houden, had hij die dag meegenomen. Die dozen waren bedoeld om op de een of andere manier de pijn wat te verzachten. Op een gegeven moment kijk ik misschien wel wat erin zit, maar voorlopig hou ik ze voor een oplichterstruc: dummy's, volgestopt met kranten en bakstenen.

Ik loop over de plankenvloer die de volle breedte van dit grote huis beslaat, met een patina van verf, zweet en tranen. Er is iets vreemds aan het hele tafereel, de lege ruimte, de plasjes elektrisch licht onder de peertjes die aan de zolderbalken hangen. De paar zorgvuldig geplaatste rekwisieten. En opeens dringt het tot me door, ja, dat is het: het doet me aan een van zijn schilderijen denken. Ik loop in een van zijn schilderijen. Daardoor komen die paar dingen nog troostelozer op me over: de vieze mok op een oude keukenstoel in een hoek, het verfrommelde lege pakje Marlboro op de vloer, het Coca-Colablikje ernaast met een laatste sigarettenpeuk, uitgedrukt op het deksel. En een tweedjasje dat over een van de dozen is gedrapeerd en me naar adem doet happen van verdriet als ik het zie.

Ik klim de trap weer af, ga op de onderste tree zitten en laat me even gaan; een tijdje zit ik keihard te janken. Dan bedaar ik en denk aan Nonna.

Deel drie

Bella

Bordighera, 1933

Juli

Bella staat onder de luifel van het station van Bordighera in de schaduw te wachten. Achter haar is een kruier een muurtje van bagage aan het opbouwen en ze hoort het boemeltreintje wegtuffen naar Frankrijk. Als ze omkijkt is de kruier verdwenen zonder fooi, hij heeft een adreslabel op de bagage gespeld: *per Villa Lami, Via Romano, Bordighera.* Nu alleen nog een chauffeur.

Buiten het station staat een rij koetsjes en rijtuigen met slaperige pony's ervoor gespannen; verderop een viertal lege taxi's, de neus naar de schaduw gericht. Een bolronde blauwe bus staat midden op het plein schuin geparkeerd. Nergens een chauffeur te bekennen. Nergens het geringste teken van leven te bekennen – afgezien van de pony's en de vliegen die vol overgave om ze heen zwermen.

Ze kijkt een ogenblik de piazza rond, en weet even niet waar ze is. Barokke, veelal vervallen gebouwen met tere balkonnetjes als reepjes zwarte lingerie. Rechts van haar een groepje gedrongen palmbomen. Aan de overkant van de weg nog meer palmen, maar hoger, dunner, ruiger; met grote verwilderde koppen die door de ramen op de tweede verdieping van een verduisterd *pensione* naar binnen gluren. Een krantenkiosk, dichtgetimmerd. Een ijskar, verlaten. Vlak daarachter een trog met vier grote schijfcactussen. Net mismaakte kinderen op een rijtje, denkt ze onwillekeurig. Het café verderop is gesloten, de stoelen zijn ingeklapt en tegen de muur gezet.

Bella pakt haar krokodillentas van de stapel bagage en loopt de piazza over naar een muur die bedekt is met een dikke laag afgekrabde affiches. Boven een deur doemt een crucifix op in een nis, het gezicht van de Christusfiguur opzichtig geschminkt. Het lijkt hier amper op een stadje aan de Italiaanse Rivièra, op slechts een paar kilometer afstand van Monte Carlo en Nice. Eerder op een plaats in Mexico, zo stelt ze zich voor. Of Cuba zelfs. Iets wat ze zich vaag herinnert eens in een donkere filmzaal te hebben gezien. Heet, stoffig, verlaten. Een opgezwollen vlieg gonst in het rond.

Een laan tegenover het station lijkt de enige weg te zijn van de piazza af. Ze volgt met haar blik de langgerekte weg die afdaalt en steeds armoediger lijkt te worden, tot aan een kruising, waarna de laan breder wordt en naar boven voert in het zonlicht. De laan strekt zich nog een stuk verder uit en er lijkt alleen maar een eind aan te komen doordat een groot, wit hotel, met daarachter een flinke heuvel, hem de weg verspert. Het lijkt of de lucht daar koeler is, de gebouwen en palazzi solide en schoon, als plakken roomijs. Er zijn daar vast ook cafés met terrassen in de schaduw. Mensen die Engels spreken wellicht. Engelsen zelfs. Hoge glazen met iets koels en zoets. Maar ze durft de bagage niet onbeheerd achter te laten en ze is bang om te verdwalen, voor gek te staan of iemand mis te lopen die misschien op dit moment wel onderweg is om haar af te halen.

Op de hoek van de kruising staat een klok met twee wijzerplaten. Bella kijkt op haar horloge en ziet dat dat meer dan een uur afwijkt. Ze herinnert zich de stationsklok, kijkt achterom en ziet weer een andere tijd. Om de een of andere reden móét ze weten hoe laat het is. Ze besluit zo ver door te lopen dat ze de wijzerplaat aan de achterkant van de klok op het kruispunt kan zien, en daar, gevangen tussen de tijd en vier hoeken, vinden ze haar.

De Amerikaanse nichten. Ze lopen net de laatste paar meter van de laan af. Even lang maar van verschillend postuur. De ene een tikje gezet. De andere misschien een beetje schriel. Twee dofbruine kapsels, in de krul tot op het oor. Vier blote benen. De wat gezettere begroet haar met een brede armzwaai boven het hoofd. De dunnere, die aanvankelijk iets lijkt te dragen, misschien een baby of een wit hondje, blijkt haar arm in een mitella te hebben. Beiden hebben tenniskleding aan, terwijl het ondenkbaar is dat degene met die verbonden arm heeft gespeeld.

De gezette stelt zich voor als Grace en staat erop de tas te dragen. 'De rest wordt nagebracht', zegt ze, er duidelijk aan gewend dat dergelijke zaken wel vanzelf geregeld worden. Daarna geeft ze Bella een arm en trekt haar over het kruispunt, de laan op.

De andere heet Amelia. 'En, wat vind je van Bordighera?' vraagt ze. 'Lijkt misschien wat doods, nietwaar? Nou, laat je niet voor de gek houden, het ligt gewoon aan het tijdstip, de Italianen doen hun dutje na de lunch, de Engelsen liggen op het strand levend te verbranden. Wacht maar, nog een uurtje of zo - of je het dan nóg zo doods vindt.'

Bella, tussen de zussen in, op een laan die steiler is dan verwacht, zwenkt haar hoofd van de een naar de ander, probeert op het juiste moment te glimlachen, geregeld in verwarring vanwege hun accent, de snelheid waarmee ze praten en hun directe taal (als ze echt zeggen wat ze denkt dat ze zeggen). Ze lachen wat af, zeker Grace. Soms lacht Bella met hen mee, ook al weet ze niet precies waarom.

'Heb je dat Mussobehang gezien?' vraagt Grace.

'Excuus... het wat?'

'Je weet wel, Mussolini', legt Amelia uit. '*Il Doe-tsje*! Ik zal je eens wat zeggen: die man, wen er maar aan. Op de radio, in kranten en films, waar je ook maar naar kijkt of luistert, die kale ouwe Benito is overal. En dan het marktplein! Ik zweer je, er is geen stukje muur waar zijn portret niet is aangeplakt. Bijna zonder naad, het lijkt wel behang. Net één grote Mussolinizaal. Nou zou me dat niet kunnen schelen als hij een beetje leuk was om te zien, maar hij is nogal onooglijk – vind je ook niet, juffrouw Stuart? Vind je het ook geen onaantrekkelijke man? Trouwens, moeten we je juffrouw Stuart noemen?'

'Eh, tante Lami zou het waarschijnlijk...' begint Grace.

'Mijn God, tante Lami. Zullen we die er maar even buiten laten?'

Amelia gaat op vermoeide, afwezige toon verder, loopt stijfjes met haar heupen draaiend, wat ze af en toe afwisselt met een zijwaarts glijpasje, als een koket kind, denkt Bella, of misschien als zo'n sportief type filmactrice van tegenwoordig. De hele situatie doet haar sowieso hoe langer hoe meer aan de film denken; echte Amerikanen had ze tot nu toe alleen in de bioscoop gezien.

'Ze is natuurlijk niet werkelijk onze tante', legt Grace uit. 'Dat was de eerste echtgenote, tante Josephine, de zus van mama, snap je.'

'En een mooie meid,' zegt Amelia, 'dat zul je wel begrijpen. Ze hebben elkaar ontmoet toen de oude Lami in New York was en in een van vaders hotels verbleef – vader is hoteleigenaar, vandaar. Ze vielen voor elkaar, zoals ze dat zeggen, en hij nam haar mee naar Sicilië.'

'Mama heeft het hem nooit vergeven,' zegt Grace, 'en toen overleed die arme Josie.'

'Ze was nog geen vijf minuten dood,' gaat haar zus verder, 'of hij had al wat met *numero due*. Laten we hier maar niet te veel woorden aan vuilmaken. Behalve dat ik niet vind dat zij bepaalt hoe wij elkaar wel of niet moeten noemen. Mee eens? We zijn tenslotte geen kinderen. Sterker nog, als ik het goed heb zijn we alle drie ietsjes ouder dan onze lieve tante Lami. Pech. Ik was namelijk beslist niet van plan je te vragen om mij "juffrouw Nelson" te noemen! Je hebt tante Lami ontmoet, toch, op Sicilië? Uiteraard willen we daar een uitgebreid en openhartig verslag van horen, dat kan ik je wel vertellen. Zij is een gevalletje apart, vind je niet? Natuurlijk gaat hij gauw dood. Benieuwd hoe het dan met haar verdergaat. Wie weet is hij er nu al niet meer; leefde hij nog toen je daar wegging? Ik vraag me af of je zoiets eigenlijk wel merkt op zijn leeftijd. We zouden toch een telegram hebben gehad als... Je mag toch hopen dat ze het fatsoen zou hebben een telegram te sturen als... O, denk nou niet dat ik harteloos ben, ik hoop oprecht niet dat je dat denkt. Het is alleen, nou ja, we kennen hem nauwelijks. Sterker nog, we kennen hem helemaal niet.' Amelia houdt eindelijk op met praten en hinnikt samen met haar zus van de lach.

Bella knikt, glimlacht en probeert niet al te verbijsterd te kijken. Om hen heen begint het stadje te ontwaken uit z'n middagslaap. Op de terrasverdiepingen klappen de luiken open. Winkeliers kruien manden en kratten vanuit het duistere interieur de blikkerende straatstenen op. Een ober komt een restaurant uit met een tafelblad dat hij als een wagenwiel voor zich uit rolt. Achter hem zit een oude vrouw in de deuropening verwoed rokend servetten te vouwen. Deanna Durbin kirt uit een radio. De laan heet Corso d'Italia, merkt Bella op.

'Je moet het mijn zus maar vergeven', kan Grace met moeite uitbrengen. 'Ze is een beetje...'

'Te opgewonden? Te geagiteerd? Te ontspannen?' oppert Amelia.

'O, zo is het wel genoeg', roept Grace uit.

'Ik kan het je net zo goed vertellen; daarom ben ik in Europa', gaat Amelia verder. 'Om rust te vinden voor mijn overspannen zenuwen.' Ze legt de rug van haar vrije hand tegen haar voorhoofd en doet alsof ze bijna flauwvalt. 'Maar sinds dat akkefietje met mijn sleutelbeen heeft niemand het meer over mijn zenuwen. Veertig dagen, hebben ze gezegd, dan mag ik pas weer reizen. Die Italiaanse artsen weten wel hoe ze iets onbetekenends kunnen opblazen. Niet eens dat eindje naar Monte Carlo. Echt, allemaal zo vervelend.'

'Let maar niet op haar', zegt Grace. 'Ze vindt het hier geweldig. Amelia is Bordighera Beach Miss van deze maand, moet je weten. Echt waar, die titel mag ze daadwerkelijk voeren. 's Middags organiseren de beachclubs missverkiezingen in strandpyjama; een giller, toch? De foto van mijn zus? Aan alle wanden van de kursaalclub. Il Duce is er niks bij! Ze heeft een hoed op die...'

'O, moet je daar nu weer over beginnen?'

'Je hebt jezelf opgegeven hoor, schat.'

'Dat was in een dronken bui.'

'En die had je alleen aan jezelf te danken.'

'Dank je, Grace. Weet ik heus wel.'

Over de Corso. Lampen en bomen in kaarsrechte lijnen, het wegdek betegeld, net een vloer buitenshuis. Sommige winkels hebben Engelse uithangborden: GOOD ENGLISH CAKES. REAL ENGLISH TEA. Twee Franse winkels; de ene verkoopt hoeden, de andere teken- en schildermateriaal. Een poster die bij de kapperszaak hangt, kondigt de cinemavoorstelling van deze week aan: *Detectivi Crek e Crok. Laurel e Holiver.*

'Als tante Lami's Engelse arts hier geweest was, dan was mijn vonnis beslist lager uitgevallen,' neemt Amelia de draad weer op, 'maar die is een paar weken geleden naar Egypte vertrokken. De Engelse kolonie hier moet en zal een eigen arts hebben, weet je – ze vertrouwen de Italianen niet. Sterker nog, ze hebben ongeveer overal een eigen versie van: kerk, clubs, winkels. Waarom ze niet gewoon thuisblijven en de centrale verwarming wat hoger zetten is mij een raadsel! In ieder geval is de nieuwe Engelse dokter nog niet gearriveerd. Ongetrouwd bovendien, tenminste, dat hebben we begrepen. De man schijnt overigens al zijn eigen tanden en zijn haar nog te hebben, dus dat wordt nogal een stormloop straks! Maar goed, zo zit het dus, veertig dagen, net als Jezus in de woestijn. Mama wil dat ik naar huis kom, papa denkt dat ik het beste hier kan blijven, al is hij wel bezorgd, gezien de huidige politieke situatie; ik bedoel, er kan ieder ogenblik van alles gebeuren, toch?'

'Alsjeblieft', zegt Grace. 'Alsjeblieft niet weer dat hele verhaal... Ik zweer je, als ze over politiek begint, dan...'

'O, Grace, kom nou, iedereen weet toch dat Europa, nou ja, in een kwade bui is... Is dat een nette manier om het te zeggen? En er staat ongetwijfeld íéts te gebeuren. Alleen wil niemand erover praten. Zolang we allemaal blijven doen alsof... kunnen we blijven fuiven. En nog goedkoop fuiven ook. O, vooruit, ik hou wel op. Ik denk overigens niet dat Anabelle het erg vindt. En het is Anabelle, toch? Ja, ik heb me de moeite getroost dat uit te zoeken. Of, nou ja: ik heb even een blik geworpen op je papieren toen die een paar dagen geleden werden bezorgd. Of eigenlijk heb ik de envelop bekeken met het officiële stempel van de *prefettura*.'

'Mijn papieren?' vraagt Bella.

Ze staan stil voor een *tabaccheria* waar een man lichtjes zwetend een markies omlaagzwengelt. Hij maakt een buiginkje, mompelt *buonasera*, en laat zijn blik langzaam langs de blote benen van de meisjes glijden. Zowel zijn begroeting als zijn gulzige blik wordt genegeerd of niet opgemerkt.

'O, in Italië moet je tegenwoordig zo ongeveer overal papieren voor hebben', legt Amelia uit. 'Tante Lami heeft ze vast geregeld. Je kunt niet eens meer naar het damestoilet zonder je kostbare *documenti*. Anders word je zo, woeff, met een schop onder je je-weet-wel eruit getrapt.' Bij die woorden trapt Amelia een been in de lucht zodat ze bijna omvalt, en Bella weet zeker dat ze de adem van de sigarenboer hoort stokken.

Ze voelt hoe de ingestoken arm van Grace haar duwt en trekt, de elleboog haar port. Uit Grace' mond, breed van het lachen, komt een geur van iets warms, iets met ei, wat Bella probeert te vermijden. Ze haakt haar arm los en zorgt dat ze wat achteropraakt, ze doet of ze haar schoen in orde maakt. Als ze de vrouwen weer inhaalt, met haar armen stevig voor haar borst gevouwen, brullen ze nog steeds van de lach. Bella vraagt zich ondertussen af of de twee niet een paar borrels ophebben.

Ze komen bovenaan de Corso. Echte vruchtbomen langs de straat! Bella was hier graag alleen geweest. Ze kijkt op en ziet trossen kleine, frisse sinaasappels hangen. Een slinger groene olijven parelt over een muur. Op de hoek staan twee mannen in zwarte fascistenuniformen te roddelen als huisvrouwen, ze zeggen af en toe iets tegen een meisje met net zulk haar als Shirley Temple. Het grote, witte hotel wijkt nu terug en er verschijnt een dwarsstraat: de Via Romano. Een open tram kruist de weg, een vrouw op het bovendek heeft een zwarte parasol opgestoken tegen de zon.

Hoge, smalle poorten tussen pilaren. Potten met geschilferde stenen druiven op de pilaren. Een kort kiezelpad dat uitkomt bij een halfrond bordes van een paar treden naar een voordeur. Het huis, ivoorkleurig met glanzend groene luiken, staat wat schuin ten opzichte van de straat, zodat het lijkt alsof het uit het lood hangt. Een aangename tuin, bomen, struiken en dezelfde kersenbloesems die wel willekeurig over heel Bordighera lijken uitgestrooid. Hoge ommuringen. Achter een van die muren een laan die terugvoert naar zee en naar het stadscentrum. Binnen tegen de tuinmuren aan: olijven, vijgen, kastanjes en de – nu al – onvermijdelijke palmbomen. Een robuuste villa aan zee met twee verdiepingen. Lang niet zo indrukwekkend als het huis op Sicilië. Veel indrukwekkender dan wat ze tot nu toe gewend is. Bella gaat het hek binnen, het terrein van Villa Lami op.

Als Grace langs de geopende voordeur loopt, buigt ze zich en keilt de krokodillentas over de geboende vloer de hal in. Daarna loopt ze het bordes weer af en bestelt ze thee door om de hoek van het huis iets een laag raam in te schreeuwen naar een zekere Elida. Een paar minuten later wordt er een dienblad door het raam aangereikt.

Er staat een tafel op een geschikte plek in de schaduw aan de voorkant van het huis, afgebakend door potten met cactussen en mandarijnbomen. Maar de nichten zetten koers in de tegengestelde richting, Amelia voorop, Grace erachteraan met het dienblad, bij het huis vandaan, een hobbelige helling af naar het eind van de tuin. Wilde roos en brem. Een hoekige, halfronde bamboewand. Als ze dichter bij de achterste muur komen, vangt Bella af en toe door de bomen een glimp van een gebouw op: een garage met een woonruimte erboven, een ijzeren buitentrap aan de zijkant. Als ze er vlakbij zijn vraagt Bella: 'Wie woont daar?'

Amelia draait zich om met een geruisloos 'sst'.

Dan pas valt het Bella op dat het dienblad dat Grace draagt rinkelt, en realiseert ze zich dat de beide nichten de afgelopen ogenblikken geen piep hebben gegeven.

De smeedijzeren tafel hier achter in de tuin zit onder de roestplekken en een colonne mieren trippelt over de grond langs de kruimels van een eerdere maaltijd. Een boek ligt vergeten in het natte gras en op een vensterbank staat een vuil glas met een laagje drab waarin door de regen doorweekte sigarettenpeuken dobberen. Bella vraagt naar Alessandro en krijgt te horen dat die aan het tennissen is op de club. Ze vraagt hoe laat hij meestal thuiskomt, en er wordt gereageerd met een schouderophalen en een verandering van gespreksonderwerp. Ze vraagt hoe laat het diner is, en krijgt als antwoord: 'Dat hangt er maar van af.'

Ze zitten amper aan de roestige tafel als Amelia per se wijn wil hebben. 'O, je moet het ons maar niet kwalijk nemen; waar zaten we met onze gedachten!' roept ze uit, alsof Bella zich daar al hevig over heeft beklaagd. 'Thee? Ben je mal! Er moet wijn komen, om te vieren dat je er bent. Om een nieuwe vriendschap te vieren. Prosecco, dat lijkt me het meest geschikt. Mee eens, toch? Het is natuurlijk geen champagne, maar wat geeft dat? Thuis is het niet toegestaan om alcohol te drinken: de drooglegging, heb je vast wel van gehoord. Zo gênant, laten we daar geen woorden aan vuilmaken. Wel heel anders dat je hier gewoon kan drinken. Tenminste, zonder voortdurend over je schouder te hoeven kijken. Prosecco is beslist mijn nummer één. Wat zeg jij ervan, Anabelle?'

Bella zegt niets.

Grace wacht een ogenblik, en dan: 'Daar is het waarschijnlijk wat vroeg voor, schat. Moeten we niet toch even wachten tot de thee op is?'

De tuin, de flitsen van de villa die ze onderweg heeft kunnen opvangen, het ongestructureerde huishouden: uit alles blijkt dat hier de strakke leiding van signora Lami ontbreekt, zo overduidelijk aanwezig in het Siciliaanse huis. Niet dat er echt sprake is van verwaarlozing, constateert Bella, het is eerder onverschilligheid die ze bespeurt. Alsof het huishouden door volwassen kleuters wordt gedaan. Ze begint te begrijpen wat de Signora in haar brief had bedoeld toen ze schreef dat haar zoon 'behoefte had aan dagelijkse structuur'. Eindelijk voelt Bella zich wat meer op haar gemak, ze leunt achterover in haar stoel en kijkt om zich heen. Nu heeft ze in ieder geval een taak die haar aanwezigheid hier rechtvaardigt.

Boven hen een parasol van loofbomen, er hangt een zware, zoete geur. Amandel, denkt ze, en een vleugje tijm. Ze ziet Grace al kletsend inschenken, ze ziet Amelia roken en pruilen en haar thee naar binnen slokken.

Even later kijkt Bella op en ziet een vrouw tussen de bomen door verschijnen. Haar forse gestalte – zwart haar, zwarte kleren – verbreidt zich als inkt over een achtergrond van felgekleurde mimosa.

Ze draagt een wasmand in haar enorme armen en loopt al roepend hun kant op. Maar haar stem, die veel te oud en amechtig klinkt voor haar grote, frisse gezicht, richt zich tot iets boven hen, voorbij hen.

'Ah, Elida', begint Amelia zodra ze haar ziet. 'Zo. Goddank. We moeten wat wijn hebben hier, voor signora Stuart, begrijp je wel, om haar welkom te heten: *pro-secco.* Gekoeld, uiteraard. Ik zag toevallig dat er vandaag een flinke doos met ijs werd bezorgd en ben zo slim geweest om daar alvast een fles of twee in te leggen. Geen dank, dames, graag gedaan. Dus: *Pro-sec-co. Per favore.* Alsjeblieft. *Grazie.* En *pre-go!*'

Elida schenkt geen enkele aandacht aan de beide nichten, al gunt ze Bella wel een buiginkje plus een hees 'signora' in het voorbijgaan, terwijl Amelia nog steeds tegen haar aan het praten is.

Grace slaat een hand voor haar mond en proest het uit. Haar zus leunt achterover in haar stoel en blijft roepen. 'Elida? Prosecco?' Maar Elida is al verdwenen. 'Nou moe! Doet ze nu echt alsof ze me niet hoort?' vraagt Amelia zich af, lachend bij de gedachte. 'Mijn hemel, dat mens. Het is toch wat! Weet je hoe we haar noemen? Queen Kong, echt waar.'

En daar gaan ze weer, rebbelend, kakelend. Zodat Bella allerlei zaken te weten komt die haar niets aangaan, maar die ze desondanks graag wil horen.

Totdat de muziek alles verandert. Klanken van een piano die traag en kil neerkomen, als de eerste sneeuwvlokken. Het heeft wat weg van een acrobatentoer, een zweem van circusmuziek in ieder geval, en even denkt ze dat het misschien iets van Debussy is, maar al snel blijkt het daar noch toegankelijk, noch resoluut genoeg voor te zijn.

Het brengt de Amerikaanse nichten in ieder geval tot zwijgen. Daardoor krijgen andere geluiden een kans. Een lopende kraan in een naburige tuin; een brommende motorfiets op straat. Krekels, vogels, insecten. Die kan Bella nu allemaal horen. Het slurpgeluidje van Grace' volle lippen, het gefriemel van Amelia's vingers aan de driehoek van haar mitella. En de noten die door het gebladerte druppelen: separaat, abstract, stuk voor stuk perfect van toon en onafhankelijk van de andere. Elke noot wanhopig trachtend die voor hem in te halen, te ontsnappen aan die hem achteropkomt.

'Wie was dat?' vraagt Bella als het ophoudt.

'Dat? O, dat was de Engelse maestro. Edward King', zegt Grace met een vluchtige blik naar haar zus.

Wanneer Elida achter uit de tuin komt aanlopen, zwaait ze met de lege wasmand in haar hand. Ze begint weer te roepen, met een geforceerde, hoge stem, haar hoofd geheven naar waar zonet de muziek vandaan kwam. De woorden klinken moeizaam en krakend, alsof ze in haar keel verbrokkelen. Bella zou wel overeind willen komen, dat schreeuwen van Elida overnemen en roepen wat ze blijkbaar kwijt moet.

'*Maestro? Maestro? Aspetta Alesso.*'

Een ogenblik later antwoordt een mannenstem. '*Arrivo*', klinkt het. '*Arrivo subito. Elida, cara mia. Arrivo. Arrivo. Arrivo!*'

Als Elida weer langskomt, glimlacht ze.

Bella laat de twee in de tuin achter met hun fles koude prosecco waar de condens af druipt en die Amelia uiteindelijk zelf heeft moeten halen. Grace maakt zich daar kennelijk niet zo druk om. Maar Amelia schijnt het bijna persoonlijk op te vatten.

'Ik moest maar eens gaan', zegt Bella en ze houdt haar hand als een dekseltje boven haar glas, dat ze bijna niet heeft aangeraakt.

'Vind je het niet lekker?'

'O, zeker. Echt heerlijk, hoor. Maar ik wil graag eens kennismaken met Alessandro.'

'O, maak je daar maar niet druk om. Hij is aan het tennissen, dat heb ik je al gezegd.'

'Ja, maar toch.'

'Grace... leg jij het dan even uit? Edward gaat hem straks ophalen. Als hij niet al weg is... wat denk jij? Want ik heb hem niet naar buiten zien komen of zo... jij wel?'

'Hij heeft hoogstwaarschijnlijk de andere kant genomen. Die deur in de achtermuur? Nou, die is gerepareerd.'

'O? Heb je niks van gezegd.'

'Moest dat dan?'

'Natuurlijk niet.' Ze kijkt haar zus even boos aan, en richt zich dan weer tot Bella. 'Waar was ik gebleven? O ja, ze eten meestal een ijsje onderweg. En misschien blijven ze zelfs even naar een muziekkapel luisteren op de boulevard, dat doen ze vaak. Het duurt minstens een uur. Of langer. Je hebt nog zeeën van tijd. Vanavond kunnen we gezellig met elkaar eten, dan zul je hem wel zien. En Edward. Trouwens, de jongen vertoont zich nooit ergens zonder Edward, behalve als hij naar z'n geliefkoosde tennisles moet. Ontspan je nou maar, neem een sigaret.' Ze schuift een doos met Turkse goldtipped sigaretten over de tafel.

'Ik rook niet.'

'Hemeltjelief, je zet ons wel te kijk, zeg!' Amelia trekt de sigarettendoos weer naar zich toe en zwenkt de hals van de fles van haar glas naar dat van Grace en weer terug.

Grace zegt: 'Natuurlijk snappen we het als je je liever even wilt opfrissen, Anabelle. Je moet wel doodop zijn. Zo'n lange reis! Wil je dat ik even met je meeloop?'

'Nee, blijf alsjeblieft zitten. Ik vind het wel. Ik wil even uitrusten, en uiteraard mijn koffers uitpakken voordat Alessandro...'

'Goed dan, als je het zeker weet. Wat Amelia zegt klopt overigens wel. Ze doen altijd rustig aan op de terugweg. Edward maakt graag een wandeling op dit tijdstip, tegelijk met de *passeggiata* van de Italianen – zo noemen ze het als ze voor het eten aan de wandel gaan, mocht je dat niet weten. De Engelsen gaan doorgaans wat later naar buiten, en hij beweert dat hij hoofdpijn krijgt van hun voortdurende gekwetter. Vind je dat niet komisch? Wat weinig vaderlandslievend zelfs.'

Amelia kijkt op. 'Zei hij dat? Wanneer heeft hij dat gezegd?'

'O, dat liet hij zich een keer ontvallen.'

'Echt waar?'

Bella komt uit haar stoel. 'In ieder geval, ik moest maar eens... Pas aangekomen en zo.'

'En zó', zegt Amelia met een sneer en haar blik volgt het laatste beetje prosecco dat in haar glas rondwalst. 'Trouwens, hij heet Alec.'

'Eh, wie?' vraagt Bella. Ze wacht tot Amelia een trekje van haar sigaret heeft genomen.

'Zijn moeder wil dat we hem Alec noemen. Niet Alessandro, dat vindt ze een lelijke naam. En ik moet zeggen dat ik het met haar eens ben. Hij heet Alec. A-lec. Niet Alessandro.'

'O, dat wist ik niet.'

'Maar nu dus wel, juffrouw Stuart.'

Hoe je hem ook noemt, het is een mooi kind. Veel knapper dan je uit de foto's op Sicilië kon opmaken. En toch zou een poging om zijn gezicht in woorden te vangen, maar saai proza opleveren. Ogen: niet al te groot en schuin, met een ongebruikelijke turkooizen kleur. Mond: vol, met een gekrulde bovenlip, de eerste tanden van zijn volwassen gebit schemeren al door achter het tandvlees. Haar: donkerblond, een dikke, warrige bos, ondanks duidelijk merkbare pogingen er orde in aan te brengen. Gezicht: rond, roze wangetjes, bedekt met kleine sproeten, licht gebruinde huid. Het zou gewoon een schattig klein jochie zijn. Maar dan die ogen. Niet de ogen van een kind, maar het zijn wel die ogen die hem echt mooi maken.

Wanneer ze hem eindelijk te zien krijgt is het al acht uur geweest. Hij staat op haar te wachten op het terras, vlak naast een vertrek dat volgens Elida de bibliotheek is, alhoewel er op een atlas, een paar Franse modebladen en een zeer oud Duits-Italiaans woordenboek na weinig is wat die omschrijving rechtvaardigt. De bibliotheek bevindt zich tegenover Bella's slaapkamer, niet zozeer een kleine als wel een overzichtelijke kamer met een goede vensterbank, een robuust bed en functionele meubels. De kamer heeft ook een balkonnetje met uitzicht op een minder keurig onderhouden gedeelte van de tuin.

De bibliotheek daarentegen is een grote, stille kamer met gepolijst hout en honingkleurige muren. Uit drie hoge ramen stroomt licht. Nog meer licht schijnt naar binnen vanaf het grote terras met balustrade. De meubels zijn van hoge kwaliteit, al past niets bij elkaar, alsof het vertrek door de jaren heen is gebruikt als laatste opslagplaats van ongewenste meubelstukken. Hierdoor krijgt de ruimte iets van een curiosawinkel. Aan de muren hangen vreselijke olieverfschilderijen: bologige vrouwen in achttiende-eeuwse kleding, mannen met lange pruiken en bizarre kinnen. Bella vindt het aangenaam hier binnen. Ze vindt de vorm van het vertrek mooi, het weidse, en de parketvloer die het licht uit alle hoeken lijkt op te vangen en daarna uit te stralen. En ze is helemaal onder de indruk van de fonkelnieuwe Philips-radio die in een hoek staat; de enige concessie aan de moderne tijd.

'De bibliotheek', deelt Elida schor mee. 'Hier is de kamer van werk. Uw kamer met Alesso.'

'Dank je, Elida, mooi hoor.'

'Alleen voor u en Alesso.'

'Ja, duidelijk.'

'En ook voor mij. En Rosa.'

'Ook voor jou?'

'Op de Engelse klas.'

'Moet ik jou ook Engels leren, Elida?'

'Ja, dat is wat de Signora gezegd. En Rosa.'

'O? Daar heeft ze mij niets over verteld.'

'Dat is wat de Signora gezegd.' Als Elida het herhaalt klinkt het iets onverzettelijker.

'Met alle plezier, uiteraard.'

'Maar niet voor de misses. Deze kamer.'

'De misses?'

'De misses America. Niet voor die.'

Het uitzicht op zee lijkt op Alecs schouders te rusten; het blauwgrijze licht van een eindeloze schemering. Achter hem de donkere contouren van een visserskerkje, en daar voorbij een landtong die uitsteekt in zee. Ze ziet de flakkerende weerschijn van de citronellakaarsen die op de balustrade staan, en ook beneden in de tuin, op de terrassen en in de vensterbanken van de huizen verderop. Ze proeft de zure smaak in haar mond, zoals de muggen die wellicht proeven.

Hij draagt een net pak van wit linnen in een kleinejongensmaat en een slappe, witte pet die hij afzet zodra hij haar ziet. Eenmaal bevrijd springt het haar eronder meteen op; zijn wenkbrauwen en ogen gaan omhoog alsof die de beweging van elke pluk willen volgen. Later zal ze dit als het moment, het gebaar beschouwen waardoor ze van deze kleine jongen is gaan houden.

Bella steekt haar hand naar hem uit, hij kijkt er behoedzaam naar, knikt dan.

'*Piacere*', zegt ze en ze knikt ook. Hij knippert met zijn ogen. '*Mi chiamo signora Stuart.*'

Hij staart haar aan, of door haar heen, met een vreemde blik in zijn ogen. Bella heeft geen idee wat die ogen uitdrukken. Arrogantie, denkt ze het ene moment, dan weer dat het verlegenheid is; het zal dus wel een mengeling van beide zijn. Misschien is hij ook wel gewoon nieuwsgierig. Zei hij tenminste maar iets.

'*Sono di Londra, Inghilterra*', gaat ze verder.

Hij kijkt naar zijn voeten.

Het stoort haar dat ze enigszins van haar stuk wordt gebracht door dit jochie van zes met zijn vormelijke, alhoewel niet per se goede manieren. Ergens in haar achterhoofd heeft ze een flard goede raad opgeslagen: negeer een kind, dan trekt het uiteindelijk wel bij. Ze besluit geen aandacht aan hem te schenken, te doen alsof alles precies is zoals het zou moeten zijn. Ze loopt naar de balustrade en snuift genietend de avondlucht op, maakt een waarderend gebaar naar het uitzicht, waar zich in rap tempo een buitensporig flamboyante zonsondergang in saffraangeel en roze begint af te tekenen. '*Che bella questa vista, è vero?*'

Hij krimpt ineen.

'*Non è vero?*' dringt ze aan.

Hij doet zijn mond open alsof hij iets gaat zeggen, maar sluit hem vrijwel onmiddellijk weer.

Ze keert haar rug naar hem toe en wacht af. Het is bijna donker. Spikkels elektrisch licht komen al tevoorschijn, op de heuvel, her en der in het dorp en als een slinger feestlampjes langs het stuk boulevard dat je hiervandaan kan zien. Een waaier spreeuwen aan de horizon verbreekt de formatie, komt weer samen. De palmbomen vormen schaduwvingers op een hoek van het terras. Ze kan het gewiebel en gezwaai horen.

Als ze zich omdraait en weer naar hem kijkt trilt zijn linkerbeen. Ze maakt het arme kind verlegen, dat is er aan de hand. Bella zou hem wel in haar armen willen nemen, of hem op een andere manier gerust willen stellen, maar telkens wanneer ze een stap in zijn richting lijkt te willen zetten, deinst hij terug. Het zal aan haar accent liggen, concludeert ze dan. Het kind kan haar gewoon niet verstaan. Natuurlijk! Ze moet haar woorden beter uitspreken.

'Alessandro?' begint ze, met duidelijk onderscheiden lettergrepen, terwijl ze in gedachten een paar geschikte zinnetjes voorbereidt, in de sfeer van: *Ik ben je vriendin. Ik doe niets, hoor. Je hoeft niet zenuwachtig te zijn.* Ze gaat op haar hurken naast hem zitten, pakt hem zachtjes bij zijn bovenarmen en kijkt hem aan, en ditmaal gebruikt ze de naam die Elida hem gaf: '*Alesso, senti. Sono tua amica e spero che...*'

Ze voelt hem onder haar handen verstijven. Zijn oogleden trillen even en zijn ogen rollen wit weg. Bella, enigszins onthutst, laat hem los. Dan praat hij. 'We mogen hier geen Italiaans spreken, signora', zegt hij, heel lichtjes hakkelend. 'A-alleen Engels.'

Dat is een strenge mededeling, maar zijn zachte jongensstem haalt de scherpe randjes er wat vanaf. Ze schiet bijna in de lach.

'O, ja, natuurlijk. Het spijt me', zegt ze en ze komt overeind en doet een stapje naar achteren.

'Zegt mamma.'

'Natuurlijk.'

'Ik kan heel goed Italiaans praten.'

'Zeker.'

'Met p-pappa soms. En met de mannen in de tennisfabriek die maken de rackets.'

'Aha. De mannen in de tennis...'

'En met de mensen in de stad. Maar niet met de Engelsen.'

'Nee. Dat zal wel niet.'

'Als ik met p-pappa schrijf doe ik het in Engels. Soms in Italiaans. En altijd Engels voor maestro Edward omdat...'

'Ja. Ja, dat is goed, hoor. Ik begrijp het. Helemaal. En je spreekt inderdaad heel goed Engels... Alec. Wil je dat ik je zo noem: Alec?'

Hij maakt een gebaar dat het midden houdt tussen een knikje en een schouderophalen. Vervolgens voeren zijn ogen weer zo'n angstaanjagende salto uit.

Bella besluit zich erop te concentreren dat het gesprek aan de gang blijft. 'Ik kom net bij je mamma op Sicilië vandaan. Het is daar erg heet.'

'Ja, signora.'

'Veel te heet voor jou, toch? Nou, ik geef toe: voor mij ook. Hier is het veel aangenamer. Al is het nog steeds warm, vergeleken bij waar ik vandaan kom. Want ik woon helemaal in Londen. In Engeland. Koningin Victoria, dat was de koningin van Engeland, die weleens hier logeerde, geloof ik, in het hotel verderop. Dat moet je me maar een keer laten zien. Ja. Ze is nu dood, natuurlijk. Haar zoon is nu koning. George heet hij.'

'Ja, signora.'

'Ja. In ieder geval, Alec, ik wilde je zeggen dat ik hoop dat we vrienden worden. Goede vrienden. Heel goede vrienden. Sterker nog...'

'Alleen de bedienden praten hier Italiaans', zegt hij.

Voordat ze iets terug kan zeggen, is hij al weggelopen.

Bella heeft het gevoel dat ze daar wat van moet zeggen. In ieder geval even haar gezag laten gelden, tijdens hun eerste ontmoeting. Het laatste woord hebben, dat sowieso. Maar opeens verschijnt Elida in de deuropening, met een enorm dienblad in haar handen.

Bella roept hem achterna. 'Alec? Een ogenblikje, ik was nog niet...'

Er komt geen antwoord, tot Elida haar hoofd een fractie draait en een schorre kreet over haar schouder blaft.

Nu is hij meteen terug, en blijft voor Bella staan, één voet een beetje schuin naar binnen gedraaid.

'Heb je al gegeten, Alec?'

'Ik heb met maestro Edward gegeten.'

'Hier? Heb je híér gegeten?'

'Nee. Bij Damilano in de stad. Maestro Edward zei dat u wel met mijn nichten zou zijn.'

'Aha.'

'Maar toen zagen we ze op het terras van Bar Atù met de andere Amerikanen en ze zeggen dat ze later eten in het casino.'

Elida komt dichterbij met het dienblad. 'Signora. Ik heb voor u. Wilt u in de eetzaal of is hier goed?'

'Dank je, Elida. Hier is prima. Vooruit dan maar. Welterusten, Alec.'

'Welterusten, signora.'

'Kom alsjeblieft morgenochtend na het ontbijt naar me toe.'

Hij maakt een buiging en loopt naar de deur.

'Want weet je, Alec, morgen gaan we een begin maken met de lessen.'

'Ja, signora.'

'Goed dan, je kunt nu gaan', zegt ze, maar hij is Elida allang voorbij en loopt al halverwege de overloop.

Het is de volgende dag en Bella wacht. Na het ontbijt, na de lunch: nog steeds geen Alec. Elida dient de maaltijden voor haar op in de bibliotheek, ongevraagd, maar het komt Bella niet slecht uit dat ze de Amerikaanse nichten niet onder ogen hoeft te komen. Of hoe dan ook hoeft te reageren op het feit dat ze er gisteren zonder een woord tussenuit zijn geknepen om ergens te gaan eten. Om haar op haar nummer te zetten, ongetwijfeld doelbewust, maar daar zit ze verder echt niet mee. Ze was vlak voor zonsopgang wakker geworden van het lawaai toen het tweetal dronken thuiskwam, en ook al had ze hen niet kunnen verstaan, Bella wist zeker dat het over haar ging, al dat geloei en gehinnik in de tuin, vervolgens in de vestibule en wat later op de trap.

Een tijdje na de lunch, als Bella hen eindelijk weg hoort gaan – ditmaal opvallend stil, zonder gelach of geklets – gaat ze naar beneden, op zoek naar Alec. Hij is in de keuken bij Elida, en samen zitten ze druk te kletsen. Elida dopt bonen, die ze uit krullende peulen met roze spikkels wipt, en Alec, diep over tafel gebogen, zit te tekenen in een schetsboek. Achter hen staat een jong meisje gebukt boven een gootsteen, net een trog, woest een paar pannen schoon te boenen.

Alec springt op als hij haar ziet, en Bella, die aanvoelt dat dit haar kans is, zegt op de toon van een van haar schooljuffen van lang geleden, waarvan ze alleen maar kan hopen dat die overtuigend klinkt: 'Alec? We hadden toch afgesproken dat je na het ontbijt naar me toe zou komen?'

'Ja, signora.' Hij duwt zijn stoel weg met de achterkant van zijn benen. Met een zacht, blozend gezicht en ontwijkende blik strekt hij zijn handen uit, sluit zijn boek en begint vervolgens wild zijn achterhoofd te krabben.

Alsof het standje ook voor haar bestemd is, staat Elida op, pakt de schaal met bonen van tafel en loopt de keuken uit naar de voorraadkamer, in het voorbijgaan het meisje bij de gootsteen met haar elleboog aantikkend. Het meisje schrikt op, bromt even, waarna ze haar natte handen aan de voorkant van haar smerige schort droogt en achter Elida aan de keuken uit glipt.

'Nou, Alec. Je moet wel een heel goede reden hebben...'

'Na het ontbijt ga ik tennissen.'

'Tennissen?'

'Ja, signora. Ik krijg les van de tennisleraar en soms ik speel 's middags met de maestro...'

'Ik heb de hele ochtend op je zitten wachten, Alec.'

'Ja, signora.'

Bella is zich bewust van Elida en het meisje, weggedoken in de voorraadkamer. Ze hoort het meisje voortdurend de druppel onder haar neus ophalen en af en toe klinkt een heimelijk tikje als een boon in de schaal belandt.

'Kom maar even mee, Alec. Hier moeten we over praten.' Hij volgt haar naar de vestibule. 'Hoe laat is je tennisles afgelopen?'

'Om elf uur.'

'Goed dan. Voortaan wil ik dat je meteen na je tennisles naar me toe komt. Laten we zeggen om halftwaalf.'

'Ja, signora.'

'Mooi.'

'Alleen.'

'Alleen wat, Alec?'

'Ik ben pas om twaalf uur thuis.'

'Goed dan, twaalf uur. Is dat afgesproken?'

‘Ja, signora. Maar...’

‘Maar wat?’

‘Het eten is om twaalf uur.’

‘O ja, natuurlijk. Na het eten dan.’

‘Ja, signora. Maar dan is mijn middagslaapje.’

‘Je middagslaapje?’

‘Ja, alle kinderen in Italië doen een middagslaapje. En omdat ik astma heb, zegt mamma ik mag dat nooit vergeten. Anders kan ik meteen doodgaan.’

‘Meteen? Tja, dat willen we natuurlijk beslist niet. En hoe laat ben je klaar met je middagslaapje?’

‘Om halfvier.’

‘Je zou op dit moment dus eigenlijk moeten slapen?’

‘Ja, signora.’

‘Vanmiddag, om halfvier, zodra je je middagslaapje hebt gedaan, wil ik je in de bibliotheek zien. Heb je dat goed begrepen?’

‘Ja, signora. Maar ik moet het wel aan maestro Edward vragen.’

‘Alec, er moet toch tijd zijn voor je lessen! Daarom ben ik hier.’

‘Ik moet het aan maestro Edward vragen.’

‘Hoezo?’

‘Omdat ik dan pianoles heb.’

‘Elke dag?’

‘Altijd. Na mijn middagslaapje.’

‘Maar wanneer zijn je andere lessen dan, rekenen en zo?’

‘Dat hangt ervan af.’

‘Waar hangt dat van af, Alec?’

‘Van wanneer de privéleraar kan komen.’

Bella loopt bij hem vandaan door de vestibule, naar de open voordeur. Ze kijkt een ogenblik naar de namiddagstilte buiten door een waas van gele hitte. ‘En wanneer komt hij dan, die privéleraar?’

‘Dat hangt ervan af, signora.’

‘Waarvan af, Alec?’

‘Of hij het druk heeft op de privéschool en met de andere privéleerlingen.’

‘De andere privéleerlingen?’

'Er zijn veel privéleerlingen in Italië.'

'Gaan die dan niet naar school?'

'Alleen voor de examens en later om te kijken of de cijfers er hangen, of ze over zijn naar de volgende klas.'

'O, zo. En wat krijg je voor lessen, van die privéleraar?'

'Engels en klassieken en geschiedenis en aardrijkskunde en rekenen en lessen over ons leger en...'

'Dan moest ik maar even met hem praten. Hoe heet hij?'

'Hij kan geen Engels, signora.'

'Maar je hebt me net verteld dat je Engelse les van hem krijgt', zegt ze, terwijl ze weer teruggaat naar Alec, die als een klein standbeeld onderaan de trap staat.

'Ja, maar hij spreekt het niet.'

'Maar hoe dan...? O, laat maar. Hoor eens, ik wil graag dat je vanmiddag onmiddellijk na je pianoles naar mij toe komt. Dan praat ik wel even met maestro Edward. We moeten je lessen zien in te roosteren. Begrijp je dat, Alec?'

Daar peinst hij even over. 'Wat roosteren is weet ik wel.'

'Hou je me voor de gek, Alec?' vraagt ze, en ze hoopt bijna dat dat zo is.

'Nee, signora', zegt hij en hij begint weer op zijn hoofd te krabben.

'Een lesrooster. *Un orario.*'

'Ja, dat klopt, dat betekent lesrooster', zegt hij instemmend.

'Nou, maar snel aan je middagslaapje dan. Ga maar. O! Dat was ik bijna vergeten, ik heb iets voor je uit Sicilië.'

'Hebt u iets meegebracht voor míj?' vraagt hij, en zijn ogen beginnen zo te glanzen dat ze spijt heeft niet wat speelgoed of een ander kleinigheidje voor hem te hebben meegenomen.

'Het is niet van mij, helaas. Van de huishoudster, op Sicilië.'

Plotseling is hij een heel ander kind, hij springt de onderste traptreden op en af, met rode wangen, een gretige blik en een soort hunkering in zijn stem die zomaar in tranen kan omslaan. 'Nollie? Heb ik iets van Nollie gekrijgd? Mijn schetsboeken! Zijn die het? Ja?'

'Nou, het voelt alsof er boeken in zitten. Ik heb het pakje natuurlijk niet opengemaakt, maar...'

'Heeft ze ze aan pappa laten zien? Heeft hij er iets in geschreven? Staat er iets in?'

'Dat weet ik niet, Alec. Dat heeft ze niet verteld.'

'Hoeveel heeft ze er gestuurd? Ik heb er hier veel nodig, om allemaal verschillende dingen in Bordighera te tekenen voor pappa.'

'Rustig maar, Alec. Laten we anders naar de bibliotheek gaan en het pakje openmaken, dan kun je zelf kijken wat erin zit.'

'Ik heb ook meer nieuwe potloden nodig, signora. Want ik wil de boeken vol met tekeningen maken voor pappa. En ook pennen voor erbij te schrijven. De potloden zijn niet goed, signora. Zo groot nog maar.' Hij klemt zijn duim en vinger op elkaar en houdt ze vlak voor zijn ogen, knijpt zijn ogen tot spleetjes.

'Zo klein maar? Nee toch?' zegt Bella hoofdschuddend.

'De groene is op. En er zit ook geen zwarte meer in de doos want als je de palmbomen kleurt heb je vooral groen en zwart nodig en een beetje bruin, maar daar heb ik nog wat van omdat ik het zand geel heb gedaan. Maar ik moet wel nog meer geel hebben omdat de lucht soms...'

'Alec, Alec? Stil eens... rustig maar. Je krijgt nieuwe potloden. We kopen een hele nieuwe doos voor je, dan heb je er sowieso genoeg. Je moet me maar wijzen waar we naartoe moeten. Dan gaan we samen. Vind je dat geen goed idee?'

Hij knikt een paar keer en glimlacht naar haar op een manier waardoor ze denkt: 'Daar heb ik je, jochie.'

Wanneer ze de trap op lopen, steekt ze haar hand naar hem uit. Hij wendt zijn gezicht af, schudt hevig van nee, houdt met zijn ene hand de trapleuning vast en stopt de andere in zijn zak.

En toen: Edward.

Alec ziet hem het eerst, gooit zijn hoofd achterover om de trap op te kunnen kijken en roept zo hard hij kan: 'Maestro! Maestro! Ik heb de boeken van Nollie gekrijgd. Ik heb ze gekrijgd. U had gelijk.'

Bella kijkt omhoog en daar staat Edward, helemaal bovenaan de trap over een leuning gebogen. 'Goed nieuws. Fijn om te horen. Maar je hebt ze van Nollie *gekregen*. Niet gekrijgd, gekregen.' Hij maakt een vriendelijk half knikkend, half wuivend gebaar naar beneden. 'En u moet juffrouw Stuart zijn... Zal ik naar beneden komen, of komt u...?'

'We waren al op weg naar boven.'

Ze wacht op de overloop bij de bibliotheek terwijl Edward van de bovenste trap naar beneden komt en Alec hem halverwege tegemoet rent, ratelend over Nollie en zijn potloden en het pakje voor hem uit Sicilië. Edward loopt langzaam de trap af, staat geregeld even stil en maakt dan een korte opmerking over het lawaai. 'Zo is het wel genoeg. Rustig maar even, toe nou. We zijn niet doof, hoor.' Hij heeft een afgemeten Engels accent.

Ze probeert hem pas aan te kijken als hij voor haar staat en haar een gladde hand met lange vingers toesteekt. Rond de veertig, denkt ze. Misschien iets jonger. Een tikje uit de hoogte. Streng. Kil wellicht. Wie weet een beetje tiranniek. Best aantrekkelijk; misschien dat de Amerikaanse nichten daarom iets in hem zien. Maar dat geldt natuurlijk niet voor het jongetje.

'Ik was naar u op zoek', zegt ze. 'We waren bezig een lesrooster af te stemmen.'

'Dat weet ik, juffrouw Stuart, dat ving ik per ongeluk op.'

'We hadden helaas wat moeite om een en ander in te passen.'

'In ieder geval, juffrouw Stuart, is het waar wat u hebt gehoord over de privéleraar: spreekt geen woord Engels, komt sowieso nooit opdagen, en als hij dat wel doet is hij een docent van niks. Ik neem aan dat de Signora verwacht dat u zijn plaats inneemt? Ik heb opdracht gekregen alles te regelen: boeken, lesprogramma enzovoort – als u daar tenminste geen bezwaar tegen hebt. Hij moet in oktober zijn toetsen goed doen, anders gaat hij niet over. Hij heeft die van juni niet gehaald; met vlag en wimpel gezakt zelfs.'

'Aha.'

'De regels voor privéleerlingen zijn nogal ingewikkeld, maar die krijgt u vast snel onder de knie. Verder heeft signora Lami ook nog een aanvullend lesprogramma opgesteld, want ze vindt dat het curriculum van de overheid op sommige onderdelen tekortschiet. Wat zijn opmerkingen over pianoles betreft: volledig bezijden de waarheid. Ik ben veel flexibeler dan hij doet voorkomen, en de tennisleraar ook. Dat is de Italiaan in hem, daar kan hij niets aan doen. Als hij zich niet voor een taak kan drukken of ervoor kan weglopen, komt hij met een smoes dat het aan de ander ligt. Een typische *furbo*; kent u dat woord?'

'Nee.'

'Geeft niet, daar komt u wel achter.'

'Juist ja.'

'Als u het niet erg vindt, juffrouw Stuart, er is een dringende zaak die mijn aandacht vraagt. Aangenaam kennis te maken.'

'Ja', zegt Bella. 'Insgelijks.'

'O, en mijn excuses voor gisteravond. Het diner... tja, dat had ik niet goed begrepen.'

'Dat geeft niets.'

'Vanavond kunnen we wel, overigens. Halfacht, schikt dat?'

'Ja, prima.'

'Ik moet u wel waarschuwen: de gezusters Nelson eten niet met ons mee... een bal in San Remo, geloof ik. Dus ik ben bang dat alleen Alec en ik u gezelschap zullen houden.'

'O, dat hou ik wel uit.'

'Wat kunt u uithouden, juffrouw Stuart... dat wij u gezelschap houden? Of dat u de nichten moet missen?'

Ze meent een schittering in zijn ogen te zien, moet bijna lachen, maar durft dat toch niet aan.

Even later ziet Bella vanuit een raam op een trapportaal aan de andere kant van het huis Alec en Edward in de tuin lopen. Alec, het pakje onder zijn arm, trekt aan Edwards jasje en is zo te zien driftig iets aan het uitleggen. Edward knikt als antwoord. Jaja, dus hij had een dringende zaak en Alec moest zo nodig een middagslaapje doen, denkt ze. Ze wil net bij het raam vandaan lopen als Edward opeens op Alec duikt en hem optilt. Vervolgens keert hij hem abrupt ondersteboven, laat hem met een schok uit zijn handen glippen om hem weer bij zijn enkels beet te pakken, waarna hij naar het huis terug begint te lopen terwijl het kind gevaarlijk dicht boven de grond bungelt en het pakje in het gras laat vallen. Ze ziet Alecs open mond, zijn ogen die zijn voorhoofd in schieten, zijn haar dat als een heggetje afhangt van zijn kruin. Bella opent het raam op een kiertje en gaat iets opzij staan zodat ze haar niet kunnen zien. Ze hoort hoe Edward sonoor lacht, Alec het uitgilt van de pret.

'Weet je zeker dat je nergens tijd hebt kunnen vinden voor je lessen?' roept Edward.

'Ja!'

'En je hebt overal gekeken, werkelijk alles ondersteboven gehaald?'

'Ja!'

'En nu je zelf ondersteboven hangt, zie je nog steeds niets?'

'Nee!' joelt Alec.

'Heb je wel goed gezocht?'

'Ja!'

'Ook in het gras?'

'Ja! Daar ligt niets.'

'Niet eens een uurtje of twee?'

'Nee!'

'Een paar minuten dan?'

Ze gluurt even naar buiten en nu zwaait hij de jongen heen en weer, als een slinger van een pendule.

'Nog steeds niets?'

'Nee! Maestro, neeee.'

Hij slingert hem nog sneller heen en weer. 'Kom nou toch, dat meen je niet. Er moet wat tijd te vinden zijn, daar beneden.'

'Ja... gevonden. *L'ho trovato, l'ho trovato.*'

'*Bravo. Allora... uno, due, tre.*' Edward draait Alec weer met de goede kant naar boven en laat hem op de grond zakken. 'Je gaat een lesrooster met je juf afspreken – hoe heet ze ook alweer? Juffrouw Stuart – precies zoals zij het wil. Is dat begrepen?'

Alec wankelt even en lacht buiten adem. 'Ja, maestro.'

'En wij spreken pianolessen af buiten je lesrooster om, goed?'

'Ja.'

'En niet meer je astma als smoesje gebruiken. Het is niet eens het goede jaargetijde. Wacht in ieder geval tot september voor je het weer probeert. *D'accordo?*'

'*Sì, d'accordo.*'

'*Bene. Bravo.* Nou, waar wachten we nog op? Kom, maak dat pakje open. Eens zien wat Nollie heeft gestuurd.'

Een paar weken later is signore Lami overleden. Bella is de eerste aan wie dat wordt meegedeeld, een voorrecht dat haar evenzeer verrast als het de Amerikaanse nichten ergert.

Ze zit met Alec buiten op het terras en ze worstelen met het aanvullende, nogal willekeurige en erg saaie lesprogramma van signora Lami. Vandaag staat de architectuur van sir Christopher Wren vermeld als suggestie op haar lijstje 'Onderwerpen ter uitbreiding van het vocabulaire'. Geboren in 1632. Zoon van de deken van Windsor. Heeft St. Paul's Cathedral gebouwd: na twintig minuten gebogen over een dik, ouderwets handboek dat beschimmeld ruikt, zijn dat zo ongeveer alle feiten die ze hebben kunnen achterhalen.

Zodra Bella het hese gekras van Elida vanuit de tuin hoort opklinken – '*Signora Stu-art-e, il telefono, prego*' – weet ze dat het slecht nieuws is. Ze gaat er alleen van uit dat het slechte nieuws voor haar bestemd is. Mijn vader, denkt ze. In de tijd die het haar kost om de gang door te lopen en de drie trappen naar beneden te nemen, heeft ze hem alles vergeven. Hij is dood, denkt ze al lopend. Mijn vader is dood. Dat is alles.

Wanneer het telefoontafeltje in het zicht komt, gaat ze langzamer lopen en begint ze te denken. Stel dat hij niet dood is. Stel dat hij alleen maar ziek is, bedlegerig zelfs. Wat dan? Terugkeren naar Chelsea? Om hem te verplegen? En dan beseft ze dat ze niet weg wil bij Alec. Ze wil niet weg uit dit huis, of uit Bordighera. Ze wil niet weg bij Elida en Rosa, de daghulp met wie ze bevriend begon te raken. En bij de doofstomme keukenmeid die voortdurend verkouden is en zich vaak bruusk gedraagt. En bij Cesare, de tuinman met zijn O-benen en zijn slechte adem. Zelfs niet bij de Amerikaanse nichten, die haar op hun geheel eigen wijze misschien niet hebben vermaakt, dan toch beziggehouden. Niet bij Edward. Bij geen van deze mensen, bij wie ze zich in een paar weken tijd meer thuis is gaan voelen dan ooit in Chelsea, of zelfs als kind in Dublin. Ze wil niet terug naar Londen om een vreemde te moeten verplegen.

Maar het is haar vaders huishoudster niet aan de telefoon; ook niet mevrouw Jenkins, trouwens. Zelfs zijn secretaresse niet, noch een van zijn collega's van het ziekenhuis.

'Signora Lami? Hebt u slecht nieuws voor me?' vraagt Bella, verrast als ze de stem van haar werkgeefster hoort, maar er nog steeds van overtuigd dat ze via Palermo nieuws uit Londen te horen krijgt.

De Signora komt direct ter zake. 'Mijn man is dood.'

'Uw man?'

'Dat klopt. Vanochtend.'

'O, ik begrijp het. Natuurlijk. Uw man. Mijn deelneming.'

'Dank u. Juffrouw Stuart, ik zou graag willen dat u degene bent die dat aan Alec vertelt. Ik denk niet dat hij het over de telefoon zou moeten horen, en het zou niet goed voor hem zijn als hij helemaal naar Sicilië reist in de verwachting dat zijn vader nog in leven is, om er dan achter te komen dat hij dat niet is, maar dood in zijn kist ligt. Op de begrafenis van je vader aankomen... dat moet vreselijk zijn voor een kind. Vandaar. U hebt toch geen bezwaar, hoop ik?'

'Ik? Wilt u dat ík het hem vertel?'

'Ja. Maar misschien vindt u het passender om te wachten tot u hier bent? Dan zou ik het hem misschien ook persoonlijk kunnen vertellen. Maar hoe zou u zich voelen, signora Stuart, als Alec tijdens de reis hiernaartoe er zo naar uitkijkt om zijn vader te zien dat hij er de hele tijd over praat, in de trein, op de boot, in de auto. Zeg eens eerlijk: hoe zou u zich voelen?'

'Tja, ik weet niet wat ik daarvan moet zeggen, signora Lami.'

'De begrafenis is over een paar dagen. Dus u kunt het beste zo snel mogelijk vertrekken. Het spijt me dat ik niet in staat ben uw reisschema te regelen. U zult zelf de details moeten uitzoeken.'

'Maakt u zich daar alstublieft geen zorgen om.'

'Als u in Genua aan boord gaat, kunt u de purser vragen een telegram te sturen, dan haalt Pino u af in Palermo. Maar? Goed dan. Of toch?'

'Ja, signora Lami?'

'Misschien is het toch beter als ik hem erop voorbereid. Dat zou uiteraard betekenen dat u hem onderweg in zijn verdriet zult moeten bijstaan.'

'Ja. Vanzelfsprekend. Natuurlijk doe ik dat.'

Het blijft even stil, maar dan gaat de Signora weer verder. 'Ik heb mijn besluit nu genomen, signora Stuart. Ik zal het hem zelf vertellen. Ik weet zeker dat dat het beste is.'

'Ja, signora Lami, natuurlijk. Hij is in de bibliotheek, ik zal hem even...' Maar wanneer ze zich omdraait staat Alec achter haar. Bella reikt hem de hoorn aan. 'Je mamma wil met je praten, Alec.'

Hij pakt de telefoon langzaam aan en kijkt Bella in de ogen wanneer hij met zijn moeder praat. 'Hallo, mamma... Het gaat heel goed met me, mamma... Ja, ik zal flink zijn... Ja, mamma, ik luister.'

Zijn ogen schieten vol tranen. Zijn onderlip verslapt. Ze ziet dat zijn been begint te beven en de tic die ze tijdens de eerste avond had gezien, laat zijn ooglid trillen. Bella doet een stap naar hem toe. Hij draait haar abrupt zijn rug toe en perst zijn stem in de hoorn van de telefoon.

'Nee, mamma, ik wil Edward... Alstublieft, mamma, ja, dat is ze, dat weet ik wel. Maar...'

Bella loopt door de voordeur, naar het bordes. Elida komt net de hoek om vanuit de moestuin, ze houdt een bosje basilicum tegen haar buik gedrukt, haar vingers zitten onder de vlekken van het groene sap. Ze kijken elkaar aan en Elida buigt haar hoofd, slaat een kruis. In de galmende hal wordt het gefluister van Alec versterkt. Ze kunnen hem binnen horen smeken, huilen – en hartverscheurend proberen geen van beide te doen. Bella begrijpt dat hij haar niet wil kwetsen, haar sowieso niet wil teleurstellen omdat hij liever heeft dat Edward met hem meegaat. Wist het arme kind maar hoe graag zij niet weer helemaal naar Sicilië terug wilde reizen.

Ondertussen zijn Amelia en Grace aangekomen, met hun grote, bespottelijke hoeden, hemdjes met blote rug en wijde broeken die telkens als ze een paar passen zetten, flapperen als vaandels.

'Wat is er gebeurd?' vraagt Amelia. 'O, God... nee toch?'

Alec komt naar buiten. Hij veegt met zijn mouw zijn ogen af, maar laat zijn arm daar om zijn gezicht te verbergen. 'Mamma wil wat tegen u zeggen.'

'Tegen mij, lieverd?' vraagt Grace.

Hij schudt zijn hoofd achter zijn arm.

'Tegen mij dan?' oppert Amelia.

'Tegen signora Stuart.'

'Tegen signora Stuart?' herhaalt Amelia.

Alec knikt en Grace komt naar hem toe en legt een arm om zijn schouders. 'Arme Alec', zegt ze. 'Arm garnaaltje.'

'Ik ben geen garnaaltje', roept hij uit, duwt haar opzij, rent de traptreden af en gaat door de tuin naar Edwards woning.

Als Bella de hoorn oppakt, is de Signora al aan het praten. 'Vandaar dat Edward hem in dit geval vergezelt.'

'Ja, signora Lami.'

'Dat is veel logischer. Sterker nog, ik heb besloten dat dat het beste is. Wees zo goed om een en ander te regelen, ja, juffrouw Stuart? En schrijf alles zorgvuldig op alstublieft, voor het geval dat Edward iets vergeet. Kan ik u vragen om dat in ieder geval te doen?'

Grace gaat mee naar de begrafenis op Sicilië. Of ze daarvoor wel of niet is uitgenodigd, dat weet Bella niet en ze vraagt er ook niet naar. 'Er is besloten', meldt Grace, 'dat de familie Nelson niet mag ontbreken, en omdat het uitgesloten is dat die arme Amelia in haar conditie kan reizen, is het uiteraard mijn plicht om te gaan.'

Grace kondigt het op het laatste ogenblik aan, zodat er geen tijd is voor overleg of om haar ervan af te houden: ze komt eenvoudigweg met haar bagage de hal in lopen, net als Edward en Alec naar het station willen gaan.

De arme Amelia, duidelijk ontstemd dat ze alleen achtergelaten werd, besluit niet mee te gaan naar het station om hen uit te zwaaien, 'gezien mijn conditie', zegt ze, waarna ze zich nijdig terugtrekt in haar kamer.

Alec houdt zich goed, al heeft hij zo'n wit gezicht dat het lijkt alsof zijn sproeten erboven zweven en niet op de huid zitten. Hij heeft er de hele ochtend over geklaagd dat hij het zo koud heeft, ondanks de hitte die zo ondoordringbaar is dat je er bijna een hap van kunt nemen, en uiteindelijk moet Bella hem een jas aantrekken. Op het station aangekomen gaat Edward de treinkaartjes kopen en Grace een damesblad en snoepjes. Bella loodst Alec de wachtkamer in.

Er is maar één andere reiziger in het vertrek, een vrouw van middelbare leeftijd die driftig in de hoek zit te breien. Zonder precies te weten waarom, begrijpt Bella onmiddellijk dat de vrouw een van die typische theekransjesdames is. De 'Britse theemutsen', zoals Edward ze noemt. Ze zit helemaal op het uiterste hoekje van de bank. Alec, op z'n knieën op de bank ertegenover, begint een affiche op de muur te bestuderen. Het is een reclameposter voor de Balilla, een jeugdbeweging die draait, voor zover Bella eruit kan opmaken, om uniformen, het verdienen van onderscheidingen en avonturen in de natuur. Ongeveer zoiets als Powells padvinderij, behalve dat er bij de Italiaanse variant kennelijk voortdurend hulde en dank aan Mussolini moet worden gebracht. *I figli della lupa*, of de zonen van de wolvin, die hier waren afgebeeld, hadden ongeveer dezelfde leeftijd als Alec. Volgende maand werd er een kampeervakantie georganiseerd, over een paar dagen kon je je opgeven bij het Casa Fascista. Iedereen die evenveel van zijn land hield als van de Duce, moest zich opgeven bij de teamleider.

Ze kijkt hoe Alec met een vinger de contouren van de jongens volgt, alsof hij ze aan het tekenen is, hun gezichten en handen, de potten en pannen die uit hun knapzak steken, het decolleté van een meer tussen twee bergen daarachter, de tipi van houtjes in een schuin opzij laaiend kampvuur. Hij verveelt zich, denkt ze. Hij zou meer bezigheden moeten hebben dan Christopher Wren en potjes tennis met bejaarde buitenlanders. Erger nog: hij is eenzaam. Hij heeft vriendjes nodig van zijn eigen leeftijd. Gewone speelkameraadjes. Niet alleen Edward en Elida en mij.

Buiten op het perron zetten twee mannen voorzichtig een bloemenkrans tegen een muur. De krans is overdadig versierd met rode chrysanten en zo groot als een tractorwiel. Een ander lijvig rouwarrangement verschijnt voor de deur van de wachtruimte, erachter vandaan roept een mannenstem '*Permesso.*'

De bloemenhulde wordt vlak onder haar neus voorbijgedragen; het adres staat goed leesbaar op een kaartje, met zwart lint afgezet, samen met de naam van signore Lami, zijn vele titels en onderscheidingen. Een bolvormig derde eerbetoon schuurt aan de buitenkant tegen de ruit. De vrouw die in de hoek zit te breien, verzucht: 'Wat een land.'

'Pardon?' zegt Bella.

'Alles overdrijven ze. Ik bedoel: álles. Zelfs de dood. Nou vraag ik u!' Tot besluit slaat ze haar ogen ten hemel.

Het wordt drukker in de wachtruimte. Eerst komt een oude vrouw naar binnen, gekleed in een zwart serge pakje met een tulbandhoed van zwarte zijde. Ze is lang en dun als een ansjovis, heeft een wandelstok met gouden knop in de hand waarmee ze glimmend en tikkend op Alec afkomt. De vrouw spreekt langzaam, langgerekt en op droge toon, zodat Bella het voor zichzelf bijna woord voor woord kan vertalen. De vrouw zegt dat ze zich Alecs grootmoeder nog kan herinneren. Dat ze zich zelfs nog kan herinneren dat zijn grootvader de villa aan de Via Romano voor haar heeft laten bouwen, naar haar heeft genoemd: Marcia Lami. Een prachtige vrouw. Mooi vanbinnen en vanbuiten. Persoonlijk bevriend met niemand minder dan wijlen koningin Margherita. Ze gingen geregeld bij elkaar op visite wanneer Hare Koninklijke Hoogheid in haar zomervilla aan de Via Romano verbleef. 'Ik hoop dat je dat wel weet, jongeman', besluit de oude vrouw. 'Ik hoop dat je beseft dat dat bloed óók door jouw aderen stroomt.'

Inmiddels is Alec van de bank geklommen. De oude dame doet een stap achteruit en er komen anderen naar voren en betuigen in voorzichtige bewoordingen hun deelneming. Een man met een attachékoffer die bij de bank werkt. Een vrouw die zegt dat haar grootmoeder de eigenaresse was van de ijswinkel aan de overkant van de straat toen Alecs vader nog jong was. Een non van het plaatselijke weeshuis, die na lovende woorden over hoe vriendelijk de familie toch altijd is, een gebed op de rug van zijn hand tikt. Ze blijven maar komen, af en aan met hun condoleances, tot Bella de mensen niet meer uit elkaar kan houden, en de Engelse vrouw enigszins geschrokken opstaat en haar breiwerk in een tas stopt. Ze baant zich zenuwachtig een weg naar Bella, als iemand die door een hond achterna wordt gezeten. 'Het spijt me verschrikkelijk', mompelt ze. 'Dat kon ik niet weten, het arme kind. Ik geneer me zo. Ik ben mevrouw Cardiff, trouwens. Vergeef me alstublieft. Ik bedoel, had ik het maar geweten.' En weg is ze.

Bella ziet dat de kring mensen die Alec hun deelneming willen betuigen, hem als een hek insluit; ze drukken hem tegen zich aan, overstelpen hem met kussen. Als de menigte even uiteenwijkt vangt ze een glimp van hem op, hij trekt met zijn schouders naar links en naar rechts. Ze ziet dat zijn ogen als vlinders fladderen, meent even dat ze hem haar naam hoort roepen. 'Zo is het genoeg!' schreeuwt ze dan. 'Ik bedoel: *basta!*'

Ze worstelt zich naar hem toe, trekt hem weg en duwt hem vervolgens voor zich uit naar buiten, op zoek naar Edward bij het loket. De rij is lang. Een vrouw vooraan houdt de kaartjesverkoper op met een of andere verhitte woordenwisseling. Edward staat achter haar en leest een krant, terwijl de rest van de rij achter hem begint te schuifelen en te mopperen. Daarna lijken alle ogen zich wel op Alec te richten. Hier en daar neemt iemand een hoed af, buigt het hoofd of slaat een kruis. De jongen trilt over zijn hele lijf. Ze duwt hem naar voren tot ze de rij voorbij zijn en ze in de andere hoek zijn beland, vlak bij de kiosk.

Bella weet niet hoe ze hem moet troosten. Ze vraagt zich af of ze zal wagen hem aan te raken. Hij staat toe dat Edward met hem stoeit, en Elida mag zijn haar kammen of hem wat fatsoeneren voor ze de deur uit gaan, maar alleen als het een doel dient. Ze mogen allemaal zijn hand vasthouden als ze oversteken, hem helpen de trein in en uit te stappen of hem aan of uit te kleden op het strand. Maar bij iedere nodeloze aanraking, bij alles wat maar zweemt naar een blijk van genegenheid, deinst hij onmiddellijk terug, misschien niet direct van streek maar beslist geërgerd. Dat is haar opgevallen.

Ze gaat op haar knieën naast hem zitten en begint, met Elida's methode in gedachten, aan hem te frutselen. Haar, kraag, jasje, overjas, alles wat aan hem vastzit. Dan herinnert ze zich de Engelse vrouw, haalt zijn arm uit zijn overjas en schuift de zwarte band van de mouw van zijn jasje. Daarna trekt ze hem zijn overjas weer aan en doet de band om zijn mouw waar iedereen hem kan zien en het begrijpen. Ten slotte zijn schoenen. Bella tilt een van zijn voeten op haar schoot, haalt de veter los en strikt die weer. Daarna klopt ze uitnodigend op haar bovenbeen waar hij de andere voet op kan leggen. Ondertussen mompelt ze voortdurend wat praktisch advies. 'Gehoorzaam zijn, ja, en zorg dat je wat eet als je in de trein zit, dan kan het wat zakken voordat je op de boot stapt, want misschien is de zee wel ruw, snap je, en je moet het vooral tegen Edward zeggen als je je misselijk begint te voelen, en ik heb je nieuwe potloden en een paar schetsboeken ingepakt en ook een verhalenboek, voor als je wilt lezen. En een kaartspel. Edward en Grace willen wel met je spelen. *Snap*. Je vindt snap leuk, toch? Hoe noemen jullie dat ook alweer, *rubamazzo*?'

Hij knikt heftig en bewaart zijn evenwicht met zijn hand op haar schouder. Ze ruikt de lotion die Elida gebruikt om zijn haar vast te plakken, de citroenzeep op zijn gezicht en in zijn hals, de vanillegeur van zijn adem. Ze is bijna niet in staat hem in het gezicht te kijken, maar ze merkt wel dat hij zijn lippen opeenklemt alsof hij van alles moet bedwingen, maar zijn ogen zijn in ieder geval rustig. Ze strikt de tweede veter en zegt: 'Ziezo. Klaar.'

Dan lijkt hij zich wel op Bella te storten, hij slaat zijn armen om haar heen zodat ze zich schrap moet zetten om niet samen met hem om te tuimelen. Ze voelt zijn dunne armen in haar nek drukken, enkele snikken in zijn binnenste opkomen, het bonken van zijn hart tegen haar arm, het kloppen van zijn warme lijfje, krachtig en tegelijk kwetsbaar in haar armen.

Na een poosje opent ze haar ogen en ziet Edwards hand op Alecs arm rusten. 'Hé daar, we moesten maar eens gaan', zegt hij. Maar

Alec blijft zich vastklampen, schudt zijn hoofd en snikt in haar hals. Edward laat zich op een knie zakken en brengt zijn mond naar Alecs oor. 'Want we willen de trein niet missen, hè?' zegt hij. 'Je stelt me toch niet teleur? Grote knul... ik reken op je, dat weet je toch?'

Zo blijven ze een ogenblik met z'n drieën zitten, gehurkt en tegen elkaar aan geleund. Als Edward eindelijk Alec weet los te weken en het kind, nu openlijk snikkend, in zijn armen tilt, blijft Bella op haar hurken zitten. Ze probeert overeind te komen, met onvaste benen, verward en amper in staat iets te zien. Totdat Edward zijn hand uitsteekt en haar bij haar arm pakt en omhoog helpt. Overal gezichten, een vrouw die in haar eentje staat te huilen. Een man met zijn hoed voor de borst. En ergens tussen alle mensen Grace, met open mond.

Eenmaal op het perron, stationsgeluiden: gefluit, gerinkel, deuren die openklappen in de verte. Een vrouw met een mand vol kibbelende kippen duwt Bella opzij en vraagt of Edward haar wil helpen met instappen. Edwin zet Alec neer, die onmiddellijk Bella's hand beetpakt.

Ze lopen het perron af, op zoek naar de eersteklasrijtuigen. Inmiddels is de hoeveelheid kransen uitgegroeid tot een kleine berg van rouwbloemen. Een pastoor sprenkelt er wijwater overheen, terwijl de kruiers af en aan lopen om ze naar de trein te brengen. Een groepje jonge zwarthemden komt ravottend het perron op lopen. Zodra ze de pastoor, de bloemen en de rouwband om Alecs mouw zien, houden ze daarmee op. Daarna zakken ze een voor een door de knieën.

Bella helpt Alec instappen en blijft even op het perron naar de drie gezichten achter het raam staan kijken: dat van Edward ondoorgrondelijk; dat van Alec, die nu niet meer huilt, lijkbleek en verdoofd door een peilloos verdriet; dat van Grace zelfvoldaan.

Wanneer ze terugkomt is Amelia nog steeds op haar kamer en heeft nogal overbodig – in ieder geval wat Bella betreft – bericht achtergelaten dat ze niet gestoord wil worden.

Bella gaat naar boven, naar de bibliotheek, die ze inmiddels als haar eigen kamer beschouwt. Ze heeft er haar weinige persoonlijke bezittingen uitgestald: drie fotolijstjes, een met schelpen versierd doosje en een zilveren Indiase visitekaartjeshouder op een voet die ze jaren geleden in een antiekwinkel in Hampstead had gevonden.

Ze heeft een paar veranderingen aangebracht. In het begin hier en daar wat kleine aanpassingen: een spiegel weggehaald, een paar kussens meegenomen. Maar sinds Cesare alle ongewenste meubels naar een ander vertrek had gebracht, heeft ze langzaam maar zeker de rest van de kamer in hoekjes onderverdeeld: eentje voor de lessen, eentje om te kunnen zitten, eentje voor haar kantoortje, en het gedeelte met het mooie uitzicht om af en toe te eten, alleen of samen met Alec. Er staat een sofa vlak bij de terrasdeur, voor middagdutjes wanneer het erg warm is. Al met al voelt het nu als haar eigen appartement.

De lijstjes bevatten haar familiefoto's: haar moeder, mollig in de eerste maanden van haar zwangerschap, waardoor ze er jonger en aantrekkelijker uitziet dan ze in werkelijkheid zal zijn geweest. Op een andere foto staan haar ouders voor een monument bij het ziekenhuis in Dublin waar haar vader toen werkte. Hij is zo knap als een jeune premier, haar moeder steekt er flets en gewoontjes bij af. Al lijken ze best gelukkig te zijn. Op de laatste foto staan ze alle drie: buiten in het Phoenix Park bij de tearoom. Het is niet zo'n beste foto, maar de enige die ze kon vinden waar ze als gezin op stonden. Haar moeder en zijzelf zitten op een bank, haar vader staat achter hen. Alles bij elkaar een foto van een sneu, opgeprikt drietal, die de herinnering oproept aan een reeks niet bijster gelukkige zondagmiddagen.

Bella staat bij de tafel in de bibliotheek die bezaaid is met Alecs natuurtekenboeken en schetsblokken. Hij heeft een vaste hand voor een kind van zijn leeftijd, en oog voor kleur. Hij begrijpt tenminste dat de wereld niet uit platte vlakken bestaat, denkt ze al bladerend, maar uit kleur, gevormd door massa en licht. Bewegende kleur. Hij ziet overal licht en schaduw in. Rood in een avondlucht, blauw in het gras. Hij ziet diepte. Tenminste, dat herkent hij in ieder geval, ook al heeft hij nog niet onder de knie hoe je dat kunt weergeven.

Ze pakt een van de schetsboeken op, slaat het open bij een tekening van een plek die ze herkent. De tuin van de Bicknell-bibliotheek waar ze vorige week een middag hadden doorgebracht. De tekening is heel gedetailleerd: de oliepalm met zijn overhangende takken, de galerij met de zachtpaarse bloemenrand, de bos margrieten. En de stenen bank waar ze op hadden gezeten, met donkere schaduwpartijen. Naast de tekening staan een man, vrouw en kind. Boven elk hoofd staat een naam: *Maestro Edward. Signora Stuart. Alessandro P. Lami.*

Op de tekening draagt Alec een gestreept sporthemd, precies wat hij die dag aanhad. Ze had het zelf voor hem gestreken. Zij draagt haar marineblauwe jurk met het rode bloemmotief en kraagje. Hij had zelfs nog geweten welke schoenen ze had gedragen. Alles klopte precies. Met één verschil: Edward was er niet bij geweest.

Ze slaat het schetsboek dicht. Ze trekt een natuurtekenboek onder uit de stapel vandaan en laat het zomaar ergens openvallen: een groepje palmbomen op de *capo* bij het oude centrum. Hij heeft eronder geschreven:

Pappa,

U weet vast dat Bordighera elke dag palmen stuurt naar de Heilige Vader om zijn huis in het Vaticaan mooier te maken. Dat is een groot huis, en dus moeten er in Bordighera altijd palmen zijn. Ik ken al de jerichopalm net als in het Heilige Land en de Romeinse palm. Ik zal snel meer namen leren als ik heb mijn botanicoboek gevonden.

Ik vindt u lief pappa. Sorry dat ik herrie heb gemaakt en uw hoofd pijn deed. Ik zal voortaan lief zijn. Ik hoop dat u snel beter wordt. Mag ik terugkomen als ik lief ben? Uw zoon die Alessandro P. Lami heet.

p.s. Als dit boek vol is vraag ik maestro Edward om het terug te sturen naar Sicilië en dan kunt u hieronder aan mij schrijven.

Amelia vertelt Bella over signora Lami, op een avond tijdens de passeggiata. Na een paar dagen in een leeg huis hebben ze elkaars gezelschap min of meer geaccepteerd, tenminste, toen Amelia eindelijk ophield met mokken en het duidelijk werd dat Bella niet Grace' plaats ging innemen als haar mede-proseccopimpelaarster. Sowieso heeft Amelia haar eigen vakantievrienden om 's avonds mee uit te gaan of af en toe een tochtje naar Alassio mee te maken of een ritje langs de Rivièra in iemands roadster: doorgaans rijke Amerikanen of Engelse seigneurs van middelbare leeftijd, op doorreis naar meer glamoureuze plaatsen.

Soms dineren Bella en Amelia samen, maar aangezien ze beiden weinig belangstelling voor eten hebben, zijn die maaltijden schaars, of in ieder geval kort van duur. Meestal blijft het bij een avondwandelingetje en vervolgens naar Bar Atù voor een aperitiefje, waar ze met z'n tweeën op het terras ongegeneerd gaan zitten wachten of er een of meer van Amelia's kennissen langskomen en haar aandacht opeisen.

Dat geeft Bella de gelegenheid om op te stappen. Naar huis om wat te eten van een dienblad in de bibliotheek, of in een cafeetje dat ze heeft ontdekt in de buurt van de Via Lamboglia, uitgebaat door het oudere echtpaar Luzzati en een trekpleister voor de Engelse theemutsen. Het eten is er eenvoudig, de borden klein en, zoals mevrouw Cardiff had gezegd: 'Je hoeft er niet opzichtig te laten merken dat je je vermaakt.'

Bella gaat graag mee op de passeggiata met Amelia, maar ze gaat net zo lief weer bij haar weg, wat maar goed is ook, denkt Bella vaak, want er wordt nooit gevraagd of ze wil blijven.

Vanwege Amelia's geblesseerde sleutelbeen had Bella aangeboden haar te helpen bij het aankleden en met de meer persoonlijke verzorging, maar ze had te horen gekregen dat make-up en kapsel verzorgd zouden worden door een meisje uit de Engelse kapperszaak dat daar verstand van had, en wat de andere, persoonlijker zaken betrof was Elida, als bediende, geschikter. Ook al ziet Amelia Bella kennelijk niet als een bediende, het betekent zeker niet dat ze haar als een vriendin beschouwt. Sinds die eerste dag in de tuin is het 'juffrouw Stuart' voor en 'juffrouw Stuart' na geweest.

Soms blijft Amelia de hele nacht weg. Op een keer kwam ze pas om halfnegen 's ochtends thuis, nog steeds dronken, met een doorweekte jurk en één kant van haar gezicht besmeurd en onder de krassen. Een andere keer had ze een plek in haar hals ter grootte van een halve kroon, waarin Elida met afgrijzen een *succhiotto* herkende: een zuigzoen, had Bella even later weten te ontcijferen. Bella stelt geen vragen en maakt geen opmerkingen over Amelia's gedrag, maar ze kan zich niet aan de indruk onttrekken dat Amelia voor iemand met een arm in een mitella behoorlijk actief is.

Amelia vertelt haar wat er aan de hand is met signora Lami aan het eind van de heetste zomerdag tot dan toe. De heetste zelfs sinds *la Grande Guerra*, zeiden ze op het radionieuws. De hele ochtend was Bella op het terras met de schaduw mee geschoven, en 's middags had ze op de sofa in de bibliotheek met de luiken dicht naar de radio geluisterd en wat gedommeld. Later had ze tijdschriften zitten lezen in een bad met koud water, en ze had zich pas vermand toen ze Harriet, die Amelia tweemaal daags kwam verzorgen, hoorde aankomen met haar trukendoos.

Inmiddels zijn de anderen al bijna twee weken weg, omdat de Signora de zaken van haar man moet afhandelen. Aanvankelijk was Amelia woest geweest om hun langdurige afwezigheid, maar de laatste tijd lijkt ze zich erbij te hebben neergelegd. Hoe dan ook, ze hadden eerder die dag een telegram gekregen waarin stond dat ze allemaal, inclusief signora Lami, vóór het weekend in Bordighera terug zouden zijn.

'Goddank!' had Amelia gezegd, recht in Bella's gezicht. 'Nu hoef ik tenminste niet dood te gaan van verveling!'

De avondzon heeft aan felheid ingeboet en het wordt weer wat drukker op het strand en de boulevard. Kinderen en honden, oude mannen en fietsers, pas aangekomen vakantiegangers die rondtollen met verschrikte, roze-verbrande gezichten. De Italianen doen het zoals gewoonlijk rustig aan: de mannen slenteren met hun handen op de rug gevouwen, de vrouwen met de armen over elkaar, allemaal druk bezig met het doornemen van de aanstaande maaltijd: van elk klein hapje wordt het hoe en wat besproken, en het waar, als er nog een restaurant moet worden uitgekozen.

Aan één kant van de boulevard galmen de klanken van een blaaskapel als luidruchtige muggen. Aan de andere kant, uit de thé-dansant-salon van de kursaal, klinkt gedempt het gejengel van een strijkkwartet. Een paar jonge vrouwen, een tikje aangeschoten en dus waarschijnlijk Amerikaans, neemt Bella aan, komen Damilano uit, gekleed in strandpyjama's en met kegelvormige hoeden op. Bella wacht of Amelia ze zal aanspreken. Maar ze schenkt hun slechts een vluchtige keurende blik en een minachtende wolk sigarettenrook wanneer ze langslopen.

Ze is in een vreemde bui, een die Bella nog niet eerder heeft meegemaakt. Of Amelia nu een opgewekte of wat bozige stemming heeft, ze was tot nu toe doorgaans altijd levendig. Maar vandaag is ze stilletjes. Bella wijt dat aan haar arm, die pas die ochtend bevrijd is uit de mitella, en die pijn doet en zwak is, zodat Amelia hem bij de elleboog moet ondersteunen tijdens hun wandeling.

Op het strand tegenover Hotel Parigi staat een menigte mensen naar een attractie te kijken. Een man zit op een hoge stoel, met zijn gezicht naar de boulevard, zijn rug naar zee. Hij heeft een buikspreekpop op zijn schoot. Wanneer ze dichterbij komen zien ze dat de pop Adolf Hitler moet voorstellen. Adolf Hitler als baby, met snorretje en een rammelaar in zijn hand. Hij heeft een luier om en draagt een mutsje met een hakenkruis er voorop, dat hij telkens probeert af te doen terwijl de man hem telkens weer opzet. Hij roept huilend dat zijn '*Mutti*' zijn vieze luier moet verwisselen, maar zij is er blijkbaar met een Jood vandoor gegaan. '*Ein Jude!!!*' brult de baby. '*Nein! Nein! Nein!*'

'Toch wel', zegt de man, 'en nog met een muzikant ook.'

'*Un musicista?*'

'Ja,' zegt de buikspreker, 'eentje met een heel grote trombone.'

'*Un trombone grandissimo?*' De baby is ontroostbaar.

Het hele strand joelt. Zelfs op zee zijn mensen in bootjes teruggeroeid om te luisteren. Overal lachende stemmen, in het Frans,

Amerikaans, Italiaans. Achter haar hoort Bella iemand met een cockney-accent roepen: 'Oi, Ajdolf, laat 's zien wat je in huis heb.'

Eén groepje blijft stil. Een paar jonge Duitsers die op hun strandlaken hadden liggen luieren, een eindje bij de attractie vandaan. Een voor een komen ze overeind, kloppen het zand van hun kleren, verlaten het strand en lopen trots zwijgend de boulevard af.

Amelia kijkt hen na. 'U weet natuurlijk dat zij ook Joods is', zegt ze, met een licht sissend 'ss' aan het eind van het woord.

'Wie?'

'Tante Lami. Niet dat het mij een zier kan schelen. Maar papa voelt dat iets anders. Hij zegt dat er niets mis is met hen als zodanig, alleen is er altijd gedoe mee.'

'Wat voor gedoe?'

Amelia stapt bij de toeschouwers vandaan. 'Zullen we teruggaan?' stelt ze voor. Als Bella haar heeft ingehaald gaat ze verder. 'Er komen veel Duitse zakenmannen naar onze hotels, vandaar. Papa hoort nogal eens wat. Zal ik u een geheimpje verklappen?'

'Als u dat wilt.'

'We zijn naar Berlijn gegaan, Grace en ik, afgelopen mei. Al mocht dat eigenlijk niet. Maar we waren toch al in Zwitserland, dus we dachten: ach, wat dan nog? Toen we daar waren hebben we nogal wat eigenaardigs gezien. Ze hebben er van die parades... o, niets in vergelijking met die zielige optochtjes die je hier hebt. De parades daar worden 's nachts gehouden, mensen met kaarsen, overal zoeklichten door de lucht. Duizenden en duizenden mensen. Net die film, *Floodlight Parade* van Busby Berkeley, maar dan in militaire sfeer, als u begrijpt wat ik bedoel. Zoiets kan je nogal aangrijpen, het is bijna een soort religieuze bezieling. Misschien niet religieus, eerder triomfantelijk, uitdagend, als mensen die zich gedragen alsof ze een oorlog hebben gewonnen, zelfs zonder te hoeven vechten. We waren er toen ze die boeken verbrandden, al hebben we dat niet met eigen ogen gezien. Studenten die boeken verbranden. Dat snap je toch niet? Ze hebben zelfs de boeken van Helen Keller verbrand, moet je nagaan. Je hoeft alleen maar Joods te zijn om in het vuur te belanden. Of kritiek te hebben. Ze hebben daar nogal wat anti-Joodse maatregelen doorgevoerd, wist u dat?'

'Nee.'

'U vertelt toch alstublieft niet verder dat we daar zijn geweest? Papa zou razend worden. Erger nog, hij zou onze toelage stopzetten.'

'Nee hoor, maar...?'

'Weet u, juffrouw Stuart, ik was eerlijk gezegd nogal verkikkerd op een man die een paar weken in ons hotel in New York had gelogeerd. We hebben een affaire gehad. Een Duitser, zat in de automobielbusiness. Ik ben hem achternagereisd. Heb Grace overgehaald om mee te gaan. Ze wordt woest als ze erachter komt dat ik u dat heb verteld.'

'O?'

'Het was sowieso niet zo'n goed idee, ben ik bang', zegt ze met een gekrenkt glimlachje.

Ze komen langs het paviljoen. De instrumenten steken schel af tegen het laatste restje zon. De kapel speelt een stuk van Puccini, weet Bella, al kan ze niet op de titel komen.

'En trouwens, ze is niet Italiaans', smoezelt Amelia.

'Wie is er niet Italiaans, tante Lami? Ik bedoel, de Signora?' vraagt Bella.

'Nee. In het geheel niet. Ze is Duits. Beide ouders Joden, ook al was haar vader een baron von dit of dat. Ze heeft een groot deel van haar jeugd in Turijn gewoond, daar heb je namelijk veel rijke Joden. Ik geloof dat ze ook een poosje in Engeland op school heeft gezeten. Ze is in ieder geval helemaal verzot op Engeland, dat zult u vast wel hebben gemerkt. Denkt vermoedelijk dat ze daardoor klasse krijgt. Veel Duitsers zijn dol op de Engelsen. Mede-ariërs. Maar ja, dat zou weleens snel kunnen veranderen. Zeg eens, juffrouw Stuart, het lijkt me tijd te worden voor een aperitiefje. Mee eens?' Ze loopt weer verder en Bella volgt haar.

'Tja, er heersen tegenwoordig nogal wat anti-Joodse gevoelens in Duitsland. Ik weet niet of ik dat wel zo goed vind, om eerlijk te zijn. Zeker niet wanneer een en ander wettelijk vastgelegd wordt. Maar juffrouw Stuart toch... schrikt u daar zo van? Ik weet zeker dat er geen enkele reden is om u zorgen te maken, of... u bent toch niet toevallig zelf Joods?'

'Wat? Nee, ik ben niet Joods.'

'O, mooi zo. Maar het gaat u natuurlijk niet om uzelf. Die Duitser waar ik gek op was, weet u wat hij zei? Hij heeft me uitgelegd dat de Italiaanse Jood bijna niet van anderen te onderscheiden is. Dat ze onder Mussolini konden opgaan in de samenleving. In tegenstelling tot in Duitsland, waar je ze zo kunt vinden, als spijkers op laagwater. Hier is de situatie eerder die van een speld in een hooiberg. Zelfs hun namen klinken Italiaans. Ze zien er Italiaans uit, gedragen zich zo. Behalve in Rome, daar wonen ze in een getto, maar dat zijn natuurlijk alleen maar de arme Joden. Verder zou iedereen, overal er een kunnen zijn. Tenslotte had u het ook niet gedacht van tante Lami, toch? Maar als dit Duitsland was geweest, dan had u heus wel geweten dat ze Jodin was. Overigens, als dit de Verenigde Staten waren geweest ook, bedenk ik nu. Een veiliger plek kunnen de Lami's zich niet wensen. Maar ja, wie weet wat de mensen gaan doen als het erop aankomt. Trouwens, de aria die ze spelen, is dat niet... o ja: *O mio babbino caro*. "Mijn lieve papaatje" of zoiets. Mijn God, daar kan ik zo slecht tegen. Het is al erg genoeg als het stuk goed gespeeld wordt!'

Ze komen aan bij Bar Atù, waar de ober ze voorgaat naar wat inmiddels hun vaste tafeltje is. Amelia laat haar elleboog op tafel rusten, pakt weer een sigaret uit haar koker en bestelt een fles prosecco. 'Hoe oud denkt u dat ik ben, juffrouw Stuart?'

'Dat weet ik niet. Zesentwintig, of...'

'Ik ben tweeëndertig. En Grace is vierendertig.'

'Ik had jullie jonger ingeschat.'

'Ach, wat aardig.'

'Ik ben ook tweeëndertig', zegt Bella, die voelt dat die mededeling van haar verwacht wordt.

'Ja, dat was onze schatting ook. Mooie boel, drie oude vrijsters. Want dat zijn we. Drie oude vrijsters in Europa. Denkt u dat u ooit zult trouwen?'

'Geen idee. Niet echt. Nee, ik denk inderdaad van niet.'

‘Nee. Ik ook niet, lijkt me.’

De ober komt de prosecco brengen en ze zwijgen, terwijl hij de fles uit de emmer ijs haalt en ontkurkt. Hij kijkt telkens even naar Amelia, alsof hij verwacht dat ze zoals gewoonlijk met iets flirterigs komt. Maar Amelia kijkt niet naar hem. Ze heft haar glas en neemt een slokje.

‘Grace misschien; die zou kunnen trouwen, bedoel ik. Zij kan zich meegaand opstellen, en dat is wat de meeste mannen uiteindelijk willen. En tante Lami trouwt nog een keer, ongetwijfeld. Denkt u dat Edward verliefd op haar is? Want waarom zou hij hier anders rond blijven hangen?’

‘Ik zou het echt niet weten.’

‘Tja, als u het niet weet, dan weet ik het ook niet.’

Een tijdje zitten ze zwijgend naar de donker wordende zee achter de voorbijlopende menigte te kijken. Amelia drinkt haar glas leeg, reikt naar de fles, maar verandert van gedachten. ‘Weet u, juffrouw Stuart, ik heb niet zo’n zin in uitgaan vanavond. Ik denk dat ik maar terugga... als het u verder niets uitmaakt.’

Deel vier

Anna

Dublin, 1995

Mei

Mijn oma heeft dit appartement voor me gekocht. Zo'n vier jaar geleden. 'Anna, raad eens wat ik ga doen?' zei ze op een dag toen ik haar belde. 'Ik ga een appartement voor je kopen!' Ik wist zeker dat er een vergissing in het spel was, dat ze zich niet had gerealiseerd dat daar daadwerkelijk geld voor moest worden neergeteld.

'Nonna,' zei ik, 'een appartement kost een heleboel geld, hoor.'

'Het zijn de jaren negentig, Anna, je hoeft je leven niet te slijten in de hoop dat een man ooit voor een dak boven je hoofd zorgt. Jij zou onafhankelijk moeten zijn. En waarom niet nu al, in plaats van te wachten tot ik de pijp uit ga?'

Ik woonde in die periode samen met Hugh, al ongeveer een halfjaar, en we hadden iets meer dan drie jaar wat met elkaar. We woonden in wat hij 'hartje suburbia' noemde, alsof het een jungle was. We hadden er een bungalow, wat hij vreselijk vond – een doorzonkamer en een bijkeuken, gillende kinderen op de schommel in de tuin van de buren – maar ik had het er best naar mijn zin. De dag na het telefoontje trof ik Nonna tijdens mijn wekelijkse bezoek achter de keukentafel aan, die bezaaid was met makelaarsbrochures en krantenbijlagen, gebogen over een notitieblok dat ze driftig vol zat te schrijven met aantekeningen en afvinklijstjes. Zo was mijn oma altijd geweest: impulsief en georganiseerd tegelijk.

Ze had alles al helemaal uitgedokterd. 'Kijk, dit zijn je woonwensen: niet te ver van je werk vandaan, zodat je niet meer in de de file hoeft te staan, een kamer met veel licht voor je schilderwerk. Een atelier, ja. Het moet in een opkomende buurt zijn, zodat je voldoende ruimte hebt en waar voor je geld krijgt... niet de een of andere bezemkast waar ze de hoofdprijs voor kunnen vragen omdat het nou eenmaal in een gewild stadsdeel is. O, en groot genoeg om iemand in huis te kunnen nemen, als je ooit krap komt te zitten. Maar niet zó groot dat je een fortuin aan woonlasten uitgeeft. Hoeveel huur betaal je op dit moment?'

'Nou, niets.'

'O? Die vent van je betaalt de huur dus?'

'Nee. Hij mag het huis gebruiken van een vriend die in het buitenland woont.'

'Hij valt best vaak met z'n neus in de boter, hè? Dat moet ik hem wel nageven.'

Nonna heeft nooit veel van Hugh moeten hebben. Ze heeft nooit met zoveel woorden gezegd dat hij niet welkom was, maar nadat ik hem een keer had meegenomen naar haar appartement wist ik dat ik dat voortaan beter kon laten.

'Hij is getrouwd zeker?' had ze gezegd zodra hij weg was.

'Ze zijn uit elkaar,' zei ik, 'ze gaan binnenkort scheiden.'

'Is dat zo?'

'Hij is Engels, weet je, en...'

'Ja, dat had ik begrepen. Kinderen?'

'Twee.'

'Ach, maar dat is leuk, zeg.'

'Ja, het zijn leuke kinderen.'

'Je hebt ze dus ontmoet?'

'Ja hoor', had ik gelogen.

'En ze zijn uit elkaar, volgens jou?'

'Dat klopt.'

'Hoelang al?'

'O, al eeuwen.'

'Voordat jij hem leerde kennen?'

'O, al eeuwen daarvoor', had ik weer gelogen.

Drie jaar nadien vroeg ze allang niet meer naar het gezin van Hugh en nam ze er genoegen mee om af en toe uit te halen als de kans zich voordeed. Ze zei nog altijd 'die vent van je' als ze het over hem had, maar daar zei ik niets meer van; trouwens, hoe minder Hugh ter sprake kwam, hoe beter, leek me, mocht ze serieus overwegen dat appartement voor me te kopen.

Op de dag dat we naar het appartement gingen kijken, had Hugh mijn auto nodig gehad, en aangezien Nonna hem zelfs de kleinste kleinigheid misgunde, zei ik tegen haar dat hij voor een onderhoudsbeurt bij de garage was, maar dat ik met alle liefde een taxi wilde betalen. Daar wilde ze niets van weten. Wat haar betrof konden we niet genoeg bussen nemen, om zo haar abonnement maximaal te benutten. We namen een bus naar het kantoor van de makelaar. Daarna namen we twee bussen naar haar notaris en nog eentje naar de bank. Ik herinner me dat ik een tikje verrast was dat ze haar in allebei de kantoren bij naam kenden.

Later die middag stond ik samen met een jonge makelaar in een groot georgiaans huis in het mindere deel van de stad toe te kijken hoe zij, een oudere dame van onbepaalde leeftijd – of eerder: een kleine, pezige wervelwind van wie alleen de magere schouders wat gekromd waren – door de kamers zoefde, waarbij ze snuivend en porrend met haar wandelstok op allerlei aspecten en gebreken wees, op zo'n manier dat ik begreep dat dit niet haar eerste inspectie was. Daarna zei ze tegen de makelaar dat hij de trap voor me moest neerhalen en werd ik naar de zolder gestuurd om er een kijkje te nemen.

'Wat vind je ervan?' riep ze naar boven.

'Mooi, hoor.'

'Ja, maar vind je het mooi genoeg? Daar gaat het om', zei ze toen ik weer naar beneden kwam.

'Ik denk van wel.'

'Is het licht er goed?'

'Prachtig.'

'O, in godsnaam, Anna... denk je dat je er kunt schilderen?'

'Dat zou ik zeker kunnen proberen.'

'*Brava!*' Ze knikte en glimlachte. Daarna keerde ze zich naar de makelaar: 'Ik ga mijn tijd niet verdoen met allerlei biedingen over en weer. Je hebt me de vraagprijs verteld, en nu breng ik een bod uit; let wel, dat wordt mijn enige bod. Denk je dat je vandaag nog contact op kunt nemen met de verkopers?'

Hij leek verbouwereerd, een beetje wrevelig zelfs, alsof hem iets was ontfutseld zonder dat hij precies kon zeggen hoe, overigens ook niet wat.

We stonden daarna met z'n drieën buiten op straat naar het bovenste gedeelte van het huis te kijken waarvan Nonna had besloten dat dat mijn nieuwe appartement zou worden. Aan de overkant zaten twee dronkaards op het stoepje van een vervallen pand en namen om beurten een slok uit een fles. Een tienermoeder achter een buggy schreeuwde naar haar peuter: 'Hou nou eens je kop!' Aan het eind van de straat stonden een paar link uitziende gasten op een hoek.

De makelaar praatte harder dan hij had gedaan toen we binnen waren, alsof hij zijn best deed om onze aandacht bij het huis te houden en niet op de straat zelf te richten. Ik begon ondertussen ook zelf ernstig te twijfelen over de buurt. Mijn oma had alleen maar oog voor het huis.

'Zorg er wel voor dat die vent van je huur aan jou gaat betalen', zei ze en ze knikte bij wijze van groet naar de dronkaards terwijl we terugliepen naar O'Connell Street om daar de laatste bus van die dag te nemen. 'Laat hij voortaan jouw huurder zijn; zo moet je het aanpakken.'

'Doe ik.'

'En hij mag geen stap in de richting van dat atelier zetten. Dat atelier is van jou. Je zei toch dat hij zelf een plek heeft waar hij kan schilderen?'

'Ja, hij heeft een atelier in het havengebied.'

'En van wie zou hij dat nou weer gekregen hebben?'

'Dat is een regeling van de overheid, Nonna.'

'Juist ja. Dit wordt een heel nieuw begin voor je, Anna, zorg dat je eruit haalt wat erin zit. En wat je ook doet, zijn naam komt nergens op een officieel stuk te staan. Begrepen?'

'Zeker.'

'Ik zal het voor de zekerheid ook tegen de notaris zeggen.'

'Dat is niet nodig, hoor.'

'Nou, ik doe het in ieder geval wel.'

We liepen verder door North Great George's Street: roosters of tralies voor alle ramen die binnen bereik waren, kettingen rond autosturen gewikkeld. Er stond een lege Marie Celeste-sherryfles op de stoeprand, een stukje verderop lag een plakkaat opgedroogd braaksel.

Ze stond stil toen we bij het eind van de straat kwamen, keek achterom en zei met een weids gebaar: 'Majestueus, ik geloof dat je het zo zou moeten noemen. Kijk alleen dat vakmanschap eens. Kom daar vandaag de dag maar eens om.'

'Nonna, denk je niet dat deze buurt, nou ja, een tikje aan de ruige kant is?' vroeg ik met een voorzichtig hoofdknikje naar de oudere hangjongeren die nu onze kant op staarden.

'O, wat is dat toch met jou, Anna? Ze staan daar alleen maar een praatje te maken. Ze gaan je heus niet vermoorden. En trouwens, die vent van je kan je toch beschermen?'

Alleen al het noemen van Hugh stemde me milder. Hij zou dit in ieder geval een geweldige straat vinden. 'Interessant', 'opwindend', 'rauw', zou hij zeggen. Hij zou er een inspirerende plek voor zijn kunst in zien, waar hij zijn kunstenaarsvrienden kon ontvangen zonder zich te hoeven schamen voor een burgerlijk onderkomen. Zelfs als ik in die tijd mijn hand vlak voor mijn gezicht hield, kon ik die alleen nog via Hughies ogen zien.

'Mijn vader heeft hier in de buurt gewerkt, weet je. Lang geleden', zei Nonna.

'O ja? Dat wist ik niet.'

'Jazeker. In het Rotunda-ziekenhuis, daar verderop. Sommige van zijn patiënten kwamen uit deze wijk. Het zogeheten zout der aarde. Wat dat ook moge betekenen. Weet je, ik heb een artikel gelezen over de toekomst van Dublin, en daarin stond dat we in de lift zitten. Het is nu de tijd om te kopen. Absoluut.'

Ik moest lachen om het serieuze, zakelijke gezicht dat ze trok. 'Je bent een vat vol verrassingen, Nonna', zei ik.

'Anders jij wel', had ze kortaf geantwoord.

Ik moet hebben gedroomd van die eerste dag met Nonna, over mijn nieuwe begin. Tenminste, als ik wakker word moet ik daaraan terugdenken, maar voordat ik me kan overgeven aan de volgende weeklacht over verloren gegane zaken, word ik iets gewaar. Of iemand.

Ik doe mijn ogen open en daar is hij weer. Hugh, in ons bed, met zijn rug naar die van mij gekeerd. Ik voel zijn warmte in de ruimte tussen ons in liggen, als een kind of een gezelschapsdier – iets wat leeft, geliefd is in ieder geval. Ik hoor hem ademen, kan de ronding van zijn schouder uit mijn ooghoek zien. Ik ben zo vreselijk blij dat ik wel kan kotsen.

Ik maan mezelf tot kalmte; het heeft immers geen zin om een gat in de lucht te springen voor ik precies weet waar ik aan toe ben. Stel dat de seks voor één nachtje was, vanwege vroeger? Stel dat hij over een paar minuten opstaat, zegt dat hij het geweldig vond om me weer eens te zien, de sleutels die hij terug kwam brengen zachtjes op het tafeltje bij de deur legt, me het beste wenst en weer naar zijn vrouw en kinderen in Londen gaat? In dat geval zal ik hem laten gaan, zonder een scène te trappen... uiteraard. Niet jengelen of jammeren, niet dreigen het tegen zijn vrouw te zeggen, zijn kinderen te verstikken. En absoluut niet schelden. Dat hou ik mezelf voor. Aan de andere kant: stel dat hij wél naar me terug wil? Nou, dan hoeft hij niet te denken dat ik het makkelijk voor hem zal maken. Al betwijfel ik of ik het hem al te moeilijk zal maken.

Ik weet niet hoe laat het is, maar het vroege, regengrijze ochtendlicht sluipt de slaapkamer binnen. Wat een bende! Ik heb de woning nogal laten verloederen, en ik vraag me af of hij daar iets van zal zeggen, en zo ja, wat. 'Je bent altijd al een sloddervos geweest, liefje, maar dit gaat echt alle perken...'

'Liefje'. Hij zal liefje tegen me zeggen.

De lampen in de woonkamer zijn nog aan, door de geopende slaapkamerdeur doemt langzaam de rotzooi op, en daarmee de herinnering aan de vorige avond. Er staat een bord vol peuken op een leuning van de bank, ik zie dat de gordijnen niet zijn dichtgetrokken en dat er iets wits en rechthoekigs op de ruit van het verste raam zit geplakt. De twee wijnflessen op het aanrecht herken ik als de aanbieding van de week van een nachtwinkel op Dorset Street. Op een hoek van de salontafel staat een aluminium etensbakje met een klieder saus aan de zijkant. En dan weet ik het weer: het Chinese afhaalrestaurant Good Garden en het effen, verveelde gezicht van de eigenaar toen hij mijn nummer afriep, ik mijn ogen opsloeg en mijn lippen lostrok van een kleffe, dronken tongzoen en vervolgens opstond van de nepleren bank om mijn bestelling te betalen en mee te nemen.

Er liggen kleren op de bank, kleren op de vloer. Wat ik van hieruit kan zien: mijn spijkerbroek, een van mijn sokken, mijn slipje. Eén rode Dr. Martens-laars. Dit alles gaat zo snel, het duurt maar een paar tellen, vanaf het ogenblik dat ik mijn ogen opendoe tot ze bij de laars belanden. Was dat maar niet gebeurd, of tenminste niet zo snel. Had ik het ogenblik nog maar even kunnen koesteren.

Ik lig te luisteren naar de regen die roffelt op de ramen en zachtjes suist op de daken van de huizen en van de aanbouwsels die de achterkant van deze panden mismaken, tot ik het niet langer kan uitstellen. Ik draai me iets om zodat ik over mijn schouder kan kijken en zie het verkeerde haar op een hoofd met de verkeerde vorm achter me liggen; een gouden knopje in het oor, een gouden halsketting, een zegelring aan de hand die onder de deken uit steekt. Ik glip uit bed en wou dat ik dood was.

Mijn kleren van de vloer grissend struikel ik over mijn voeten om de badkamer in te komen. Ik overweeg niet eens tijd te verspillen aan een douche, en als ik schone kleren wil – mocht er überhaupt nog iets schoons te vinden zijn – moet ik weer de slaapkamer in, naakt, en ik ga net zo lief naakt de straat op. Ik trek mijn vieze slipje en spijkerbroek weer aan, nog klam van een grote wijnvlek, door een van ons tweeën gemorst.

Als ik aangekleed ben ga ik naar de woonkamer, waar ik rondscharrel, daarna duik ik achter de bar in de keuken waar ik de kastjes en laden begin uit te kammen. Ik ben op zoek naar wat paracetamol of een flesje Rescue Remedy, naar wat dan ook om de pijn die door mijn hoofd duikelt te verzachten. Tegelijkertijd probeer ik een manier te bedenken om de vreemde die daar in mijn bed ligt, te wekken. Even doortastend zijn en hem zo snel mogelijk het appartement uit zien te krijgen, dat is mijn enige gedachte op dit moment. Ik hoor het bed kraken en een slaperige stem zegt gapend: 'Een kop thee zou er wel in gaan.'

Hij ligt op zijn zij en steunt op een elleboog. Ik ga in de deuropening staan, mijn armen vol kledingstukken die ik beslist niet van plan ben om nu te gaan wassen, alleen maar om een drukbezette indruk te maken. Hij slaat het beddengoed terug, staat op, rekt zich uit en loopt poedelnaakt de kamer door. 'Zo terug', zegt hij, en hij krabt even snel aan zijn kont in het voorbijgaan. Ik ken hem. Jezus, ik ken hem.

Shay. Shay nog wat. Knap, halverwege de twintig, in ieder geval veel jonger dan ik, helemaal vol van zichzelf, vanaf die belachelijke pony van hem tot aan de wijnrood gepoetste neuzen van zijn Dr. Martens-rijglaarzen. Ik weet dat hij af en toe in een pub werkt vlak bij Gardiner Street, waar Hugh altijd naartoe ging als hij geen gezeur aan zijn kop wilde, oftewel: als hij even alleen wou zijn. Een vervallen tent waar nooit iemand zit, met een ongetrouwde eigenaar in een verpleeghuis die maar één onverschillige erfgenaam heeft die in het buitenland woont en afwacht tot hij het loodje legt. De kroegbaas, een zuipschuit die knoeit met de kas, laat Shay achter de bar staan wanneer hij zelf weer eens aan de boemel is.

Ik weet bovendien dat hij in een van de flats woont waar ook veel leerlingen van me vandaan komen, en daarom weet ik dat hij een kind heeft; o nee, twee kinderen – al heeft hij beide vriendinnen meteen verlaten zodra hij ze zwanger had gemaakt. Ik kan me niet herinneren of hij dezelfde Shay is van wie de zus in de bak zit voor dealen. En ik kan er niet over uit dat ik zo stom ben geweest hem mee te nemen naar mijn bed.

Wat ik me inmiddels wel kan herinneren, is dat ik gistermiddag naar de pub ben gegaan om er wat te drinken op de terugweg van mijn bezoek aan Nonna in het ziekenhuis.

De tent was leeg, op een oude man na die helemaal achterin onder de plank met de tv zat. De oude man, ingepakt tot aan zijn oren, mopperde af en toe dat het zo koud was. Er hing een geur van verbrand stof, afkomstig van de elektrische kachel met twee gloeiende staven vlak bij de man.

Het licht in de pub was bleek en waterig bruin, behalve een enkele tl-buis achter de bar en de tijdloze kerstboomverlichting die rond een verweerde spiegel was gedrapeerd. Ik ging aan het eind van de bar zitten, met de bedoeling dat ik, zodra ik mijn drankje had gekregen, me zou terugtrekken in een hoekje, me een poosje achter een krant zou verstoppen en zou wachten tot de laatste stuiptrekkingen van de dag voorbij waren. Het is veel makkelijker om pas naar huis te gaan als het donker is. Maar de barkeeper was direct tegen mij gaan keuvelen, en geleidelijk was ik terug gaan kletsen. Het duurde niet lang of hij schonk me drankjes van het huis in en bediende zichzelf van de whiskey. Hij had best aardig geleken. In ieder geval was hij grappig. Hij leek me wel oké. Beter dan in mijn eentje zitten en klagen over de kou.

Het werd donker en ik was er nog steeds. Hij ging cocktails maken, al rumba dansend en met zijn kont wiegend door de kroeg. Hij rolde een joint en we kregen allebei een toeval, zo hard moesten we lachen om mijn pogingen te inhaleren en de rook binnen te houden. De oude man begon zich ertegenaan te bemoeien: 'Wat isser aan de hand, hé, wat isser aan de hand, hé? Wâ, wâ, wâ?' De barkeeper – Shay dus – bracht een biertje en een borreltje naar hem toe.

'Zo, Mick, hier is een cadeautje voor je, van het huis. Maar hou wel je kop, ja? Moet je al pissen? Weet je 't zeker? Nou, geef maar een gil als het weer omslaat.' Toen pas zag ik dat de man in een rolstoel zat.

Af en toe was er een klant de kroeg binnengekomen, maar altijd iemand die in z'n eentje was en niet meer dan één glas dronk. Mannen alleen die de dag buiten de stad hadden doorgebracht en iets nodig hadden om de terugkeer naar de vervallen studio of verwaarloosde B&B te verzachten die je in deze buurt ongeveer om het andere huis aantreft. Op een keer staken drie meisjes aan de boemel hun hoofd om de hoek van de deur, en slaakten verschrikte gilletjes bij het zien van de lege pub. We hoorden hun stemmen door de straat klateren en vervolgens wegsterven. Daarna werd het o zo stil.

Ondertussen was de oude man in slaap gevallen en Shay belde een nummer uit een schrijfblok dat aan de muur hing en zei tegen iemand aan de andere kant van de lijn dat zijn of haar vader opgehaald kon worden.

Shay Foster. Zijn jongste broer is een leerling van mijn examenklas, had hij me gezegd.

'O fuck, geweldig hoor', had ik gezegd, dronken inmiddels. Echt behoorlijk dronken.

'Ik zal niks verklappen', had hij beloofd.

'Hij is trouwens helemaal niet slecht, dat broertje van je, eigenlijk best goed. Dat kan ik je wel vertellen. Heeft best talent. Daar zou hij iets mee moeten doen.'

'Net als jij, bedoel je?' had hij gevraagd.

'Jee, net als ik! Want ik ben fantástisch!' Daarbij had ik mijn hoofd achterovergegooid, en vervolgens ook mijn armen, zodat ik bijna van mijn kruk was gevallen. Hij pakte me beet toen ik weer naar voren kwam, duwde zijn hand in mijn nek en stak zijn tong in mijn mond.

'Maar hier ben ik toch niet te jong voor?' had hij gevraagd, waarna hij vroeg of hij 'mevrouw' tegen me moest zeggen.

Hier sta ik dan, verlegen in de deuropening van mijn eigen slaapkamer, en hoor hem pissen als een paard in mijn badkamer. Er wordt niet doorgetrokken, geen kraan opengedraaid; dit is rechttoe rechtaan pissen, zoals hij dat langs de kant van de weg zou kunnen doen. Niet dat ik het hem kwalijk kan nemen dat hij de plichtplegingen achterwege laat, gezien de rotzooi hier. Hij komt de kamer weer in, neemt een jongensachtige duik in bed, drapeert de kussens als een holletje om zich heen en vouwt zijn handen achter het hoofd.

Hij bekijkt me eens goed. Het kruisje aan zijn ketting wenkt me, een bos zwarte haren spruit uit elke oksel, maar zijn borst is volkomen haarloos en duidelijk gewaxt. Ik stel me voor dat hij waarschijnlijk denkt dat hij me een enorm plezier heeft gedaan. Wie weet zit hij te bedenken of hij dat nog een keer wil voordat hij ervandoor gaat. Aan de andere kant: hij kan ook broeden op een smoes om de pleiterik te maken. Maar ik ben hem voor.

'Moet je niet eens naar je werk?' vraag ik.

'Het is maandag', zegt hij.

'Werken barkeepers niet op maandag?'

'Niet deze barkeeper. Niet op deze maandag.'

'In ieder geval moet ik je vragen om te vertrekken', en hij fronst eventjes, alsof hij het niet goed begrijpt. Ik vertel het hem nog duidelijker. 'Het is namelijk zo dat ik mensen verwacht. Gasten. Die komen lunchen. Je moet... begrijp je wel... je moet ervandoor.'

'Je wilt me toch zeker niet weg hebben?' zegt hij. 'Of toch... echt waar? Tjeez, die is goed zeg.'

Ik loop terug naar de woonkamer.

Een paar minuten later volgt hij ook. Hij doet zijn riem om en kijkt in het rond, op zoek naar de rest van zijn kleren. 'Vind je het goed als ik me eerst aankleed, of heb je liever dat ik dat buiten op straat doe?' Hij doet alsof hij een grapje maakt, maar ik zie dat hij geërgerd is. Hij gaat ergens op staan, rilt en tilt dan zijn blote voet op; een stuk sparerib blijft plakken onder zijn voetzool en er zit een donkerroze vlek op het tapijt. Hij schudt het stuk sparerib van zijn voet, pakt zijn sokken en laarzen en maakt een plek vrij op de bank door alles wat erop ligt, ervanaf te schuiven, over de rand en op de vloer. Het is een gebaar vol ingehouden woede.

'Hoor eens,' begin ik, 'je moet echt weg, want ik krijg zo bezoek en zou het op prijs stellen als...'

Hij steekt een hand op om me de mond te snoeren. 'Praat niet tegen me alsof ik een van je fucking leerlingen ben.'

'Dat doe ik toch niet?'

'Je schijnt iets te vergeten, schat. Jij was het die mij hebt meegevraagd. Niet andersom. En ik ga al, meteen, zodra ik klaar ben. Dus bespaar me dat gelul over vrienden die komen lunchen op een regenachtige maandagmorgen.'

Hij rijgt zijn veter met abrupte, ongeduldige bewegingen door de oogjes van zijn laars. Af en toe kijkt hij op, de kamer rond, en ik zie hoe hij met zijn kille blik alles in zich opneemt. De stapels vieze vaat in de gootsteen, de handdoeken op de vloer, het stof, het vet, de plastic zakken met troep van veel langer geleden dan de vorige avond. En de massa Rescue Remedyflesjes: kleine donkere voorwerpen met een geel etiket, net grote dode wespen die overal in het appartement liggen.

'Maar vertel eens: die vrienden van je, zijn dat varkens? Of ratten misschien? Want om eerlijk te zijn zie ik het niet voor me dat hier mensen komen eten. Tjeez, wat een hol! Geen wonder dat die vent van je de benen heeft genomen, terug naar zijn vrouw.'

'Fuck off', zeg ik. 'Vuile etterbak, rot op, jij. Oprotten.'

Hij staat op, showt zijn kale bast.

'Nou zeg, gisteren zei je wel wat anders.' Hij trekt zijn shirt aan, terwijl hij zijn nek en schouders aanspant. 'En noem me geen etterbak, kutwijf. Wie de fuck denk je trouwens wel dat je bent? Stomme slet.'

Hij is inmiddels woedend, en ergens kan ik hem dat niet kwalijk nemen. Gisteravond stonden we op gelijke voet en hadden we het over kunst en boeken. Hij zei nog dat hij het zo fijn vond dat hij met iemand over dat soort zaken kon praten. En nu kijk ik op hem neer en scheld ik hem uit zodat hij zijn plaats weer weet.

Hij pakt zijn namaak-pilotenjack van de stoel en gaat eindelijk in de richting van de deur. Zijn gezicht is rood nu, de kaken strak op elkaar. Maar hij blijft naar me grijnzen alsof het hem niks kan schelen. 'Al met al was je geen slechte wip,' zegt hij, 'voor een oudje dan.'

Ik open de deur en ga erachter staan.

'Tjeez, wat is er nou weer? Ik geef je alleen maar een compliment. Alhoewel, bij nader inzien is het een compliment van niks. Want ik doe het natuurlijk met iedereen. Da's algemeen bekend.'

'Rot op', snauw ik.

Opeens staat hij weer in de kamer en duikt naar het raam, waar hij het witte ding oppakt dat me daarnet al was opgevallen, en nu zie ik dat het een blad uit mijn schetsboek is. Een tekening.

'Een souvenir', zegt hij met een grijns, en hij racet de deur weer uit.

'Geef terug', zeg ik.

'Ik pieker er niet over, schat. Voor mij is dit een fortuin waard.'

'Geef terug, nu. Of ik roep de politie.'

'O, zou je dat doen? Echt waar? Tja, in dat geval zal ik het maar teruggeven.' Hij houdt de tekening omhoog om mijn geheugen op te frissen.

'Alsjeblieft, Shay, geef alsjeblieft terug.'

'Alsjeblieft', herhaalt hij jammerend. 'O, nu weet ze ineens weer hoe het hoort, hè? Nou, ze kan opsodemieteren met haar kapsones, want ik hou deze tekening.'

Hij is de eerste paar treden af. 'Weet je wat ik voor je zal doen? Ik zal mijn maten zeggen waar je woont. En dat je er wel pap van lust. Dan kunnen ze misschien even langskomen als ze weer eens omhoogzitten. Zo aan het eind van de avond, als alle jongere meiden al weg zijn bijvoorbeeld. Of anders mijn broertje en zijn vrienden. Dat zou je wel leuk vinden, toch? Die zullen je best graag van dienst willen zijn, dat weet ik zeker. Je zou ze kunnen tekenen en zo. Dat zouden ze geweldig vinden, echt waar.'

'Ga je me nu dreigen?' Ik ren naar de trapleuning en roep naar beneden. 'Klootzak, ga je me nu dreigen?' Ik ben nu aan het schreeuwen, hij roept terug. We schelden elkaar uit, waarbij het woord 'slet' een prominente rol heeft. Hij lacht en ik zou die lul wel kunnen vermoorden, ik zou wel achter hem aan de trap af kunnen rennen en hem een klap voor zijn kop willen verkopen.

Voor hij uit het zicht verdwijnt steekt hij zijn middelvinger naar me op. Daarna knipoogt hij. 'Bedankt voor de wip, schat. Het was heerlijk.'

Dan zie ik Tony, mijn onderbuurman, de trap op komen. Tony aarzelt en lijkt te overwegen of hij weer naar beneden zal gaan of doorlopen naar zijn appartement. Shay ziet hem en staat stil. 'Ach, het spijt me, man, sorry voor de herrie. Maar weet je, eerlijk gezegd ben ik een beetje beledigd. Ze vraagt me mee naar haar huis, neukt me suf en nou gooit ze me de deur uit terwijl het regent dat het zeikt. Da's toch verschrikkelijk? En dan maakt ze ook nog deze tekening als ik stomdronken ben. Kijk, dat ben ik. Een naaktportret. Ondertekend en wel. Ik voel me zeg maar gebruikt, snap je? Of eerder misbruikt. Aangerand eigenlijk. Ja, aangerand, dat woord zocht ik.'

Tony drukt zijn rug tegen de muur en wacht tot Shay langs hem is gelopen. Ik zou wel naar boven willen rennen en me in mijn appartement opsluiten, maar ik kan niet in beweging komen. Tony verschijnt op het trapportaal onder me en zet zorgvuldig zijn druipende paraplu in de hoek naast zijn deur. De *Irish Times* van vandaag steekt uit het tasje van de Centra-supermarkt, de witte rand van zijn doktersjas is zichtbaar onder zijn natgeregende Burberry-regenjas. Hij wacht tot hij de voordeur beneden hoort dichtvallen en kijkt dan naar boven, naar mij. 'Ik heb de hele nacht gewerkt', zegt hij. 'Hier zit ik echt niet op te wachten als ik thuiskom.'

Dan pakt hij de sleutel en opent de deur van zijn onberispelijke appartement, waar zijn onberispelijke vriend in hun chroom-met-marmeren keuken op hem zal zitten te wachten met een pruttelende pot koffie in een gruwelijk perfecte en schone omgeving. Hij kijkt naar me op met een mengeling van medelijden en afkeer. 'Weet je, Anna, je zou echt wat voorzichtiger moeten worden,' zegt hij, 'en niet zomaar iedereen mee naar huis nemen.'

Ik stap het huis in met trillende handen. Ik ga op zoek naar mijn handtas, waar ik in het zijvak een flesje Rescue Remedy vind met nog maar een paar druppels erin, die ik op mijn uitgestoken tong giet alsof het een sacrament is. Het valt me op dat mijn portemonnee er dun uitziet en bijna leeg aanvoelt. Idem dito voor de koelkast. Als ik de deur opendoe zie ik bij het schrille licht één bolle citroen met een witte schimmelmuts erop, een paar potjes die over de datum zijn en stukjes van God weet wat, verpakt in aluminiumfolie zo oud dat het begint te scheuren. Het mag een wonder heten dat er nog een volle fles mineraalwater in de deur staat, en ik doe twee paracetamolletjes in mijn mond en ik val op de fles aan als iemand die net de woestijn heeft doorkruist.

Ik denk aan de tekening. Gisteren had ik er dronken, stoned en opschepperig op gestaan die tekening te maken. Een naaktportret van hem, zijn pik obsceen overdreven. En ook nog ondertekend, natuurlijk moest ik het ding ondertekenen. Ik begin woedend te snikken. Ik zou bereid zijn mezelf te verstikken als ik daarmee dat snikken kon laten stoppen, maar hoe hard ik ook met mijn handen tegen mijn mond duw, het houdt niet op. Ten slotte stopt het toch. Ik moet echt bedaren. Er is iets wat ik moet gaan zoeken. Ik wil het nog niet benoemen, of er zelfs maar over nadenken, maar ik moet ernaar op zoek, ik moet en zal het vinden.

Ik keer het appartement ondersteboven, haal het beddengoed van het bed, trek de kussens van de bank, kijk overal waar we maar geweest kunnen zijn. Ondertussen huil ik niet eens meer, maar heb mijn toevlucht gezocht in een krankzinnige mantra: *fuck fuck fuck, o God, alsjeblieft niet, fuck.* Ik ga de slaapkamer weer binnen en speur elke centimeter af, onder het matras, onder het bed. Ik schud de lakens uit, stroop de slopen van de kussens, tuur in alle hoekjes ervan. Maar nog steeds niks. Ik kan het niet vinden. Misschien heeft hij het door de wc gespoeld. Ik stap de badkamer in en sta een paar tellen naar de schuimende piskraag te kijken die hij er achter heeft gelaten. Het kan zijn dat het er helemaal niet is geweest.

Ik weet dat ik het met hem gedaan heb, en ik kan me elke beschamende seconde herinneren dat ik tijdens de dronken vrijpartij lag te faken. Maar wat ik me niet kan herinneren, is of hij een condoom heeft gebruikt of niet. Ik ben niet aan de pil. Hugh heeft zich jaren geleden laten steriliseren, dus dat hoefde niet.

Uiteindelijk geef ik het maar op, ga op de vloer zitten, met mijn rug tegen de muur en de Gouden Gids opengeslagen op mijn schoot en wacht tot het alfabet in mijn hoofd ophoudt met draaien zodat ik een huisartsenpost kan vinden. In ieder geval kan ik de zorgen over een zwangerschap bedwingen met een morning-afterpil. Ik weiger over de kans op aids na te denken; dat zet ik geheel en al uit mijn hoofd.

Dan krijg ik iets in het oog. Ik kruip naar de bank en schuif hem opzij. Daar. Daar ligt het. En dus ga ik weer op de vloer van mijn smerige appartement zitten, met een bonkend hoofd, een bijna lege portemonnee, de herinnering aan wat die klootzak tegen me heeft gezegd, de blik op Tony's gezicht bij de deur van zijn appartement, en het idee dat die tekening samen met het gerucht de ronde zal doen, door de school, in de buurt. En ik dank God vanuit het diepst van mijn hart voor het roze worstenvelletje onder de bank. Dat sneue zakje vol afgedaan snot.

Deel vijf

Bella

Bordighera, 1936

Mei-oktober

Niet lang na het overlijden van zijn vader werd er besloten dat Alec voortaan permanent in het huis in Bordighera zou gaan wonen. 'Minder geïsoleerd', zo had signora Lami het gezegd. Inmiddels zijn ze drie jaar verder, maar voor zover Bella kan beoordelen is Alecs leventje even geïsoleerd als altijd en gaat hij nog steeds amper met andere kinderen om, behalve als het hoogzomer is, de stranden en de tennisclub veel bezoekers trekken en er vaak een extra speler nodig is voor een toernooi of wedstrijd. Verder is hij doorgaans alleen, en daardoor een tikkeltje vreemd, denkt Bella weleens. Hij heeft het nooit over zijn vader, wat ze een beetje zorgelijk vindt. Hij leest de brieven nog steeds die ze elkaar hebben geschreven via zijn natuurtekenboeken; tenminste, Bella heeft er vaak een of meer onder zijn bed gevonden. Ze heeft bovendien het vermoeden dat Alec af en toe aan zijn overleden vader schrijft, maar kon zich er nog niet toe zetten om te kijken in een van zijn tekenboeken of dat zo is.

Wanneer er zich een eventueel vriendje of vriendinnetje aandient, schrikt Alecs enthousiasme vaak af; dan wil hij elk moment van de dag samen doorbrengen, overstelpt ze met aandacht en uit het huis gesmokkelde cadeautjes: ze heeft hem een keer betrapt met Edwards padvindersmes onder zijn trui verstopt. Zijn enige echte vriendinnetjes zijn Martha en Lina Almansi, twee kleine meisjes met zwart haar uit Turijn die elk jaar in september drie weken met vakantie naar Bordighera komen. Omdat ze zelf ook geneigd zijn tot overdrijving, accepteren ze Alecs extreme aanhankelijkheid op een lieve, theatrale manier. Ieder jaar leeft hij weer toe naar september, hij wordt bijna ziek van opwinding als de dag van hun komst nadert en is ongeveer een week stilletjes wanneer ze weer zijn vertrokken. In de tussentijd wordt er geschreven: bladzijden vol grappige tekeningetjes van hem, waar de zusjes blijkbaar dol op zijn. En ze schrijven terug. Wat Bella betreft is dat evenveel waard als al die uren dat ze samen spelen. Zo blijft hij in contact met de buitenwereld. En belangrijker nog: zo voelt hij zich gewenst.

De moeilijkheid is het vullen van zijn dagen. Door de week zijn er lessen in het een of ander, maaltijden, een wandeling, een tenniswedstrijd en dan is het uiteindelijk bedtijd. Maar de weekenden kruipen voorbij. Zeker nu ze op zaterdag niet langer naar de parades van de fascisten gaan.

Die parades had ze leuk gevonden, en eerlijk gezegd mist ze ze vaak. Die kinderlijke uitbundigheid, en dat alles uiteindelijk leek te draaien om het feest na afloop. Padvinders die zich op hun taak probeerden te concentreren, de meisjes schattig in hun witte sokjes en pelerines. Oude mannen die pronkten met onderscheidingen uit veldslagen die ze zich amper konden herinneren. Officieren en gardisten, *cavalieri*, *alpini*, elk op hun eigen, magnifieke wijze absurd. Ze stond altijd langs de zijlijn met Alec toe te kijken, en wilde eigenlijk dat hij eraan mee kon doen. Een tijdlang had ze hierop gezinspeeld en later, toen haar positie in het huishouden vastere vormen aannam, had ze het onderwerp aangekaart bij signora Lami. Totdat Edward haar had aangeraden de zaak te laten rusten.

'Ze zal het nooit goedvinden dat hij bij de Balilla gaat', had hij gezegd.

'Maar dat kan toch geen kwaad?' had Bella gevraagd. 'Het is de padvinderij maar, en als de jongen nou eenzaam is?'

‘Ze heeft nog liever dat hij eenzaam is dan Italiaans. Is je dat dan nog niet opgevallen? Ze denkt dat hij te goed is om Italiaans te zijn.’

‘Ik dacht dat ze alleen het fascisme maar afkeurde.’

‘Fascisten, Italianen: ik ben bang dat dat nu één pot nat is.’

Uiteindelijk had Bella het opgegeven. Ze had besloten dat het voor Alec waarschijnlijk inderdaad beter was om vanaf de zijlijn toe te kijken. Ondertussen was ze steeds meer gaan inzien hoezeer hij van slag kon raken van vreemden en mensenmassa’s.

Vandaar dat Bella telkens onder het overdreven gezwaai met vlaggen en fascistische symbolen het geschiktste plekje uitzocht, om door te kunnen lopen naar de volgende straathoek of deuropening bij de eerste tekenen van gedrang. Het gegalm van de voetstappen in de straten en *piazze* van Bordighera, Alec zwaaiend met zijn vlag, zijn keel rauw schreeuwend bij elk onderdeel dat langsparadeerde. ‘*Eia, eia. Alala! Alala! Evviva il Duce! Evivva il re! Evviva l’Italia! Duce! Duce! Duce!*’

Hier en daar de zwierige pas van een hoogwaardigheidsbekleder. Een stuk of wat priesters om het af te maken. Misdienaartjes met relikwieën boven hun hoofd gehouden: de heilige Teresia, Sint-Jozef, de Madonna van hier of daar. En natuurlijk Mussolini, een heilige als alle anderen, maar dan beter. De fanfare, altijd een tikje voor de maat uit, een tikje vals, en de kinderstemmen, *La Giovinezza* zingend, kwetterend in de lucht. Alec tekstvast invallend. Hij was altijd even enthousiast als de vurigste kleine *fascista*, en zijn hand ging voortdurend de lucht in voor een fascistische groet. Zijn moeder zou een toeval hebben gekregen – als ze er ooit bij was geweest en het had gezien.

Appels en toespraken aan begin en eind, de hele stad uitgelopen om de een of andere lagere functionaris naar het station te begeleiden of misschien een troep arme kinderen in Mussolini’s vakantiekamp voor bleekneusjes te verwelkomen. Wat de reden ook was, de parade eindigde altijd op dezelfde manier. Eten, wijn, dansen en een uitgelaten stemming. Geen enkele schaduw, geen kwaad woord – op een zeldzame woordenwisseling na, als reactie op een inhalig gebaar of jaloers hart. Niet meer dan een excuus voor de Italianen om mooie kleren aan te trekken en feest te vieren. De Dag van de Trouwring had daar een eind aan gemaakt. Sinds die dag in december vorig jaar kan ze niet langer van dergelijke bijeenkomsten genieten, en ziet ze er ook geen geschikt vermaak voor Alec meer in, zeker niet voor een buitenstaander die langs de zijlijn toekijkt.

Ondertussen is signora Lami voortdurend op reis. Duitsland, en soms ook Frankrijk en Engeland: telkens als ze in Bordighera aankomt, komt ze daarvandaan of is ze ernaar onderweg. Ze brengt de hele maand december bij hen door, blijft tot het vuurwerk op *capodanno*, nieuwjaarsdag, en hervat haar gereis al op 2 januari weer. De maand juni blijft ze ook in Bordighera. Vervolgens hangt alles af van haar enigszins mysterieuze reisschema, dat uiteraard nooit wordt toegelicht of besproken. Zo gaat het al ongeveer drie jaar.

En dan, op een ochtend eind mei, is er een telefoontje van de Signora voor Bella. Het begint met het gebruikelijke bombardement aan huishoudelijke instructies, waarna de Signora Bella eraan herinnert dat ze de volgende maand zal arriveren en zegt dat ze alles in orde moet maken en er bovendien voor moet zorgen dat de logeerkamer 'tiptop' is. Ze zegt niet wie hen met een bezoek zal vereren.

'Zeg eens, juffrouw Stuart, hoe groot schat u de kans dat mijn zoon de volgende maand slaagt voor zijn examens?' vraagt ze vervolgens.

'Zeker niet klein, hij heeft de afgelopen tijd behoorlijk zijn best gedaan. Rekenen was ook nu weer een beetje lastig, maar Edward heeft...'

'Uitstekend. Wees zo goed om de autoriteiten mee te delen dat hij niet langer privéonderwijs krijgt, maar na de zomer naar school gaat.'

Bella weet zeker dat ze het verkeerd heeft verstaan. 'Naar school? Bedoelt u een dagschool?'

'Ja, ja. Dagschool.'

'De staatsschool dus, signora?'

Ze reageert wat geërgerd. 'Juffrouw Stuart, ik heb geen idee. Vandaar dat ik u vraag om uit te zoeken wat de mogelijkheden zijn. Waarvoor hij in aanmerking komt, daarvan moet u zich zien te vergewissen. Als ik er ben zal ik erover beslissen. Als hij zijn examens haalt en overgaat naar de volgende klas, dan zal dat naar de *scuola media* zijn. Zijn er daar veel van in Bordighera, weet u dat, juffrouw Stuart?'

'Ik heb geen idee.'

'Daar kunt u wel achter komen. Vast en zeker. O, en informeer ook naar de Balilla.'

'De Balilla?'

'Ja, ja, u weet wel, de wolven, of de musketiers of bij welke jaargroep hij inmiddels ook hoort. Een van de fascistische jeugdbrigades in ieder geval. De zonen van Italië, of hoe ze hen ook noemen. U hebt ze vast al eens gezien. U gaat toch naar de parades kijken?'

'Al een tijdje niet meer.'

'Ach, ja. Dat staat u wellicht een beetje tegen sinds de Dag van de Trouwring.' De Signora lacht even voor ze verdergaat. 'Goed, u moet uw bezwaren maar even opzijzetten. Meld hem aan als lid van de Balilla. Niet voor iets wat al te rumoerig is. Misschien kan hij bij de fanfare? Hij heeft er denk ik genoeg muzikale aanleg voor. Vraag of maestro Edward hem een paar geschikte werkjes voor de fluit aanleert, of voor wat anders, als het maar een draagbaar instrument is. Maar niet iets waarbij hij hard moet blazen, met zijn astma, en ik wil ook niet dat hij zijn wangen te veel oprekt en zijn knappe gezichtje bederft. Zoals het zoontje van Rosa, u weet wel, dat trompet speelt.'

'Prima, signora Lami. Dat wordt dus de staatsschool? En de Balilla?' vraagt Bella.

'O ja, en de mis op zondag. Gaat u 's zondags met hem naar de mis, juffrouw Stuart?'

'Eh, nee.'

'Bent u niet godsdienstig?'

'Nee. Ik ben sowieso niet rooms. Af en toe heb ik Alec meegenomen naar een anglicaanse dienst. En hij gaat weleens met Elida naar de mis.'

'Excuus, ik vergeet soms dat ik niet de enige ben in Italië die niet rooms-katholiek is.'

'Ik kan met hem naar de kerk als u dat wilt.'

'Fantastisch! Hij heeft namelijk al communie gedaan. Ga alle kerken rond, ik wil dat hij overal wordt gezien. Aangezien de familie

Lami een eigen bank heeft in de Santa Maria Magdalena – de kerk in het oude centrum – zou het mooi zijn als u daar wat vaker voor zou kiezen.'

'Kortom: de scuola media, de Balilla en de mis op zondag?' vraagt Bella nogmaals voor de zekerheid.

'Ja, ja. Het wordt hoog tijd, juffrouw Stuart, dat Alec Lami wat meer in het openbaar treedt!'

Op de eerste juni arriveert signora Lami, vergezeld door signore Tassi, en langzaamaan wordt duidelijk waar die ommezwaai in Alecs leventje toe dient.

Gino Tassi, de advocaat uit Napels. Bella herkent hem meteen als de man bij wie ze die brief moest afgeven toen signore Lami op sterven lag. Maar mocht hij zich nog iets van hun eerdere ontmoeting herinneren, dan laat hij dat niet merken.

Bella vindt hem een aangename man, met een vriendelijk, knap gezicht. Ergens begin veertig, veel jonger in ieder geval dan zijn voorganger, tenminste, als hij zichzelf als opvolger ziet. En de Signora is beslist met hem ingenomen, ze is opeens nogal giechelig en ze bloost geregeld, zodat Bella en Edward af en toe geamuseerde blikken wisselen. Alec daarentegen, ondanks alle moeite die Tassi zich getroost hem voor zich te winnen met cadeautjes en grapjes, blijft onverschillig. In het gunstigste geval reageert hij kil en beleefd, in het slechtste geval doet hij alsof Tassi simpelweg niet bestaat.

Wat het meest aan Gino Tassi verrast, in ieder geval vergeleken met de Signora, is hoe door en door Italiaans hij is: in zijn gedrag en kleding, in zijn liefde voor eten en comfort, en in zijn versiertoontje bij vrijwel elke vrouw die zijn pad kruist. Verder komt er geen woord van haar geliefde Engels over zijn lippen, en hij toont ook geen enkele belangstelling om zelfs maar '*hello*' te leren zeggen.

Mocht het gesprek op het Engels overgaan, dan vertaalt de Signora voor hem, en dan antwoordt hij in het Italiaans met een glimlach of een blijk van begrip. Voor het overige spreken ze Italiaans, 'ter wille van hem', in de woorden van de Signora, alsof dat een offer is dat gebracht moest worden.

'En, juffrouw Stuart, bent u erin geslaagd een school voor mijn zoon te vinden?'

Als de Signora er al een paar dagen is, komt ze eindelijk aan deze vraag toe, als ze Bella heeft uitgenodigd om mee te gaan naar de tennisclub waar Alec speelt. Signore Tassi heeft besloten achter te blijven om ansichtkaarten te schrijven in de tuin. Edward zit zoals gebruikelijk aan zijn piano gekluisterd.

'Het is nu eenmaal lastig, signora,' begint Bella, 'om iets te vinden waar hij terechtkan. Er schijnen dit jaar aanzienlijk meer aanmeldingen te zijn.'

'Heb je gezegd wie hij is? Zijn vader? Zijn grootmoeder?'

'Ze weten wie hij is, signora. Iedereen weet dat. Maar er willen op dit moment blijkbaar veel privéleerlingen in het systeem worden opgenomen.'

'Ja, dat is ook de overtuiging van signore Tassi. Hij heeft het me met klem aangeraden. Volgens hem is iedere andere keus een grote vergissing. Die kan als gebrek aan loyaliteit worden opgevat. Het moet volgens mij in ieder geval heel duidelijk zijn dat we het hebben geprobeerd. Weet u een oplossing, juffrouw Stuart?'

Ze bereiken de tennisclub via de anglicaanse kerk en lopen door de smalle passage naar de courts. Vanachter de hoge klimophaag klinkt het regelmatige tiktokken van het tennisspel. Bella volgt de Signora via de zijkant naar de achterste court, waar Alec speelt. Ze gaan vlakbij op een bank voor toeschouwers zitten.

'Geen enkele oplossing, juffrouw Stuart? Dat is niets voor u!'

'Er is één mogelijkheid. Maar die is ook niet zonder problemen. St. George's School in San Remo, u weet wel, voor de Engelsen? Die is nu omgevormd tot een Engels-Italiaanse instelling. Voor jongens en meisjes uit alle landen. Hoofdzakelijk voor diplomatenkinderen. Uiteraard ook Italiaanse. Het is niet helemaal een staatsschool, er is sprake van schoolgeld. Maar hij is erkend. Sterker nog, de leerlingen moeten lid zijn van de Balilla en deelnemen aan patriottistische plechtigheden. Ik ben er een kijkje gaan nemen. U kent de Villa Magnolie wel? Echt een mooie villa: terrassen, gazons, klaslokalen, heel modern allemaal. Ze hebben ook een indrukwekkende tekenzaal, die zou Alec geweldig vinden. Het is alleen lastig er te komen. Het treinstation is te ver en vandaar is het een steile klim, dat zou niet goed zijn met zijn astma, al lijkt hij daaroverheen te groeien. En de busdienst is ook onbetrouwbaar. Dat zou betekenen dat hij vaak te laat komt; nou ja, u weet ook wel hoe van streek hij raakt als het hem niet lukt zich aan de regels te houden.'

'Inderdaad.'

De Signora zegt een paar minuten niets, maar kijkt naar haar zoontje dat heen en weer rent op de court. Soms beantwoordt ze een knikje of een zwaaiende hand van een van de andere toeschouwers. Dan gaat ze weer verder. 'Zou men kunnen stellen, juffrouw Stuart, dat deze school, die St. George's, eerder een soort buiginkje voor het fascisme maakt, maar het niet van harte omarmt?'

'Dat zou je zo kunnen zeggen, ja.'

Ze kijkt weer naar de game. 'Hij speelt niet bepaald goed, toch? Zeker gezien alle uren die hij speelt, en dan de training nog. Hij is vreselijk stuntelig, vindt u ook niet?'

Bella voelt een steekje. 'Dat zou ik niet willen beweren. Hij is nog maar negen, signora. Bovendien weet hij dat wij er zijn, en daar wordt hij vast zenuwachtig van. Hij is doorgaans echt veel...'

'Hij is bijna tien, juffrouw Stuart. Maar zegt u eens, zou hij kostleerling kunnen worden?'

'Kostleerling?'

'Ja. Het is namelijk altijd mijn bedoeling geweest dat hij naar een kostschool in Engeland zou gaan als hij daar de leeftijd voor had, maar nu ben ik van mening veranderd. Neemt St. George's kostleerlingen aan?'

'Ja, maar ik weet niet of...'

'U weet niet of het wel zo'n goed idee is, juffrouw Stuart. Bedoelt u dat? U weet niet of hij het wel zal aankunnen?'

Bella wendt haar blik af.

'U maakt u kennelijk zorgen om mijn zoon.'

'Nee. Natuurlijk niet.'

'Dat betekent in ieder geval dat u van hem houdt', zucht ze. De Signora zet haar handen stevig op haar bovenbenen en staat op.

'Denkt u dat we die St. George's misschien San Georgio kunnen noemen? En het *fascista*-gehalte een beetje extra benadrukken?'

'O, zeker, daar staat de brochure sowieso al vol van.'

'Schitterend. Wilt u hem nu gaan halen?'

Bella loopt langs de court naar Alec toe. De trainer schreeuwt aanwijzingen, en Alec loopt te stuntelen met een racket dat wel veel te groot voor hem lijkt. Ze haakt haar vingers in het gaashek, blijft wachten tot hij haar ziet en op haar af komt rennen.

Later die avond krijgt Alec het te horen. 'Lieverd, we hebben nieuws voor je.'

'Ja, mamma?'

'Met ingang van het volgende schooljaar krijg je geen privéles meer. Voortaan ga je met de andere kinderen naar school. Zou je dat leuk vinden?'

'Weet ik niet.'

'Mooi zo. Je gaat naar school in San Remo. De school heet San Giorgio. En je gaat op de Balilla. Is dat niet vreselijk leuk? Juffrouw Stuart heeft het heel slim uitgezocht en heeft het allemaal voor je geregeld.'

'Hebben ze er uniformen?'

'Natuurlijk hebben ze er uniformen! Tenslotte zijn we hier in Italië, daar hebben ze altijd uniformen.'

'Maar mamma, hoe moet ik naar de school toe?'

'Juffrouw Stuart brengt je.'

'De vorige keer dat we naar San Remo gingen moesten we eindeloos wachten en de autobus was heel laat en...'

'Maak je maar geen zorgen over die autobus. Welnee! We gaan een automobiel kopen. Kunt u autorijden, juffrouw Stuart?'

'Helaas niet.'

'Geeft niet, dat leert u wel. Morgen gaan we naar San Giorgio en regelen een plaats voor Alec in oktober. En daarna zoeken we iemand die juffrouw Stuart kan leren autorijden. Dan hebben we dus een vrouwelijke chauffeur; een *chauffeuse*, zoals de Fransen zeggen. Zijn wij een modern huishouden of niet? En wanneer juffrouw Stuart kan autorijden, kopen we een auto voor haar. Wat zegt u daarvan, juffrouw Stuart?'

'Ik weet niet wat ik zeggen moet', lacht Bella.

Het is niet het enige nieuwtje dat signora Lami tijdens haar vakantie heeft mee te delen. Ze komt met de volgende en laatste *bomba* op de dag voordat ze weer naar Sicilië gaat. Ze zijn net teruggewandeld na de lunch in het oude stadje La Pigna; de Signora in haar citroengele jurk had onderweg naar Bordighera in elke straat en op elk caféterras mensen doen opkijken. Signore Tassi in zijn roomkleurige linnen pak leek wel over te lopen van verrukking.

Dan moet er thee worden gedronken in de tearoom in Bordighera, waar Edward onderuit probeert te komen, precies wanneer Bella overweegt om zelf 'een beetje hoofdpijn' voor te wenden. Maar de Signora is vastbesloten er 'een mooi dagje van te maken', zoals ze sinds haar komst al op zoveel dagen heeft gedaan. Boottochtjes en picknicks, ritjes per koets en huurauto, naar Monte Carlo, Menton, Nice. Naar de Hanbury Gardens, jazzdiners en thé dansants. Ze hebben niets overgeslagen. En bovendien ook nog kleiduivenschieten, partijtjes tennis en golf, wandeltochten in de heuvels en bijna een trampolinespringtoernooi, maar daarvoor waren ze gelukkig te laat met inschrijven. Er waren ongemakkelijke diners met gasten die de Signora niet eens zo bijster goed scheen te kennen. Theevisites 's middags in de tuin waar de schoteltjes en lepeltjes als enige het gesprek leken te voeren. Het uitgangspunt was kennelijk dat haar metgezel een gevarieerde vakantie moest krijgen met alles erop en eraan – ook al leek die arme signore Tassi liever op een terras te zitten of wat in het stadje rond te slenteren, zien en gezien worden, en verder niets te ondernemen behalve zijn *bella figura* opdoffen voor de passeggiata en tussen de maaltijden een uiltje knappen.

Nu, nadat ze dagenlang vrijwel uitsluitend Italiaans heeft gesproken en in een *trattoria rusticana* heeft geluncht waar de gasten geruite servetten van katoen om hun nek geknoopt kregen alsof het baby's waren en de aanblik van zo veel voedsel Bella maagpijn bezorgde, voelt het vreemd om op het gazon van de tearoom te zitten, aan een keurige tafel met wit linnen en theekopjes en rondom haar mensen die in diverse Engelse accenten praten over cricket en de Henley Regatta.

'Wat bent u stilletjes vandaag, juffrouw Stuart', zegt de Signora terwijl ze haar handschoenen uittrekt. 'Zit u ergens mee?'

'Nee hoor, alleen een beetje hoofd...'

'Heel fijn. Ik dacht dat u misschien ergens over inzat. Of had u weer last van uw rug?'

Dan flapt Bella eruit, zonder na te denken (of zoals ze later oordeelde: zonder rekening te houden met de wijn die ze tijdens de lunch had gedronken): 'Gisteren heb ik een brief van mijn vader gekregen. Hij komt in augustus op bezoek.'

'Echt waar? Hier, in Bordighera?'

'Ja, onderweg naar de Olympische Spelen in Berlijn. Ik dacht net: mijn God, ik heb hem in geen drie jaar meer gezien.'

'Maar dat is geweldig, juffrouw Stuart. Wanneer in augustus?'

'Ik geloof in de eerste week. Een paar dagen maar.'

'Perfect! Dan moet hij bij ons te gast zijn.'

'Nee', zegt Bella.

'Nee?' zegt signora Lami lachend. 'Wat scheelt er, juffrouw Stuart, u hebt toch geen hekel aan uw vader?'

'Natuurlijk niet, maar eh, dat is erg vriendelijk aangeboden, maar hij verblijft in Hotel Angst, alles is al geregeld.'

'Het Angst? Maar dat is op een steenworp afstand. Dan kan hij net zo goed bij ons logeren. U moet hem onmiddellijk schrijven dat hij zijn reservering annuleert. Ik sta erop dat hij bij ons logeert.'

'Hij zal waarschijnlijk toch liever naar het Angst gaan, signora. Weet u, het is zijn huwelijksreis.'

'Gaat hij hertrouwen? Lieve hemel! Gefeliciteerd. Met wie trouwt hij, weet u dat?'

'Jazeker. Ze heet mevrouw Jenkins, ze is weduwe.'

'O, wat fijn voor hem. Wat fijn voor jullie allemaal.' Ze draait zich naar signore Tassi en vertaalt.

'Ah!' zegt hij stralend en hij komt overeind, neemt Bella's gezicht in zijn handen en kust haar op beide wangen. '*Auguri, auguri.*' Als hij weer zit, leunt hij tegen signora Lami aan en met hun hoofden tegen elkaar fluisteren ze eventjes.

'We kunnen ons nieuwtje net zo goed nu al meedelen', zegt signora Lami lachend. 'Wij gaan ook trouwen! Naar we hopen in augustus, als het allemaal lukt. Wat een toeval! Augustus, maand van de tweede huwelijken, kunnen we wel zeggen!'

Signore Tassi buigt zich om haar hand te pakken en ze lachen allebei verlegen.

Edward herstelt zich als eerste, schudt handen en feliciteert. Bella volgt snel. Alec, die door een kaartspel bladert, lijkt er geen woord van te hebben gehoord.

'Nou, Alec?' vraagt zijn moeder. 'Heb je je mamma niets te zeggen?'

'Nee, mamma.'

'En je nieuwe pappa dan? Heb je hem ook niets te zeggen?'

Alec komt overeind, stapt op Tassi af en smijt hem de speelkaarten toe. Daarna strekt hij zijn hals, opent zijn mond zo wijd mogelijk en gromt geluidloos naar hem met een gekwetste blik vol haat.

Heel even is het pijnlijk stil aan tafel en iedereen ontwijkt de blikken van de ander tot de Signora zegt: 'U kunt Alec wel naar huis brengen nu, juffrouw Stuart. Hij zal wel doodmoe zijn. In ieder geval wil ik hem vanavond niet meer zien, sowieso niet meer voor mijn vertrek uit Bordighera.'

Begin augustus geeft signora Lami, inmiddels signora Tassi, een enkele dagen durend huisfeest ter ere van haar bruiloft. Er heeft dan al een kleine ceremonie in besloten kring plaatsgevonden in Zuid-Frankrijk. Daarvoor was niemand uit de beide Italiaanse huizen uitgenodigd, zelfs Alec niet. Signor Tassi's bejaarde broer en een nicht van de Signora uit Turijn waren de enige getuigen.

De Signora zou later uitleggen dat het verstandiger had geleken om in Frankrijk te trouwen, waar er niet zo veel regeltjes waren, veel minder bureaucraten die men *bustarelle* moest toestoppen. Niemand waagt het te vragen naar het waarom van die regeltjes en dat smeergeld, tenslotte is de Signora al langer dan drie jaar weduwe. Alleen kun je Rosa in de keuken dingen horen mompelen over 'gemengde huwelijken' en 'dat goddeloze Frankrijk'.

Nadat het burgerlijk huwelijk in Frankrijk was gesloten en de getuigen waren afgereisd – Tassi's oudere broer weer naar huis in Napels, de nicht van de Signora naar een cursus aquarelleren in Cap Martin – begon de huwelijksreis. De eerste twee nachten hadden ze in Hotel Negresco in Nice doorgebracht, dat de bruidegom heerlijk had gevonden maar de bruid ietwat ordinair. Daarna nog een paar dagen op een jacht, en ditmaal had de bruid genoten, maar had de bruidegom af en toe zeeziek over de reling gehangen. Ze waren op het jacht langs de kust van Nice naar Portofino gevaren en daarna weer terug naar Bordighera.

Wanneer ze aanmeren staat een fotograaf ze op te wachten, samen met de logés die afgeladen zijn met boeketten en gelukwensen, zoals de Signora had gelast.

De familie Tassi uit Napels is er: een andere broer van Gino, een weduwnaar, met zijn drie volwassen zoons. Allemaal buitengewoon vrolijk, en dol op eten en drinken. Verder een echtpaar van middelbare leeftijd uit Zwitserland dat weinig zegt, maar de hele tijd glimlacht. Een man met een paardengebit uit Londen, een aanhanger van het fascisme die vrijwel nergens anders over kan praten en de leider van de Britse fascisten aanduidt als 'sir Oswald Mosley... of *Tom*, zoals zijn intimi hem noemen'.

Er staan ook een paar inwoners van het stadje, die Bella niet eerder heeft gezien en van wie ze nog nooit heeft gehoord. Op mevrouw Cardiff na, en haar broer James, de directeur van de Engelse bank in Bordighera.

De nicht van de Signora, de getuige bij haar huwelijk, heet Eugenia, en net als zij is ze een mooie vrouw van achter in de twintig. Haar vader, de oom van de Signora, is een man van Duitse adel met een zachte stem en vriendelijke blik, die vreselijk saai is, maar onberispelijke manieren heeft en zowel vloeiend Engels als Italiaans spreekt. In Bordighera voegt hij zich bij zijn dochter.

Op de tweede avond kan Eugenia, die er vanaf het begin geen doekjes om heeft gewonden dat ze de lompe tafelmanieren van Gino Tassi's neven verafschuwt, zich niet langer inhouden. Tijdens de *primo piatto* stampt ze de eetkamer uit. De Signora volgt haar, maar vergeet de deur achter zich dicht te doen, zodat iedereen aan tafel kan horen hoe Eugenia haar beklag doet, helaas in het Italiaans. Ze kan het niet langer aanzien hoe de mannen aan tafel als apen zitten te eten, zegt Eugenia, met slierten spaghetti die uit hun mond slingeren. Ze vindt het domweg afgrijselijk. En ze kan dat smerige geslurp niet meer aanhoren. Ze weigert nog langer met zulke *selvaggi* samen aan tafel te zitten!

Bella verwacht dat dit een enorme toestand wordt: vernedering gevolgd door verontwaardiging. Maar de mannen uit Napels blijken de belediging kostelijk te vinden, ze slaan op tafel en gooien hun hoofd in hun nek en lachen (de monden wijdopen en vol met eten). Op dat moment verexcuseert de rustige Duitser zich beleefd en loopt naar de hal, waar hij in onberispelijk Italiaans tegen Eugenia zegt dat als ze zich niet beter gedraagt en weer naar binnen gaat, ze een dreun in haar gezicht kan krijgen. Hier moeten de Napolitanen helemaal om lachen, en gedurende de rest van hun verblijf herhalen ze het zinnetje, letterlijk of met gebaren, elke keer dat Eugenia zich met het schaamrood op de kaken vertoont.

Met zoveel gasten die moeten worden ondergebracht was er al eerder besloten dat Bella, Alec en Elida hun kamer zouden afstaan en hun intrek zouden nemen in een hotel in de stad, en dat Edward met hen mee zou gaan. Omdat het augustus is en de betere hotels in die maand elk jaar volgeboekt zijn, wordt het Hotel Jolanda. Dat is eerder een soort pension, in trek bij Tsjecho-Slowaakse gezinnen, zodat er genoeg kinderen zijn om Alec afleiding te bezorgen, maar niet zoveel dat hij ervan terugschrikt. Hij moet weinig hebben van de trouwerij – noch van zijn nieuwe vader, noch van de invasie van gasten in zijn huis. Hij krimpt telkens ineen wanneer een van de Napolitanen door zijn haar woelt of aan zijn buik plukt om hem te kietelen. En ook als hij Eugenia ziet, die hem de hele tijd zoent en zegt hoe lief ze hem vindt. Vanaf het moment dat de festiviteiten zijn begonnen, doet Alec in feite weinig anders dan terugdeinzen en zich achter Bella's rok verschuilen.

Hij voelt zich op zijn gemak in Hotel Jolanda, waar rustige huiskamers zijn en hij zich achter een tafeltje bij het raam kan terugtrekken met zijn potloden en schetsboek en alleen de pensionhoudster hem af en toe komt storen met karamelsnoepjes en halvemaantjes meloen. Bella heeft het er ook naar haar zin; het lijkt wel een vakantie in Engeland, maar dan met mooier weer. Zand op de vloer in de gangen, vreemde stemmen die overal weerklinken, mannen die bier drinken in de tuin en zangavondjes rond de piano, onder leiding van een opvallend vrolijke Edward. Een heerlijke plaats waar ze zich even kan terugtrekken, al moet ze daarvoor wel geregeld Alecs middagdutjes of zijn verlegenheid als smoes opvoeren.

Verder wordt er voortdurend een beroep op haar gedaan, al kan ze zo wel veel oefenen met autorijden. De Via Romano op en af om gasten te chauffeuren, naar het strand, de *capo* of het station, wat ze maar in hun hoofd krijgen, in haar gloednieuwe wagen die de Signora op proef heeft weten te krijgen van een autohandel in Ventimiglia. Een Topolino, of 'klein muisje', zo genoemd vanwege de eigenaardige vorm en onbestemde kleur. Bella heeft nog geprobeerd de Signora erop te wijzen dat een iets oudere, heel wat minder glimmende wagen geschikter zou zijn voor iemand die pas achter het stuur zit. Maar de Signora is nu eenmaal de Signora, merkt Edward op, en ze doet en hoort alleen wat naar haar zin is.

Op de vrijdagmorgen van het huwelijksfeest wordt er een telegram bezorgd van de Amerikaanse nichten.

> Echt dolblij. Hartelijk auguri. Moeten die bofkont beslist zien. Komen langs en route naar Zwitserland. Vertrekken zondag uit Parijs. Verwachte aankomst maandagmiddag. Groet aan iedereen. A & G Nelson.

En dan vindt Edward het een goed moment om zijn jaarlijkse verlof op te nemen.

'Maar je gaat nooit met verlof, op een weekendje of twee na... tenminste, niet sinds ik hier ben', zegt Bella als hij het haar meedeelt.

'Hoog tijd om dat eens goed te maken. Zes weken lang. Wandelen door Duitsland en Oostenrijk.'

'Zés weken? Weet de Signora dat al?'

'Ja, en ze vindt het een heel goed idee. Ze blijft zelf sowieso tot eind augustus hier, en ze heeft Cesare gevraagd om een van de logeerkamers te nemen tot ik terugkom. Dus er is een man over de vloer... haar woorden, niet die van mij.'

'Cesare? Moet hij ons beschermen tegen insluipers?'

'Hij zou ze met zijn adem kunnen bedwelmen.'

'Schei uit, Edward, dat is niet grappig. Wanneer vertrek je?'

'Wanneer komen de Amerikaanse dames aan?'

'Maandagmiddag, volgens het telegram.'

'Toevallig vertrek ik maandag. Maar dan 's morgens. Jammer.'

'O, slim bedacht, Edward,' zegt Bella, 'echt heel slim.'

Maar niet slim genoeg voor de Amerikaanse nichten, die, inmiddels uitgekeken op Parijs, twee dagen eerder arriveren. Ze overvallen het gezelschap door zaterdagavond precies rond borreluur binnen te komen wervelen, vol heimelijke lachjes, gevatte terzijdes en even luidruchtig als voorheen, met veel gebaren en vleierijen, terwijl iedereen in het rond rent tot alles is geregeld: bagage, sigarettenaanstekers, asbakken, drankjes, stoelen aan de toch al overvolle tafel, zonder dat een van beiden een vinger heeft hoeven uitsteken.

Bella constateert dat Grace een beetje steviger is geworden en daarom een royale paarse kimono draagt, zodat de aandacht juist op haar figuur wordt gevestigd. Amelia, die zich in de tegengestelde richting heeft ontwikkeld, is magerder dan ooit en baseert haar stijl inmiddels uiteraard niet langer op die van Katherine Hepburn maar op die van Wallis Simpson. Ze is haar sportieve postuur kwijtgeraakt en lijkt tegenwoordig eerder voorover te hellen dan kaarsrecht te staan. Met z'n tweeën jagen ze Eugenia zoveel schrik aan dat ze hoofdpijn krijgt, waardoor er onmiddellijk een plaats aan tafel vrijkomt. Een van de Napolitanen gaat een pianokruk halen en biedt aan er zelf op te gaan zitten, terwijl zijn twee broers inschikken om ruimte te maken voor Amelia.

Het ongenoegen van de Signora spat van haar gezicht af. Ze maakt totaal geen aanstalten het huwelijkscadeau uit te pakken dat de twee voor haar uit Parijs hebben meegebracht, maar geeft Rosa slechts de opdracht het 'ergens op te bergen'. Zelfs haar kersverse echtgenoot, die aanvankelijk druk rond de nichten had gedarteld, pikt haar stemming op en stopt met zijn attenties. Afgezien van een discrete geïrriteerde blik laat Edward zijn ontzetting niet merken. Bella, die probeert zich niet te verkneukelen nu zijn plannen zijn gedwarsboomd, merkt tot haar verrassing dat ze het prettig vindt de Amerikaanse nichten weer te zien.

Toch is het diner nog maar net opgediend als duidelijk wordt dat er een scène op komst is. Amelia, die onafgebroken heeft zitten drinken en flirten met de Napolitanen aan weerszijden, heeft niets gegeten, op wat ijs na dat een van hen haar met zijn lepel heeft gevoerd. Van tijd tot tijd schiet haar blik naar Edward. Hoe minder hij op haar let, hoe onrustiger ze wordt. Grace focust zich ondertussen volledig op de Duitse oom en lacht uitbundig om alles wat hij zegt – tot zijn eigen verbazing en die van de rest van het gezelschap.

Tijdens het eten richt Amelia zich maar één keer rechtstreeks tot Edward. 'Wat is dat, Edward, water? Mijn God, wil je beweren dat je nog steeds niet drinkt?'

'Dat weet je toch, Amelia', antwoordt hij. 'Dat heb ik je vaak genoeg gezegd.'

'Inderdaad. Maar vertel me nog eens: waarom ben je eigenlijk zo'n braverik?' Ze plant haar elleboog op tafel, steunt met haar kin op haar hand en kijkt hem verleidelijk aan.

'Hij heeft geelzucht gehad als kind', zegt Bella zonder nadenken.

Amelia kijkt haar met grote ogen aan. 'O, bent u soms zijn verpleegster?'

'Nou, zo is het toch', mompelt Bella. 'Dat is slecht voor de lever.'

'Edward kan vast wel zelf voor zijn lever opkomen', zegt Amelia, en ze richt haar aandacht weer op haar drankje.

Niet lang daarna, vlak voordat de koffie wordt geserveerd, wordt meegedeeld dat de nichten naar Hotel Jolanda moeten.

‘Echt waar?’ begint Grace. ‘Is er geen plek voor ons hier in huis? Mijn hemel! Ik bedoel: wat vreselijk gênant, we zijn jullie natuurlijk tot last. Dat we zomaar een beroep op jullie gastvrijheid hebben gedaan; wat zullen jullie wel van ons denken. Vergeef ons alsjeblieft.’

‘Er valt niets te vergeven,’ zegt de Signora, ‘het huis is gewoon niet groot genoeg.’

‘M-hm. Het Jolanda toch?’ gaat Grace verder. ‘Help me even: is dat niet het gebouw met het gele bord op de hoek van de Via dinges? Ja, ik denk dat ik het ken, ja, ik weet het wel zeker.’

‘Het Jolanda is in ieder geval een geschikt hotel,’ zegt de Signora, ‘en de rekening is uiteraard voor ons. Maandag kunnen jullie weer hiernaartoe, tegen de middag zal Rosa jullie oude kamers in orde hebben.’

‘Heel vriendelijk’, zegt Grace, die een hap ijs neemt en even in haar mond laat rondgaan. ‘En dat intrigerende hotel hier verderop, Hotel Angst? Dat heeft me altijd aangetrokken. Ondanks die onfortuinlijke naam!’

‘Het Angst is volgeboekt’, deelt Bella mee. ‘Nergens is nog plek, behalve in het Jolanda.’

‘O, maar juffrouw Stuart, als ik zo vrij mag zijn, de betere hotels houden vaak een vipsuite vrij voor als er onverwachts iemand van aanzien komt opdagen. Daarmee wil ik natuurlijk niet beweren dat mijn zus en ik aanzienlijk zijn, mijn hemel, absoluut niet. Maar gezien het late tijdstip zou die suite best weleens beschikbaar kunnen zijn, en in dat geval...’

‘Ik heb jullie al bij het Jolanda ingecheckt’, zegt Bella. ‘De kamers zijn gereed en de bagage is er al.’

‘Maar hoe? Ik bedoel, wanneer?’ vraagt Amelia dan.

‘Dat heb ik voor het dessert even gedaan.’

‘Echt waar? En bent u lang weg geweest?’

‘Ongeveer een halfuur.’

‘Wat apart! Ik had niet eens gemerkt dat u weg was. Maar ja, ik had sowieso niet gemerkt dat u er was.’ Amelia barst in lachen uit.

De Signora kijkt haar strak aan. 'Moet dat een belediging aan het adres van juffrouw Stuart voorstellen?' vraagt ze koeltjes.

'O, maar natuurlijk niet!' roept Amelia uit. 'Alsof ik ooit die schat van een juffrouw Stuart zou beledigen.' Ze heft haar glas in Bella's richting. 'Mijn respect voor haar is oneindig, dat weet ze.'

'Mooi zo, als je daar tenminste oneindig groot mee bedoelt', kaatst de Signora terug.

Later, op het terras, weet Amelia Bella nog een laatste sneer te geven. Edward heeft net gezegd dat hij er de rest van hun verblijf niet zal zijn en dus niet meegaat op hun uitstapjes.

'Mijn hemel, Edward,' zegt Amelia, die inmiddels met steeds dikkere tong spreekt, 'we zijn hier nog maar net. Je probeert ons toch niet te ontlopen? Waar ga je naartoe trouwens?'

'Met vakantie.'

'Jaja, zoiets zei je al. Maar waarheen?'

'Je weet wel, hier en daar, wat van Europa zien.'

'Aha, ik snap het al, je wilt niet vertellen waar je naartoe gaat. Is het geheim? Ben je bang dat we achter je aan reizen of iets dergelijks? Zeg op!'

'Nee hoor.'

'Nou, waar ga je dan als eerste naartoe?'

'Naar Parijs.'

'Naar Parijs? Waar wij net vandaan komen dus?'

'Ach ja, dat is ook zo.'

'En daarna?'

'Gewoon, wat rondtrekken.'

'In je eentje?'

'Natuurlijk.'

'Jaja. En dat moeten wij geloven? Heb je daar met iemand afgesproken? Een geheim rendez-vous? Een revuemeisje? Een getrouwde vrouw? Nee? Zit ik ernaast? Tja, dan gaat er zeker iemand met je mee. O, vast wel. Kennen we haar? Juffrouw Stuart? Heb ik gelijk? Is het juffrouw Stuart?' Amelia barst uit in een schelle schaterlach. Als niemand meelacht kijkt ze verbaasd in het rond. 'Toe nou,' zegt ze, 'het was maar een grapje. Dat snapt iedereen toch wel?'

Zonder te kijken naar degene die de fles vastheeft, houdt ze haar glas op om zich te laten bijschenken. Dan draait ze zich naar Bella. 'Dat was een grapje. Een grapje, u weet toch wat dat is? Tjonge zeg, wat zijn die Britten een stijve harken!'

'Eerlijk gezegd ben ik niet eens Brits', zegt Bella.

'O nee?'

'Nee. We zijn pas voorgoed in Londen gaan wonen toen ik veertien was. Ik ben geboren in Dublin. Ik ben Ierse.'

'Nou,' zegt Amelia lachend, 'als ik u was zou ik daar maar niet over opscheppen.'

De Signora staat op. 'Juffrouw Stuart,' begint ze, 'u kunt Alec zo onderhand maar beter naar het hotel brengen. Hij ziet er moe uit. En Edward zal ook wel weg willen. Het is voor ons allemaal een lange dag geweest. Alec, loop jij even naar de keuken om te vragen of Elida zover is? O, en juffrouw Stuart, u hoeft niet terug te komen om de Amerikaanse dames op te halen. Die gaan vast liever lopen. Sterker nog, ik denk dat ze beslist opknappen van een beetje frisse lucht. Ga maar. En jij ook, Edward. Welterusten.'

Bella loopt met Edward mee de tuin in om op Elida en Alec te wachten. 'Wat is er in vredesnaam met jou aan de hand?' vraagt ze als ze de uitdrukking op zijn gezicht ziet. 'Het was toch duidelijk dat ze de hele avond probeerde om jou op stang te jagen, niet mij.'

'Wat een ongelooflijk kreng', zegt hij.

'Nou ja, het was ergens ook mijn eigen schuld. Ik had mijn mond moeten houden. Alleen wist ik zeker dat ze ergens op zat te broeden. Ze doet zo bezitterig als het om jou gaat... weet je zeker dat er niets is gebeurd?'

'Doe niet zo idioot.'

'Goed, goed, je hoeft niet zo te snauwen. Ze zoekt nu eenmaal een mikpunt als ze een paar glaasjes opheeft, meer niet. Als ze haar pijlen niet op mij had gericht, had ze wel een ander doelwit gekozen. Wegduiken is de truc, toch? Zorgen dat je buiten schot blijft, zoals die slimme Eugenia.'

'Hmm', zegt hij en hij vist zijn sigaretten uit zijn zak en steekt er een op. 'Ik wist trouwens niet dat je Iers was.'

'Ach, daar sta ik eigenlijk amper bij stil. Ik ben al zo lang niet meer in Dublin geweest. Hoezo?'

'Gewoon, dat heb je me nooit verteld.'

'Waarom zou ik? Alsof jij het ooit over jouw verleden hebt', zegt ze bits.

Hij haalt zijn schouders op. 'Nou ja, ik wist het gewoon niet.'

'Nu klinkt het alsof ik een of ander schandelijk geheim verborgen heb gehouden.'

'Doe niet zo belachelijk. Ik dacht alleen maar...'

'Strak ga je me nog vertellen dat jij ook anti-Iers bent!'

'Natuurlijk niet.'

'Zou trouwens grappig zijn wanneer dat wel zo was.'

'Hoezo?'

'Omdat het weleens bij me is opgekomen dat jij best Iers zou kunnen zijn.'

'Echt waar?'

'Ja, je zegt soms iets waarvan ik denk...'

'Wat zeg ik dan?'

'O, weet ik veel. Bijvoorbeeld als je Alec een *messer* noemt wanneer hij zit te kliederen. Dat heb ik een Engelsman nog nooit horen zeggen. Ook weleens andere uitdrukkingen, maar daar kom ik even niet op. En die ene keer natuurlijk dat ik je in de oude binnenstad tegenkwam. Toen klonk je zéker Iers.' Ze lacht.

'O, dat.'

'Maar daar zullen we het niet meer over hebben.'

'Dank je, dat zou fijn zijn.'

'Wie weet klinkt iedereen die dronken is wel Iers.'

'Jaja, en wie is er nu anti-Iers?'

'Dat was een grapje, sorry.'

'Je hoeft tegen mij geen sorry te zeggen.'

'O, Edward, waarom moet je toch altijd zo...'

'Zo wat?'

'Ach, laat maar. Kruip maar weer lekker in je schulp, wat kan 't mij schelen.'

Om de chaos compleet te maken staat Bella's vader 's maandags vlak na de lunch ook nog eens op de stoep.

Ze schrikt zich een ongeluk als ze hem ziet. Hij is vreemd en vertrouwd tegelijkertijd, zoals wanneer je een beroemde persoon op straat tegenkomt. Hij ziet er wat bleek uit – zoals de meesten die net in Bordighera zijn – maar gezond. Een stuk jonger, ergens. Hij staat in de deuropening alsof hij twijfelt tussen aanbellen of de met koffers volgepakte vestibule binnenstappen en 'halloooo' roepen. Of misschien op het geluid van stemmen en rinkelende koffiekopjes afgaan naar het terras aan de zijkant van het huis. Bella heeft de auto op straat geparkeerd met de portieren wijdopen en komt net met Alec het tuinhek in lopen, klaar om de eerste lading gasten met hun bagage naar het station te brengen.

Hij zegt minstens vijf keer 'nou' als hij de treden af loopt. 'Nou. Nou zeg. Nou, hier zijn we dan. Nou, nou... en hoe gaat het met mijn meisje?'

Bij die woorden barst ze in tranen uit.

'Dat hoeft toch niet. Goede genade, da's nergens voor nodig', zegt hij als hij de laatste stap in haar richting zet en haar een klopje op haar arm geeft.

Alec schrikt van haar tranen, pakt haar hand en kijkt haar vader dreigend aan. 'Niks aan de hand, Alec', zegt ze. 'Dit is mijn papa.'

'Dag, kleine vent.' Haar vader bukt zich om Alecs hand te schudden, maar diens hand schiet meteen achter zijn rug, buiten bereik.

'Wil je alsjeblieft tegen hem zeggen...' begint haar vader.

'O, Alec kan heel goed Engels, hoor. Hij is alleen wat verlegen.'

'Geeft niets', buldert haar vader. 'Ik was vroeger ook een beetje verlegen, Alec. Amper te geloven, hè? Ik weet zeker dat we over een paar dagen dikke vrienden zijn. De mensen zullen er nog jarenlang over praten. Dan zeggen ze: weet je nog, augustus 1936? Wat hebben die Alec en Harry toen niet allemaal uitgespookt. Wat een drommelse bengels!'

Ze voelt Alec achter haar rug verstijven.

'Je bent veranderd.' Haar vader richt zich nu tot haar. 'Je hebt je haar kort laten knippen, om te beginnen. En je bent bruin geworden.

Veranderd, maar God, wat zie je er goed uit!' Hij kijkt om naar mevrouw Jenkins, die wat opzij staat, op een paar meter afstand. Bella was eventjes helemaal vergeten dat haar vader een nieuwe vrouw had. 'Vind je niet, schat? Ziet ze er niet heel erg goed uit, of nee: ronduit fantastisch! Dat moet gewoon gezegd worden. Europees... zou dat het woord zijn dat ik zoek?'

'Je ziet er inderdaad fantastisch uit', zegt mevrouw Jenkins instemmend, terwijl ze naar voren stapt met haar arm ietwat ongemakkelijk naar voren, onzeker of ze haar nu een hand moet geven of haar moet omhelzen. Haar gezicht is rood, haar glimlach breed en de enthousiaste blik in haar ogen een tikkeltje ontwijkend. De vraag komt bij Bella op hoe mevrouw Jenkins zichzelf moet voelen over alle leugentjes tot nu toe. Hebben ze die samen bekokstoofd? Heeft ze misschien zelfs naast haar vader gezeten en suggesties gedaan toen hij een halfjaar geleden een brief schreef die duidelijk bedoeld was om haar voorzichtig voor te bereiden:

> *Je raadt nooit wie ik zopas tegenkwam: een oude vriendin van ons, mevrouw Jenkins. Wat een aangename, aardige vrouw! Weet je nog? Je herinnert je haar vast nog wel, ze heeft je arme moeder nog verpleegd. Ik geloof dat je moeder dol op haar was.*

Als Bella mevrouw Jenkins een hand geeft, trilt die van de zenuwen. Dan krijgt ze medelijden met het arme mens, ze kust haar en omhelst haar lichtjes. Een kus op elke wang, zoals ze op het vasteland doen; een dagelijkse begroeting in Italië die minder intiem aanvoelt. Tweemaal zo veel kussen, half zoveel sentiment, dacht Bella altijd.

'Hopelijk wordt u erg gelukkig', zegt ze, niet wetend hoe ze de vrouw van haar vader hoort aan te spreken.

'Dat hopen wij ook,' zegt mevrouw Jenkins lachend, 'en zeg alsjeblieft Ina.'

Ina Stuart, voorheen Jenkins, blijkt aangenaam en gemakkelijk in de omgang, en Bella en Alec zoeken al snel haar gezelschap. Ze tekent en schildert graag en goed, wat helemaal naar Alecs zin is, zeker wanneer ze tijd vrijmaakt om hem een paar lessen te geven, en bovendien de eerste echte doos aquarelverf voor hem koopt in een officiële winkel voor schildersmaterialen. Bella's vader, die zeker graag kijkt naar signora Tassi, voorheen Lami, blijkt toch de voorkeur te geven aan het gezelschap van de Amerikaanse nichten. Het zijn, in zijn woorden, 'fidele meiden'. Zij vinden hem op hun beurt 'zó amusant, zó vreselijk gezellig', en hij weet bovendien hun aandacht af te leiden van Edwards verdwijntruc. Wanneer ze elkaar in de stad tegen het lijf lopen, wat met in het oog springende regelmaat gebeurt, nodigt hij hen uit voor een kop koffie of een drankje, of als het lunchtijd is neemt hij hen mee naar Hotel Angst, waar ze altijd een tafeltje bij het raam nemen en de hele siësta blijven zitten, zodat ze een boeiend spektakel vormen voor iedereen die er langskomt.

Mocht zijn nieuwe vrouw bezwaar hebben tegen al deze wederzijdse aandacht, dan laat ze daar niets van merken. Maar wanneer hun vertrek naar Berlijn nadert, merkt Bella wel dat Ina er opeens eens stuk opgewekter uitziet dan voorheen.

Op de laatste ochtend van zijn verblijf wandelt Bella met haar vader naar de tuinen aan de Via Veneto. 'Ik ben erg ingenomen met je, schat', begint hij. 'Eerlijk waar. En ik weet zeker dat je moeder het niet zou hebben geloofd dat alles zo goed terecht is gekomen. Je hebt hier echt je plek gevonden, en je wordt hier bijzonder gewaardeerd. Maar als je ooit naar huis wilt... Je kunt altijd naar huis, hoor. Dat weet je toch?'

'Ik ben hier gelukkig, zoals u zegt.'

'Dat wilde ik alleen maar gezegd hebben. En wat geld betreft?'

'Ik heb genoeg, bedankt.'

'Maar toch. Ik heb in Londen wat geld op een rekening gezet op jouw naam. Stel je voor dat er problemen komen, dan is dat voor jou. We komen niets tekort, Ina en ik. Ze heeft geld van zichzelf, zoals je misschien weet, en ze is beslist niet gierig.'

'O, maar dat...'

'Ah, ah... het is niet goed om al te veel op de familie Lami te rekenen. Hoe geweldig ze ook zijn. Tenslotte kruipt het bloed waar het niet gaan kan, en ze zijn niets aan je verplicht. Hoe dan ook, als we weer bij het hotel zijn krijg je het bankboekje.'

'Dank u, papa. Wat lief van u.'

'Helemaal niet. Ik heb ook geregeld dat je een accreditief krijgt. Voor dezelfde rekening uiteraard, en hetzelfde bedrag, voordat je denkt dat ik mijn verstand heb verloren. Dat is voor als het ooit zover komt dat je dat geld hier moet hebben; wie weet moet je halsoverkop het land uit. Alles lijkt nu rustig, maar met zijne hoogheid aan de andere kant van de Alpen... wie zal het zeggen? En die andere vent, die Duce, dat lijkt me ook geen groot licht. Nou ja, kritiek op de gang van zaken in een ander land, da's altijd makkelijk.'

'En dat terwijl u Mussolini altijd zo geweldig vond.'

'Nooit van mijn leven!'

'Zeker wel. U zei altijd dat Engeland zo iemand nou net nodig had, iemand die het land eens een flinke trap onder zijn achterwerk kon geven.'

'Mijn God.' Olijk knippert hij met zijn ogen en krabt aan zijn kin. 'Heb ik dat echt gezegd?'

Ze slenteren verder terwijl hij aan zijn sigaar lurkt, af en toe stilstaat bij een boom, een blad omdraait en fronsend het uiteinde van een tak bestudeert alsof het om een lichaamsdeel van een van zijn patiënten gaat. Bella weet dat hij de indrukken van de afgelopen dagen op een rijtje zet, en alles overweegt wat hem is bijgebleven. Een voor een zal hij zijn conclusies trekken tot zijn hoofd weer geordend is.

'Waar gaan jullie wonen als jullie weer in Londen terug zijn?' vraagt ze dan.

'Waar? O, daar zijn we nog niet helemaal uit. Waarschijnlijk bij Ina. Ze heeft het gevoel dat het huis in Chelsea altijd van je moeder zal zijn, al heeft ze het al aardig opgelapt.'

'O? En hoe is het geworden?'

'Smaakvol, zo noem je dat geloof ik. Je kent het niet meer terug! We kunnen wat mij betreft best in haar huis gaan wonen, ik heb er geen bezwaar tegen dat de geest van wijlen Bill Jenkins er rondhangt. Tenslotte heeft hij geen kinderen die bezwaar tegen mijn aanwezigheid kunnen hebben. Aan de andere kant: wie weet maken we een frisse start en kopen iets helemaal zonder geesten.'

'Toch is het fijn dat Ina nog rekening met moeder houdt', zegt Bella.

'En met jou, ze denkt ook aan jou, hè. Dat doet ze beslist.'

'Gaan jullie rechtstreeks van Berlijn naar huis?'

'Wat? Weet ik nog niet. Dat hangt grotendeels van Ina af. Misschien doen we Amsterdam nog aan. En dan via Hull terug. We zouden het Lake District nog kunnen meepikken. Wie weet?'

'Niet naar Zwitserland?'

'Voor zover ik weet niet, hoezo? O, natuurlijk. Amelia en Grace. Die hebben ons meegevraagd. Heeft Ina iets gezegd?'

'Nee. Ik heb het van hen. En doen jullie dat? Meegaan bedoel ik?'

'Nee. Ik heb gezegd dat we het overwegen, maar uitsluitend uit beleefdheid. Het zijn prima meiden, absoluut, maar... mag jij ze, overigens?'

'Soms', zegt Bella lachend.

'Ja, ik begrijp je wel. Ik zou ze eerlijk gezegd voor geen haar vertrouwen.'

Hij neemt zijn panamahoed af en wuift zich even koelte toe, waarna hij hem aan Bella geeft zodat hij zijn sigaar opnieuw kan aansteken.

'En, wat doe jij straks de hele dag wanneer de jongen naar school is?'

'Dan krijg ik zo mogelijk nog meer werk: halen en brengen, huiswerk en zo. De Signora en haar man gaan weer terug naar Napels, en dan kan Alec niet mee.'

'Hoezo, zijn kinderen verboden in Napels?'

'Ik praat de Signora alleen maar na.' Bella haalt haar schouders op.

'En die andere kerel, die opeens met vakantie is?'

'Edward?'

'Ja, waar is het hem om te doen? Tenslotte zit die jongen straks de hele dag op school. Kost en inwoning en ook nog een salaris, alleen om pianoles te geven? Een luizenbaantje, als je het mij vraagt. Jammer dat ik zelf niet ook heb leren pingelen.'

'Daar hebben ze nooit met mij over gesproken. Het is overigens niet het enige waar hij les in geeft. Hij geeft Alec ook rekenen en natuurkunde. De Signora vindt het waarschijnlijk veiliger met een man in huis. Tenslotte zitten we hier zo vlak bij de grens en, nou ja, het is hier een komen en gaan van mensen; zeker de laatste tijd is er veel verkeer en dat baart haar vast zorgen.'

'Waar moet zij zich in godsnaam zorgen om maken? Ze is er toch nooit?'

'Om Alec, papa.'

'Nogal ongebruikelijk, hoor, twee ongetrouwde mensen met alleen een kind en een huishoudster onder hetzelfde dak. Niet dat ik dat afkeur, begrijp me goed, maar...'

'Hij woont niet in het huis, papa. Hij heeft een eigen woning bij de poort achterin, een soort woonetage boven de garage waar mijn auto staat.'

'Ach ja, natuurlijk. Dat autootje van je, hè.' Hij geeft haar grijnzend een por.

'Dat is nog maar op zicht.'

'De Signora ziet het wel zitten. Je hoeft niet bang te zijn dat je je automobiel kwijtraakt.'

Ze komen bij de fontein aan het eind van het pad. 'Wat denk je ervan, Bella, zullen we nog een rondje doen? Nog even de kuierlatten oefenen kan geen kwaad, tenslotte zit ik straks wie weet hoelang in de trein vast.' Ze lopen weer verder. 'In ieder geval is dat jochie dol op je.'

'Ja. En ik op hem.'

'Het scheelt hem natuurlijk in zijn bovenkamer. Maar dat weet je waarschijnlijk wel.'

Bella staat opeens stil. 'Wat zegt u nu?'

'Lieve kind, kijk niet zo verschrikt. Dat moet je toch gemerkt hebben?'

'Er is niks met hem aan de hand.'

'Tja, het is mijn vak natuurlijk niet. Maar vind je hem niet een beetje afstandelijk? Wat te veel op zijn hoede in de omgang met anderen? Hij kijkt je niet recht in de ogen, om maar iets te noemen. Hij luistert vaak niet eens. En dan is hij opeens weer veel te familiair, vrijpostig zelfs, en flapt hij er zomaar iets uit, op het bizarre af.'

'Hij is niet zoveel vreemden gewend. Dat is simpelweg zijn manier om daarmee om te gaan. Als hij in oktober naar school gaat... En ook bij de padvinders. Hij heeft gezelschap nodig, dat is alles. Van andere kinderen. Hij is nogal kunstzinnig. U denkt toch niet dat hij zo goed zou kunnen tekenen en schilderen als er iets met hem aan de hand was? Vraag het maar aan Ina, die zal u vertellen hoe kunstzinnig hij is.'

Haar vader kijkt haar even vorsend aan, neemt een trekje van zijn sigaar en laat de rook van zijn tong rollen. 'Ach, ze zullen hem een beetje te veel vertroeteld hebben, daar komt het vast door dat hij wat schichtig is. Eenmaal op school maken ze daar wel een einde aan, en anders wel bij de padvinders. Even flink aanpakken, dat is goed voor zo'n jongen. Zoals ik al zei: niet mijn vak. Hij groeit er wel overheen. Vast en zeker.'

De rust keert weer terug in huis. Eind augustus gaan de Signora en haar man terug naar Napels en beginnen de bedankkaartjes en -brieven binnen te stromen van de bruiloftsgasten die na afloop van hun toertjes door Europa hun dagelijks leven thuis weer oppakken. De eerste is afkomstig van Eugenia, die net is teruggekeerd van een bezoek aan haar vaders familie in Düsseldorf. Het is een grote wenskaart met in een kader van fluwelige, rode rozenblaadjes de tekst: *Duizend kussen voor mijn snoezige Alec* – die verontwaardigd wegstormt als Rosa hem ermee plaagt. Vervolgens een kaart van het Zwitserse echtpaar, dat Bella bedankt voor haar vriendelijke attenties, waarvan niet echt sprake was geweest, met daarbij een uitnodiging om eens bij hen langs te komen in Zürich. Ze was als een dochter voor ze geweest, stond er in de brief, waarmee ze gewone beleefdheid opbliezen tot diepe genegenheid, zodat Bella zich bezorgd afvroeg hoe de arme mensen doorgaans behandeld werden. Daarna een meisjesachtig kattebelletje van Grace, dat uitsluitend uit korte zinnetjes en verspreide leestekens bestond. Een jazzy brief, dacht Bella.

Weer in N.Y.C. Pap heeft Amelia aan het werk gezet. Geloof 't of niet: in zijn mufste, dufste hotel!! Eig. meer een mortuarium... (zodat ze niet aan de rol gaat – ja daaaag – gaap!) Dus mijn eigen persoontje moet voor mama zorgen, die is kreupel nu. Weinig werk aan, behalve dan dat gezeur & gezever van d'r... grapje, haha! En. Dus. Vandaar. Vervelen ons TE PLETTER, *willen dolgraag naar Europa. Europa! Briefje van tante Lami gekregen als bedankje voor ons huwelijkscadeau. Zei d'r niet bij of ze 't mooi vond of niet... Doing!!!*

Daarna een lange brief van Ina, die Bella even wilde vertellen – ze moest het zich maar niet aantrekken – dat ze toch hadden besloten in het huis in Chelsea te gaan wonen; dat was wel zo logisch, tenslotte had haar vader daar al zijn papieren en medische instrumenten bij de hand. Al had het huis al zo lang een vrouwelijke hand moeten ontberen dat het nu een tikkeltje sjofel was en volledig moest worden opgeknapt (alleen als Bella dat goedvond uiteraard, en zonder de smaak van haar overleden moeder geweld aan te doen). Bella, die zich herinnert wat haar vader had gezegd over de 'smaakvolle' verbeteringen die al waren uitgevoerd, is aanvankelijk geschokt en een beetje gekwetst door deze flagrante leugen, maar na een poosje besluit ze dat het haar eigenlijk niets kan schelen.

'Duitsland was het interessantst van de trip', meldt Ina aan het slot van haar brief. 'Berlijn was indrukwekkend, maar ondanks het schitterende landschap dat we daarna hebben gezien hing overal een gespannen, grimmige sfeer. Die stak schril af bij de aangename warmte die we bij onze vrienden in Italië hebben ondervonden!'

Onderaan de brief had haar vader haastig een paar regels gekrabbeld. Bella kan zich zijn opluchting indenken nu hij weer een vrouw heeft, zodat hij nooit meer over een brief aan haar of wie dan ook hoeft na te denken, laat staan een heel epistel hoeft te schrijven. Hij zegt in een paar woorden meer dan Ina op drie bladzijden.

Die Führer is een gevaarlijke gek die de touwtjes in handen heeft van té veel marionetten. Op het moment dat hij een voet over de Alpen zet moet je onmiddellijk naar huis komen, meisje. Hoop dat alles goed is met jou en dat ventje, en dat je Ligurië niet helemaal op z'n kop zet met die kleine topolino van je. Kom naar huis, of anders op bezoek.

Je liefhebbende vader,
De ouwe sok

Ten slotte is er een ansichtkaart van Edward met een paar onleesbare woorden erop, net geschreven gemompel, ergens in de buurt van Linz gepost, waarmee hij zo te zien wekenlang in zijn zak heeft rondgelopen.

In september arriveren de zusjes Almansi en nemen Alec volledig in beslag, zodat er voor Bella amper meer iets te doen valt behalve hem heen en weer rijden naar de beachclub bij hun hotel. Tussendoor helpt ze Cesare in de tuin, en aangezien de Signora duidelijk heeft laten weten dat het niet langer nodig is haar 'voortdurend met huishoudelijke beslommeringen lastig te vallen', treedt Bella af en toe op als persoonlijk secretaris en huishoudster van de afdeling Bordighera van huize Lami/Tassi.

Vier ochtenden in de week geeft ze Rosa en Elida Engelse les, en ze springt bij in het huishouden zodat zij wat tijd vrij kunnen maken. Aanvankelijk kan Elida de gedachte dat Bella vieze handen krijgt maar moeilijk verdragen, maar naarmate haar Engels vooruitgaat en ze zich steeds beter vermaakt, berust ze daarin. Beide vrouwen blijken goede leerlingen en aangenaam gezelschap te zijn, en Bella voelt voor het eerst sinds haar kinderjaren een soort kameraadschap. Al moet ze eerlijk toegeven dat ze dat vroeger overigens nooit echt heeft ervaren.

Het zomerseizoen houdt het moedig vol, lang nadat dat eigenlijk niet meer nodig is, als een orkest dat speelt voor een lege zaal. Uiteindelijk sterft het dan toch weg. Bella houdt van deze slaperige tijd van het jaar, als Bordighera, inmiddels weer uitsluitend bezit van de lokale bevolking en een paar overwinterende buitenlandse gasten, invaliden en ouderen, opeens niet langer een mondaine badplaats aan de Rivièra is, maar eerder een openluchtverpleeghuis lijkt. Het is minder zwoel, de nachten zijn koeler, en je kunt tijdens de passeggiata in een rechte lijn over de trottoirs lopen of in een café worden bediend zonder een toerist te horen kibbelen over het menu of de rekening. Plus een genoegen dat ze onlangs heeft ontdekt: een zondags autoritje maken zonder in een verkeersopstopping terecht te komen. Winkeliers en handelaars, afhankelijk van moeilijker te verlokken klandizie, worden weer even voorkomend als voorheen. Betere service, lagere prijzen. Al met al een geschikte tijd, vindt Bella, om Alec Lami langzaamaan onder de mensen te brengen.

Bovendien leidt dat haar aandacht misschien wat van Edward af.

Wanneer ze een paar dagen na diens geplande terugkeer nog steeds taal noch teken van hem hebben vernomen, begint Bella te betwijfelen of hij wel terugkomt. Waarom zou hij tenslotte? Haar vader had gelijk gehad: hij had hier niets te zoeken. Een paar pianolessen in de week aan een kind dat niet eens zo graag wil leren spelen. En alleen het gezelschap van Rosa, Elida en haarzelf! Zonde van de tijd, een mensenleven zelfs. Ze dacht altijd dat hij alleen maar bleef vanwege de Signora, dat ze geliefden waren of dat hij in ieder geval verliefd op haar was en al die jaren was blijven hopen. Ze was in die gedachte gesterkt door Amelia, die jaloers was. Het was waarschijnlijk onzin, daar was Bella nu wel achter.

Hij is nog jong, voor een man tenminste. Gemakkelijk in de omgang, hoewel wat afstandelijk. Getalenteerd. Aantrekkelijk voor vrouwen, zeker in de ogen van de Amerikaanse nichten. Hij zou het ergens anders best kunnen wagen. Als Edward slim was, had hij zijn vakantiegeld opgestreken en was hij ervandoor gegaan.

Op een dag breekt ze bij hem in. Ze schaamt zich al terwijl ze daar nog mee bezig is, maar niet zo erg dat ze ermee ophoudt.

Zo gebeurt het: ze heeft net de auto in de garage gezet nadat ze Alec naar de beachclub heeft gebracht, en ook al is ze zich er niet in de verste verte van bewust dat ze dit van plan was, moet dat toch het geval zijn. Want wanneer ze de ijzeren trap aan de zijkant van de garage op loopt, heeft ze een schroevendraaier in haar hand en als ze bij de deur komt schroeft ze zonder aarzelen de grendel los.

Voor het eerst binnen. En dat terwijl ze ontelbare malen vanwege Edward het tuinpad af is gelopen: als er telefoon was van de Signora, of om hem te halen voor het eten als hij de tijd weer eens was vergeten. Soms wanneer er iets was afgeleverd uit een van de winkels in de stad – bladmuziek die hij had besteld, een grammofoonplaat, een jas die hij had laten verstellen – maar altijd kwam hij al holderdebolder de trap af voordat ze ook maar één voet op een tree had kunnen zetten. Alsof hij voortdurend op de uitkijk zat. Niet dat ze ooit had verwacht dat hij haar binnen zou vragen. Maar blijkbaar was hij vastberaden haar buiten de deur te houden.

Ze vraagt zich nu af of er ooit weleens iemand binnen is geweest. Alec krijgt les aan de prachtige vleugel in de woonkamer van de Signora in de villa, en daar gaat Edward ook de krant of een boek zitten lezen, tenminste, wanneer de Signora niet thuis is. En ze heeft Elida eens horen vertellen dat Edward zijn etage het liefst zelf schoonmaakt, en eenmaal per week naar de linnenkamer gaat om zijn vuile linnengoed voor schone om te ruilen. Bella heeft Cesare vaak 's avonds samen met Edward op de trap zien zitten praten en roken, met een smeulend vuurtje vlakbij, maar ze weet niet of Cesare er zelfs weleens over de drempel is geweest.

De etage bestaat uit één kamer en een kleine badkamer: toilet, wastafel, zitbad en een spiegel die amper groot genoeg is om er je hele gezicht in te kunnen zien. De kamer is ruim en aan de donkere kant, zodat ze even denkt dat de luiken dicht zijn. Het blijkt dat de bomen buiten het meeste licht opslokken. Een sofa tegen de muur. Daarnaast een gammel uitziende kaarttafel met daarop een zaklamp, een doosje lucifers en een asbak. Een piano met kruk bij het raam dat uitkijkt op de tuin. Een kleine kledingkast staat in een hoek geschoven. Op een kale plank die rust op twee steunen staan een primus, een tinnen beker, een theepotje en een pakje Liptonthee waar een lepel uit steekt. Een kaal peertje hangt in het midden van het plafond, zonder lampenkap. Dat is alles. Op een klein blik na met schoensmeer en borstels erin.

Ze vindt het frappant dat de kamer zo weinig van hemzelf bevat. Afgezien van een paar krabbels in de marge van zijn bladmuziek blijkt nergens uit dat hier iemand woont. Niet dat de etage verwaarloosd is, nee, juist brandschoon, als een gevangeniscel. Bella weet zeker dat de Signora hem heeft gezegd dat hij kon kiezen wat hij wilde uit alle overtollige meubels in het huis. Dat heeft hij duidelijk niet gedaan. Er zijn geen foto's, geen aandenkens; er hangt niet eens een kalender aan de muur. Geen verleden, geen toekomst: alsof Edward alleen op doorreis is geweest, en sowieso inmiddels al is overleden.

Naderhand blijft ze een poosje aan de tuintafel zitten waar ze drie jaar geleden met de Amerikaanse nichten naar zijn pianospel had zitten luisteren. Ze probeert zich Edward voor te stellen, maar ziet geen gezicht, kan zich zelfs zijn stem niet voor de geest halen. Het enige wat ze kan terughalen is een toevallige blik door een raam op een bovenverdieping van de villa, op een plotseling koude winteravond. Bijna donker, en het was gaan regenen. Zo'n karakteristieke Ligurische winterregen: een tijdje alleen grote, losse druppels, en dan opeens een woeste wolkbreuk. Edward die het tuinpad afliep, naar zijn etage. Zijn loopje, kordaat en toch niet gehaast, alsof hij de regen niet opmerkte, of er simpelweg niet om gaf. Zijn haar aan de lange kant, krullend in de nek als bij een kind. Handen in de zakken, ellebogen spits en resoluut, de armen mager onder hemdsmouwen waar zich regenvlekken op aftekenden.

Bella bestelt een uniform voor San Giorgio, dat na een aantal passessies en veel administratieve rompslomp eindelijk wordt bezorgd. Bruine schoenen, marineblauwe broek en een blazer die er heel Brits uitziet, compleet met een embleem van San Giorgio en zijn draak. Een schooltas en pet maken het plaatje af, zodat Alec er op-en-top uitziet als een Engelse scholier, al moet hij nog wel een paar weken wachten voor hij die rol kan spelen.

Ondertussen heeft Bella hem laten fotograferen en drie afdrukken laten maken, een voor het huis, een voor zichzelf en een die ze naar zijn moeder stuurt. Ze is benieuwd waar die terecht zal komen: in het huis van signor Tassi in Napels, of zal hij aan de fotogalerij worden toegevoegd die zijn vader zo liefdevol had aangelegd? Ze vraagt zich af of die galerij nog bestaat.

Het bericht dat hij is toegelaten tot de Balilla komt vrijwel onmiddellijk. De kruiperige regionale *comandante* heeft zich op zijn aanmelding gestort en laat weten dat het een eer is een lid van de familie Lami op te mogen nemen in hun legioen. En weer een uniform, ditmaal een zwart shirt, zwarte pet, grijze korte broek, grijze sokken, zwarte schoenen, een azuurblauwe halsdoek en ook nog een parmantige kleine fez. Alweer een foto en dan hoeft Alec alleen nog maar zijn eed uit het hoofd te leren en af te leggen. Die bevat de gebruikelijke larie over geloof in het eeuwige Rome, moeder van zijn land. Hij moet ook zweren bij het genie Mussolini en de herrijzenis van het Romeinse Rijk. Alec vindt de eed geweldig, ondanks de moeite die hij heeft hem erin te stampen, en Bella is blij dat Edward er niet is om er de spot mee te drijven.

Uiteindelijk krijgt Alec een lidmaatschapskaart op naam, ondertekend door de *Comandante Generale di Provincia*, waarmee Alessandro P. Lami opgenomen is in het systeem.

Bella besluit dat ze lopend naar zijn eerste Balilla-bijeenkomst zullen gaan en niet met de auto. Hij is de hele ochtend al onrustig en bijzonder geagiteerd, en misschien kan de inspanning hem wat kalmeren.

Ze gaan er zingen en spelletjes doen, zegt ze geruststellend – net als Rosa eerder geruststellend tegen haar had gezegd – en ook marcheren en manoeuvres oefenen. Natuurlijk zijn er ook een paar *spuntino*-pauzes met snoep en drinken.

Alec loopt de hele weg naar de Via San Antonio te bedenken wie of wat hij daar zal aantreffen, en stopt voortdurend voor een winkelruit om zijn halsdoek te verschikken, voorzichtig aan de ring die de das op zijn plaats houdt te draaien of op zijn fez te kloppen zonder hem echt aan te raken. Hij laat telkens indirect blijken dat hij aan bepaalde mensen in het bijzonder denkt, en die mist.

Zoals voor de etalageruit van de winkel van Marco: 'Elida zegt dat maestro Edward binnenkort thuiskomt met gaten in zijn schoenen van al dat lopen. Grappig, hè?'

Toen ze bij de grote *vetrino* van Caffè dello Sport kwamen: 'Waar zou mamma zijn, nu, op dit moment? Ik denk in de trein. Ja, ze zit vast in de trein, met Nollie. Die is vast bij haar. Nollie.'

Dan staan ze voor Gibelli, waar zijn weerspiegeling boven de uitgestalde schoolboeken zweeft. 'Denkt u dat ze overal in Italië dezelfde Balilla-uniformen hebben? Dat zou ik nou graag willen weten. Zouden ze die ook helemaal in Turijn hebben, voor de jongens op de school waar de zusjes Almansi op zitten, bijvoorbeeld?'

Bij de muziekwinkel zwijgt hij, maar blijft knipperend met zijn ogen een poos voor de ruit staan. Als hij zich omdraait zijn zijn ogen vochtig. Bella weet zeker dat hij aan zijn vader stond te denken.

Ze vertrouwt hem bij de deur toe aan de zorgen van zijn sectieleider, een dikke jongen van een jaar of veertien, die hem ontvangt met geheven rechterarm en een opgedreund fascistisch rijmpje.

Het lijkt of ze nog maar een paar minuten thuis is als ze Elida's kraakstem op de trap hoort. Wanneer Bella in de hal aankomt, staat Alec te snikken terwijl de comandante, een hand op zijn schouder, hem probeert te kalmeren. De dikke sectieleider – die het neefje van de comandante blijkt te zijn – staat erbij en kijkt nogal beschaamd voor zich uit, maar of hij zich nu voor Alec schaamt of voor zichzelf, dat kan Bella niet uitmaken. Ze weten haar niet meer te vertellen dan dat Alec tijdens het oefenen van de manoeuvres een soort *crisi* kreeg en steeds hysterischer werd, zodat er voor de sectieleider niets anders op zat dan de comandante erbij te roepen, die hem naar huis had gebracht in zijn auto.

De comandante geneert zich duidelijk, en wil de hele scène blijkbaar zo snel mogelijk achter de rug hebben. Zijn handen schijnen met zijn woorden te jongleren zodra ze van zijn lippen rollen. Bella moet haar uiterste best doen om zijn Italiaans te kunnen volgen, en als hij niet zo vaak in herhaling zou vallen had ze de helft gemist.

Er was niets gebeurd. Echt niets! Dat zegt hij herhaalde malen met klem. Niemand heeft de jongen aangeraakt of ook maar iets gezegd waardoor hij zó van streek kon raken. Het kwam uit de jongen zelf, een plotselinge uitbarsting. Zomaar uit het niets. Zonder waarschuwing. Misschien is hij nog niet aan de Balilla toe. Dat zou het kunnen zijn. Misschien een andere keer, over een paar jaar... als hij wat ouder en wijzer is. Alhoewel, hij is al negen jaar. En als hij nu nog niet...?

Natuurlijk wordt hij niet weggestuurd. Bij God, uiteraard niet! Een zoon van de familie Lami? Ze denkt toch niet dat ze gek zijn? Maar toch. Voor zijn eigen bestwil. Misschien? Een doktersverklaring dat hij voortaan beter geen training kan volgen? Hij behoudt vanzelfsprekend zijn lidmaatschap. Maar alleen op papier. Ze zullen zijn kaart niet innemen. Die lidmaatschapskaart, daar gaat het om, dat is het bewijs dat hij van zijn land en zijn Duce houdt. En dat geeft hem recht op een gratis ijsje op nationale feestdagen. Gratis ijs, denk je eens in! Bovendien gratis met de trein soms en af en toe een uitnodiging voor een kleine *festa*. Nou ja, misschien niet voor alle festa's, maar toch...?

Hier neemt hij Bella apart en eindelijk gaat hij langzamer praten. Geen verwijten, toch? Maar de Balilla kan dergelijk ongepast gedrag tijdens het marcheren niet accepteren. Als het aan hem lag... maar helaas. '*Si tratta di morale, d'onore.*' Een kwestie van moreel, van eer, zegt hij fluisterend tot besluit.

Bella bedankt hem en zegt dat ze dat alles uiteraard begrijpt. Ze zal de Signora onmiddellijk op de hoogte brengen van de situatie. Ondertussen is het snikken van Alec verergerd tot gierende uithalen en ze brengt hem naar boven, naar zijn bed, en belt vervolgens de dokter.

Ze hoort Elida beneden in de hal de comandante en zijn neefje uitlaten. Elida is zo kwaad dat ze haar stem geweld aandoet, wat betekent dat ze hem waarschijnlijk de komende dagen helemaal kwijt is. Waar halen ze het lef vandaan om de familie Lami zo respectloos te bejegenen? Wie denken ze wel dat ze zijn? Mochten ze dat vergeten zijn, dat zal zij hun geheugen wel even opfrissen: omhooggevallen boeren die amper kunnen lezen of schrijven. 'Jij en je neefje met z'n varkenskop', krijst ze. 'Weg met hem. Fascistische *feccia*, meer stellen jullie niet voor. Alsof je kunt besturen door middel van wonderolie en het koeioneren van jongetjes.' Met een laatste '*Bastardi!*' gaat de deur met een dreun dicht.

Bella wikkelt het uniform in vloeipapier, bewaart de dasring in een lade als aandenken, samen met de lidmaatschapskaart voor het geval dat ze die nog eens nodig hebben. De rest geeft ze aan Rosa om aan iemand te geven die het goed kan gebruiken. De Balilla komt nooit meer ter sprake, zelfs niet achter Alecs rug.

Uiteindelijk komt Edward bijna twee weken te laat terug van zijn vakantie en ziet er volgens Bella ontegenzeglijk pips uit voor iemand die zoveel weken in de frisse berglucht heeft gewandeld.

'Vraag maar niets...' reageert hij kleintjes, en Bella vermoedt dat hij aan de boemel is geweest. Ze laat hem met rust om tot zichzelf te komen.

Ze heeft hem maar één keer dronken gezien. Tijdens haar eerste jaar in Bordighera, lang voordat ze bevriend raakten. Rosa's man lag op sterven en Bella was naar het oude stadscentrum gegaan om het gezin wat eten te brengen en afscheid te nemen. Ze had zich bezorgd afgevraagd of ze niet te veel zou zijn, maar Elida had haar ervan overtuigd dat een bezoekje in die omstandigheden niet alleen wenselijk was, maar waarschijnlijk ook verwacht werd. 'Maar niet lang blijven en aanvoelen wanneer het tijd is om op te stappen', was haar advies geweest.

Rosa woonde op de bovenste verdieping van een huis in een straatje achter de Piazza della Fontana, waar nog een aantal vergelijkbare appartementen in waren gepropt. Rosa's echtgenoot, een man met enorm overgewicht die al jaren bedlegerig was, leek wel puur door zijn eigen gewicht aan het bed te zijn vastgeklonken. Zelfs toen hij nog ademde hadden de buren van de andere appartementen al voor hun deur staan bespreken hoe ze hem van vierhoog de trap af moesten krijgen, laat staan een kist in.

'We zullen moeten wachten tot het vlees wegteert', had een kale vrouw uiteindelijk gezegd. 'Zo niet, dan moeten we de muur uitbreken.'

Rosa was zo van streek geweest door die opmerking dat ze had geschreeuwd dat ze allemaal konden ophoepelen. Ze zou de *vigilia della morte* wel alleen met haar zoons houden. Die hielden tenminste van hun vader. Hoe dik hij ook was. Beter zonder gebeden op weg naar de hemel dan met die van harteloze en hypocriete mensen. Maar de oudste zoon werkte voor het ministerie en zou pas tegen de morgen met verlof thuiskomen, de tweede zoon zat in het leger en de middelste lag met koorts op bed. Dat betekende dat alleen de twee kleinste jongens maar mee konden waken. Bella had haar niet alleen kunnen laten.

De afleggers kwamen precies op het juiste moment aan, vlak na de dokter en een paar minuten eerder dan de pastoor. Twee oude nonnen; de ene was zo klein dat ze via een kruk op het bed moest kruipen om bij het lijk te kunnen komen en de vlezige onderkinnen op te tillen om zijn hals te sponzen. De grotere non was begonnen met het vervangen van de waskaarsen die bijna opgebrand waren. Er droop hete was over haar hand vol littekens, maar ze vertrok geen spier. Vervolgens ging ze de kamer rond en draaide de portretten naar de muur: Mussolini, koningin Margaretha, andere leden van het huis Savoye en van Rosa's familie, met haar man in slankere tijden.

Inmiddels sliepen de twee jongens vast. De grotere van ongeveer tien zat op een kruk aan het voeteneind van het sterfbed, in elkaar gezakt, met zijn gezicht in de beddensprei. De kleinste was in een diepe slaap gevallen, gewiegd door zijn snikkende moeder. Net een piëta; alsof het de zoon en niet de vader was die zojuist was gestorven. Bella had aangevoeld dat het tijd was op te stappen.

Onderweg naar beneden zag ze de pastoor naar boven komen schuifelen; hij bleef bij elke deur staan, hief zwakjes zijn hand en sprak met vermoeide stem een zegen uit, en toen ze zich in het nauwe trappenhuis langs elkaar wurmden, stopte hij om ook haar te zegenen.

Bella bleef een poosje beneden in de deuropening naar buiten staan kijken. Het was stikdonker. Ze zag op tegen de wandeling terug door de *carruggi*, net tunnels met hoge gewelven die als smalle inpandige steegjes de binnenstad doorkruisten en waar het zelfs op klaarlichte dag donker was, en tijdens de droge zomerweken nog naar schimmel, de dood en vies wasgoed stonk.

Ze overwoog te wachten tot de pastoor weer beneden was, en hem aan te bieden een stuk samen op te lopen, tot aan de weg; zo'n oude man zou weleens blij kunnen zijn als hij niet alleen door het donker hoefde, dat iemand zijn tas voor hem droeg, hem een arm gaf over die ongelijke straatstenen. Maar toen dreunde er boven in het huis zo hard een deur dicht dat haar hart op hol sloeg. Toen ze opkeek verscheen de pastoor weer, en ditmaal ploeterde hij de trap af, bonsde op de deuren, gaf er soms een schop tegen, onderweg schreeuwend en snauwend tegen de buren dat ze zouden branden in de hel omdat ze Rosa's man in zijn stervensuur geen respect hadden betoond, en hij beval hun uit bed te komen, naar boven te gaan en God en Rosa op hun knieën om vergiffenis te vragen. Bella glipte de deur uit en verdween in het steegje dat uitkwam op de piazza.

Een lichtstraal schoot over de straatkeien. Die weerkaatste tussen de brokkelende muren, raakte een raam, schampte een dakrand en zwenkte weer naar de grond. Er klonken ook geluiden: metaal, glas, geschuifel van voetstappen. Ze besloot om het onbetrouwbaar slingerende licht te negeren en liever de geluiden te volgen, die haar naar de fontein voerden, waar de melkjongen al aan het werk was.

Met in de ene hand een zaklantaarn en een enorme emaillen kan in de andere stond hij stuntelig de willekeurige verzameling flessen, kruiken en blikken te vullen die de omwonenden onder de rand van de fontein hadden neergezet om ze koel te houden. Het was duidelijk dat de jongen, die vrolijk mompelend zijn rozenhoedje bad, de pastoor in zijn stola naar Rosa's huis had zien gaan.

'*Il Grossone... è morto?*' fluisterde hij toen zijn tientje klaar was.

'*Sì*', antwoordde ze (ze weigerde Rosa's man 'die dikke' te noemen). '*È morto... signor Fabbri.*'

'*Poverino*', had de jongen vriendelijk gemompeld, waarna hij zijn duim kuste en hem aflikte toen er een druppel melk op zijn hand viel.

Ze keek even toe hoe hij in het grillige licht van zijn lantaarn zijn werk deed, en zag melk over de rand van de kan gutsen toen hij de zaklantaarn onder zijn arm klemde. De melk rook zoet en grassig, ze kon hem bijna proeven. Ze rook ook een oudere, zure geur die volgens haar uit de kleren van de melkjongen opsteeg. Ze vroeg of ze hem kon helpen door de zaklantaarn vast te houden als hij zijn werk deed, en hij staarde een moment lang naar de lucht alsof hij overwoog of ze te vertrouwen was. Ten slotte gaf hij haar de lantaarn.

Toen zijn taak erop zat, fluisterde hij weer iets, ditmaal een aanbod haar te begeleiden tot aan de weg, en ze was blij dat ze het zelf niet had hoeven vragen. Hij nam de lantaarn weer van haar terug en stak die onder zijn riem. Vervolgens pakte hij haar bij de hand en voerde haar mee.

Eenmaal in de eerste *carruggio* – nergens een sprankje licht te bekennen – zei hij weer iets tegen haar, nu zonder te fluisteren maar opeens met een diepe stem. Een Engelse signora zou niet zo laat alleen buiten moeten lopen. Maar ze hoefde niet bang te zijn, hij zou op haar passen. Hij zou meelopen tot aan haar huis en ervoor zorgen dat niemand haar zou lastigvallen: haar proberen te zoenen of te betasten bijvoorbeeld, zoals de mannen vaak deden. Hij zou haar beschermen, de hele weg. Toen besefte ze dat de hand die ze vasthield niet die van een kind was.

Ze sloegen rechtsaf, waar de carruggio breder werd en begon te klimmen, en bij het licht van een gaslamp aan de muur kon ze hem beter zien. Kort van postuur, nog geen man maar al wel bijna, met een gretige, grote adamsappel, wat vlassig gezichtshaar en onderhuidse puistjes die zich een weg naar buiten zochten. Sowieso iemand die veel te oud was om 's nachts hand in hand mee over straat te gaan.

Ze probeerde net te bedenken hoe ze die hand los kon laten zonder hem te beledigen toen ze iets op een hoopje voor een deur zag liggen. De jongen had het ook gezien, deed een stap achteruit en na een theatraal armgebaar, alsof hij haar wilde zeggen dat ze moest wachten tot hij het gevaar had getaxeerd, zette hij de melkkan neer, trok de zaklantaarn als een pistool onder zijn riem vandaan en richtte hem op het hoopje. Met een klik deed hij het licht aan en bescheen een man. Een in elkaar gezakte man. Kin op de borst, openhangende jas en een lok haar slap over het voorhoofd.

'*È stato al bordello.*' De jongen lachte en Bella deed alsof ze hem niet begreep. Hij pakte haar bij haar mouw, trok haar naar de straathoek en wees een ander steegje in. Een open deur en een verlicht raam priemden de duisternis in.

'*Lo conosco*', verklaarde hij.

'Ken je hem?'

'*Si, è l'Inglese.*'

Aanvankelijk meende Bella dat ze het verkeerd had begrepen, want een Engelsman hier, op dit uur, in een dergelijke staat, dat was vreemd. Engelsen kwamen hier alleen bij daglicht, en als toerist. Maar toen besefte ze: een bordeel is een bordeel voor iedereen met een dergelijke behoefte.

De jongen wilde hem daar laten liggen. Hij bleef maar '*Andiamo, signora*' zeggen.

Ze probeerde het uit te leggen. Ze konden hem hier niet zo alleen achterlaten. Maar de jongen was onvermurwbaar: '*È pericoloso.*'

'Gevaarlijk? Nee toch zeker. Alleen maar dronken. '*Non è pericoloso. Solo ubriaco.*'

Ze boog zich naar de dronken man toe. 'Sorry,' begon ze, 'ik wil me er niet mee bemoeien, maar weet u, u zou toch echt...'

De man kreunde en zijn hoofd rolde iets achterover. Bella kon bijna niet geloven wie ze daar zag. 'Maestro Edward?' zei ze. 'O God.'

De jongen keek haar veelbetekenend aan. Ze liep weg, kwam weer terug. Ze liep weer weg. Ze zei tegen de jongen dat hij met de zaklantaarn in het gezicht van de man moest schijnen.

Ze bukte weer. Het was hem. Geen twijfel mogelijk. Edward. Dronken. Edward, die bij deze jongen bekendstond als 'die gevaarlijke Engelsman', en nog een vaste bezoeker van het bordeel ook. Ze schrok zo dat ze het beetje Italiaans dat ze kende opeens helemaal kwijt was. 'We moeten hem wegslepen', zei ze. 'Hij kan hier niet blijven.'

De jongen haalde zijn schouders op.

'Even denken. Goed. O God, hoe zeg je dat? Je moet me helpen. Helpen. Mij. Optillen. Hem. *Aiuto.*'

De jongen staarde haar alleen maar aan.

'Wat moet ik nou toch doen?' vroeg ze. Ze vermande zich en begon zachtjes te praten. 'Edward. Edward? Hoor je me, Edward? Ik ben het. Juffrouw Stuart. Luister eens, je moet proberen om...' Ze pakte hem bij de kin en kreeg een tinteling toen ze zijn baard in haar handpalm voelde. 'Edward!' Haar stem luider, scherp nu. Daarna schudde ze hem door elkaar. 'Edward! Word wakker, in godsnaam. Wil je weleens wakker worden? Alsjeblieft!'

'O, rot een eind op', snauwde hij in zijn dronkenschap. En toen haalde hij naar haar uit.

De jongen sprong achteruit. '*Signora! La prego. Andiamo*', zei hij.

'Nee! We laten hem hier niet achter.' Ze boog zich weer naar hem toe. 'Edward, ik ben het. Kijk me aan, Edward. Je kunt hier niet blijven. Geen sprake van. Ik ga proberen je overeind te helpen.'

Zijn arm vloog weer in de lucht en ditmaal raakte hij haar wang. De schrik was erger dan de pijn, die door haar kaak zinderde. Na een poosje deed ze nog een poging, maar nu zorgde ze voor voldoende afstand om weg te kunnen springen als dat nodig was.

'Edward,' begon ze, 'ik waarschuw je, waag het niet me nog eens te slaan.'

Zijn ogen schoten open en keken haar rechtstreeks aan, zonder te zien naar wie of wat hij keek.

'Edward, ik ben het. Weet je niet wie ik ben?' vroeg ze hem. 'Ik ben het. Anabelle Stuart.'

'O, rot op, laamemerust. Godsamme.'

Bella keek op. De jongen was verdwenen. Wat nu? Ze overwoog om terug te rennen en de pastoor te halen, of naar huis te gaan en Elida te vragen, of misschien Cesare. Maar als signora Lami hier ooit weet van kreeg zou Edward vast en zeker worden ontslagen, en zonder getuigschrift. En bovendien moesten ze om Alec denken. Wat zou er van hem worden zonder zijn geliefde maestro?

Op dat moment klonken er stemmen. De melkjongen kwam aanlopen uit de richting van het bordeel, gevolgd door een man en een vrouw. De man was groot, robuust, op blote voeten en in onderhemd. Kaalgeschoren kop, een hakenkruis op zijn bovenarm getatoeëerd. Een matroos. Een Duitser. De vrouw wikkelde een sjaal om haar schouders en over haar hoofd. Ze leek helemaal niet op een vrouw die Bella in een bordeel verwachtte aan te treffen.

'Engelse?' vroeg de Duitser aan haar.

'Ja.'

'Uw man?'

'Nee.'

'Nee?'

'Ja, bedoel ik.' Ze dacht dat ze dan misschien meer kans had dat de man haar zou helpen.

De Duitser gooide zijn hoofd achterover en lachte.

'*Pazzo*', zei de melkjongen en tikte tegen zijn slaap om aan te geven dat Edward gek was.

De Duitser hurkte naast Edward. 'Ach, ja', zei hij. 'Kom. Alles voorbij nu, vriend. Ik zou niet graag in je schoenen staan, morgen.'

Edward haalde weer uit, maar de Duitser ving zijn arm op en hees hem omhoog. Bij het overeind komen gleed Edwards voet weg en schopte de melkkan omver.

'*Aiuta-mi*', zei de Duitser tegen de jongen, die inmiddels even bleek zag als de melkplas die uit zijn kan stroomde.

De Duitser sleepte Edward naar voren. Edward klapte dubbel als een lappenpop, maar veerde plotseling terug en zijn vuist schoot uit naar de man. Die ving zijn hand op en sloeg Edward recht in zijn gezicht.

'Nee!' schreeuwde Bella, maar de Duitser grijnsde alleen maar als reactie.

Een moment later hadden de Duitser en de melkjongen Edward tussen zich in genomen, met gebogen hoofd, een druppel bloed die van zijn mond zijn baard in sijpelde, de armen om de schouders van de twee dragers geslagen.

'We wonen op de Via Romano', had Bella toen gezegd.

'Dat kunt u wel vergeten, dame', zei de Duitser.

'O, alstublieft, maar dat moet.'

'Een dode is dubbel zo zwaar. Een dronkaard driedubbel. Het gaat gewoon niet.' Vervolgens begonnen ze hem terug te slepen, in de richting van het bordeel.

De vrouw leek liever niet te willen dat ze Edward terugbrachten naar het bordeel, maar toen ze tegensputterde beet de Duitser haar wat toe. Bella meende iets te horen als: 'Je hebt zijn geld aangenomen, dan krijg je ook zijn problemen.'

De melkjongen, die naast de Duitser opeens weer een kind leek, gluurde onder Edwards oksel vandaan en zei dat ze op hem moest wachten; als hij terugkwam zou hij zorgen dat ze veilig thuiskwam. Dat beloofde Bella.

Zodra de groep het bordeel binnenstapte sloop ze weg. Het was ondertussen bijna licht en ze kon zelf de weg naar huis wel vinden.

In oktober gaat Alec naar school, waar hij aardig zijn draai vindt, al blijft hij op zijn hoede. Twee weken later krijgt hij koorts. Dokter Eaton, of '*Dottore Inglese*', zoals Rosa en Elida hem noemen, zegt dat ze zich geen zorgen hoeven te maken; hij heeft gewoon een virusje te pakken, zoals zo vaak het geval is bij kinderen die net naar school gaan. Zijn afweersysteem zal zich wel snel aan zijn nieuwe omgeving aanpassen. Een paar dagen het bed houden en hij is weer zo gezond als een vis.

Maar Alec gaat zienderogen achteruit, zijn temperatuur loopt schrikbarend op en als Bella hem wat te drinken wil geven krijgt hij de beker niet scherp in beeld, maar grijpt er telkens links en rechts naast, alsof de beker ronddanst. Ze laat de dokter nog eens komen. 'Ik ben bang dat hij longontsteking heeft', zegt hij.

Ze besluiten hem niet naar het ziekenhuis te brengen. De verpleging komt er nu al handen tekort vanwege een buikgriepepidemie – iets waar Alec natuurlijk niet op zit te wachten. Vandaar dat de dokter een privéverpleegster zal sturen. Zuster Willis, een zeer bekwame Schotse vrouw die erom bekendstaat goed met kinderen om te kunnen gaan. Hijzelf zal om de paar uur een kijkje komen nemen. Ondertussen: sponsbaden en vocht toedienen, ze moeten proberen hem zo veel mogelijk te laten drinken. De zuster zal een stoomtent opzetten. Is er een kamer met een plafondventilator?

'Goed heet stomen voor zijn longen, en dan weer afkoelen vanwege zijn temperatuur: daar komt het nu op aan', zegt de dokter opgewekt, waarna hij zijn tas pakt en de kamer uit loopt. Hij is bijna bij de deur als hij zich omdraait. 'Ik wil geen paniek zaaien, maar het is misschien nu toch wel goed om een bericht naar zijn moeder te sturen, zodat ze klaarstaat voor als het de verkeerde kant op gaat... nou ja, voor de zekerheid.'

Edward draagt Alec de trap op naar de slaapkamer van de Signora, de dichtstbijzijnde kamer met een plafondventilator. Zijn overhemd plakt aan zijn huid door Alecs koortszweet. 'Hij gloeit helemaal', zegt Edward enkele ogenblikken nadat hij hem heeft neergelegd. 'Het voelt of ik hem nu nog in mijn armen heb.'

Terwijl Edward een ander overhemd gaat aantrekken arriveert zuster Willis. 'Alec moet ergens anders naartoe gebracht worden', kondigt ze aan als ze amper een voet in de kamer heeft gezet.

'Nee toch zeker?' zegt Bella.

'Maar kijk eens naar dat bed, juffrouw Stuart! Dat is belachelijk groot. Hoe kan ik ooit bij die jongen komen? En de stoomtent, zijn we die soms vergeten? Dat is een tent hoor, schat, geen afdakje!'

Edward verplaatst de jongen weer en moet opnieuw een ander overhemd gaan aantrekken. Ditmaal brengen ze Alec naar Bella's kamer, waar het kleinste bed van het huis staat. Het zal wel vreemd zijn dat er op elk uur van de dag of nacht mensen in- en uitlopen, ze zal zich vast wat zorgen maken over wat ze misschien zullen zien of vermoeden. Tegelijkertijd is het geruststellend om Alec in haar kamer te hebben.

Ze weten de Signora niet te vinden. Bella probeert het overal, eerst belt ze en daarna stuurt ze telegrammen. Ze is niet op Sicilië. 'Om eerlijk te zijn is ze de laatste tijd vrijwel nooit hier', zegt de Engelse huishoudster. 'Probeer het anders in Napels?' adviseert ze nors.

'Heb ik gedaan.'

'Nou, dan zult u het nog eens moeten proberen, juffrouw Stuart. En nóg eens. Meer kunt u niet doen. Blijven proberen.'

'Ik heb het geprobeerd, en nóg eens. De telefoon in het huis wordt niet opgenomen.'

'Er is geen enkele reden zo bits te doen. En het kantoor van signor Tassi?'

'Daar heb ik geen telefoonnummer van.'

'Maar ik toch wel, juffrouw Stuart. U hoeft het alleen maar te vragen, hoor.'

Het telefoontje naar het kantoor in Napels begint hoopvol. *Avvocato* Tassi is voor zaken in Duitsland, en de Signora vergezelt hem daar vast en zeker, aangezien zij toevallig zijn cliënte in de zaak is. Vervolgens wordt Bella doorverbonden met de persoonlijk secretaris van Tassi, die de kans niet voorbij kan laten gaan om te pronken met zijn abominabele en vrijwel onbegrijpelijke Engels. Het lukt haar niet hem weer naar het Italiaans over te laten schakelen, en uiteindelijk doet ze maar alsof ze weggeroepen wordt en geeft de hoorn aan Elida. 'Wat je ook doet,' fluistert ze, 'laat niet merken dat je wat Engels spreekt.'

Hij heeft geen telefoonnummer waarop de avvocato te bereiken is. Ook geen postadres. Hij kan in Düsseldorf zijn, of misschien in Bonn. Voor zover de secretaris weet zijn er in beide steden zaken die zijn aandacht vragen, maar uiteraard is het niet aan hem zijn superieuren te bekritiseren. Uiteraard zal hij zodra mevrouw en meneer terug zijn of contact opnemen, de boodschap doorgeven.

Dan herinnert Bella zich dat Eugenia familie in Düsseldorf heeft; waarschijnlijk ook verwanten van de Signora. Ook Eugenia is niet thuis, maar haar dienstmeisje weet het telefoonnummer in Düsseldorf te vinden.

Het is een bezoeking om per telefoon verbinding met Duitsland te krijgen. Edward en mevrouw Cardiff moeten daarvoor naar de Britse consul, die op zijn beurt naar de burgemeester van Bordighera moet, die zich vervolgens tot een bisschop in Genua wendt. Uiteindelijk krijgen ze toestemming de gebruikelijke formaliteiten over te slaan en worden ze verbonden met Düsseldorf. Maar na al die moeite blijkt de familie verhuisd. Geëmigreerd zelfs. Wanneer of waarheen: niemand schijnt het te weten of er een zier om te geven.

Zuster Willis verandert Bella's kamer in een ziekenzaaltje, compleet met de stoomtent waar ondertussen heel Bordighera het over heeft. De ganse dag worden er teilen en pannen kokend water de trap op en af gesjouwd door Elida, Rosa en Edward en zelfs de arme Cesare met zijn O-benen, tot de gang naar de keuken net een Londens steegje in november lijkt. De buren hebben hun bedienden gestuurd om te helpen, of zijn persoonlijk langsgekomen met manden vol fruit dat hij nooit zal eten en bloemen die hij nooit zal zien. De geschenken gaan de ene deur in en de andere uit, waarna ze door een dankbare mevrouw Cardiff over haar verschillende liefdadigheidsprojecten worden verdeeld.

Bella hoeft geen water te dragen vanwege haar zwakke rug, maar moet boven blijven om zuster Willis te helpen, die met een gezicht als een grote gloeiende maan telkens de tent in en uit schiet en haar allerlei klusjes te doen geeft. Bella vraagt zich inmiddels af of zuster Willis haar reputatie dat ze goed met kinderen kan omgaan, niet te danken heeft aan het feit dat ze iederéén als kind behandelt, tot en met de manier waarop ze iemand een taakje geeft en diegene vervolgens met lof overstelpt als dat is uitgevoerd. Het lijdt geen twijfel dat ze een uitstekend verpleegster is – ook al kan ze irritant monter zijn – en dat ze zorgt voor wat broodnodig optimisme in de ziekenkamer. Toch verdraagt Alec haar niet in zijn buurt, behalve als ze zijn temperatuur moet opnemen of zijn pols voelen. Voor de dokter geldt hetzelfde: als hij maar even blijft dralen raakt Alec van streek. Hoe zwak en verward ook, hij laat overduidelijk blijken dat alleen Bella en Edward hem mogen wassen en verschonen.

Zuster Willis vat deze afwijzing sportief op, ze ziet er zelfs een goed teken in: 'Daaruit blijkt dat hij weet wie wie is, en wat wat!' zegt ze stralend. En na instructies te hebben gegeven hoe ze hem het best een sponsbad kunnen geven, de doorweekte lakens verschonen en hem razendsnel afdrogen zodat zijn poriën even dicht blijven voordat ze weer opengestoomd worden, vist ze haar sigaretten uit haar tas, laat hem aan hun zorgen over en 'piept er even tussenuit voor een saffie en een kopje thee'.

De avond voor Alecs tiende verjaardag staat de dokter met het oorstuk van zijn stethoscoop te spelen en deelt hun mee dat de volgende twaalf uur beslissend zijn. 'Is het nog gelukt met z'n moeder?' vraagt hij, en Bella heeft het gevoel dat hij in haar buik heeft gestompt en haar ingewanden omgedraaid.

Ze probeert weer naar Napels te bellen, en nog eens. Maar ook nu geen enkel teken van de avvocato en zijn vrouw. Daarna Sicilië. Ditmaal is de Engelse huishoudster razend. 'Hem zomaar naar een school sturen waar van alles en nog wat naartoe gaat. Wat had ze dan verwacht? Als signor Lami nog had geleefd was daar geen sprake van geweest, dat kan ik u zo wel vertellen. En dan gaat ze ervandoor zonder iemand wat te zeggen. Wie doet zoiets nou? In ieder geval geen goede moeder, als u het mij vraagt.' Het blijft een paar tellen stil en Bella denkt dat de verbinding is verbroken. Dan beseft ze dat de Engelse huishoudster huilt.

'Gaat het?' vraagt ze.

‘Misschien zie ik hem wel nooit meer. Mijn lieve kleine Ali Baba, mijn schaapje.’

Als Bella weer naar boven loopt komt ze Elida tegen. Elida huilt ook, en één vreselijk moment lang vreest ze het ergste. Maar het blijkt dat Edward naar haar ‘heeft gegromd als hond’, en dat alleen omdat ze over een priester was begonnen. ‘Gegromd als hond, signora Stuart, en hij zegt: schei uit met je heksenpraat, straks hoort Alesso je nog en hij wordt bang.’

Later die avond, als ze hem net zijn stoombad hebben gegeven en het beddengoed aan het verschonen zijn, Bella aan de ene kant van het bed, Edward aan de andere, lijkt het of Alec even niet meer ademt. Het is maar een fractie van een seconde, zo kort dat Edward het niet eens heeft gemerkt. Tot op dat moment klonk Alecs ademhaling alsof iemand een busje naalden zachtjes van links naar rechts schudde. En opeens die ene tel stilte. De stoom begint al dunner te worden, en als ze naar beneden kijkt verdwijnt Alec voor haar ogen. Alsof hij samen met de stoom vervluchtigt. Zijn smalle schouders, zijn uitstekende ribben, zelfs zijn dikke, stugge haar, dat alles lost op.

Ze staat op het punt het laken neer te leggen en zijn naam te fluisteren. Maar dan beginnen de naalden weer te huiveren in zijn keel. Bella zegt niets tegen Edward, maar wijdt zich nog een paar seconden aan haar taak. Totdat er een hevige snik aan haar lippen ontsnapt. Het lijkt wel vanzelf te gaan. Ze steekt een hand uit, alsof ze de snik wil opvangen en terugstoppen.

Edward leunt over het bed en raakt even haar arm aan. ‘Ga jij maar even naar buiten’, zegt hij. ‘Ik maak dit wel af.’

Ze schudt haar hoofd en sluit haar ogen. ‘Is...? Is hij...?’

‘Er is niets aan de hand, Bella, niets aan de hand. Hij is er nog’, zegt Edward. ‘Hij is nog bij ons.’

Dan gaat Alec van het ene op het andere moment vooruit. Zijn temperatuur daalt naar normale waarden, hij haalt makkelijker adem en het vlekkerige rood op zijn gezicht en borst maakt plaats voor een gezonde kleur. De dokter zegt: ‘Nou, dat is een hele opluchting. Dat kan ik jullie nu wel zeggen.’

Zuster Willis breekt de stoomtent af. Edward biedt Elida zijn excuses aan. Elida aanvaardt ze welwillend, in tranen, maar niet voordat ze langzaam een kruisje heeft geslagen en nadrukkelijk op de tussenkomst van de Madonna heeft gewezen. Rosa, die al een week lang amper naar huis is geweest, zoent iedereen in de kamer, ook Dottore Inglese, en zegt dat ze eens gaat kijken of haar eigen kinderen er nog zijn, en of ze ze nog herkent.

'De crisis is voorbij,' legt de dokter uit, 'maar dat wil nog niet zeggen dat hij is hersteld. Hij moet nu goed uitrusten. Jullie moeten bij hem waken. Waarschijnlijk slaapt hij een flinke poos, maar zodra hij zijn ogen opendoet moeten jullie me bellen, het maakt niet uit op welk tijdstip. Als ik niets hoor, kom ik morgenochtend vroeg weer langs.'

Bella kondigt aan dat zij bij hem zal waken; tenslotte is dit haar kamer en heeft zij meer recht hier te zijn dan de anderen. 'Toe, ga maar', zegt ze en ze duwt zuster Willis en Edward naar de deur. 'Ga maar. Ga slapen. Eten. Roken. Word dronken. Samen buiten in je blootje tikkertje spelen. Wat jullie maar willen. Als je mij maar alleen laat.'

Ze is duizelig van vermoeidheid, maar ook vanwege de opluchting die ze eigenlijk nog niet durft toe te laten. Ze wil nu alleen maar bij Alec zijn, even de schrik van de afgelopen dagen verwerken en voorzichtig gaan hopen op het aanstaande herstel.

Elida komt eten brengen en geeft met haar grote hand een rondleiding over het dienblad: ham, kaas, nog een paar andere dingen op een bordje. 'Dit is gekookte *prosciutto*, niet *crudo*, de zachte die u lekker vindt, signora, en een *caraffa* heerlijke *rossese*, daar knapt u van op. En hier de koffiepot in de theemuts voor warm te blijven. En hier tot slot een van de perziken die we in september geweckt hebben. Zo zoet, dat geloof ik bijna niet.'

Bella doet het grote licht uit en houdt een lucifer bij het nachtlampje. De wijn stijgt haar onmiddellijk naar het hoofd. Ze sabbelt op de perzik, kleedt zich om in haar pyjama maar trekt dan haar kleren weer aan voor het geval Alec misschien toch al snel wakker wordt en er weer anderen de kamer binnen zullen komen. Ze schikt een paar kussens in de vensterbank en nestelt zich er. Maar uit angst dat het al te aangenaam wordt en ze indommelt, haalt ze ze allemaal weer weg.

Met één kussen als steun in haar rug gaat ze rechtop zitten, zodat ze Alec constant in de gaten kan houden. Ze staart een poosje naar hem en begint dan te zingen – wat er maar in haar hoofd komt: *Stille nacht*, een alfabetliedje, het lied van de zeven dwergen uit *Sneeuwwitje* en het versje dat de soldaten vorig jaar hadden meegebracht uit Oost-Afrika, van dat meisje met het zwarte gezichtje dat uitkijkt over zee. *Faccetta nera*, Alec wilde het telkens horen en zong het vaak.

Een paar minuten later wordt er aangeklopt en als ze opendoet staat Edward voor de deur. 'Hoelang sta je daar al?' vraagt ze.

'Lang genoeg om te weten dat je zingt als een kraai.'

'Erg geestig. Overigens had ik gezegd dat je weg moest wezen.'

'Ik doe geen oog dicht', begint hij en hij stapt naar binnen. 'Ik heb alles gedaan wat je zei. Een sigaret gerookt, meer dan één zelfs. Toen wat gegeten. Je weet natuurlijk dat het geen geweldig idee is als ik dronken word. En ik had niet echt veel zin om in mijn blootje buiten achter zuster Willis aan te gaan. Wist je dat ze een beetje lilt?'

'Je meent het!'

'Zeker wel. Vandaar dat het me het beste leek om jou maar gezelschap te houden. Hoe gaat het met hem?'

'Goed. Hij slaapt rustig.'

'En zijn ademhaling?'

'Heel regelmatig.'

'Mooi.' Hij loopt op Alec af. 'Hij heeft ook weer wat kleur. Dat is een goed teken, toch?'

'Ja, Edward, dat is een goed teken.'

'We kunnen wel praten, hè? Of denk je dat we hem dan storen?'

'Vast niet. Het is waarschijnlijk nog goed ook, misschien wordt hij dan wel wakker, om maar niets te missen.'

Hij draait zich om van het bed. 'Eet je dat niet op?' vraagt hij en hij steekt zijn hand al uit naar het bord op het dienblad.

'Ik dacht dat je al wat gegeten had', zegt ze.

'Heb nog steeds trek. En het is zonde om het te laten verpieteren. Je eet het toch niet op.'

'Hoe weet je dat?'

Hij kijkt haar met opgetrokken wenkbrauwen aan, en gaat vervolgens op de bank zitten met het bord op zijn schoot. 'Vertel eens', begint hij terwijl hij achteroverleunt, een olijf op zijn lippen laat balanceren en dan naar binnen zuigt. 'Hoe komt het eigenlijk dat je zo weinig eet?'

'Ik eet helemaal niet zo weinig.'

'Je eet niets. Je bent te mager, trouwens.' Hij spuugt de olijfpit in zijn hand en laat hem op het dienblad vallen. 'Er zou wat meer vlees op je botten moeten.'

'Je hoort niet met volle mond te praten', zegt ze. 'Dat is heel onbeleefd. En jij bent nu ook niet bepaald een Charles Atlas.'

'Klopt, maar ik doe in ieder geval mijn best.' Hij pakt een stukje kaas, houdt het onder zijn neus, snuft eraan en eet het op. 'Tikje te mild wat mij betreft. Deze koopt Elida speciaal voor jou. Sterker nog, wanneer ze denkt dat je iets niet lekker vindt rust ze niet totdat ze een alternatief heeft gevonden.'

'Dat is me opgevallen, inderdaad.'

'Je bent erg ondankbaar. Arme Elida.'

'Jaja, nu is het opeens "arme Elida". Een paar uur geleden was ze nog een heks.'

'God, praat me d'r niet van. Maar al dat gezwets over het vagevuur en treurende zielen die voor eeuwig rondzwerven: ik kon er niet meer tegen. Blijkbaar heeft een *meticcio* geen enkele kans in het hiernamaals, wat wij ook zeggen.'

'Een wat?'

'Een halfbloed.'

'Omdat zijn moeder Jodin is? Zei ze dat?'

'Nou nee, dat zei Rosa. Maar toen begon Elida meteen te brullen dat de pastoor moest komen. Allemaal onwetendheid, het is volstrekte onzin.'

'Voor Alec is het toch geen onzin? Jezus.'

Hij vist een reepje ham op en laat het boven zijn open mond bungelen. 'Weet je, toen ik een poosje terug in de keuken was mocht ik van haar hier niet eens naar wijzen. "Is voor signora Stu-arta, zij vindt alleen deze lekker."' Hij laat het in zijn mond zakken. 'Als je het zo lekker vindt, waarom is het dan nog niet op?'

'Het is niet zo dat ik het lekker vind, alleen iets minder vies dan de rauwe versie.'

'Dat zei ik toch', zegt hij terwijl hij een stukje merg van het bord schuift en zijn vinger aflikt. 'Je eet niets.'

'Er ligt ook een mes en vork, Edward, die mag je gerust gebruiken, hoor.'

'Ik eet graag met mijn handen.' Hij likt aan zijn vingers en droogt ze dan af aan een servet. 'Ah, lekker. Koffie. Mag ik?'

'Ga je gang. Trouwens, ik heb wel meer trek gekregen sinds ik hier ben. Mijn vader vond het geweldig dat ik zo was aangekomen. Je had me een paar jaar geleden eens moeten zien. Toen at ik pas niets. Ik bedoel echt niets. Ik hou gewoon niet zo van eten, niet zoals andere mensen. Wel een grap dat je dan in een land komt te wonen waar eten het allerbelangrijkste is.'

Edward drinkt de koffie op en schenkt nog een glas wijn voor haar in. Zo glijdt de nacht geleidelijk voorbij. Ze roddelen wat over mensen die ze kennen, speculeren vrijuit. Ze lachen; op een keer gieren ze het bijna uit, hij kan mensen perfect nadoen. Het gesprek gaat over henzelf, neemt een andere wending, komt er dan weer bij terug. Dat gebeurt een paar keer. Af en toe valt iets wat hij zegt verkeerd bij haar. Soms zegt hij op zijn beurt dat iets haar niks aangaat. Maar dat zijn kleine smetjes tijdens een hele nacht lang praten.

Een eeuwigheid nadat het gesprek is begonnen en lang voor het eind, zegt ze: 'Ik geloof niet dat ik ooit zo lang met iemand heb gepraat. Jij wel?' Hij haalt zijn schouders op. 'Soms. Als ik gedronken heb. Dan hoor ik mezelf graag praten. Maar genoeg daarover; waar had je het ook alweer over?' Hij wil haar horen praten.

Aanvankelijk weet ze maar bar weinig te vertellen, een paar anekdotes uit een vorig leven. Dat mevrouw Jenkins en haar vader in het geniep met elkaar omgingen bijvoorbeeld, wat hij hilarisch vindt. Op zijn beurt vertelt hij een paar verhalen over zijn reis door Duitsland, over een avond dat hij met een paar bruinhemden slaags raakte in een stad in Beieren. Dat hij midden in de nacht moest zien dat hij wegkwam toen ze met een hele bende makkers terugkwamen en dreigden zijn hotel plat te branden.

'Heb je gevochten met de bruinhemden? Was je dronken?'

'Natuurlijk was ik dronken.'

'Hoe was de ruzie begonnen?'

'Ik zei dat Hitler een *Schwuler* was.'

'Een wat?'

'Een mietje.'

'Edward toch!'

'Jouw beurt.' Hij grinnikt.

Ze vertelt hem dat ze de sieraden van haar moeder had gestolen; dat ze zich er niet toe had kunnen zetten haar graf te bezoeken; over het eten dat ze altijd weggooide, de katten in de tuin. Hij luistert, mompelt af en toe wat, lacht een enkele keer.

'Nu jij', zegt ze.

Weer een drankverhaal. Jaren geleden had hij eens overgegeven in een garderobe, hij had er de kleren van een vreemde helemaal ondergekotst. Hij zegt dat hij alleen was, maar ze weet niet zeker of ze dat wel gelooft.

'Gaan al je verhalen over drank?' vraagt ze.

'Alleen dan maak ik wat mee.'

'Doe je het daarom? Zodat je wat meemaakt?'

'Weet ik niet. Ik doe het omdat, tja, waarschijnlijk omdat ik de pogingen om het te laten zat word, denk ik. Telkens dat verdomde gevecht. Soms besluit ik gewoon om me niet langer aan de richel vast te klampen.'

Gedurende de nacht verplaatsen ze zich door de kamer. Toch kan ze zich niet herinneren dat een van beiden is opgestaan om ergens anders naartoe te gaan. Het ene moment zit ze op de bank, het volgende ogenblik staat ze bij het bed en kijkt naar Alec. Edward lijkt wel overal op te duiken: in kleermakerszit in de vensterbank, daarna languit op de bank met zijn armen achter zijn hoofd. Op de grond met zijn rug tegen de muur. Daarna bij de deur, alsof hij op het punt staat weg te gaan. Ze wil niet dat hij weggaat. Nog een verhaal.

'Ik weet een roddel', zegt ze.
'Altijd goed.'
'Over Amelia.'
'Helemaal mooi.'
Ze vertelt over die keer dat Amelia de hele nacht weg was gebleven en thuiskwam met een zuigzoen. En dat Elida een keer 's morgens vroeg een man had betrapt die het huis uit sloop.
'Foei, Amelia!'
Hij vertelt haar dat Amelia een flinke poging heeft gedaan hem te verleiden.
'Hoe flink?'
'Ze stond naakt onder het raam, midden in de nacht. Flink dus.'
'Helemaal naakt?'
'Nou ja, gehuld in een deken, maar de suggestie was wel duidelijk.'
'Heb je haar binnengelaten?'
'Natuurlijk niet.'
'Want voor iets dergelijks ga je naar een bordeel, toch?'
'Bemoei je nou maar met je eigen zaken', snauwt hij.
De nachtlamp gaat sputterend uit en het duister omvat hen. Twee losse stemmen.
Ze zegt: 'Ik zal je een groot geheim vertellen als jij één vraag van mij beantwoordt.'
'Hoe groot is het geheim?'
'Enorm.'
'Vraag maar.'
'Ben je Iers?'
'God, niet dat weer.'
'O, toe nou. Is het waar?'
Hij antwoordt niet, ze dringt aan. 'Zeg het nou gewoon. Ik zal niet vragen naar het waarom of hoezo, en ik zal het tegen niemand zeggen. Ik wil het gewoon heel graag weten.'
'Gewoon ja of nee, en daar laat je het dan bij?'
'Dat beloof ik.'
'In dat geval: ja.'
'Ja?'

'Ja, dat zei ik toch?'

'Ik wist het, ik wist het! Uit Dublin?'

'Je had beloofd het daarbij te laten. Maar inderdaad: uit Dublin.'

'Goed dan, dat was het.'

'Nu wil ik jou wat vragen. Mag dat?'

'Ja?'

'Heb je bij me ingebroken toen ik weg was?'

'Ja. Ik...'

'Waarom?'

'Ik dacht dat je niet meer terugkwam en ik was gewoon nieuwsgierig. Het spijt me.'

'Is al goed. Geeft niet. Ik zal je bij een volgende gelegenheid binnenvragen. Als je tenminste niet bang bent.'

'Voor jou kan ik niet bang zijn, Edward.'

Even blijft hij stil en dan zegt hij: 'Nou, kom dan maar op met dat enorme geheim van je.'

In het donker steekt ze van wal. 'Er was een man, een professor. Uit Edinburgh. Hij was met een nicht van mijn moeder getrouwd en logeerde bij ons. Iedereen was verschrikkelijk trots op hem, ze gaven altijd enorm op van hoe briljant hij was en zo. En ik was bovendien nog jong, een meisje maar, net veertien...' Ze stopt omdat ze beseft dat als Edwin en zij elkaar niet kunnen zien, ze ook Alec niet kunnen zien. Stel dat er iets verandert in zijn toestand. Hij zou nu zelfs al wakker kunnen zijn en naar haar liggen luisteren.

Edward strijkt een lucifer af, en ze schrikt als het nachtlampje weer opvlamt. Ik vertel te veel, denkt ze. En dan zegt ze het hardop: 'Ik vertel te veel.'

Hij antwoordt: 'Je hebt nog helemaal niks verteld!'

'Dat komt zo. Ik beloof het. Geef me een paar minuutjes.'

Vlak voor het licht wordt doezelt ze weg. Wanneer ze wakker wordt staat hij daar met een kopje in zijn hand, en ze herinnert zich weer dat hij thee ging zetten. Ze pakt het kopje aan en zegt: 'Goed, dan nu mijn geheim. De werkelijke reden dat we van Dublin naar Londen zijn verhuisd. Ben je er klaar voor?'

'Een en al oor.'

Hij is heel stil als ze klaar is met haar verhaal. Hij wacht een moment lang voordat hij iets zegt. Lang genoeg voor haar om te beseffen dat ze een vreselijke fout heeft begaan.

'Je was nog een kind', zegt hij ten slotte.

'Niet echt. Niet helemaal meer.'

'Nog maar vijftien.'

'Veertien.'

'Veertien dus. Het was niet jouw schuld.'

'Nee?'

'Nee. Natuurlijk niet, Bella, Jezus, dat is toch nogal wiedes! Híj was de volwassene. Híj was verantwoordelijk.'

'Ja, maar ik ben naar hem toe gegaan. Ik hing de hele tijd om hem heen. Echt, weet je. De héle tijd.'

'Je was gewoon nog een kind. Dat is alles.' En daarmee maakt hij een einde aan hun nachtelijke gesprek.

Ze heeft veel meer verteld dan ze van plan was te vertellen. Hij heeft veel minder verteld dan hij lijkt te hebben gedaan. Dat zou misschien zijn rechtgetrokken als Alec niet opeens was begonnen te praten, verward en met schorre stem: 'Waarom lig ik in deze kamer, en waarom is het hier zo donker?' Zijn dunne stemmetje.

Naar haar gevoel staat de dokter al een paar tellen later in de kamer, op de voet gevolgd door de zuster, en de heisa die dan rond het bed losbreekt lijkt wel jaren te duren. Edward verschanst zich in een hoek van de kamer bij de muur. Zij gaat weer terug naar de vensterbank, waar de gordijnen inmiddels zijn opengetrokken en de luiken vastgezet om het licht binnen te laten dat niet langer pijn doet aan Alecs ogen.

Daar blijft Bella zitten, beantwoordt af en toe een glimlach van Elida en knikt begrijpend als de dokter achteromkijkt en iets over Alecs gezondheidstoestand zegt. Telkens als ze een glimp van Alec opvangt is zijn blik op haar gericht. Tijdens het onderzoek wordt hij om- en weer omgedraaid, maar zodra hij haar weer kan zien kijkt hij haar strak aan. Ze begint zich bezorgd af te vragen of hij niet wat gehoord heeft. Alleen kan ze zich niet precies herinneren wat hij misschien gehoord heeft, welke woorden ze heeft gebruikt en of een kind daar iets van zou begrijpen. Bepaalde zaken kan ze onmogelijk aan Edward hebben verteld, of aan wie dan ook. Er zijn bepaalde woorden die ze nog nooit heeft uitgesproken, zelfs niet in gedachten.

De man van het geheim. De professor uit Edinburgh.

Het ziekenhuis waar haar vader werkte, had hem voor een maand als gastprofessor en consulterend geneesheer uitgenodigd. Hij zou gedurende die tijd bij hen te gast zijn. Haar vader had met jongensachtig enthousiasme naar zijn bezoek uitgekeken. Haar moeder daarentegen dook onder in een van haar sombere buien die haar van een amper geschikte in een volledig incompetente gastvrouw veranderde. Met andere woorden: ze liet het weer eens afweten.

'Dan zullen we je tante Margie zover moeten zien te krijgen dat ze de sociale leemte opvult', had haar vader gezucht. 'Ik ben bang dat je arme moeder het zelfvertrouwen ontbeert dat in dergelijke situaties vereist is; professor Fallon, moet je weten, is een aanzienlijk man met een hoge positie.'

Hoe jong Bella ook was, de gedachte dat haar moeder werd geïntimideerd door de professor vond zelfs zij onwaarschijnlijk; tenslotte was de overleden vader van haar moeder directeur van het ziekenhuis in kwestie geweest en was hij zijn lintje alleen maar misgelopen doordat hij af en toe zaken vanuit een 'feniaans standpunt' bekeek.

Haar moeder hield gewoon niet van vreemde mensen over de vloer. Ze ergerde zich eraan dat ze altijd iets wilden en voortdurend haar privacy schonden. En ze had helemaal een hekel aan wat haar vader 'voorkomend zijn' noemde, maar wat zij 'kletsen en gezelschap houden' vond.

Tante Margaret was de ideale vrouw voor geklets en gezelschap. Ze was de jongste zus van haar vader en de enige die niet getrouwd was. Bovendien was ze zijn lievelingszus, al vond hij dat ze wat al te veel ontwikkeling bezat, waardoor ze maar niet aan de man kwam.

Bella was na een eerste blik op de achtenswaardige professor met haar veertien jaar wanhopig verliefd op hem geworden. Jaren later kon ze nog steeds niet zeggen waarom nu precies op professor Fallon, behalve dat hij toevallig kwam logeren in een periode dat ze, zo herinnerde ze zich, voortdurend liep te hunkeren.

Ze was al maandenlang buitensporig bezorgd over haar lichaam, dat met geduw en gedrang alle kanten uit groeide. Haar tantes hadden gezegd dat ze 'vormen kreeg', en maakten voortdurend opmerkingen in de trant van: 'Begint ze al vormen te krijgen?', 'Ik zie dat ze vormen krijgt' en 'Mijn hemel, als het zo doorgaat barst ze nog uit haar voegen.'

Bella vond deze transformatie afwisselend opwindend en afschuwelijk. Wanneer ze naakt voor de spiegel stond en haar armen tegen elkaar duwde, kon ze een decolleté maken, zoals bij een baljurk van een volwassen vrouw. En wanneer ze naar beneden keek, zag ze daar wat haargroei die deed denken aan de kin van de puistige krantenjongen. Achter die nieuwe kin klopte voortdurend een vlinder, warm en stevig, of hij maakte zich klaar om zijn vleugels uit te slaan. Er leek nóg een zwerm vlinders, kleiner van stuk maar veel vuriger, rond te fladderen in alle hoeken en gaten van haar lichaam.

Haar moeder, gestuurd door haar vader, vermoedde Bella, had een kort gesprekje met haar gevoerd. Wat gegeneerd gemompel over maandelijkse ongemakken en pijnlijke borsten, maar met die twee zaken was Bella al meer dan een jaar vertrouwd. Verder wat advies over zedig gedrag en enkele vage waarschuwingen voor mannen. Geen woord over liefde of vurige vlinders.

Professor Fallon was in de verste verte niet aantrekkelijk. Het was niet eens een vriendelijke man. Hij was van middelbare leeftijd, had een rond gezicht en een kale kop, met aan weerszijden een paar plukjes haar, als een clown. Hij had een snor maar geen baard, wat volgens Vera, de dienstmeid, betekende dat hij ijdel was en waarschijnlijk wilde pronken met dat belachelijke kuiltje in zijn kin. Hij had meisjesachtige wimpers en een fletse blik. Doorgaans keek hij knorrig voor zich uit. En toen Vera eens opmerkte dat er een bepaalde geur om hem heen hing, kon Bella het daar eerlijk gezegd onmogelijk mee oneens zijn. En toch dacht ze dat ze zou sterven van verlangen als ze hem zag of zelfs zijn voetstappen maar in de gang hoorde.

Aan tafel voerde hij het hoogste woord, doorgaans over wetenschap of politiek. Soms toonde hij zich van zijn artistieke kant door lange gedichten voor te dragen. Wanneer hij dat deed staarde haar moeder met afschuw naar haar bord. Tante Margaret hield haar hoofd schuin en knikte zachtjes. Haar vader, wiens enthousiasme voor zijn gast, jongensachtig of anderszins, allang bekoeld was, keek in de verte of at gewoon door. Bella vond dat hij een schitterende ronkende stem had. Op een keer zei ze dat tegen haar vader: 'Vind je niet dat de professor een schitterende stem heeft?'

'Hmm', had haar vader geantwoord. 'En bij God, dat zullen we weten ook!'

Toen begreep Bella dat iedereen haar professor doodsaai vond. Maar om de een of andere reden wakkerde dat haar liefde alleen maar aan. Ze begon obsessief te dagdromen, er speelden zich kleine scenario's af in haar hoofd, die echter geen afloop kenden. Ze vormden stuk voor stuk de aanzet tot iets wat vaag was maar verrukkelijk. Er was telkens sprake van een hartstochtelijke liefdesverklaring, een overgave, en natuurlijk een omhelzing: de gedachte alleen al liet de vlinders wild fladderen. Maar daarna werd alles een beetje mistig, keerde de dagdroom terug naar het begin en startte opnieuw.

Uiteindelijk werd Bella zo door haar fantasie geleid dat ze bijna geloofde dat er werkelijk sprake was van een romance. Ze begon hem liefdesbrieven te schrijven. Aanvankelijk was ze zo slim ze te verbranden zodra ze in de envelop zaten, stinkend naar parfum en met hartjes versierd. Toen dat niet langer voldeed, ging ze een stapje verder. Ze knipte lieve woordjes en zinnetjes uit de brieven en stopte die telkens wanneer ze langs de kapstok liep stiekem in zijn jaszak.

Ze dook op bij elke gelegenheid waar de professor maar verscheen. Kwam hij 's ochtends zijn kamer uit, dan liep ze toevallig op de trap. Ging hij in de tuin zijn glaasje sherry drinken voor het diner of de krant lezen, dan wachtte zij hem daar op; vaak klom ze snel uit het raam van de bijkeuken zodat ze net voor hij eraan kwam het bankje bereikte. En toen hij op een keer een lezing gaf in het College of Surgeons aan Stephen's Green, liep ze het hele eind in haar eentje daarnaartoe en verschool zich achter de taxistandplaats tot hij verscheen. Ze volgde hem door Baggot Street, waar hij een winkel binnenging, en toen hij weer naar buiten kwam stond ze toevallig haar schoenveter te strikken. Ze wandelden samen verder naar huis terwijl ze telkens vroegwijs en koket naar hem liep te lonken. Hij zei weinig, maar wierp voortdurend zijdelingse blikken naar haar. Dat zou best grappig zijn geweest, alleen maar iets om licht gegeneerd op terug te kijken, als het allemaal anders was afgelopen.

Op een zondagmorgen toen er niemand thuis was en Vera ertussenuit geglipt was naar de late mis, ging Bella zijn kamer binnen. Ze was niets verkeerds van plan, ze voelde alleen een vaag verlangen om te zien waar ze zoal mee te maken zou krijgen als ze eenmaal getrouwd waren. (Ze slaagde erin het lijstje met een foto van haar achternicht, zijn huidige vrouw, en haar achterachterneven, zijn twee zoons, te negeren.) Op zijn nachtkastje lag een medisch boek, een gebedenboek en er stond een glas troebel water, waar een vreemde geur uit opsteeg toen ze het naar haar neus bracht. Aan een koffer naast de linnenkast hing een label met zijn adres in Edinburgh; ze slaakte een stille kreet van verrukking bij de ontdekking. Nu kon ze hem een kaart voor zijn verjaardag sturen, en straks een met Kerstmis! Nee, ze wist iets veel beters: ze kon hem volgen naar Schotland! Dan wachtte ze op de hoek van de straat waar hij woonde tot hij van zijn werk in het ziekenhuis thuiskwam. O, de uitdrukking op zijn gezicht als hij haar zag! Ze zou aan een excuus beginnen, zeggen: 'Ik weet het, ik had niet moeten...' Maar hij zou haar met zijn kussen het zwijgen opleggen. 'O, lieveling, mijn lieveling... ik dacht dat we elkaar nooit meer zouden weerzien.' Dat zou hij dan zeggen.

Het bed was onopgemaakt en er vielen plassen zonlicht door het raam op het verfomfaaide dekbed. Ze ging liggen en trok zijn kussen tegen haar borst. De gekreukelde lakens streelden haar blote armen en benen. Ze sloot haar ogen en precies op dat moment ging de deur open.

Zodra ze hem naar haar zag staren met zijn hand op de deurknop drong tot haar door hoezeer ze zich had vergist. Wat had haar bezield? Hij was afschuwelijk. Echt een verschrikking. Alles aan hem was walgelijk. Toen ze zijn kussen optilde had zijn pyjama eruitgezien als een geplet vaatdoekje: groezelig en gevlekt. Het water in het glas was troebel omdat daar zijn stinkende kunstgebit de hele nacht in had staan weken. Het kussen rook smerig. Ze was niet alleen blind geweest, maar ook dom. En nu zat ze flink in de penarie. Haar ouders zouden boos zijn, en wat erger was, veel erger: zich schamen. Iedereen zou erachter komen en erover praten. Haar tantes, haar andere neven en nichten: een van hen zat bij haar op school en zou het ongetwijfeld doorvertellen. In september zou het als een lopend vuurtje door de gangen en lokalen gaan: het grote nieuws dat alle vakantieverhalen zou overschaduwen. Een stiekeme snuffelaar. Iemand die getrouwde mannen achternaliep. Haar leraren zouden het te horen krijgen. Misschien werd ze zelfs wel van school gestuurd. Maar eerst zou de professor haar naar beneden jagen om in de studeerkamer te wachten tot haar vader thuiskwam. Hij zou haar briefjes uitspreiden op het bureau van haar vader, een verklaring eisen. Hij zou met zijn stomme Schotse tongval zeggen: 'Dit is afkomstig van die lieve dochter van je.' Ze zag de zoete woordjes al op het walnotenhouten bureaublad liggen, net puzzelstukjes: 'kussen', 'omhelzing', 'teder', 'verlangen'.

Ze was van het bed van de professor gesprongen en begon verwoed te doen alsof ze het opmaakte. 'Ik ben alleen maar, alleen maar...' hakkelde ze aan één stuk door, terwijl ze het kussen opschudde en het laken rechttrok. 'Het bed aan het opmaken. Ik help Vera', wist ze er op weg naar de deur nog aan toe te voegen. Maar hij weigerde opzij te gaan. 'Alstublieft', begon ze, zo vervuld van schaamte dat ze amper een woord kon uitbrengen. 'Alstublieft, professor, mag ik erlangs alstublieft?'

'Ik heb je briefjes gekregen', zei hij. 'Hartelijk dank.'

'Briefjes? Welke briefjes? Ik weet niet wat u...'

'Lieg niet tegen me, kind. Dat zou nou toch jammer zijn, na al dat liefs van je.' Hij pakte haar arm beet. Ze proefde en voelde zijn smerige adem, heet op haar gezicht.

'Ik ben nog maar veertien', jammerde ze, zonder precies te weten waarom ze dat zei.

'Dat had je dan eerder moeten bedenken, hè?'

Ondertussen ademde ze hijgend en met scherpe uithalen, waardoor haar borsten op en neer deinden. Ze zag dat hij ernaar keek, en begreep dat die de zaak om de een of andere reden erger maakten. Ze wou maar dat ze ze kon afhakken en weggooien.

'Veertien', zei hij en hij legde een hand op een borst, zodat nu ook zijn hand op en neer bewoog. 'Maar je bent al een grote meid voor je leeftijd, hoor!'

Hij trok haar naar zich toe. Daarna drukte hij haar tegen de muur. Die walgelijke man; het speeksel uit zijn mond, zijn ademhaling bij haar oor, zijn mond snuivend in haar haar.

'Verlangde je hier soms naar?' zei hij. 'Is dit wat je graag wilde? Ja toch? Ja toch?'

Hij klemde haar tegen de muur met een arm en een been. Een lange streng van haar haar was achter een van de knopen van de mouw van zijn colbert blijven haken. Telkens wanneer ze zich probeerde te bewegen deed het venijnig zeer. Zijn hand ging naar beneden en gleed in de krappe ruimte tussen hen in. Ze voelde zijn knokkels tegen haar buik tikken en even later begreep ze dat hij zijn gulp openknoopte. Hij begon haar hand naar beneden te duwen, en probeerde haar hem daar te laten aanraken. Ze verzette zich. Het leek wel of er een veer aan haar hand zat, zo sprong die op en neer tussen hen in. Ze balde haar vuist om haar hand kleiner te maken, minder behendig. Maar toen ze haar vingers sloot, klopten haar knokkels tegen zijn ding. De huid daar was koel in vergelijking met zijn lichaam, dat bezweet en koortsig aanvoelde. Het leek wel of het niets met de rest van hem te maken had, een diertje dat hij had weten te vangen.

Hij begon in de stof van haar jurk te graaien, en ze probeerde zich zo goed en zo kwaad als het ging aan zijn druk te ontworstelen. Instinctief begreep Bella dat ze koste wat het kost moest voorkomen dat haar jurk opkroop. Toen staakte hij abrupt zijn pogingen. Hij begon nu tegen haar aan te duwen en te stoten. Inmiddels had hij zijn hand voor haar mond geslagen en zei telkens 'sst, sst', al zei ze helemaal niets.

Bella dacht dat hij haar zou laten stikken, ze kokhalsde tegen zijn hand, haar laatste minuut was ingegaan, ze ging dood, dit kon ze onmogelijk een seconde langer uithouden. Toen verslapte hij opeens, hij liet zijn hand zakken en zijn ogen puilden bijna uit hun kassen.

Hij zag eruit als de duivel. Ze voelde iets nats op haar jurk gutsen. Even dacht ze dat hij op haar had geplast. Maar het was zwaarder dan urine en leek wel te blijven staan in een verticale poel, midden op haar rok. Warm, en toen koud.

Nu haar mond en handen bevrijd waren kreeg ze weer adem en begon ze te schreeuwen. Ze rukte de streng haar met beide handen los van zijn jasknoop, drong zich langs hem heen, verrast dat hij zo makkelijk meegaf terwijl hij een ogenblik geleden nog zo veel kracht had gehad. Nu leek het wel alsof hij geen botten meer had, slechts uit vet en huid bestond.

Al gillend was ze de overloop op gegaan en bovenaan de trap blijven staan. Vandaar gilde ze naar beneden, naar de hal waar haar moeder en tante Margaret naar haar opkeken, die beiden van schrik waren gestopt met wat ze aan het doen waren: haar moeder met het uittrekken van haar handschoenen, tante Margaret met het afzetten van haar strohoed.

Haar tante kwam als eerste in beweging, rende naar boven en wierp een blik op Bella's jurk. Bella keek naar beneden. Er zat een grote vlek op de katoenen stof, met aan elkaar geplakte vouwen en kreukels. Ze bleef gillen.

Haar vader had haar wel eerder onderzocht. Die keer dat ze van de trap was gevallen en haar rug zo had bezeerd dat hij met haar naar het ziekenhuis moest. Toen ze de mazelen had, de waterpokken, roodvonk. Toen ze haar enkel had verstuikt en tegelijkertijd de pech had door een wesp te worden gestoken. Toen ze buikgriep had en hem helemaal had ondergekotst. Telkens als ze ziek was had hij haar verzorgd. Altijd met een vriendelijk woord en op rustige toon. Hij had altijd een vaste hand gehad.

Nu trilde zijn hand en vermeed hij zelfs haar in de ogen te kijken. Hij wilde ook niets tegen haar zeggen. Zijn vragen stelde hij via tante Margaret (haar moeder was al met iets kalmerends naar bed gebracht).

Aanvankelijk begreep Bella zijn vragen uit de tweede hand niet echt, met al die moeilijke termen die langzaam om de zaak heen leken te draaien, tot tante Margaret haar vader ten slotte negeerde en ze in haar eigen woorden stelde. 'Bella, dit is belangrijk. En lieverd, er is niemand boos op jou, echt niet. Maar vertel eens: is zoiets al eerder gebeurd?'

'Nee.'

'Dus dit was de eerste keer?'

'Ja.'

'En weet je echt zeker dat hij je nooit heeft aangeraakt... op wat voor manier dan ook?'

'Ja, echt niet.'

'Luister goed, lieverd, dit moet ik echt weten: heeft hij je aangeraakt? Heeft hij je onder je jurk aangeraakt?'

'Nee. Dat heeft hij geprobeerd, maar ik heb hem tegengehouden toen hij mijn jurk naar boven trok.'

'Goed van je. Goed van je. Dus hij heeft je jurk niet opgestroopt en heeft niet aan je onderbroek gezeten?'

'Nee. Zeker niet.'

'Heel goed, lieverd. Dat wilden we alleen maar weten.'

Maar toen gaf haar vader tante Margaret opdracht om Bella's onderbroek uit te trekken. Bella schrok vreselijk en dook in elkaar. Hij kwam naar haar toe. Hij zei dat Margaret haar benen naar beneden moest trekken en openduwen. Bella begon snikkend tegen te stribbelen.

'Harry, toe', zei tante Margaret. 'Is dat nou nodig? Ik bedoel, het arme kind toch.'

'Margaret, doe alsjeblieft wat ik je vraag. Ik zeg dit als dokter. Hou haar in bedwang. Ik wil haar liever nu nog niets kalmerends geven, eerst moet ik onderzoeken wat er gebeurd is.'

'Alsjeblieft, kijk nou naar haar, Harry.'

'God, Margaret, ik moet toch zien of ze ongerept is? Begrijp dat nou een keer en doe wat ik zeg.'

'Maar Harry, we hebben toch al vastgesteld dat het niet eerder is gebeurd. Je gelooft haar toch wel?'

'Natuurlijk geloof ik haar, maar...'

'Kijk alleen maar naar haar jurk, Harry. Je ziet toch wat er is gebeurd? Hij hield het niet meer voordat hij de kans kreeg. Je hoeft maar naar die jurk te kijken om te weten dat ze nog ongerept is.'

Het bleef even stil en toen trok haar vader haar jurk weer naar beneden. 'Vooruit dan', zei hij. 'Goed. Ze kan gaan. Breng haar maar naar bed en geef haar dit zodat ze kan slapen. Maar... Maar neem haar alsjeblieft mee.'

Tante Margaret sloeg een arm om Bella en loodste haar de kamer uit. Toen ze bij de deur kwamen, zei haar vader: 'Ik zal maar niet vragen hoe jij, Margaret, als ongetrouwde vrouw aan die wijsheid komt.'

'O, in godsnaam, Harry', siste tante Margaret.

Dokter Eaton zegt iets tegen Bella, maar het duurt even voordat dat tot haar doordringt. 'Ik zei dat u nu bij hem mag, juffrouw Stuart.'

'O, dank u wel, dokter. Excuus, ik zat...' Bella gaat naast het bed zitten en legt een hand op Alecs koele voorhoofd.

'Ben ik al jarig?' vraagt hij.

'Ja, Alec. Je bent gisteren tien geworden', zegt ze.

'Heb ik het gemist?'

'Je haalt het wel in. Maak je geen zorgen.'

Om haar heen hoort ze de nieuwe dag beginnen. Buiten klinkt het geluid van karren en vrachtwagens die naar de bloemenmarkten rijden. Verderop in Ventimiglia scheurt een fabriekshoorn als een mes door de hemel. De achterdeur klapt trillend dicht als Rosa binnenkomt. Een paar tellen later begint het fornuis te pruttelen. De slaapkamerdeur klikt zachtjes en als ze naar de muur kijkt is Edward verdwenen.

Deel zes

Anna

Dublin, 1995

Juni

Ik vraag me weleens af of ze iets hoort daar binnen, en zo ja wat. Ik sluit mijn ogen en probeer de geluiden te interpreteren door haar oren. Zou ze bijvoorbeeld het verschil merken tussen de gespannen ziekenhuisdrukte 's ochtends en de gemoedelijkere geluiden van de avond? Zou ze het gejammer van de theejuffrouw kunnen onderscheiden van het kindertoontje van Thelma? Zou ze de resolute ruk herkennen, misschien vrezen, waarmee het gordijn rond haar bed wordt getrokken, en weten dat het tijd is dat er een infuus wordt verwisseld, een buisje ruw wordt geplaatst? Luistert ze de verpleegsters af als die boven haar hoofd aan het roddelen zijn? Voelt ze de sfeer opeens veranderen als er een arts een zeldzaam bezoek aan de zaal brengt?

En wordt ze weleens bang, dat vraag ik me ook af, wanneer er iets fout gaat en alles uit de hand loopt? Wat af en toe voorkomt als er iets gebeurt, of zelfs als er niets gebeurt behalve in het hoofd van een patiënt die opeens op onverklaarbare wijze van streek raakt. De een steekt de ander aan, en die weer de volgende. Maakt al dat lawaai en het tumult aan emoties haar overstuur? Oude mannen die janken om hun mama. Oude vrouwen die brullen om iets ellendigs van lang geleden.

Vorige week ben ik teruggegaan naar het huis aan Pembroke Road en naar het appartement waar ik met Nonna heb gewoond. Het was er bedompt en stoffig, maar nog precies hetzelfde als toen ze een paar jaar geleden vertrok om naar het verpleeghuis te gaan.

Nadat ik er eens goed had rondgeneusd, niets van belang had aangetroffen en alles weer keurig op z'n plek had gezet – alsof Nonna daar nog achter kon komen – liep ik het hele stuk terug naar mijn huis aan de andere kant van de stad. Ik denk dat ik er ruim anderhalf uur over heb gedaan. In ieder geval sloeg het angelus toen ik bij Nonna wegging, en toen ik mijn voordeur opendeed klonk de trage kopermuziek van *Coronation Street* uit mijn tv. Van de lange wandeling naar huis herinner ik me eerlijk gezegd geen enkele stap. Je hebt van die dagen.

De volgende middag gaf de kleine zuster Blondy bij mijn vertrek uit het ziekenhuis me een klopje op de arm toen ze de deur van de afdeling openmaakte. 'Mijn God, wat ben je toch goed', zei ze. 'Ik bedoel dat je zoveel tijd voor haar vrijmaakt.'

Ik had kunnen antwoorden: 'Tja, daar heb ik bakken vol van. Wat moet ik er anders mee?' Maar ik wilde de sfeer niet bederven.

Want dat heb ik wel sinds het uit is met Hugh, en helemaal sinds ik twee weken geleden mijn baan heb opgezegd. Tijd zat.

Toen de directrice er eindelijk aan toekwam haar 'zorgen' over mijn toekomst te bespreken, had ik het haar wel heel gemakkelijk gemaakt. 'Domweg te weinig betrokkenheid', begon ze. 'Te veel smoesjes voor te veel verzuim, daar komt het op neer. Het kan zijn dat u persoonlijke problemen hebt, juffrouw Moore, maar uw verantwoordelijkheid ligt uiteindelijk bij de leerlingen. We hebben het wel over eindexamenleerlingen. We hebben het over hun portfolio. De toekomst van onze jeugd.'

Als je haar hoorde praten leek het wel of ze de directrice van Eton of Harrow was en niet van de een of andere gribus waar de leraren niet weten voor wie ze banger zouden moeten zijn, de leerlingen of hun ouders, en waar geregeld de politie erbij moet worden gehaald.

'Probeert u zich in mij te verplaatsen,' ging ze verder, 'en vraag u dan eens af: is het erg vreemd als ik aarzel om uw arbeidscontract te vernieuwen?'

'Nee. O, God, nee. Helemaal niet vreemd', zei ik, honderd pond lichter toen ik begreep dat mijn tekening van Foster gelukkig toch niet was opgedoken. Daar was ik de afgelopen twee weken bang voor geweest, doodsbenauwd, iedere keer als ik mijn lokaal binnenging in de verwachting dat ze de tekening op het bord hadden geplakt, als zijn jongere broer mijn kant op keek of als er een briefje in mijn postvakje in de lerarenkamer zat dat iemand me wilde spreken, in dit geval de directrice dus.

'U moet begrijpen dat...'

'O, maar dat begrijp ik best. Het is al goed, hoor. Ik verwijt u niets. Echt niet. Nou, tot ziens dan maar en sterkte met het vinden van een vervanger. Bedankt voor alles.'

'Maar, juffrouw Moore?'

'Hoor eens... wat moet ik anders? U wilt me hier niet hebben. En eerlijk gezegd wil ik hier ook niet bepaald zijn.'

'Gaat u weg? Nu direct? Zomaar, zonder uw ontslag in te dienen?'

'Mijn contract is toch al bijna afgelopen.'

'Maar ik heb u niet ontslagen, dat beseft u toch wel? Dit is alleen maar een officiële waarschuwing.'

'Nergens voor nodig. Ik neem ontslag.'

'Mag ik u vragen of u dat alstublieft op papier wilt zetten?' zei ze, duidelijk opgelucht.

'Natuurlijk.'

'Goed dan. En, wilt u nog een getuigschrift?'

'Doe geen moeite.'

'Maar, wat gaat u...? Ik bedoel, hoe gaat u dan...?'

'Heus, dat komt wel goed. Ik was toch al van plan te kappen met dat lerarengedoe.'

Toen ik haar kantoor verliet reed ik linea recta naar een zaak in Smithfield waar ze contanten voor je auto geven, zo'n tent die populair is bij drank- en gokverslaafden. Daar ruilde ik mijn auto in voor niet bijster veel contanten. Ook al had die auto niets met school te maken – ik ging meestal lopend naar mijn werk – toch leek dat een geschikte afsluiting van die ochtend. Opeens wilde ik me van alle last bevrijden. Zelfs een auto scheen te veel van me te vragen: ik moest hem benzine voeren, er een parkeerplek voor zoeken en geld in de meter doen, en me vervolgens zorgen maken of hij 's nachts niet gestolen werd. En bovendien raakte mijn geld op.

Toen ik een paar minuten later over Parnell Street liep, dacht ik alleen maar: goddank hoef ik dit niet aan Nonna te vertellen, hoef ik niet aan te horen hoe ze haar best doet om de schuld bij de directrice te leggen. Het mooiste was nog dat ik niet hoefde te liegen in antwoord op haar vragen. En die lul van een Shay Foster kon me ook niks meer maken. Wat mij betrof liet hij die tekening overal zien, desnoods hing hij hem op in die pub van hem, ze konden me er nu toch niet voor ontslaan. Ik had ontslag genomen toen ik nog een voorsprong had. Een poosje voelde ik me opgetogen, al begon dat gevoel al gauw weg te ebben.

Vandaar dat ik nu twee keer, soms zelfs wel drie keer per week bij Nonna langs kan gaan. Ik loop naar Abbey Street, neem de bus helemaal naar Portrane, en wandel de lange laan af, waar ik een sigaret geef aan de twee jongens die er altijd op de trap naar me uit zitten te kijken, ook al kom ik op verschillende dagen en tijdstippen. Vervolgens zit ik een uur bij Nonna aan het bed en vul de ruimte tussen ons tweeën met nietszeggend gepraat dat hoogstwaarschijnlijk niet tot haar doordringt, daarna een babbeltje met de verpleegsters, even naar de rookruimte, nog een poosje aan haar bed en dan de hele route weer in tegengestelde richting, onderweg misschien even stoppen bij een drankwinkel of een fish-and-chipszaak: nou, dan zit zo'n dag er alweer zo ongeveer op. Een zevende deel van de week, achter de rug. Hup, weg! Het grootste deel van de tijd kon me dat niet schelen, en is me eigenlijk ook niet veel opgevallen. Behalve dat na drie jaar de langste van de twee rokende jongens niet meer zo'n mooi gebit heeft.

Volgens mijn dokter is het een depressie. Een te vage, te toegeeflijke term naar mijn smaak. Somberte zonder goede reden. Persoonlijk denk ik dat het bij mij verlies is. Als ik er een gedicht over kon schrijven zou ik het die titel in ieder geval meegeven. 'Verlies'. Vorig jaar mijn vader, dit jaar Hugh. En eigenlijk ook mijn oma, die ze niet eens blijkt te zijn. Maar Nonna is altijd meer een moeder voor me geweest. Ergens heb ik dus mijn moeder opnieuw verloren. En in een bepaald opzicht zelfs mijzélf.

Dat zijn zo van die losse gedachten die bij me opkomen terwijl ik aan Nonna's bed zit te wachten tot ze heeft besloten of ze blijft of gaat. Of als ik halfbezopen in mijn donkere flat zit te kijken naar een of ander shitprogramma op tv en denk: zal ik nog één sigaretje roken voor ik probeer te gaan slapen, en ach, barst ook maar – waarom niet? – nog een fles hoofdpijnwijn openmaken?

Op een avond was ik aan dat gedicht begonnen. Ik schreef bovenaan de bladzijde: 'Verlies, door Anna Moore'. Maar verder ben ik niet gekomen. Ik had gedacht: als ik nou het komende halfjaar één woord per dag doe, dan lukt het me vast wel een gedicht te schrijven. Hoe moeilijk kan het zijn? Eén woord. Daarmee zou ik mezelf toch zeker niet overvragen. Tegen de tijd dat ik klaar was zou Nonna er niet meer zijn. Dan kon ik er ook tussenuit knijpen als ik dat wilde. Achter haar aan gaan. 'Verlies, door Anna No More' zou ik het dan noemen, en even grinnikte ik spottend bij mezelf. Natuurlijk duurde dat maar even en ik zat alweer te huilen.

Eén. Woord.

Ik moet hier weg, écht, dat moet.

Ik heb bij Nonna gewoond vanaf de dag dat mijn moeder overleed tot aan mijn afstuderen, waarna ik naar Belfast verhuisde om dichter bij mijn vader te zijn, die ik toen eindelijk leerde kennen. In de jaren daarna woonde ik zo af en aan bij haar.

Het appartement heeft zes kamers, drie aan elke kant van de hal waar je binnenkomt, zodat Nonna's huis dus in feite in tweeën is gedeeld. Aan de linkerkant de keuken, woonkamer en een kleine badkamer. Rechts twee slaapkamers en nog een badkamer, iets groter dan de andere. Omdat alle kamers vroeger aparte wooneenheden waren, zit er een Yale-slot op elke deur. Wil je van de ene kant van Nonna's appartement naar de andere, dan moet je de gang oversteken, waar, in ieder geval toen ik er woonde, altijd wel iemand zit te bellen met de gemeenschappelijke telefoon en waar de vloer altijd bezaaid is met brieven en reclamefolders.

Het is het huis van mijn jeugd – ik heb geen herinneringen aan het huis in Belfast waar ik woonde voordat mijn moeder overleed – maar ik heb Nonna's appartement nooit echt fijn gevonden. Het gevoel dat je eigenlijk maar in één kamer tegelijk woonde, omdat je altijd een sleutel nodig had om van de ene naar de andere kamer te gaan. En dat je dus niet moest vergeten je sleutelbos mee te nemen als je de gang overstak: wat had ik daar de pest aan.

De buitenkant van het huis was beter. Een granieten stoepje naar de voordeur, een sjofel tuintje dat altijd in de schaduw lag van de hoge boomkruinen langs de weg. In het souterrain was een fotostudio gevestigd, wat het pand in mijn ogen een zekere glamour gaf. Jarenlang zat er een uitvergrote foto van een klunzig uitziend bruidje achter de tralies voor een van de ramen geplakt. Alsof ze in de gevangenis zat, zei Nonna soms.

Ik zat graag op het granieten stoepje, op de glinsterende en massieve treden, die de zomerhitte zo lekker vasthielden en mijn kuiten verwarmden. Ik wachtte er vaak tot de bus voor ons hek stopte om te kijken wie er uit zou stappen. Bewoners van de appartementen boven het onze; gezichten die ik probeerde te koppelen aan de stemmen die ik had horen telefoneren. Of opgedirkte klanten die verlegen op de fotostudio afliepen. Of mijn vader, die trouwens nooit in de bus zat, maar altijd per taxi aankwam, zijn zakken vol poen van zijn booreiland.

Dat hij altijd weg was had me ergens meer verdriet gedaan dan de dood van mijn moeder. Ik wist dat hij kón terugkomen als hij dat wilde. Mijn moeder niet. Ik wist ook dat mijn moeder in de hemel was, maar waar mijn vader uithing, geen idee. Een booreiland, dat zegt een kind van acht helemaal niets. Nonna zei dat ik sowieso elke avond voor hen allebei moest bidden. 'Wees mijn mamma in de hemel nabij', dat was één ding. 'Wees mijn pappa op een booreiland nabij' wilde nooit echt overtuigend klinken, dus ik liet hem al snel uit mijn gebedje weg.

Ik ben nooit in een van de andere appartementen binnen geweest, maar dankzij de gemeenschappelijke telefoon leerde ik ieders aangelegenheden kennen. Telkens als er werd gebeld kwam een jonge, werkloze man de trap af rennen in zijn paarse broek met soulpijpen, al was het volgens mij vrijwel nooit voor hem. Als hij een keer niet thuis was, moest ik de telefoon aannemen en naar boven lopen en op de desbetreffende deur kloppen. Een vrouw op de derde verdieping deed een keer open, met krulspelden in haar haar, en gaf me een briefje van een pond. 'Toe, zeg hem maar dat ik niet thuis ben, meisje. Of nee, zeg maar dat ik verhuisd ben.'

Ik leerde alle uitvluchten, smoesjes en kletsverhalen kennen die je maar kunt bedenken, en ontdekte dat volwassenen liegen en hoe makkelijk dat hun afgaat, zeker aan de telefoon als je het gezicht aan de andere kant niet kunt zien. Ik begon de telefoon te beschouwen als instrument van bedrog. Het gevolg was dat als mijn vader belde en zei waar hij was, ik hem niet geloofde. Op een keer telefoneerde hij en zei dat hij in Londen was en me de volgende dag in Dublin zou komen opzoeken. 'Leugenaar! Leugenaar!' had ik geschreeuwd, waarna ik de hoorn uit mijn handen had laten vallen, die aan het snoer bleef bungelen totdat zijn stem, blikkerig als in een tekenfilm, ten slotte ophield mijn naam te herhalen.

De arme man, met de directe manier van doen van de noorderling, was waarschijnlijk de enige in mijn leven die me altijd de waarheid heeft verteld, nou ja, zijn eigen kleine beetje dan toch.

Op een keer toen Nonna rugpijn had – ze lag op de vloer, een glazige blik in haar ogen door de pijn en de pijnstillers – had ze gezegd: 'Je wordt mooi, Anna, over een jaartje of zo. Ik hoop dat je daar geen last mee krijgt.'

Ik zal een jaar of zeventien zijn geweest en zat aan de eettafel mijn huiswerk te maken. 'Waar heb je het over, Nonna?' vroeg ik lachend, want het was nogal een persoonlijke opmerking voor haar doen.

'Je zou met wat meer mensen moeten omgaan. Vriendinnen, begrijp je? Zoals voordat je verkering kreeg met die knul, hoe heet hij ook alweer, Marty toch? Een aardige jongen, maar je hoeft echt niet meteen al je vriendinnen te laten vallen als een man zijn opwachting maakt.'

Ik had willen zeggen: waarom heb je dan zelf geen vriendinnen, als je die zo geweldig vindt? Want zolang ik Nonna kende had ik maar van één vriendin van haar gehoord: Dolores, een verpleegster die sporadisch belde en waar Nonna een keertje in haar goede mantel naartoe was gegaan. Bovendien had ze me ook niet bepaald aangemoedigd om vriendinnetjes mee naar huis te nemen. En als ik dat eens deed, reageerde ze altijd wat vreemd; ze volgde hen voortdurend met haar ogen alsof ze verwachtte dat ze iets zouden stelen. Een andere keer had ze eens gezegd: 'Vertrouw niemand, Anna, zelfs je beste vriendin niet.' Al trok ze dat advies later weer in, ze zei dat dat misschien wat overdreven was geweest.

'Pas maar een beetje op met die pijnstillers, Nonna', zei ik en ging weer verder met mijn opstel. Een paar minuten later voelde ik dat ze nog steeds naar me keek. 'Wát?' vroeg ik.

'Je gaat steeds meer op je oma lijken', zei ze.

'Op jou?'

'Nee', lachte ze. 'God, nee. Je andere oma. Die was heel mooi.'

De volgende keer dat ik mijn vader zag, vroeg ik hoe zijn moeder eruit had gezien. Mijn vader, die in een sfeer van wantrouwen was opgegroeid, schrok vaak zelfs van de eenvoudigste vragen. 'Mijn móéder? Hoe kom je erbij om naar háár te vragen?'

'Ik wilde gewoon weten hoe je moeder, mijn oma, eruitzag. Zomaar.'

Hij dacht even na en antwoordde toen in zijn Belfastse stadsaccent: 'Zo lelijk als de nacht, als je 't echt wilt weten.'

Soms voer ik fictieve gesprekken met Nonna waarin ik allerlei vragen en onbeleefde opmerkingen op haar afvuur die ik nooit in haar gezicht zou durven zeggen – of ze nu waakt of slaapt. Ik zeg bijvoorbeeld: 'Je kunt geen kant meer op, Nonna, waarom maak je niet eens schoon schip? Vooruit ermee, vertel me wat er de afgelopen vijftig jaar in godsnaam aan de hand is geweest.'

Of ik word iets persoonlijker. 'Hoe kun je nou je hele leven maagd blijven, Nonna? Dat je op jouw leeftijd nog steeds niet weet hoe het is? En die man van je, vond hij het niet erg om het zonder te moeten stellen? Is hij daarom bij je weggegaan, is dat wat er gebeurd is? Is hij helemaal niet gesneuveld in de oorlog? Of heeft hij misschien zelfs nooit bestaan? Waarom toch? Waarom heb je me nooit de waarheid verteld? Dacht je dat ik weg zou gaan als ik erachter kwam dat we geen familie waren?'

Soms zit ik alleen maar te vertellen. Bijvoorbeeld dat ik zo'n hekel heb gekregen aan het appartement dat ze in haar goedheid voor me had gekocht, maar waar nu overal Hughs vingerafdrukken, vlekken en gedachten rondwaren. Dat ik niet eens de moeite neem om het schoon te maken, zo'n hekel heb ik er inmiddels aan. Erger nog, dat ik dat atelier eigenlijk amper heb gebruikt. Dat ik het in feite al lang geleden aan Hugh had gegeven toen hij extra ruimte nodig had om een tentoonstelling voor te bereiden. En dat ik ben vergeten het weer in bezit te nemen, of dat hij vergeten was het terug te geven. Dat hij er om te beginnen niet eens om had hoeven vragen. Het was mijn idee geweest, ik had erop gestaan en als ik eerlijk ben: het was een opluchting toen hij ja had gezegd.

Ik weet dat ze daar echt door ontdaan zou zijn. Dat ik dat atelier had weggegeven, de kans had vergooid, 'mijn talent', zoals ze altijd zei. 'Je hebt een talent geërfd, Anna, het is zonde als je daar niets mee doet.'

Hoe vaak had ik haar dat niet horen zeggen? Ik had altijd aangenomen dat er iemand van mijn vaders kant artistiek was aangelegd, want mijn moeder en mijn oma – de enige andere familieleden die ik kende – waren dat niet. Nonna had het over talent gehad, in mijn ogen was het niet meer dan bekwaamheid, wat niet hetzelfde was. Wat het ook was, het betekende altijd heel veel voor Nonna. In mijn kindertijd hing ze mijn tekeningen overal in huis op. En toen ik werd toegelaten tot de kunstacademie, sprong ze helemaal uit de band en kocht een fles champagne. Zelfs toen ik tot haar teleurstelling (maar niet die van mijzelf) een baan aannam als tekenlerares op een school in de binnenstad, betaalde ze de verzekering voor me en kocht mijn allereerste autootje.

Als ik zo in gedachten met Nonna zit te praten lieg ik nooit. Wat ik altijd deed, vroeger. Gewoon, zomaar, of om het me gemakkelijk te maken. Ik heb me heel lang slecht gevoeld vanwege al die stomme leugens. Nu niet meer natuurlijk. Niet nu ik weet dat we de hele tijd niet voor elkaar onderdeden.

Ik stel me voor dat ik haar over Hugh vertel. 'Hij is bij me weg, Nonna', zeg ik. 'Hij komt niet meer terug.'

'Ach, echt waar?' zal ze zachtjes vragen.

'Hij is bij me weg, Nonna; hij zei dat er niemand anders was, maar dat er nu eenmaal aan alles een eind komt.'

'Zei hij dat, zei hij dat werkelijk? Nou, nou.'

'Bijna zes jaar, Nonna.'

'Zes jaar! Heeft het zo lang geduurd?'

'M-hm. Het blijkt dat hij terug is naar zijn vrouw.'

Ik stel me voor dat ze me een ogenblik aankijkt en al mijn woorden weegt, alles in zich opneemt. Een nauwelijks merkbaar, langzaam knikje, misschien een klopje op mijn hand. 'Tja,' zegt ze dan, 'wie het zwaard opneemt zal door het zwaard omkomen, zo gaat het toch altijd?'

Hoe het werkelijk zat met het pand aan Pembroke Road, ontdekte ik pas toen ik voor het eerst met Nonna ging kijken bij het chique verpleeghuis in Chapelizod. We hadden er de middag doorgebracht en toen de grand tour achter de rug was, bleven we even op de oprijlaan in de auto zitten voor we naar huis reden. Een smoorverliefde Nonna keek welwillend door het autoraampje naar het huis en de gazons. Dat was het moment dat ze 'Dit is het. Dit hier is perféct' had gezegd.

Ik begreep maar niet waar ze al die gekkigheid vandaan had. Het was maar kort geleden dat ze dat appartement voor me had gekocht en nu had ze het over verpleeghuiskosten alsof ze telefoonnummers opsomde.

'Het is schitterend, vind je niet?' zei ze. 'En zo goed onderhouden. Echt, kijk nou eens naar die prachtige wilg. Ik hou toch zo van wilgen, ook al vinden veel mensen ze droefgeestig.'

'Nonna, het maakt niet uit hoe schitterend het is. Het is hartstikke duur. Mijn God, voor dat geld kun je in het Shelbourne zitten. Hoe denk je dit ooit te kunnen betalen?'

'Met de inkomsten van Pembroke Road.'

'De huur die je straks uitspaart is nog niet genoeg voor één dag hier... dat weet je toch zeker wel?'

'Ik betaal geen huur, het is van mij.'

'Je hebt het appartement op Pembroke Road gekocht?'

'Nee, het hele huis!' zei ze.

'Wanneer?'

'Na de oorlog.'

'Hè? Waar heb je het over?'

'Ja. Ik heb het van een Duitser gekocht. Die was namelijk in de jaren dertig uit Duitsland weggegaan, het gedoe daar hing hem zo de keel uit, en toen dat allemaal voorbij was is hij teruggegaan om er te gaan helpen. Vind je dat niet vergevensgezind? Schat van een man. Ik vraag me vaak af wat er daarna van hem geworden is. In ieder geval was het erg moeilijk om woonruimte te vinden na de oorlog. Vandaar dat ik besloot het huis in appartementen op te delen en die te verhuren. Toen je moeder jaren later trouwde en het nest verliet, heb ik het huisje waarin we woonden verkocht en ben zelf in een van de zit-slaapkamers getrokken – wat nu keuken is. Op het moment dat de ruimte ernaast vrijkwam, heb ik de tussenmuur doorgebroken. En wat wil het toeval? Vlak voordat jij bij mij kwam wonen, kwamen de kamers aan de andere kant van de hal vrij. Dus ik heb die erbij getrokken, alles een beetje rondgeschoven en voilà.'

In alle jaren dat ik op Pembroke Road woonde, heb ik nooit gemerkt dat ze zich als huisbazin gedroeg. Of iemand haar zo horen aanspreken. Ik kon me niet herinneren dat er ooit iemand bij ons was komen klagen over een lekkende kraan of sorry kwam zeggen omdat de huur te laat was. Daar kon ik eigenlijk maar één verklaring voor bedenken: de arme oude Nonna begon seniel te worden.

Toen we weer in Pembroke Road waren, strompelde ze naar haar slaapkamer en kwam terug met een doos ordners vol brieven van een administratiekantoor dat jarenlang het huis en de huurders voor haar had beheerd. 'Geloof je me nu?' vroeg ze.

Ik dacht aan al die wintermiddagen dat ze met haar jas aan op me had zitten wachten tot ik uit school kwam voordat ze de kachel of het fornuis aanstak. Of erger nog: de keren dat ze me ophaalde en we naar huis liepen door de chique lanen van Ballsbridge en ze zich bukte bij de bomen om twijgjes en stokjes te sprokkelen voor het vuur, ik gloeiend van schaamte. En dan die potjes op de plank in haar kleerkast – een voor koperen muntgeld, een voor zilveren – die als ze vol waren, werden ingewisseld voor briefjes die in een sok werden opgeborgen: haar 'geldrol'. En als die ook vol was, stortte ze het geld op wat ze haar 'speldengeldrekening' noemde. Wat je speldengeld noemt, Nonna!

Ik gaf haar de doos met ordners terug. 'En ik maar denken dat we arm waren', zei ik tegen haar. 'De hele tijd. Echt arm. Ik dacht altijd dat papa gierig was en die doodenkele keer dat hij langskwam alleen trakteerde op ijsjes en uitstapjes om indruk te maken, maar dat hij verder geen toelage stuurde, dat het aan mij lag dat we altijd krap zaten. Daar heb ik me altijd schuldig over gevoeld.'

'O, nee. Je vader heeft altijd geld gestuurd, iedere maand van zijn werkende leven.'

'Mijn God, Nonna, je bent een vrek. Ik heb gelijk, toch?'

Ze schokte defensief met haar schouders, en ze bloosde licht. 'Op een dag zul je daar blij mee zijn. Als ik er niet meer ben en die vent van je ervandoor gaat.'

'Hij gaat er niet vandoor. We gaan trouwen. Dat zei ik toch, zodra zijn scheiding definitief is.'

'Je zult blij zijn, want op een dag is dat alles wat je hebt. Maar dan is het ook hélemaal van jou, Anna.'

'Je hebt al een appartement voor me gekocht, Nonna, je hoeft me niet ook nog eens je huis te geven.'

'Maar aan wie kan ik het anders geven?'

We zaten even stilletjes voor ons uit te mokken tot Nonna weer begon te praten. 'Er is iets wat ik lang geleden heb geleerd, Anna.'

'Wat?'

'Je bent nooit echt verloren als je een beetje geld van jezelf hebt. Dan kun je altijd ergens terecht.'

Als ik deze ochtend voor de tweede keer die week in de gang van Pembroke Road sta, moet ik terugdenken aan dat gesprek. Je bent nooit verloren. En het dringt tot me door dat ik voor het eerst in mijn leven misschien niet helemaal verloren ben, maar beslist alleen. Geen vriendje; als een vrouw van vijfendertig dat woord tenminste kan gebruiken. Na Marty (zijn achternaam is verloren gegaan) volgde het ene vriendje op het andere. Op school had ik altijd vaste verkering, en later op de kunstacademie idem dito. 'Vaste verkering': ik geloof dat ik nog meer van die uitdrukking dan van de jongens zelf hield.

Mocht de desbetreffende jongen, en later de desbetreffende man, toevallig zussen hebben, of vrienden met verkering, dan werden zij mijn tijdelijke vriendinnen. Dublin, Belfast, Londen, weer Dublin: het was altijd hetzelfde scenario. Met uitzondering van Shay Foster – en ik weiger hem mee te tellen – heb ik nooit een onenightstand gehad. Ik hoefde zelfs nooit op zoek te gaan. Ik werd altijd gevraagd. En het is werkelijk nooit een seconde bij me opgekomen om nee te zeggen.

Ik ben weer hier in Pembroke Road omdat ik op zoek ben naar iets wat ik de vorige keer niet heb kunnen vinden.

Ditmaal blijf ik langer. Het appartement van Nonna mag dan nog precies zijn zoals het was, er is wel het een en ander aan het huis zelf veranderd dat me tijdens mijn vorige bezoek maar halfhalf is opgevallen. De fotostudio was allang uit het souterrain vertrokken, het is nu een appartement, met luciferhouten jaloezieën voor het raam en een schaal met gepolijste kiezelstenen op de vensterbank. De tuin is geasfalteerd en er zijn met witte verf zes parkeerplaatsen afgebakend; drie aan weerszijden van het granieten stoepje. Op de muur een bordje met PARKEREN: UITSLUITEND BEWONERS. Het hek is weggehaald zodat de auto's op de parkeerplaats kunnen. Naast de voordeur hangt een intercom, die niet alleen een stem het huis in stuurt, maar er meteen een video-opname van de verdachte bij voegt. De enige lamp met kap in de gang is vervangen door twee rijen plafondspotjes. Het linoleum is weggehaald en in plaats daarvan ligt er een vloer van gevernist hout. Een grijze plastic telefoon staat onopvallend op een tafeltje, het zwarte bakbeest van een wandtelefoon is verdwenen. De vloer is wel nog steeds bezaaid met brieven en reclamefolders voor vroegere bewoners.

Ik loop de woonkamer binnen, open de gordijnen, de ramen. Dan ga ik terug naar de gang en doe de rest van de deuren aan beide kanten van het slot en hou ze open met delen van mijn oude kinderencyclopedie. Ik blijf even staan en laat het licht en de frisse lucht alle kamers binnenstromen. Dan gaat de voordeur open: een man en een vrouw die ik nooit eerder heb gezien. Ze kijken me verschrikt aan als ze de tocht in stappen die wordt veroorzaakt door de openstaande deuren en ramen. Met een behoedzaam klein knikje lopen ze door, de trap op, waar ik ze hoor mompelen, zich ongetwijfeld afvragend wie ik in godsnaam mag zijn.

'Wat sta je me aan te gapen?' Dat zou ik graag zeggen. 'Dit is míjn huis. Pas maar op of ik knikker je eruit.' Ik moet toegeven dat die onuitgesproken opmerking goed voelt.

Na een poosje ga ik mijn oude kamertje in. De kersrode vloerbedekking ligt er nog steeds, donkerder dan in mijn herinnering, maar dat kan aan het stof liggen. Het roosjesbehang is wat verbleekt en er zitten hier en daar nog proppen buddy's op waar lang geleden posters hingen. Alle spullen zijn netjes in dozen opgeborgen. Op die dozen zitten stickers: ANNA, 8-13. ANNA, 14-18. ANNA, 18-28. En op de laatste: ANNA, DIV.

Ik kan me er niet toe zetten om te kijken wat erin zit, maar dat ik kan sowieso wel raden. Speelgoed, boeken, foto's, tekeningen en schilderijen die ik door de jaren heen heb gemaakt: aandenkens die Nonna niet weg heeft kunnen doen.

'O, wat de fuck?' vraag ik hardop. 'Wat maakt het uit? Wie ze is of niet is. Ze hield toch van je? Stomme tuthola, laat haar toch met rust. Vergeet het gewoon.'

Maar ik weet dat dat niet gaat.

Ik ga op het bed liggen en kijk hoe het ochtendlicht langs het plafond strijkt, net als vroeger met mijn handen achter mijn hoofd, een beetje mijmerend. De vorige keer dat ik hier was, ben ik met een luizenkam door het hele appartement gegaan maar had niets bijzonders gevonden, alleen kratten vol waardeloze prullen, oude kleren, boeken en handtasjes waar de weeïge geur van ranzige poeder uit opsteeg. De kleinigheden die doorgaans overblijven na een leven in de luwte. Toch weet ik dat het niets voor Nonna is om dingen weg te gooien. Ze moet iets hebben achtergelaten. Ergens.

Dan hoor ik een geluid, iemand buiten op het stoepje. Het kletteren van de brievenbus en het ritselen van tuimelende brieven. Ik kom overeind en herinner het me weer.

Er was hier een brief bezorgd. Een paar weken nadat er was besloten dat Nonna in Portrane zou moeten blijven. Het was een brief van de directrice van het perfecte verpleeghuis. Niks spijtbetuiging, niks vragen naar het welzijn van haar oma. Alleen iets over 'je grootmoeders kleding en overige persoonlijke eigendommen'. Een simpel verzoek om haar spullen te komen opruimen die ongetwijfeld net als Nonna zelf in de weg hadden gestaan. Zodra het me schikte kon ik ze komen ophalen. Ik was zo nijdig geweest dat ik die brief meteen had verscheurd en weggegooid.

Een paar minuten later zit ik in het Waterloo House, verderop in de straat. Het kunstmatige schemerduister van een pub in de ochtend. Aan de ene kant van me een opengeslagen telefoonboek, aan de andere kant een wodka-tonic en ik heb de directrice van het verpleeghuis aan de lijn. Ze zegt dat het haar spijt dat de kleren een paar maanden geleden zijn weggegeven. 'Een kwestie van ruimte, juffrouw Moore, en tja, u had niets van u laten horen.'

'Ik zat voor mijn werk in de Verenigde Staten, ik heb er niet meer aan gedacht.'

'Dat begrijp ik. Alleen...'

'Alleen wat, mevrouw?'

'Er was nog een doos met papieren en wat andere spulletjes. Ik heb hier een aantekening voor me in het boek met niet opgehaalde voorwerpen. Aha, die staat nu op zolder. Kunt u me een paar uurtjes de tijd geven, of liever nog een paar dagen?'

'Ik kom vanmiddag langs', zeg ik.

Tegen de tijd dat ik in het St. Ita's ben, zit de dag voor het ziekenhuis er al bijna op. 'Nou zeg, je bent vandaag wel heel erg laat', klinkt de hoge stem van Thelma als ze de deur naar de afdeling opent.

'Weet ik. Moest eerst het een en ander doen. Geen verandering, neem ik aan?'

'Is er nooit. Ik ga even roken. Jij ook?'

'Kom er zo aan, Thelma,' zeg ik, 'ik ga madame even gedag zeggen.'

'De ss, toch?' Thelma lacht zachtjes, wat ze altijd doet sinds ze voor het eerst hoorde dat ik Nonna zo noemde.

'Klopt, de Schone Slaapster.'

Het is nog geen zeven uur, maar de rolgordijnen zijn al naar beneden, het nachtlicht brandt al op de zaal en iemand helemaal achterin jammert zachtjes om God.

Ik ga zitten. Er is een nieuwe patiënt in het bed naast het hare, waar mevrouw Clarke eerst lag. Ik kijk niet naar het gezicht maar weet nu al dat het weer zo iemand is waar je tureluurs van wordt; er plukken voortdurend vingers aan waar het laken is omgeslagen en de voeten gaan druk heen en weer onder de dekens.

In tegenstelling tot Nonna, zo stil als een standbeeld, uitgeteld en hoogstwaarschijnlijk voorlopig niet aanspreekbaar. Ik ga ervoor.

'Ik ga je vandaag niet voorlezen, Nonna, want ik wil even met je praten. En dan bedoel ik echt praten.'

Ik doe mijn jas uit, leg hem opgevouwen achter mijn stoel en leun naar voren. 'Hoor eens, ik heb de laatste tijd veel over Pembroke Road nagedacht. Ik ben er vorige week wezen kijken, en vandaag weer. En het is me opgevallen dat je ons oude appartement niet hebt verhuurd en ook niet hebt laten opknappen. Er is niets veranderd sinds je er weg bent. En opeens begon het me te dagen, Nonna, dat je het misschien wel expres zo hebt gelaten, nou ja... voor mij. Voor het geval dat ik het nodig zou hebben of zo. Ik hoop dat ik gelijk heb, Nonna, want dat is zo. Ik bedoel dat ik het nodig heb. Vandaar.'

Ik wacht een ogenblik, sta op en herschik de dingen boven in haar kast, pak een glas water en ga weer zitten.

'Want moet je horen, Nonna, aangezien er niemand is die weet hoelang je nog bij ons zult blijven, waar je ook precies bent – ik niet, de artsen, God, zelfs jij waarschijnlijk niet – zal ik een beslissing moeten nemen. En dat heb ik gedaan. Ja. Ik heb besloten dat ik mijn appartement aan North Great George's ga onderverhuren, misschien over een poos zelfs verkopen, en weer aan Pembroke Road ga wonen. Tot ik weet wat ik met mijn leven aan moet. Ik hoop dat je dat goedvindt. Ik wil niet aanmatigend zijn, maar ik zal ervan uit moeten gaan dat je geen bezwaar hebt. Nou. In ieder geval. Weet je, ik moet íéts doen. Eén been over het hek, dat zei jij toch altijd? En dan hopen dat de rest van mij wel zal volgen, toch?' Ik krijg een brok in mijn keel, dus ik neem nog een slokje water en praat dan langzaam verder.

'Weet je, ik denk dat ik er beter van word als ik ergens anders woon. Niet dat ik ziek ben, hoor, niet letterlijk. Hoe dan ook, ik moet beter worden. Dus als ik weer thuis woon, Nonna... snap je?' Nu huil ik een beetje, en ik zie de felle blik van de patiënt in het bed hiernaast mijn kant op schieten. Ik veeg mijn ogen droog en sta op.

'Trouwens, Nonna, ik heb vandaag een paar spullen van je opgehaald bij dat verpleeghuis, weet je nog? Maak je maar geen zorgen, hoor. Als ik wat vind, dan is dat maar zo. Maakt niks uit, en ik beloof je dat ik er niet moeilijk over zal doen. In ieder geval kijk ik jou of wie dan ook nergens op aan. En ik hou je op de hoogte van mijn vorderingen, oké, Nonna? Ik hou je op de hoogte.'

Ik breng het glas terug, pak een babyborstel van de kastplank en kam Nonna's dunner wordende haar, dat toch nog behoorlijk dik is. In dit licht is het hagelwit van kleur.

Tjezus, dat verschrikkelijke rookhok. Er is niemand als ik binnenkom en ik ga opgelucht zitten. Ik neem een houten kruk, niet een van die leunstoelen waar ik al jeuk van krijg als ik ze alleen maar zie. Op de salontafel ligt een stapel oude zondagsbijlagen en antieke damesbladen die ik vroeger wel grappig vond, maar niet meer sinds ik tijdens het doorbladeren eens een enorme rochel midden op een breipatroon aantrof. Uit de kussens van de leunstoelen bulkt hier en daar oranje schuimrubber uit de gebloemde nylon rekstof. Het vernis is bijna helemaal van de houten armleuningen verdwenen door ingekraste namen van mensen die in de loop van de jaren zijn gekomen en gegaan. Pete. Jeannie. Mairead. Turlough. Milly. Aine. Jonathan. Door een ervan is een hartje gekrast waar *I love ?* in staat. Op de vensterbank staat een beeldje, een kindje Jezus van Praag met zijn jonge hoofd op oude schouders. Er hangt een afbeelding van Kennedy aan de muur waarop het lijkt of hij het syndroom van Down heeft. De asbak is overvol en op de vloer ligt een ondersteboven gekeerd deksel van een oud koekblik met nog meer peuken. Het stinkt hier, je kunt de nicotine van de muren krabben.

Ik heb mijn sigaret half opgerookt en wil net weggaan als Thelma binnenkomt met een van die scheve dienbladen die ze tijdens de dagbesteding hebben geknutseld, waar drie mokken thee en een bordje met een koffiebroodje op staan. Dat is voor mij. Thelma staat erop. Ze heeft er zelf al vier gegeten. Maar de hoofdverpleegster had gezegd dat dat goed was. Meneer Carroll eet ze toch nooit op en ze mogen niet blijven liggen, straks krijgen ze nog meer muizen.

Degene voor wie de derde mok bestemd is, sjokt achter Thelma aan de kamer in. Het is Mona, de theejuffrouw. Mona's zoon komt haar ophalen als ze klaar is met werken, en omdat het al donker wordt en er regen op komst is, neem ik haar aanbod aan om tot aan de bushalte in Portrane mee te rijden. Zelfs dit aanbod klinkt klaaglijk uit Mona's mond. Vervolgens vist ze een losse sigaret uit de zak van haar overall, duwt en trekt hem in model en steekt hem op. En dan gaat ze los: ze vergaat van de pijn in haar voeten, haar nek is zo stijf als een plank. Haar buurman heeft kanker, 'en hij rookt niet eens, dat bedenk je toch niet?' Mona zegt het alsof ze het leven maar oneerlijk vindt omdat haar buurman kanker heeft en zij niet, en dat terwijl zij zoveel moeite doet om er veertig per dag op te paffen.

Thelma maakt meelevende geluidjes en draagt liefdevol adviezen aan om Mona's ongemakken te verzachten.

'Een warme kruik! Dat zou wonderen doen bij een zere nek.'

'Een teil met zout water, zo ga je moeie voeten te lijf.'

'Weet je wat je zou moeten doen? Een beetje honing in de thee, en weg is je vermoeidheid!'

Maar Mona heeft geen belangstelling voor Thelma of haar middeltjes. 'Weet je,' zegt ze tegen mij, 'd'r zijn van die dagen dat ik zo afgepeigerd ben dat ik wel bij een van die gekkies daar in bed kan klimmen en het me niet kan schelen of ik er weer uit kom.' Ze neemt een trekje van haar sigaret en dan schiet haar blik naar mij. 'O God, sorry schat, zo bedoel ik het niet. Sorry.'

'Geeft niks, hoor', zeg ik.

'Nog steeds hetzelfde met dat omaatje van je?' vraagt ze dan, terwijl ze haar sigaret uitdrukt en een nieuwe van mij aanneemt.

Ik knik.

'De arme ziel. De laatste tijd geeft ze geen enkele kik.'

'Zo stom als een vis!' valt Thelma haar bij.

'En dat terwijl ze een poosje wat afkwebbelde, en maar praten en maar praten, toch, Thel?'

'O, zeker.'

'Het ging als een zonnetje voor ze die beroerte kreeg.' Ze leunt naar voren, tikt op mijn arm, en met een vage knipoog en een opgetrokken mondhoek in de richting van Thelma lijkt ze me te waarschuwen om nu even niks te zeggen. 'Over die andere toestand. Ik moet je zeggen: een grof schandaal wat mij betreft. Ik bedoel, hoe dat is gegaan is te erg voor woorden. Snap je me?'

'Almaar zwammen', zegt Thelma. 'De schone zwamster.'

'Ach, nee', zegt Mona. 'Niet de hele tijd. Eerlijk is eerlijk, je kon soms best een praatje met haar maken. Soms sprak ze zelfs Italiaans.'

'O?' zeg ik.

'Nou moet je vragen hoe ik dat weet. Vraag dan?'

'Hoe weet je dat, Mona?'

'Ik heb toch zeker bij de Macari gewerkt? Die fish-and-chipszaak op Malahide Road?'

'Vandaar.'

'Maar ze is niet Italiaans, toch?'

'Nee. Ze heeft er wel een poos gewoond, toen ze jong was.'

'Aha! Dat verklaart het. Prima baantje hoor, in die tent. Maar ik zakte er door me hoeven vanwege al dat staan. En ik kon er amper asem krijgen, weet je, met die dampen en me astma.'

'Kan ik me voorstellen', antwoord ik.

Thelma tikt op het dienblad. 'Je koffiebroodje ligt er nog', zegt ze.

'Weet je, ik heb niet zo'n trek. Wil jij het niet, Thelma?'

'Ja, hoor.'

'O, o, dikzak', zegt Mona. 'Ik dacht dat je aan de slanke lijn deed? Pas maar op of je wordt net als Bessie Turf. Luister nou maar naar mij.' Dan kijkt ze me weer aan. 'Weet je wat ik je de hele tijd al heb willen vragen?'

'Nou?'

'Wie is Alec?'

'Alec?'

'Is dat je broertje?'

'Nee. Hoezo?'

'Nou, ik dacht in ieder geval dat het een kind was. Ze hield er maar niet over op. Je weet hoe ze zijn, soms. Alsmaar vragen naar mensen die jij niet kent. Maar je wilt ze ook niet zomaar laten kletsen, dus dan praat je een beetje met ze mee.'

'Wat zei ze dan zoal?'

'O, je weet wel; van die vraagjes als ik om het bed heen aan het schoonmaken was en zo. Waar is Alec?, bijvoorbeeld. En dan zei ik iets als: O, nog even en hij komt er alweer aan. En zij: Zit hij bij Edward? En ik weer: Weet je wat? Dat zou nou best eens waar kunnen wezen. Heeft hij les? En dan ik: O, vast en zeker. Piano of tennis? Dat wou ze dan graag weten. En dan zei ik: Ik zou 't bij God niet weten, maar het is in ieder geval bijna afgelopen. En dan zij weer: Hij wil zijn rekensommen niet doen, wist je dat? Ik: nou zeg, vertikt die kleine duvel zijn sommen te doen? Wacht maar tot ik 'm zie, dan krijgt hij een pak voor zijn broek. Maar zij zei altijd: O, nee, je mag hem niet slaan, dan doe je hem alleen maar pijn. En ik dan: Joh, natuurlijk krijgt hij geen pak slaag, ik maak toch maar een geintje. Daar is-tie veel te goed voor. En zij: Ja, het is een goede jongen. En ik weer: Tuurlijk, een geweldige jongen, dat weet iedereen toch? En dan was ze weer helemaal tevreden en ging ze weer slapen.'

Daarna blijft het stil en wachten we op de zoon van Mona. Thelma smakkend op haar koffiebroodje. Mona met alweer een sigaret die ze rookt alsof het haar laatste is.

Deel zeven

Bella

Bordighera, 1938

September

Bella loopt terug door de tuin; een zwaar geurende lucht kondigt het begin van een warme nazomer aan. Door de open keukendeur kijkt ze Elida op de rug; die is nog steeds bezig het eten te bereiden, waarvan het meeste uiteindelijk in de vuilnisbak zal worden gegooid of naar zuster Assumpta's weeshuis gebracht. Toen Bella eerder op de dag naar buiten ging om met Edward koffie te drinken, stond Elida te turen naar pastaschelpjes, die ze samen met iets aan een pen reeg. Nu stompt ze met een vuist in een grote klomp deeg.

Bella overweegt even het koffieblad op de vensterbank neer te zetten en stilletjes door te lopen, maar ze weet dat Elida, die ogen in haar achterhoofd heeft, haar zeker zal zien. In de keuken is het zo benauwd dat Bella in de deuropening blijft staan, waar ze tenminste nog de frisse lucht in haar rug kan voelen.

'Uw brieven', zegt Elida zonder zich om te draaien. 'Ik heb ze voor u in de stoel van de gang gelegd.'

'Dank je wel. Ik heb ze al. Óp de stoel ín de gang. Ik ga even weg, Elida.'

'Waarheen?'

'De oude stad, kijken wat er met Rosa is gebeurd, het is nu al bijna een week. Ik zal je straks helpen. Cesare is hier sowieso om elf uur en Edward komt naar beneden om de wieg te helpen sjouwen. Overigens verwacht hij niet dat de Signora vandaag al aankomt. Treinen zijn uitgevallen of zijn te laat. In het hele land zijn er vertragingen, lijkt het wel. Hij klaagde dat zijn ochtendkranten niet waren aangekomen.'

'Het is niet uw taak mij te helpen.'

'O, doe niet zo braaf, Elida. Je weet best dat ik het helemaal niet erg vind.'

'De Signora zou niet goedvinden.'

'Nou, dan vertellen we het haar toch niet?'

'Die Rosa', zegt Elida. 'Onbetrouwbaar. Lui. Wat verwacht je anders van Genua?'

Bella loopt de keuken in en zet het blad op de tafel. 'Zij komt niet uit Genua, Elida, haar vader wel.'

'Zelfde.'

'Misschien is ze wel ziek.'

'Waarom geen bericht sturen?'

'Misschien heeft ze niemand die het kan sturen.'

'Ze heeft vijf dikke, lelijke zoons.' Elida pakt het deeg en slaat erop alsof het een gezicht is, links, rechts, laat het dan vallen. 'Ik vertel wat gebeurt. Meer geld, dat gebeurt. Nu haar hoge-pief-zoon regelt werk voor haar.'

'Wat voor werk?'

'Bazin fascistische uniformen.'

'Echt niet! Alleen wat verstellen en wassen en dat heeft haar er nog nooit van weerhouden om te komen werken.'

'Ze zijn allemaal hetzelfde, die *Genovese*, denken alleen hieraan.' Elida steekt een hand omhoog en wrijft met haar duim langs haar eerste twee vingers. 'Neemt u de auto?' vraagt ze.

'Dat heeft niet veel zin met al die parades, je komt er niet door. En ik ben het zat om iedere vijf minuten te worden aangehouden en ondervraagd.'

'Is de schuld van al die vreemdelingen in de stad.'

'Het is een vakantieoord, Elida, dan zijn er altijd vreemdelingen in de stad.'

'Zij zijn hele andere vreemdelingen.'

Bella loopt naar de la in de keukenkast en begint erin te zoeken.

'Bent u terug met de lunch?' vraagt Elida na een tijdje.

'Ik betwijfel het. Ik moet Alecs nieuwe schoolblazer ophalen en ik wil zien of de armband die ik voor de nieuwe baby van de Signora heb gekocht, al terug is van de graveur. Leah, enige naam, vind je niet?'

'Maar geen Italiaanse naam.'

'Het is de naam van de Signora. Heb je mijn portemonnee gezien, Elida?'

'Bovenste plank, rechts, als altijd.'

Bella vindt haar portemonnee en stopt hem in haar zak.

'Op de terugweg haal ik Alec op. Hij heeft vannacht geen oog dichtgedaan, dacht alleen maar aan de muziekpicknick van vandaag. De meisjes Almansi hebben tamboerijnen én een blokfluit, hij heeft zijn mondharmonica meegenomen. Ze noemen zich het Beach Blues Trio. God helpe de eventuele zonaanbidders. Maar goed, ik ga. Tot straks, Elida.'

Elida loopt met haar mee tot de deur, terwijl ze haar handen afveegt aan haar schort. 'Gaat u naar het kantoor van de *prefettura*?'

'Als er tijd over is, hoezo?'

'Ik zie de brief.'

'Dat is alleen een herinnering dat ik mijn documenten moet laten controleren, niets om je zorgen over te maken.'

'Ik denk.'

'Wat denk je, Elida?'

'Niets. Maar misschien eerst met de Signora praten.'

'Waarom?'

'De prefettura, ze willen niet alleen over u weten. Ook dit huis, wie woont hier, waarom, hoelang, van alles en nog wat, begrijpt u? De Signora, zij verandert altijd van gedachte. Beter wachten tot jullie één verhaal hebben.'

'Vooruit. Een paar dagen zal niet veel verschil uitmaken. Maar goed, ik kan beter...'

'Wacht even, alstublieft, signora Bella, het is nu te warm voor u.'

'Elida toch, je bent in een vreemde stemming vandaag. Wat is er aan de hand?'

'Niets, het is zo warm.'

'Elida, ik heb net koffiegedronken in de tuin en geloof me, het is buiten niet half zo warm als in de keuken. Lieve help, hoe kun je nog ademhalen?'

'Het is idioot heet met september', zegt Elida somber.

Elida loopt met haar mee naar de tuin, met een gezicht dat rood is van de zorgen, de hitte en de inspanning. Er zitten kalotjes bloem op haar elleboog en neus, een klodder tomatensaus onder haar hart, een pruimensapvlek op haar lippen. Zoals altijd als ze uit de keuken komt, ziet ze eruit alsof ze net gevochten heeft. Wat luider zegt ze nu tegen Bella: 'Ik hoop dat ze niet denken weer hier te komen.'

'Wie?'

'De Amerikaanse meisjes, ik zie de brief.'

'Ach natuurlijk! Maak je geen zorgen, Elida. Iedereen probeert nu Europa uit te komen, niet erin.'

'Er zijn geen kamers voor ze. Met de Signora en de *bambina* en als ze iemand meeneemt van die Siciliaanse bende...'

'Ze neemt vast alleen de baby mee.'

'En haar nieuwe man, vergeet hem niet.'

'Hij komt pas volgende week. Dat heb ik je al verteld. En laten we hem nu niet meer de nieuwe man noemen, hij heet signor Tassi. Ze zijn al twee jaar getrouwd, hoor!'

'*Un napoletano.*' Elida doet haar ogen dicht en maakt een sissend geluid. 'Die vrouw had met iedereen kunnen trouwen. En die Engelse huishoudster, dat mens... Die komt natuurlijk ook, met dat gezicht tot op haar voeten?'

'Goeie God, Elida, is er iemand die jij wel aardig vindt?'

'Ik vind u aardig, signora', zegt Elida, en ze geeft haar een tikje op haar wang.

Bella loopt naar het hek. 'Maak je alsjeblieft geen zorgen. En trouwens, die brief uit Amerika? Die is van Grace; zij vraagt zich af of we iets van Amelia hebben gehoord. Ze zit in Berlijn, schijnt het.'

'Waarom?'

'Met Amelia weet je dat nooit. En voor je het vraagt: die andere twee brieven? Een van mijn vader die zegt dat ik direct naar huis moet komen, wat ik niet van plan ben, of Hitler nu Tsjecho-Slowakije binnenvalt of niet. De andere is van de Signora met een poststempel van drie weken geleden, dus wat erin staat is achterhaald.'

'Uw brieven zijn privé, signora.' Elida snuift. 'Zorg dat u luncht.'

'Zal ik doen.'

'Echt doen, hoor. Maar niet in La Marita. Die Venetianen, die kunnen niet koken. Alleen gif.'

'*Ciao*, Elida.'

Maar Elida is nog niet klaar. 'Signora Stuart?'

Bella draait zich om.

'Daarboven', zegt Elida en ze wijst naar de oude stad. 'Daarboven in de *città alta* dragen ze elkaars broek.'

Bella schiet in de lach. 'Wat mag dat wel betekenen?'

'Als Rosa ziek is, weten ze allemaal. Iemand zou ons nu komen vertellen.'

Bella loopt de Via Romano op. Een hitte die je levend zou villen. Langs de weg staat er af en toe een bankje onder een boom. Een eind verderop in de straat zit een oude man, het toonbeeld van rust, in zijn eentje te doezelen tegenover Hotel Angst. Om nu helemaal omhoog naar de oude stad te zwoegen, de genadige schaduw van de Via Romano achter zich te laten, de kronkelweg in te slaan... rond en rond, omhoog en omhoog, verder en verder weg van de altijd waaiende zeebries... Haar hoofd gonst van de twijfels over deze onderneming.

Ze kan de kwestie-Rosa altijd uitstellen tot later als het wat is afgekoeld, op een van deze bankjes gaan zitten om haar brieven te lezen, de schaduw als een zijden onderjurk over haar gezicht, hals, armen voelen glijden. Of... Ze kan naar het centrum gaan, een ijskoffie in Caffè delle Onde nemen, tussen het elitaire winkelpubliek gaan zitten, met hun kleine bizarre hondjes en fragiele gebakjes. Daar de brieven lezen. Of... Naar de strandboulevard wandelen, stiekem een blik werpen op Alec en de meisjes Almansi, en dan naar Bar Atù; de strelende zeebries terwijl ze leest, de flinterdunne blaadjes van overzee die uit haar hand proberen weg te glippen, terug naar Sicilië, Engeland, Amerika. Of ze kan die ellendige dingen verscheuren tot confetti en ze over een muur gooien; ze helemaal niet lezen.

Achter haar klingelt een fietsbel. Ze draait zich om en ziet de waterman op de terugweg naar de minerale bronnen bij Madonna della Ruota. Zijn grote paarse gezicht ademt indringend en langzaam als de zaag van een timmerman. Het gerinkel van flessen omringt hem – bungelend in netten aan het stuur, de stang, zijn polsen en om zijn nek. Als hij voorbij is, leest ze op zijn rug de vertrouwde, zij het ongelukkige tekst: *AQUA DELLA MADONNA*.

Bella vouwt de brieven op en stopt ze in de zak van haar jurk, en daarna steekt ze de weg over.

Uit een zijweg die leidt naar de *colli*, komt een grote groep wandelaars van middelbare leeftijd tevoorschijn. Ze blijft staan terwijl ze langslopen. Gespierd en roze, gezichten die glanzen van het vocht, rugzakken op de rug. Ze houden hun alpenstok gereed, ook al zijn ze het ruwe terrein voorbij. Duitsers, dit jaar meer dan ooit. De gastenlijsten in de kranten wemelen van de Herren, Frauen, Von zus en Von zo. Als in een kudde steken ze vlak voor haar over, knikken hartelijk, glimlachen enthousiast, tot een man halt roept, zijn arm hoffelijk uitstrekt en haar uitnodigt voor te gaan.

Ze komt bij een bocht in de weg. Aan haar linkerhand rijzen de muren van de villa's op: Vera, Valentina, Cordelia. Een eindje verderop Villa Capella, een bord op het hek. SINAASAPPELS, BITTERZOET. TE BEVRAGEN BIJ HET TUINHUIS. Aan de overkant op de hoek het vroegere café van Luzzati. Het plakkaat met IN VENDITA is eindelijk weg. Het cafébord ligt zongebleekt en gebarsten op de grond. Een ladder staat tegen de buitenmuur en van binnen klinken de doffe, doelgerichte geluiden van een verbouwing: hamers, zagen, planken die over kale vloeren worden gesleept. Door de vuile, kale ramen ziet ze werkmannen heen en weer lopen.

Een werkman komt naar buiten met een grote ingelijste tekening in zijn hand. Ze steekt de weg over om hem te vragen of hij weet waar de Luzzati's naartoe zijn gegaan.

'*Non so.*' Hij haalt zijn schouders op.

'*Sono tornati a Trieste?*' vraagt ze hem.

'*Non lo so, signora.*'

Een stem vanuit de zaak oppert: '*America?*'

'*Ah sì.*' De man met de tekening in zijn hand weet het plotseling zeker. '*Sì, sì, America. Certo. Tutta la famiglia è andata in America.*'

Hij legt de tekening bij de stapel die al op het stuur van zijn vrachtwagen ligt. Het is een groot rood affiche van een dansende clown die een kom spaghetti eet. Het hing vroeger in de hoek boven een tafel waaraan zij vaak zat, en om haar nek te ontspannen keek ze af en toe van het boek naast haar bord op naar het affiche boven haar. Zelfs nadat ze bevriend was geraakt met mevrouw Cardiff en ze er regelmatig samen aten, keek ze nog steeds zo nu en dan even omhoog. Ze kent die tekening net zo goed als het uitzicht uit haar eigen kamer. Bella overweegt of ze hem zal vragen of ze de tekening kan kopen, maar voor ze kan besluiten of ze dat affiche wel wil, is de man alweer terug naar binnen.

Onder de ladder staan emmers verf afgedekt met een stukje kant om de vliegen op afstand te houden. Het kant was waarschijnlijk van een communiejurkje of een sluier gescheurd. Ernaast staat een goudbronzen vaas met een viertal vochtige verfkwasten. Twee tafelmessen, onder de verf, liggen op de grond. Achter in de bestelbus een logge jachthond, die met zijn tong tegen het smerige glas van het raampje hijgt, zijn vacht glimmend van het zweet. Bella staat dit alles even te bekijken. Wat mevrouw Cardiff 'de kleine alledaagse wreedheden van het Italiaanse leven' zou noemen.

Ze steekt de straat weer over. De weg is links en rechts, zo ver als het oog reikt, verlaten. Het valt Bella op dat veel huizen deze zomer leeg zijn gebleven, huizen die gewoonlijk door Engelse vakantiegangers worden bezet. Zelfs in Villa Cordelia is het stil; een lange, dikke ketting met slot bungelt aan het hek, waarachter een overwoekerde tuin zichtbaar is. Jarenlang werd de villa gehuurd door een omvangrijke Engelse familie. De vader, een aristocraat. Grootmoeders, ooms, tantes, kinderen die zich gedroegen als wilden, die waterbommen over de muur gooiden. Twee zomers terug hadden ze haar vader precies op zijn hoofd geraakt. Hij had aangebeld om zijn beklag te doen, maar had weinig gehoor gevonden voor zijn problemen. Naderhand had hij een brief geschreven naar de Engelse *Riviera Times*. 'Van Engelse kinderen zou je meer mogen verwachten', had hij gezegd.

Een oranje Fiatje komt uit een oprit en rijdt rammelend naar de grote weg, als een stuk fruit op wielen. Vanaf de andere kant komt een kar terug van de markt in San Remo, manden met niet verkochte bloemen en bundels palmtakken met touw vastgebonden achterop. Een vrouw ment de muilezel, met één voet op de rand van een kleinere mand om te voorkomen dat die omkiepert. Als ze langsrijden ziet Bella dat er een baby in ligt. De vrouw lijkt oud genoeg om de oma van het kind te zijn, maar uit haar zware borsten en de vlek op haar blouse blijkt van niet. Als de kar en het Fiatje elkaar passeren gaat dat gepaard met een hoop geratel en gerinkel. Dan is de weg weer leeg en stil.

Ze volgt de bocht naar de Via Pineta. Boven ligt de tuin met pijnbomen waar ze zichzelf straks wat rust gunt; nog hoger ligt de oude stad, de *città alta*. Als ze rechts naar beneden kijkt, ziet ze een mêlee van terracotta daken helemaal tot aan het centrum en de boulevard. Ze hoort het eerste rumoer van de parade beneden, ziet de laatkomers uit allerlei hoeken komen. Ze zijn zich niet bewust van elkaar, maar toch gedragen ze zich hetzelfde: baretten worden stevig op het hoofd gedrukt, Sam Browne-riemen schuin over de borst geschikt, voeten worden opgetild om een schoen tegen de achterkant van een been op te wrijven voordat ze gaan rennen om de rest in te halen en zich onopvallend bij hen te voegen.

Bij de krantenkiosk staat een bestelwagen geparkeerd. Een man gaat soepel door de knieën bij het uitladen van de pakken kranten; een andere man flitst met zijn mes door het paktouw. Ze moet op de terugweg niet vergeten hier even langs te gaan voor Edwards kranten. Onder het gebogen halve wandje van de mannenlatrine ziet ze twee benen gehuld in groen linnen voorzichtig hun positie innemen.

Bella legt in het midden van de eerste trapsteeg haar hand op de leuning, die al heet aanvoelt. Ze verzamelt moed voor de klim. Haar schoenen zuigen zich vast aan haar voeten, de stof van haar jurk kleeft aan haar benen.

Even later glipt ze de pijnbomentuin in, waar ze een tijdje leunend tegen een reusachtige vijgenboom zachtjes naar adem staat te happen. De Luzzati's schieten haar weer te binnen. De Dag van de Trouwring, was dat de laatste keer dat ze hen had gesproken? Snel daarna was het café gesloten en ongeveer een jaar later was het bordje TE KOOP opgehangen. Ze had hen een paar keer door het raam gezien, maar ze leken nooit buiten te komen. Een keer had ze zelfs op de deur geklopt.

Weer op adem loopt Bella tussen de rotspartijen door, komt langs miezerige waterstraaltjes tot ze een gezonde stevige spuiter vindt, waar ze haar hand als een kommetje in steekt. Ze slurpt het water op, geniet van het geluid, van de privacy hier waarin ze dat kan doen. In de verte is de fanfare zich aan het opwarmen. Noten schuren, botsen, bakkeleien met elkaar, duwen even tegen elkaar, en vinden elkaar dan opeens. Uiteindelijk ontstaat er een melodie. Nu klinken er stemmen. '*Siamo l'eterna gioventù, che conquista l'avvenire.*' Wij zijn de eeuwige jeugd, die de toekomst gaat veroveren.

Ze gaat op een bankje zitten, omringd door parasoldennen, kastanjes, allerlei bomen die dicht bij elkaar staan. Het is alsof ze in een kamer zit met muren van schaduw. Erbuiten liggen glinsteringen zonlicht op de loer. Ze kan de heuvel af kijken: streepjes zee tussen de bomen en groepjes aloë en agave langs de Via Pineta, hun lange armen uitgestrekt, als octopussen die proberen terug te kruipen naar de zee.

Bella sluit haar ogen en ziet de Luzzati's. Ze gelooft er helemaal niets van dat ze naar Amerika zijn gegaan.

De Dag van de Trouwring. Het was een voor Ligurië ongewoon koude dag geweest, een dag met schel decemberlicht. Ze had gedacht dat het wel leuk zou zijn voor Alec, ontbijten in de stad en daarna naar de festiviteiten kijken. Edward wilde er niets van weten. Een farce zonder humor, had hij het genoemd. Getrouwde vrouwen stonden uren in de rij om hun gouden trouwring te schenken voor Mussolini's campagne in Afrika. Daarvoor kregen ze in ruil een stalen ring en mompelden ze een eed van trouw bij de uitwisseling – 'alsof hij trouwde met de hele kudde'.

Ze kon zich herinneren dat ze die ochtend naar het centrum was gewandeld en daar de vermoeide gezichten had gezien van de werkmannen die de hele nacht bezig waren geweest met het ophangen van luidsprekers, zodat de toespraken uit Rome in de hele stad gehoord konden worden.

Die rijen stonden er in alle vroegte. Ongelooflijk veel mensen op de been. Ze waren overal vandaan gekomen, mensen die in jaren niet waren gezien: boeren in ouderwetse pakken van vier valleien verderop, douairières in bont gekleed, die hun juwelen liever langzaam in het zicht van iedereen afdeden dan ze meenamen in een tas. Iedereen stond te popelen om zijn spullen te doneren. Of in ieder geval om gezien te worden terwijl ze hun spullen doneerden. De sfeer had iets vreugdeloos, een gevoel van nauwelijks bedwongen paniek. Dat was Bella meteen opgevallen.

'Het is heel druk, signora', zei Alec toen ze in de buurt van de kerk kwamen en de meute bekeken. Hij zag er een beetje angstig en witjes uit.

'Ja, hè? Ga je liever naar huis? Ik wel. Dan doen we dat. Goed? We gaan hier weg, naar huis en dan gaan we maestro Edward vervelen. Misschien een spelletje kaart. Toast maken bij de haard. Vind je dat wat?'

Toen ze zich omdraaiden om terug te gaan, zagen ze Luzzati zich naar voren dringen. Op een dag die alleen voor vrouwen was bedoeld, met mannen als toeschouwers aan de zijkant. Een dag die alleen voor trouwringen was. Hij kon niet wegblijven, ook al had hij de voorafgaande weken al aanzienlijk gedoneerd, zoals iedereen leek te hebben gedaan, behalve signora Lami.

De kranten publiceerden de details van alle bijdragen en Luzzati had zijn naam en donaties met rood onderstreept, en daarna de krantenknipsels aan de muur gehangen, naast een ingelijste kopie van de brief waarin hij het regime prees en die was gepubliceerd in de krant *Il Popolo d'Italia*.

Nu was hij hier weer; met dat kussensloop op zijn rug zag hij eruit als een dief in een kinderboek. Kandelaars staken uit het sloop, andere spullen vormden bulten in het doek. Hij schreeuwde tegen de vrouwen dat ze uit de weg moesten gaan. Hij vroeg de administrateur alle voorwerpen te noteren, zodat het in de krant kwam te staan en iedereen het kon lezen. Zonder hem aan te kijken stapten mensen opzij.

Bella zou nooit het gezicht van deze anders zo serene man vergeten – hoe hij zijn kussensloop leegschudde, het geluid van de voorwerpen die op de grond kletterden. Halverwege de straat stond zijn vrouw zonder jas te bibberen, ze draaide zich steeds weer om, alsof ze letterlijk niet wist welke kant ze op zou gaan. Bella nam haar bij de arm mee naar hun café. De tranen stroomden de arme vrouw over het gezicht. '*È impazzito, signora,*' zei ze tegen Bella, '*a causa die Trieste.*'

Uiteindelijk slaagde Bella erin om uit signora Luzzati te krijgen waarom haar man 'gek geworden was'. Er was ingebroken in de winkel van zijn broer in Triëst en zijn neef was in elkaar geslagen. Ze hadden teksten op de synagoge gekalkt die de oude vrouw niet durfde te herhalen.

Bella wist heel wat van de Luzzati's: dat de Signora last had van spit, dat hij doodsbang was voor de zee en zelfs niet over de boulevard durfde te lopen, dat ze naar Bordighera waren verhuisd om rustiger te leven en ten slotte een café hadden gekocht. Dat ze elkaar jaren geleden hadden ontmoet bij de tandarts in Triëst, waar hun zoon en hun vijf kleinkinderen nog steeds woonden, dat hij destijds met een ander verloofd was geweest; er was een schandaal geweest en sprake van een rechtszaak. Dat allemaal. Maar tot op de Dag van de Trouwring had ze geen idee gehad dat de Luzzati's Joden waren.

Ze schrikt wakker, haar hoofd zwaait heen en weer, schiet omhoog en valt zachtjes tegen de schors van een boom. Haar nek. Bella voelt even en knijpt in de pijnlijke plek. Een droom fluistert nog na in haar hoofd, iets uit het verleden. 'Waar ging het over?' vraagt ze zich hardop af; ze schrikt een beetje van haar eigen stem en nu wordt ze helemaal wakker. Ze is in de pijnbomentuin, ja. Waar ze onderweg naar Rosa even was gaan zitten.

Het klokgelui van het middag-angelus zweeft vanuit de valleien van de Nervia en de Roya omhoog. Kerken die ze misschien had gezien op zondagse uitstapjes, kerken die ze misschien nooit van haar leven zal zien, ze hoort ze nu allemaal. Beneden in het centrum van Bordighera klinkt het gebeier meer afgerond, alsof het wordt gewogen op de palm van een hand. Het luidst komt het van achteren, uit de oude stad en de Maria Maddalena-kerk.

Bella krabt haar arm waar de muggen hebben geprofiteerd van haar slapende afwezigheid. Ze zegt tegen zichzelf dat ze op moet staan en verder moet lopen. Maar ze is nog een beetje moe en de middaghitte weerhoudt haar. De soeplucht uit het weeshuis van zuster Assumpta komt in golven naar haar toe. Gebrouwen uit lokale donaties: moestuinen, restaurants, winkels, boerderijen. Bella raadt snuivend wat de voornaamste bestanddelen van deze week zijn: kool en *salumi*.

Het angelus huivert nog even na en sterft dan weg. Nu hoort ze tussen de hoge dennen het geluid van passerende stemmen. Twee mannen, misschien drie. Soms glipt er een zinnetje uit hun eentonige bassen omhoog: '*Difesa della razza.*' '*La questione ebraica.*' '*Demografia.*' '*Manifesto.*' Woorden die ze de afgelopen weken steeds vaker hoort en ze vindt het vreselijk om ze steeds vaker te moeten horen. Bescherming van het ras; de Joodse kwestie; demografie; manifest.

Die waaien wel weer over, zoals zoveel andere ideeën en rarigheden zijn verdwenen sinds ze hier aankwam. Dit is Duitsland niet, dit is Italië, houdt ze zichzelf voor, voor de zoveelste keer. Bella staat op, rekt zich uit, duwt tegen een niet bestaand gewicht en loopt de tuin uit.

Voor de lunch is het in de oude stad een drukte van belang op de Piazza del Popolo en alle smalle straatjes ernaartoe. Vrouwen die snel nog even een boodschap doen verdringen zich bij winkeldeuren. Straatventers, terug van de parade, komen samen in de schaduw van het portiek van de klokkentoren en ontdoen zich van hun bak met koopwaar als een paard dat wordt afgetuigd. Voor de kerk staan mannen in groepjes van twee of drie. Op het weduwebankje staren vijf zacht gelooide gezichten voor zich uit.

Voor het café zijn de drie tafeltjes bezet. Twee mannen zitten te mompelen bij een kan wijn. Aan het tafeltje ernaast nipt een jonge priester onder zijn hoed met brede rand van zijn *aperitivo* en leest de krant, terwijl hij soms een notitie maakt in de kantlijn of een zin onderstreept. Aan het laatste tafeltje rookt een gemeenteambtenaar zijn pijp en kijkt kwaad naar zijn bord met *bruschetta*. Een jongen in uniform zit op de kerktrappen een stuk meloen te eten alsof hij er zijn gezicht mee wast.

Ze hoort de kralengordijnen bij winkeldeuren rinkelen en dichtvallen als een Japanse waaier, het rollen en knarsen van handkarren over de kasseien en het gesmak van de jongen met zijn meloen. Ze hoort alles, behalve stemmen. Die ontbreken verrassend genoeg.

Er klinkt een bons. Als ze haar blik naar boven richt, kijkt ze recht naar het raam van Rosa's lange keuken, het raam van waaruit je zicht hebt op de kerk en het plein. Het is dicht. Even lijkt het alsof het gordijn wordt opgetild en valt er een schaduw over het kant. Bella heft haar hand om te zwaaien, maar ziet dan dat er niemand is.

Een paar stappen verderop, aan de zijkant van de kerk op de Piazza Fontana, wordt de soeplucht van het weeshuis opeens heel sterk. Ze hoort kinderen een dankgebed zingen voor de lunch, Bella kijkt naar de fontein en denkt aan de melkjongen: een melkman nu, met een volle baard en twee kleine kinderen, die haar altijd zorgvuldig negeert als hun paden elkaar toevallig kruisen.

Een vrouw staat gebogen bij de fontein; water spat dansend in een tinnen emmer die op de rand staat. De bakker is voor zijn winkel een stukje straat aan het vegen. Boven zijn deur gluurt een madonna met een stijve nek uit haar meelbestoven nis. Bella kan nu de ramen aan de andere kant van Rosa's appartement zien, die over de lengte van het huis ook potdicht zitten.

Ze steekt de piazza over, beantwoordt de halfslachtige groet van de vrouw, bedankt de bakker voor zijn '*buona pranzo*', hoewel ze betwijfelt of ze vandaag aan lunchen toekomt.

Nu is ze in het huis waar Rosa woont. De schemerige trappen op, langs etensgeuren en gekletter uit keukens. Op iedere overloop staan de deuren van de appartementen open en ze stralen een nevelige wig daglicht uit die haar helpt bij het vinden van de weg naar de bovenste verdieping. Maar als ze bij Rosa's deur komt zit die stevig dicht. Toch besluit ze aan te kloppen.

'Rosa?' zegt ze. '*Sono io*, signora Stuart.'

Een verdieping lager klinkt een voetstap. Een stem roept naar boven. Bella kijkt naar beneden en herkent de kale vrouw die vijf jaar geleden Rosa's stervende echtgenoot beledigde. De vrouw komt een paar treden naar boven en blijft dan staan, vraagt of ze op zoek is naar Rosa.

'*Sì. Cerco signora Fabbri*', bevestigt Bella.

'*C'è. Di sicuro.*' Ze is er. Absoluut. De kale vrouw is blij, als een rancuneus roddelend kind. De deur stond vijf minuten geleden nog open, zegt ze. Bons maar eens goed hard. De vrouw maakt een vuist en stompt in de lucht voor het geval Bella haar niet mocht hebben begrepen. Dan loopt ze nog de laatste paar treden op en staat ze naast Bella voor Rosa's deur. Spottend roept ze door het sleutelgat: '*Rosa Fabbri? Ci sei? So che ci sei. Apri la porta.*'

Bella zou nu net zo lief weggaan. Laat Rosa maar net doen alsof ze niet thuis is, als ze dat graag wil. Maar de buurvrouw zal pas rusten als Rosa grondig vernederd is. Ze bonst weer op de deur.

'*Stia tranquilla. Non importa*', zegt Bella en ze wil weggaan.

De vrouw pakt haar bij haar arm, als een aanklampende zigeunerin. Bella ziet hoe ze met haar andere, vlakke hand op de deur slaat. Het valt haar nu op dat de vrouw ook geen wenkbrauwen en wimpers heeft. Ze herinnert zich dat ze *La Testa Nuda* wordt genoemd en ze vraagt zich af hoe ze zo is geworden.

Langzaam gaat de deur op een kier en een blozende Rosa gluurt naar buiten. 'Het spijt me, signora Stuart', zegt Rosa in haar precieze Engels.

'Waarom zou je iets spijten?' vraagt Bella.

Rosa schudt haar hoofd maar geeft geen antwoord.

'Ben je ziek, Rosa?'

Rosa schudt weer haar hoofd.

'Is alles goed? Je zoons, zijn ze...?'

Rosa bijt op haar lip en knikt.

Bella blijft wachten. Nu en dan werpt ze nadrukkelijk een blik op de buurvrouw om Rosa te laten weten dat ze niet alleen zijn.

'Waarom laat je me niet binnen, Rosa?' fluistert ze na een tijdje. 'Zo erg kan het toch niet zijn?'

Rosa doet de deur open. Zodra Bella binnen is, doet ze hem weer dicht. De buitengesloten vrouw roept wat, maar Bella kan niet verstaan wat ze zegt.

'*Zitta*', snauwt Rosa terug door het sleutelgat. '*Puttana pelata*.'

'Excuseer, signora', zegt Rosa poeslief, alsof ze niet zojuist haar buurvrouw een kale hoer heeft genoemd.

In het appartement is het benauwd en warm als in een kas. Dat komt omdat Rosa heeft gestreken met alle ramen dicht, ziet Bella. Een hoge stapel witte overhemden ligt op tafel en in het kamertje naast de keuken hangen rijen zwarte uniformen aan stangen. De lucht is droog en muf door het gestreken goed, en het opgewarmde katoen laat een scherp vleugje oud zweet los. Bella ziet het elektrische strijkijzer dat ze aan Rosa had gegeven toen signora Lami het nieuwste model uit Zwitserland had meegenomen en deze als volkomen ouderwets had bestempeld.

'Rosa, heb je een glas water voor me? Het is zo warm.'

'O, *scusi, signora*. Het spijt me. Natuurlijk, momentje. Momentje.' Onderweg naar de waterkan zet Rosa overal de ramen open.

De kamer waar de uniformen hangen is klein, even groot als de voorraadkamer in Villa Lami, en wordt donker gehouden om de kleding te beschermen tegen de zon. De stangen van muur tot muur stammen uit een tijd dat Rosa's echtgenoot handelsreiziger was in herenkostuums. In het briesje dat nu door de geopende ramen naar binnen komt, zwaaien militaire uniformen onrustig heen en weer. Ze ziet de zwarte vormen van de schouders, armen, benen. Het glimmen van een knoop of een epaulet als ze even bewegen – net soldaten zonder hoofd die op de plaats rust gaan staan.

Rosa geeft Bella een glas water en haalt dan een stapel overhemden van een stoel, zodat Bella kan gaan zitten.

'Ik heb me zorgen om jou gemaakt, Rosa', begint ze.

'Ja.'

'Ik wilde kijken of...'

'Ik begrijp het. Het spijt me. Ze zijn allemaal naar het centrum om daar te lunchen na de parade, dus ik kan alleen maar fruit aanbieden. Neemt u het me alstublieft niet kwalijk.'

'Rosa, ik verwachtte echt geen lunch. Eerlijk gezegd had ik hier een uur eerder willen zijn, maar ik heb even gerust in de pijnbomentuin en ben daar, eh, in slaap gevallen.'

Rosa glimlacht flauwtjes, loopt naar het buffet en pakt een schaaltje abrikozen en druiven. 'Ik heb ook kaas, signora, als u daar trek in hebt.'

'Nee, het is goed zo, fruit is voldoende, het is echt te warm om te eten.'

Rosa komt terug en gaat naast haar zitten. 'Ik wist niet wat ik moest doen, signora Stuart. Dus deed ik niets. Maar nu bent u hier.'

'Ja, dat is zo.'

'Het is mijn zoon, signora. Alberto, u weet wel, die werkt voor het ministerie van Binnenlandse Zaken?'

'Is er iets met Alberto gebeurd?'

'Nee. Hij mankeert niets. Maar ik had toch verteld hij heeft nieuwe promotie? Nu hij werkt voor Demorazza, zo heet dat, geloof ik.'

'Demorazza?'

'Het nieuwe departement voor rassenproblemen.'

'O.'

'Hij zegt ik niet meer mag werken voor de familie Lami.'

'Waarom zegt hij dat?'

'Signora, u moet dit al weten.'

'Nee hoor.'

'Maar het staat in alle kranten, is ook op radioníeuws. Alstublieft signora, laat het me niet hoeven zeggen.'

'Edward heeft vandaag de kranten niet gekregen, ze waren te laat. Ik moet ze straks voor hem meenemen. En ik heb het nieuws niet gehoord, ik was weg.'

'Mijn zoon weet het al veel weken. Hij zegt eerst wachten, dingen kunnen veranderen. Ik probeer u het al eerder te vertellen.'

'Ja, maar je zei alleen dat er problemen zouden kunnen komen, niets definitiefs.'

'Nu is definitief. Dus ik moet niet meer naar Villa Lami gaan.'

'Ik begrijp het nog steeds niet.'

Rosa begint te huilen.

'O, Rosa', zegt Bella. 'Vertel het me. We zijn vriendinnen. Toch?'

Rosa knikt. 'De rassenwetten. Ze zijn gekomen, signora.'

'De rassenwetten? O God. Ik dacht dat het gewoon weer een gerucht was, vanwege het manifest.'

'Alberto zegt het manifest is het wetenschappelijke bewijs dat die wetten nodig zijn. Nu zijn ze hier. Ze zijn de wet.'

'Ik begrijp het.'

'Alberto zegt het is beter niet meer werken voor de familie Lami voordat de wet bekend wordt. Ik schrijf al een brief aan de Signora en vertel haar.'

'Er is vast wel een manier om onder die malle wetten uit te komen, Rosa, wacht maar af. Over een maand is iedereen ze al vergeten.'

'Nee, signora.'

Bella pakt een abrikoos uit het schaaltje en begint hem tussen haar handpalmen te rollen. Ze wacht tot Rosa met een verklaring komt.

'Ze is Joods. Ik ben ariër. Het is de wet, signora. Een ariër mag niet werken als bediende bij een Jood. Zegt Alberto. Vanaf nu alleen andersom.'

'Dus Alberto suggereert dat signora Tassi bij jou zou moeten gaan werken?' bitst Bella.

Rosa werpt snel een blik op haar en kijkt dan een andere kant op. 'Ik wil niet weg bij Villa Lami', gaat ze verder. 'Ik heb het werk nodig. Omdat Alberto promotie heeft, hij gaat naar Rome, hij is de enige die echt geld naar huis brengt. En de Signora is altijd goed voor me.'

'Ja, nu begrijp ik het. Weet je wat de andere wetten zijn, Rosa?'

'Dat u moet zelf lezen.'

'Heb je de krant?'

'Nee. Mijn zoon Dario heeft hem.'

'Alsjeblieft, vertel het me. De krantenkiosken zijn nu gesloten.'

'Ik weet nog de wet voor scholen omdat ik denk aan Alessandro. Joden mogen niet lesgeven op scholen en universiteiten. Geen Joodse invloed meer op arische kinderen.' Rosa aarzelt even en kijkt naar haar handen. 'Of niet meer naar school gaan, signora. Alessandro mag niet meer in de school komen.'

'Maar dat is absurd. Bovendien is hij katholiek, net als zijn vader.'

'Alleen bloedlijnen tellen, signora. En de Jood komt van de kant van de moeder. Alberto zegt het heet onrein.'

'Maar om een kind zijn school af te pakken! Dat gaat te ver. Dat kan niet kloppen. Je moet je vergissen.' Bella staat op, Rosa pakt haar bij haar pols en trekt haar terug op haar stoel.

'Het is geen vergissing. Ik zweer het.'

'Na alles wat hij heeft gezegd over het beschermen van de Joden! Daar komt hij nooit mee weg, toch?'

'Hij is il Duce, signora.'

Bella kijkt naar de abrikoos in haar hand en legt hem weer terug in het schaaltje. 'Hij is een monster', zegt ze.

'Alstublieft, praat niet zo, signora', zegt Rosa zachtjes. 'Als iemand het hoort.' Ze wacht even. 'Er zijn ook andere wetten. Die blijven komen. Mijn zoon weet zeker.'

'Ja, ja. Het is goed. Ik kan het niet meer horen. Echt niet. Alsjeblieft. Ik moet gaan.'

'Ik probeerde te vertellen. U wilde niet luisteren, signora, u wilde niet.'

'Ook al had ik geluisterd, Rosa, zou dat iets hebben uitgemaakt?'

Rosa loopt met haar mee naar de deur en legt haar hand op die van Bella. Haar ogen zijn wazig van het huilen. 'Zijn we nog vriendinnen, signora?'

'Ik moet Alec gaan zoeken', zegt ze.

Bella rent ervandoor, haar voetstappen op de lege piazza klinken als een langzaam sardonisch applaus. Ze mag nu alleen maar aan Alec denken. Aan niets wat Rosa heeft gezegd, nu of eerder. Aan niets wat wie dan ook heeft gezegd, waar dan ook, in de afgelopen maanden of weken. Half gehoorde geruchten of bijna gelezen woorden. Niets. Ze mag niet verder denken dan Alec. Nog geen vijf minuten verder. Totdat hij naast haar staat, haar hand vasthoudt, totdat de deur van Villa Lami stevig achter hen dicht is gedaan. Alec.

Ze slaat de lange overwelfde *carruggio* van de Via Bastoni in. Het schemert daarbinnen. Van de dakgoten klinkt voortdurend het zelfvoldane gekoer van duiven en als Bella de steeg in rent is er een heftige implosie. Iets duikt naar beneden door het donker en scheert langs haar oren. Ze voelt de luchtverplaatsing op haar gezicht als het langszwiept. Bella geeft een gil en kruipt in elkaar. Als ze zich omdraait, ziet ze nog net een glimp van de vogel die door een boog zonlicht heen schiet.

Ze komt uit bij de Porta Sottana, blijft even staan en kijkt alle treden van de trap af. Voorbij de palmbomen het hobbelige panorama van daken, de toren van Santa Teresa en de weldadige zee.

Achter haar aan de andere kant van de muur van de oude stad, hoort ze het gerinkel en gemekker van grazende geiten. Boven haar hoofd snort een waslijn in de middagbries. Er staat een tinnen bord met kattenvoer voor een deur, een bromvlieg snuffelt op de rand. Een vrouwenstem roept: 'Mimi! Mi-mí!' en een jong zwart katje springt uit een raam op de begane grond.

'Het is niets', houdt ze zichzelf voor, en ze drukt haar hand op haar hart om het langzamer te laten kloppen. Veel gedoe om niks. Het zakt natuurlijk wel weer. Wat dacht ik wel, dat ik me zo moest opwinden? Bella lacht even schamper en loopt weer de trappen af.

Terug op de Via Pineta ziet ze mevrouw Cardiff de bocht om komen, met de Australische onderwijzeres van wie ze de naam is vergeten schommelend aan haar zijde. Mevrouw Cardiff begint al tegen haar te praten terwijl ze nog meters van haar vandaan is en hoewel Bella haar niet kan verstaan, ziet ze aan de drukke gebaren dat alle geruststellende woorden waarmee ze zichzelf had toegesproken op de trap vergeefs zijn geweest. Bella weet dat haar stoïcijnse vriendin gewoonlijk niet zo uitbundig is in woord en gebaar.

Ze komt binnen het bereik van mevrouw Cardiffs stortvloed van woorden. 'O, juffrouw Stuart! Juffrouw Stuart! Wat een afschuwelijke, afschuwelijke toestand. Een regelrechte schande. De hemel weet dat we sinds Oostenrijk ons al op het ergste voorbereiden. En met al dat gedoe in Tsjecho-Slowakije krijgen we misschien wel de oorlog waar we ons op zaten voor te bereiden. Maar die wetten? Die komen als een donderslag bij heldere hemel, een totale... U kent juffrouw Norris natuurlijk.'

'Ja natuurlijk, juffrouw Norris', zegt Bella.

'Wat moeten we daarvan denken, juffrouw Stuart?' vraagt juffrouw Norris.

'Ik weet het nog maar net eigenlijk', zegt Bella. 'Ik bedoel, ik weet zelfs niet wat ik ervan moet denken. Mevrouw Cardiff, u moet me excuseren, want ik moet Alec gaan zoeken. Ik wil niet dat hij het van een ander hoort.'

'Maar Alec is thuis, lieve. Edward heeft hem opgehaald zodra hij het nieuws had gehoord. We kwamen ze tegen op het strand. Hij weet het al.'

'Hoe ging het met hem?'

'Je weet hoe hij is, lieve. Maar wel goed, dacht ik. Die twee vriendinnetjes van hem waren alleen behoorlijk hysterisch, ze hadden zich kennelijk zo op hun nieuwe school verheugd. Niet zo gek natuurlijk. Op een gegeven moment dachten we dat we de dokter erbij moesten halen. Vooral degene met het korte haar. Kleine...'

'Martha? Ach, die arme meisjes.'

'Hun vader kwam ze halen. Ze gaan weg uit het hotel, als ze al niet weg zijn.'

'Vast niet. Hun vakantie is nog maar net begonnen!'

'Het zijn Joden, begrijpt u?' zegt juffrouw Norris met een ernstig knikje. 'Ze zeggen dat ze binnenkort al niet meer in hetzelfde vakantieoord worden toegelaten.'

'Waar hebt u dat nu weer gehoord?' vraagt Bella.

'Eh, dat weet ik even niet meer.'

Mevrouw Cardiff pakt Bella bij haar arm. 'Gaat u even zitten, u ziet een beetje pips, lieve. Waarom gaat u niet met ons even een kopje koffie drinken? Toe maar.'

'Nee, dank u wel. Ik moet echt...'

'Edward heeft alles onder controle. En neem me niet kwalijk dat ik het zeg, maar het is beter voor Alec als u een beetje bent gekalmeerd voordat u hem weer ziet, nietwaar, juffrouw Norris?'

'Lieve help, ja.'

'Ga toch met ons mee. Zullen we naar Concetti's gaan? Daar kunnen we tenminste rustig praten, niemand verstaat een woord van wat we zeggen.'

Enkele minuten later zitten ze in Concetti's, een café dat Bella alleen kent van naar binnen kijken, door de altijd openstaande deuren. Een meisje, niet veel ouder dan Alec, leidt hen langs een gezelschap vissers met harige mutsen, naar een kleine zijkamer achter een gordijn. Mevrouw Cardiff bestelt *caffè corretto*, omdat ze zeker weet dat een scheut cognac hun goed zal doen.

'Eigenlijk zou ik ook wel een hapje willen eten', zegt juffrouw Norris. 'Vanwege alle consternatie heb ik namelijk nog niet geluncht.'

'Natuurlijk', zegt mevrouw Cardiff en ze vraagt het meisje wat panini te brengen.

'Ik wist dat er iets gaande was, toen ze ons dat tijdschrift gaven!', zegt juffrouw Norris. 'U weet wel, over de Bescherming van het Ras. Hebt u dat gezien, juffrouw Stuart?'

'Nee, helaas niet.'

'O, dat is zo weerzinwekkend. Helemaal tegen de Joden. Er stonden alleen maar slechte dingen over hen in. Ik bedoel, iedereen heeft toch wel iets goeds. Alle mensen die iets met opvoeding te maken hebben, hebben een exemplaar gekregen – onderwijzers, bibliothecaressen enzovoort – met de bedoeling om het te lezen en de opvattingen uit te dragen. Dat was een paar weken geleden, begin augustus om precies te zijn, en ik weet nog dat ik toen tegen mezelf zei: ik vraag me af wat hierachter zit.'

'Juffrouw Norris, ik heb geen flauw idee waar u het over hebt', zegt Bella. 'Ik wil niet onbeleefd zijn, maar...'

'Maar dat bent u niet! En als het wel zo was, zou ik u dat nooit kwalijk nemen, juffrouw Stuart. Het is logisch dat u meer van slag bent dan de meesten van ons.'

Bella kijkt haar aan.

'Mevrouw Cardiff heeft me verteld dat uw Signora...' Ze kijkt snel om zich heen en spreekt de woorden uit alsof het een onsmakelijk geheim is. '... van de joodse confessie is. Maar goed, uw baan kan in gevaar zijn. En ook als dat niet het geval is, hoe kan ze u betalen? Ze mag geen grond bezitten, geen bedrijf of wat dan ook. Ze zullen ook haar pegulanten afpakken.'

'Nou, nou, juffrouw Norris', zegt mevrouw Cardiff. 'Laten we niet op de zaken vooruitlopen.'

'Goed, zover is het natuurlijk nóg niet. Maar het zal niet lang duren of zij zijn net zo arm als wij, ik bedoel, als sommigen van ons.'

'Hebt u een krant?' vraagt Bella aan mevrouw Cardiff. 'Ik wil die wetten weleens lezen, ik kan het pas geloven als ik ze heb gelezen. Ik wil ze met mijn eigen ogen zien.'

'U moet teruggaan naar Londen, dat moet u doen, lieve. En dat zeg ik in alle oprechte vriendschap. Ga nu. Vandaag, als het nog kan.'

'Maar dat is belachelijk, mevrouw Cardiff, hoe moet het dan met Alec? De Signora? Ik kan niet gewoon... Dat zou ik niet willen.'

'Ja, ik begrijp dat u in een moeilijke situatie zit, maar toch.'

'Gelukkig is ze geen buitenlandse.'

'Pardon, juffrouw Norris?' zegt Bella.

Het meisje komt weer door het gordijn met de koffie en een schaal panini en zet alles op tafel.

'*Grazie*', zegt mevrouw Cardiff.

'*Prego, signora.*'

Zodra ze weg is, gaat juffrouw Norris verder. 'Ze zetten alle buitenlandse Joden het land uit.' Dan pakt ze een panino en kijkt wat erop zit. 'Ik mis de boter, ze zijn zo afschuwelijk droog zonder, vindt u ook niet?'

'O ja', zegt mevrouw Cardiff. 'Maar dan bestelt u toch wat, juffrouw Norris.'

'Zal ik dat doen?'

'Natuurlijk. En laat haar een lekker taartje brengen. De taart is hier altijd goed. En vindt u het heel erg als ik u vraag om ook wat water mee te nemen? En ijs? Of ben ik dan heel lastig?'

'Natuurlijk niet. Komt in orde.'

Mevrouw Cardiff wacht even. 'Je weet het waarschijnlijk niet, lieve, maar ze gaan inderdaad alle buitenlandse Joden het land uit zetten. Ik wilde het niet zeggen waar juffrouw Norris bij was, maar...'

'De Signora is een Duitse.'

'Precies.'

'Ze kunnen haar er toch niet zomaar uit gooien?'

'Het lijkt van wel. Maar goed, ze krijgt een half jaar om zich voor te bereiden. Dat zal ze doen ook, weet je, want anders kan ze haar geld wel gedag zeggen. Volgens James zal het in elk geval een heel lastige klus worden om kapitaal het land uit te krijgen. Mussolini wil niet dat er zoveel geld het land uit gaat. De vlucht van de harde valuta, noemen ze het.'

'James?'

'Ja, lieve, mijn broer, hij werkt toch bij een bank? Als directeur?'

'Natuurlijk. Was ik even vergeten.'

'Kennelijk vroeg het departement van Financiën enkele weken geleden informatie over alle Joodse bankrekeningen. Ik bedoel, wat zeg je daarvan!'

'Dat hebt u me nooit verteld.'

'Ik hoorde het ook pas vanmorgen! Maar goed, de directeur instrueerde alle bankfilialen om het bankgeheim niet te schenden. Maar ik vraag je: hoelang zullen ze daarmee weg kunnen komen? Drink je koffie op, lieve. Alec is natuurlijk een Italiaans staatsburger, dus voorlopig is hij veilig, maar zij kan hem toch moeilijk achterlaten?'

'Maar zijn vader is katholiek. Híj is...'

'Dat maakt geen verschil, blijkt.'

'Maar dit kan niet waar zijn', zegt Bella. 'Hoe is het mogelijk?'

'Ach, lieve meid, je ziet lijkbleek. Hier, eet een van deze afgrijselijke dingen.' Ze houdt Bella de schaal met panini voor. 'Het spijt me dat ik me iets heb laten ontvallen over de Signora. Het schoot er helaas uit voor ik er erg in had. Waarschijnlijk kunnen we het er beter maar niet te veel over hebben met haar. Australische, wist je dat?'

'Ik ben blij dat u haar hebt weggestuurd, ik had haar bijna een klap gegeven.'

'Dat begrijp ik.' Mevrouw Cardiff zucht. 'Ik ga roken, lieve. Heb je daar bezwaar tegen?'

Bella wacht even tot mevrouw Cardiff een pakje sigaretten tussen haar breiwerk vandaan heeft gevist. 'Welnu', zegt ze terwijl ze er een opsteekt. 'Je moet je vader opbellen, dat moet je meteen doen. Zeg tegen hem dat je naar huis wil. Maar zeg verder niets, geef hem over de telefoon geen enkele verdere informatie. Hij zal denken dat het te maken heeft met al dat gedoe rondom Tsjecho-Slowakije en dat je heel begrijpelijk bang bent dat er oorlog komt. Zodra je in Londen bent aangekomen, kun je uit de school klappen. Heus. Dat is mijn advies en het komt uit een goede bron, dat kan ik je verzekeren. Ik vertrek morgen. James zal nog even bij de bank moeten blijven, maar...'

'Morgen? Dan al? Is dat echt nodig?'

'Natuurlijk! Zie je dan niet wat er gebeurt? Hij doet dit om die schurk van een Hitler te paaien. En ik kan je wel vertellen, Anabelle, dat Hitler tenminste een paar jaar heeft gewacht voordat hij zijn duivelse plannen met Joodse kinderen uitvoerde. Ze werden niet meteen van school gehaald. Terwijl Mussolini zich meteen op hen heeft gestort. Als je die twee kleine meisjes vandaag had gezien. En Italianen zouden zo dol zijn op kinderen!'

Mevrouw Cardiff maakt haar sigaret uit en zachtjes kuchend kijkt ze Bella met vochtige ogen aan. 'Daarmee maakt Mussolini zich in de ogen van elk beschaafd land te schande. Maar daar trekt hij zich niets van aan en waarom zou hij ook? Hij heeft zijn vriendje. Ze trekken samen op, let op mijn woorden, juffrouw Stuart. Het nazisme komt eraan.'

'O, maar mevrouw Cardiff... Dit is Duitsland niet. Dit is Italië.'

Mevrouw Cardiff zucht en geeft een klopje op Bella's hand. 'Anabelle, dit is misschien wel de laatste keer dat we elkaar spreken, dus ik zal eerlijk zijn. Ik weet dat jij, net als de meeste mensen, denkt dat in Italië de regels zijn gemaakt om zo niet geschonden, dan wel naar eigen goeddunken geïnterpreteerd te worden. Maar dit keer niet. En denk nu niet dat Bordighera Italië is, want dat is het niet.'

'Het is ook geen Timboektoe!'

'Bordighera is een aardig vakantieoord aan zee, het hele jaar door, waar mensen denken dat ze eeuwig op vakantie zijn. Als je het echte Italië wilt zien, ga dan naar Rome, Bologna of Triëst, waar je zeker mensen zult aantreffen die zich verkneukelen over het nieuws van vandaag en verlekkerd kijken naar alles waar ze zo lang al jaloers op zijn geweest: Joodse huizen, banen, landerijen. Ik wens je het beste, lieve, wat je ook besluit. Ik zal contact opnemen met je vader. Nee, zelfs als je zegt dat ik dat niet moet doen. Dat doe ik zodra ik terug ben in Londen. Nog een laatste advies: wissel al je geld voor Engels geld. Ga naar James, hij zal je bijstaan, zodat je voorbereid bent als je bij zinnen komt, want de lire heeft binnenkort geen waarde meer... Ssst nu, daar is ze. Ah, juffrouw Norris! Daar bent u dan eindelijk. We begonnen ons al af te vragen... Helaas gaat juffrouw Stuart net weg. U hebt de boter, zie ik. Goed gedaan.'

Als ze thuiskomt, zit Alec in bad. Elida, die op de overloop loopt met een hele lading handdoeken, blijft even staan om klagend over de leuning naar beneden te roepen dat Edward het arme kind van het strand mee naar huis had genomen, onder het zand, 'alsof hij een *cotoletta alla milanese* is'. Aan Elida's gezicht te zien heeft ze het nieuws nog niet gehoord.

'Had geen tijd om hem af te drogen', mompelt Edward en duwt haar de keuken in, waar hij theezet en begint te vertellen wat er is gebeurd.

Hij was de halve ochtend in de weer geweest met de wieg en had hem uiteindelijk stukje voor stukje naar de slaapkamer van de Signora gebracht, een geval zo groot als een tuinschuur. Hij had besloten om te wachten tot Cesare hem kon helpen en was het terras op gegaan om te roken en te kijken of hij ergens te bekennen viel. Edward was niet aan die sigaret toegekomen, want toen hij naar beneden keek, zag hij dat de oude man er al was en hij wist meteen dat er iets mis was. Cesare stond daar, handen naar beneden, rug naar de tuin, gezicht naar de muur.

Edward riep hem. Geen reactie. Na een tijdje floot hij naar hem. Cesare draaide zich om, keek hem even aan en knikte. Edward knikte terug. 'Het was een soort verstandhouding tussen ons', zegt Edward.

Toen Edward beneden kwam, haalde Cesare een krant uit zijn zak en gaf die aan hem. '"*Siamo fottuti*", zei hij.'

'Wat betekent dat', vraagt Bella.

'Letterlijk?'

'Ja.'

'We zijn verneukt.'

'O, op die manier.'

Edward gaat verder: 'Op het strand verspreidde het nieuws zich, zoals het vermoed ik altijd gaat, van groep naar groep. Weet je nog hoe we het over Spanje hoorden? Of over Wenen? Ik moet vlak daarna zijn aangekomen. In ieder geval, toen ik uit de *sottopassaggio* kwam, hoorde ik de gewone geluiden, je kent dat wel, dat opgewonden strandgeklets, maar toen ik over de passeggiata liep, leek de stilte voor me uit te rollen.

Tegen de tijd dat ik bij Hotel Parigi kwam, hoorde ik alleen nog maar de meeuwen en de zee. Ik stond bij de leuning het strand af te turen naar Alec. Een voor een begonnen de mensen weer te praten. Eerst onderling, maar daarna maakten ze zich los uit hun groepje, stonden op en liepen over het strand om met anderen te gaan praten. Nu waren de kranten er ook en krantenjongens renden heen en weer op de boulevard of sjokten door het zand terwijl ze riepen: "*La difesa della razza!*" En iets over nieuwe rassenwetten.

Ik geloof niet dat iemand wist wat hij moest doen of hoe hij dat moest opvatten. De meeste mensen waren geschokt, zou ik zeggen. Maar dit is Italië, dus het duurde niet lang of iedereen had zich al een mening gevormd. De meestgehoorde conclusie was dat als hij dit met de Joden doet, hij zich achter Hitler schaart en als hij zich achter Hitler schaart, we afstevenen op oorlog.

Ten slotte ontdekte ik Alec en de meisjes. Ze stonden niet ver van een gezin te luisteren naar een man die voorlas uit de krant. Toen ik dichterbij kwam, kon ik hem met volledige instemming de wet horen aankondigen dat Joodse kinderen uit de scholen geweerd moesten worden. Lina stond met een bal tussen haar enkels geklemd naar hem te luisteren. Toen begon ze te huilen. Die andere...?'

'Martha.'

'Martha, zij sloeg de tranen over en zette het meteen op een gillen.'

'En Alec?'

'Alec stond alleen maar naar hen te kijken.'

'Hij zei niets?'

'Geen kik. Toen kwam mevrouw Cardiff langs samen met die dikke taart die soms bij haar is.'

'Juffrouw Norris.'

'Ja. Ze raapten zijn strandspullen op, gaven die aan mij en stuurden ons tweeën weg. Ik nam hem mee naar huis, terwijl zij zich over de meisjes ontfermden. En zo is het gegaan, zo'n beetje.'

Het duurt die avond een eeuwigheid om Alec in bed te krijgen. Hij eet noch zegt veel tijdens het avondeten en gaat pas naar bed als Edward met het station heeft gebeld en hem persoonlijk door de *capo* heeft laten vertellen dat er voor morgenochtend geen treinen meer komen. Hij kan niet wachten tot zijn moeder en zijn nieuwe zusje er zijn.

Een tijdje horen ze hem boven in zijn kamer op zijn harmonica spelen. Eerst speelt hij achter elkaar door, zonder enige melodie, dan vallen er pauzes en geleidelijk breiden die zich uit tot een definitieve stilte.

Bella gaat naar zijn kamer, pakt de harmonica uit zijn hand, schudt het spuug eruit en veegt hem af. Dan legt ze Alecs benen, die stijf zijn van de slaap, onder de dekens. Op de bedrand zit ze een tijdje naar hem te kijken. Zijn lippen zijn ruw door het overmatig spelen op het instrument, zijn ledematen lijken langer en magerder dan gisteren. Ironisch genoeg lijkt hij kwetsbaar nu alle babyachtige zachtheid en schattigheid uit zijn lijf verdwenen is. Zelfs in zijn slaap ziet hij er voor een jongen van elf houterig en onhandig uit.

Bella staat op, controleert of op zijn nachtkastje alles is zoals hij het graag wil: fles water, zaklantaarn voor het geval hij wakker schrikt, de tennisbal waar in Monte Carlo de Italiaanse kampioen een half jaar geleden zijn handtekening op heeft gezet en die Alec sindsdien als zijn *portafortuna* overal mee naartoe neemt. Achter dit alles staat een ingelijste foto die vorig jaar rond deze tijd is genomen, met de Almansi-meisjes rondhuppelend op hun blote voeten. Er zit een briefkaart in een van de onderste hoekjes van de lijst gestoken, die zijn moeder hem had gestuurd toen hij voor het eerst naar school ging, waarop ze schreef dat ze hem zo knap eruit vond zien in zijn nieuwe uniform. Ten slotte een oude gouden bril die ooit van signor Lami was geweest en die Alec de laatste tijd bij zijn bed bewaart, zodat 'pappa over mij kan waken'. Een enigszins verontrustende gedachte, vindt Bella.

Ze pakt een pot vaseline van de plank boven zijn bed, doopt haar vinger erin en smeert zachtjes zijn gebarsten lippen in.

Als ze een tijdje later naar boven loopt om naar bed te gaan, schalt het geluid van de telefoon door het huis. Bella kijkt vanaf de trap toe hoe Elida de telefoon benadert alsof ze verwacht erdoor gebeten te worden. Ze probeert de essentie van het gesprek af te lezen uit de wisselende uitdrukkingen op Elida's gezicht; eerst geschrokken, dan verbaasd, ten slotte geïrriteerd. '*Da Vienna*', zegt ze misprijzend, en ze houdt de hoorn op naar Bella als die de laatste treden af loopt.

'*Vienna?*' zegt ze. 'Is de Signora in Wenen?'

Maar Elida is al naar de huistelefoon gelopen om Edward te bellen in zijn verblijf.

Het blijkt een dronken Amelia te zijn. Bella kan nauwelijks verstaan wat ze zegt. Het is alsof ze praat met een mond vol toffee. Op de achtergrond de hysterische inspanningen van een *orchestrina* die te veel van zichzelf vraagt en af en toe oplaaiende dronken stemmen, waarschijnlijk Duits.

‘Ik kan je niet verstaan, Amelia’, roept ze door de telefoon. ‘Het spijt me, ik kan je gewoon niet...’

Plotseling houdt de herrie op. ‘Vergat de deur dicht te doen.’

‘Ja, dat is beter.’

‘Kijk, het zit zo, eh... Ik zit in... tja... de penarie. Het probleem... Het probleem is dat ik Wenen niet uit kan.’ Amelia begint te lachen.

‘Ik dacht dat je in Berlijn was.’

‘Dat zóú ik ook zijn! Dat zóú ik ook! Ik zal het je meteen uitleggen. Ik zou daar zijn, als het kon. Maar ze laten me er niet meer in. Serieus. Deze stad is... hel. Dat is ’t. De vorige keer dat ik er met Grace was, was het zo. Nu... is het een drama. Dat is ’t. Dat arme oude Wenen. Je ziet de gebouwen niet meer door de swastika’s die uit ieder raam hangen. In de hele stad wemelt het verdomme van de Duitse soldaten. Mensen krijsen fanatiek *Heil Hitler* naar elkaar op straat, in iedere winkel waar je komt, iedere bar, zelfs baby’s doen het. Overal. Ik bedoel, kr-ij-sen. Godallemachtig, het is hier nog meer nazi dan in Berlijn! Ik wil... Ik wil hier weg, juffrouw Stuart. Maar ik mag niet! Pas als iemand, hoe heet ’t, borg voor me staat. Ze laten me zelfs niet terug naar de States gaan. Ik bedoel, kom op! Wie kan dat iets schelen? Ik wil niet naar de States, ik kom liever naar jou toe. Dat zou oké zijn. Zou dat niet oké zijn? Het zou leuk zijn. Jij, ik, Edward, dinges, eh Alec. Het probleem is, tante Lami moet... je weet wel, hoe heet ’t... borg voor me staan. Ik dacht: misschien, met die speciale band die Duitsland en Italië tegenwoordig hebben... Als die man van haar, die Tassi-advocatenkerel, iets kon... snap je? En zij heeft ook wel de nodige contacten, reken maar, juffrouw Stuart. Hoe gaat het met je trouwens? Hoe is het in Bordighera?’

‘Nou, ik...’

‘Wil jij regelen dat zij dat voor me doet, ja? Tante Lami. Zeg dat ik in de penarie zit, weet je wel. Overtuig haar, zoals alleen jij dat kan, doe eens aardig. Ik heb geprobeerd haar te bellen...’

‘Amelia, het spijt me, maar ik kan niet...’

‘Je kan niet?’

'Het probleem is, ik wil niet...'

'Je wil niet?'

'Nee, wat ik bedoel is... Amelia... ben je er nog?' vraagt Bella als het even stil blijft.

'Even voor alle duidelijkheid... zei je nou net dat je niet wil? Zei je dat nou net?'

'Luister, het probleem is...'

'Het probleem is...?'

'Het kan gewoon niet.'

Bella luistert naar de geluiden van Amelia die een sigaret opsteekt: klikt, inhaleert, blaast uit. Daarna, alsof de sigaret haar nuchter heeft gemaakt, wordt haar stem bijna weer helder en in ieder geval kil. 'Nou moet je eens goed luisteren, juffrouw Stuart.'

'Ik luister, Amelia, als je me het nu gewoon laat uitleggen.'

'Heb je enig idee wat er hier met mij kan gebeuren? Ik ben mijn papieren kwijt, snap je dat? Ze zijn eigenlijk gestolen, als je het wil weten. Zonder papieren kan ik wel iedereen zijn. Ik zou zo'n stomme Jood kunnen zijn. Weet je wat er in Wenen nu met Joden gebeurt? Geef me Edward maar.'

'Je begrijpt het niet, Amelia.'

'Wat ik niet begrijp, juffrouw Stuart, is wie jij wel denkt dat je bent!'

'Amelia, alsjeblieft.'

'Weet je, het verbaast me eigenlijk helemaal niet. Ik bedoel, jij hebt altijd al de pik op me gehad. Altijd al een kreng geweest, eerlijk gezegd. Tuurlijk, je doet poeslief en keurig als het jou uitkomt, maar mij heb je nooit voor de gek kunnen houden, weet je. Ze heeft je ingeseind, hè? Die dierbare Sig-nora van je. Je moet van haar zeggen dat je niet weet waar ze is. Nou, zeg maar tegen haar dat als ze mij niet helpt, ze daar ontzettend veel spijt van krijgt. Want ik heb haar door. En ik weet dingen.'

'Wat weet je, Amelia?'

'Ik weet wat ze uit Duitsland en Italië wegsluist. Stukje bij beetje. En je kan haar vertellen dat het geld van mijn oom is. Geld waar ze geen recht meer op heeft, trouwens. Zeg dat tegen haar. Ga dat nu maar meteen tegen haar zeggen, namens mij.'

‘Ze is hier echt niet.’

‘Geef me Edward.’

‘Amelia, ik probeer gewoon...’

‘Ik wil Edward spreken. Ben je nou net zo doof als dat je dom bent?’

‘Alsjeblieft, als je nou even luistert...’, maar dan staat Edward naast haar en trekt de hoorn uit haar hand.

‘Ah, Amelia’, zegt hij. ‘Ja, met mij. Ja, inderdaad. Ach, hemel, hemel, wat erg. Ik begrijp het, ja. Weet je, ze is hier niet. O, maar laten we het niet over haar hebben. Ik kan jou net zo goed helpen. Waar logeer je? Nou, dat is niet zo slecht, eh, dat kun je toch moeilijk een gevangeniscel noemen, hè? Voor zover ik weet is dat het beste hotel in Wenen. Maar moest je je papieren niet bij de receptie afgeven toen je incheckte? Ah, ik begrijp het, je nam ze mee toen je naar de bank ging. Ben je al teruggegaan naar de bank om te kijken of je ze daar hebt laten liggen? Ah, een nachtclub. Ja, nou, dan denk ik ook dat ze nu wel weg zullen zijn. Maakt niet uit, lossen we op. Ja, natuurlijk doen we dat. Wat ik nu wil dat je gaat doen... Luister naar me, Amelia, luister je? Ga terug naar het hotel. O, daar ben je nu. Prachtig. Goed, ik wil dat je nu naar je kamer gaat. Ja, nu. Nee, niet welterusten zeggen tegen je lieve vrienden, ga gewoon naar je kamer. Natuurlijk zijn ze dat. We krijgen jou daar weg voor je er erg in hebt. Het kan een paar dagen duren. Dat klopt, ja, ja. Blijf waar je bent, laat naar je kamer brengen wat je nodig hebt. Ik? Je weet maar nooit, Amelia, misschien doe ik dat wel. Ja, ik zal het daar vast heel leuk vinden. Ja, geweldig. Welke kamer, zei je? Kom, Amelia, concentreer je op één ding tegelijk graag. Naar bed nu. Ja, dat is een schande. Ik ga er meteen werk van maken. Beloof ik, absoluut. Maak je geen zorgen om de Signora, ik regel alles. Tot ziens. Ja. Ik laat je niet barsten. Truste. Jij ook, jij ook.’ Hij legt de hoorn op de haak. ‘Ze was veel te lang aan de lijn, hopelijk heeft niemand ons afgeluisterd.’

‘Wat is er gebeurd?’

‘Heb je een adres van Grace? Schrijf dat voor me op, wil je? Ik ben zo terug.’

‘Waar ga je heen?’

‘Een telegram sturen.’

'Maar Amelia dan?'

'Vind je niet dat we genoeg aan ons hoofd hebben? Ik stuur een telegram, haar vader kan haar redden.'

'Maar wat zei ze?'

'Ze is haar papieren kwijt, heeft geen geld, Tassi's kantoor neemt haar telefoontjes niet aan. Ik denk dat wij vanaf nu hetzelfde moeten doen. O, en ze houdt het bed voor me warm.'

Bella en Edward kijken elkaar aan en schieten in de lach. Elida mompelt iets afkeurends en doet vol afschuw haar ogen dicht. Dan zegt Edward: 'Ik dacht dat ik misschien wel hier kon intrekken, voor een nacht of langer, tot de Signora terug is in ieder geval. Wat vind je ervan?'

'O, dat lijkt me een goed idee', zegt Bella. 'Wat denk jij, Elida, is dat een goed idee? Volgens mij zal de Signora daar geen bezwaar tegen hebben, toch?'

'Het kan me niet schelen wat Signora zegt', zegt Elida, terwijl ze haar handen vouwt. 'Als dat veiliger maakt voor ons.'

Iedere dag lijkt meer slecht nieuws te brengen. De grote wereld komt via de radio het huis binnen: Hitler, Tsjecho-Slowakije; iedere stap weer een stap dichter bij oorlog.

Een paar dagen nadat de rassenwetten zijn gepubliceerd, horen ze op de radio dat alle Franse officieren van verlof zijn teruggeroepen.

'Dat betekent...?' vraagt ze aan Edward.

'Dat de Fransen zich voorbereiden op oorlog.'

Dichter bij huis: ze krijgen een brief van Alecs school: *Graag uw aandacht voor de volgende instructie van het 'Ministero dell'Educazione Nazionale': er is het komende schooljaar voor bovengenoemde leerling niet langer een plek beschikbaar.*

Ook al heeft Bella de wetten gelezen, vele malen, in vele kranten, en heeft ze die op de radio eindeloos horen bediscussiëren (zij het zelden bekritiseren), ze kan het nog steeds nauwelijks geloven. Na alle tijd die hij in die school heeft gestoken; alle uren getob en gedoe over uniformen en boeken, het dagelijkse geworstel met huiswerk en vriendschappen, af en toe een kleine triomf.

Heen en terug op de weg naar San Remo, waarvan hij iedere steen kent, iedere bocht, iedere pilaar en winkelpui waar hij langs komt. En iedere ochtend hetzelfde als ze in het centrum aankwamen en Alec op de koepel van de Russische kerk wees en uitriep: 'We zijn er bijna! We zijn er bijna! Nog maar vier minuten en dertig seconden, hoogstens vijf minuten. Stipt op tijd! Alec Lami *Brav-is-simo!*'

En dit is waar het uiteindelijk op neerkomt: enkele regeltjes 'Wie dit regardeert' in het midden van de pagina getypt, alsof de secretaresse zo had geprobeerd het ietsje minder bot te laten lijken.

Ze moet Edward vragen of hij Alec deze middag onder zijn hoede wil nemen, want ze kan het kind niet recht in de ogen kijken. Ze is zo over haar toeren dat ze bijna het handgeschreven briefje over het hoofd ziet dat achter in de envelop zit weggestopt.

Juffrouw Stuart, het zou de moeite waard kunnen zijn om bij de Demorazza een verzoek in te dienen om Alec in aanmerking te laten komen voor de 'discriminato'-status. Ik weet nog niet wat die inhoudt, maar vermoed dat er in bepaalde gevallen een uitzondering gemaakt kan worden. Het is een poging waard. Doet u hem alstublieft de groeten van ons. Ik hoef u niet te vertellen hoe afschuwelijk we ons hier allemaal over voelen. Laten we hopen en bidden dat het snel overwaait.

Het briefje is niet ondertekend, maar komt waarschijnlijk van Alecs aardrijkskundelerares juffrouw McHugh, die altijd dol op hem is geweest, ondanks dat haar vak hem niet interesseert. Bella is in ieder geval dankbaar voor de troost die het biedt en bewaart het in haar handtas om er af en toe even naar te kijken. Er is tenminste iemand, ergens, die zich echt zorgen maakt over hun hachelijke situatie.

Geregeld vragen ze elkaar wat ze zouden moeten doen. En het antwoord luidt altijd hetzelfde: 'Laten we het nog een dag aanzien, kijken of de Signora komt opdagen.'

Intussen blijven de brieven en berichten voor de afwezige Signora zich opstapelen, waaronder berichten van twee verschillende bankdirecteuren alsook een oproep om zich te vervoegen bij de gemeentesecretaris voor het *stato di famiglia*-certificaat. Elida legt hun uit dat dat nu verplicht is, ieder gezin moet zijn status goedgekeurd klaar hebben liggen om op ieder moment te kunnen overleggen: voor een inschrijving op een school of bij de Balilla, om gratis melk te krijgen. Maar ook om deel te kunnen nemen aan de regatta of om een pleziertochtje met de boot te kunnen maken. Een vriendin van een oom van de nicht van de buurvrouw heeft de letter E op haar certificaat gekregen.

'E?' vraagt Bella. 'Hoezo een E?'

'Voor *ebreo*, de status van Jood.'

Dan komt er een paar dagen later nog een brief, dit keer geadresseerd aan Bella, net zo gevreesd als verwacht, van de prefettura van de politie. Ze ontbijt met Edward, zoals ze dat doen sinds hij vanuit zijn verblijf in het huis is komen wonen; hij leest de krant, zij neemt de ochtendpost door, Alec afwezig maar traceerbaar door het slepende harmonicageluid dat af en toe ergens in het huis of de tuin klinkt. Zelfs met alle zorgen en onzekerheid merkt Bella, terwijl ze met trillende hand de brief openmaakt, dat het haar een beetje goeddoet om Edward tegenover haar te zien zitten, achteroverleunend in zijn stoel, ontspannen en mannelijk, terwijl zijn lange hand om de krant heen naar zijn kopje grijpt, zij half luistert naar wat hij af en toe hardop voorleest en hij half antwoordt op wat zij eventueel zegt. Sinds Edward hier woont is er een gevoel van kameraadschap, van het soort dat getrouwde stellen kennen, en, zoals ze zichzelf af en toe voorhoudt, dichter bij die ervaring zal ze waarschijnlijk nooit komen.

De brief is in feite een bevel om vrijdag 30 september voor de federale commissie te verschijnen met haar volledige, actuele documentatie. Op de zitting zal ze moeten uitleggen waarom ze ondanks de herinneringen haar documenten nog niet heeft laten verifiëren en ook zal er worden beslist of haar toekomst in Italië ligt. Bij niet verschijnen zal er onmiddellijk een deportatiebevel worden uitgevaardigd.

'O God. Nee, hè. Niet nu, niet ook dat nog!'

Edward lijkt haar niet te hebben gehoord. Ze wil net de brief over tafel naar hem toe schuiven, als haar iets te binnen schiet.

'Edward?'

'Mmm?'

'Heb jij al bericht van de prefettura ontvangen?'

'Van wie?'

'De prefettura van de politie, of de gemeentesecretaris misschien. Hebben zij nog geen contact met je gezocht?'

'Nee. Nog niet.'

'Helemaal niet? Zelfs geen verzoek om je documenten te laten verifiëren?'

'Ik ben hier langer dan jij.'

'Wat maakt dat nu uit? Edward, luister je wel naar me, vind je dat ook niet vreemd? Je hebt het volkstellingsformulier in augustus toch ingevuld, dus dan moet je toch... Edward?'

Hij legt de krant neer en kijkt haar aan. 'De Britse vloot is zojuist gemobiliseerd', zegt hij.

Dagenlang zijn ze nu rondom huis en tuin gebleven en Alec vraagt eindelijk niet meer naar het waarom. Niet dat deze zelfverkozen ballingschap onderling besproken of overeengekomen is; het is gewoon gemakkelijker om niet meer de deur uit te gaan.

Overdag in de tuin proberen ze er het beste van te maken: picknicks op telkens een andere plek, badminton met een provisorisch door Edward gespannen net. Alec zit vaak op de rand van een vergeten vijver die Cesare weer tot leven heeft gebracht en met vers water heeft gevuld, te spatten met zijn voeten of te spelen met bootjes. Alles wordt in het werk gesteld om hem af te leiden, hem weg te houden van vragen en sombere gedachten. Maar er zijn dagen waarop niets hem kan plezieren. Niet als ze beloven een boomhut te bouwen, een puppy aan te schaffen, en zelfs niet als ze op een avond een pingpongtoernooi organiseren want dat zet hem alleen maar aan tot mokken en huilen.

Alleen de postbode komt nu langs, of de ijsman, die familie is van Elida en naar haar mening *discretissimo*. Toch is het Bella opgevallen dat hij nooit uit de keuken weggaat zonder een zakje met het een of ander waar hij niet zo *discretamente* mee loopt te zwaaien.

Op een dag vraagt Bella aan Elida hoelang ze denkt nog voor de Signora te werken.

'Het is alleen werk als je geld krijgt. Dus als ik geen geld krijg, alleen eten en een bed, dan ik word niet betaald dus ik werk niet echt maar blijf als gast in het huis die gewoon helpt.'

'Maar je kunt niet werken voor niets.'

'Ik kan nergens anders heen, signora', zegt Elida zachtjes.

'Je kunt ander werk zoeken.'

'Net als ik heel veel anderen moeten opeens andere baan zoeken.'

'De autoriteiten weten dat je hier bent, Elida. Sinds de volkstelling weten ze waar iedereen is. Hoelang denk je dat je er nog mee wegkomt?'

Elida balt haar vuist. 'Tot ze me wegslepen.'

Elida bestelt de boodschappen niet meer telefonisch. Ze zegt dat ze niet het risico wil lopen dat Joods krediet niet meer wordt geaccepteerd. Nu gaat ze zelf de deur uit, haalt het geld uit een kistje in de stalen kluis en als ze terugkomt vult ze dat kistje weer met bonnetjes.

Iedere ochtend komt ze sjouwend met twee grote volle manden terug en neemt met het fruit en het vlees steeds verontrustendere berichten mee naar huis. Op de aanplakbiljetten bij de markt heeft Elida gelezen: *Degenen van wie de naam niet op onderstaande lijst staat moeten afstand doen van hun partijkaart.* Of: *Degenen van wie de naam niet in de krant van aanstaande zaterdag staat afgedrukt, kunnen zich niet inschrijven voor het komende schooljaar en hoeven geen aanvraag in te dienen voor een verlenging van het lidmaatschap van de Balilla.*

Elida haat die indirecte aanvallen. 'Als Hitler een mes in je lijf steekt,' zegt ze woedend, 'hij steekt hem tenminste in je buik zodat je kan zien de hand die hem vasthoudt.'

Ze houdt hen op de hoogte van de activiteiten in Bordighera. De meeste klassieke concerten worden afgelast, zegt ze, alleen Duitse musici lijken te willen reizen. Maar Vizzali-Marini, het dansduo, blijft gewoon optreden; vanavond geven ze in de kursaal een vertolking van de *Lambeth Walk*.

Vaak klaagt ze dat er met de dag steeds meer militairen op straat zijn. Of dat het in de stad wemelt van de verdachte figuren die zich voordoen als vakantiegangers – met één oog naar de grens, het andere naar je portemonnee. Of dat gretige graaiers al zijn begonnen met hamsteren; vandaag kon ze maar vijf pakjes Nazionali-sigaretten krijgen voor de maestro en zes kilo suiker, wat betekent dat ze er nu nog maar twintig hebben.

'Elida, waarom hebben we in godsnaam twintig kilo suiker nodig?'

'Signora, in oorlogstijd alles is geld.'

Ze vertelt over gesprekken in de winkel. Geheim gefluister over de toonbank. Of openlijke tirades van zowel klanten als personeel. De klacht van vandaag: de nieuwe Franse wet die Italianen zonder visum weert, zelfs voor een bezoekje van een dag, zelfs van een uur. *Disgrazia*, noemen ze het. Italiaanse arbeiders verliezen hun baan vanwege oponthoud aan de grens. Een vrouw in de rij bij de *tabaccheria* vertelde dat haar zoon is ontslagen omdat hij drie uur te laat was op zijn werk in Villefranche. En toen een man achter in de zaak zei dat ze alleen een excuus hadden gezocht om hem te kunnen ontslaan, omdat hij Italiaan is, was iedereen in de overvolle winkel het daar hartgrondig mee eens.

In de apotheek hoorde Elida iemand tegen de winkelbediende zeggen dat er in Rome bordjes in de winkels hingen. Daar stond niet op '*Juden Nicht Begrüßen*', of '*Juden Verboten*', zoals in Duitsland, maar '*Negozio Ariano*'. Arische winkel.

'Nog een mes in de rug', snauwt Elida, terwijl ze haar metaforische mes stevig vasthoudt.

'O God, Elida! Vertel ons voor de verandering eens iets leuks, iets hoopgevends', zegt Bella smekend bij dat laatste bericht van Elida.

'De olijven beginnen te rijpen, signora. Overal leggen ze olijfkleden op de grond.'

Haar vader belt echt op. Zelfs over de telefoon, door de stemmen van Engelse en Italiaanse telefonistes heen, kan ze hem voelen koken van woede.

'Over een minuut of twee piepen ze me weg,' gromt hij als hij aan de lijn is, 'dus ik houd het kort. Jouw mevrouw Cardiff is onderweg naar Northumberland bij me langs geweest en ik moet zeggen dat ik ontsteld, om niet te zeggen beschaamd ben door de totale minachting die jij tentoonspreidt ten aanzien van degenen die zich om jouw welzijn bekommeren. En om jouw veiligheid, kan ik er wel aan toevoegen. Weet je dat onze premier vanmorgen Duitsland officieel heeft gewaarschuwd om uit Tsjecho-Slowakije weg te blijven? Denk je echt dat die waarschuwing serieus ter harte wordt genomen? En heb je enig idee van de mogelijke consequenties? Ina en ik treffen voorbereidingen om Londen te verlaten, wanneer – eerder dan als – de noodzaak zich voordoet, en we gaan logeren bij haar zuster. Ik zal de precieze gegevens achterlaten op mijn bureau; mevrouw Carter heeft de reservesleutels. Maar laat dit duidelijk zijn, Bella: ik verwacht je zo snel mogelijk te zien in Londen of in het huis van Ina's zuster. Ook al ben ik oud, ik zou bereid zijn om direct naar je toe te gaan om je persoonlijk naar huis te slepen, als het ministerie van Binnenlandse Zaken reizen naar het continent niet had verboden. Ik hoop dat ik duidelijk ben en verwacht dan ook zeker niet dat ik dit telefoontje moet herhalen.'

De piepjes klinken en hij hangt op, voordat ze de kans krijgt om iets ter verdediging te zeggen, of wat dan ook kwijt te kunnen.

Op een middag, ongeveer halverwege de maand, onweert het. Eerst knotsen van hagelstenen, die roffelen tegen de ramen en kletteren in de tuin. Daarna alleen regen. Geen wind of donderslagen. De hemel wordt verscheurd door een angstaanjagende lichtflits. In die meedogenloze stortbui ligt alles in de tuin te glanzen. Gehypnotiseerd zit ze met Alec in zijn moeders kamer naar buiten te kijken.

Tot Edward zijn hoofd om de hoek van de deur steekt en aankondigt dat hij naar buiten gaat. 'Er is iemand die ik wil spreken', zegt hij. 'Dit is een goed moment om erheen te gaan.'

'Je wordt drijfnat. Zal ik je met de auto brengen?'

'Nee. Blijf jij hier bij Alec.'

'We kunnen met z'n allen gaan', zegt ze. 'Dat betekent dat we dan tenminste...'

Hij kijkt haar afwachtend aan. En even ziet ze hen gezellig in de auto zitten, de wielen die door lange waterplassen plenzen, de sussende ruitenwissers. Door het regenwaas ziet ze het voortijdig ontstoken licht uit cafés en bars en plotseling een paar dappere voeten die plonzend een verder verlaten straat oversteken. De regen springt krachtig op van de grond en stuitert van de motorkap op terug omhoog, alsof het twee kanten op regent. Konden ze dat maar doen: in de auto stappen en maar door de regen blijven rijden.

'Nou?' zegt hij.

'Wat ik bedoel te zeggen, Edward, is dat we dan het huis even uit zijn, snap je, maar omdat we in de auto zitten, hoeven we ons geen zorgen te maken dat we iemand tegenkomen, de verkeerde dingen zeggen. Dat bedoel ik.'

'Nee. Jullie tweeën kunnen het beste hier blijven', zegt Edward.

Even later staat Bella op. 'Alec, ik ben zo terug', zegt ze.

'Waar...?'

'Naar de keuken, een appel pakken. Wil jij er ook een?'

'Ja, graag.'

Ze staat voor haar slaapkamerraam te kijken naar de punt van Edwards zwarte plu die de weg af danst naar het centrum. Bella krijgt heel slechte gedachten, ze begint aan hem te twijfelen. Stel dat hij niet terugkomt. Stel dat er iemand aan het einde van de weg staat te wachten om hem mee te nemen in de auto. Of erger, dat hij begint te drinken. Stel dat ze hier alleen achterblijft. Dat zij alle beslissingen moet nemen. Hoe kan ze nu de kleinste beslissing nemen als ze niet weet wat er al door de Signora gedaan is, of gezegd, of wat ze nog in petto heeft? En nu verdwijnt Edward in een nevel van regen, terwijl hij niet zegt wie hij gaat opzoeken of waar, of wanneer hij terugkomt, en óf hij wel terugkomt.

Dan ziet ze de gedaante van de postbode glad en glanzend als een zeeleeuw bij het tuinhek staan. Bella doet snel haar schoenen uit en rent de trap af. Ze opent de voordeur en door een voile van regen probeert de postbode haar aan te kijken.

'*O che brutto tempo!*' zegt ze en ze vraagt of hij even binnen wil komen, misschien voor een kopje koffie voor hij weer verdergaat. Maar de postbode zegt dat hij doorgaat, dat hij op zijn leeftijd tijdelijk soelaas erger vindt dan helemaal geen soelaas.

Hij rommelt wat onder zijn regencape en ze vraagt hem hoelang hij al post bezorgt bij dit huis. Onder zijn dikke witte snor verschijnt een glimlach. '*Da tanti anni, signora*', antwoordt hij. Als jongetje kwam hij hier al met zijn oom, de vorige postbode. Hij kwam altijd graag bij Villa Lami, vertelt hij, de oude Signora gaf hem altijd iets lekkers uit haar zak. *Gentilissima.* Ze deed zelf de tuin, voegt hij eraan toe, alsof dat feit hem nog steeds verbaast.

Hij haalt twee brieven tevoorschijn en ze vraagt of hij nog iets voor de woning boven de garage heeft.

'*Scusi, signora?*'

'*La casetta in fondo al giardino? Il garage? Signor King? Edward King?*'

Hij kijkt haar niet-begrijpend aan, alsof hij niet weet over wat of wie ze het heeft. Dan glimlacht hij weer en stapt hij de regen in.

Als ze terugkomt bij Alec zit hij aan de tafel verveeld met een potlood op een vel papier te tekenen. Ze loopt door Signora's zitkamer, waar ze de afgelopen tijd zoveel tijd hebben doorgebracht. Alsof er geen andere kamer in het huis is. In elk geval is het de kamer die het meest privé is; zelfs met alle lichten aan is hij vanaf de straat niet te zien. De piano staat er en enkele dagen terug had ze Cesare de radio en de grammofoon van de bibliotheek hierheen laten brengen. Ze eten het avondmaal hier, nu het 's avonds eerder donker wordt en Elida zegt dat het gemakkelijker is om maar één haard te hoeven aansteken. Bella denkt dat ze het gewoon gemakkelijker vindt om hier met hen te eten, als gelijken, in plaats van beneden in de eetkamer met de associatie van bedienen en bediend worden.

Ze eten, kaarten, luisteren naar de grammofoon of naar Edward die pianospeelt. Als Alec in bad is geweest, mag hij in zijn pyjama op de bank liggen tot hij in slaap valt en dan draagt Edward hem naar bed. Daarna kunnen ze ongestoord naar de radio luisteren, terwijl ze koortsachtig de golflengten en onverstaanbare talen afzoeken, tot ze toespraken of nieuwsberichten horen die ze kunnen verstaan. Iedereen houdt tegenwoordig toespraken. Het irriteert haar dat Edward zijn oren spitst bij Rusland of Hongarije, alsof ieder moment alles begrijpelijk kan worden. Maar de laatste tijd zijn er veel dingen aan Edward die haar ergeren.

Bella kijkt naar Alecs tekening. 'O, wat mooi. Wat is het?'

'Het is een draak. Het wórdt een draak. Ik zag hem in de lucht. Waar is mijn appel, juffrouw Bella? Bent u hem vergeten?'

'O sorry, ja, je hebt gelijk.'

'Het kan me toch niet schelen', zegt hij, en hij kijkt alsof hij ieder moment kan gaan huilen.

'Alec, het is maar een malle appel en ik kan hem zo voor je halen.'

'Nee, ik wil hem niet meer. Echt niet.'

Ze kijkt hem even aan. 'Als je je bedenkt, moet je het zeggen.'

'Mmm', zegt Alec, maar hij gaat alweer op in zijn tekening en lijkt de appel te vergeten.

Bella loopt naar de bank, gaat erop liggen, schikt een kussen onder haar rug, en nog een onder haar nek, zodat ze hem bezig kan zien: de bewegingen van zijn hand en onderarm, de manier waarop hij met de mondharmonica langs zijn haar strijkt aan de zijkant van zijn hoofd of ermee tegen zijn voorhoofd tikt of hem af en toe tegen zijn lippen houdt om een korte dissonant te laten schallen. De houtskoolveeg op zijn wang, de kleur die achter die veeg opgloeit als de tekening vorm krijgt en hij opgewondener wordt, het puntje van zijn pink dat in zijn neus verdwijnt voor een stiekeme pulk.

'Gaat het, Alec?'

Hij draait zich met een glimlach om.

'Goed zo', zegt ze en even blijven ze elkaar aankijken.

Ze moet weggedoezeld zijn, want ze wordt wakker van een harmonica die door de kamer schettert. Daarna Alecs stem, chagrijnig: 'Wanneer, vroeg ik, wanneer?'

Hij zit nog steeds aan tafel, op dezelfde manier, er is niets veranderd behalve de donkere gloed die nu over zijn hele tekening ligt. Bella maakt zich los uit haar weldadige dutje. Het regent nog steeds. 'Wanneer wat, Alec?' vraagt ze.

'Wanneer ga ik weer naar school?' Nu is hij aan het dreinen. Dezelfde vraag stelt hij minstens twee keer per dag. Ze zegt altijd dat het begin van het schooljaar is uitgesteld vanwege reparaties aan het dak van de school. Toen hij het vanochtend vroeg, keek hij nauwlettend naar haar mond, alsof hij ieder woord dat eruit kwam, uitgebreid onderzocht, en Bella wist dat hij haar niet meer geloofde.

De middag van het septemberonweer besluit ze om Alec niet meer voor te liegen, voor zover dat tenminste mogelijk is.

Ze gaat rechtop zitten en vraagt: 'Hoe oud ben je nu, Alec?'

'U weet hoe oud ik ben.'

'Ja, maar zeg het toch maar.'

'Bedoelt u nu, of volgende maand als ik jarig ben?'

'Nu.'

Hij legt zijn potlood neer, rolt hem met een korte zucht van ongeduld tussen de kleurpotloden en de staafjes houtskool. '*O Dio!*' zegt hij. '*Undici*. Elf. *Onze*. Negen plus twee ben ik. Of tien plus een.'

'Ik hoopte dat je oud genoeg was om je iets belangrijks te kunnen vertellen, maar als je een beetje bijdehand gaat doen...'

'Nee', fluisterde hij. 'Ik doe niet bijdehand meer. Ik ben een grote jongen.'

'Alec, dit zijn dingen die ik zelf ook niet goed weet, laat staan dat ik weet of ik ze jou wel moet vertellen... maar...' Ze klopt op de bank en hij gaat naast haar zitten.

Als ze uitgesproken is, zegt hij: 'Dus de jongens bij de Balilla hadden toen gelijk.'

'Welke jongens?'

'Die dikke, de neef van de *commandante*, en zijn vrienden, weet u nog, toen ze me thuisbrachten van de Balilla?'

'Ja. Dus toen hadden ze wél iets tegen jou gezegd.'

'Nee. Dat was pas twee weken geleden. De laatste keer dat ik tenniste zag ik ze onderweg naar huis. En hij zei: '*Ah, il piccolo ebreo da Villa Lami.*'

'De kleine Jood van Villa Lami?'

'Ja. Daarna renden ze me achterna, en joelden met z'n allen: "*Il piccolo ebreo da Villa Lami, Villa Lami, Villa Lami!*" Maar toen ze Edward aan het einde van de weg zagen staan, hielden ze ermee op en gingen ze de andere kant op.'

'Alec, waarom heb je me dat niet verteld?'

'Weet ik niet, juffrouw Bella. Ben ik dan een Jood?'

'Zoiets, denk ik. In elk geval deels.'

'Pappa's deel?'

'Nee.'

'Nou, dat is mooi, want ik wil net zo zijn als pappa.'

'Maar je bent net als je pappa, in zoveel opzichten. Het maakt geen verschil voor wie je bent, Alec, het is gewoon iets waar sommige mensen zich enorm druk over maken.'

'Waarom?'

'Weet ik niet, eerlijk gezegd. Dan kunnen ze iemand de schuld geven, iemand anders dan zichzelf.'

'De schuld geven waarvan?'

'Geen idee.'

'Maar ik ga naar de mis. Ik zeg mijn gebeden. Ik ben nu niet anders.'

'Ja, schat, natuurlijk. Weet je, dit is over een tijdje weer voorbij en dan lijkt het heel mal allemaal. Maar toch moeten we voorzichtig zijn. Daarom vertel ik het je ook, want ik wil dat je het begrijpt. Ik wil niet dat je iets overkomt.'

'Waarom is mamma er nog niet?'

'Waarschijnlijk omdat ze ook niet wil dat jou iets overkomt.'

'Maar ben ik dan niet veilig?'

'Natuurlijk wel.'

'Ja, natuurlijk!' schreeuwt hij en hij springt op van de bank. 'Ik ben hier veilig bij u en Cesare en maestro Edward en Elida!'

'Je bent zo veilig als een huis.'

'Als alle huizen in Bordighera! *Imperia*! *Liguria*! *Italia*! Libië en de koloniën van de *Egeo*!'

'Sst, sst, rustig maar, Alec. Ga zitten. Kom. Je bent veilig. Zo veilig als wat.'

Alec legt zijn hoofd tegen haar schouder en ze kijken een tijdje naar de regen. Dan gaat hij rechtop zitten. 'Als il Duce de Joden niet aardig vindt, moeten ze heel slecht zijn.'

'Maar Alec, je weet dat Martha en Lina Almansi Joden zijn. Je mamma is een Jood.'

'O ja, natuurlijk, dat is ook zo.' Hij kijkt peinzend.

Als Bella later langs zijn kamer loopt, valt haar blik op zijn nachtkastje. Er ontbreekt iets. De foto van de Almansi-meisjes, net als de briefkaart van zijn moeder, is verdwenen, en nu heeft ze er spijt van dat ze niet is blijven liegen.

Haar dagen zijn gevuld met lange uren. Uren die niet korter worden, hoe ze er ook stukjes vanaf probeert te knabbelen. Een dag lijkt wel een week, een week wel een maand, ze kan nauwelijks geloven dat het nog steeds pas september is. Andere uren lijken weg te lekken uit de dag, zodat ze niet meer weet wat ze in die tijd heeft gedaan, of welke datum erbij hoorde, of zelfs welke dag van de week het was.

Ze besluit om aantekeningen bij te houden, iedere ochtend de dag en de datum bovenaan de bladzij van een aantekenboek te schrijven. Niet om een dagboek bij te houden, maar wel kleine notities: van een incident dat zich heeft voorgedaan of misschien van een klein huishoudelijk klusje dat is uitgevoerd. Een speld om de dag mee vast te pinnen.

Liggend in het donker, luisterend of er in het getjirp van een vleermuis of de huivering van een palmblad gevaar schuilt, is ze bang voor haar eigen bed geworden. Dat is ontstaan toen Elida thuiskwam met het verhaal over signora Codoni. Signora Codoni, die aan het andere eind van de Via Romano woont, was onlangs na drie maanden in het buitenland teruggekeerd en ontdekte dat er een Oostenrijks echtpaar van middelbare leeftijd in haar tuinhuisje was komen wonen. Ze belde de politie om ze eruit te laten zetten, maar in plaats daarvan kwamen er soldaten. Die traden zo harteloos op dat de aardige signora diep medelijden kreeg met die arme Oostenrijkers. Hoewel ze wisten dat haar huis leeg stond, hadden ze toch in het tuinhuisje geslapen. Ze hadden alleen wat fruit en groenten uit de tuin weggenomen, maar die zouden anders toch zijn weggerot. De signora probeerde nog te zeggen dat ze van gedachte was veranderd, dat de Oostenrijkers toch konden blijven. Maar daarvoor was het nu natuurlijk te laat, de soldaten waren vastbesloten om ze op te pakken.

Toen Elida het verhaal van signora Codoni had verteld, monteerde Edward een extra grendel op het achterhek en gekruld prikkeldraad over de hele achtermuur. Daarna spijkerde hij de deur van zijn verblijf en de garage dicht.

'Alsjeblieft', zei hij. 'Het lijkt Fort Knox wel. Zelfs een wesp zou niet binnen weten te komen.'

Maar Bella moet steeds denken aan wanhopige mannen met een hongerige blik in hun ogen, die als wolven achter in de tuin leven.

Ze slaapt nu veel korte slaapjes, meestal als er iemand in de buurt is. Middagdutjes in de tuin terwijl Alec schommelt in de hangmat of met zijn voeten in de vijver spartelt. Of 's avonds als Alec naar bed is en zij zich nestelt op de warme plek die hij heeft achtergelaten, en ze net doet alsof ze leest, terwijl Edward achter de piano zit en net doet alsof hij niet merkt dat ze in slaap is gevallen.

Op een ochtend wordt ze vroeg wakker, met een deken over haar heen en Edward slapend in een leunstoel tegenover haar. Ze realiseert zich dat ze samen hebben geslapen, in dezelfde kamer, zij het niet in hetzelfde bed. Zijn arm hangt aan één kant naar beneden, zijn hand raakt bijna de krant die op de grond gegleden is. Hij ziet er anders uit. Bijna dood. Een volmaakte vredigheid. In rust lijkt zijn gezicht uitgesprokener; de huid bleker, het haar donkerder. Hij heeft een zachtere, vollere mond. Haar ogen keren steeds terug naar zijn mond. Half slaperig dwaalt haar geest af en even ziet ze zichzelf opstaan en naar zijn mond toe lopen, zijn lippen aanraken en dan kussen. Ze ziet zichzelf op zijn schoot zitten, met een arm om zijn nek, een hand op zijn borst, die ze af en toe optilt om zijn baard, zijn gezicht, zijn haar te strelen. Net als ze zijn rol in dit scenario verder wil uitwerken, gaat Edward – de echte Edward – verzitten, draait hij zijn hoofd van links naar rechts, strekt hij een been. Bella staat op en is de kamer uit voor hij de tijd heeft om de beweging af te maken of, erger nog, om zijn ogen open te doen.

Daarna zorgt ze ervoor dat ze wakker blijft zolang op de achtergrond de tonen uit de piano nog rondzweven. Soms Chopin, meestal Satie, een licht triest stuk in ieder geval, dat haar razend maakt en tegelijkertijd in slaap sust. Altijd zorgt ze ervoor, hoe moe ze zich ook voelt, dat ze zichzelf hoort zeggen: 'Nou, ik ga naar boven. Welterusten.'

'Ja, welterusten. Slaap lekker.'

Ze praten tegen elkaar alsof ze vreemden voor elkaar zijn.

Op een dag komt Cesare niet meer. Edward komt de keuken in om hun dat te vertellen. Hij zegt niet hoe hij dat weet. Later noteert ze in haar aantekenboek: 'Vrijdag 23 september 1938. Cesare komt niet meer.'

Die dag zal in het teken staan van grotere gebeurtenissen. Hitler verbreekt zijn overeenkomst met Chamberlain. Duitse troepen rukken op naar de Tsjecho-Slowaakse grens. Franse troepen trekken op naar de Elzas. Edward brengt zijn dag voornamelijk door met heen en weer rennen tussen de radio en haar om het laatste nieuws te melden, de laatste stap in de richting van de catastrofe, totdat ze naar hem schreeuwt: 'Het kan me geen barst schelen, Edward! Laat me gewoon met rust. Laat me!'

Geen van deze gebeurtenissen komt in haar aantekenboek. Het is al genoeg voor één dag dat Cesare bij hen weg is.

's Avonds treft ze op een gegeven moment Elida huilend aan bij de voordeur. Bella gaat naast haar zitten en denkt aan Cesare in de tuin. Hij was er altijd, alsof hij er deel van uitmaakte, vertrouwd en robuust als een van die bomen. Nooit zonder een stuk gereedschap in zijn hand. Ze probeert zich hem voor te stellen, zoals Edward hem had beschreven, op de dag dat de rassenwetten werden gepubliceerd, staand, met zijn armen slap naar beneden, zijn rug naar de tuin. Bij wijze van uitzondering was hij niets aan het doen. Zijn kromme benen als brugpilaren over een hoopje verdord gras of een bloembed barstensvol smetteloze bloembladeren, die stuk voor stuk door hem met liefde waren verzorgd.

Elida kan niet stoppen met huilen om Cesare. Bella voelt zich intens verlaten, slaat een arm om haar heen en benijdt Elida om haar tranen. *Siamo fottuti*, denkt ze.

Twee avonden nadat Cesare bij ze weg is gegaan, roept Edward haar terug als ze naar bed wil gaan.

'Je weet dat we zo niet eeuwig door kunnen gaan', zegt hij. 'We kunnen niet blijven wachten tot ze bij ons aan de deur komen.'

'Je moet doen wat je niet laten kunt,' zegt ze, 'maar ik blijf bij Alec. Laat ons je niet van je plannen weerhouden.'

Hij kijkt geschrokken, alsof ze hem net een klap heeft gegeven, wat ze eigenlijk ook wil doen en hoe ze wil dat hij zich voelt. 'Denk je nou dat ik...?' begint hij, maar ze kan er niet naar luisteren.

'Waarom krijg jij nooit brieven?' vraagt ze.

'Wát?'

'Je hoorde me wel. Waarom heeft de postbode nooit iets voor jou?'

'Wat heeft dat ermee te maken?'

'Niets. Als je maar weet dat het me is opgevallen.'

'Nou, bravo!'

'Je hebt de volkstellingsformulieren niet ingevuld, hè? Maar goed, laat het antwoord maar zitten, het kan me eerlijk gezegd niet schelen. Echt niet. Ga maar weg uit Bordighera. Ga, als je dat van plan bent.'

'Mij krijg je niet kwaad, Bella', zegt hij.

'Nee. Jij wordt nooit kwaad, Edward. Maar dan ook nooit. Welke man wordt nu nooit kwaad of geïrriteerd?'

'Iemand die nooit een brief krijgt?' oppert hij.

'Alleen een hond leeft zijn leven zo gelaten.' Ze beent langs hem heen de kamer uit.

Ze wordt wakker voor het helemaal licht is en kijkt naar Alec die naast haar ligt, eindelijk rustig, nadat hij uren om het bed had gedarteld als een vis op het droge. Tegen middernacht was hij jammerend naar haar kamer gekomen omdat er in zijn kamer steeds meer *mostri* rondvlogen.

'Er zijn geen monsters in Ligurië, Alec.'

'Wel waar! Hele kleintjes, zo klein en lelijk dat je ze alleen in het donker kunt zien. Ze verplaatsen zich op taartplateaus gemaakt van botten.'

'Taartplateaus... lieve help!'

'Ja, en in het donker komen ze heel langzaam op je af en ze draaien zich zo en zo om en ik zie ze op alle plateaus; met z'n honderden proberen ze bij me te komen om me op te eten. Met bloed en slijm om hun mond en zulke lange vingers en...'

'Goed, goed', had ze gezegd, terwijl ze de deken terugsloeg, heimelijk blij met het gezelschap van zijn pezige lijfje, ook al zou ze nu de rest van de nacht steeds trappen krijgen.

Klaarwakker was ze nu, en het was nog steeds niet helemaal licht. Ze heeft er zo genoeg van om zich zorgen te maken om Alec, de Signora, Edward. Edward, Edward. Al die twijfels en al dat wachten. Ze besluit op te staan en thee te zetten.

Bella staat bij de gootsteen en klapt een luik open. Het zou het einde of het begin van de dag kunnen zijn. Een laaghangende grijze mist zweeft door de tuin als sigarettenrook in een nachtclub en ze moet weer aan Amelia denken, en ze vraagt zich af wat er is gebeurd en waarom ze niets meer van haar hebben gehoord.

Er staat een kruiwagen vol met compost tegen de muur van de boomgaard. Ze ziet een berg sierstenen, stapels lege bloempotten, zaaibakken, een gieter. Ook nog andere dingen die ze niet helemaal goed kan zien, zoals de resten van Cesares onafgemaakte klussen. Misschien moet ze die volgen alsof het een spoor is, tot ze erachter is wat zijn plannen waren. Misschien kan dat haar vandaag wat afleiding bezorgen.

Ze herinnert zich weer dat ze ging theezetten, volgt in gedachten de noodzakelijke stappen daarvoor. De ketel, die door Elida nog steeds wantrouwend wordt bekeken, staat verstopt achter in de kast; het theeblik en de melk buiten in de voorraadkamer, net als de lucifers om het gas aan te steken; de suiker in het muurkastje achter haar. Ze zal het elektrische licht moeten aandoen om alles te verzamelen, maar geeft er de voorkeur aan de keuken voorlopig gehuld te laten in de vale vroege-ochtendschemer.

Zelfs terwijl ze aan de thee denkt, dringt heel langzaam iets tot haar door. Er is iemand bij haar in de keuken. Daar, rechts achter haar. Een aanwezigheid. Of haar fantasie speelt haar parten of iemand die gek is geworden van de honger wil haar vermoorden. Hoe langer ze naar buiten staart, hoe meer ze voelt dat er iets achter haar is. Uiteindelijk doet ze een stap naar links, maakt zich klaar om gillend naar de deur te spurten.

'Niet doen', zegt een zachte stem achter haar. 'Rustig maar.'

Op de een of andere manier lukt het Bella om niet te gillen.

De stem hoort bij een vrouw. En even later begint ze weer te praten. 'Er is niets aan de hand. Als u zich omdraait, kent u me. Draai u om.' Ze zegt het aarzelend, alsof ze haar woorden een voor een op haar loslaat. 'Ja, dat is goed. Doet u maar. Ja, ja. Heel goed.'

Iets herinnert haar aan signora Tassi, maar ze weet dat het niet de stem van de Signora is. Bella draait zich om. En daar staat de vrouw: dun, lang, één hand omhoog, die ze voorzichtig vooruitsteekt alsof ze iedere mogelijke gil wil wegslaan. Het gezicht met het eigenaardige voorhoofd lijkt omhoog te zweven en Bella moet denken aan een marionettenvoorstelling: wit gezicht tegen een zwarte achtergrond. Het geruis van haar gewaad, er tikt iets. Bella kijkt waar het geluid vandaan komt – kristallen. Een rozenkrans die om haar pink gewonden is en vanaf de pols naar beneden hangt.

'Kent u me nog?' vraagt de non, die weer gaat zitten. 'Alstublieft.' En ze gebaart dat Bella moet gaan zitten, alsof het haar keuken is, haar tafel.

Bella schudt haar hoofd en geeft moeizaam antwoord. 'Nee.'

'Denk goed na', zegt de non.

'Het spijt me, nee.'

'Juffrouw Stuart, u denkt niet goed na.' Er twinkelt iets in haar stem, alsof het een spelletje is. 'Trouwens, ik ben blij dat u naar beneden gekomen bent. Ik zou niet graag naar boven zijn gegaan om in alle kamers te gaan zoeken en zo het hele huis in rep en roer te brengen.'

'U bent geen Italiaanse?' vraagt Bella.

'Nee, ik ben Duitse. Herkent u me nog steeds niet?' Ze stoot een kort lachje uit en tikt zachtjes op de tafel.

Bella schudt haar hoofd.
'Goed dan, ik zal u een hint geven. Sicilië, dat is mijn hint.'
'O ja, natuurlijk.
'Ik ben *sorella* Ursula.'
'Het huis op Sicilië. Dat had ik moeten weten.' Bella legt haar hand op haar borst en voelt de woorden ontsnappen alsof zij ze eruit drukt. 'Het spijt me, maar u hebt me de stuipen op het lijf gejaagd. Hoe bent u binnengekomen?'
'Met een sleutel natuurlijk.'
'O? Is de Signora...?'
'Nee. Dat kan nu niet, helaas.'
'Zuster, ik moet u wel zeggen: het is hier een vreselijke toestand en we maken ons zoveel zorgen om de Signora. We weten niet wat we moeten doen of waar we naartoe moeten. En ook moet ik me volgende week vervoegen bij de federale commissie en...'
De non steekt haar hand op. 'Alstublieft', zegt ze. 'Daar kan ik nu niet allemaal naar luisteren. Maar binnenkort hoeft u zich over die dingen misschien geen zorgen meer te maken. Ik wil dat u met me meekomt, juffrouw Stuart. U en Edward ook. Nu. Dus als u hem misschien wakker kunt maken?'
'Om met de Signora te spreken?'
'Als u alleen Edward wilt wakker maken, dan kunnen we gaan.'
'En Alec dan?'
'Laat hem bij Elida.'
'Dat zal ik haar moeten vertellen.'
'Natuurlijk. Schrijft u haar maar een berichtje. Ze hoeft zich niet ongerust te maken, u bent vanavond weer terug. Ruim op tijd voor het avondeten. Zegt u dat maar. Maar meer niet.'
'Ik kan de auto niet nemen, zuster, ze hebben de autoverzekering voor buitenlanders stopgezet. De mijne is net verstreken.'
'Er staat al een auto te wachten. Kom, we moeten opschieten. Draag donkere kleren, een zwarte jas, als u die hebt. Zeg dat ook tegen Edward.'

Ze verlaten Villa Lami en zien dat een eindje verderop in de straat een grote zwarte wagen met draaiende motor staat te wachten. Als ze dichterbij komen, worden de portieren van binnenuit opengedaan; eerst de passagiersdeur, daarna de twee achterportieren. Bella probeert Edwards blik te vangen als sorella Ursula hem de passagiersstoel wijst, maar hij beantwoordt haar blik niet.

Ze gaat achterin zitten, achter de chauffeur, een priester. De non naast haar. Nog voordat ze goed en wel zitten, begint de auto al te rijden. Er zijn verder geen plichtplegingen en de priester zegt niets.

De auto rijdt over de Via Romano, die verlaten is op een enkele *cacciatore* na, die voortsjokt in zijn jagerskleren, geweer over de schouder, hond die hem op de voet volgt. Een klein eindje verderop, bij de eerste bomenrij in de wintertuin, ziet ze haar oude vriend de melkjongen-nu-man zijn hoofd oprichten om hen langs te zien rijden.

Ze draaien de kustweg op het volle zonlicht in, dat fonkelt in de zee tussen Capo Verde en Capo Nero, schittert in de achterkanten van kassen en glazen kastjes op de omringende hellingen. Ze ziet het gezicht van de priester verkrampen en hem daarna de zonneklep naar beneden doen.

Vlak voor San Remo komen ze in een verkeersopstopping terecht: bloemenkarren, vrachtauto's, een laadbak vol dikbilpompoenen. Passagiers die uit hun voertuig zijn gestapt lopen demonstratief heen en weer, proberen met uitgestrekte nekken te zien wat de oorzaak van het oponthoud is en doen druk gebarend hun beklag bij elkaar. De priester slaat op het stuur en bonkt op de toeter. Sorella Ursula kijkt op van haar rozenkrans.

Op de kar voor hen richt een man zich in zijn volle lengte op, tot zijn enkels in de anjers. Hij draait zich om, ziet dat het ongeduld bij een priester vandaan komt en zet uit respect zijn pet af. De priester haalt vragend zijn schouders op en heft zijn handen, draait het raampje naar beneden en steekt zijn hoofd naar buiten; eerst roept hij wat en dan luistert hij naar de man. De auto vult zich met de geur van bloemen, vochtige aarde en de zee.

De priester draait het raampje weer omhoog, maar stopt dan om zijn hand naar buiten te steken en de man op de kar snel een zegen te geven. De man buigt dankbaar het hoofd. De priester knijpt in zijn neus, trekt eraan. '*Un blocco stradale*', mompelt hij en niest, waarbij hij zilvergrijs snot op zijn hand, het dashboard en Edwards schouder sproeit.

'Een wegversperring', legt sorella Ursula uit, en Bella zegt: 'Ja, dat begrijp ik.'

Even later komen vanachter de rij bloemenkarren twee zwarte uniformen tevoorschijn. Ze zien de priester en lopen naar de auto. Het raampje is weer omlaag, dit keer is de priester een en al minzaamheid: hij lacht, maakt grapjes, zegt dat ze zich niet hoeven te verontschuldigen, iedereen moet zijn plicht doen, vooral in deze moeilijke tijden, maar helaas is er vanochtend een gezamenlijke mis in Imperia. Hij maakt een hulpeloos, maar welwillend gebaar naar de hemel.

'*Scusi, padre.*' Eén soldaat maakt een buiging. '*Un momento prego.*'

De andere loopt om de auto heen en kijkt door het raampje. Sorella Ursula glimlacht en zwaait eventjes naar hem.

'*Lei ha documenti, padre?*' vraagt de man bij het raampje.

'*Documenti? Ma certo.*'

'*Li hanno tutti?*' vraagt hij dan, en met zijn vinger draait hij een rondje om aan te geven dat hij alle inzittenden bedoelt.

'*Certamente*', verzekert de priester hem, en hij voegt eraan toe dat ze allemaal aan hetzelfde klooster verbonden zijn. Hij reikt naar zijn binnenzak en vraagt of de soldaat het wil zien.

De man is bijna beledigd. '*No, no, padre, va bene così. Prego.*' Hij gebaart dat ze uit de rij mogen, terwijl de andere soldaten voor hen een pad vrijmaken.

De priester rijdt met de auto half over de grasberm, zodat hij langs de file kan.

'*Dica una piccola pregheira per me, padre?*' vraagt de soldaat als de auto optrekt.

De priester antwoordt dat hij voor hem zal bidden, voor zijn kameraden en voor zijn familie. Ze salueren en scheef hangend rijdt de auto weg.

Edward, die recht voor zich uit is blijven kijken, draait zijn hoofd nu naar de zee. Bella ziet dat alle kleur uit zijn gezicht is weggetrokken.

Ze verlaten de hoofdweg en beginnen te stijgen. Kilometers niemandsland. Soms wil ze de stilte verbreken, maar durft niet te beginnen aan, of erger nog, verantwoordelijk te zijn voor het onderhouden van een gesprek. Ze kijkt naar buiten, waar bergen, voornamelijk bedekt met bos, uit de lucht lijken te zijn geponst.

De auto rijdt verder op de kronkelweg. Ze passeren een kegelvormige herdershut en een eindje verderop een laag votiefkapelletje. Telkens als de auto een dennenbosje in en uit rijdt wordt hij omhuld door groen licht. Ten slotte leidt een lange, rechte, onverharde weg door het toegangshek van een klooster.

De lucht wordt weer zichtbaar. Overal boerenland. De witte huiden van koeien bewegen langzaam over de lagergelegen velden. Verderop staat een rij monniken gebogen over het land als bruine motten die langzaam omhoogkruipen tegen een muur. Ze ziet een olijfmolen, een dubbele schuur. Op een krukje, omringd door manden, zit een oude monnik in de schaduw perziken te testen door ze even tussen zijn handen te rollen.

Een jonge Indiase monnik rept zich naar buiten om hen te begroeten, het is bijna nog een jongen. Hij danst om de auto heen, in afwachting om hem over te nemen, en hij kan met moeite een grijns onderdrukken. De priester laat de sleutels in zijn uitgestoken hand vallen en loopt dan zonder iets te zeggen door, terwijl de zoom van zijn soutane tegen zijn enkels flappert en zijn voeten stof uit de grond vegen. De monnik begeleidt de andere passagiers de auto uit, knikkend en zich verkneukelend, springt er dan in en de auto rijdt hortend en stotend naar de zijkant van het gebouw. Bella voelt op deze hoogte de koelere lucht op haar gezicht.

Sorella Ursula leidt hen via een aantal trappen naar een grote hoekkamer. Een rij boogvensters, uitgehouwen in twee haaks op elkaar staande muren. Aan de achtermuur van de kamer hangt een groot bruin kruisbeeld. Er staan een tafel, twee stoelen en een kapotte lessenaar die aan de kant is geschoven. Sorella Ursula zegt dat ze ontbijt boven laat brengen.

Ergens klinkt het gezang van monniken. Bella loopt naar een raam en kijkt naar beneden. In het midden van een binnenhof ligt een slapende hond opgerold in de vorm van een halvemaan. Gedrapeerd op twee bezemstelen over twee rijen stoelen liggen lange slierten spaghetti te drogen in de zon. Een monnik komt uit de schaduw tevoorschijn. De hond gaat staan, rekt zich uit en sluipt weg. De monnik controleert de spaghetti, gedeelte voor gedeelte, tilt de slierten op de rug van zijn hand op – het lijkt nu net lange zijden franje – legt ze terug, en tilt ze weer op.

'Wat vind jij hiervan, Edward?' vraagt ze.

Als hij niet antwoordt, draait ze zich naar hem om. Hij zit op een van de stoelen, met zijn benen uitgestrekt en zijn voeten gekruist. Handen in de zakken, kraag omhoog, jas om zijn benen geslagen. Hij heeft het kennelijk koud en is nog een beetje bleek. Wat hij er ook van denkt, Bella weet dat ze het niet van zijn gezicht zal kunnen aflezen.

Ze loopt naar een raam in de andere muur. Beneden ligt een begraafplaats. De graven zitten boven elkaar, weggestopt in een muur; net een grote archiefkast voor de doden, denkt ze. Op iedere voorkant zit een foto van degene die erin ligt, en ook een votief en een vaasje bloemen. Een mollige monnik duwt op zijn gemak een karretje voort waarop een bak, een mand met bloemen en een grote kan staan. Een tijdje kijkt Bella toe hoe hij van graf naar graf gaat en de geroutineerde manier waarop hij te werk gaat, kalmeert haar. Ze herinnert zich de eerste keer dat ze zo'n begraafplaats zag. De nachttrein uit Nice, en de eerste keer dat ze door Italië reisde. Ze had geen idee waar ze naar keek maar dacht dat het een soort boodschap was, gevormd door brandende kaarsen op een helling. Halve letters van halve woorden die samen bijna een zin leken te vormen; ze ging ervan uit dat de wind de rest van de kaarsen had uitgewaaid. Wanhopig probeerde ze er iets van te maken en heel kinderlijk zag ze het als een soort voorteken, dat zich in het gangpad van raam naar raam verplaatste, tot de trein er voorbij was.

'Edward, het spijt me', zei ze tegen het raam. 'Het spijt me echt dat ik de laatste tijd zo naar deed, en tegen jou in het bijzonder. Ik weet niet waarom dat was, maar het spijt me echt. Het is natuurlijk geen excuus, maar ik ben zo bang voor alles: om teruggestuurd te worden, om wat er gaat gebeuren, om Alec, de Signora. Om jou, denk ik.'

Hij reageert nog steeds niet en ze draait zich weer om.

'Edward? Zeg je niets?'

'Zoals wat?'

'Maakt niet uit. Maar zeg alsjeblieft iets tegen me.'

'Woef', zegt hij en hij glimlacht er bijna bij.

De jonge monnik brengt een dienblad binnen met rinkelende koffiekopjes, borden *focaccia* en appeltaart, en ze gaan er beleefd bij zitten, als kinderen bij vreemden thuis. Ze zeggen niet veel; een opmerking over hoe zout de focaccia is, hoe overdadig zoet de taart is. Af en toe attenderen ze elkaar op een geluid. Stemmen in een kamer dichtbij, waarvan ze op de een of andere manier tot de conclusie komen dat die niet bij de monniken horen. Bella denkt een kat te horen. Edward zegt dat het een baby is.

'Hoe weet je dat?' vraagt ze.

'Waar ik vandaan kom was dat het enige dat je altijd hoorde, overdag en 's nachts, een jankende baby.'

'Waar was dat, Edward?'

'O, in het centrum van de stad. Mijn vader was kroegbaas. Je zou kunnen zeggen dat we boven de zaak woonden.'

'Dus hij was geen muziekleraar?'

'Nee, dat was alleen een verhaaltje voor de Lami's.'

'Had je broers en zusters?'

'Eén zus, maar die is overleden.'

'O, dat moet heel naar voor je zijn geweest.'

'We konden niet goed met elkaar opschieten. We mochten elkaar niet zo erg, eigenlijk helemaal niet. Ik herinner me haar niet goed.'

'Weet je wat ik me het beste herinner van Dublin?' vraagt ze.

'Nou?'

'Eenden. Eenden en de geur van koffie, een mildere koffiegeur dan hier. Eén keer per week mocht ik met mijn vader mee en dan gingen we de eendjes voeren in Stephen's Green, en daarna een café in.'

'Ik moet denken aan... ik weet niet; de markten, misschien. De geur van vis. De rivier, de Four Courts, gevangenen die uit hun cel in Bridewell schreeuwen naar familieleden beneden op straat.'

Zelden hebben ze zo'n conversatie met z'n tweeën over hun beider verledens gehad. Het was heel ongewoon voor Edward om iets over zijn vroegere leven te vertellen. Ze zou er alles voor overhebben om het gesprek voort te zetten, maar de monnik is weer terug, pakt het dienblad op en gebaart dat ze hem moeten volgen.

In een andere kamer brandt de haard, staat een tafel gedekt met linnen en zilver en worden de resten van wat een stevige maaltijd lijkt te zijn geweest door twee oudere monniken afgeruimd. Sorella Ursula staat op om hen te begroeten. Uit de halfopen deur van een voorvertrek klinken mannenstemmen. Even later komt een andere non binnen met een baby in haar armen. Edward stoot Bella even aan.

'Is de Signora hier?' vraagt ze.

Sorella Ursula schudt haar hoofd. 'De Signora zullen we vandaag niet zien. Gaat u zitten.'

'Wat jammer nu', zegt Bella. 'Kon u ons maar vertellen waar ze is. Wilt u ons dat alstublieft vertellen?'

'Alstublieft, signora Stuart', zegt sorella Ursula. 'Signor Tassi is nu hier.'

Vanuit het voorvertrek komt Tassi binnen, gevolgd door nog een andere, veel langere man. Hij lijkt nauwelijks op de Tassi die ze kennen, de vakantie-Tassi met de vrolijke kleren en de stralende blik. Nu gaat hij gekleed in een donker zakenpak en kijkt hij somber. Hij geeft hun beiden een hand, maar geen kus, en ook dat is ongewoon. '*Vi presento introdurre un avvocato Inglese, che parlerà per me.*'

'*Perchè parlerà per lei?*' vraagt Edward.

De Engelse advocaat geeft antwoord. 'Ik spreek niet namens hem, maar in plaats van hem. Dit is een zeer gecompliceerde zaak en we willen geen misverstanden. Ik ben signora Tassi's advocaat en ik treed uitsluitend namens haar op, zoals ik heb gedaan sinds ze signora Lami was. Het is beter als ik me verder niet introduceer – niet verder dan “hoe maakt u het”. Gaat u alstublieft zitten.'

Uit een grote diplomatenkoffer begint de advocaat dossiers en bruine pakjes tevoorschijn te halen en die op tafel te leggen. Hij stopt even om wat kruimels van het linnen tafelkleed te vegen, en schikt dan zijn papieren.

Bella kijkt eerst naar sorella Ursula en daarna naar Tassi, maar het is duidelijk dat geen van hen haar wil aankijken. Ze gaat zitten; Edward zit een meter van haar vandaan. 'Nee', flapt ze er opeens uit. 'Nee, ik vind dit maar niks.' Ze richt zich nu rechtstreeks tot Gino Tassi. '*Signor Tassi, dov'è la Signora?*' vraagt ze. '*Dov'è la madre di Alessandro?*'

De advocaat zucht door zijn neus. 'Juffrouw Stuart, u kunt beter rechtstreeks met mij praten. Ik kan u verzekeren dat de Signora veilig is. Ik heb instructies van haar gekregen, voor u en voor uw collega, eh, de heer King, klopt dat?'

'Ja', zegt Edward.

'Deze instructies kan ik alleen aan u overhandigen als u ermee instemt om haar te helpen. Begrijpt u dat? Ik zal eerst alles met u doornemen, daarna kunt u beslissen. Als u zich niet in staat acht om de Signora te helpen, kunt u gaan, en ze vraagt dan alleen van u of u niemand iets over deze bijeenkomst wilt vertellen. Als u er wel mee instemt, zal ik op de details ingaan. Maakt u zich geen zorgen, alles zal snel duidelijk worden. Kan ik nu beginnen, juffrouw Stuart, meneer King?'

Hij wacht tot ze akkoord gaan.

'Goed dan. Zoals u weet bevindt de Signora zich momenteel in een ietwat benarde positie. Niet alleen hier in Italië, maar ook in Duitsland waar ze veel zakelijke belangen heeft. Ik begrijp dat u er al van op de hoogte bent dat de Signora geen Italiaans staatsburger is en ook de joodse geloofsovertuiging heeft. In het licht van de recente rassenwetten, in samenhang met andere gebeurtenissen, is het de Signora duidelijk geworden dat ze niet langer in Italië kan blijven. Er is haar al te kennen gegeven dat ze moet vertrekken. Er zijn niet alleen maatregelen getroffen om beslag te leggen op bepaalde tegoeden, maar ook om te voorkomen dat ze geld het land uit sluist. Wat de Signora met zorg vervult is de veiligheid en het welzijn van haar kinderen.'

'U bedoelt de veiligheid en het welzijn van haar geld!' zegt Edward en Bella schrikt van deze onverwachte uitbarsting.

'U hebt natuurlijk recht op uw mening, meneer King, maar zonder geld kan ze nauwelijks voor haar kinderen zorgen, zeker niet in dit klimaat. Als ik nu verder mag gaan...'

'Ja', zegt Bella. 'Maar hoe zit het met de mazen in de wet, weet u wel, die discriminato-regeling?'

'Er is sprake van mazen in de wet door het toepassen van de discriminato-clausule, en in ieder geval oefent het Vaticaan druk uit met betrekking tot de kinderen uit gemengde huwelijken. Maar over het algemeen zijn die mazen veel te vaag en voortdurend onderhevig aan verandering, om maar te zwijgen over corruptie en afpersing, iets waar de Signora zich niet in wil begeven. Blijft het feit dat haar in elk geval geen *discriminato*-status zal worden verleend, en ook al wordt die haar kinderen wel gegund, ze zullen nog steeds als tweederangsburgers worden beschouwd en heel weinig rechten hebben. Bovendien weten we nu dat er in Duitsland met betrekking tot de Joden geen uitzonderingen worden gemaakt, en de Signora is natuurlijk bezorgd dat Italië te zijner tijd Hitlers voorbeeld zal volgen, zeker als de oorlog uitbreekt.'

Gino Tassi komt naar voren en loopt naar de non die zijn baby vasthoudt. Hij wil het kind uit haar armen tillen en het valt Bella op dat de non het pas loslaat als sorella Ursula instemmend knikt. Tassi tilt het kind op en loopt terug naar zijn plek, terwijl hij het bundeltje in zijn armen dicht bij zijn gezicht houdt.

De advocaat gaat verder. 'Wat de Signora graag zou willen is dat jullie, en dat betekent jullie tweeën, de kinderen meenemen naar Londen.'

'Londen!' roept Edward uit. 'Is ze gek geworden?'

'Ze zou graag willen dat jullie hen meenemen naar het huis van uw vader, juffrouw Stuart, en ze daar houden, totdat ze in de positie is om ook te komen.'

'Nou, dat lijkt me nog niet zo'n slecht idee, Edward', zegt Bella. 'We kunnen het op z'n minst aanhoren. Volgende week zal ik er na de behandeling van mijn zaak bij de federale commissie wel uit geknikkerd worden. Dus?'

Edward negeert haar en richt zich tot de advocaat. 'Hoe zouden we dat moeten doen? Ik bedoel, met al die reisbeperkingen en bepalingen, hoe moeten we in godsnaam twee Italiaanse kinderen Italië uit smokkelen?'

'Daar kom ik zo op, meneer King. De Signora heeft het allemaal geregeld.'

'Ja, dat zal wel!'

De advocaat stopt zijn hand onder het eerste pakje en houdt het een klein stukje omhoog. 'Deze envelop eerst. U zult reizen als gezin: man, vrouw, zoon en een pasgeboren baby. Hier zitten de papieren in voor een Italiaans gezin dat aan die omschrijving voldoet en op vakantie gaat naar Nice.'

'Nice?' vraagt Edward. 'Frankrijk is veel te gevaarlijk, weet ik. We wonen dicht bij de grens, we zien mensen iedere dag van de week weer teruggesleurd worden. Waarom niet gewoon naar Genua en dan rechtstreeks naar Southampton varen?'

'Nog gevaarlijker, ben ik bang. U reist op valse papieren, meneer King. Als u als Italiaans gezin Italië verlaat om naar Engeland te reizen zal dat argwaan wekken. Op de andere manier is de kans op succes veel groter. En we hebben voor u alle mogelijkheden goed bekeken, moet u weten.'

'Ach, wat aardig', sneert Edward, en Bella zegt: 'Edward! Zou je alsjeblieft gewoon even willen luisteren?'

'Dank u wel, juffrouw Stuart', zegt de advocaat en hij gaat verder. 'Er zijn twee enveloppen met papieren. In een ervan wordt u opgevoerd als een Italiaans gezin dat op vakantie gaat naar Nice. Ik herhaal: voor alle visa, documenten, paspoorten, enz. is gezorgd, hoewel we nog foto's van u moeten nemen, maar dat is een kleinigheid die we hier nog kunnen regelen. Uw verblijf van een week in een hotel is al geboekt.'

'Een week in Nice? Waarom al dat tijdverlies?'

'U logeert daar natuurlijk geen week, meneer King. U zult ook een brief in uw bezit hebben waarin uw reservering voor een week is bevestigd. Die kunt u aan de grens laten zien en die kan telefonisch worden geverifieerd. Als u bij het hotel aankomt, schrijft u zich ook echt in. De volgende dag doet u alsof u gewoon een uitstapje gaat maken, maar dan verlaat u Nice. Laat een koffer in het hotel achter, kleren in de kast en dergelijke, zodat u geen argwaan wekt. Dan gooit u alle Italiaanse documenten weg, of beter nog, verbrandt ze. Ga naar het treinstation en neem de trein naar Parijs en vandaar naar Calais. Nu gebruikt u deze envelop.' Hij houdt de andere envelop omhoog.

'Dit keer bent u een Engels gezin, dat terugkeert van vakantie in Frankrijk. Er is een kwitantie van het Bristol Hotel in Nice, waar een Engels adres op staat, dat overeenkomt met wat in uw papieren staat. Om helemaal eerlijk te zijn: het tweede pakje papieren zal in Engeland niet door de controle komen, en ook niet op een Engels schip; ze zijn zeker niet zo authentiek als ik graag zou hebben gewild, maar dat maakt niet uit; als u eenmaal op Engelse bodem bent, kan dat allemaal worden uitgezocht. Ze kunnen uw vader bellen, juffrouw Stuart, om u te identificeren. Ik zal u een telefoonnummer geven waarop u een collega van mij kunt bereikten, mocht de noodzaak zich voordoen.

Dat zijn dus de grote lijnen. Het belangrijkste is dat we u Frankrijk in krijgen. Als u eenmaal daar bent zal het gemakkelijk zijn om als Engels gezin verder te reizen, omdat de Fransen op dit moment positief staan ten opzichte van de Engelsen; en doordat iedereen de benen probeert te nemen zal het de komende dagen zo'n chaos op treinstations zijn, dat u niet te veel zult opvallen. Mocht u akkoord gaan, dan moeten we nog een aantal details doornemen.'

'Wacht even', begint Edward. 'Ik heb een vraag, als u het niet erg vindt.'

'Daar ben ik hier voor, meneer King.'

'Wat gebeurt er als we worden gesnapt?'

'Dat hangt ervan af waar u wordt gesnapt.'

'Ik bedoel hier, in Italië.'

'Het antwoord is: ik weet het niet. De Italiaanse papieren zijn authentiek. Dat betekent: het zijn geen vervalsingen, maar ze zijn gekocht van een echt bestaand gezin. U pleegt echter een ernstige misdaad, dus u zult dienovereenkomstig worden behandeld. Ik heb begrepen dat de regering daartoe interneringscentra heeft ingericht, tot ze heeft besloten wat ze met de mensen zal doen die bij de grens worden aangehouden. Ook is er de mogelijkheid dat men naar een *confino* wordt gestuurd; dat betekent dat u voor lange tijd naar een of andere verafgelegen plek wordt gestuurd, waar heel weinig, zo niet géén comfort is.'

'Ja, dank u wel,' zegt Edward, 'ik weet wat een confino is.'

'Natuurlijk zouden we alles in het werk stellen om u daar weer uit te krijgen, maar die wetten zijn nog maar net uitgevaardigd en niemand weet hoe strikt Mussolini ze wil hanteren. Zoals ik al heb gezegd: als u in Engeland wordt gesnapt, is het niet zo ernstig; het ergste wat u kan gebeuren is dat u een paar dagen wordt vastgehouden, terwijl de autoriteiten zich vergewissen van uw ware identiteit om zich ervan te overtuigen dat u geen spion bent of iets dergelijks.'

'Ik begrijp het', zegt Edward.

'Ik moet eraan toevoegen dat het betekent dat u morgen uit Italië vertrekt. U krijgt nu even de tijd om te overleggen en een beslissing te nemen.'

'Hoelang?' vraagt Edward.

'Een half uur. Ik moet het weten voordat ik terugga naar Berlijn, en daar moet ik zo snel mogelijk weer naartoe.' Edward staat bruusk op. De advocaat negeert hem. 'En er is nog iets. Ik moest van de Signora vragen of u ook een som geld en wat juwelen wilde meenemen. Dat is niet mijn idee, en ik raad het ook niet echt aan, maar ze denkt dat het u misschien van pas kan komen, en anders komt het haar van pas als ze in Londen aankomt. Op dit moment nemen ze alleen steekproeven bij de grens, maar volgende week zal iedereen die het land verlaat minutieus worden gecontroleerd. Maar het is uw risico en uw beslissing.' De advocaat begint zijn diplomatenkoffer weer in te pakken.

Bella begint zachtjes te huilen. Even later krijgt ze van sorella Ursula een zakdoek. 'Het spijt me, zuster', zegt ze.

'Het is heel begrijpelijk. Natuurlijk bent u bang.'

'Nee, dat is het niet. Dat is het niet eens. Ik wil gewoon niet weg. Ik zag mezelf eigenlijk niet meer weggaan uit Italië, niet op deze manier. Nooit eigenlijk.'

Edward kijkt naar Tassi. *'E lei? Non ha niente da dire?'* vraagt hij.

Gino Tassi geeft geen antwoord, kust zijn baby en legt haar terug in de armen van de non. Als hij onderweg naar de deur langs Bella loopt, knijpt hij even zachtjes in haar schouder.

Tegen de avond komen ze terug. De priester zet ze af aan de andere kant van Bordighera, op een goed half uur lopen van Villa Lami.

Sorella Ursula zegt ter verklaring: 'Het is beter als u van hier gaat lopen, alsof u een avondwandelingetje maakt. Morgenochtend om halfzeven kom ik u halen. Juffrouw Stuart, zorg dat Alec dan klaarstaat, en denk eraan: pak de bagage in alsof het een echte vakantie betreft. Maar niet meer dan voor een week.'

'Ja, zuster, ik weet het. Dat hebt u verteld.'

'Dat is zo. Neem een emmertje en een schep mee, dat soort dingen. En ik weet dat ik dat ook heb gezegd, maar ik wil er zeker van zijn, begrijpt u dat?'

'Ja.'

'U neemt niet de trein vanuit Bordighera waar u vast zal worden herkend, maar we brengen u naar een station verderop aan de kust, vlak bij waar u volgens uw papieren woont. Dat betekent natuurlijk dat de trein dan weer langs Bordighera komt, dus zorg dat Alec daar niets over zegt en hou hem weg bij het raam, anders wordt hij misschien herkend. Ik neem morgen de baby mee met alles wat ze nodig heeft, en ook uw documenten en foto's die dan wel klaar zijn. Dat is volgens mij wel alles voor nu. Ja, ik weet het zeker. O, en vergeet uw trouwringen niet. De stalen ring voor Italië, zoals het een fascistische echtgenote betaamt. Later de gouden ring.'

'Ja, zuster.'

'De gouden ring was van het eerste huwelijk van de Signora... Dat had ik al verteld, ja. Volgens haar brengt u dat geluk.'

'Ik weet helemaal niets over het verzorgen van een baby', zegt Bella.

'Dat leert u gaandeweg wel. Net als alle jonge moeders, toch? Zoals ik het de afgelopen veertien dagen ook heb geleerd. O, en heel belangrijk: uw eigen papieren. Als u die van u allebei in een envelop voor mij wilt achterlaten, misschien in uw kamer, juffrouw Stuart. Dan haal ik ze over een paar dagen op en stuur ze over een tijdje naar u op. Voor het geval u wordt gefouilleerd, begrijpt u? U wilt niet ook nog eens moeten uitleggen wie meneer King en juffrouw Stuart zijn. Lieve help, nee!'

Ze stappen uit en sorella Ursula draait het raampje naar beneden. 'U mag trouwens niets tegen Elida zeggen.'

'Zelfs geen afscheid nemen?'

'Nee.'

'Alstublieft, zuster. Ze is mijn vriendin.'

'Het spijt me, juffrouw Stuart, maar zo moet het. In deze tijd kunnen we niemand vertrouwen. Zelfs niet onze beste vriendinnen!'

Ze lopend zwijgend naar San Ampeglio. Het is vroeg in de avond en de zee ligt er lusteloos bij. Edward mijdt nog steeds haar blik. Bella besluit dat het misschien ook wel beter is als ze een tijdje niets zeggen. Haar geest kan wel wat stilte gebruiken. Met alles wat ze moeten onthouden. Alles wat ze nog moeten doen. En dan is er ook nog Edward, die stilletjes mokt, zoals hij al bijna de hele dag lijkt te doen.

Ze steken de weg over en de kerk piept met zijn spits en klokkentoren net boven de kademuur uit. Daarachter strekt het barokke, kolossale casinogebouw zich uit tot de boulevard. Ze ziet de koperkleurige kerkklok heen en weer slingeren, maar de zee slokt al het gelui op. Beneden op het kiezelstrand: avondzwemmers op de stenen. Een vislijn glimt. Het hoofd van een duiker slaat een gat in het water en laat een diepe witte rimpeling achter.

Bella kijkt naar de andere kant van de weg. De sokkel van het lang omstreden standbeeld van koningin Margherita is eindelijk op zijn plek gezet. Een eerbetoon van bloemen ligt eromheen. Ze vraagt zich af hoelang er nog gekibbeld zal worden voordat het standbeeld zelf er staat; dan realiseert ze zich met een schok dat ze dat misschien wel nooit zal weten, of zelfs te zien krijgt. Bijna zegt ze daar iets over tegen Edward, maar ze besluit hem niet lastig te vallen.

Edward was zo boos op de advocaat; hij wierp voortdurend hindernissen en bezwaren op bij ieder woord dat uit zijn mond kwam. Alsof hij vanaf het begin vastbesloten was geweest het plan te torpederen. En daarna zo stil bij de lunch. Zat vooral te roken. Voor het eerst had zij meer gegeten dan hij: piepkleine witte boontjes, kluifjes van zacht donker vlees, taart gemaakt van kastanjes, klef van de suiker. Zelfs als ze alle details van haar neppapieren misschien vergeet, zal ze zich dit altijd herinneren. Het adres ergens in Imperia. Oneglia, toch? Of is dat de naam van de straat, Via Oneglia? De namen van de kinderen, Alberto en Edda, goede fascistische namen; Edda naar Edda Mussolini. Alberto past tenminste wel bij Alec.

En de Engelse identiteitsbewijzen? Nu herinnert ze zich alleen nog dat ze Rose heet, haar man James, en dat ze een gezin uit Bournemouth waren, verkeerd gespeld als Burnmouth.

Edward deed zo bot tegen sorella Ursula. Toen ze eindelijk hun antwoord hadden gegeven, had ze hen mee naar beneden genomen en via kloostergangen bij de kloosterbarbier naar binnen geleid. Een echte kappersstoel waar op een net getonsureerd roze hoofd vrolijk met reukwater werd gepetst. Ernaast klopte een stralende monnik een kom met scheerschuim op en hij wierp een blik op Edwards baard, maar Edward misgunde hem het plezier.

'Volgens mij zou dat beter zijn', had sorella Ursula geadviseerd.

'Wat voor verschil zou het maken?' bitste Edward terug.

'Het trekt minder de aandacht. Het is minder...'

'Minder wat?'

'Minder Joods, bedoel ik eigenlijk', had ze rustig geantwoord.

Edward draaide zich bruusk om. 'Of we laten die foto nemen zoals ik ben of helemaal niet.' Hij was toen met driftige pas weggelopen, terug door de kloostergangen, terwijl sorella Ursula gedwee achter hem aan dribbelde.

En dat was de man die zich niet op stang liet jagen! Bella kijkt even naar zijn gezicht als ze de weg naar het centrum van Bordighera oversteken. Hij is weer zichzelf, weer niets.

Ze nemen de smalle weg achter Hotel Parigi, waar de voorbereidingen voor de dansavond in volle gang zijn. Achter de tuindeuren lopen kelners in hemdsmouwen heen en weer. Verderop ziet ze achter een vierkant raampje een paar handen bloemen schikken. Buiten laadt een band uit een bestelwagen instrumenten uit. Op de eerste verdieping komt een vrouw, een gast, met een handdoek als tulband om haar hoofd gewikkeld een balkon op en ze kijkt ernstig naar de lucht. Ze steken de piazza over.

'Vind je het goed?' begint ze. 'Vind je het goed als we nog een stukje door de stad lopen? Ik wil gewoon nog...'

'Natuurlijk', zegt Edward.

'Tenzij je...'

'Nee, ik vind het goed.'

'Weet je, Edward, we kunnen het net zo goed accepteren, we hebben niet echt een keus. Ik bedoel, we kunnen hier niet blijven, we kunnen Alec niet achterlaten en...'

Edward knikt en gaat een stukje voor haar uit lopen.

De silhouetten van mensen die nog snel even een boodschap doen en van kinderen die stijfjes rondlopen in hun nieuwe uniform. Wandelaars, net zoals zij ook veinzen te zijn, die praten over *aperitivi*. Voor de Terrasantakerk liggen scharlakenrode bloemblaadjes die bij een eerdere trouwerij zijn uitgestrooid. Een tram schommelt hun kant op, ze wachten tot hij voorbij is; daarna een motorfiets met zijspan.

'Bijna niet te geloven...', begint ze, maar dan stopt ze.

Voor de winkel van Gabrielli schreeuwt een vrouw ongeduldig aanwijzingen door de ruit naar een winkelbediende in de etalage. '*Questo, sì, sì, questo. No! No! Non quello, questo!*'

Edward reikt langs de vrouw en tikt boos op het raam. '*Questo!*' Hij drukt zijn vinger tegen het glas en wijst naar een porseleinen kom. De vrouw op straat kijkt met open mond naar hem op. De vrouw in de etalage knikt een zuinig bedankje.

Bella zegt het nog een keer als ze rechtsaf de Via Roberto inslaan. 'Bijna niet te geloven, Edward, dat dit onze laatste dag hier is.'

'Ja.'

'Zo plotseling. Vind je ook niet, zo plotseling?'

Ze blijven staan. Edward steekt een sigaret op. Ze staan nu voor een tennisracketfabriek. De geuren van hout, olie en verf komen door de open deuren naar buiten. Bella kijkt langs hem bij de werkplaats naar binnen. Overal lichtplekken, op het bleke hout van de werkbanken en de vloer, de rondingen van de rackets, de pinnen waaraan de frames langs de hele muur hangen. Ze blijft een tijdje kijken. Dan komt de man die Alecs nieuwste racket heeft gemaakt naar de deur, hij heeft een stapel racketklemmen bij zich. Hij knikt en glimlacht naar haar als blijk van herkenning. Ze glimlacht terug, maar dat valt haar zwaar.

'Ja', zegt Edward alsof hij antwoord geeft op iets wat ze heeft gevraagd, hoewel ze zich niet meer kan herinneren wat dat was.

Ze lopen verder omhoog naar de Via Romano, en het begint haar op te vallen hoeveel vogels daar zijn. Telegraafpalen zitten er vol mee en overal lijken er op daken en gootranden steeds meer tussen te kruipen. Een man die naar hen toe loopt, gooit zijn hoofd in zijn nek om naar de lucht te kijken en heft lachend zijn handen ten hemel. '*L'invasione delle rondini.*'

'Wat zijn dat?' vraagt ze aan Edward, en ze moet haar stem verheffen vanwege het steeds heftiger wordende kabaal.

'Zwaluwen. Trekken naar het zuiden.'

Hoe dichter ze bij de Via Romano komen, hoe groter de hoeveelheid vogels, tot de lucht boven Hotel Hesperia één reusachtige zwarte, trillende vlek is. Het lawaai. Een oorverdovende tirade van metalig gepiep en flapperende vleugels. Mensen komen uit hun huis en hun hotel om naar de lucht te kijken. Een klein jongetje gaat snel op zijn hurken zitten en houdt zijn handen tegen zijn oren. Een vrouw doet haar dubbele ramen open en de kwetterende haag van hysterische vogels spat op haar balkonnetje uiteen. Ze ziet aan de mond van de vrouw dat ze eerst schreeuwt en daarna lacht.

Ze lopen te midden van al dat lawaai totdat het uiteindelijk begint af te zwakken en ze zichzelf weer kunnen horen.

Bella probeert het nu wat luchtiger. 'Hoor 's, zodra we in Londen zijn aangekomen, verbreek ik meteen de huwelijksband. Als het dat tenminste is wat je dwarszit.'

Ze ziet dat hij nog maar net een sigaret heeft uitgemaakt of alweer op zoek is naar de volgende.

Voor de Bicknellbibliotheek blijft hij staan en steekt hem op. 'Bella', zegt hij.

'Ja?' Ze doet haar ogen dicht.

'Ik kan het niet.'

'Je kan wat niet?' vraagt ze, hoewel ze het diep vanbinnen al weet.

'Ik kan het gewoon niet.'

Na een korte stilte praat hij verder. 'Alsjeblieft, vraag me niet waarom, maar het is voor mij te gevaarlijk om terug te gaan naar Engeland. Zeker met die achterlijke papieren.'

Ze kijkt voor en achter zich de straat in, daarna naar hem, en dan weer de andere kant op.

Hij zegt: 'Het beste wat ik kan doen... is misschien jullie de grens over helpen, maar direct daarna moet ik jullie alleen laten. Nog voor Nice. Misschien in Menton of anders Monte Carlo.'

Bella probeert iets te zeggen, maar het misselijke gevoel in haar maag zit dat in de weg.

Hij neemt nog een trek van zijn sigaret, gooit hem op de grond en draait hem met zijn voet uit. 'Het spijt me, Bella, en ik zou willen dat het anders was, maar ik kan het risico gewoon niet nemen. Lang geleden heb ik iets gedaan. Ik weet dat je al vermoedde dat er iets was. En ik wil je niet vertellen wat het is, maar in ieder geval moet je weten dat ik er geweest ben zodra ik voet op Engelse bodem zet.' Hij strijkt met zijn handen door zijn haar.

'Ik dacht dat je Iers was.'

'Ierland, Engeland, het is allemaal hetzelfde als het om zoiets gaat.'

Ze knikt en bijt op haar lip.

'In jezusnaam. Ik kan er ook niets meer aan doen.' Plotseling verheft hij zijn stem en Bella schrikt. 'Ik bedoel, dat is als we Engeland al halen. Heb je de Italiaanse papieren gezien die ze voor mij hebben? Heb je gezien wat ze voor mij als beroep, als baan hebben opgeschreven?' Hij pakt haar nu bij haar bovenarm en ze schudt haar hoofd. 'Een timmerman, notabene.'

Bella kijkt hem met half toegeknepen ogen aan.

'Een timmerman, Bella. Goeie God, moet je mijn handen zien.'

Hij laat haar los en laat zijn handen zien, zachter, witter dan die van haar.

'Ze zijn zo stom', zegt hij zachtjes. 'Ze doen maar wat. Een timmerman reist met zijn gezin eerste klas naar Nice voor een hotelvakantie van een week. Jezus! Over aandacht trekken gesproken. Maar goed, het maakt niet uit, want zodra ik in Engeland kom, is het afgelopen met me.'

Hij wil weer haar arm pakken maar ze doet een stap naar achteren.

'Alsjeblieft. Ik kan je niet zeggen hoeveel het me spijt. Hoe...'

Bella knikt driftig met haar hoofd. 'Lafaard', zegt ze en ze loopt weg.

Lafaard. De hele avond koestert ze dat woord. Als ze probeert te pakken zonder dat Elida iets merkt. Als ze alle vrolijke spulletjes tevoorschijn haalt: zwempakken en strandspeelgoed, zonnehoeden en alle stranddingen die ze toevallig in huis hebben. Alles wat de autoriteiten ervan overtuigt dat ze opgetogen vakantiegangers zijn. 'Lafaard'. Als ze probeert Elida gerust te stellen, knippert het woord als een neonreclame in haar hoofd.

'Alstublieft, zeg het, signora, wat is er aan de hand?'

'Niets, Elida. Echt niet.'

'Waar was u de hele dag?'

'Dat vertel ik je over een paar dagen, Elida. Beloof ik. Dan zul je alles weten. Maar voorlopig is het niets om je zorgen over te maken.'

'Huilde u?'

'Echt niet!' Het komt regelmatig bij haar op dat ze beter af was geweest als ze hadden besloten Elida verkleed als echtgenoot met haar mee te laten gaan. Elida's werkhanden zouden overtuigender zijn geweest dan die lelieblanke van hem. 'Lafaard'. Het woord echoot door de kamer en gaat stilletjes krijsend het huis door.

Ze zegt het avondeten af en vraagt Elida om voor Alec te zorgen en hem naar bed te brengen. Dan gaat ze naar haar kamer. Eerst schrijft ze een brief aan Elida om alles uit te leggen, voor zover mogelijk, en te zeggen dat ze in dit huis kan blijven zo lang als ze wil of zo lang als het veilig is, en ook dat ze al het geld mag gebruiken dat ze maar in huis kan vinden, zodat ze zichzelf kan onderhouden. Ten slotte vraagt ze Elida om de envelop met al haar documenten te bewaren tot sorella Ursula die komt ophalen. Ze belooft om te bellen zodra het kan en ondertekent de brief aan haar vriendin.

Bella haalt dan de stapels tijdschriften en linnengoed onder uit haar kast weg en pakt een doos, die ze op bed zet. Ze neemt er de geldrollen uit. Die zijn nu gemaakt van merinowollen mannenkousen; sterk maar licht. Bella legt ze op bed en pakt er de rollen met lires tussenuit; ze speldt de brief aan Elida op een ervan vast en legt ze onder haar hoofdkussen, waar Elida ze de volgende wasdag vast zal vinden.

Daarna schrijft ze Edward een briefje, waarbij ze de pen zo hard op het papier drukt dat het scheurt en ze opnieuw moet beginnen; dit keer dwingt ze zichzelf om te ontspannen en drukt ze haar boodschap wat voorzichtiger en minder stevig op papier. Ze bedankt hem voor zijn aardige aanbod om tot Menton of Monte Carlo mee te gaan en zegt dat ze heeft besloten om het alleen te doen. Koeltjes wenst ze hem het beste met wat hij verder ook besluit en welke kant hij ook op gaat.

Ze gaat naar boven en schuift de brief onder zijn deur door.

Terug op haar kamer tilt ze twee koffers op bed, legt onderin langs de rand de rollen met Engels geld en verbergt die dan onder stapels kleren en speelgoed. Ze wikkelt een diamanten tiara in een nachtpon en pakt hem in, stopt vier diamanten ringen in de neuzen van schoenen. Ze sluit de koffers, maakt ze met riemen dicht en schuift ze achter de deur. Dan pakt Bella de oude groene krokodillenleren reistas van haar moeder uit de kast, houdt hem schuin in het licht en maakt een snee in de voering. Ze wikkelt een diamanten halsketting en een armband van signora Tassi in een zijden zakdoek, samen met een parelhangertje en drie ringen die van haar moeder zijn geweest. Ze stopt ze weg in het gat en naait het dicht. De laatste drie geldrollen doet ze onder in de reistas, die ze verder vult met de laatste spulletjes van Alec: zijn pyjama, een paar gymschoenen, een schetsboek, een tennistrui, een emmertje en een schep. Dan zet ze de tas achter de deur bij de koffers, klaar voor het vertrek van morgen.

Bella doet de deur van haar slaapkamer achter zich op slot, gaat de trap op naar Edwards kamer en loopt naar binnen. Hij zit bij het raam haar brief te lezen. 'Meen je dit echt?' vraagt hij.

'Het is beter als ik zeg dat mijn man verlaat is vanwege zijn werk en ik besloten heb om toch op vakantie te gaan om Alec, of Alberto zoals ik hem nu moet noemen, niet teleur te stellen. Ik zal zeggen dat jij, ik bedoel hij, zich in het weekend bij ons voegt. Ook dat jouw, ik bedoel zijn, baas een eersteklasticket betaalt omdat hij zich schuldig voelde dat jouw vakantie werd uitgesteld. Voor het vertrek uit Frankrijk en de aankomst in Engeland maakt het sowieso niet veel uit. Ik bedenk in ieder geval wel iets.'

'Je lijkt het allemaal wel goed op te nemen', zegt Edward.

'Ja, inderdaad, vind je ook niet?'

'Weet je zeker dat je...'

'Alsjeblieft, denk er verder niet over na.'

Hij kijkt haar behoedzaam aan. 'Ik begrijp het.'

'O ja, Edward? Begrijp je het?' Ze loopt naar hem toe en geeft hem een klap in zijn gezicht.

Zelfs in haar blinde woede voelt zijn hoofd verrassend licht aan, alsof ze met iets meer inspanning het zo van zijn nek had kunnen meppen. Ze probeert het nog een keer.

'Mij alleen laten met mijn twee kinderen.' Haar stem klinkt schril, maar ze verheft hem nog niet.

'Het spijt me', zegt hij.

'Je had het ook tegen hen kunnen zeggen. Je had het toen ter plekke kunnen zeggen, in het bijzijn van die advocaat, van Tassi. Had je ze een kans gegeven om iets anders te bedenken. Lafaard. Ik hoop dat je krijgt wat je verdient. Ik hoop dat ze je oppakken en dat je zoiets ergs hebt gedaan dat ze je ophangen.'

'Ja', zegt hij. 'Inderdaad. Dat gaan ze doen.'

Ze loopt naar de deur, maakt hem open, zet één stap over de drempel en meteen breekt ze. Huilend loopt ze naar hem terug. 'Ik weet verdomme van toeten noch blazen als het om baby's gaat.' Dit keer stompt ze hem op zijn arm. 'Je hebt nooit een mallemoer om mij gegeven, Edward.'

'Wel waar. Nog steeds.'

'Niet genoeg om mij te vertrouwen. Niet genoeg om je voor mij open te stellen. Telkens deed je de deur dicht in mijn gezicht. Je hebt nooit om mij gegeven. En ik wel om jou, en dat heb je altijd geweten. Je bent een lafaard, dat ben je. Een lamlendige lafaard. Wat je ook hebt gedaan, ik had het niet erg gevonden. Ik zou het helemaal niet erg hebben gevonden, als je me maar had vertrouwd.'

'Je zou het wel erg hebben gevonden', zegt hij. 'Echt waar, Bella.'

Ze begint hem weer te slaan, nu tegen zijn borst en hoofd. 'Schoft die je bent, gore schoft. Ik haat je.'

Ze stort zich op hem en nu ligt ze met hem op de grond. Ze slaat hem nog steeds, ze weet niet of hij haar terugslaat of dat ze zichzelf slaat. Ze slaan elkaar, en dan kussen ze elkaar, zoenen en bijten driftig elkaars gezicht, hals en armen. Zij houdt hem bij zijn haar vast en hij rukt aan haar kleren en zij trekt aan zijn baard. Ze raakt in een roes en hij ligt boven op haar. Ze wil hem vermoorden, en ze wil dat hij haar ook vermoordt, maar nog liever wil ze dat hij met haar doet wat hij met de hoeren doet die hij in bordelen bezoekt. Ze wisselen geluiden uit: gehijg, gegrom, gesnik. En ze hoort hem zeggen: 'Dit verandert niets, dit verandert niets', steeds weer, maar misschien is het wel haar eigen stem die ze hoort.

Dan klinkt er ergens een schreeuw, Edward richt zich op en maakt zich van haar los en ze probeert hem naar beneden te trekken en ze roept: 'Laat hem! Laat hem!'

Alec staat snikkend in de deuropening. Elida gakt als een gans in nood. 'Maestro Edward! Wat doet u met haar? Wat doet u met haar? *Basta, basta, basta.*'

Bella kijkt omlaag en ziet dat haar jurk is opengescheurd en tot haar heupen omhooggeschoven. Ze probeert weer op adem te komen. 'Elida. Het is goed. Echt, er is niets aan de hand.'

Ze staat op. Bij de deur kijkt ze achterom naar Edward. Hij staat met zijn rug naar de muur, het hoofd gebogen, zijn haar valt over zijn voorhoofd, zijn hemd is open en hangt opzij, zijn handen steunen op zijn benen. Buiten adem kijkt hij door zijn haren heen naar haar.

'Dit verandert niets', zegt ze.

De priester laat zichzelf de volgende ochtend binnen in de hal en vanuit de keuken ziet ze dat hij de bagage oppakt die ze midden in de nacht de trap af heeft gesjouwd. Hij wenkt haar en ze loopt met hem mee, terwijl ze een nog slaperige Alec met zich meesleept. Als ze bij het hek komt, blijft Bella staan om nog een laatste blik op Villa Lami te werpen. Ze ziet Elida in haar nachtpon boven bij een raam staan. Ze kijken elkaar even aan, dan blaast Bella een kus naar haar en Elida knikt en glimlacht ten teken dat ze het begrijpt.

Achter in de auto zit sorella Ursula te wachten, de baby in een draagmand naast haar. Ze zegt tegen Alec dat hij aan de andere kant van de mand moet gaan zitten. 'Kijk, Alec, dit is je nieuwe zusje.'

Alec tuurt in de mand en knikt. 'Welk deel van haar is Joods?' vraagt hij.

Sorella Ursula kijkt over hem heen naar Bella.

'Hoe heet ze... eh, Leah?' vraag Alec dan.

'O nee, het is Edda, net als de dochter van il Duce.'

'Dan is ze dus niet Joods?' vraag hij. 'Maar dat is niet eerlijk! Waarom moet ik het wel zijn en zij niet?'

'Het spijt me, zuster.' Bella gaat naast Alec zitten. 'Een paar dagen geleden had ik een gesprekje met hem over waarom hij niet meer naar school mag en sindsdien heeft hij het voortdurend over wat Joods is en wat niet.'

'Alec,' zegt de sorella, 'je moet dat woord niet meer gebruiken.'

'Ziet u wel?' zegt hij tegen Bella. 'Ik zei al dat het slecht was om een Jood te zijn. Daarom vindt il Duce ze ook niet aardig.' Daarna draait hij zich om en kijkt mokkend naar buiten.

'Ik heb hem alles nog niet goed uitgelegd, waar we heen gaan of hoe', zegt Bella. 'Ik dacht dat we daar de autorit wel voor konden gebruiken.'

'Natuurlijk', zegt sorella Ursula, en kijkt dan door het achterraampje naar buiten. 'Waar is Edward?'

Bella schudt haar hoofd.

'Komt hij niet? Durft hij niet meer?'

'Wil niet meer.'

De non wil uitstappen.

'Dat heeft geen zin, zuster, hij is gisteravond laat vertrokken. Hij kan nu overal zijn, maar het is goed. We redden het wel, echt waar. Ik heb het allemaal al uitgedacht.'

'Het is te gevaarlijk.'

'Maar wat moeten we anders, zuster?'

De priester heeft zich omgedraaid en met zijn elleboog leunend op de rugleuning kijkt hij naar sorella Ursula. Even later geeft ze hem een knikje en de auto rijdt weg.

Voorbij San Stefano rijden ze een stil zijweggetje in, zodat sorella Ursula een stoomcursus voeden en verschonen van een baby kan geven. 'Alles wat u nodig hebt, zit in deze tas', zegt ze. 'Ook de enveloppen met uw papieren. De Italiaanse papieren zitten hier in het zijvakje zodat u er makkelijk bij kan. De Engelse papieren voor de rest van de reis zitten verstopt onder alle babyspullen, helemaal onder in de tas. Ook het geld waar we het over hebben gehad. Ik heb iets in de fles gedaan waardoor de baby enige tijd blijft slapen, dus dan hebt u daar tot Frankrijk geen omkijken naar. Ik hoop dat er bij Ventimiglia niet te veel oponthoud is aan de grens.'

'Dat hoop ik ook.'

Ze parkeren aan de zijkant van een plattelandsstationnetje. Een kruier, die hen al lijkt te verwachten, snelt naar hen toe en de priester stapt uit om even iets tegen hem te zeggen. Bella neemt de draagmand over van sorella Ursula, daarna de babytas. Ze zegt tegen de kruier dat ze de krokodillentas bij zich houdt, maar komt er al snel achter dat ze dat niet allemaal kan dragen. Uiteindelijk geeft ze hem aan Alec. Ze lopen het station in, Alec een beetje scheef vanwege het gewicht van de tas. Ze neemt geen afscheid en kijkt niet om.

Nog tien minuten voor de trein vertrekt.

Ze gaat zitten aan het eind van een bank, ver weg van de andere passagiers. Alec staat naast haar en houdt de trein in de gaten.

'Denk aan wat we in de auto hebben gezegd. Zo direct spreken we geen Engels meer tegen elkaar. Kun je dat volhouden tot morgen?'

'Hoe laat morgen?'

'Nou, dat hangt ervan af, maar ik zal je op de hoogte houden. Jij zegt mamma tegen mij en ik noem jou Alberto. Als iemand iets tegen je zegt, geef je geen antwoord. Ik zal zeggen dat je verlegen bent en antwoord dan voor jou.'

Alec glimlacht, hij vindt het een leuk spel.

'En jij krijgt van mij deze tas onder je hoede. Dat was de tas van mijn mamma en nu is hij van jou. Kijk, hij is gemaakt van krokodil.'

'Krokodil! Waar zitten zijn tanden?'

'De tandarts heeft ze getrokken', zegt Bella, en Alec moet lachen.

'Zitten mijn spullen erin?'

'Inderdaad zitten er een paar dingen van jou in. Dus jij moet hem in en uit de trein dragen en er steeds goed op letten.'

'Zal ik mijn portafortuna erin doen?'

'Als je dat wilt. Waar is hij?'

'In mijn zak. Alstublieft.'

Bella pakt de tennisbal aan en stopt hem in de tas.

Hij houdt zijn hand achter haar oor en zegt: 'Mag ik in de trein op mijn mondharmonica spelen?' Zijn stem ijlt na door haar hoofd. 'Mag dat? Alsjeblieft?'

'Nee, Alec, dat vinden mensen vervelend. En we willen onzichtbaar zijn, weet je nog?'

'Ik bedoel zonder geluid spelen. Net alsof, weet u wel?'

Ze fluistert in zijn oor: 'Goed dan, maar alleen alsof. Absoluut geen geluid.'

Tijdens haar gefluister trekt hij zijn schouders op en strekt zijn nek.

'Kietelt het?'

'Ja.'

'En geen vragen over maestro Edward.'

'Signora Bella... Waarom waren jullie aan het vechten?'

'Aha, wat zei ik nu net?'

'O ja, vergat ik even.'

'Nog één ding: je mag niets zeggen als we in het station van Bordighera komen. Je moet net doen alsof je het nog nooit hebt gezien.'

'Waarom?'

'Omdat niemand mag weten dat we daar wonen. We doen net alsof we uit de plaats Oneglia komen. O, Alec, wacht maar tot je ziet waar we naartoe gaan! Je zult zo verrast zijn. Een geweldige verrassing. Je gelooft het pas als je het hebt gezien. Dan kijk je je ogen uit! Maar je moet geduld hebben, anders gebeurt het niet. Goed?'

'Goed.'

'Een, twee, drie', begint Bella. *'Allora, solo Italiano, d'accordo?'*

'D'accordo!'

Nog twee minuten.

'Andiamo', zegt ze en ze gaat staan als het sein verspringt.

Ze vinden hun rijtuig, waar hun bagage al in het rek ligt en de kruier met wie de priester had gesproken, in het gangpad staat te wachten om hen naar binnen te helpen. Hij vertelt dat ze het scherm naar beneden kunnen trekken als ze niet gestoord willen worden, hoewel het tot San Remo wel rustig zal zijn. Daarna, zegt hij, terwijl hij iets door zijn knieën zakt, zijn hoofd in zijn nek gooit en zijn handen ten hemel heft, zal het waanzinnig druk worden. Als een korf vol bijen. *'Un alveare d'api!'* Hij maakt een zoemend geluid, terwijl hij de tas van Alec overneemt en hem boven zijn hoofd slingert.

Alec lacht. *'Questa è la mia valigia, solo per me'*, zegt hij trots, en hij kijkt hoe de tas op zijn plek wordt geduwd.

'Che bravo!' zegt de kruier, hij knipoogt naar hem en gaat weg.

Alec gaat tegenover haar zitten. *'Mamma?'* zegt hij.

'Sì, figlio mio?'

'Niente.' Hij grijnst.

De trein komt in beweging en Alec pakt zijn stripboek. Hij lijkt vrolijk, schommelt af en toe met zijn voeten tegen de opstaande plaat onder zijn stoel of kijkt uit het raam of staat op om even in de mand naar de baby te kijken.

'Ciao, Edda', fluistert hij. *'È carina, non è vero, mamma?'*

'Sì, è vero.'

Ze hoopt dat het vandaag een van zijn betere dagen is.

Enkele minuten later komt de kruier terug. *'Mi dispiace, signora'*, zegt hij, en hij vouwt zijn handen alsof hij om vergiffenis wil smeken. Bella ziet dat een man in uniform achter hem staat. Ze voelt zich vanbinnen verbleken. De kruier legt iets uit wat ze niet eens probeert te begrijpen, ze kan alleen maar denken aan dat uniform in het gangpad.

Tot Alec opstaat. *'No! È la mia valigia.'* Hij wijst naar de krokodillentas en ze beseft dat de kruier net heeft verteld dat alle bagage gelabeld en gecontroleerd naar de bagagewagon moet. Een nieuwe regel, het spijt hem heel erg.

'Non c'è problema', zegt Bella. De andere man komt binnen en ze ziet dat het maar de conducteur is, de *capotreno.*

'Uno, due, tre, ci sono tre valigie, signora, vero?' vraagt hij.

'Sì, tre.'

Hij gaat naast haar zitten, haalt een pen uit zijn borstzak en houdt een label tegen zijn geheven dijbeen en zegt: *'Allora, nome, cognome?'*

'Non è giusto!' jammert Alec. *'È la mia!'* Hij slaat zijn armen over elkaar en valt met een bozige dreun terug in zijn stoel.

De kruier legt uit dat ze zijn naam op een label schrijven en dat aan de tas bevestigen, zodat iedereen weet dat die tas van hem is. Niemand komt eraan, belooft hij.

'Mi chiamo Anna Magrini', zegt ze.

'Da?'

'Via Torino, Oneglia.'

Nu vraagt de capotreno waarom haar echtgenoot niet bij haar is.

'Sta lavorando in questo momento, ci raggiunge pìu tardi.'

Hij maakt een ronddraaiend gebaar met zijn hand, arme mannen, altijd maar aan het werk, komen daarom altijd later. Vrouwen hebben het maar makkelijk. Hij glimlacht en zegt dat hij maar een grapje maakt en kijkt dan naar Alec. *'E il tuo nome, signor Bravo?'*

Alec perst zijn lippen op elkaar en kijkt met twee verschrikte ogen naar Bella.

'*Alberto Magrini*', zegt ze. '*Mio figlio.*'

De capotreno bindt de labels aan de twee koffers en de krokodillentas. Als hij zich omdraait, ziet hij de babytas op de stoel naast haar.

'*E questa, signora?*'

'*Cose per la bambina, anche per il viaggio.*' Ze opent de tas om de flesjes en luiers te laten zien. Fruit en panini.

Hij knikt, kijkt bewonderend naar de baby, zegt tegen Alec dat hij lief moet zijn voor zijn mamma en verontschuldigt zich ervoor dat hij hun tassen meeneemt, maar als zoveel mensen geld het land uit smokkelen, wat moet je dan? Hij wenst ze '*Buon viaggio e buone vacanze*' en gebaart naar de kruier dat hij de bagage mee kan nemen.

Als ze weg zijn, kijkt Alec haar timide aan en ze weet dat hij bang is dat hij haar heeft teleurgesteld. Ze glimlacht naar hem om hem te laten weten dat alles goed is, steekt dan haar hand in de draagmand en veegt haar klamme hand af aan een plooi van het dekbedje.

De trein rijdt voort. *Contadini* met kratten groenten en fruit voor de verkoop op de markt, landarbeiders en bloemenplukkers op weg naar hun werk. Naarmate de ochtend verstrijkt wordt het bij ieder station lichter en drukker, duurt ieder oponthoud iets langer. De zon begint de ramen te verwarmen. Er is nu een ander soort passagiers. Nu zijn het kantoorbedienden en schoolkinderen, vrouwen met boodschappenmanden, oude mannen op weg naar een begrafenis. Alles is zo normaal, mensen kletsen, lachen; kinderen rennen de wachtruimtes uit en roepen '*Arriva il treno!*' Mannen leunen op de toog in stationscafés, slaan haastig hun espresso achterover. Ze beseft hoe belachelijk dit alles is, dat ze in de trein van Milaan naar Parijs zit, net doet alsof ze Italiaanse is en dat ze twee kinderen het land uit smokkelt. Diamanten die in de voering van haar tas zitten genaaid, hemeltjelief! Dit is tenslotte Italië. Dit zijn kinderen, wie zou ze nu iets aan willen doen?

Ze begint serieus te overwegen om in Bordighera uit te stappen en terug te gaan naar Villa Lami. Ze zou even bij de Britse consul langs kunnen gaan, een advocaat voor de hoorzitting gaan zoeken en haar vader vragen om advies. Ze kon doen wat ze eigenlijk al eerder had moeten doen en moest deze hele dwaze schertsvertoning vergeten.

Het station van San Stefano. Een jonge priester staat voor de deur van het rijtuig en vraagt of ze het niet erg vindt als twee van zijn leerlingen tot Taggia bij haar komen zitten. De schoolinspecteur komt vandaag, legt de priester uit, en deze *birbanti* moeten hun huiswerk nog nakijken en het is zo druk en rumoerig in de trein. '*Molte distrazioni. Prego, signora, per cortesia?*'

'*Certo, padre*', zegt Bella, omdat ze niet weet hoe ze zijn vriendelijke ogen iets kan weigeren.

De schooljongens duiken onder de arm van de priester door, brengen haar de Romeinse groet en gaan naast Alec zitten. Als ze zitten, staat Alec op. Hij gaat naast Bella zitten.

De priester blijft in het gangpad, vouwt zijn krant open en leunt tegen de ruit van de coupédeur. Een van de jongens haalt een boek tevoorschijn en slaat het open, *Il primo libro del fascista.* Hij begint hardop voor te lezen: 'Handleiding voor de omgang met Joden'. Hij leest elke gedragsregel hardop voor, doet dan zijn ogen dicht en herhaalt hem tot hij hem uit zijn hoofd kent. De andere jongen schuift zijn vinger langs de regels in het boek en fluistert de woorden los van elkaar alsof hij geen idee heeft wat ze betekenen. Dus dat is hun huiswerk. Ze voelt dat Alec naast haar aan het rommelen is. Hij pakt zijn harmonica en drukt hem tegen zijn lippen.

Bella kijkt de andere kant op. In het gangpad vangt de priester haar blik op en hij glimlacht. Ze knikt en probeert terug te glimlachen. Hij draait opzij en ze kan nu de voorpagina zien. Ze leest een kop: FRANCIA E INGHILTERRA RICHIAMANO TRUPPE. Frankrijk en Engeland roepen troepen op.

Hij schudt zijn krant uit, slaat hem om, zodat ze nu op de achterpagina de kolommen met advertenties kan lezen van Italianen die ontkennen Jood te zijn. LA FAMIGLIA TREVISI NON È CONTAMINATA! De familie Trevisi is niet onrein!

Ze zet meteen het idee uit haar hoofd om in Bordighera uit te stappen.

Het station van Taggia. De jongens bedanken haar bij het uitstappen en brengen weer de groet. De priester komt even binnen om gedag te zeggen, buigt zich over de draagmand om zijn hand op het hoofdje van de baby te leggen en wil dan Alec even aanraken. Alec duikt in elkaar.

'*È timido, padre, scusi*', zegt ze.

Nu San Remo. Keurig geklede vrouwen doemen op in de stoomwolken; reiskostuums, hoeden en hoge hakken. Angstige gezichten, duidelijk gehaast om weg te komen. Om hen heen krioelen de kruiers. Bij het *Informazione*-loket is het een komen en gaan van mannen in tweedjasjes met tassen met fruit en tijdschriften bij zich.

Ruim twintig minuten vertraging. In de coupé krijgen ze het gevoel dat ze worden gestoofd in een braadpan. Alec trekt zijn jasje uit en begint te zeuren om zijn portafortuna.

Ze ziet een groep vrouwen van middelbare leeftijd, stevige schoenen en schetsblokken onder de arm, een keurige rij vormen achter een tekenleraar en de trein in stappen. Bella herkent ze als Britse theemutsen die zich niét van de wijs laten brengen of zich laten zeggen welke kant ze op moeten. Ze zegt tegen Alec dat hij het 'gereserveerd'-scherm voor de deur van hun coupé naar beneden moet trekken, zodat ze alleen blijven en niet gestoord worden.

Aan zijn ogen kan ze nu zien dat hij vroeg is opgestaan. Ze zegt dat zijn portafortuna de tas zal beschermen, en dat hij moet gaan liggen. 'Nee!' protesteert hij, maar ze hebben het station nog niet verlaten of zijn hoofd en oogleden beginnen in cadans met de trein te jojoën. Hij glijdt opzij, legt zijn hoofd op de stoel en valt in slaap. Bella gaat even staan om haar rug te strekken.

Ospedaletti. Laatste halte voor Bordighera. Ze hoopt dat Alec ten minste blijft slapen tot de controlepost. Maar dan barst in het gangpad opeens een gekibbel van Engelse stemmen los. Een vrouw met hoge stem: 'En zelfs geen stoel te vinden, verdorie! Echt, Peter, je bent zo vervelend, we hadden best nog een nacht langer kunnen blijven, die ellendige Hitler komt ons echt niet persoonlijk uit bed sleuren, na alles wat we ervoor hebben betaald! Dit zou onze huwelijksreis moeten zijn. Is dit wat...'

'Ach, hou toch je mond, Audrey. Ik krijg hoofdpijn van die stem van je!'

'Nou ja, ik geloof mijn...'

De stemmen worden overstemd door het dreunende dichtklappen van de deur naar het volgende rijtuig. Alecs ogen gaan open en hij gaat rechtop zitten. Bordighera. Met zijn voorhoofd tegen de ruit gedrukt kijkt hij door de stoomwolken naar buiten.

'*Ricorda-ti, Alberto?*' waarschuwt ze. '*Silencio.*'

Hij knikt met zijn hoofd vermoeid tegen het glas en even lijkt het alsof hij langzaam weer in slaap valt. Maar dan begint hij op en neer te springen en kijkt enthousiast naar buiten. Met een ruk draait hij zijn hoofd om en kijkt haar aan. Ze gebaart dat hij stil moet zijn en uit het zicht moet blijven. Maar hij kijkt weer naar het raam, strekt zijn nek en drukt zijn neus tegen het glas. Ieder moment verwacht ze dat hij begint te roepen dat dit Bordighera is en dat ze weer thuis zijn.

Ze ziet de Britse theemutsen achter hun tekenleraar het station uit lopen. Bella gaat staan en trekt hem bij het raam vandaan. Alecs gezicht heeft een kleur, zijn ogen staan wijd open. '*L'ho visto! L'ho visto!*'

'Ja, ik weet dat dit Bordighera is, maar ga alsjeblieft zitten en hou je gemak.'

Alec kijkt geschrokken. '*Hai parlato in Inglese!*' zegt hij streng, wat haar verrast, want ze dacht dat hij hun spelletje was vergeten. Achter haar gaat de deur van het rijtuig open.

'*Sì, sì*', roept Alec. '*L'ho visto, l'ho visto!*'

Bella kijkt om en ziet Edward naar binnen komen. 'Sorry dat ik zo laat ben, schat', zegt hij.

Ze kan zich er niet toe zetten om hem aan te kijken en draait haar gezicht naar het raam. Haar hart bonst zo hard dat hij het volgens haar wel móét horen. Edward stoot haar aan.

'Kijk me aan', zegt hij.

'Nee.' In de ruit ziet ze zijn gezicht gespiegeld achter dat van haar, zodat de zijkant van haar gezicht onder zijn baard zit.

'Kijk me aan, Bella.'

'Nee.'

Ze wacht tot de trein weer begint op te warmen.

'Stap je uit in Menton?' vraagt ze even later.

'Nee.'

'In Monte Carlo dan?'

'Nee. Niet in Monte Carlo.'

'O? Hoe ver ga je dan mee?'

'De hele route, als het mag.'

Edward staat naast haar. Ze probeert niet aan de vorige avond te denken, wat ze toen zei en bijna deed. Haar gevoelens zwalken heen en weer: van schaamte naar spijt, en nu kan het haar allemaal geen barst schelen en vraagt ze zich alleen maar af wanneer ze het weer kunnen doen, en dit keer dan helemaal tot het einde. Daarna komt de blijdschap omdat hij voor hen zoveel risico heeft genomen, gevolgd – om precies dezelfde reden – door angst.

'Het zit zo...' begint hij, maar ze steekt haar hand op om hem te onderbreken.

'Laten we gewoon deze dag doorkomen, Edward.'

'Je hebt gelijk. Natuurlijk.' Hij gooit zijn rugzak op het rek. 'Hoe gaat het met de baby?'

'Edda, bedoel je?'

'Ja. Edda.'

'Gedrogeerd, eigenlijk.' Bella draait zich om, maar kijkt hem nog niet echt aan.

'Schandalig!' zegt hij. 'Wat heb je met haar gedaan?'

'Ik niet, sorella Ursula. Om me door het eerste stuk heen te helpen, denk ik.'

'Goed, maar nu kan ik je helpen. Als je me vertelt hoe.'

'Eigenlijk zou ik mijn benen wel even willen strekken. Ik heb last van mijn rug.'

'Vooruit, ga maar.'

'Ga je met me mee, Alec?'

'Nee!' zegt hij pruilend.

'Wat is er aan de hand, Allo?' vraagt Edward.

'U verpest ons spel. Nu krijgen we de verrassing niet. Omdat u ons Engels laat praten.'

'*Ah, scusa mi, Allo, sono un papà stupido*', zegt Edward.

'U bent mijn pappa niet.'

'Alleen voor het spel, Al. Daarna ben ik gewoon weer je vriend.'

'En u hebt gisteravond gevochten met signora Bella en nu vind ik u niet meer aardig.'

'Zij heeft met mij gevochten! Ze is niet zachtzinnig. Ik zit onder de blauwe plekken. Het zou verboden moeten worden.'

'Ik ben zo terug', mompelt Bella, en ze gaat snel de coupé uit.

Ze slalomt door het gangpad, houdt zich vast aan de leuning, botst langs of zwalkt tegen tegemoetkomende passagiers. Ten slotte staat ze alleen voor het toilet op de rammelende vloer tussen twee rijtuigen. Van beide kanten waait er een koel briesje door de open ramen. Aan de zeekant steekt ze haar hoofd uit het raam. Het begin van de boulevard glijdt langzaam voorbij en ze ziet in de verte nog net het dak van de kursaal en een onhandig ogende straatmuzikant die naar zijn vaste standplaats wankelt. Ze gaat weer in het midden staan.

Nu verlaten ze Bordighera, ze verlaten het echt. De zee aan haar linkerkant, het laatste stuk stad aan haar rechterkant, en daarachter de berghelling. Tussen de rotsen en de olijfgaarden, het licht, de talloze balkons, is altijd die donkergroene helling. Ze kijkt door een gat in de vloer en ziet Italië onder zich wegglijden.

Als ze terugkomt in het rijtuig staat Alec met zijn gezicht naar het raam, kijkt zijn spiegelbeeld als een kleine geest haar aan. Edward heeft zijn jas uitgetrokken, zijn mouwen opgerold en schilt met een zakmes een sinaasappel.

'Zie je, Allo,' zegt hij, 'helemaal gaaf.' Hij houdt de kale sinaasappel op en laat de gekrulde schil op een zakdoek vallen.

Alec draait zich om. 'Waar zijn we?'

'Vlak bij Ventimiglia, de grens.'

In het gangpad horen ze de stem van een conducteur dichterbij komen. '*Documenti!*' roept hij. '*Documenti!*'

Bella pakt de envelop uit het zijvak van de babytas. Ze haalt de papieren eruit en legt ze snel op volgorde. De papieren waarmee ze Italië uit komen bovenop: certificaat van de gezinsstatus, paspoorten, werkboekje van haar echtgenoot, de timmerman Marco Magrini. Daaronder de papieren waarmee ze Frankrijk in komen: *carte de tourisme*, visums. Tussen die twee stapeltjes legt ze de brief aan het hotel, die in beide gevallen misschien van pas komt. Ze weet dat de sorella waarschijnlijk niets is vergeten, maar ze controleert alles toch nog een keer en geeft de papieren aan Edward, zodat hij verder alles kan afhandelen.

'Ik denk dat we het "gereserveerd"-scherm weer omhoog moeten doen,' zegt hij, 'anders denken ze dat we iets te verbergen hebben.'

'Stel je voor!' zegt Bella. Ze maakt het koordje los en een leeg gangpad wordt zichtbaar.

Edward haalt de partjes van de sinaasappel uit elkaar en legt ze boven op de gekrulde schil op de zakdoek, en verplaatst het geheel voorzichtig naar de stoel naast Alec. De trein begint vaart te minderen.

'Nou, nu komt het', zegt Edward.

Alec pakt zijn harmonica.

Overal op het perron zwarthemden. *Polizia di frontiera* met het geweer tegen de schouder. Groepjes mensen worden de ene of de andere kant op geleid. Evenwijdig aan de trein staat een lang, laag gebouw met plat dak waar beambten in en uit lopen. Door een van de ramen ziet ze een geopende koffer en handen die de inhoud doorzoeken. Verderop in het gebouw staat een rij mensen in een bocht te wachten voor een open deur.

De trein komt tot stilstand en een rij beambten komt dichterbij, splitst zich in kleinere rijen die zich voor de verschillende deuren opstellen. Bella voelt het rijtuig schommelen als ze aan boord komen.

De capotreno komt weer hun kaartjes knippen. '*Ah il marito!*' zegt hij als hij Edward ziet, maar als twee beambten zich achter hem naar voren dringen, geeft hij de kaartjes zonder verder iets te zeggen terug.

De eerste beambte kletst honderduit, kijkt naar de baby, vraagt hoe ze heet en zegt: '*Ah che bella.*' De andere beambte staat er zwijgend bij. In het gangpad komen soldaten langs.

Bella ziet aan Alecs ogen dat hij zenuwachtig wordt. Hij schuift de harmonica langs zijn mond, heen en weer, steeds weer.

De beambte bekijkt de papieren, stelt bij elk document een vraag of maakt een opmerking: '*Vacanze? Bellissimo. A Nizza? Mi piace Nizza. Solo per una settimana?*'

'*Sì.*' Edward glimlacht.

'*Un po d'aria fresca per i bambini, eh?*'

Edward beaamt dat.

De beambte geeft de papieren terug, ziet dan dat Alec op de harmonica zit te knauwen. Hij houdt een hand achter zijn oor en zegt: '*Allora, maestro? Non posso sentire la musica.*' Hij lacht, in zijn sas over zijn eigen grapje.

Alec laat verschrikt zijn harmonica vallen. Tot haar afgrijzen ziet Bella straaltjes bloed op zijn gesprongen lippen. Ze haalt een zakdoek uit haar mouw. '*Vieni qui, a mamma*', zegt ze.

Maar Alec blijft zitten.

De douanebeambte kijkt even naar hem, raapt de harmonica op en geeft hem aan de jongen.

Alec stopt zijn handen achter zijn rug en schudt zijn hoofd.

Bella staat op en pakt de harmonica aan. '*Grazie, signore. È molto timido.*'

De douanebeambte knikt, wenst hun nors *buon viaggio* en doet de deur achter zich dicht.

'Jezus', zegt Edward.

Alec begint te huilen. '*Mi scappa cacca.*'

'O, Alec, zonet vroeg ik nog of je niet wilde gaan. Kun je het niet ophouden?'

'*È diarrea. Penso.*'

'Diarree! O nee, Alec.'

'*Mi dispiace.*'

'Het geeft niet, Alec', zegt ze. 'Nu een grote jongen zijn, we moeten even nadenken.'

'Ik ga wel met hem mee', zegt Edward.

'Nee. Dat kan niet zolang de trein stilstaat, de toiletten zitten allemaal op slot. Wacht tot de trein weer rijdt.'

'Hij kan niet wachten, kijk maar. Ze hebben ons al gecontroleerd, Bella. Het komt goed. Hoor maar, ze zitten al in het volgende rijtuig. We zijn erdoor. Ik kan het niet geloven, maar we zijn erdoor. Het station van Ventimiglia is vlakbij, we zijn zo terug.'

'Ja, maar als ze jullie nu niet meer in laten stappen?'

'Natuurlijk wel. Goed, dan neem ik onze kaartjes mee, voor het geval dat.'

'Ja. Vooruit dan maar', zegt ze.

Edward pakt hun kaartjes uit de stapel en geeft de Franse visums en carte de tourisme terug aan Bella.

'Kom mee, dan gaan we.'

Alec schudt zijn hoofd en kijkt naar Bella.

'Het is goed, Alec', zegt Edward. 'We zijn nu veilig.' Hij legt zijn hand op Alecs hoofd en loodst hem mee door de deur. Met zijn andere hand pakt hij even Bella's arm vast. '*Fra poco, Bella*', zegt hij.

Bella kijkt door het raam. Buiten lijkt alles zich nu in een hoger tempo te bewegen. De rij bij de deur van het douanekantoor is aanzienlijk korter, het is veel minder druk op het perron. Ze kan maar één reden bedenken voor deze onverwachte oprisping van Italiaanse efficiëntie, en een blik op haar horloge bevestigt dat: het is bijna lunchtijd. In het gangpad ziet ze eersteklaspassagiers die al zijn gecontroleerd zich naar het restauratierijtuig begeven. Onderwijl voeren ze luchtige gesprekken, zoals Engelse toeristen uit de betere kringen dat doen.

Ze kijkt naar het raam en haar blik valt op de soldaat die bij de deur van de kamer staat waar ze eerder handen een koffer had zien doorzoeken. In die kamer praat een beambte met een man die in de schaduw zit. Ze ziet papieren tussen hen beiden heen en weer gaan.

Als ze weer op haar horloge kijkt, zijn er tien minuten verstreken. Ze houdt zichzelf voor dat als Alec gespannen is, zijn diarree-aanvallen een tijdje kunnen duren. Ze ziet een man de trein uit stappen en naar de krantenkiosk gaan. Een vrouw loopt op het perron haar rok te schikken alsof ze net van het stationstoilet komt. Ze blijft staan, doet haar poederdoosje open en ontbloot haar tanden.

Bella veronderstelt dat Edward nog in het stationsgebouw is. Misschien is hij even naar binnen geglipt voor een koffie, maar ze kan zich niet voorstellen dat hij in deze situatie op zich laat wachten. De man komt terug van de krantenkiosk, schuift een krant onder zijn arm en springt weer in de trein. De vrouw doet haar poederdoosje dicht en stapt een eindje verderop in. Een kwartier. Waar blijven ze? De mensen in het gangpad die eerst nog konden doorlopen naar de restauratie, staan nu in de rij.

De baby trekt haar aandacht met een zacht kreetje. 'Sst, ssst', sust Bella en ze gaat naast haar zitten, ziet hoe het mondje open- en dichtgaat. Bella buigt zich naar voren en ruikt de sterke, zure geur van een vieze luier. Ze besluit zich vast voor te bereiden en duikt in de babytas: luiers, spelden, vaseline, olijfolie zitten aan de ene kant. Aan de andere kant een blikje poedermelk, twee lege zuigflessen, twee flessen die al zijn klaargemaakt. Voor alle zekerheid haalt ze de kleinste fles eruit, met nog wat andere dingen die ze nodig heeft om de luier te verschonen.

Als ze opkijkt, valt haar blik weer op de soldaat bij de deur. Hij gebaart naar iemand verderop op het perron dat hij moet opschieten. De soldaat doet een paar stappen naar voren, gebaart weer en nu wat feller; daarbij verlaat hij een paar tellen zijn post bij de deur. Een doorkijkje. Heel even meent Bella tot haar ontzetting Alec in die kamer te hebben gezien. Bella loopt naar het raam, maar de soldaat is nu terug op zijn plek en wat ze ook probeert, ze kan niet meer langs hem heen kijken.

De baby slaakt weer een kreetje. Dan is ze weer stil. Bella draait zich om en kijkt naar haar. Als ze weer voor het raam staat, ziet ze de soldaat opzijstappen om twee mannen het kantoor binnen te laten. De ene man is de kruier van eerder, de andere is een soldaat. De kruier draagt haar moeders groene krokodillentas.

Even denkt ze dat ze doodgaat. Haar hart, geest, lichaam, alles staat stil. Dan ziet ze Alec die aan de tafel plaatsneemt. De tas wordt voor hem op tafel gezet. Ze ziet een beambte naast Alec gaan zitten, lachend en grapjes makend, terwijl hij een hand door zijn haar haalt. De beambte gaat staan en doet de tas open. Alec steekt zijn hand erin en pakt zijn portafortuna, die hij aan de beambte laat zien.

Bella probeert niet in paniek te raken. Ze klapt in haar handen als ze terugloopt naar de draagmand, schuift hem van de stoel af en in de haast stoot ze de babytas op de grond. Kleren tuimelen naar beneden, een kruik ploft op de vloer en het blik melkpoeder rolt uit de tas, blijft dan liggen. De envelop met de valse Engelse papieren valt op de grond. Daarna de envelop met het geld. De baby begint te huilen.

'Ssst', zegt Bella. 'O God. Niet doen. Niet huilen. Niet doen. Niet nu.'

Ze tilt de baby uit de mand en begint haar een beetje te wiegen. Dat lijkt het gehuil alleen maar te verergeren. Bella bukt om de enveloppen op te rapen, waarbij ze de baby met één knie ondersteunt. Ze voelt dat ze de aandacht begint te trekken van de rij wachtenden voor de restauratie. Met haar ene vrije hand begint ze spullen terug te stoppen in de tas.

Onder haar begint de trein te schokken. Bella gooit de tas op de stoel, houdt wankelend de baby in haar armen en staat uiteindelijk rechtop. Ze voelt hoe de locomotief stampt en puft. Ze grijpt de babytas en gaat razendsnel naar de deur.

Ze hoort de haperende waarschuwingsbel, het lange gesnerp van een fluit. 'Nee!' roept ze en ze kijkt uit het raam. Het perron beweegt. Ze springt naar het raam, bonst met haar vuist op het glas, roept naar Edward en Alec, naar de soldaat bij de deur, naar de oude man die met zijn fiets aan de hand langsloopt, naar de vrouw die de krantenkiosk sluit. Naar iedereen die zich om haar zou kunnen bekommeren. Ze gaat snel naar de deur van de coupé en begint aan de hendel te rukken. De fluit snerpt weer. Ze weet dat ze nu huilt en dat ze met haar gedrag de mensen in de rij laat schrikken; ze mijden haar blik en kijken elkaar aan.

De baby begint harder te huilen. Vanuit haar sokjes trekt een hevige siddering door haar lijfje omhoog. Bella voelt de vibraties via haar armen haar lichaam in gaan. Snikkend zegt ze: 'Hou op. Hou toch gewoon op!'

Ten slotte stapt een jong echtpaar uit de rij, de vrouw eerst, gevolgd door de man. De vrouw probeert vanuit het gangpad de deur te openen.

'Laat de hendel los', roept de vrouw naar haar. 'Ik kan de deur alleen openmaken als u de hendel loslaat.' Daarna tegen haar man:

'Het arme schaap lijkt niet te begrijpen wat ik zeg. Ik vraag me af waar ze vandaan komt, misschien moeten we proberen iemand te vinden die haar taal spreekt.' Ze kijkt het gangpad in alsof ze hoopt dat er een talenkenner uit de rij zal stappen.

Maar Bella knikt heftig: ik begrijp u, echt waar. Maar ze kan kennelijk de hendel niet loslaten en ook niet praten.

De trein stommelt voorwaarts en bijna glijdt de baby uit haar armen. Ze wankelt, steekt haar hand uit om niet te vallen en een pijnscheut schiet langs haar ruggengraat omhoog. Bella verliest haar evenwicht en valt terug op de stoel.

De deur gaat open en het echtpaar komt binnen. Ze kijken naar haar en dan naar elkaar. Bella probeert op te staan, maar de pijn in haar rug verhindert dat. Nu is de baby zo langzamerhand hysterisch aan het huilen, ze is paars aangelopen en een dikke ader op haar slaap heeft iets van een kloppende wurm. Bella hoort het woord '*permesso*' echoën door het gangpad.

De vrouw vraagt waar ze vandaan komt, maar Bella heeft het te benauwd om te antwoorden.

'Ik denk. Dat u. De baby. Misschien. Te stevig. Vasthoudt?' zegt de vrouw luid en langzaam. Daarna tegen haar echtgenoot: 'Moeten we niet kijken of we er een dokter bij kunnen roepen? Hoe zeg je dokter in het Frans? Denk je dat ze Frans is?'

'Ik heb geen idee', zegt de echtgenoot. 'Geen flauw idee. Je kunt het best die baby bij haar weghalen voordat ze het arme kind dooddrukt. Kennelijk is ze niet helemaal goed bij haar hoofd.'

'Stop de trein', zegt Bella.

'O, u bent Engels, de hemel zij dank', zegt de vrouw, en ze werpt een schampere blik op haar echtgenoot.

'Alstublieft. Stop. Alstublieft, stop de trein, de noodrem, daar. Ziet u? Ik kan het niet. Kan niet opstaan. Ik moet eruit. Dat moet.'

'Zal ik de baby van u overnemen?' vraagt de vrouw. 'U lijkt me nogal overstuur.'

Het woord '*permesso*' komt nu dichterbij en Bella ziet de groep Engelse toeristen uiteenwijken voor de kruier die zich naar voren dringt. Hij doet de deur achter zich dicht.

'Prego, signora, tranquilla, stia tranquilla.'

Nu begint ze te schreeuwen. 'Nee! Ik ga niet *tranquilla* doen. U hebt ze... de tas gegeven. Dat zag ik u doen. U gaf hem. *La valigia. Perchè? Perchè?'*

'No, no, no. Signora, che cosa fa? Allora, attenzione alla bambina.' Hij wijst naar de baby.

'Ik wil bij hen zijn. Ik wil met hen mee. Neemt u de baby, alstublieft, neemt u de baby en laat me gaan. Ik wil die baby niet. Ik wil haar niet. Ik wil haar niet, verdomme! Die vrouw daar zei dat zij de baby zou overnemen.'

Ze houdt de baby voor zich uit, maar lijkt haar niet los te kunnen laten. Bella hoort zichzelf steeds maar jammeren: 'Ik kan het niet, ik kan het niet.'

De kruier gaat op zijn knieën zitten en houdt haar armen vast, terwijl de trein meer vaart krijgt, steeds sneller en sneller. Langzaam maakt hij de krijsende baby uit haar handen los. De vrouw neemt de baby van Bella over, terwijl hij haar vast blijft houden. *'Niente da fare, signora. È troppo tardi, signora. Stia tranquilla, stia tranquilla. È troppo tardi, troppo tardi.'* Het is te laat. Te laat, te laat.

Londen

Ze herinnert zich de taxi en de rit dwars door Londen in het ragfijne eerste daglicht. Ieder moment van de reis eigenlijk, tot de controlepost bij Ventimiglia; het lange, lage gebouw met de soldaat bij de deur en de silhouetten achter het raam die ze geen naam wil geven. Maar van de rest van de reis, de eindeloze uren die haar vandaar hebben weggevoerd, via Parijs, Calais, Dover, tot hier, een pension vlak bij Bayswater Road, van dat deel heeft ze niet alles duidelijk in haar hoofd zitten.

Ze weet dat er voor haar werd gezorgd; het echtpaar op huwelijksreis, de verpleegster en natuurlijk de kruier. Later was er nog de pensionhoudster. Zonder hun hulp zou ze het nooit hebben gered. Ook de Engelse passagiers in de eerste klas, die hadden allemaal heel kalm samengespannen. En dat ze op de een of andere manier veilig langs de controlepost aan de Franse kant was gekomen en, nog verbazingwekkender, dat het haar was gelukt om zonder problemen langs de Engelse douane te komen. Maar dat kan misschien komen doordat haar niet echt deugdelijke papieren tussen de papieren van het Engelse gezelschap waren gestopt.

Het pasgetrouwde stel, toch niet zo jong meer. De naam van de man: Peter. De vrouw, klein rond hoedje met een halve sluier van kant, een knap gezicht met een spitse neus: Audrey. Volants aan de manchetten van haar blouse, een jasje, handschoenen. Ze keek voortdurend naar haar kleren en zat er ook steeds aan. De manier waarop ze dat deed straalde een zekere zelfgenoegzaamheid uit, alsof niemand anders zulke kleding zou kunnen bemachtigen. De verpleegster, een veel eenvoudigere vrouw, was opeens uit het niets opgedoken. Dolores. Ze was op weg naar huis na een baan als particulier verpleegster in Venetië, en nu, zoals ze zei, ging ze ervandaan voordat Europa zou ontploffen; ze vertelde dat ze Ierse was, uit Dublin. Bella had niet de moeite genomen om die overeenkomst te melden.

De verpleegster had de baby onder haar hoede genomen en Bella een pil gegeven. 'Gewoon doorslikken', zei ze terwijl ze hem met een ondeugende glinstering in haar ogen in haar hand stopte. Niet dat Bella de behoefte had om te protesteren. Voor haar part was het arsenicum.

De man, Peter, had een glas cognac voor haar meegenomen en zei dat ze moest gaan slapen. 'Ik blijf wel bij haar', zei de verpleegster. 'Dan geef ik meteen de baby de fles. Hoe heet ze trouwens?'

'Katherine', zei Bella, omdat het haar het beste leek om de naam te gebruiken die op de Engelse papieren stond.

'Met een k of een c?' vroeg ze toen. Bella begreep niet wat ze bedoelde.

'De spelling?'

'Met een k', zei ze, wat ze later goed gegokt bleek te hebben.

Het geluid van de baby die zoog aan de fles, hard en onwezenlijk.

Toen ze nog niet zo ver in Frankrijk was, keek ze door het raam naar de buitenwijken van een stad. Een circustent midden op een grasveld. Acrobaten en een koorddanser die buiten aan het oefenen waren. En de muziek van Satie zweefde haar hoofd binnen. Zoals die ook de afgelopen weken de zitkamer van de Signora was binnengezweefd.

Ze hoorde toen één muziekstuk in het bijzonder, dat ze op haar eerste dag in Bordighera had gehoord, toen ze theedronk met de Amerikaanse nichten. En ze zag ook weer de zusjes Almansi op de maat van de muziek in de rondte dansen, blootsvoets in de tuin. Ook al kon er die dag geen muziek hebben geklonken, want Edward had de foto genomen. Bovendien dansten de zusjes Almansi altijd op hun zelfgemaakte liedjes.

'*Gymnopédie*', had hij gezegd dat het heette toen ze het hem eindelijk had durven vragen. Hij was onder de indruk geweest dat ze het na vijf jaar nog herkende – '*Gymnopédie*' – en had gelachen omdat ze dacht dat hij 'Jim Nobody' had gezegd.

Later had het echtpaar haar aan hun tafeltje in de restauratie op fluistertoon geholpen bij haar besluit wat ze nu moest doen. De vrouw had haar handschoenen uitgetrokken en met een mes de roetdeeltjes van de boter af gehaald, die ze afveegde aan de rand van een servet waar al roetspikkels op zaten.

Bella kon niet altijd verstaan wat ze zeiden. Ze werd zo afgeleid. Door de geur van de cognac. Het klappertandende vaatwerk. De harde droge snikken die opgekropt in haar borst naar buiten probeerden te komen. Ze gaf zo goed mogelijk antwoord op alle vragen. De kleine mond van de vrouw was voortdurend in beweging. En de muziek van Satie speelde in haar hoofd, steeds maar door, zodat ze alleen nog maar aan zijn muziek kon denken, aan de eigenaardige titels, wat die zouden kunnen betekenen, terwijl de trein stampend en snerpend door tunnels reed, steeds maar door, steeds maar door. Van zwart naar onverbiddelijk blauw.

Ze moet al pratend een verhaal hebben verzonnen dat hun aanstond. Voldoende waar om de leugens te ondersteunen en hen zover te krijgen dat ze haar durfden helpen. Kennelijk had ze gezegd dat ze getrouwd was, want ze gebruikten meer dan eens de woorden 'uw echtgenoot', en er was de trouwring van de Signora. Ze moet het over haar vader hebben gehad, want ze wisten dat ze naar Chelsea ging. Wat ze verder nog had verteld, was Bella allang vergeten.

'Luister, waarom blijft u niet bij ons?' had de vrouw gezegd, die zich duidelijk begon te vervelen. 'Blijf bij ons en we leveren u veilig af bij het huis van uw vader. Iedereen mee eens? Prachtig! Geen woord meer erover. Goddank, dat is geregeld. Zullen we nog een drankje nemen op de goede afloop? Nog een cognac? Natuurlijk!'

Bella had ermee ingestemd. Ze kon verder toch niets doen.

Toen ze terugkwamen in de coupé, zat Dolores een tijdschrift te lezen, en lag de baby lekker in de draagmand.

'Ah, mooi', zei Audrey. 'U hebt de baby opgeborgen.' Toen ging ze zitten en ze straalde helemaal. 'Gezellig, hè?'

Bella, weggedoken in een hoekje bij het raam, deed net alsof ze sliep. Op de achterkant van haar gesloten oogleden zat een situatieschets van de coupé gegrift: de contouren van het echtpaar, de verpleegster, de ronding van de draagmand. Op het bagagerek Edwards rugzak, die hij twee jaar geleden voor een wandeltocht had gekocht, en Alecs mondharmonica weggestopt boven in de babytas, zijn stripboek tussen de tijdschriften die Dolores keurig op het opklaptafeltje had opgestapeld. Ze kon de sinaasappel en de sinaasappelschil in de afvalbak proeven; even dacht ze dat ze misselijk werd.

Audrey begon over Venetië te praten. Voor haar stem was de ruimte eigenlijk te klein. 'Ik ben er zelf geweest, natuurlijk. Een paar keer. Ik snap niet waarom iedereen zich er zo druk over maakt. Eerlijk gezegd vind ik het er vochtig en, hoe zal ik het zeggen... ongezond.'

'Tja, het is Venetië', mompelde Dolores.

'Ja natuurlijk! Maar vindt u eigenlijk ook niet dat het wordt... overgewaardeerd?'

'En vind jij niet dat jij je mond eens even moet houden?' zei haar echtgenoot. 'Zie je dan niet dat ze slapen?'

'Sodemieter toch op, Peter', bitste Audrey. 'Waarom moet ik me van jou verdomme toch altijd inhouden?'

Op een gegeven moment kwam de kruier langs om zijn excuses aan te bieden. '*Mi dispiace, mi dispiace, mi dispiace.*'

Bella dacht dat als ze een pistool bij de hand had gehad, ze hem zo door zijn hoofd had geschoten. Hij zei dat hij straks van boord ging en de trein terug naar Italië nam. Toen vroeg hij haar of hij andere labels aan haar bagage mocht bevestigen, nu met de naam die op haar Engelse papieren stond. '*Le due altre*', legde hij uit toen ze hem niet-begrijpend aankeek. De twee andere koffers. Ze was vergeten dat die nog in het bagagerijtuig stonden.

Hij bezwoer dat hij in de gegeven omstandigheden zijn uiterste best had gedaan. De politie had de man en de jongen aangehouden, dat was onvermijdelijk geweest. Bovendien had de man met de baard hem gevraagd net te doen alsof er verder niemand bij hem en de jongen hoorde. '*Siamo in due*', had *il barbuto* gezegd, en de kruier had dat gewoon beaamd. Dan was zij tenminste veilig, net als de baby. '*Mi dispiace, mi dispiace.*'

Hij had de beambten de tas gegeven omdat ze hem hadden gevraagd de bagage uit de trein te halen. Hij moest hun iets geven, op z'n minst één tas.

Hij had niet verwacht dat die zo belastend zou zijn, de tas van een kind? Zodra hij morgen terug was in Italië zou hij de *padre* bellen en hem vragen om voor haar een bericht te sturen naar waar ze wilde. De padre zou alles regelen, daar kon ze van op aan. '*Mi dispiace, dispiace, dispiace.*'

'*A Villa Lami*', zei ze en ze deed haar ogen weer dicht. '*Si puo lasciare un messaggio a Villa Lami.*'

Haar metgezellen waren onder de indruk van haar Italiaans; met hun ogen volgden ze ieder woord, van mond naar mond. Maar ze had het gevoel dat ze na het vertrek van de kruier iets minder toeschietelijk waren. Alsof ze iemand die zo goed een andere taal sprak dan Engels, niet helemaal konden vertrouwen, hoe graag ze het ook wilden.

In Parijs stapten ze over. Bij controleposten omringden de Engelse vakantiegangers haar als een verplaatsbare muur. Uren moesten ze zoetbrengen voor de volgende trein kwam. Dolores ging de Eiffeltoren bekijken, Audrey ging winkelen. Bella bleef waar Peter haar had achtergelaten, achter in een café vlak bij het station.

Fransmannen staarden naar een radio, sommigen stonden er in een halve cirkel omheen, anderen leunden schuin naar achteren om de uitzending goed te kunnen horen. Achter de rustige stem van de tolk hoorde ze de hysterische schreeuwstem van Hitler en de mannen in het café riepen soms boze opmerkingen naar de radio. Soms zwegen ze.

Aan een tafeltje vlakbij zaten twee roodharige Engelse vrouwen, die ook met de trein reisden, te ruziën over de vertrektijd, daarna over de wisselkoers en vervolgens over de bagage. Een sproeterige arm zwabberde bozig heen en weer om een vlieg van een gebakje weg te jagen. 'Walgelijk, echt waar, die stinkvliegen overal.'

Peter was op zoek gegaan naar informatie. Toen hij terugkwam, zei hij dat het geen zin had om te proberen met Italië te bellen. 'We kunnen beter wachten tot we de bootreis achter de rug hebben en we weer in het vaderland zijn, vindt u ook niet?' zei hij, en hij beloofde haar te helpen toen ze begon te huilen.

Ze sliep toen de trein station Waterloo in reed, maar zodra ze haar ogen opendeed, wist ze dat ze terug in Londen waren; iedereen was overdadig gekleed, in de zin van te veel, niet van te chique kleren.

Door het raam zag ze mensen slapen op bankjes of liggen op jassen op de grond, in de rij staan voor loketten of opeengeperst in deuropeningen van wachtruimtes. Er waren tijdelijke buffetten ingericht bij de muur; vrouwen met huishoudschorten en haarnetjes schonken bouillon en thee. Op affiches werd tot kalmte gemaand. En op een bordje stond: EVACUÉ-KINDEREN, HIERACHTER GEEN OUDERS.

Overal in de stationshal een wirwar van mensen. Zeelieden met plunjezak, jonge mannen in nieuw kaki. Verpleegsters in marineblauwe capes. Vrouwen die kinderen met zich meezeulden. In het midden van dat alles stond een oude dame, tot haar oren ingepakt in het bont, als een boomstam in de kolkende rivier.

Bella stapte de trein uit en belandde in een kakofonie van Engelse stemmen, die in haar oren afgebeten, lelijk en zeer buitenlands klonken.

Tegen de tijd dat ze het station uit waren, was het al bijna ochtend. Peter ging op zoek naar een taxi, Audrey naar de toiletten om zich op te frissen. Bella wachtte samen met Dolores op de hoek, de draagmand tussen hen in. Dolores drukte haar een stuk papier in de hand met daarop haar adres in Dublin. 'Je weet maar nooit', zei ze. 'Je weet gewoon maar nooit.'

Zwijgend zagen ze de evacué-kinderen aankomen. Arme kinderen te voet vergezeld door overdreven vrolijke moeders, die kinderwagens vol bagage voortduwden. Aan de overkant stapten rijke kinderen uit bussen, ieder met een net koffertje bij zich en bij iedere keurig opgestelde rij een onderwijzer in tweedpak, die namen afriep van een lijst, waarbij de ene na de andere hand gretig omhoog werd gestoken. Meisjes met vilten hoedjes en jassen met een dubbele rij knopen. Jongens... ze probeerde niet te kijken. Maar een of twee glipten even uit de rij en een glimp van hen was voor haar net voldoende om een gabardine regenjas met ceintuur te kunnen zien en een muts die precies de vorm had van het hoofd van een jongetje.

'Rijk of arm maakt niet uit', merkte Dolores op. 'Ze huilen of ze huilen niet, ziet u dat?' Bella zei dat het haar niet was opgevallen.

In de taxi besloot ze plotseling om niet naar Chelsea te gaan; ze kon al die vragen, al dat gedoe niet aan. Zelfs als haar vader de stad al uit was, kon ze niet tegen de aanblik van het lege huis met de smaakvolle stempel die mevrouw Jenkins erop had gedrukt.

'Wat voor dag is het?' vroeg ze, de onschuld zelve.

'Het is woensdag, toch? De achtentwintigste.'

'Lieve help, het spijt me, ik dacht niet na. Ziet u, het zit zo: mijn vader werkt dinsdag en woensdag in een ziekenhuis in Birmingham, dus dan komt hij pas morgenavond thuis. Dat was ik helemaal vergeten.'

'Maar had u niet gezegd dat u een stiefmoeder had?' vroeg Audrey.

'Ja, maar zij gaat altijd met hem mee en ik heb helaas geen sleutel.'

'Bedoelt u dat er dan helemaal niemand is? Ook geen dienstmeisje?' Audrey klonk bezorgd.

'Jawel, een werkster. Vandaag is het haar vrije dag.'

'O, kunnen we dan niet de sleutel bij haar thuis ophalen?'

'Ik denk dat ze slaapt. Ik zou haar niet willen storen op dit tijdstip.'

'Maar waar wilt u dan heen?' Audrey kon de paniek in haar stem nauwelijks onderdrukken.

'Een pension of een klein hotel zou prima zijn', zei Bella.

Peter zei dat hij precies zo'n plek wist.

De eigenaresse van het pension vindt haar meteen aardig, leent haar een kinderwagen die van haar kleindochter is geweest en warmt een flesje op voor de baby die nu Katherine heet.

Ze zegt dat het jammer is dat ze zich verslapen heeft voor het ontbijt, hoewel dat gezien de omstandigheden alleszins excusabel is. 'Ik bedoel, zo'n reis door de nacht, met de oorlog op je hielen? Zal niet makkelijk zijn geweest, lieve.'

Daarna laat ze het 'ontbijtmeisje' – dat eruitziet als zeventig – weer de keuken in duiken, net als de arme vermoeide vrouw haar jas aan wil trekken om naar huis te gaan. 'Thee en toast voor onze gast, en een beetje snel, vooruit, meid.'

Ze vertelt Bella dat ze niertjes hadden, lekker vers. 'Alles is op, zonde.' Bella is dankbaar voor de kleine dingen.

Een ander 'meisje', Judy geheten, ook al wat ouder, moet de kinderwagen schoonmaken en oppoetsen.

De eigenaresse vertelt dat ze mevrouw Mains heet. Ze noemt Bella bij de naam die op de Engelse legitimatiebewijzen staat. Dan vertelt ze alles over de toespraak die Chamberlain de vorige avond heeft gehouden.

'Dat ziet er niet goed uit hè, mevrouw Barrett?' besluit ze. 'Helemaal niet goed.'

'Nee, mevrouw Mains', moet Bella toegeven. 'Zeker niet.'

'Zeg, zal ik die kleine de fles geven terwijl u uw ontbijt opeet?'

'Nou, als u dat echt niet erg vindt?'

Mevrouw Mains geeft de fles en hoort tegelijkertijd Bella voorzichtig uit, die op haar beurt goed oplet hoe mevrouw Mains de baby voedt, terwijl ze zich tegelijkertijd het advies probeert te herinneren dat Peter haar vanmorgen vroeg had gegeven. Bella moest in geen geval over Italië beginnen. *Terra non grata* had Peter het genoemd. 'Je kunt het echt beter tegen niemand vertellen, tot we weten hoe de zaak ervoor staat. Ik bedenk wel iets voor Mainsy. Daar houd je je voorlopig maar aan.'

'En Peter zei dat uw man nog in Parijs zit?' begint mevrouw Mains.

'Ja, dat klopt, hij heeft ons vooruitgestuurd; hij wil dat we veilig zijn, weet u, voor het geval dat.'

'Natuurlijk wil hij dat, lieve. Je zal hem wel missen, denk ik. En Peter zei dat hij op de ambassade werkt?'

'Dat klopt.'

'Goh. Als medewerker, zei hij?'

'M-hm.'

'Nou ja, u hebt tenminste uw schattige baby'tje bij u, hè? Laten we daar in ieder geval dankbaar voor zijn. Ik weet niet wanneer wij voor het laatst een kind in huis hadden. We moeten namens haar pappie goed voor haar zorgen, ze moet koste wat kost veilig zijn. Gasmaskers zijn het allerbelangrijkst. Tjonge, de ambassade, ik ben echt vereerd.'

'Hij is maar een medewerker, hoor.'

'O, we hebben hier voortdurend kerels uit de ambtenarij in huis, de bolhoedmannetjes noem ik ze. Soms ook van het ministerie van Buitenlandse Zaken. Maar dat is niet hetzelfde, hè? De Franse ambassade. In Parijs nog wel. Tjongejonge.'

Even later is Bella op het tuinpad klungelig in de weer met de kinderwagen, en ze beseft hoe onhandig ze er nu uitziet. De wielen blijven voortdurend steken in de barsten in het plaveisel, het onderstel van de wagen botst tegen het tuinhek en mevrouw Mains kijkt toe vanaf de voordeur.

'Gaat het, lieve?'

'Ja. Hij is een beetje anders dan de wagen die ik gewend ben', zegt Bella, niet langer verbaasd door de snelheid waarmee de leugens uit haar mond rollen.

Ze gaat Bayswater Road op. Het is een wirwar van verkeer en mensen op straat. Het is een Londen dat ze niet herkent. Overal zandzakken. Mannen slepen ze van de laadbak van vrachtwagens af; paarden trekken karren vol met zakken voort; mensen leggen ze tegen muren van gebouwen en om de sokkels van monumenten. Een volgende vrachtwagenlading komt wankelend de hoek om. Alsof heel Londen tegen het vallen van de avond bekleed moet zijn.

Bella pakt de duwstang van de kinderwagen steviger beet; haar knokkels zijn wit en hard als kiezelstenen – maar hoe hard ze ook knijpt, haar handen blijven beven. Ze werpt een blik op de onbekende in de kinderwagen en weerstaat de drang om weg te rennen.

Door Lancaster Gate. Hyde Park in, een forse walm van paardenmest komt haar tegemoet. Ze voegt zich achter een groepje vrouwen met kinderwagens en voetgangers die al stilstonden om de Ladies Riding Club langs te laten rijden.

Voor haar kletsen twee kinderjuffrouwen: 'Allemaal kleine kerels, vind je niet? Hitler, nauwelijks 1 meter 65, Mussolini 1 meter 50, en die Italiaanse koning, dat schijnt een lilliputter te zijn!'

'Bedoel je echt een lilliputter? Zoals in het circus en zo?'

'Ja, zo een.'

'Proberen zichzelf te bewijzen, als je het mij vraagt; ik...'

De rest van haar opmerkingen wordt door het gestamp en gesnuif van de passerende paarden naar de achtergrond gedrongen.

Bella loopt achter de twee kinderjuffrouwen aan, aangetrokken door hun stevige postuur, hun doelgerichtheid, de zelfverzekerdheid waarmee ze met hun kinderwagens omgaan. Op North Carriage Drive voegt zich nog een bij hen.

Boven de toppen van de bomen in de straat klauteren werklieden over daken. Een voortdurend geluid van kloppende hamers vanuit de richting van Park Lane. Ze ziet platen gegalvaniseerd ijzer uitsteken boven de bovenste ramen van hotels en huizen. Tussen de bomen door de rode vlek van een langsrijdende bus.

Even is ze bang dat iemand vanuit het bovenste busdek naar beneden kijkt en haar herkent. Als het niet hier in het park gebeurt, dan misschien later, op straat. Ze beseft nu pas hoe dicht ze bij Chelsea en het ziekenhuis is waar haar vader nog steeds af en toe werkt. Ze weet niet of ze nu al gezien wil worden. Of ze überhaupt gezien wil worden. Maar wie zou haar herkennen in deze crèmekleurige jas met Franse coupe en die Italiaanse schoenen? En wie zou haar ooit achter een kinderwagen verwachten? Haar eigen vader zou niet eens twee keer kijken – niet dat hij nog in Londen zal zijn met alles wat er nu aan de hand is.

Ze bekijkt haar kleren, besluit om zodra ze de kans krijgt iets te kopen dat er Engelser uitziet. Aanpassen, denkt ze, aanpassen.

Bella gaat dichter bij de slonzig geklede kinderjuffrouwen lopen, maar bedenkt dan dat ze nu alleen maar meer opvalt, niet minder. Ze laat zich zakken.

In het hele park worden er diepe geulen in de gazons gegraven; hopen gelige aarde liggen langs de randen. Een hoofd duikt op uit de grond, daarna een schep. In de rijen valt een patroon te zien: hoofd, schep. Hoofd, schep. De zigzag van schep en pikhouweel.

Vlak langs het pad een groepje toeschouwers. Een zilveren glinstering tegen een wand van dicht donkergroen loof. Bella loopt erheen en tussen twee schouders door ziet ze een luchtdoelkanon in positie draaien. Op de Speakers' Corner wordt veel gebruld, de een klinkt nog hysterischer dan de ander.

Eerst herkent ze Peter niet en ze vraagt zich af waarom die man met bolhoed en krijtstreepkostuum naar haar staat te grijnzen. Hij ziet er jonger uit in zijn oudemannenkleren, potsierlijk bijna.

Hij zegt dat hij heel blij is haar te zien en vraagt of ze kan opschieten met mevrouw Mains.

'O, heel goed, ze is heel aardig. Ik denk er zelfs over om nog wat langer te blijven. Ik wilde dat liever niet zeggen waar iedereen bij was, maar mijn vader is al de stad uit naar de familie van zijn nieuwe vrouw en ik heb niet veel...'

'Dat hoeft u niet uit te leggen. Blijf zo lang als u wilt, tot u weer wat op orde bent, raad ik u aan. Ze is geen slecht mens, mevrouw Mains. Ze is een prima pensionhoudster, heb ik me laten vertellen.'

Ze vraagt hoe het met Audrey gaat na de lange reis.

'Ach, weet u...' Hij glimlacht en grijnst kinderlijk, alsof zij zijn onderwijzeres is en niet zijn vrouw. 'Een beetje geïrriteerd omdat ik weer zo snel aan het werk ga, maar ik dacht: tja, iedereen moet zijn steentje bijdragen. Ze wilde de huwelijksreis afronden met enkele uitstapjes. Ik bedoel, uitstapjes! Waar dacht je dan aan, vroeg ik, jutezakken vullen met zand in Whitby Bay? Nou ja, we kregen een vreselijke ruzie.'

Hij loopt iets voor haar uit, met een hand op de kap van de kinderwagen. Als ze moeten oversteken, komt hij weer bij de duwstang staan en helpt haar naar de overkant.

'Goed, ik hoef u niet uit te leggen, mevrouw Barrett, dat u afgeluisterd zult worden, dus ik neem een paar richtlijnen met u door om te voorkomen dat de verbinding wordt verbroken. Gelukkig spreekt degene met wie u belt Engels, want zodra er in het buitenlands wordt gepalaverd... tjak, ben ik bang. Noem alstublieft geen buitenlands klinkende namen en probeer uw vragen zo gewoon mogelijk te laten klinken. Ik stel voor dat u net doet alsof u uw moeder belt die op vakantie is. U moet natuurlijk overbrengen wat u wilt zeggen, maar doe dat voorzichtig. Ik hoef u niet te vertellen dat dit een grote gunst is. En een eenmalige. Ook zal ik niet bij u kunnen blijven. O, en u hebt niet langer dan een minuut of twee. We zitten op de rand van oorlog, weet u.'

'Ja, Peter, ik begrijp het. Dank je wel, ik kan niet zeggen...'

'Ach, dat hoeft allemaal niet', zegt hij, en hij leidt haar naar binnen via een hek waar LEVERANCIERS op staat en ze steken een binnentuin over naar een kantoorgebouw met een trap naar een stalen deur. Hij neemt de kinderwagen over en hijst hem de trap op.

'Een kerel die Fred heet zal u helpen. Hij smokkelt u naar binnen. Hij blijft bij u in de kamer, dus wees gewaarschuwd: als u ook maar iets verdachts zegt, onderbreekt hij voor zijn eigen veiligheid het gesprek.' Hij doet de deur open en rijdt de kinderwagen achteruit de gang in.

'Je bent handig met dat ding, zeg', merkt Bella op.

'O ja! Eerlijk gezegd is Audrey niet mijn eerste. Mijn derde om precies te zijn. Ik ben een routinier eigenlijk. Een kind bij de eerste. Twee bij de volgende. Sommige mensen leren het nooit, hè?'

Hij wacht even, praat dan zachtjes verder. 'Luister. Ik heb onze vriend al tien shilling toegestopt, dus u hoeft hem niets meer te geven. Alstublieft, ik doe het graag.' Hij houdt haar hand tegen als ze iets uit haar handtas wil pakken. 'Ah, daar is hij, de handige kleine sodemieter. Succes, mevrouw Barrett. Ik hoop dat het allemaal goed komt.'

'Dank je wel, Peter, en doe Audrey de groeten.'

'Zal ik doen', zegt hij en hij grijnst weer.

Ze kan Elida nauwelijks verstaan, haar stem is broos en iel omdat ze uit alle macht probeert niet te huilen. Bella besluit om maar meteen van wal te steken en hopelijk krijgt Elida zo de kans om aan te haken.

'Moeder! Wat heerlijk om met u te kunnen praten. Hoe gaat de vakantie? Hopelijk is het niet te warm voor u. O, hebt u nog steeds last van keelpijn? Geeft niet, zeg dan maar niets. Hoe gaat het met de jongens? Zijn ze al terug van het vistripje van maandag? U raadt nooit wie we in de trein hebben ontmoet! Die pianokerel, kan even niet op zijn naam komen, maar hij is ook gaan vissen. Leuk, hè? Dus ze zijn nog steeds niet terug?'

'Hier is niemand, nee', zegt ze behoedzaam met schorre stem.

'O, moeder, wat jammer dat u zich niet lekker voelt, u moet zo lang mogelijk daar blijven, in het mooie weer. Belooft u me dat? Ga pas weer ergens heen als u zich weer beter voelt. En wat betreft die tante van me, ik neem aan dat ze zoals altijd boodschappen aan het doen is. Heeft ze al gebeld om te zeggen hoe laat ze terug is voor de lunch? Nee? Even kijken wat ik voor nieuws heb... O ja, die aardige vriend van Ursula zei dat hij contact met u zou zoeken. Zo'n interessante man. Weet u wie ik bedoel? Hij werkt bij haar. Lang, knap, donker – alles. We hebben gemeenschappelijke vrienden, weet u. Heeft hij al voor mij gebeld?'

'Ja. Vanmorgen.'

'Prachtig! Vertelde hij nog of hij nieuws van iemand van de club had?'

'Geen nieuws, maar hij hoopt gauw van wel.'

'Vraag of hij me een keertje schrijft, wilt u dat doen? Ik zou dolgraag iets van hem horen. Nee, ik ben niet thuis, de bouwvakkers zijn bezig. Ik logeer bij een vriendin.'

Fred kijkt op van de krantenpagina met nieuws van de paardenrennen, vangt haar blik en tikt op zijn horloge.

'Nou moeder, ik moet zo hangen. Ik ga nu naar het postkantoor op Portman Square – P-O-R-T-M-A-N, zei ik – om brieven op te halen voor de aardige vrouw die ik uit de brand help. Ursula heeft ons aan elkaar voorgesteld; ja, ze is Engels inderdaad. Uit Bournemouth, geloof ik. Heeft een klein baby'tje, een meisje. Vraag maar aan Ursula, ze zal u er alles over vertellen. Ze heeft nog niet besloten waar ze heen gaat, dus voorlopig gaan haar brieven naar Portman Square. Trouwens, dat pakje dat ik had achtergelaten? Geef dat toch maar niet aan Ursula, maar berg het ergens veilig voor me op. Tot ik heb besloten wat ik ga doen. Ik ben bang dat haar kinderen het in handen krijgen en u weet hoe ze zijn!'

Fred heeft zijn krant onder zijn arm gevouwen en klopt nu met zijn knokkels op het bureau.

'Ja, lieverd, ik moet nu echt hangen. Ja, echt. Wees voorzichtig en zeg tegen die familie van me dat ik ze mis en dat ze moeten schrijven. Ik probeer het binnenkort weer. Ik denk altijd aan u. Tot gauw, heel gauw.'

Ze legt de hoorn neer, terwijl Elida begint te snikken.

Fred wacht even en zegt dan: 'Luister, ik moet u echt vragen om te gaan. Het spijt me... maar dat moet echt.'

'Ja. Ja. Nog even, als het mag. Ik ben bang dat ik me niet zo goed voel.'

Bella wrijft in haar ogen en loopt naar haar tas. Ze pakt een tienshilling-biljet. 'Ik vroeg me af... ik vroeg me af of u zo vriendelijk zou willen zijn, ik bedoel, of u voor mij de kinderwagen weer de trap af wilt tillen?'

Fred neemt het geld aan en doet wat ze heeft gevraagd.

Als ze terug is in het pension, zegt ze tegen mevrouw Mains dat ze hoofdpijn heeft.

'Vermoeidheid, lieve. Alles wordt u een beetje te veel, denk ik zo.'

Ze laat haar tranen de vrije loop, de hele middag en ook een deel van de avond; haar ribben doen zeer en haar keel is gezwollen van al het huilen. Ook al lijkt er nu geen druppel water meer over in haar lichaam, ze hikt nog wel een uur door, als een auto die zonder benzine komt te zitten.

De volgende avond nodigt mevrouw Mains haar uit in haar privésalon om naar de radio te luisteren. Ze drinken chocolademelk. Mevrouw Mains breit en babbelt maar door. Bella knikt, mompelt af en toe iets instemmends terwijl ze verwoede pogingen doet om te horen wat er op de radio wordt gezegd. Mevrouw Mains praat als iemand die ondanks heel lang oefenen nog steeds niet gewend is aan alleen wonen en gretig gebruikmaakt van een nieuw paar oren. Bella probeert niet te gillen.

Het is waarschijnlijk een van de belangrijkste nieuwsberichten die Bella ooit op de radio heeft gehoord: Chamberlain die na terugkeer uit München zegt dat er toch geen oorlog komt. Maar het nieuws moet zich tussen de anekdotes en algemene opmerkingen van mevrouw Mains heen weven en soms eronderdoor duiken.

Af en toe lijken de stemmen door elkaar te lopen. Dan is het net alsof Chamberlain een dochter in Australië heeft die Alice heet en mevrouw Mains net terug is uit München.

'Vrede voor onze tijd', hoort ze Chamberlain op de radio zeggen.

'Vrede voor onze tijd', herhaalt mevrouw Mains met een zucht. 'Nou, maar eens zien hoelang die duurt!'

'Kort, denkt u?'

'Ik zal u vertellen wat ik denk. Ik denk dat Chamberlain een echte voetveeg is, dat is wat hij is. Ze hadden Anthony Eden moeten sturen, die is mans genoeg voor die klus.'

'Er komt in elk geval geen oorlog.'

'O, dat weet ik zo net nog niet. Ik ben misschien een zwartkijker. De laatste tijd komen er aardig wat Joodse vluchtelingen binnen; dat zult u vast wel gezien hebben, het krioelt er in Londen van. Iedere dag komen er meer bij. De eigenaresse van pension Avon verderop in de straat vertelde gisteren dat haar huis barstensvol zit met die lui. De verhalen die ze vertellen! Duitsers, Oostenrijkers, Hongaren, van alles, ze krijgt de komende weken ook nog een paar Italianen, fransozen. Dat kan zo niet doorgaan. Echt niet. Iemand moet die Hitler tegenhouden.'

'Dus u bent niet erg hoopvol?'

'De regering rekende al de hele tijd erop dat het oorlog werd. Geen reden om er nu niet meer op te rekenen.' Ze legt haar breiwerk neer en zegt tegen Bella: 'Anders gezegd, mevrouw Barrett: hebt u zich nooit afgevraagd hoe er zo snel zoveel gasmaskers klaar konden liggen? Al die duizenden?'

'Tja, daar zit iets in.'

'Het is even uitstel, lieve, meer niet. Wij zien het niet, maar achter de schermen gaat alles gewoon door. Die schermen verdwijnen weer, zodra we er klaar voor zijn. Maar goed, wat was ik aan het vertellen?'

Ze was aan het vertellen dat Alice beneden haar stand was getrouwd.

'O ja. Anders dan haar moeder, die trouwde omhoog, ik dus. Daar doe ik niet moeilijk over. Vandaar dit prachtige huis, moge het maar lang blijven staan. En ik heb er goed aan verdiend, destijds. Maar tegenwoordig doe ik het rustig aan; een paar levenslangen, zoals ik ze noem, en af en toe een passant die Peter mij toeschuift. Maar onze Alice? Zij heeft niets om op terug te vallen. Iemand die op een ranch werkt, dat heeft ze. Een cowboy of hoe je zijn Australische collega ook noemt.'

De crisis in München ontploft en waait over. Iedere dag besluit ze bij het ontwaken dat ze naar Chelsea gaat. Ze kleedt en voedt de baby, eet wat en verlaat het huis voordat mevrouw Mains de kans krijgt er iets van te zeggen. Ze loopt de benen uit haar lijf, de wielen van haar wagen. Ze loopt door Londen, waar, in ieder geval de laatste paar dagen, alles achterstevoren lijkt te gebeuren.

Evacués komen uit treinstations en stappen weer in bussen. In parken beginnen de littekens van weer dichtgegooide geulen te genezen. Zandzakken die nat en als slakken zo dik van de regen zijn, worden weggehaald, waardoor daken en muren er naakt en verlaten uitzien.

Als het tijd is om de baby de fles te geven, loopt ze een van die nieuwe Amerikaanse melkbars binnen. Of een Lyons Corner House-café als ze verschoond moet worden. Na München hoort ze twee dagen lang onbekenden overal dezelfde luide, lange gesprekken voeren. Ze hoort de korte, onzekere stiltes tussen de zinnen.

Ze leert hoe ze moet huilen in het openbaar. Kijkend in etalages in Oxford Street of staand voor bioscopen de foto's bestuderend of schuilend onder de bomen in de Strand terwijl ze naar het verkeer kijkt op zoek naar zwarte taxi's in de stroom auto's.

Aan het eind van de middag keert ze terug naar Kensington Gardens, waar ze rondloopt of op een bankje ziet hoe de schemer haar langzaam insluit. Tot de avondklok al haar gepeins kapotblaast en het tijd is om terug te gaan naar mevrouw Mains. De volgende ochtend zal ze weer besluiten dat ze naar Chelsea gaat. Er is altijd iets anders dat gedaan moet worden. Iets urgenters. Meestal iets kopen, en Bella prijst zich regelmatig gelukkig dat ze het advies van mevrouw Cardiff ter harte heeft genomen om haar geld in ponden om te wisselen. Ze koopt bij Smith's een boek over baby's: over hoe je ze moet voeden, verschonen en spenen. Daarna moet ze alle spullen kopen die volgens het boek voor een goede verzorging van een baby vereist zijn. Ook besteedt ze een dag aan de aanschaf van een antracietgrijs mantelpak en een zwarte jas waardoor mevrouw Mains zegt dat ze er nu uitziet als een weduwe. 'U wilt die kerel van u toch niet dood hebben, lieve?'

De dag nadat ze haar nieuwe zwarte jas heeft gekocht, gaat ze naar een tweedehandswinkel om haar Europese kleren weg te geven en komt in een rij te staan met vluchtelingen die de jas rechtstreeks van hun lijf verkopen. Ze probeert de winkelbediende duidelijk te maken dat ze geen geld wil, dat ze de kleren niet verkoopt, maar weggeeft. Dat stomme mens gaat toch onderhandelen, op luide, duidelijke toon. Uiteindelijk gaat Bella gewoon weg en geeft ze de tas met kleren aan een klein meisje met zwarte ogen dat voor de winkel op de stoeprand zit te wachten op haar moeder.

Deze dagen staat ze vaak in de rij, meestal omringd door vluchtelingen. In het postkantoor in de rij voor poste restante of om internationaal te kunnen telefoneren. Waarschijnlijk ziet ze er nu zelf ook uit als een van hen: een steelse blik achterom, een gezicht dat zijn bruine gloed verliest, geen zin om antwoord te geven als je aangesproken wordt; opschrikken, nauwelijks verholen, als op straat iemand te dichtbij komt.

De eerste paar keer dat ze kijkt of er post voor haar is, is ze voorzichtig, vraagt ze alleen of er op de naam Barrett kan worden gekeken. Als iedereen er meer van overtuigd raakt dat de oorlog niet doorgaat en de man achter het loket ongeïnteresseerder wordt, probeert ze ook andere namen: Magrini en Stuart. Maar het maakt niet uit welke naam ze opgeeft, hij komt altijd met lege handen terug.

Twee weken na haar aankomst kan ze zonder problemen telefoneren met Bordighera. De crisis is voorbij, de oorlogsdreiging is afgewend. Haar hart begint altijd te bonzen nog voordat ze het nummer van de cel te horen krijgt waar ze in moet. Het licht gaat aan, ze trekt de deur achter zich dicht, houdt de baby stevig vast en pakt de hoorn op.

Bella hoort de telefoon overgaan in Villa Lami. Ze stelt zich voor hoe dat geluid de stilte verbreekt in de hal. Zich verspreidt naar de aangrenzende ruimtes: keuken, voorraadkamer, eetkamer, garderobe. Ze volgt het gerinkel naar boven, de eerste trap op: de zitkamer en de slaapkamer van de Signora. Een verdieping hoger wordt het zwakker, het is nauwelijks nog hoorbaar als het de bibliotheek bereikt, haar kamer, Alecs kamer. Ze hoort het naar de ramen en de openslaande deuren zweven in een poging om erdoorheen te glippen en de terrassen op te buitelen, de tuin in. Maar ze weet nu dat de luiken voor de ramen dicht zijn, dat het geluid van de telefoon opgesloten zit in het huis, weg van de tuin, de straat, het hek.

'Het spijt me, mevrouw, er wordt niet opgenomen, probeert u het later nog eens.'

'Ja, dank u wel, dat zal ik doen.'

Een paar dagen later doet ze het weer: zitten, wachten, luisteren en volgen. Het is alsof ze haar eigen hartslag door het lege huis heen stuurt.

Mevrouw Mains stelt geen vragen meer en maakt geen opmerkingen meer, ook niet over zoiets voor de hand liggends als het ontbreken van een telefoontje of een brief van haar man in Parijs. Ze maakt Bella duidelijk dat ze altijd welkom is, zonder haar vast te pinnen op een datum of een ruime vooruitbetaling. Ze biedt aan voor haar te koken, ook al doet ze daar normaal gesproken niet aan, maar Bella zegt dat ze liever buiten de deur eet. Voor de baby heeft ze alles over; de gootsteen beneden mag gebruikt worden om de luiers uit te spoelen, ze haalt een oude hamketel tevoorschijn om de luiers in te koken en de keuken mag veranderd worden in een vlaggenfestijn van stomend hete luiers. Ze stelt zelfs voor om te babysitten als Bella wat tijd voor zichzelf wil hebben. 'De bios misschien of iemand die u wilt opzoeken?'

'Nee, dank u wel, mevrouw Mains, ik blijf liever bij de baby.'

'Zoals u wilt, lieve.'

Ze blijft steeds maar aardig doen en vraagt in ruil daarvoor alleen een paar uurtjes gezelschap 's avonds en iedere dag krijgt Bella een iets grotere hekel aan haar.

Eind oktober laat mevrouw Mains haar naar een kamer boven in het huis verhuizen. Ze zegt tegen Bella dat het daarboven veel beter is; het nadeel van de extra trap wordt gecompenseerd door meer privacy. Er is zelfs een gasstel voor het geval ze thee voor zichzelf wil zetten of de fles van de kleine Katherine wil opwarmen. Een flatje voor zichzelf, dat moet het zijn. De reden waarom ze Bella wil verhuizen is dat ze heeft besloten haar huis open te stellen voor vluchtelingen. Mevrouw Mains heeft al met haar overgebleven vaste gasten gesproken en van hun kant zijn er gelukkig geen bezwaren. Ze wil dat met Kerstmis alles voor elkaar is. Er moeten meubels worden verhuisd, tussenmuren worden geplaatst, een tijdelijke keuken worden ingericht zodat die mensen kunnen eten.

'Niet iedereen kan het zich permitteren om iedere dag buiten de deur te eten, weet u', zegt ze en Bella vraagt zich af of dat een sneer naar haar is.

'Mijn man was Joods, dat wist u niet hè, mevrouw B? O ja. Hij had niets met al het gepalaver, de kalotjes en synagogen en zo, maar hij was wel een Jood. Nu ik eraan denk, als onze Alice met een Europeaan in plaats van met haar Australische cowboy was getrouwd, had ze nu ergens in Europa kunnen wonen: Duitsland, Oostenrijk, Tsjecho-Slowakije, Italië, Frankrijk zelfs. Alles had dan eigenlijk kunnen gebeuren. Omdat ze halfhalf is.'

De kamer bovenin is een grote verbouwde zolder. Viereneenhalve trap hoog kijk je uit op daken en zwarte bomen in de verte. Er staan een koperen tweepersoonsbed en twee eenpersoonsbedden, en ook een ledikantje. Mevrouw Mains zegt dat de twee eenpersoonsbedden naar beneden gaan voor haar vluchtelingen zodra hun kamers klaar zijn, maar het ledikantje is natuurlijk voor Katherine, die voor je het weet wel uit haar draagmand gegroeid zal zijn. Ernaast zijn een badkamer met een goedwerkende geiser en een grote berging, waar, op een dag als Bella de deur uit is, mevrouw Mains de 'meisjes' al haar bagage naartoe laat brengen, ook de twee koffers die sinds haar komst nog steeds met riemen dichtgebonden en onuitgepakt zijn.

Als Bella terugkomt, staat Judy haar in de hal als een zwangere zeventigjarige met haar hand op haar onderrug boos aan te kijken.

Bella kijkt in haar nieuwe onderkomen uit het raam en ziet overdag een bruinige mist. Ze ziet de flakkerende fakkels op de hoeken van de straat en schimmen die langs de hekken tastend hun weg zoeken. Ze ziet luchten die de hele dag hetzelfde wattage houden. Ze voelt een zon die verblindt, maar weinig warmte geeft. Ze voelt de regen haar botten binnensijpelen.

Op een dag zegt in het postkantoor de man achter het loket: 'Ik denk dat u vandaag mazzel hebt.'

Ze kent zijn gezicht zo langzamerhand zo goed, de vlekjes om zijn mond, de roze binnenrand van zijn ogen. Ze is verbaasd als ze hoort dat hij een nasaal Liverpools accent heeft. Dat is het enige wat ze denkt als hij wegloopt en daarna weer terugkomt met een envelop: dat ze dat accent niet had verwacht.

De envelop is geadresseerd aan mevrouw Barrett en in Londen op de bus gedaan. Er zit niets in, alleen een adres in Pimlico.

Bella klopt op een deur in een doodlopende zijsteeg van Pimlico Road. Er staat een bord achter het raam – KATHOLIEKE MISSIE TOT NADER ORDER GESLOTEN. Een non komt naar buiten om haar te helpen de kinderwagen naar binnen te rijden en daarna door een zijdeur een groezelige bruine kamer in; twee keukenstoelen en een lange tafel tegen de muur met stapels religieuze pamfletten.

De non vraagt haar te gaan zitten. 'Ik zou u graag thee aanbieden,' vervolgt ze, 'maar we hebben alles ingepakt. Morgen vertrek ik naar India, het gaat hier dicht.'

Bella knikt.

De non glimlacht. 'Wilt u soms roken? We hebben een asbak.'

'Nee, zuster. Het is goed zo.'

De non gaat tegenover haar zitten en legt haar handen in haar schoot. 'Hoe gaat het met het kind?' vraagt ze.

'Heel goed.'

'Lukt het allemaal?'

'Ja', zegt Bella.

'Mooi. Nu dan de reden waarom u hier bent, mevrouw Barrett.' De non schuift haar stoel een stukje dichter bij Bella. 'We hebben bericht gekregen van ons zusterklooster in Italië, of eigenlijk is ons gevraagd dat bericht aan u door te geven. Ik neem aan dat u weet en begrijpt wat dat betekent.'

'Ja, zuster.'

Ze glimlacht weer. 'Welnu, het blijkt dat de vrouw voor wie u werkt...'

'Signora Ta...'

'Ik ken haar naam niet en die kunt u me beter ook niet vertellen; onze zusters zitten tenslotte nog in Italië en hoe minder we weten, hoe minder we hoeven te liegen.'

'Ja, natuurlijk', zegt Bella.

De non gaat weer verder. 'De vrouw is nog steeds niet gelokaliseerd, hoewel ze naar alle waarschijnlijkheid in Duitsland is.'

'O. En de jongen?'

'De jongen en de man zijn beiden aangehouden. De jongen zit voor zover we weten in een weeshuis voor Joodse kinderen.'

Bella drukt een nagel in haar pols. 'Waar?'

'Dat doet er niet toe, hij kan sowieso alweer verhuisd zijn naar een ander weeshuis.'

'Waar?' vraagt ze weer.

'Mevrouw Barrett, mag ik u naar uw eigen papieren vragen? Dat wil zeggen, uw originele papieren?'

'Die heb ik zoals me was gevraagd achtergelaten in Bordighera. Ze zouden me te zijner tijd worden toegezonden.'

'De meid zei namelijk dat ze ze niet kon vinden.'

'O? Nou, ik heb ze niet.'

'U moet goed begrijpen dat u absoluut niet terug kunt keren naar Italië.'

Bella knikt.

'U hebt een ernstige misdaad begaan: u hebt gereisd op valse papieren, een kind uit het land meegenomen, om nog maar te zwijgen van geld en andere kostbaarheden. Voordat u uit de trein kunt stappen, wordt u al gearresteerd. Op welke papieren u ook reist. Ben ik duidelijk? U brengt uzelf en de baby dan in groot gevaar. En u ondermijnt ook alle stappen die al zijn gezet om de jongen te helpen.'

'Ja, ik begrijp het, zuster.'

De non zwijgt even. 'De man die bij u was, werd ook gearresteerd, maar we hebben begrepen dat hij naar het zuiden van Italië zal worden gestuurd, waar hij voor onbepaalde tijd wordt gedetineerd.'

'Confino?'

'Confino, is dat een plaatsnaam?'

'Nee, het is een verbanningsoord, meestal in het zuiden. De omstandigheden daar zijn niet... Nou ja, volgens sommigen is het erger dan een gevangenis.'

'In dat geval: ja, het is confino. Wilt u soms een glaasje water?'

'Nee, dank u.'

'U kunt kiezen. U mag de baby aan mij geven en dan regel ik dat er in een van onze kloosters hier voor haar zal worden gezorgd, dat wil zeggen totdat haar moeder weer verschijnt. Of...'

'Of?'

'Weet u zeker dat u geen glaasje water wilt? U ziet heel bleek.'

'Nee, zuster. Echt niet.'

'Of u kunt de baby houden, maar alleen als u naar het huis van uw vader gaat, waar we u zo nodig kunnen vinden.'

Bella pakt de duwstang van de kinderwagen. Ze voelt hem schommelen en een beetje piepen. 'Ja, dat doe ik.'

'Welke van de twee, mevrouw Barrett?'

'Ik ga naar het huis van mijn vader.'

'Weet u het zeker? Het is nogal een verantwoordelijkheid om voor het kind van een ander te zorgen.'

'Ja, ik weet het zeker.'

'Goed dan. Dan wil ik het adres van uw vader hebben. Helaas hebben we dat niet. Omdat uw werkgeefster vermist is en uw papieren onvindbaar waren.'

'Ja, natuurlijk.'

Bella gaat staan. 'Komt het goed met hem?'

'Met de jongen?'

'Ja. Zullen ze goed voor hem zorgen?'

'O, dat weet ik zeker.'

'Ziet u, hij is heel... hij is een beetje zenuwachtig, niet zo goed met vreemden en...'

'Ik weet zeker dat ze aardig voor hem zullen zijn.'

'Dank u wel, zuster.'

'Het adres, mevrouw Barrett? Het adres van uw vader?'

'O, lieve help, ja natuurlijk. Sorry.'

De non legt een vel papier en een pen op de tafel. Bella ziet dat een rode afdruk van haar nagel in de vorm van een half maantje in haar pols staat. Toch schrijft ze met vaste hand. Angstvallig probeert ze niet te aarzelen, zelfs geen moment.

'Alstublieft, zuster', zegt ze, en ze geeft haar het papier.

De non glimlacht en pakt het valse adres aan.

In een kamer op de begane grond gilt Gracie Fields uit een radio. Uit het huis ernaast klinkt het hysterische gekef van een hond. Op haar kamer gaat Bella voor het raam staan, buiten adem na al die trappen omhoog; ze voelt de zwaarte van de baby in haar armen en de zwaarte van de angst in haar borst. En ze hoort het ook allemaal: haar adem, de hond, Gracie Fields, haar angst, steeds luider.

De baby wordt zo wakker. Langzaam kalmeert Bella, ze loopt weg van het raam en wast haar gezicht. Ze legt de baby op een handdoek op het bed en als ze de luier openmaakt komt een scherpe, warme ammoniakgeur vrij. De huid op haar magere billetjes is ruw. Bella vouwt de luier op en legt die in een teil op de grond. Daarna slaat ze het babyboek open en volgt ze stap voor stap de instructies: wassen, afdrogen, insmeren met zalf, onhandig pufjes talkpoeder sprietsen op wat 'het gebied' wordt genoemd.

Ze gaat zo op in haar taak dat ze pas merkt dat de baby wakker is geworden als ze toevallig even opkijkt en ziet dat haar oogjes haar aankijken.

'Nou?' zegt ze. 'Waar kijk je naar?'

Bij het geluid van haar stem begint de baby met haar armpjes en beentjes te spartelen. Eerst beweegt ze zich langzaam: bedachtzame, geconcentreerde bewegingen. Hoe langer Bella naar haar kijkt, hoe krachtiger en sneller ze beweegt, totdat het lijkt alsof ze rent voor haar leven.

Bella pakt een klein voetje vast, voelt het duwen en nog eens duwen. Voor het eerst kijkt ze nu echt naar deze baby: Alecs halfzusje, de dochter van de Signora. Dit Italiaanse, half-Joodse kind ligt op het bed naar haar te kijken.

Bella staat op en loopt naar de spiegel. Haar huid nog een beetje geelgetint, bijna weer haar oude deegkleur. Ze ziet haar vaders groene ogen in een gezicht dat knap zou kunnen zijn geweest, maar dat dat op de een of andere manier nooit echt was. Nu is het haar moeders gezicht: smal, hard, bezorgd. Iedere dag van haar zevenendertig jaar valt erop te zien, en misschien nog veel meer.

'Ik zal nooit trouwen', zegt ze ertegen. 'Ik zal nooit zelf een kind krijgen.'

Achter haar in de spiegel ligt de baby lekker te pruttelen, nog steeds zwaaiend met haar armpjes en beentjes.

Bella loopt terug naar het kind, kleedt haar aan, bakert haar weer, maar laat de handjes vrij, en legt haar in het grote bed. Ze ruimt alles op, wast haar handen en gaat dan naast de baby liggen. Ze weet nu dat als ze naar haar vader in Chelsea gaat, hij ervoor gaat zorgen dat ze gaat doen wat ze moet doen: deze baby opgeven. En zelfs als ze hem kan overhalen om de baby te laten blijven, zal er op een dag aan de deur worden geklopt. En zelfs als dat niet gebeurt, zal ze er altijd, altijd op wachten.

Het is winterkil in de donker wordende kamer, de draden op de elektrische kachel stralen een oranje gloed op het kleed. Buiten op straat hoort ze het lichtzinnige geklets van leerling-typistes die uit het Pitman's College komen. Verder weg klinkt het geronk van het verkeer in Bayswater Road. Een hek klikt dicht buiten op straat.

Als ze weer naar het kind kijkt, ziet ze dat ze op haar duim zuigt en haar andere handje op Bella's schouder heeft gelegd. Een gebaar van de baby dat niets betekent, maar er schuilt iets gezelligs in, iets geruststellends en komisch.

'O, Katherine', zegt Bella, en ze geeft haar een kus op haar voorhoofd.

Even later slaapt de baby.

Het wordt donker. Bella staat op en doet het licht aan. Ze gaat naar de overloop, pakt de bagage uit de berging, tilt de twee zware koffers op een van de twee eenpersoonsbedden, maakt de riemen los, en doet het deksel omhoog.

Het eerste wat ze ziet laat haar schrikken: badgoed, Alecs verbogen gymschoenen, zijn splinternieuwe tennistrui nog verpakt in zijdepapier met de naam van de winkel, *Farini di Bordighera*, erop gedrukt.

Bella klapt het deksel dicht en moet even op de punt van het bed gaan zitten met haar rug naar de koffers. Ze is overmand door verdriet. Zo blijft ze een tijdje zitten, dan staat ze op en haalt beide koffers leeg.

Nu gaat ze verhuizen. Tijdens al haar beslissingen wat ze wel en wat ze niet kan meenemen als ze weggaat, hoort ze zichzelf zeggen: 'Ja. Nee. Ja. Nee. Nee. Nee. Ja.' Er ontstaan twee aparte stapels. Steeds als ze een geldrol tegenkomt, legt ze die naast de baby op het tweepersoonsbed. Ze houdt pas op als de grootste van de twee koffers weer helemaal gevuld is, de riemen zijn dichtgemaakt en hij weer naar de kast is gesleept.

Ze gaat de kamer weer in en ziet, achter een haag van geldrollen, de contouren van de slapende baby.

Nadat Katherine veel later weer wakker is geworden, is gevoed en voor de nacht in bed is gelegd... Nadat ze een uur bij mevrouw Mains is geweest, haar heeft verteld dat ze heeft besloten naar huis te gaan in Bournemouth en ze heeft gevraagd of ze een van de koffers achter mag laten om die op een geschikter moment op te komen halen... Nadat ze afscheid heeft genomen, haar chocolademelk heeft gedronken, weer afscheid heeft genomen... Na dat alles komt ze terug in haar zolderkamer en maakt ze Edwards rugzak open.

Ze strijkt met haar hand over zijn weinige bezittingen: overhemden, kragen, ondergoed, sokken, sigaretten. Ze haalt er niets uit, behalve een zilveren zeepaardje van een manchetknoop en een lang, beschreven vel papier waar ze toevallig op stuit, opgevouwen in een binnenvak. Het is de brief die ze de laatste avond in Bordighera heeft geschreven op signora Tassi's geschepte Amalfi-briefpapier. Ze vouwt hem open en ziet dat hij achterop een antwoord heeft geschreven. Ze heeft nog nooit zo'n lange door hemzelf geschreven tekst gezien. Elke vierkante centimeter van het blad is gebruikt, te beginnen bovenaan en doorlopend tot zijn handtekening onderaan. Ze gaat terug naar het begin en vraagt zich af waarom zijn brief midden in een zin begint, totdat ze het blad omdraait en ziet dat daar de eerste woorden van de brief staan: zijn 'Mijn liefste Bella' waarmee hij de brief begint, vlak onder waar haar brief was geëindigd.

Dublin, 1940

Juni

Ze is in Woolworths in Dublin als ze hoort dat Italië zich bij Hitler heeft aangesloten in de oorlog tegen de geallieerden. Het is de dag voor Katherines tweede verjaardag en ze heeft haar meegenomen naar de winkel in de hoop dat het kind iets leuks ziet dat dan achter haar rug gekocht kan worden en dat ze haar de volgende dag als verrassing kan geven. Maar ze is twee en alles is een verrassing voor haar.

Ze zijn net terug van het eendjes voeren in Stephen's Green, waar Katherine in de vijver wilde springen om de arme beesten het eten door de snavel te duwen. Uiteindelijk kreeg Bella haar alleen het park uit en Grafton Street in door haar snoepjes te beloven.

Katherine is nu heel moe en heeft nog een laatste opleving. Ze rent in Woolworths heen en weer in de gangpaden, wijst naar rubberen poppen, treinstellen, asbakken, ketels, eierdopjes en heiligenbeeldjes. Alles wordt met evenveel liefde en bewondering bekeken. Vlak na lunchtijd is het rustig in de winkel en de junihitte houdt de klanten weg. Een zwangere vrouw bij de snoepafdeling, een oude man die portemonnees staat te bestuderen, twee meisjes die giechelen bij de haarlinten.

De verkoopsters hebben veel plezier om Katherine. Ze is een grappig, spontaan kind dat heen en weer rent in de winkel, zingt dat het een lieve lust is, met open armen op iedereen afrent die haar maar wil opvangen en soms terugkomt bij Bella om een tik te geven tegen haar rok en er dan weer vandoor rent.

'U hebt uw handen vol aan haar.' De oudere verkoopster glimlacht, Bella ook en zegt: 'Nou en of.'

'Vooruit', zegt de jongste verkoopster tegen Katherine. 'Laat eens een mooi liedje horen en dan krijg je een chocolaatje van me.'

Katherine laat gillend een primitieve versie van *Baa Black Sheep* horen, als de chef met het nieuws terugkomt van zijn late lunch.

'Nou, Italië doet ook mee', zegt hij, terwijl hij met grote passen door de winkel loopt, krant onder de arm. 'Italië doet ook mee aan de oorlog. Zo zijn die Italianen dus.'

'Aan de kant van Hitler, chef?' vraagt de jongste verkoopster.

'Aan welke kant anders, Bridget? Wie anders zou goed genoeg zijn voor Mussolini? Het is nog een wonder dat hij zich zo lang heeft ingehouden.'

Ze begint te wankelen op haar benen als ze het nieuws van de chef hoort, en alles wat ze heeft verdrongen komt nu met veel misbaar terug. De Signora in Duitsland. Alec in een Joods weeshuis. Edward. De zwangere vrouw pakt haar zak met snoepjes en loopt naar haar toe om te vragen wat er met haar is. De oude man kijkt op van de portemonnees. De oudste verkoopster laat de jongste een stoel halen. Katherine komt door de winkel aangerend, legt haar krullenbol op Bella's schoot, woelt even met haar hoofd. 'Mamma', zegt ze, en ze schiet er weer vandoor.

De chef vraagt of iemand een glas water wil brengen.

Edwards brief

Villa Lami, Bordighera

26 september 1938

Edward,

Bedankt voor je aardige aanbod om tot Menton of zelfs tot Monte Carlo met ons mee te gaan. Ik heb echter besloten om alleen te gaan. Ik waag het erop met de kinderen.

Wat je ook besluit te gaan doen, ik wens je al het geluk dat je verdient.

B.

Mijn liefste Bella,

Ik schrijf je deze brief in de hoop dat je hem nooit hoeft te lezen. Want als je hem nu in je hand hebt, betekent het dat er iets vreselijk fout is gegaan. Zoals je nu zult weten, heb ik besloten om toch met je mee te gaan. In ieder geval staan al mijn spullen op bed klaar om gepakt te worden, en zit ik aan mijn bureau deze brief te schrijven en niet in een café 'm flink te raken. Het is midden in de nacht en zo direct verlaat ik Villa L. Ik had dingen geregeld, die moet ik nu annuleren. Ik lach in mezelf, of eigenlijk óm mezelf, dat ik na al die jaren dit ga doen. Maar ik kan je niet alleen laten, niet met Alec zoals hij is, en ook nog met een baby. Ik moet het proberen. Ik beloof je dat ik het zal proberen. De afgelopen paar uur heb ik nagedacht over wat je zei, dat ik je nooit genoeg heb vertrouwd om me open te stellen, en dat ik als het erop aankwam de deur in je gezicht dichtdeed.

Maar goed, als je het wil weten, als je dan gelooft dat ik echt om je geef, in dat geval: mijn ouders. Ze begonnen met een soort overeenkomst, haar fijne Engelse artistieke manieren in ruil voor zijn geld. Uiteindelijk waren ze allebei de dupe. Mijn moeder was een tweederangs operazangeres, die niet alleen geloofde in haar eigen grandeur maar ook een onverzadigbare behoefte had om te ruziën met collega's en vriendinnen die ze altijd meteen weer kwijt was. Een prima donna die nooit meer zou zijn dan een terza. Mijn vader had ondanks al zijn lompheid een zwak voor haar en jarenlang heeft hij haar tegen beter weten in gesteund. Ik heb hem daarom gehaat, maar nu besef ik dat hij geen keus had. Hij moest zichzelf ervan overtuigen dat haar woede-uitbarstingen ergens gerechtvaardigd waren om niet onder ogen te hoeven zien dat ze geestelijk labiel was. Misschien heb ik dat wel van haar geërfd! Later verzuurde dat zwak van hem in wrok, jegens mij vooral, het kind dat het meest op haar leek, degene die naar een Engelse kostschool was gestuurd in de hoop dat ik nog meer op haar zou lijken! Hij wond er geen doekjes om. Ik was een mislukkeling en waarschijnlijk zelfs niet eens eentje van hem. Louise (mijn zus) was zijn oogappel. En toch kan ik het mijn ouders niet eens kwalijk nemen. Het is een trieste toestand als we het niet eens onze ouders kwalijk kunnen nemen.

Terug naar ons. Je leest deze brief en er is iets gebeurd, waarschijnlijk met mij. Of ik ben opgepakt, of ik heb besloten dat het te gevaarlijk wordt om verder te gaan en ben er stiekem vandoor gegaan. Midden in de nacht of als je het het minst verwachtte ben ik weggeslopen, en heb ik deze brief ergens achtergelaten waar je hem vast zou vinden. Daar gaat het namelijk om: als het erop aankomt, wil ik wel blijven leven. Dat wil ik boven alles. En daarom weet ik dat ik niet van je houd en ik weet dat je dat na gisteravond juist graag wil, dat je dat van me verwacht. Wat er bijna gebeurde. Dat ik dit zeg zal je trots diep krenken, maar het is nu te laat voor keurige omgangsvormen en we kennen elkaar bovendien te goed voor zulke spelletjes. Ik geloof niet dat het in mijn aard ligt om iemand lief te hebben. Of om mezelf op te offeren aan de liefde. Dat zit eenvoudigweg niet in me. Mocht het een troost voor je zijn: ik ben er met jou dichtbij gekomen, dichterbij kan iemand als ik niet komen. En je bent mijn vriendin, Bella. Dat ben je altijd geweest. In veel opzichten is dat sterker dan welke romantische liefde ook ooit zou kunnen hopen te zijn. Als je verdrietig om me bent, me mist, zal ik je vertellen hoe je daarvan kunt genezen: zoek uit wat ik heb gedaan en geloof me, dan ben je er snel overheen. Ik verliet Dublin op 5 augustus 1924. Ga naar het krantenarchief in de bibliotheek en daar vind je alles wat je weten wil.

Waar ik ook ben, hetzij doordat ik opgepakt ben, hetzij uit vrije wil, weet dat ik aan je denk. Mijn lieve, dappere Bella, mijn vriendin. Ik denk aan jou en Alec en de baby, en ik wens je alle goeds en wens dat ik een ander soort man was.

Denk slecht over me. Dat verdien ik.

E.

Deel acht

Anna

1995

Augustus

Nonna overleed om vier uur 's morgens zonder ophef; geen ongebruikelijk tijdstip voor oudere mensen om 'ertussenuit te knijpen', zoals ze zelf gezegd zou kunnen hebben. De telefoon drong in het holst van de nacht mijn droom binnen toen ik net rond spitsuur achter in een bus stond. 'Sorry,' zei ik telkens tegen de samengepakte passagiers, 'mag ik er even langs? Mag ik er alsjeblieft even langs? De telefoon gaat namelijk, dus mijn oma is gestorven.' Ik had geprobeerd me een weg te banen door de drukte, helemaal bezweet, en dat alles had doodnormaal geleken. Toen werd ik wakker met het dekbed op mijn gezicht.

Natuurlijk, als het Tonnetje niet was. 'In ieder geval is haar lijden nu voorbij', zei ze.

'Vriendelijk bedankt voor de mededeling', antwoordde ik bedaard. 'Bedankt daarvoor.'

'Het is heel vredig gebeurd, Anna, ze is in haar slaap heengegaan.'

Ik had wel willen zeggen: 'Ze heeft haar ogen in geen maanden opengedaan, hoe kan ze in godsnaam anders heen zijn gegaan, op rollerblades?'

‘O, nou, fijn om te weten, nogmaals dank.’

‘Horen we nog van je hoe...?’

‘Ja, ja. Ik zal morgen bellen. Of nee, later vandaag natuurlijk.’

‘Ik neem aan dat je liever niet hebt dat ze hier bij het ziekenhuis wordt begraven?’

‘Nee.’

‘En dat je het allemaal zelf regelt?’

‘Ja.’

‘Dan zal ik haar in de lijkenkamer leggen.’

‘Als je dat zou willen doen, graag. Dag.’

Ik hing op en besloot een douche te nemen. Sinds het begin van de zomer woonde ik weer aan Pembroke Road, maar ik was nog steeds niet helemaal weer gewend aan de nukken van dit huis, bijvoorbeeld dat je de waterverwarmer ten minste twintig minuten van tevoren moest aanzetten voor het wonder van warm water zich voltrok. Vandaar dat ik rond vijf uur ’s ochtends op een kille morgen eind juli, nadat ik net had gehoord dat ik mijn laatste familielid had verloren, de enige zelfs met wie ik een zekere mate van verwantschap had, huiverend en naar adem happend onder een ijskoude douche stapte. Waarom wist ik niet, het was het enige wat ik kon bedenken, en dat ik het daarna weer warm moest krijgen gaf me in ieder geval iets te doen.

Een poos later zat ik voor een radiator die op volle sterkte mijn kuiten schroeide, dronk thee en rookte aan één stuk door, met mijn mond happend naar het trillende peukje tussen mijn vingertoppen als een baby naar een tepel. Het was inmiddels licht geworden en ik luisterde hoe de bewoners op de verdiepingen boven me zich roerden. Het geklepper van een toiletrolhouder, het doorspoelen van een wc, heen-en-weergeloop, het geratel van kleerhangers, een ontbijtprogramma op tv. Weer doortrekken. Al die huurders die zich in hun eigen verborgen hoekje onopgemerkt waanden. Ik zette nog een kop thee, deed er deze keer een scheut whiskey in, wikkelde me in mijn dekbed en kroop in de hoek van de bank.

Boven ging de deur van appartement nummer drie open en ik volgde de voetstappen de trap af, de gang door en de voordeur uit.

Daarna de auto: met een piepje open, met een bons dicht en een of twee keer gassen om te vertrekken. Vlak daarna de volgende huurder, van nummer zes: een zwaardere tred, iets meer tijd nodig om beneden te komen, maar verder ongeveer dezelfde routine. Eventjes dacht ik dat ik het iemand zou moeten vertellen. Misschien moest ik de volgende keer dat ik stappen op de trap hoorde met mijn dekbed de gang op waggelen, diegene aanklampen en zeggen: 'Sorry hoor, maar ik dacht dat je het wel wilde weten... De eigenaresse van dit huis? Nou, die is zojuist overleden.'

Maar toen dacht ik: ach, barst maar, ze zouden toch niet weten over wie ik het had. Trouwens, nu was ik de eigenaresse van dit huis.

We hielden de uitvaart in St. Mary's aan Haddington Road. 'We' zeg ik, want er waren ook anderen, maar niemand die bij mij hoorde. Niet genoeg om van 'mij' een 'wij' te maken in elk geval. Toch was ik blij dat er zoiets bestond als een heilighartmis waar oude dames elke eerste vrijdag van de maand op afkwamen, anders zou het helemaal naargeestig zijn geweest, in die bijna lege spelonk van een kerk.

Toen ik aankwam stond Tonnetje al in het portaal te wachten. Ik bestierf het bijna toen ik haar daar zag. Er waren twee anderen van het ziekenhuis met haar meegekomen, een leerling-verpleegster met een kort rood kopje die ik vaag kende en een tengere, donkere man met gevoelige chocoladebruine ogen die ik nooit eerder had gezien. Een mannelijke verpleegkundige, een woord waar Nonna een hekel aan had gehad omdat dat haar altijd deed denken aan een typetje van Dick Emery of een van die andere Engelse tv-komieken.

Toen ik de kerk binnenliep zag ik een vrouw zitten, ongeveer van mijn leeftijd, in het midden links van het gangpad. Het duurde even voor ik doorhad dat het Melanie Connors was, een klasgenoot van vroeger. Een andere voormalige klasgenoot die ik onlangs in de wachtkamer van de dokter was tegengekomen, had me verteld dat Melanie moeilijke tijden doormaakte en daarom begrafenissen afliep van iedereen die ze een beetje of zelfs alleen maar indirect kende. Niet voor niets kennelijk; tenslotte was een begrafenis een prima gelegenheid voor gratis drank en wat gezelschap, en zelfs om de nabestaanden een paar pond af te troggelen, waar ze zich naar men zei ook niet te goed voor voelde.

Toen de priester met de uitvaartmis begon en zijn stem door de grotendeels lege ruimte dwarrelde, dacht ik aan Melanie, daar achter me, en wat ze in haar schild voerde. Tijdens die roddelsessie over onze oude klasgenoten in de wachtkamer – de ingenieur die naar Afrika was gegaan, de advocaat die pas op het nieuws was geweest, dat bleue meisje dat opeens haar man en kinderen in de steek had gelaten – was het Melanie die de show had gestolen, met haar waagstukjes op begrafenissen van vreemden. Toch had ik gedaan alsof ik haar niet kende toen ik door het gangpad liep, en tegen de tijd dat de dragers de kist weer op hun schouders hadden gehesen, was ze verdwenen. Melanie, ook niet gek, ging haar tijd niet verdoen op een begrafenis met zulke karige vooruitzichten.

Uiteindelijk gingen de drie verpleegkundigen met me mee naar de begraafplaats. Ik had het idee dat ze eigenlijk van plan waren geweest het bij de mis te laten, maar van mening waren veranderd toen ze doorkregen dat die paar oude mensjes die hier en daar in de kerkbanken zaten, als kralen op een telraam, niets met mij van doen hadden en dat ik anders mijn oma alleen moest begraven. Vandaar dat Tonnetje erop stond de taxi te betalen die ik buiten had laten wachten en we met z'n allen in haar Fiat Punto stapten.

Het verkeer op Harold's Cross Road reed langzaam, we bleken achter een andere rouwstoet aan te rijden die zo lang was dat je de lijkwagen niet eens kon zien. Ik keek jaloers toe hoe de auto's de rij verlieten en de begraafplaats op reden. Gezichten achter de raampjes, verstard of verdrietig; wolken sigarettenrook die door een kiertje van een autoruit of het dakraam kringelde, een allerlaatste peuk die op straat belandde. En daarna waren wij aan de beurt: Nonna's lijkwagen, gevolgd door een sneue stoet van één enkele auto.

Toen het hek van begraafplaats Mount Jerome in zicht kwam, zag ik daar een oudere vrouw bij het bloemenstalletje staan, die achteloos op een looprek leunde alsof het een tuinhekje was. Ze hield elke tweede of derde auto die langsreed met een handgebaar tegen en zei iets door het raampje. Ze liet Nonna's lijkwagen ongemoeid passeren, sloeg een kruisje in het voorbijgaan, en liet ons halt houden.

'Mag ik misschien vragen hoe de overledene heet?' vroeg ze.

'Barrett', antwoordde ik.

'Barrett? O, goddank. Ik dacht al dat ik haar gemist had.'

Tonnetje gaf haar een lift, de mannelijke verpleegkundige stond zijn plaats af en bood aan de auto te voet te volgen.

De oude vrouw bleek Dolores te zijn. Tot mijn ontzetting was ik Nonna's oude vriendin glad vergeten en ik bleef maar excuses aanbieden, tot Dolores min of meer zei dat ik mijn klep moest houden. Ze had het overlijdensbericht in de krant gelezen, zei ze, en was geschrokken toen ze zag dat de mis aan Haddington Road werd gehouden, want dat was veel te ver weg en ze vertikte het om zich door een van die geldwolven van een taxichauffeurs te laten brengen, maar toen ze doorlas was ze er gelukkig achter gekomen dat de begrafenis hier plaatsvond, op Mount Jerome, want ze woonde vlak in de buurt en dat was goed te doen voor iemand die zich verplaatste met een looprek. 'Maar', besloot ze, 'het weer valt al met al behoorlijk tegen, hè, voor de tijd van het jaar?'

Nonna was in mijn beleving al maanden dood. Dood, ook al had ze nog ademgehaald. Ik had dus voorbereid moeten zijn. Ik had mensen in rouw vaak iets horen zeggen als: 'Ik kan maar niet geloven dat ik die en die nooit meer spreek', of: 'Ik vind het onverdraaglijk dat ik zijn of haar stem nooit meer zal horen.' Maar ik was gewend geraakt aan het gebrek aan communicatie. Ik was al gewend aan haar afwezigheid. Dus waarom jankte ik dan hartverscheurend en maakte ik zoveel misbaar in het bijzijn van Dolores en de drie verpleegkundigen? Waarom vergoot ik hete tranen toen de kist als een roestige lift de diepte in rammelde?

Iedereen was zo lief voor me: zakdoekjes, schouderklopjes, een knuffel, een ondersteunende arm. En ik maar de hele tijd denken: ik wou dat ze allemaal opdonderden naar huis en me alleen lieten.

Na afloop gingen we wat drinken. Dolores ging mee naar de pub, maar verdween toen ik naar de wc was. 'Waar is ze?' jammerde ik toen ik weer terugkwam en zag dat ze weg was. ‘Heeft ze geen telefoonnummer achtergelaten, zelfs geen adres?’

‘Ach, ze was moe, de arme ziel’, zei Tonnetje.

Ik zat een glas whiskey of twee lang te mokken, maar vergat Dolores toen het gesprek op Nonna kwam.

Ik vertelde hun wat de geneesheer-directeur had gezegd, dat Nonna nooit een kind kon hebben gekregen. En daarna vertelde ik wat ik had gevonden in de doos uit het depot van het verpleeghuis.

‘Mijn God!’ zei Tonnetje. ‘Dan was ze dus duidelijk Joods. Kan niet anders. Rose Barrett, is dat misschien een Joodse naam? Ik bedoel, dat moet toch wel, met twee verschillende identiteitsbewijzen? Vlak voor de Tweede Wereldoorlog? O, en weet je wat dat betekent? Dat we haar waarschijnlijk zonet op het verkeerde kerkhof hebben begraven!’

‘Ze kan ook een spionne zijn geweest!’ opperde Kort Rood Kopje.

‘O, wat een verwikkelingen!’ reageerde de mannelijke verpleegkundige, een Bengaalse man die Dilip heette, zich verkneukelend.

Na de begrafenis hield ik me ongeveer een week lang met Nonna’s eigendommen bezig; ik legde alles wat van belang kon zijn op tafel en noteerde mijn bescheiden bevindingen. Ik probeerde de aanwijzingen met elkaar in verband te brengen. Het gaf me iets te doen, denk ik, een avondvulling.

Ik zette sigaretten klaar, een aansteker, een asbak, een glas wijn of whiskey (afhankelijk van mijn stemming) en pen en papier. En dan ging ik van start. Er zaten twee verschillende sets legitimatiebewijzen in de doos. De ene set, duidelijk Italiaanse papieren, was van een familie Magrini: een man, een vrouw, een zoontje dat Alfredo of Alberto heette – het schrift was wat vervaagd, ik kon niet goed zien wat er stond – en een baby, Edda. De andere documenten waren Engels: familienaam Barrett, Nonna’s achternaam. Mevrouw Rose Barrett, echtgenoot James Barrett, en daar werd ook een zoon vermeld, John, en een baby, Katherine, de naam van mijn moeder.

Het adres was in Burnmouth. Ik had Nonna nooit over een dergelijke plaats gehoord en ook niet over ene John.

De twee sets documenten, met ook nog een *carte de tourisme* voor Frankrijk, hadden een ruimte voor pasfoto's, maar die waren allemaal weg.

Behalve identiteitsbewijzen zaten er ook nog wat andere dingen in Nonna's trukendoos. Een zilveren mondharmonica en een oud stripboek in het Italiaans. Ik trof ook een brief aan van een hotel in Nice, geadresseerd aan signor Magrini. Een rekening van een ander hotel in Nice op naam van de heer Barrett. Op alle stukken stond een datum van ergens in of rond eind september 1938. Ten slotte vond ik een brief. Of twee brieven in één, zou je kunnen zeggen.

De brief was geschreven in de plaats Bordighera; tenminste, dat stond bovenaan, gevolgd door de naam van een huis, of misschien een hotel: Villa Lami. Hij was geadresseerd aan een zekere Edward en ondertekend met 'B'. Op hetzelfde vel papier was een antwoord geschreven, aan iemand die Bella heette. In de brief werd ook een Alec genoemd. Dat was de naam die volgens Mona, de theejuffrouw, weleens door Nonna werd genoemd als ze erg verward was.

Ik keek naar mijn lijstje en voegde er de suggesties van de verpleegkundigen aan toe.

MAGRINI

Vader:	*Marco*
Moeder:	*Anna (ben ik naar haar vernoemd?)*
Zoon:	*Alfredo of Alberto*
Dochter:	*Edda*

BARRETT

Vader:	*James (de man van Nonna)*
Moeder:	*Rose (Nonna) (Jodin?)*
Zoon:	*John (?)*
Dochter:	*Katherine (mijn moeder)*

Wie is Alec? Wie is Bella? Wie is Edward?

Een paar dagen na de begrafenis belde ik de notaris. Nonna's contactpersoon was al lang geleden met pensioen gegaan en ik kreeg een jongere, minder voorkomende versie aan de lijn.

Hij dacht dat ik alleen maar inhalig was. 'U krijgt binnenkort een brief van me, juffrouw Moore', zei hij. 'Daarin wordt u gevraagd een afspraak te maken voor het voorlezen van het testament. Ik dacht de week na volgende week misschien... U beseft toch dat er bij het vaststellen van de erfenis en dergelijke een zekere tijd overheen gaat voordat...?'

'O, ja, prima hoor, maar ik vroeg me alleen af of u me kon vertellen of er verrassingen te verwachten zijn?'

'Verrassingen, juffrouw Moore?'

'Ja, of er bijvoorbeeld rare namen of zo zijn opgedoken?'

'Rare namen, juffrouw Moore?'

'Wat voor naam dan ook behalve de mijne, dat bedoel ik.'

'U bent de enige erfgenaam. Slechts uw naam en die van de executeur-testamentair: ene mevrouw Dolores Purcell, als ik het wel heb; als u een ogenblikje wacht kan ik dat wel even nakijken. Ik heb geen adres, maar we hebben wel een telefoonnummer; mijn secretaresse ging haar net even...'

'Nee. Dat hoeft niet. Ik zal bellen om die afspraak te maken, dag hoor.'

'Wilt u dat ik een kopie stuur?'

'Een kopie?'

'Een kopie van het testament, juffrouw Moore.'

'O, mij best.'

Het was niet moeilijk om Dolores op te sporen. Ik ging weer naar begraafplaats Mount Jerome, bedacht hoe ver ik zou kunnen komen met een looprek, concludeerde dat dat niet bepaald ver zou zijn en ging naar het dichtstbijzijnde hoekwinkeltje.

'Een vrouw met een rode regenjas', legde ik aan de wezenloos kijkende vrouw achter de toonbank uit. 'Ze heeft wit haar met een pony en een donkere bril. Ze draagt gympen.'

'Een heleboel ouderen in deze buurt beantwoorden aan die beschrijving, schat; ik ook, behalve die rode jas dan.'

'Ze heeft een looprek en ze heet Dolores.'

'O, Dolores! Waarom zei je dat niet meteen? Die woont daar.'

Ik draaide me om. 'Waar?'

'Daar, kijk maar, daar staat ze.' De vrouw kwam achter de toonbank vandaan en wees door de winkeldeur naar de overkant van de smalle straat waar Dolores, in een sluier van witte vitrage, wild stond te zwaaien.

'Je vindt het toch niet erg?' begon ik terwijl Dolores bij de voordeur vandaan schuifelde om me binnen te laten.

'O, helemaal niet, kom erin. Scheelt een telefoontje.'

'Was je me dan van plan te bellen?'

'Natuurlijk.'

'Omdat de notaris contact heeft opgenomen?'

'Ja, en ook om nog andere redenen.'

Ik stond amper in de gang toen ze me rechtsomkeert liet maken, twee muntjes van vijftig pence in mijn hand drukte en me als een kind naar de winkel stuurde om twee koeken te halen.

'O, maar dat hoeft echt niet, Dolores', sputterde ik tegen.

'Tuurlijk moet er koek bij de koffie, Anna', zei ze met een blik alsof ik niet goed wijs was.

'Oké, maar laat mij dan betalen.'

'Dit is mijn huis. Je gaat me toch niet in verlegenheid brengen, alleen omdat ik niet uit de voeten kan?'

Ze zette koffie in een espressopotje en liet me haar tuintje zien. Terwijl de koffie op het vuur stond wees ze me op de ene na de andere plant, als een bruiloftsgast die aan de familie wordt voorgesteld. Daarna stuurde ze me naar binnen om een dienblad te pakken dat ze had klaargezet toen ik naar de winkel was. We gingen aan de tuintafel zitten.

'Lekkere koffie, Dolores. En wat een mooie kop-en-schotels.'

'Ja hè? Die instant-meuk wil ik al lang niet meer. Sinds Italië drink ik alleen nog maar goede koffie. Die kopjes heb ik bij Brown Thomas gekocht. In de uitverkoop. Was alsnog een rib uit mijn lijf.'

'O. Heb je in Italië gewoond?'

'Een halfjaartje, meer niet, maar je bent er zo snel verkikkerd op. Sommige mensen zijn voor de rest van hun leven verpest. Op een positieve manier, uiteraard. Nou, zeg eens, Anna, wat kwam je me vertellen?'

Ik vertelde haar over de inhoud van de doos: over de documenten, de mondharmonica, het stripboek. Ik ontvouwde mijn theorie van Nonna als Jodin en, om een luchtiger toon aan te slaan, opperde dat ze spionne kon zijn geweest. Ten slotte liet ik haar de papieren zien; die had ik meegenomen, plus de brief aan Bella. Toen ze alles gelezen had, vroeg ik of ze die naam weleens had gehoord, of iemand kende die zo heette.

'Hmm,' zei Dolores en ze schudde haar hoofd, 'maar het kan ook gewoon een koosnaam zijn. *Bella* betekent "mooi" in het Italiaans, het kan een uiting van genegenheid zijn. Daar hoef je niet eens echt mooi voor te zijn, alleen maar geliefd. Of zoiets. Weet je wat je eerst moet doen voor we verder praten? Naar mijn oude kamertje gaan, als je bovenaan de trap bent de deur recht tegenover je en dan helemaal achter in de linnenkast. Daar staat een grote vierkante handtas, zo'n ouderwets bruin ding. Wil je die voor me halen?'

'Herken je het handschrift?' vroeg ik.

'Nee. Lastig te zeggen met deze schrijftrant. Die kan van iedereen zijn.'

'Ja, dat dacht ik ook al. Alleen denk ik niet dat dit van Nonna is, maar ja, wie weet. Ik zal eerst die tas eens gaan halen.'

Toen ik terugkwam zat Dolores te roken. 'Laat zien', zei ze en ik gaf haar de tas. 'Anna, ik moet je eerst even vertellen dat ik je oma niet bijster goed heb gekend. En in Italië helemaal niet, dus verwacht niet al te veel van me. Ik heb haar ontmoet in de trein uit Italië, haar en de baby – dat moet je moeder zijn geweest. Er was iets misgegaan. Meer weet ik niet; we wilden haar helpen, een echtpaar en ik, maar zonder er al te zeer bij betrokken te raken, snap je. We dachten allemaal dat het over een paar dagen oorlog zou worden, daar twijfelde eigenlijk niemand aan. En in tijden van oorlog moet je je eigen mensen helpen, natuurlijk. Toch, als ik eerlijk ben, geloofde ik niet alles wat je oma zei, Anna, zelfs toen niet. Ik had wel met haar te doen, weet je. Ik had echt met haar te doen.'

'Je hebt haar dus helemaal niet in Italië meegemaakt?' Ik probeerde niet te laten merken dat ik teleurgesteld was.

'Nee. Maar misschien zit er toch wat in die Joodse theorie van je, want die Mussolini was toen in de weer met die anti-Joodse wetten en de Joden probeerden allemaal Italië te ontvluchten. Alleen, zij een spion? Belachelijk! Daar was ze niet onverstoorbaar genoeg voor. Als je haar had gezien toen ik haar voor het eerst ontmoette, snap je wat ik bedoel.'

'En hier dan, toen je hier met haar omging, zei ze toen niets?'

'Nee. We noemden elkaar niet eens bij de voornaam. We waren geen van beiden erg familiair. Maar ik herinner me nog wel een keer – en als ze inderdaad Joods was kan ik dat opeens beter plaatsen – dat we in hotel Wynn hadden afgesproken. We zaten op onze thee te wachten toen ik zei dat ik een paar dagen eerder een tv-programma had gezien, over dat er duizenden Italiaanse Joden opgepakt waren en naar de kampen gestuurd nadat de Duitsers hun land hadden bezet, je weet wel.'

'Sorry, ik weet niet zoveel over Italië en de Tweede Wereldoorlog.'

'Nou, het zit zo: de Italianen hadden een paar jaar met de moffen geheuld, en daarna waren ze overgelopen naar de geallieerden. Ze waren toen dus vijanden. De Duitsers vielen Italië binnen en het eerste wat ze deden was achter de Joden aan gaan. Volg je 't nog?'

'Min of meer.'

'Hoe dan ook, ik vertelde je oma dus dat een paar duizend Italiaanse Joden naar die kampen waren gestuurd, waar ze zijn omgekomen. Je had haar eens moeten zien, zeg. Het ene ogenblik kiplekker, het volgende ogenblik had ze zo'n buikpijn dat ze naar huis moest. En nog geen biscuitje op, niet eens een slokje thee. Tja. Ik dacht, ik vertel het je maar. Weet je van wie die tas is?'

'Van haar, lijkt me.'

'Klopt. Die heeft ze bij me in bewaring gegeven, heel wat jaar geleden.'

'Weet je wat erin zit?'

'Zeker. Al had ik gezegd dat ik er niet in zou kijken; overigens had ik haar dat niet hoeven beloven. Nou ja, eerlijk gezegd: hoe ouder hoe nieuwsgieriger en hoe onzinniger het lijkt om iets geheim te houden. Ik had haar zo'n tijd niet gezien, ik dacht dat ze dood was. Maar goed, nu is hij van jou. Kijk dit eens?'

Het eerste dat ze eruit viste was een bankboekje op naam van Anabelle Stuart. Een inleg van vijfhonderd pond sterling, de rekening was geopend in 1936. Bij een bank in Londen.

'Wie is Anabelle Stuart?'

Dolores schoof haar sigaret in haar mondhoek en kneep één oog dicht. Ze priemde met haar vinger naar de naam in het bankboekje en wees weer op de brief. 'Bella. Kort voor Anabelle? Tja, wie zal het zeggen? Ik zou er nooit aan hebben gedacht als jij niet met die brief was aangekomen. Maar vijfhonderd pond, dat was in die tijd niet niks. En dit hier, zegt dat je wat?'

Dolores gaf me een zilveren zeepaardje. 'Wat is dat, een oorbel?' vroeg ik.

'Nee. Een manchetknoop. Er is er maar eentje, overigens.'

Het laatste wat in de tas zat was een envelop. Dolores drukte haar sigaret uit en keerde de envelop om op tafel. Er gleden een paar fototjes uit, formaat pasfoto. De foto's die op de identiteitsbewijzen hadden gezeten.

'Kijk eens aan', zei Dolores toen we ze aan elkaar pasten en de officiële stempels op beide documenten bestudeerden. 'Zelfde gezichten, maar verschillende namen en nationaliteiten. Eén set papieren is duidelijk vervalst. Wat moeten we daar nou mee aan?'

'Die vrouw, dat is ze beslist.'

'O, zeker.'

'Die man? Dat weet ik niet.'

'Ik ook niet. Misschien je opa?'

'Geen idee. Ik heb nooit een foto van hem gezien.'

'Dat meen je niet!'

'Echt niet. En er zit geen foto van de jongen bij.'

'Nee', echode Dolores. 'Geen foto van de jongen.'

Ongeveer een week later belde Dolores. 'Weet je wat ik me nu opeens herinner?' vroeg ze toen ik opnam.

'Nou?'

'Die mondharmonica. Er lag een mondharmonica in de treincoupé. Ze zei dat die van de jongen was. Maar later toen ze een beetje gekalmeerd was en ik er wat op doorvroeg, gaf ze geen antwoord.'

'Oké. Maar ze zat toch alleen met de baby in de trein?'

'Ze herhaalde telkens dat haar man bij de grens was opgepakt. Ik weet het niet, want ik heb alleen je oma en haar baby, je moeder, gezien. Die jongen kwam alleen even ter sprake toen ze het over die harmonica had. En, ben je nog achter die man aan gegaan?'

'Welke man?'

'Die van de brief. Ben je naar de bibliotheek gegaan, heb je uitgevonden wat hij heeft gedaan?'

'Nee, daar wacht ik misschien nog even mee. Maar wat ik wilde zeggen: ik ben van plan om erheen te gaan, naar Italië.'

'Goed zo, Anna! Waar ga je naartoe?'

'Naar Bordighera, weet je wel, dat stadje van het adres op de brief? Ik zat namelijk te denken: één set documenten moet wel vals zijn, zoals jij al zei. Maar de brief lijkt me echt. Want waarom zou je nou zo'n brief vervalsen, en waarom zou je dergelijke dingen schrijven? Nou ja. Ik was zelf al van plan je te bellen om gedag te zeggen.'

'Veel succes dan maar.'

'Ik weet eigenlijk niet waarom ik ernaartoe ga en of ik er wat zal vinden, maar toch.'

'O, maar je vindt altijd wel iets.'

'Pas goed op jezelf, Dolores. Zal ik je schrijven en laten weten hoe het gaat?'

'Als je wilt.'

'Wanneer ik weer terug ben kom ik sowieso langs om je alles te vertellen.'

'Wanneer je terug bent? Dan zal ik toch zeker al wel dood zijn', zei ze met een kakelend heksenlachje.

Volgens mij heb ik koorts, mijn hoofd klopt en mijn keel is gortdroog. Mijn nachthemd plakt aan mijn lichaam en het laken waar ik op lig is klam van het zweet. Ik ken deze kamer niet: hoog, smal, net een schacht. Het is donker in de kamer, op een schuine ladder van licht tussen de muur en het voeteneind van het bed na. Er zucht een plafondventilator.

Vanaf de straat een wirwar van geluiden. Autoportieren, claxons, jengelende motoren. Muziek. Ik hoor gedempte autoradio's en de opdringerige herrie van een gettoblaster. Een eindje verder weg een weidser, harmonieuzer geluid: van een disco of misschien livemuziek. Al die verschillende partijen hebben een agressieve klank: alsof ze slaand, dreunend, stompend naar elkaar uithalen. Ik voel me een onschuldige toeschouwer die in een straatgevecht verwikkeld is geraakt.

Na een poosje hoor ik ook lachen. Van jonge mensen, niet van kinderen. En stemmen. Stemmen in vreemde talen. Ik kom overeind, opeens klaarwakker, en hoor mezelf zeggen: 'Jezus! Nou weet ik het weer, ik ben híér.'

De luiken gaan krakend open. Als ik op een balkonnetje stap dat amper groot genoeg is voor één paar voeten, weet ik weer dat ik me op de vijfde en bovenste verdieping bevind van hotel Centrale. Aan de overkant is het station waar ik een paar uur geleden ben aangekomen, doodop vanwege mijn onzalige wens om op dezelfde manier in Bordighera aan te komen zoals Nonna zou kunnen zijn aangekomen, meer dan zestig jaar geleden, namelijk per trein vanuit Frankrijk. Te uitgelaten om tijdens de eerste helft van de reis te slapen, te uitgeput om wakker te blijven tijdens het laatste stuk. Meegezogen en gevloerd door het ritme van de trein. Het was puur toeval dat ik mijn ogen opendeed toen de wielen knarsend tot stilstand kwamen bij een bord waar BORDIGHERA op stond.

Ik probeer de balustrade uit – een stuk steviger dan die lijkt –, leun erop en kijk naar beneden. Het midden van het plein baadt in het licht van de koplampen van geparkeerde auto's en scooters. Overal zijn mensen; de meesten jong of in ieder geval energiek genoeg om jong genoemd te worden: blote armen en benen, luchtige kleren van goede snit. Een scooter weeft zich door de menigte, achterop vangt iemand met dik zwart haar een fontein van zilveren licht op. Er komt nog een scooter aanrijden, en nog een. Bruine armen zwaaien gedag of hallo. Er wordt gekust bij het komen en bij het weggaan, waar meestal amper tijd tussen zit. De tumultueuze muziek stoort me nu veel minder. Net een geïmproviseerde drive-in-disco in de openlucht. Stelletjes schuifelen, anderen dansen op en neer in een kringetje en aan de zijkant laten twee jongens zien hoe goed ze kunnen breakdansen. Aan de rand van het plein staan palmbomen in de schaduw als statige dames naar beneden te kijken, net als ik.

Ik keer mijn pols naar het licht en kijk op mijn horloge: al na enen, en ik vraag me af of het in het hele stadje zo is, en of het er altijd zo is. Ik hoor iemand fluiten en mijn blik volgt het geluid automatisch naar beneden, waar een jongen van een jaar of achttien, negentien schrijlings achter op een geparkeerde scooter zit met zijn vingers in z'n mond. Hij fluit nog eens en zwaait naar me.

'*Ciao bella*', roept hij. Ik kijk naar beneden en zie dat mijn luchtige nachthemd vrijwel mijn hele benen bloot laat. Ik spring de kamer weer in, schuif de luiken weer dicht, geschrokken maar zeker niet geïrriteerd.

Een paar minuten later ga ik naar beneden om te kijken of ik iets te eten kan krijgen, maar er is niemand in de kleine lobby. Ergens ratelt een stem uit een radio en door de kier in een half openstaande deur waar PRIVATO op staat is het geflakker van een tv te zien. Achter de receptie staat een handtas op een stoel en er ligt een grote ring met sleutels op grijpafstand aan de andere kant van de balie, waaraan ook een sleutel met mijn kamernummer hangt. Vanuit het hotel stap je zo op een terras dat zich langs de hele voorzijde uitstrekt – meubels van wit plastic onder een groengestreepte markies – en dat pal aan het plein ligt. Het meeste geld van mij ligt boven, en mijn paspoort en de bruine envelop met gegevens over Nonna. Maar ik heb honger en ben te gespannen om me daar nu druk om te maken.

Ik laat de uitgaansdrukte van het plein achter me en sla een straatje in dat voert naar een kruising waar op een van de hoeken licht brandt in een café.

Het is een doorsnee cafeetje: een paar tafeltjes op een smal trottoir langs een drukke doorgaande weg; binnen ook enkele tafels, met aan een ervan een stel van middelbare leeftijd achter twee kleine glazen wijn en een bord met een dikke, in stukken gesneden pizza. De twee staren elkaar diep in de ogen en houden elkaars hand vast alsof ze op het punt staan om armpje te drukken. Buiten zit een oude man aan een ongedekt tafeltje met alleen een pijp, tabakszak, doosje lucifers en asbak erop. Hij houdt een krant voor zijn gezicht die hij af en toe laat zakken voor een dwalende blik.

Ik ken het woord *panini*. Ik heb op de heenreis mijn tijd besteed aan zinnetjes uit een taalgidsje oefenen. Al kan ik me niet méér herinneren dan het stukje over eten en drinken, en daarvan alleen de woorden *panini* en *prego*.

Een oudere vrouw met een plat, bruin gezicht zit achter de kassa en staart naar buiten. Een andere vrouw, ongeveer eind vijftig, is sigarettenpeuken aan het opvegen van een vloer die zo te zien als enorme asbak wordt gebruikt. Er komt een man in een grijs zijden pak en een snorretje met zilveren puntjes naar buiten om me te bedienen.

In de vitrine op het buffet ligt één *panino*. Een miezerig ding waar een gloep witte was uit lijkt te lekken. Ik wijs ernaar en zeg: '*Panini.*' De oude vrouw kijkt op van haar kassa. '*Prego*', voeg ik eraan toe. Daarna wijs ik een flesje bier aan.

De man in het grijze pak begint tegen me te praten en ik word een beetje paniekerig, schud mijn hoofd zodat hij weet dat ik door mijn woordenschat heen ben.

Hij zegt: '*Inglese?*' Probeert dan: '*Americana?*' En ik schud nee, maar herinner me dan het woord '*Irlandese*'.

'*Ah, Olandese. Ghamsterdam?*' oppert hij.

'Nee, Ierland. *Irlanda?* Dublin? *Dublino?*'

De vrouw met stoffer en blik zegt: '*Irlanda. Irlanda, vicino a Inghilterra*', en om de een of andere reden maak ik uit haar toon op dat zij zijn vrouw is.

'*Ah! Irlandese! Che bella! Mamma*', zegt de man tegen de oude vrouw die achter haar kassa is weggelopen naar het buffet om me te helpen. '*La signora è Irlandese.*'

'Bellissima!' zegt mamma, en ik zie dat ze haar hand terugtrekt van de vitrine waar de verlaten panino zich schuilhoudt als het laatste bruine muisje in een kooi. Ze duikt onder het buffet en haalt van alles tevoorschijn uit een kast: brood, een flink stuk kaas, een eind salami.

'Bella Irlanda per una bella signora', zegt de man, bijna in vervoering, zijn handen in uiterste bewondering naar mij opgeheven. Zijn vrouw met de veger vangt mijn blik op en slaat vriendelijk haar ogen ten hemel.

De man loodst me naar buiten en zet als een gerant zo zwierig een biertje voor me neer. Zijn moeder volgt met een verse panino, een bord pizzastukken, plakjes salami, een schaaltje olijven en een bakje chips. Ze begint meteen te ratelen over Ierland. Ik glimlach een beetje, frons een beetje. Dan zwijgt ze en geeft me een klopje op mijn arm alsof ze wil zeggen: geeft niks, ik weet dat je geen woord verstaat van wat ik allemaal zeg, maar ik wilde het toch gezegd hebben. Vervolgens gaat ze naar binnen en neemt met haar platte gezicht haar plaats achter de kassa weer in.

Ondertussen besef ik dat ik met de aanwijzingen die gebaseerd zijn op de naam 'Bella' niet erg ver zal komen. Ik eet mijn broodje op en kijk naar de bolides die op dit nachtelijke tijdstip langszoeven.

Later zoek ik de boulevard op die ik helemaal op en neer wandel. Het is al na tweeën, maar daar merk je niets van. Er is een café in jarenvijftigstijl met een halfronde bar buiten op het terras, en nog een ander café verderop: nette rijen tafeltjes en stoelen en een man met microfoon die zich croonend tussen de mensen begeeft. Ik passeer een speeltuin, er zijn nog kinderen aan het spelen. Een uitgeputte oma op een bankje probeert niet in te dommelen terwijl haar hyperactieve kleinkind telkens van een glijbaan af gaat. Ik kom langs groene bermen, bloemperken, banken, palmbomen, een paviljoen. Kraampjes waar ze sieraden en prullaria verkopen, en een in een geel gewaad geklede zwarte man, de langste die ik ooit heb gezien, de handtassen die hij verkoopt voor zijn voeten uitgestald.

Terwijl ik verder loop, vallen allerlei dingen me op: dat er zoveel volwassenen ijsjes eten, dat er nog zoveel kinderen in de weer zijn, al zie ik ook al een paar uitvallers: een peuter, op van vermoeidheid tegen de schouder van zijn vader, een ander kind dat over de rand van een buggy bungelt alsof de rigor mortis net is ingetreden. Dat iedereen elkaar nakijkt; oude mensen op bankjes, jongeren op balustrades aan zee, mensen die in het centrum rondslenteren: iedereen staart elkaar schaamteloos aan. En dat niemand dronken is. Ook dat valt me op.

Ik doe een stap naar rechts om twee skaters te ontwijken die op me afzwenken. Dan sta ik aan zee. Ik kijk het strand af richting Frankrijk; parasols die ingeklapt zijn voor de nacht staan in slagorde achter hun eigen beachclub opgesteld. Cafés en restaurants strekken zich op pijlers in het water uit. Een rij mensen voor een nachtclub iets verderop verdwijnt onder een met slingers feestverlichting versierd baldakijn.

Ik bereik het eind van de boulevard, waar een paar kleine hotels staan. Ik sta stil voor het Parigi. Er is een bal naar beneden gerold vanaf een berg plastic speelgoed bovenaan de trap. Ik leg de bal terug. Het is al na sluitingstijd. Door de glazen deur kan ik de lobby zien: donker hout en marmer, matglanzend in gedempt licht. Het is stil hier aan het einde van de boulevard, zo stil dat ik de zee kan horen. Ik bestudeer de prijslijst op de deur, maar kan geen wijs worden uit de bedragen in lire. Vandaar dat ik er een notitie van maak om later uit te rekenen, samen met de naam en het telefoonnummer van het hotel.

De weg loopt schuin naar boven, het strand naar beneden. Ik loop verder naar een kerkje met een torentje dat als een schoorsteenpot boven de zeewering uitsteekt. Ik steek een sigaret op, ga op de muur zitten en kijk even uit over de zwarte, verrukkelijke zee. In het oosten is een haventje met boten en kleine jachten die wiebelen en deinen, daar voorbij een landtong, fonkelend met de lichten van een andere stad. Aan de overkant van de straat staat een robuust, hoekig standbeeld van een koningin, Victoria naar ik aanneem.

Die morgen dringen er opnieuw geluiden tot me door. Aangenamer, zachter, maar niet minder penetrant dan de herrie van de vorige nacht. Om het kwartier word ik gewekt door dat herhaalde bimbambeieren. In het uur tussen ochtendschemering en daglicht lig ik wakker, tot mijn gehoor eindelijk leert er niet meer op te wachten en ik de slaap weer kan vatten.

Pas sinds ik hier ben besef ik hoe weinig ik van Nonna weet, dat ik amper bij haar bestaan heb stilgestaan. Nu denk ik bij elke stap aan haar. Ik stel me zo voor dat ze hier op dit bankje zit, daar in die winkel in de rij staat, over die straat daar loopt, onder de schaduw van die bomen. Ik vraag me af wat ze zou vinden van die constante trage stroom auto's in de hoofdstraat, of van de exorbitant dure boetieks en stoffenwinkels waar de file langs schuifelt. Zou er in haar tijd ook om de andere winkel een kapperszaak of een schoonheidssalon hebben gezeten, net zoals er in elk Iers stadje om het andere pand een pub zit? En gingen de vrouwen er ook opgedirkt aan het ontbijt, alsof ze al uren voor de spiegel hadden gestaan? Was die winkel waar ze uitsluitend schelpen verkochten er ook al toen zij hier woonde? Of de reliwinkel, met knappe nonnetjes in roomwit habijt achter de toonbank, waar ze kennelijk niets anders dan engelenbeeldjes verkochten?

Was de Corso d'Italia haar lievelingsstraat: schoon, ruim met aan weerszijden bomen en restaurantjes waar je goed als vrouw alleen naartoe kon? Niet dat ze er alleen zou zijn geweest.

Of ging ze, zoals ik, liever het oude centrum in, dat wel bepoederd leek met een dof-abrikooskleurige gloed, waar je soms onverwacht een uitkijkje kreeg op een reep helderblauwe lucht of zee, door een poortje of een ruimte tussen de gebouwen? Daar waar de huizen elkaar het licht benemen en onzichtbare gezinnen de voorbijganger trakteren op de kleine symfonieën van hun dagelijkse leven: de tafel die wordt afgeruimd, een kind dat een tik krijgt, een ruzie die zomaar zou kunnen eindigen in seks.

Ik vraag me af hoe die gereserveerde Nonna van mij al die starende blikken heeft verdragen, al dat zoenen en aanraken waaraan de Italianen gewend schijnen te zijn: in vijf jaar zal ze dat wel genoeg hebben meegemaakt. En het eten, hoe heeft ze kunnen leven in een omgeving met zoveel eten? Het is echt alomtegenwoordig, in etalages, op terrassen van restaurants: waar je ook bent, overal bereikt je wel een door een briesje meegevoerd kookluchtje. En ik vraag me af of ze door Italië is verpest, wat sommigen overkomt volgens Dolores, of dat ze daardoor juist de benodigde kracht heeft gekregen om de kleine woelingen in haar leven aan te kunnen.

Maar bovenal vraag ik me af wat ze van mij zou vinden zoals ik hier rondloop en iedereen aanstaar, als iemand met geheugenverlies, op zoek naar herinneringen van iemand anders.

Op een keer als ik in het oude centrum loop, zie ik er een paar keurig nette mannen kletsend in groepjes rondhangen. En dat doet me terugdenken aan die dag in North Great George's Street, toen Nonna niet onder de indruk was van een paar linke gasten op de straathoek en mij terechtwees omdat ik me wel druk maakte. Een andere keer zit ik in een café waar overal om me heen Duits wordt gesproken, en ik herinner me een dag uit mijn jeugd toen we een bus namen naar Dún Laoghaire en er een groep Duitse toeristen instapte. Nonna werd hoe langer hoe onrustiger, zodat ze ten slotte de bus uit moest. Ik zeurde net zo lang tot ze zei waarom. 'Ach, niks', had ze geantwoord. 'Ik krijg koppijn van dat taaltje. Ik krijg koppijn van ze, meer niet.'

Ik loop over de boulevard onder een marineblauwe avondlucht, de sterren fonkelend als nieuwe schroeven, en ik vraag me af hoe vaak ze hier zal hebben gelopen, en of dat dan op dit tijdstip was, op een avond zoals deze, en wie haar dan gezelschap hield of dat ze alleen wandelde.

Het meisje in de bibliotheek weet me te vertellen dat veel villa's na de oorlog een andere naam hadden gekregen. Sommige werden opgedeeld in appartementen, andere werden gesloten toen de bewoners niet terugkeerden. Vaak raakten zulke villa's in verval.

'Tja, oorlog hè', zegt ze schouderophalend en glimlacht.

Ze spreekt Engels en is blij met de kans om te oefenen, blij om überhaupt wat te doen te hebben. Het is rustig in de bibliotheek in deze tijd van het jaar, zegt ze. Er komt niemand. Zelfs geen studenten. Ze heet Maddalena. 'Net als de kerk in het oude centrum', zegt ze en ze vraagt of ik die heb gezien. Ja, zeg ik, maar nog niet vanbinnen. Ze glimlacht en zegt dat ze er zelf ook nog nooit in is geweest, dat ze sowieso niet uit Bordighera komt, zelfs niet uit Ligurië maar een andere streek, een stadje in Piëmont. Ze is hier alleen maar naartoe gekomen omdat ze dacht dat iedereen Engels zou spreken, maar dat was niet zo. Ze droomt ervan om eens een baantje in Londen te krijgen.

Volgens Maddalena zou Lami weleens de naam van de familie kunnen zijn van wie de villa was. In die tijd kregen villa's vaak de naam van de eigenaar, al kent ze zelf niemand die zo heet. Ze gaat het nakijken in het telefoonboek en ook nog in een ander register, en ze pleegt een paar telefoontjes.

Tijdens het wachten loop ik wat rond. Het is maar een kleine bibliotheek die helemaal uit hout bestaat: vloer, entresol, boekenplanken, balustrade, trap. Ik kan Maddalena op de achtergrond horen bellen en de naam Lami spellen: '*Elle, ah, emme, ie. Sì, Lami.*'

Als ze terugkomt schudt ze haar hoofd. 'Sorry.' Vervolgens adviseert ze me de Via Romana op en neer te lopen, want aan die weg staan de meeste villa's van Bordighera. Ik moet ook de pilaren goed bekijken; zelfs als een huis nu een andere naam heeft kun je daar soms een restje vinden van hoe het oorspronkelijk heette.

'Als de steen hard genoeg is,' zegt ze, 'dan vervaagt de naam nooit helemaal.'

Vandaar dat ik die middag aan beide kanten van een heel lange Via Romana van villa naar villa loop en naar pilaren tuur als iemand die niet goed snik is. Er staan hotels en pensions met namen boven de deur die gebruikelijk zijn in een badplaats, maar waar iets heel anders in de pilaren is gegraveerd. Grote huizen zijn omgebouwd tot appartementencomplexen met elektrisch hek en intercomsysteem waar toch op de pilaren een naam staat die vroeger betekenis voor iemand moet hebben gehad. Er zijn eindeloos veel schitterende privéwoningen met paradijselijke tuinen achter hoge sierlijke hekken met pilaren die zijn gepolijst tot ze fonkelen in de zon. Een tehuis voor oud-strijders huist in het voormalige verblijf van een zekere koningin Margherita. Ik trek een lok klimop van een oud pilaarhoofd weg en zie dat er VILLA TORINO in gegraveerd staat. Ik kom vervallen villa's tegen die zijn vernoemd naar bruidjes van lang geleden: Cora, Paulina, Cordelia. En zelfs een verlaten gebouwtje aan de rand van wat inmiddels een klein bouwterrein is geworden; het dak is weggeslagen en de scharnieren van het hek steken nog als doornen in een zijmuur.

In de namiddag rust ik even uit op een bankje onder een boom en rook een sigaret. Een stukje verderop zit een oude man op een andere bank, twee oude vrouwen staan te kwebbelen op een straathoek en ik bedenk hoe makkelijk het zou zijn als ik Italiaans sprak, of als dit een stadje in Ierland was en ik kon vragen: 'Hebben jullie weleens gehoord van een familie Lami, die hier in de buurt moet hebben gewoond?', en dan zouden ze me waarschijnlijk vertellen wat ze op dinsdag altijd aten. Als mijn sigaret op is, stort ik me weer in de hitte en zoek weer verder.

Vlak voor zonsondergang sta ik voor de ruïne van een enorm hotel. De zon vuurt met zijn laatste kracht een lichtsalvo af op de afbrokkelende façade van het hotel. De ramen zijn duistere kassen, het ijzerwerk is verroest, de muren baden een tijdje in een verblindend gele gloed. Daaronder de overwoekerde tuinen, donker en ondoordringbaar. Toch staat er zelfs op deze troosteloze plek een opschrift op de pilaren: de toepasselijke naam HOTEL ANGST.

Ik snij de weg naar het stadje af via een groen gangetje tussen twee villa's. Onderaan de helling loopt de muur aan mijn linkerhand met de bocht mee. Langs de muur is een overgroeid weggetje en ik zie ongeveer halverwege iets wat op een dichtgemetselde deur lijkt, met een rand verroest prikkeldraad erboven. Ik sta even stil en overweeg het paadje te nemen, maar dan komt er een jong stel aan vanaf de andere kant. Ze lopen aan weerszijden van een fiets, en leunen af en toe over de stang voor een kus of een aanraking. Ze zouden voor me uiteen moeten en aan de kant wachten als ik erlangs wilde, dus ik blijf het rechte pad naar het centrum maar volgen.

De volgende ochtend ga ik weer naar Maddalena, zoals ze had gezegd, voor het geval ze nog iets interessants is tegengekomen. Ik vertel haar over mijn vergeefse tocht langs de Via Romana en ze moet lachen als ze hoort dat ik iedere pilaar langs de weg heb onderzocht, waarna ze zegt: 'Ach, jammer nou, maar dit kun je ook nog proberen.' Ze geeft me een lijstje. 'We hebben ook iets in een krant gevonden dat je misschien boeiend vindt. Mijn collega komt het zo brengen.'

Terwijl we op hem wachten bekijk ik haar lijstje. Tennisclub, bridgeclub, anglicaanse kerk, bejaardenhuis.

'Dank je, Maddalena, dat zijn goede tips.'

'Ja', stemt ze in en dan vraagt ze of ik lang in Bordighera denk te blijven. Ik zeg dat ik dat niet weet. Dat ik vandaag verhuis naar Hotel Parigi voor ongeveer een week en dat ik daarna zal beslissen.

'Moet je niet terug?'

'Nee. Helemaal niet.'

'Niet voor je werk?'

'Nee.'

'Voor niemand niet?'

'Nee.'

'O. Nou, als je toch besluit te blijven, een maand of twee misschien, dan moet je het mij maar zeggen. Ik weet een erg leuk appartement vlak bij de tennisclub. Echt iets voor jou. Beter dan het hotel denk ik. En goedkoper.'

'Ik zal eraan denken.'

'Dan kun je mensen op de koffie uitnodigen.'

'Welke mensen?'

'Mij!' zegt ze lachend. 'En alle anderen die je vrienden worden. Dan kunnen we elkaar leren, Engels, Italiaans. We kunnen elkaar helpen, ja?'

'O', zeg ik, ietwat verrast door deze onverwacht vriendelijke geste. 'Ja, waarom niet?'

'Waarom niet!' antwoordt Maddalena. '*Perché non!*' voegt ze er met een geheven juffenvingertje aan toe, alsof de lessen al zijn begonnen.

Er komt een man aan die een groot boek in een leren band draagt. Hij sleept met een been, zijn hoofd helt naar één kant. Gehandicapt misschien, denk ik. Als hij bij de tafel is blijft hij het boek stevig vasthouden en achter zijn brillenglazen knipperen zijn ogen nerveus. Hij begint tegen Maddalena te praten, en al versta ik er geen woord van, ik vang toch zijn ongemak op. Gek genoeg voelt het of ik afluister, dus kijk ik weg, op mijn lijstje, naar de muren van de bibliotheek.

Na een poosje onderbreekt Maddalena hem en stelt ons voor. 'Dit is mijn collega, Emilio', en hij kijkt me even aan, knikt en wendt zijn blik weer af. Maddalena geeft uitleg. 'Emilio hoorde gisteren dat we over de familie Lami praatten en toen ging hij naar huis en vroeg zijn mamma of ze daarvan gehoord had. Hij zegt dat ze zich herinnert dat háár mamma iets heeft gezegd.'

'Echt waar?' Ik wacht, terwijl Emilio Maddalena weer wat tekst geeft. 'Zijn grootmoeder heeft aan zijn moeder gezegd dat er hier ooit een familie Lami heeft gewoond, maar zijn moeder wist niet waar precies. En zijn grootmoeder, zij is nu dood, dus we kunnen het niet vragen aan haar.'

Maddalena kijkt weer naar Emilio, die zijn bril heeft afgedaan om hem te poetsen. Hij komt nu op dreef, begint sneller en met meer zelfvertrouwen aan het vervolg van zijn verhaal.

'Hij zegt: het verhaal is dat de Signora van de familie erg mooi was en een Jodin, en dat ze...' Ze kijkt weer naar Emilio en vraagt iets. Ik kan er met mijn verstand niet bij dat er zoveel Italiaanse zinnen nodig zijn voor die paar woorden Engels.

Maddalena vertaalt weer. 'Ze zeggen dat ze is doodgegaan in concentratiekamp Buchenwald, net als de kleindochter van onze koningin Margherita, prinses Mafalda, die daar ook is doodgegaan al was zij natuurlijk geen Jodin. Dat is alles wat hij weet, maar hij kan meer voor je uitzoeken.' Emilio kijkt me nu aan en knikt somber.

'Ach nee', zeg ik. 'De arme vrouw. Wat verschrikkelijk.'

'Ja, er zijn vele verschrikkelijke verhalen uit de tijd van de oorlog', zegt Maddalena met een frons.

Emilio legt het boek op tafel en begint weer te praten. Maddalena legt een hand op de boekband en onderbreekt hem. 'Hij zegt: zijn moeder weet nog dat er over een man werd gepraat. Hij kwam terug na de oorlog en kwam naar het huis van de familie Lami omdat hij vroeger voor ze werkte. Maar wel raar is dat hij niet in het huis ging wonen, al was dat toen leeg, maar in de garage achter in de tuin.'

'Hoe is het verder met hem gegaan?' vraag ik.

'Dat weet niemand. Misschien is hij weggegaan. Of dood. Zijn moeder weet alleen dat hij erg ziek was.'

Maddalena kijkt weer naar het boek en doet het voorzichtig open. 'Oude kranten', zegt ze. 'We hebben dit gevonden dat interessant is voor jou.' Ze slaat voorzichtig de ene na de andere broze pagina om tot ze bij een krant uit augustus 1936 is aangekomen. Een foto.

Het is een groepsportret van twee rijen goedgeklede mensen in wat de haven moet zijn. Ik tuur naar de krant en probeer het foto-onderschrift te lezen. Maddalena helpt me. 'Een paar, net terug van huwelijksreis', zegt ze. 'Deze vrouw en de man naast haar. Ze is erg mooi, ja?' Voorzichtig wijst ze met het topje van haar pink, alsof haar wijsvinger het gezicht zou bezeren.

'Ja', zeg ik. 'Zeker.'

'Zie je hoe ze heet?' Maddalena pakt een vergrootglas uit een tafel-lade. 'Kijk', zegt ze met de loep boven het onderschrift. 'De vrouw is signora Lami en ze is getrouwd in Frankrijk, met deze man, signor Tassi.' Maddalena zoomt met het vergrootglas in en uit, het gezicht van de vrouw wordt groter, krimpt. 'Het is het tweede huwelijk voor haar, denk ik.'

'Hoezo?'

'Omdat hier staat dat ze feestviert met haar zoon, familie en vrienden in Villa Lami. Dit hier moet de zoon zijn. Deze jongen.'

'Staat zijn naam erbij?'

'Nee. En er staan geen andere namen onder, behalve de bruid en bruidegom. Ik weet niet waarom.'

Ik pak het vergrootglas en bekijk het jongetje dat links van de bruid staat. Ik zie hoe zijn gezicht, iets naar zijn rechterschouder gedraaid, groter wordt onder de loep. Hij is knap, net als zijn moeder, ook al lijkt hij niet echt op haar. Een voor een ga ik de rest van het gezelschap langs. Er staat nog een mooie vrouw naast de jongen; weer naast haar een oudere man met een gedistingeerd voorkomen. Aan de andere kant van de bruidegom staan drie mannen, de ene vrij dik en van middelbare leeftijd, de twee andere zouden zijn zoons kunnen zijn. Ze hebben allemaal een donker uiterlijk, net als de bruidegom. In de achterste rij staan een man van middelbare leeftijd en een vrouw, beiden met een glimlach van oor tot oor. Achter de bruid staan nog een man en vrouw, maar hun gezichten zijn een beetje onscherp. Er zit een gat van een kleine meter in de achterste rij met de laatste vrouw ervoor, die vlak bij de jongen staat. Ze draagt een hoed met asymmetrische rand, maar haar gezicht is toch goed zichtbaar. Haar hand ligt op de schouder van de jongen. Alsof ze naar voren is gestapt uit het gat in de rij om hem even aan te kunnen raken. Ze zijn de enigen op de foto die contact hebben. Zelfs de bruid en bruidegom staan los van elkaar.

'Ziet ze er bekend uit?' vraagt Maddalena.

'Wie?' zeg ik.

'Signora Lami. Ziet ze er bekend uit?'

'Nee.'

Ik laat het vergrootglas zakken en kom overeind. 'Maddalena, ik denk dat ik eventjes naar buiten ga.'

'Gaat het wel?'

'Ja, ja. Ik wil alleen even roken. Kun je dit hier laten liggen?'

'*Certo*', zegt ze, met een fronsende blik op de bruine schilfertjes die van de oude krantenpagina's zijn gedwarreld. Daarna veegt ze ze onder tafel.

Buiten zoek ik de schaduw op onder een arcade bekleed met een draperie van stevige, zachtpaarse bloemen. Ik steek een sigaret op en ga op een stenen bankje zitten. Het is bijna lunchtijd en er klinken amper straatgeluiden. Af en toe het gesnor van een Vespa of het gebrom van een langsrijdende auto. Vlak bij me hoor ik insecten maar ik zie ze niet, ik proef hoe een vleugje zware bloemengeur zich vermengt met mijn sigarettenrook.

Ik denk na over het groepje op de foto. De iets onscherpe man achter de bruid zou best eens dezelfde kunnen zijn als op de foto uit Nonna's oude handtas. De jongen zou best eens die ontbrekende jongen kunnen zijn: Alfredo of Alberto of John. Ik denk na over die hand op zijn schouder en van wie die is. Ik heb even een paar ogenblikken voor mezelf nodig voordat ik weer naar binnen ga. Maar ik weet het bijna zeker, het móét Nonna zijn. Haar troostende hand. Het is het enige wat me nu logisch lijkt. Dat ik haar hier zo aantref, vastgelegd op een moment in het verleden. Een moment dat naadloos aansluit bij de rest van haar leven. Een vrouw met een half verborgen gezicht. Een vrouw op de achtergrond van een foto.

Colofon

Deze uitgave is tot stand gekomen met ondersteuning van het Ierse Letterenfonds

LITERATURE IRELAND
Promoting and Translating Irish Writing

Oorspronkelijke titel: *Last Train from Liguria*

Vertaling: Paul Bruijn en Jetty Huisman
Omslagontwerp: Riesenkind
Foto omslag: Getty Images / Deb Snelson
Foto auteur: Lorna Fitzsimons
Zetwerk: V3-Services v.o.f.
Druk: Wilco

Eerste druk mei 2019
Derde druk juli 2019

ISBN 978 94 6068 418 0
E-ISBN 978 94 6068 714 3
NUR 302

uitgeverij M marmer

Uitgeverij Marmer BV
De Botter 1
3742 GA BAARN
T: +31 649881429
I: www.uitgeverijmarmer.nl
E: info@uitgeverijmarmer.nl

FSC www.fsc.org MIX Papier van verantwoorde herkomst FSC® C004472